HAWAIIAN ISLANDS.
Specially engraved for this work from the latest
156°
155°
21°
20°
19°
est from Greenwich
PACIFIC
ISLANDS
MAUI
CHANNEL
Mauna o Eeka
Wailuku
Spreckelsville
Maliko
Huelo
Pikoula
Malaeloa
Kapukaulua
Kauiki Head
Mauna Haleakala
Wailua
Halemano I.
Nuu
Pukaauhuhu
Keahuloa
C. Hanamanioa
Alalakeiki Chan.
ALENUIHAHA
CHANNEL
Upolu Pt.
Kohala
Akokoa Pt.
Waimanu
Honoipu
Mahukona
Kohala Mt.
Kaihoawa
Waika
Waimea
Kawaihae B.
Kawaihae
Puako
Kaparaoa
Wainahalii
Koholalele
Laupahoehoe Pt.
Nahaku Pt.
Hanomu
Makahanaloa Pt.
Neupea
Kiholo
Lae o ka Mano
Mauna Kea
Mauna Hualalai
Halepau
Kailua
Kailua B.
Keauhoa
HILO BAY
Leleiwi Pt.
Nanawale
Makuu
HILO
HAWAII
Kuolo
C. Kumukahi
Keikiwaha Pt.
Keei
Keakea
Mauna Loa
Kapuauhi
Kilauea
Kunaka
Lepeamoa Rock
Keapuana
Kaimu
Kealakomo
Apua Pt.
Kaaha
Kanaio
Kalahiki
Hokukuna
Mamalu
Waiohinu
Peli Pt.
Kauna Pt.
Kaallualua
Ka Lae
Ka Lae Pt.
COPYRIGHTED 1899, BY TRUMBULL WHITE.
W0332103

Noemi Jordan

Tal der Tausendnebel

Tal der Tausendnebel

Noemi Jordan

CINDIGO

1. Auflage 2015
Erweiterte Originalausgabe
©CINDIGObook, der Buchverlag
der CINDIGOfilm GmbH, München & Berlin
Umschlagfoto von Hanalei Bay: © Nicole Joens
Autorenportrait: © Oreet Rees

Satz & Gestaltung: Philip Joens
Druck: CPI books GmbH, Leck

Made in Germany
978-3-944251-38-7
www.cindigo.de

Mahalo – für meine Söhne

TEIL III

Vorwort

Fast zwanzig Jahre sind vergangen, seit mir meine damalige Schwiegermutter während meiner Schwangerschaft zwei Bücher über die Inseln ihrer Vorfahren schenkte. Kurz darauf träumte ich von einer dieser hawaiischen Inseln, einem Ort, der sich anfühlte wie mein Zuhause. Dieses Heimatgefühl ist mir, auch nach der gescheiterten Ehe, durch meine Kinder noch geblieben. Hawaiis Inseln füllten sich über die Jahre mit eigenen Erlebnissen, jedoch blieb die Kultur der Hawaiianer immer auch geheimnisvoll und ein in meinen Augen besonderes Gut, das beschützt werden wollte. Das Volk der Hawaiianer kämpft für das Überleben dieser Kultur und dieser Kampf ist nie einfach gewesen. In den mehr als hundert Inseljahren, die meine deutsch-hawaiische Familiensaga umspannen, spielt dieser Kampf um Landbesitz und Kultur eine wesentliche Rolle.

Der Autorin Kiana Davenport danke ich für ihren heiligen hawaiischen Frauenzorn und die Wucht ihrer Bilder, die mich zu ersten Recherchen inspiriert haben. Auf der Suche nach eingewanderten Deutschen stand ich eines Tages in Lihue, der Hauptstadt von Kauai, auf dem Friedhof der kleinen deutschen Kirche. Dort fand ich Grabsteine mit deutschen Namen und Städten und dort begann meine Geschichte von Maja und Elisa, zwei starken Frauen auf der Suche nach einer Heimat…

N. J.

TEIL I

DIE BEGEGNUNG

Und glaube nicht, du kannst den Lauf der Liebe lenken, denn die Liebe, wenn sie dich für würdig hält, lenkt deinen Lauf.

Der Prophet Khalil Gibran (1883–1930)

Côte d'Azur, Septembervollmond 2010

In der Stille, verborgen unter der Meeresoberfläche, berührte Maja zum ersten Mal Keanus Haut. Sie fühlte sich anders an als ihre eigene. Maja war nur zu einem Teil Polynesierin. Der Rest von ihr war deutsch. In Keanus Augen war sie eine Haole, wie die Hawaiianer die Weißen nannten. Aber ihre mandelförmigen Augen und ihr dunkles schweres Haar erinnerten an die Ahnen aus der Südsee.

Mahalo und Aloha waren die einzigen Worte, die Maja in der Inselsprache beherrschte. Mahalo hieß danke. Aloha stand für eine ganze Philosophie, einfacher Gruß, aber ebenso tiefes Wissen um die Ausgewogenheit aller Lebensenergien im Geben und Nehmen.

Jetzt gerade fror Maja erbärmlich im nächtlich kalten Wasser der Côte d'Azur. Keanu hingegen schien die Kälte des Meeres nichts auszumachen. Er schmiegte sich unter Wasser an sie. Seine goldbraune Haut glühte vor Leidenschaft und seine Hand ermutigte die ihre. Forschend ertastete sie im Wasser seine muskulösen Schultern und konnte fühlen, wie ihre Berührungen ihn erregten. Aber Sex war es nicht, was sie von ihm wollte, noch nicht. Bibbernd vor Kälte legte sie ihre Hand auf den Haifischzahn, den er an einem geknoteten Lederband um den Hals trug.

»Erzähl mir von der Haifischfrau.«

Seine Augen strahlten wie eine fremde Sonne, als er ihr von dem Riff erzählte, an dem seine Vorfahren lebten. Ein riesiger Hai war das Oberhaupt seiner Sippe. Den Haifischzahn gaben die Männer seiner Familie seit Generationen weiter. Kraft und Mut verlieh er dem Mann, der einst Anführer werden sollte.

Mit einem Lächeln löste Keanu jetzt den Knoten an dem Band um seinen Hals und legte Maja seinen Haifischzahn um. Er fühlte sich warm auf ihrer Haut an. Sie fror weniger und drehte sich auf den Rücken. Keanu folgte ihrem Beispiel.

Mit klopfenden Herzen trieben sie nebeneinander im nächtlichen Meer. Sie wand ihr Gesicht dem Mondlicht zu, während er ihr die Sage von einem Riff in seiner Heimat erzählte, an dem die Mütter seit Jahrhunderten ihre Neugeborenen von den Haien segnen ließen.

Das Plätschern der Wellen wurde zur Melodie, während Maja verzaubert seinen Worten über die Insel Kauai lauschte. Konnte sich ihr Leben perfekter anfühlen als in dieser Nacht?

Die Küste mit Nizzas glitzernden Lichtern lag wie eine Kette Edelsteine in angenehm entfernter Distanz. Maja trieb in den sanften Wellen und dachte über die letzten Tage nach. Ihr Leben hatte begonnen sich zu verändern, seit sie hier in Nizza das Lehrerseminar besuchte, im dem sie Keanu kennengelernt hatte. München schien weit weg zu sein, ebenso wie ihr Freund Stefan. Dabei wollten sie eigentlich in wenigen Monaten heiraten. Nur hatte es in ihrer Beziehung im letzten Jahr viel Stress und Kampf gegeben. Auch deshalb wollte sie das Lehrerseminar besuchen, musste unbedingt für eine Weile für sich sein, um sich Klarheit zu verschaffen, vor allem auch eine finale Klarheit über ihre Gefühle für Stefan. Heiraten war eine ernste Sache. Und dann war es einfach so passiert. Maja war Keanu begegnet, und mit ihm einem verborgenen Teil in ihr selbst, der jetzt entdeckt werden wollte. Noch nie war sie auf den hawaiischen Inseln gewesen. Die Südsee hatte in ihrem bisherigen Leben keine Rolle gespielt und Hawaii war lediglich einer von vielen

Plätzen gewesen, den sie irgendwann einmal besuchen wollte.

Doch wenn sie in diesem Moment unter dem Sternenhimmel ehrlich mit sich war, so bewegte sie inzwischen nur noch ein einziger Wunsch: Sie wollte mit dem Schönen aus Kauai verschmelzen.

Als würde Keanu ihre hungrigen Gedanken ahnen, griff er im Meer nach ihrer Hand. Fordernd begann er, an ihren salzigen Fingern zu saugen.

»Komm mit mir zu unseren Ahnen!«, flüsterte er und zog Maja mit sich in die Tiefe.

Hanalei Bay, Wintersonnenwende 1893

Elisa Vogels Schicksal war anfangs ein kleiner brauner Punkt auf tanzenden Wellen. Die beiden Kanus mit den vier Eingeborenen näherten sich dem stolzen Dreimaster, auf dem die große junge Frau aus Hamburg stand. Die Haut der Männer glänzte goldbraun in der untergehenden Sonne. Mit zusammengekniffenen Augen beobachtete Elisa die fremden Ruderer, die in Kürze herangekommen sein würden, um die Waren aus Deutschland, die für die Zuckerrohrplantage ihres Onkels auf Kauai bestimmt waren, vom Schiff zu holen.

Am nächsten Morgen würden die Männer dann ihre Mutter und sie ans Festland bringen.

»Ob die Männer am ganzen Körper nackt sind? Vater hatte in seinen Zeichnungen der Eingeborenen immer ein Lendentuch angedeutet, aber ich kann keinen Stoff sehen.«

»Aber Elisa, so etwas fragt eine junge Dame nicht!« Ihre Mutter warf ihr einen tadelnden Blick zu. Gleichgültig zuckte Elisa mit den Schultern.

Zumindest aus der Ferne sah es so aus, als wären die Männer nackt. Auf den Südseeinseln, auf denen sie bisher Station gemacht hatten, trugen manche der Eingeborenen so gut wie gar nichts am Leib. Ihre Mutter tat aber selbst nach einem Jahr auf See immer noch, als müssten sie nach Hamburger Anstandsregeln leben. Dabei hatte ihr Vater erzählt, dass auch die europäischen Einwanderer auf den hawaiischen Inseln weitgehend nach eigenen Gesetzen lebten, sodass die

Kleiderordnung den Frauen zumindest keine Korsetts aufzwang.

Der stolze Dreimaster Bremen III hatte Elisa und ihre Mutter auf vielerlei Umwegen vom Hamburger Hafen bis nach Kauai gebracht. Sie waren auf der Überfahrt in so vielen Häfen von Bord gegangen, dass Elisa das Gefühl hatte, den halben Globus zu kennen. Aber hier, an ihrem Zielort Kauai, würden sie den Hafen nicht anlaufen können. Es herrschte Ausnahmezustand. Ihr Schiff würde aus Sicherheitsgründen über Nacht an der Westküste der Insel in einer geschützten Bucht ankern müssen.

Seit gut einem halben Jahr befanden sich die hawaiischen Inseln in Aufruhr. Die von ihrem Volk über alles geliebte Königin Lili'uokalani sollte abgesetzt werden, um Platz für eine neue Regierung zu schaffen, die den weißen Plantagenbesitzern mehr Mitspracherechte ermöglichte. Als Lili'uokalani sich widersetzt hatte, war sie von den Amerikanern unter Hausarrest gestellt worden. Amerikanische und europäische Söldner hatten ihren Palast umstellt. Man wollte die Königin durch verschiedene Repressalien dazu bringen, freiwillig abzudanken, aber dieser Plan war fehlgeschlagen. Derzeit lebte die Herrscherin Hawaiis immer noch als Gefangene in ihrem Palast, und das gefiel ihren Untertanen nicht. Überall auf den Inseln hatten die Königstreuen zu den Waffen gegriffen. Hanalei Bay war auf Kauai eine der wenigen sicheren Buchten für Handelsschiffe. Aber selbst hier war es angeblich schon zu Übergriffen gegen weiße Einwanderer gekommen.

Elisa interessierte sich mit ihren neunzehn Jahren bereits brennend für Politik. Ihr Vater und seine Freunde in Hamburg hatten ihr viel beigebracht. Da sie ein Einzelkind war, hatte der Vater sie immer mehr wie einen Jungen als wie ein Mädchen behandelt. Alle ihre Fragen über die Geschichte Europas hatte er geduldig beantwortet. Er wusste, dass Elisas Mädchenlyzeum in Hamburg den jungen Frauen in diesen Fächern nur unzureichend Wissen vermittelte, und füllte ihre Wissenslücken mit Vergnügen.

Elisa war eine gelehrige Schülerin, sodass ihr Vater ihr sogar zusätzlich einen Privatlehrer zur Seite stellte, wenn er auf seinen ausgiebigen beruflichen Reisen unterwegs war. Deswegen hatte Elisa, vor allem was die Kolonien betraf, umfangreiche Kenntnisse und eine bisweilen auch durchaus kritische eigene Meinung. Unter gleichaltrigen jungen Männern war sie deshalb als Blaustrumpf verschrien, aber das machte ihr nur wenig aus. Elisas Traum war es, eines Tages die Firma ihres Vaters übernehmen zu können und deshalb versuchte sie, die Zusammenhänge von Geschichte und Politik zu verstehen, um bei Tisch mitreden zu können, wenn die Geschäftsfreunde ihres Vaters kamen.

Elisa wusste, dass es den Amerikanern und Europäern auf den hawaiischen Inseln vor allem um die ertragreichen Ernten und die billigen Arbeitskräfte ging. Durch die Kaffeeernten waren viele Europäer reich geworden, und seit Kurzem war Zuckerrohr die neueste Mode. Wie Pilze schossen die Plantagen aus dem fruchtbaren Inselboden. Eine Art Goldgräberstimmung lockte mehr und mehr Einwanderer aus Europa und Amerika auf diese paradiesischen Inseln in der Südsee.

Doch schnell waren die Reichtümer zum Zankapfel zwischen den Ländern geworden. Die Europäer stritten sich um die ertragreichsten Ländereien, und Deutschland schlug sich wacker auf diesem Spielfeld. Elisas Familie gehörte mittlerweile eine der ertragreichsten Zuckerrohrplantagen auf Kauai. An die zweihundert Hawaiianer arbeiteten für ihren Onkel auf den Feldern, für einen Lohn, der nach europäischem Standard schlicht lächerlich gering war. Aber angeblich brauchten die

Eingeborenen nicht viel zum Leben. So zumindest hatte der Vater es Elisa erklärt, als er noch am Leben war und viele Jahre lang war auf Kauai alles gut gegangen. Die kleine grüne Insel, wie sie genannt wurde, war im Gegensatz zu Hawaii, Oahu und Maui kein Zentrum des politischen Geschehens. Keiner der Arbeiter hatte je offen rebelliert – bis die Amerikaner ihre Königin eingesperrt hatten. Seitdem herrschte kein Frieden mehr zwischen den europäischen Zuwanderern und der Urbevölkerung. Noch war es nur zu gewalttätigen Vorfällen auf Hawaii und Oahu gekommen, aber die Zahl der Toten war mehr als beunruhigend. Zunehmend machten sich kritische Stimmen auf den anderen Inseln breit. Man sprach von Ausbeutung durch die Haole, wie die ankommenden Einwanderer aus Europa verächtlich genannt wurden. Die Weißen sollten das Land zurückgeben und die Inseln verlassen, so lautete die Forderung der Königstreuen. Aufruhr und Widerstand lagen in der Luft.

Das alles wusste Elisa. Mehr als einmal hatte sie versucht, sich während der Überfahrt in die Gespräche zwischen dem Kapitän und seinen Leuten einzumischen, wurde aber aufgrund ihrer Jugend nicht ernst genommen. Oder hatte man sie ignoriert, weil sie nur eine Frau war? Dabei hatte Elisa einen politischen Weitblick, der ihrer Mutter gänzlich fehlte. Nur wollte niemand bei Tisch ihre Meinung hören, sodass sie es schließlich vorzog, alleine in ihrer Kabine zu essen, um dabei lesen zu können.

Elisa sollte mit ihren politischen Befürchtungen recht behalten. In den kommenden Jahren würde ein Großteil der Hawaiianer zu den Waffen greifen, um ihre Königin und vor allem ihre hawaiische Kultur gegen die Übergriffe der Weißen zu verteidigen. Aber wovon sie bei ihrer Ankunft auf Kauai noch nichts ahnte, war ihre eigene Rolle in den politischen Wirren der Zeit.

Alles, was Elisa fühlte, als sie zum ersten Mal die atemberaubende Schönheit der Insel in sich aufnahm, war eine ungewisse Sehnsucht, die tief in ihrem Inneren aufstieg. Schon vor Jahren, als ihr Vater ihr in Hamburg seine Zeichnungen und Aquarelle von den Ureinwohnern Kauais zum ersten Mal gezeigt hatte, klopfte ihr Herz laut und fordernd. Wie schön diese Menschen waren, hatte sie sich gedacht, als sie noch ein kleines Mädchen war, das gerne mit Puppen spielte. Und sie hatte prompt eine ihrer Puppen braun angemalt, ihr einen hawaiischen Namen gegeben und sie zu ihrer Lieblingspuppe auserkoren.

Die wohlgestalteten Männer, die mit gleichförmigen Bewegungen in ihren Kanus heran paddelten, gehörten sicher zu den Plantagenarbeitern, dachte sie jetzt. Neugierig musterte sie die Näherkommenden. Im Vergleich zu ihrer eigenen langweiligen Blässe schien die Haut dieser Männer im Abendlicht sie wie feuriges Gold zu locken, so wie auch die Hautfarbe anderer Inselbewohner, die sie auf der Überfahrt gesehen hatte, einen Reiz auf sie ausübte. Es war nicht leicht diesen Hautton mit Aquarellfarben zu reproduzieren, wie sie bei ihren Malversuchen erfahren hatte.

»Geht es dir gut, Kind?«

Ihre Mutter versuchte ein tapferes Lächeln, um zu überspielen, wie viel Angst es ihr machte, von nun an auf einer Insel zu leben, die sich noch dazu im Ausnahmezustand befand.

»Ist die Landschaft nicht unglaublich schön hier? Dein Vater hat uns nicht zu viel versprochen. Der Anblick ist zauberhaft, nicht wahr?«

Elisa nickte. Gehorsam spielte sie das Spiel mit, vor allem um ihre Mutter zu beruhigen.

»Ja, das stimmt. Hanalei Bay sieht genau so aus, wie Vater es auf dem Aquarell gemalt hatte, das in eurem

Schlafzimmer über dem Frisiertisch hing. Er hat kein bisschen übertrieben. Sieh mal die Felsen dort!«

Elisas Augen leuchteten glücklich. Oh ja, hier würde sie endlich ganz in Ruhe malen können! Im Licht der untergehenden Sonne bot sich ihnen ein unvergleichliches Farbenspiel. Die Mutter nickte zufrieden.

»Diese Felsen im Tal der Tausendnebel solltest du schon bald skizzieren. Versuche es doch gleich einmal mit unserem Schiff im Vordergrund. Deinem Onkel würde ein Bild unserer Ankunft sicherlich Freude machen. Bis morgen Früh hättest du noch Zeit für erste Impressionen. Die nächsten Wochen könntest du es als Aquarell ausgestalten, wenn du wieder eine gute Staffelei hast. Die Farben in deinem Kasten müssten noch für ein Bild reichen.«

Elisa war sofort einverstanden. Das Tal der Tausendnebel, benannt nach einer Pflanze mit berauschender Wirkung, die dort wuchs, war als Motiv genauso spannend, wie ihr Vater es ihr beschrieben hatte. Es schien etwas Magisches von diesen bewaldeten Schluchten auszugehen. Im beginnenden Abendlicht wechselten die Grünschattierungen unter den schnell ziehenden Wolken, die sich vor die Sonne schoben. Nebel stieg aus den tiefsten Tälern steil gen Himmel und bildete über dem großen Felsen einen Kreis, der wie eine Art Heiligenschein unbeweglich in der Luft zu stehen schien. Unwirklich und gleichzeitig atemberaubend schön war dieses Tal, das von nun an ihr Zuhause werden würde.

Elisa zog bereits das Skizzenbuch aus der Tasche ihres Baumwollkleides. Da sie gerne bei jeder Gelegenheit zeichnete, hatte ihre Mutter in ihre Kleider eine extratiefe Tasche für Papier und Stifte genäht.

In sorgfältigen Strichen brachte sie die ersten Eindrücke ihrer neuen Heimat zu Papier. Das türkise Meerwasser vor dem weißen Sand in der Bucht. Das strahlende

Grün der satten Vegetation. Hier strotzte das Land von Fruchtbarkeit. Vom Schiff aus sah sie wilden Dschungel, aber auch kultivierte Flächen. Im Osten der gezackten Hügelkette standen Bäume in regelmäßigen Reihen. Dort musste bereits die erste Pflanzung ihres Onkels liegen.

Elisas Vater und ihr Onkel hatten vor zehn Jahren für sehr wenig Geld den Eingeborenen ein großes Stück fruchtbares Land abgekauft. Zusätzlich zum Zuckerrohr wollte ihr Vater dort ursprünglich noch eine Obstplantage für den Handel mit Äpfeln aufziehen. Äpfel seien schonender anzubauen als Zuckerrohr, hatte er gesagt, weil die Arbeiter dabei nicht so geschunden werden müssten.

Elisa konnte nicht anders, sie musste erneut zu den schönen braunen Männern hinsehen, die auf das Schiff zupaddelten. Waren das die geschundenen Arbeiter, von denen ihr Vater gesprochen hatte? Sie wagte es jedoch nicht, ihrer Mutter diese Frage zu stellen, zumindest noch nicht. Die Belange von Arbeitern, oder auch die Lebensumstände der Matrosen auf dem Schiff, solche Dinge gingen eine feine junge Dame wie Elisa nichts an, wie ihre Mutter immer betonte. Jetzt besah Clementia bewundernd Elisas erste Striche auf dem Papier. »Vergiss den großen Felsen dort drüben nicht. Vater hatte davon erzählt. Erinnerst du dich? Dort halten die Eingeborenen ihre wilden Feste ab.«

Elisa nickte. »Das Tal der Tausendnebel, so heißt das Gebiet unterhalb des Felsens. Weiße sind dort nicht erlaubt, weil dort diese geheimen Rituale der Kahuna stattfinden…«

Sie war jetzt konzentriert mit ihrer Skizze beschäftigt. Ihre geübte Hand glitt flink mit dem Grafit über das raue Büttenpapier. Die ungewöhnliche Felsformation am Ufer vor ihnen hatte es ihr angetan. Eine tiefe Spalte in der Mitte war dicht mit Vegetation überzogen. Sie wirkte von

Ferne einladend, fast wie ein weiches, smaragdgrünes Kissen.

Elisa erinnerte sich an die Worte ihres Vaters, als er ihnen nach seiner letzten Reise von diesem Ort erzählt hatte. An dem großen Felsen fanden die Hochzeiten der Arbeiter statt. Es waren heidnische Vermählungsrituale. Unter freiem Himmel, begleitet von Trommeln und Tänzen, paarten sich nackte Eingeborene bei Vollmond im Rausch der benebelnden Pflanzen. Wie die Tiere seien sie, gänzlich ohne Moral und Anstand, so seine damaligen Worte, begleitet von einem Augenzwinkern, da seine Frau ihn schnell zum Schweigen brachte. Das waren keine Themen für ein unschuldiges kleines Mädchen.

Die beiden Kanus waren kurz darauf so nah, dass Elisa viele Details ausmachen konnte. Vor allem einer der jungen Männer war atemberaubend schön gewachsen. Sein Oberkörper erinnerte Elisa an die antiken griechischen Statuen im Museum. Im Rahmen des Kunstunterrichts hatte sie in Hamburg Aktzeichnen geübt. Der junge Hawaiianer musste groß sein. Seine Muskeln spannten sich beim Paddeln, seine Schultern waren gerade, wie mit dem Lineal gezogen. Den Kopf hielt er auf seinem langen Nacken stolz erhoben. Auf seinem Gesicht lag ein Ausdruck von fast heiligem Ernst. Kein junger Arbeiter in Hamburg hatte eine derart würdevolle Ausstrahlung. Königlich würde Elisa seine Erscheinung nennen, wenn das angebracht wäre. Aber gab es denn Adlige auf Hawaii?

Sie wusste von ihrem Vater, dass die Deutschen das Königshaus der Hawaiianer nicht anerkannten. Lili'uokalani, die jetzige Königin Hawaiis, galt zur Hälfte als Europäerin, weil sie einen Europäer geehelicht hatte. Zudem musste sie sehr gebildet sein und hatte auf dem amerikanischen Festland studiert, was äußerst ungewöhnlich für eine hawaiische Frau war. Dennoch hatten die weißen Plantagenbesitzer beschlossen, sie zu ignorieren und ihre Wünsche als Albernheiten zu verspotten. Was diese Königin verlangte, nämlich Schulbildung für ihr ganzes Volk, vor allem aber eine gleichberechtigte Behandlung der Frauen, erschien den Weißen einfach zu absurd. Die Hawaiianer sollten auf den Plantagen arbeiten, auch die Frauen und Kinder, um die stetig wachsende Nachfrage nach Kaffee und Zucker zu stillen. Bei zwölf Arbeitsstunden täglich war keine Zeit für Schulbildung übrig.

Den Anblick des schönen jungen Wilden musste Elisa auf alle Fälle in ihrem Büchlein festhalten. Fieberhaft skizzierte sie seine Schultern, die Neigung seines Kopfes, den langen Hals. Plötzlich sah die Mutter ihr über die Schulter und deutete dann auf das Tal.

»Nicht den Wilden, sondern nur die Landschaft!« Obwohl die Stimme der Mutter leise war, hörte Elisa den scharfen, tadelnden Unterton und seufzte. Auch wenn sie sich täglich bemühte, so gerieten sie in letzter Zeit dennoch immer häufiger aneinander. Nach diesen ganzen Monaten an Bord war es an der Zeit, dass sie wieder mehr ihre eigenen Wege gehen konnte, denn mit neunzehn Jahren war sie nicht mehr das kleine Mädchen, das sich so einfach den Wünschen ihrer strengen Mutter unterordnen konnte.

Clementia sah sie kritisch an. »Du verbrennst in der Sonne. Hatte ich dir nicht gesagt, du sollst deine Haut immer bedecken, wenn du an Deck gehst? Wo ist deine Haube?«

Elisa hatte ihre Kopfbedeckung zusammen mit ihrem Umhang beiseite gelegt, weil es ein lauer Abend war und sie ohnehin keine Vorliebe für Hauben hatte. Sie störten beim Zeichnen. Aber das ließ ihre Mutter nicht gelten. Energisch versuchte sie, ihr die Haube jetzt aufzusetzen, doch Elisa tauchte mit einem Lachen unter ihr weg.

»Lass das, Mutter! Jetzt am Abend kann die Sonne meiner Haut nichts mehr tun, und außerdem stört die Haube mich.«

Aber ihre Mutter schüttelte den Kopf und stemmte ihre Hände in die Hüften, um ihren Worten Nachdruck zu verleihen.

»Du ruinierst dir nicht nur deine zarte Haut, sondern auch deinen guten Ruf. Wenn dein Onkel Wort gehalten hat, wirst du im kommenden Jahr heiraten. Und auch wenn europäische Frauen auf Kauai Mangelware sind, wird dein Zukünftiger bestimmt Wert auf einen untadeligen Ruf legen. Eine wohlerzogene junge Dame mit Anstand kann sich weder braune Haut noch Sommersprossen leisten!«

Elisa zuckte zusammen. Die Liebe hatte bis jetzt in ihrem Leben noch keine Rolle gespielt. Aber das Thema Ehemann war in letzter Zeit öfter auf den Tisch gekommen. Sie wusste, dass ihr Onkel auf den Inseln bereits nach einem passenden Kandidaten für sie Ausschau hielt. Deutscher sollte er sein, wenn möglich ebenfalls kultiviert und aus einer großen deutschen Stadt stammend. Aber vor allem spielte der Wohlstand eine entscheidende Rolle, wenn unter den europäischen Plantagenbesitzern geheiratet wurde. Elisa war die einzige Erbin für den Plantagenanteil, der ihrem Vater gehörte und somit auf Kauai eine gute Partie.

Um nicht weiter auf ihre Mutter eingehen zu müssen, beugte sie sich wortlos tiefer über ihre Zeichnung. Sie verspürte nicht den geringsten Wunsch, in nächster Zeit zu heiraten. Auch konnte sie sich gar nicht vorstellen, ein Leben als Ehefrau und Mutter zu führen. Immer hatte sie ihren Vater bewundert, weil er frei und unabhängig in der Welt unterwegs sein durfte, wohingegen sie die häusliche Rolle ihrer Mutter eher als bemitleidenswert empfand. Aber Clementias Wortschwall war noch keineswegs zu

Ende. Gerade weil Elisa sie ignorierte, geriet ihre Mutter in Fahrt.

»Deine Haare sind zu wild, um sie nur mit einem Band im Nacken zusammenzuhalten. Wie oft habe ich dir das schon gesagt, junge Dame? Ab jetzt nur noch mit Zopf oder Hochsteckfrisur in der Öffentlichkeit. Du bist seit ein paar Tagen neunzehn Jahre alt und als ungezähmte Wilde findest du auch in der Südsee keinen passenden Ehemann. Willst du deinem Vater und mir das antun? Willst du, dass man über uns tuschelt? Dein Vater würde sich im Grabe herumdrehen, wenn er dich hier so sehen könnte, so… wild, ungebändigt und ungeschützt!«

Energisch hatte die Mutter begonnen, die Haube aus weißer Baumwolle trotz des Windes auf der Mähne ihrer Tochter festzuzurren. In Elisa kam mit einem Mal all das hoch, was sie in der Enge des Schiffes mühsam unterdrückt hatte. Wütend funkelte sie ihre Mutter an.

»Was weißt du schon, was Vater für mich gewollt hätte! Immer hat er mir beigebracht, dass ich alles erreichen kann, was ich will, wenn ich nur meinen Verstand benutze. Und was willst du aus mir machen? Nur ein … ein erbärmliches, dummes Hausmütterchen!«

Elisa richtete sich zu ihrer vollen Größe auf, sodass sie ihre Mutter überragte. Sie war mit einem Mal so wütend, dass sie Clementia am liebsten an der Reling hätte stehen lassen. In letzter Zeit spürte sie immer öfter diesen aufwallenden Zorn, wusste jedoch, dass sich derartige Anwandlungen nicht für eine junge Dame geziemten. Um jetzt nicht aufzubrausen, schloss sie ihre Augen und zwang sich tief zu atmen. Sie wusste, wie fragil ihre Mutter im Grunde genommen war, auch wenn sie es oft nicht zeigen konnte. Deshalb zügelte Elisa ihren harschen Ton.

»Tut mir leid, Mutter, aber es ist unser letzter Tag auf dem Schiff! Ich will jetzt keine Haube tragen. Und vielleicht will ich auch in Zukunft meine Haare tragen, so wie ich es möchte. Wenn Onkel und du denken, dass ich alt genug für die Ehe bin, dann darf ich wohl auch selber über meine Frisur entscheiden!«

Die Stirn der Mutter hatte sich in ungehaltene Falten gelegt.

»Aber noch bist du nicht mit einem Ehemann verheiratet, der deine moderne Vorstellung vom Leben einer Ehefrau und Mutter teilt. Zudem soll die Frau deines Onkels viel Wert auf Anstand legen, also lass jetzt das Zappeln. Bitte, Kind, lass dich noch eine kleine Weile von mir beraten. Ich will doch nur dein Bestes … bitte!«

Zu gerne hätte Elisa ihre Mutter jetzt einfach an der Reling stehenlassen und in einiger Entfernung auf dem Deck in Ruhe ihre Skizze von dem jungen Wilden beendet, aber gegen diesen flehenden mütterlichen Blick hatte sie sich noch nie gut wehren können. Zudem zerrte der auffrischende Abendwind jetzt wirklich an Elisas wilder Lockenpracht, die ihr bis an die Hüfte reichte. Nur von einem losen Band gehalten, wehten die Haare wie ein Schleier um ihr Gesicht. Die Mutter nickte zufrieden.

»Siehst du Kind, bei dem Wind ist dein Haar doch gleich wieder verfilzt und wir müssen vor dem Zubettgehen dann ewig kämmen. Du hältst jetzt bitte still!«

Mit flinken Händen flocht die Mutter der Tochter einen einfachen Zopf. Dann zog sie Elisa energisch die Haube über den Kopf. Zuletzt machte sie ihr eine große Schleife unterm Kinn und betrachtete zufrieden ihr Werk.

»Viel besser. So gehört es sich für eine junge Dame. Denk immer dran, du bist nicht irgendwer, sondern die Erbin deines Vaters. Wir müssen ihn hier würdevoll vertreten. Denk an deinen Onkel und deine Tante. Sie erwarten von dir, dass du deinem Vater Ehre machst.«

Elisa steckte ergeben ihr Skizzenbuch weg und blickte gen Abendhimmel. Ein Anflug von Traurigkeit überfiel sie. Wie immer, wenn sie an ihren Vater dachte, bildete sich ein Kloß in ihrem Hals. Sein Tod hatte eine große Wunde in ihr Herz gerissen. Aber sie wusste, dass diese Wunde irgendwann heilen würde, weil sie noch jung war. So hatte es der Pfarrer ausgedrückt, als er Elisa nahegelegt hatte, gut auf ihre Mutter zu achten. Seit dem Tod ihres Mannes war Clementia Vogel stark abgemagert und hatte sich auch sonst verändert. Es wäre gut gewesen, wenn sie mit ihrer Tochter über ihren Schmerz hätte reden können, aber das war nicht Clementias Art. Der bittere Zug um ihre Mundwinkel zeugte jedoch von den heftigen Kämpfen in ihrem Inneren, denn die Trauer nagte an ihr.

Sehnsüchtig folgte Elisas Blick im Abendlicht einem Vogelschwarm, der vor dem Hintergrund der grünen Felsen seine weiten Kreise zog. Elisa konnte rötliches Gefieder erkennen. Als die Vögel über dem Schiffsmast kreisten, hörte sie ihr Lied zum ersten Mal. Sie sangen hoch und pfeifend, diese polynesischen Vögel. Es war etwas Klagendes in ihrem Ruf, und wieder musste sie an ihren Vater denken. In den letzten Tagen seiner Krankheit hatte er fast nur noch von dieser Insel gesprochen, und jede einzelne Vogelart hatte er Elisa beschrieben. Ihr Vater war gut im Nachahmen von Vogelstimmen gewesen. Elisa griff unwillkürlich nach der Hand ihrer Mutter.

»Hörst du ihr Lied, Mama? Die Vögel heißen uns auf Kauai willkommen. Ist es nicht schön?«

Clementia antwortete nicht. Ihr Blick war in die Ferne gerichtet, wie so oft in letzter Zeit, und ihre klamme Hand erwiderte den Druck der Berührung ihrer Tochter nicht.

Elisa lächelte schmerzlich, während sie ihren Kopf in den Nacken legte, um die Exoten besser beobachten zu können. Der Schwarm bestand aus etwa zwanzig Vögeln, die aussahen wie kleine Papageien.

»Sie singen von einem glücklichen Leben, das auf der Insel auf uns wartet – auf uns beide, Mutter.«

Aber die Mutter schüttelte langsam ihren Kopf.

»Für mich gibt es kein echtes Glück ohne deinen Vater... aber vielleicht finde ich hier meinen Frieden.«

Leise waren ihre Worte, die der Abendwind gen Himmel trug. In ihnen hörte Elisa erneut den Wunsch ihrer Mutter nach Erlösung. Seit dem Tod des Vaters hatten sich nicht nur Trauerfurchen in das einst schöne Gesicht ihrer Mutter eingegraben, auch auf ihrem Herzen lag ein dunkler Schatten.

Eine plötzliche Angst ließ Elisa im Licht der Abendsonne frösteln, während sie stumm aufs Wasser starrte. Ihre Mutter war der einzige Mensch auf der Welt, der ihr noch nahestand. Ihren Onkel Paul, bei dem sie von nun an leben würden, hatte Elisa nur ein einziges Mal gesehen. Seine Frau kannte sie lediglich aus Erzählungen. Elisa konnte den Gedanken, ihre Mutter auch noch zu verlieren, nicht ertragen. Energisch schüttelte sie ihre düsteren Gedanken ab.

»Wir fangen auf Kauai ein neues Leben an. Du wirst wieder lachen. Wir werden glücklich sein, das verspreche ich dir.«

Obwohl sie an Deck in Sichtweite der Matrosen waren, umfing Elisa die hagere zarte Frau jetzt behutsam. Ihre Mutter, fast einen Kopf kleiner als sie, fühlte sich in ihren Armen an wie ein zerbrechliches Vögelchen. Mit einem Anflug von spontaner Zärtlichkeit drückte Elisa ihr einen Kuss auf die Wange.

»Du wirst sehen, Mama, von nun an wird alles gut. Mit Onkel Pauls Hilfe werden wir uns ein eigenes Haus auf Vaters Land bauen. Ich werde zeichnen und Bilder malen. Du wirst wieder Klavier spielen. Wenn wir wollen, werden wir beide auf dieser Insel ein wunderbares, neues Leben führen und das graue Hamburg nicht ein kleines bisschen vermissen. Es gibt bei Onkel Paul sogar schon ein Klavier für dich. Er hat es uns doch geschrieben, nicht wahr?«

Clementia schwieg. Elisa spürte das leichte Zittern im Körper ihrer Mutter, das in letzter Zeit immer stärker geworden war. Manchmal konnte Clementia nicht einmal mehr einen Faden in eine Nadel einfädeln. Elisa schmiegte ihr Gesicht an das ihrer angespannten Mutter und flüsterte ihr ins Ohr: »Hier wirst du auch wieder ganz gesund werden können, das fühle ich.«

Um ihre Worte zu bekräftigen, strich Elisa ihrer Mutter über die Wange und wischte eine Träne ab.

»Vater würde nicht wollen, dass du dich wegen ihm zu Tode grämst. Er will, dass wir beide hier auf Kauai glücklich werden, wenn er schon nicht mehr bei uns sein kann.«

Die Mutter nickte. Einen Moment lang wirkte sie fast weich und kindlich neben ihrer starken Tochter. Fest umschlungen sahen sie jetzt beide mit klopfenden Herzen hinüber zu den Ufern der geheimnisvollen Insel in der Abendsonne. Ab morgen würde Kauai ihre neue Heimat sein.

Die Schiffsglocke läutete. Die Bremen III ließ scheppernd ihren Anker zu Wasser. Ein wenig beunruhigt sah Elisa zu den beiden Kanus, die inzwischen fast beim Schiffsrumpf angekommen waren. Wie klein und wenig verlässlich sie in den Wellen wirkten. Die braunen Männer ließen ihre Paddel ruhen und warteten darauf, dass der Anker seinen Platz im Riff fand, während die Ankerkette sich spannte. Kleine Schaumkronen bildeten sich auf dem Meer, so weit Elisa sehen konnte. Die Wellen waren durch den Abendwind aufgewühlt. Einige von ihnen waren schon so hoch, dass die beiden Kanus kurz aus Elisas Blickfeld verschwanden. Wie Nussschalen wurden sie hin und her geworfen. Aufschäumende Gischt zeichnete nasse Spuren auf das goldene Braun der Muskeln.

Der junge Wilde, der ungefähr in Elisas Alter sein musste, hatte Freude an dem Wellengang. Lebhaft unterhielt er sich mit dem Älteren in seinem Kanu. Elisa konnte sehen, wie beim Lachen seine Zähne blitzten. Dann stellte er sich kurz auf, um einem dritten Kanu zuzuwinken, das sich dem Schiff näherte. So konnte Elisa seinen Körper ganz sehen und war hingerissen von seiner Schönheit. Er war nicht ganz nackt. Um seine Lenden trug er ein gewickeltes Tuch, das bis zur Mitte der Oberschenkel reichte. Lange, kräftige Beine endeten in einem muskulösen Hinterteil, das eine ungewöhnlich ausgeprägte Wölbung hatte. Elisa lächelte. Es war wirklich der Körper eines griechischen Kouros, nur höher gewachsen. Der junge Mann war sehr groß, wie sie jetzt sehen konnte. Sie schätzte ihn auf fast zwei Meter. Immer noch gestikulierte er lebhaft in Richtung des dritten Kanus. Lächelnd zeigte er auf eine große Welle und machte den beiden Ruderern Zeichen. Sie sollten die Welle lieber seitwärts als frontal nehmen. Seine Bewegungen waren von einer Anmut, wie Elisa sie nie zuvor bei einem Mann gesehen hatte. Wie wohl sein Name war?

Ein schriller Pfiff. Das dritte, deutlich größere Kanu, holte schnell auf, nachdem es die große Welle seitlich genommen hatte. In dem großen Lastenkanu saß zwischen den rudernden Eingeborenen ein fetter Weißer, der eine Trillerpfeife im Mund hatte. Der Mann war stark übergewichtig, trug einen zu engen Tropenanzug, und sein Gesicht glänzte rotspeckig in der Abendsonne. Ungehalten machte er dem jungen Wilden in dem kleinen Kanu ein Zeichen und schrie etwas zu ihm hinüber. Elisa meinte das Wort Kanaka zu hören, eine abfällige Bezeichnung für Hawaiianer. Der junge Mann sollte sich hinsetzen und weiter in Richtung Schiff paddeln. Der schöne Wilde gehorchte wortlos, aber Elisa meinte Verachtung in seinen edlen Zügen zu erkennen. Soweit sie das auf die Entfernung beurteilen konnte, hatten der Weiße und der junge Hawaiianer nicht gerade eine freundschaftliche Beziehung. Sie sah genauer hin. Nein, dieser Weiße mit dem Schweinegesicht war auch nicht ihr Onkel Paul, sondern wahrscheinlich der Verwalter der Plantage, ein Holländer mittleren Alters, von dem Elisas Vater ihr einiges erzählt hatte.

Die Mutter seufzte. Clementias Schwager war also nicht persönlich gekommen, um sie abzuholen. Elisa spürte die Enttäuschung ihrer Mutter, noch bevor sie die verbitterten Worte vernahm.

»Paul hätte wirklich selber kommen können. Es ist Zumutung genug für uns Frauen, mittels Kanus an Land gehen zu müssen, anstatt wie üblich den Hafen anzulaufen. Was denkt sich dein Onkel eigentlich, wie stabil meine Nerven sind?«

Elisa wusste, warum ihre Mutter so ungehalten war. Seit Tagen hatte sie sich bereits Sorgen darüber gemacht, dass sie an keinem vernünftigen Kai von Bord gehen würden. Wegen der befürchteten Unruhen am Hafen der kleinen Hauptstadt Lihue mussten sie die übliche Route nach Kauai verlassen. Die Bremen III würde so lange in Hanalei Bay vor Anker liegen müssen, bis alle Frachtgüter ausgeladen waren und die beiden Frauen das Ufer erreicht hatten. Aber der imposante Dreimaster konnte nicht sehr nah ans Ufer, denn gefährliche Riffe säumten die Bucht zu beiden Seiten. Es war zu riskant.

Der Kapitän hatte mit der Mannschaft beraten, ob sie die Frauen mit dem Beiboot ans Ufer bringen sollten, aber auch das könnte als Provokation gesehen werden. Dieser Tage war es am besten, wenn gar kein europäisches Schiff der Insel zu nahe kam. Die Frauen würden deshalb in aller Früh von Kanus ans Ufer gebracht werden.

Das Schiff schwankte stark, sodass Elisa und ihre Mutter sich an der Reling festhalten mussten. Der Anker hatte jetzt Halt am felsigen Riff gefunden und die Kette spannte sich mit lautem Klirren. Es folgte ein weiterer Ruck.

Unsicher klammerte sich Clementia an ihre Tochter, fast wäre sie gefallen. Dann stand das Schiff still. Der Kapitän trat zu ihnen. Seine hohe Stirn zeigte Sorgenfalten. Er sah ernst aus.

»Leider habe ich schlechte Nachrichten für Sie, meine Damen. Ursprünglich wollten wir hier in der Bucht für drei Nächte ankern, aber jetzt müssen wir den Plan ändern. Die Unruhen auf den Inseln zwingen uns dazu. Eigentlich sollten wir gleich nach dem Ausladen der Waren die Segel setzen und umkehren.« Er zögerte einen Moment, bevor er die Hand von Elisas Mutter in seine nahm und weitersprach.

»Ursprünglich wären Sie mit Ihrer Tochter erst morgen früh in die Kanus gestiegen…«

Elisas Mutter nickte. Noch verstand sie nicht, was er ihr sagen wollte. Aber Elisa verstand sehr wohl, um was es hier ging. Sie bekam mit einem Mal ein mulmiges Gefühl in der Magengrube. Der Aufstand der Insulaner machte den Weißen Angst. Ihnen könnte in der Tat schon bald Gefahr drohen.

Die Stimme des älteren Mannes in der stattlichen Kapitänsuniform war voller Bedauern, aber gleichzeitig von männlicher Entschiedenheit, als er Elisas Mutter vor die Wahl stellte, ihre Reise auf seinem Schiff hier zu beenden oder aber zum nächsten sicheren Hafen zu fahren, bis Kauai wieder sicher sei.

»Es tut mir leid, aber wenn Sie auf Kauai bleiben wollen, dann müssten Sie mit Ihrer Tochter in einer Stunde von Bord. Wegen der zunehmenden Unruhen unter den Eingeborenen können wir nicht einmal über Nacht vor dieser Küste ankern. Heute ist Vollmond. Sehen Sie, die Kanakas versammeln sich bereits am Felsen. Einige von ihnen sind bewaffnet.«

Der Kapitän ließ die beiden Frauen abwechselnd durch sein Fernglas sehen. Elisa konnte drei Eingeborene ausmachen, die den Berg hinauf zum großen Felsen liefen, aber sie sah keine Waffen. Fragend sah sie den Kapitän an.

»Sind Sie sicher, dass diese Männer bewaffnet sind? Mein Vater hatte mir erzählt, dass die Hawaiianer ausgesprochen friedliebend sind.« Einen kurzen Moment schien der Kapitän verlegen zu werden.

»Es wird immer wieder von Waffen berichtet. Mein Steuermann wurde bei unserem Landgang auf Oahu explizit gewarnt. Zudem hat es in den Häfen der anderen Inseln bereits mehrfach Übergriffe gegen europäische Schiffe gegeben. Dort drüben, sehen Sie das Leuchtzeichen, meine Damen? Das ist die Warnung eines Plantagenbesitzers an alle Schiffe. Wir sollen fort von hier. Die Bremen ist eine ganz und gar unnötige Provokation. Ich bin mir sicher, dass es nicht im Sinne Ihres Schwagers wäre, wenn ich zwei Frauen unnötig in Gefahr bringe.«

Elisa sah das Leuchtfeuer flackern. Es war auf der Spitze der Landzunge entzündet worden. Wie ein kleiner unwirklicher Punkt im Grün des Dschungels leuchtete es zu ihnen hinüber. Mit einer Decke wurden Zeichen gegeben, Morsezeichen, wie Elisa annahm. Ihre Mutter war vor Schreck blass geworden und hielt sich krampfhaft an der Reling fest.

»Aber was sollen meine Tochter und ich denn jetzt tun? Wir können doch unmöglich bei einem derartig unruhigem Seegang an Land gehen. Aber jetzt wieder umzukehren, so kurz vor dem Ziel, um an einem anderen Hafen zu warten, bis sich diese Unruhen wieder legen... das kann ich mir noch viel weniger vorstellen. Was raten Sie uns?«

Der Kapitän bemühte sich um ein Lächeln.

»Die Wellen beruhigen sich innerhalb der nächsten Stunde. Ich kenne die Bucht. Die einsetzende Abendflut wühlt das Wasser nur kurzzeitig auf. Wenn es dunkel wird, sind auch die Wellen wieder zahm.«

Er sah erneut durch sein Fernglas hinauf zu dem Berg. Elisas scharfe Augen konnten die Gestalten jetzt auch ohne Hilfe erkennen. Mehr und mehr Männer strömten zu dem Versammlungsfelsen im Tal der Tausendnebel, doch sie sah immer noch keine Waffen.

Der Kapitän seufzte. »Vor der Versammlung sind sie angeblich ungefährlich. Aber bei Vollmond halten sie ihre heidnischen Rituale ab und nehmen einen berauschenden Trank zu sich, der, wie man hört, auch den zahmsten Arbeiter in ein wildes Tier verwandeln kann…« Er zögerte einen Moment, bevor er seine weiteren Worte sorgfältig wählte. Sie waren vor allem an Elisa gerichtet. »Sie sind eben nicht wie wir, diese … Wilden. Sie lernen zwar durch unsere Missionare zunehmend die christliche Werte, aber ich habe sogar gehört, dass einige von ihnen bis vor Kurzem noch Menschenfleisch aßen. Wenn alle Kanaka auf den hawaiischen Inseln sich zusammentun und sich gegen die Weißen auflehnen, bleibt von uns noch nicht einmal ein Häufchen Asche übrig…«

Elisa wagte ein Widerwort. »Jedes Volk würde aufbegehren, wenn man es derartig demütigt. Die Lage Hawaiis ist durch den bewaffneten Arrest ihrer Königin mehr als angespannt. Aber das müssten doch auch Sie verstehen können. Die Amerikaner haben ihre Königin gefangen genommen! Die Königin von Hawaii! Was würden Sie denn sagen, wenn so etwas bei uns in Deutschland geschehen würde? Meinen Sie nicht, dass wir uns zur Wehr setzen würden?«

Der Kapitän musterte Elisa mit mildem Lächeln. Auch wenn diese junge Frau wunderschöne Augen hatte, war sie ihm von Anfang an zu vorlaut gewesen. Frauen sollten sich ihre hübschen Köpfe grundsätzlich nicht über Politik zerbrechen, so seine Meinung, die er jedoch in diesem Moment lieber für sich behielt, da er Elisas scharfe Zunge inzwischen kannte.

Der Kapitän verbeugte sich wohlerzogen, aber mit ironischem Lächeln. »Ich weiß, dass Sie viel Mitgefühl mit den hiesigen Kanaka haben, Fräulein Vogel. Ihr weiches Frauenherz ehrt Sie. Aber hüten Sie sich vor Naivität und zu viel jugendlichem Idealismus. Wenn sich diese Wilden erst berauscht in Rage getanzt haben, sind sie zu allem fähig. Haben Sie schon einmal gesehen, was die mit ihresgleichen anstellen, wenn sie sich in die Haare kriegen? Sie gehen mit Zähnen aufeinander los, bis weder eine Nase noch ein Auge im Gesicht ihres Gegners übrig ist. Stellen Sie sich nur einmal vor, was die Arbeiter auf ihrer Plantage mit der Familie Ihres Onkels anstellen würden…«

Der Kapitän überließ den Rest der unerfreulichen Vorstellungen Elisas Phantasie. Als von der Brücke aus nach ihm gerufen wurde, nickte er Mutter und Tochter mit abschließender Verbeugung zu.

»Man verlangt nach mir. Sie entscheiden natürlich letztendlich, was Ihre eigene Sicherheit betrifft. Aber falls Sie auf Kauai an Land gehen wollen, dann müssten Sie in knapp einer Stunde mit Ihrem Gepäck von Bord sein. Wäre das möglich, meine Damen?«

Das zittrige Ja, das Elisas Mutter hauchte, war kaum zu hören. Allein der Gedanke, im Dunkeln das Schiff zu verlassen, versetzte ihre angegriffenen Nerven in gefährliche Schwingung. Aber Clementia ließ trotz ihrer Ängste noch mit Hamburger Höflichkeit verlauten, dass sie und ihre Tochter überaus dankbar für die Warnung wären. Ihre Entscheidung, trotz der Gefahr an diesem Abend an Land zu gehen, läge einzig und allein bei Clementia Vogel.

Der Kapitän drückte ihr ermutigend die Hand.

»Gut. Wenn Sie es so entscheiden, dann werde ich alles Nötige an Bord veranlassen. Bitte haben Sie Vertrauen, verehrte Frau Vogel. Ihr Schwager hat sicherlich seine fähigsten Männer geschickt, um sicheres Geleit zu gewähren. Wir sehen uns dann in einer knappen Stunde. Bitte entschuldigen Sie mich!«

Elisa sah zu, wie der Kapitän nach seiner Verbeugung beschwingt zurück zu seinem Steuermann auf die Kommandobrücke ging. Irgendwie konnte sie sich der Vorstellung nicht erwehren, dass der Mann soeben eine unliebsame Last losgeworden war. Natürlich war es ihm lieber, dass die beiden Frauen noch heute von Bord gingen. Die Bremen III war als Frachtschiff nur ungenügend für den Transport von Passagieren vorbereitet. Quartiere für den Transport von Sklaven gab es unter Deck zur Genüge, aber für Elisa und ihre Mutter hatte der Kapitän seine eigene komfortable Kajüte räumen müssen. Diese Gefälligkeit war den guten Beziehungen geschuldet, die ihr Vater in Hamburg aufgebaut hatte, bevor er seine eigene Reederei, die Reederei Vogel, durch einen schändlichen Bankrott verlor.

Elisa seufzte. Alles was ihnen von dem einst beachtlichen Hamburger Vermögen nach dem Tod ihres Vaters geblieben war, steckte in dieser Zuckerrohrplantage auf Kauai. Auch deswegen mussten sie möglichst schnell von Bord. Elisa und ihre Mutter hatten kaum noch Barmittel zur Verfügung. Sie konnten gar nicht umkehren. Wovon hätten sie auch in der Zwischenzeit leben sollen? Von nun an würden sie dem Willen von Onkel Paul ausgeliefert sein, so sah es Elisa, obwohl ihre Mutter diese Tatsache lieber verdrängte.

Kurz darauf packten sie in der Kapitänskajüte ihre letzten Sachen zusammen. Das Meiste war schon seit Tagen in ihren beiden Reisetruhen vorbereitet. Weiteres Hab und Gut aus der Hamburger Heimat war im Schiffsrumpf verstaut. Sie mussten sich jetzt nur noch frisch machen und umziehen. Die Kleidung, die sie tragen würden, um bei der Begrüßung der Verwandtschaft angemessen auszusehen, hatte ihre Mutter schon vor Tagen ausgewählt. Elisas dunkelblaues Seidenkleid, das sie bei offiziellen Anlässen trug, begutachtete ihre Mutter jetzt ein letztes Mal mit zitternden Händen. Mit einem Monokel, das der Vergrößerung diente, suchte sie nach Schäden und Flecken und murmelte unverständliche Worte vor sich hin.

Elisa sah beunruhigt zu, wie ihre Mutter nach der letzten Inspektion der Kleidung ihre kleine Phiole öffnete und mehr als zehn Tropfen Medizin auf ihre Zunge gleiten ließ. Sie nahm diese Tropfen regelmäßig seit dem Tod des Vaters. Nervlich bedingtes Zittern sowie gelegentliche Asthmaanfälle quälten sie. Beides versuchte Clementia mit einem Opiat unter Kontrolle zu bringen, da ihre Konstitution schwach war, wie sie zu sagen pflegte.

Während Elisa zusah, wie ihre Mutter versuchte, ihren Atem zu beruhigen, dachte sie nach. Ihr gefiel der Gedanke, noch heute einen Fuß auf die Insel zu setzen, die von nun an ihre Heimat sein würde. In einer Stunde würde es so weit sein. Sobald die Waren für die Plantage und ihr Gepäck in die Kanus umgeladen waren, würden sie von Bord gehen. Mit dem Entschwinden der Bremen III würde auch das letzte Stück Deutschland ein Teil ihrer Vergangenheit werden. Dann konnte endlich ihr neues Leben beginnen, ein besseres Leben, wie Elisa hoffte.

Sanft legte sie ihrer Mutter die Hand zwischen die Schulterblätter.

»Schaffst du es, Mama?«

Clementia hatte ihre Atemnot durch die Tropfen halbwegs unter Kontrolle gebracht und versuchte, ihrer Tochter ein zuversichtliches Lächeln zu schenken.

»Es bleibt mir ja wohl nichts anderes übrig. Noch sind mir keine Engelsflügel gewachsen.«

Elisa litt darunter, wenn ihre Mutter von Engeln sprach. Immer wieder ließ sie anklingen, wie wenig ihr das Leben auf der Erde nach dem Tod ihres Mannes bedeutete. Das tat weh. Sie legte vorsichtig ihre Hände auf die ihrer Mutter.

»Du wirst sehen. Alles wird gut, wenn wir erst auf der Plantage sind. Bei Onkel Paul kannst du dich ausruhen. Er hatte bestimmt zu viel zu tun, um persönlich zu kommen. Nur deswegen hat er Herrn van Ween geschickt und nicht, weil Onkel Paul dich nicht achtet.«

Elisas Mutter sah nicht auf. Ihre Hände zitterten und sie nickte mit gesenktem Haupt.

»Dein Onkel wird es schon richtig machen. Zudem mag Herr van Ween zwar unsympathisch auf uns wirken, muss aber ein tüchtiger Verwalter sein. Seit fast sechs Jahren arbeitet er jetzt auf der Plantage. Sein ältester Sohn Johannes ist der kluge junge Mann, von dem dein Vater uns öfter erzählt hat. Weißt du noch? Ihr seid fast im gleichen Alter. Johannes van Ween wird die gesamte Buchhaltung auf der Plantage übernehmen und ist angeblich sehr gut mit Zahlen. Aber dieser nette Johannes, der Sohn des Verwalters, der wäre leider keine gute Partie für dich. Das hatte ich mit Vater bereits geklärt. Er hat zu wenig Vermögen und zudem brauchst du einen Mann, der älter ist, damit er dir deine Flausen austreiben kann. Ach, was rede ich denn … das müssen die Tropfen sein. Die machen mich ganz wirr im Kopf…«

Elisa lächelte flüchtig. Sie kannte die Wirkung des Opiats bereits. Und tatsächlich hatte ihr Vater ihr einige Male von dem Wunderknaben Johannes van Ween erzählt. Wenn sie Nachlässigkeit bei ihren Rechenaufgaben zeigte, war dieser Johannes immer als leuchtendes Vorbild angeführt worden. Akribie und Zahlenliebe wären herausragende Eigenschaften dieses wundervollen Patensohns ihres Vaters.

Elisa wusste, dass Johannes als zukünftiger Ehemann für sie im Moment höchstens eine Notlösung sein durfte. Man hoffte auf den Wohlstand von Elisas Zukünftigem.

Auch wäre ein Deutscher besser als ein Holländer. Aber die van Weens waren tüchtig. Bereits jetzt gehörte ihnen eigenes Land auf Kauai, wie Elisa von ihrem Vater gelernt hatte. Statt sich auszahlen zu lassen, hatte dieser Verwalter um sein eigenes Land gebeten. Dafür musste seine Frau auch auf der Plantage mitarbeiten, weil der Lohn sonst nicht für den Unterhalt der Familie gereicht hätte. Marie van Ween war angeblich eine ausgezeichnete Köchin und stammte ursprünglich aus Deutschland. Bestimmt würde es den van Weens gelingen, für ihren talentierten Ältesten eine gute Partie zu verhandeln, da Johannes neben seinen anderen Qualitäten für einen jungen Mann in seinem Alter ausgesprochen männlich und zudem sehr gut aussah.

Elisa sah ein letztes Mal auf die drei Fotos, die ihre Mutter auf ihre Sachen gelegt hatte. Auf der Reise hatte sie sich diese Fotografien, die ihr Vater bei seinem letzten Aufenthalt auf Kauai selbst mit seinem Fotoapparat gemacht hatte, immer wieder gerne angesehen. Die Familie von Onkel Paul stand stolz vor dem prächtigen Herrenhaus der Plantage. Die zweite Aufnahme zeigte einige Arbeiter als fröhliche Gruppe auf einem Feld. Auf der dritten Aufnahme lächelte der junge Johannes. Als Elisa das erste Mal seine Gesichtszüge sah, hatte ihr Herz spontan einen kleinen Freudensprung gemacht.

Still legte Clementia jetzt als letzte Vorbereitung eine blaue Schleife für Elisas Haar auf das Kleid. Für sich hatte sie ebenfalls ihr vornehmstes Gewand gewählt. Plissiert und hochgeschlossen und aus feinster schwarzer Baumwolle, ihrem Witwenstand angemessen. Elisa beobachtete, wie stark die Hände der Mutter immer noch zitterten, als sie trotz der warmen Temperaturen ihr wollenes Umschlagtuch zu ihrem Kleid legte.

»Ist dir kalt, Mama?«

»Nein, nein, es ist alles in Ordnung. Ich bin nur ein wenig aufgeregt. Der Morgen wäre mir lieber gewesen.

Wenn wir ankommen, ist es bereits dunkel. Dazu noch die bevorstehende Geburt ... deine arme Tante. So kurz hintereinander vier Kinder, da ist es kein Wunder, dass sie ihren Mann bei sich im Haus haben will...«

Elisa wusste, dass ihre Mutter sie nicht unnötig belasten wollte, jedoch ahnte sie, dass sie bei Pauls Frau nicht willkommen sein würden. Pauls junge Frau konnte kaum Interesse daran haben, ihre Hoheit über Haus und Plantage mit der verwitweten Schwägerin aus Hamburg und ihrer erbberechtigten Tochter zu teilen. Aber mit diesen Gedanken sollte Elisa nicht beunruhigt werden, zumindest noch nicht. Deswegen sprach Clementia lieber über die Geburt, die angeblich dieser Tage die Plantage in Atem hielt. Deswegen, nur deswegen, sei Onkel Paul nicht gekommen, um sie hier am Ende der Welt in Empfang zu nehmen.

»Unser Schiff hätte ja auch bereits vor Tagen einlaufen sollen. Sicherlich muss Paul seiner Frau in dieser schweren Stunde beistehen. Das können wir beide doch sehr gut verstehen, nicht wahr? Es ist keineswegs mangelndes Interesse, oder gar mangelnde Achtung...«

Die Worte der vor sich hin murmelnden Mutter wurden leiser und Elisa litt unter dem furchtsamen Unterton in ihrer Stimme. Das ganze Wesen ihrer Mutter strahlte seit Vaters Tod Furcht und Hoffnungslosigkeit aus. Clementias Körper schien verloren in dem bodenlangen Unterrock vor der Waschschüssel. Mit einem feuchten Lappen reinigte die Mutter mit mechanischen Bewegungen ihr Gesicht, so als würde sie einen Topf schrubben.

Wortlos ging sie zu ihrer Mutter und vollendete die Waschung. Danach trug sie Rosenwasser und zuletzt eine feine Salbe auf, die die durchscheinende Haut ihrer Mutter auf dem Weg an Land schützen würde.

Clementia Vogel war einst mit ihrem weißblonden Haar und den strahlend tiefblauen Augen in Hamburg eine

Schönheit gewesen. Ihre Verehrer hatten sich regelrecht darum geprügelt, wer seinen Namen in ihr Tanzkärtchen eintragen durfte. Aber diese Zeit der Unbeschwertheit war lange her. Mit Ende dreißig sah Clementia alt und verbraucht aus. Im letzten Jahr war Elisa ihr einziger Trost gewesen, denn durch ihr Kind fühlte sie sich über den Tod hinaus täglich mit ihrem Mann verbunden.

Elisa ähnelte ihrem Vater. Kluge, lebhafte Augen dominierten das schmale Gesicht. Auch die gerade lange Nase hatte sie vom Vater. Gerhard Vogel war mit dem Aussehen eines Aristokraten gesegnet. Elisas Großmutter, eine geborene Gräfin von Dettenburg, hatte aus Liebe einen bürgerlichen Professor geheiratet, blieb aber in ihrem Inneren ihrem Stand treu.

Adel verpflichtet, pflegte Elisas Großmutter zu mahnen, wenn sie dem kleinen Mädchen bei ihren Besuchen die Welt einer Dame erklärte und allzu krause Gedanken zähmte. Seit die Großmutter vor sechs Jahren gestorben war, achtete Clementia umso strenger auf Elisas Erziehung und hoffte inzwischen mit ganzem Herzen, dass ihrer Tochter unter den Plantagenbesitzern der Südseeinseln eine wirklich gute Partie begegnen würde.

Clementia hatte allen Grund, ehrgeizige Heiratspläne mit ihrer einzigen Tochter zu verfolgen, denn aus Europa strömten wegen des Zuckerrohrs einige Söhne guter Familien auf die Kolonien. Jedoch wünschte sie sich einen vermögenden Mann aus Deutschland und ihr Traum war ein Schwiegersohn, der für seinen standesgemäßen Nachwuchs und ein zivilisiertes Leben auf den Inseln mit ihrer Elisa auch die Hamburger Schwiegermutter bei sich aufnehmen würde. Spätestens mit Elisas Hochzeit würden dann auch ihre finanziellen Sorgen endlich ein Ende haben, so hoffte die Mutter.

Elisa hatte begonnen, sich ebenfalls ein wenig frisch zu machen und stand jetzt im Unterrock und mit bloßen Armen in der Kajüte. Durch das Bullauge warf die Abendsonne ihr helles Licht auf die schöne junge Frau. Clementia sah, dass Elisas Nase durch die heutige Sonne mit noch mehr Sommersprossen als gewöhnlich übersät war. Auch ihre Unterarme waren golden getönt und Elisas Wangen leuchteten rosig und gesund. All das ließ ihre Tochter vital, jedoch auch ein wenig gewöhnlich wirken. Dabei wäre ihre Tochter eine klassische Schönheit, wenn ihr Mund nicht ein wenig zu groß und ihre Augenbrauen nicht allzu gerade und streng geraten wären. So verriet das junge Gesicht Intelligenz und Widerspruchsgeist. Und genau diese Eigenschaften waren es nicht, die von der zukünftigen Herrin einer großen Plantage erwartet wurden.

Clementia seufzte. Sie würde auf Kauai anfangen müssen, sich sehr viel ernsthafter mit Elisas Aussehen zu beschäftigen. Aus ihrer eigenen Jugend kannte sie einige Tricks, so auch die Technik, aus allzu energischen Augenbrauen sanfte, erstaunte Bögen mittel einer Pinzette zu formen. Die sinnlichen Lippen konnte sie zu einem bescheidenen Mündchen pudern. Auch ein zu großes Mädchen, das darüber hinaus mit zu viel Intelligenz und einem zu forschen Mundwerk geschlagen war, ließ sich mit Raffinesse in brauchbares Heiratsmaterial verwandeln, zumindest hier in der Südsee.

In Hamburg hingegen hätte Elisa kaum eine Chance auf einen geeigneten Ehemann gehabt. Schon immer fehlte ihr der mädchenhafte Liebreiz der Zurückhaltung, auf den man in besseren Kreisen besonderen Wert legte. Aber ihre Tochter war nicht zurückhaltend, sondern neugierig und konnte ihre Zunge nur schwer im Zaum halten. Zudem war sie klüger als die meisten jungen Männer in ihrem Alter. Auch war das Leben in der Hansestadt viel zu teuer, wenn sie gesellschaftlich mithalten wollten. Allein die Ausstattung für den Debütantinnenball hätte ihre restlichen Reserven so gut wie aufgezehrt. Um ihrem Kind das Leben zu ermöglichen, das ihr Vater geplant hatte, musste Clementia aus der Not eine Tugend machen. Ihre Elisa war mutig und stark. Deswegen war der Plan, nach Hawaii auszuwandern, die einzig richtige Entscheidung gewesen.

Clementia kniff sich vor dem kleinen Spiegel neben der Tür in beide Wangen, um ihre transparente Blässe zum Erröten zu bringen. Sie würde zumindest versuchen, bei der Begrüßung von Pauls Frau einen zuversichtlichen und gesunden Eindruck zu machen. Alles, was nötig war, würde sie tun, um für ihre Tochter den bestmöglichen Mann zu finden. Aber zusätzlich zu Wohlstand, Geist und Humor würde ihr Schwiegersohn eine gewisse Körpergröße mitbringen müssen. Das Kind war auf dem Meer noch einmal wie Unkraut in die Höhe geschossen. Auch wenn sich erste verführerische Rundungen unter dem Unterrock abzeichneten, war ihre Tochter für die meisten Männer bereits jetzt ganz einfach zu groß.

Elisa beendete ihre Waschungen in der Abendsonne. Als sie unter ihrem Unterrock den Waschlappen hervorzog, erschrak sie. Ein roter Streifen Blut leuchtete auf der weißen Baumwolle. Clementia sah es ebenfalls. Sie lächelte und spontan umarmte sie ihr großes Kind mit feuchten Augen. Na, endlich! Elisas Mondzeit hatte wieder begonnen, der Frauen Gnade und Fluch zugleich und die notwendige biologische Voraussetzung für jede Art von Eheanbahnung. Und vielleicht war ihr Kind jetzt auch endlich genug gewachsen!

Versorgt mit einem gefalteten Leinenstreifen und den üblichen mütterlichen Ermahnungen für die Dauer ihrer Mondzeit, setzte sich Elisa kurz darauf ein letztes Mal auf die Pritsche in der kleinen Nische, die über viele Monate ihre einzige Rückzugsmöglichkeit gewesen war. Sie nahm den kleinen Bilderrahmen auf ihrem Nachttisch in die Hand, den sie jede Nacht vor dem Schlafengehen angesehen hatte. Die Fotografie in dem schwarzen Rahmen aus hawaiischem Koaholz zeigte ihr stattliches ehemaliges Zuhause in Hamburg. Onkel Paul hatte diese Aufnahme gemacht, damals, als er in ihrer Nähe wohnte und noch nicht verheiratet war. Vor dem Haus saß Elisa auf ihrer Schaukel, flankiert von ihren jugendlich strahlenden Eltern. Es war ihr fünfter Geburtstag. An diesem Tag im Dezember hatten ihr Vater und Onkel Paul ihre neue Schaukel am kahlen Apfelbaum aufgehängt. Es war ein kalter Tag gewesen, ein wenig neblig und trüb, wie das Wetter im Hamburger Winter oft sein konnte. Elisa liebte dieses Foto ganz besonders, weil ihr Vater darin so jung und fröhlich lachte. Zärtlich strich sie über den dunklen Bilderrahmen, als sich ihre Mutter mit der Haarbürste zu ihr setzte.

»Lass dich noch einmal kämmen, Kind.«

»Nur wenn du mir noch einmal von deinem schönsten Tag erzählst, Mama. Damals, als unter deinem Herzen mit uns beiden alles angefangen hat…«

Clementia wusste, was gemeint war, denn fast jeden Abend hatten sie sich zu Anfang ihrer Reise gegenseitig Geschichten erzählt, um ihr Heimweh zu verdrängen. Eine dieser Geschichte mochte ihre Tochter am liebsten. Während sie jetzt Elisas Zopf löste, um das Haar zu kämmen und aufzustecken, begann Clementia zu erzählen.

»Ein Rotkehlchen hat auf dem Baum vor meinem Schlafzimmer gesungen, während ich viele Stunden auf deine Ankunft wartete. Ich war so ungeduldig. Der Klapperstorch hat an diesem Sonntag lange auf sich warten lassen. Deswegen hat der kleine Vogel mit der roten Kehle über Stunden sein Bestes gegeben. Er wollte uns beide bei Laune halten, denn auf das Kind unter dem Herzen zu warten, ja, das kann für eine werdende Mutter sehr, sehr anstrengend sein…«

Die Frauen warfen sich einen Blick zu, der auf weiblichem Einvernehmen beruhte. Über bestimmte Dinge würden sie als Mutter und Tochter erst kurz vor der Hochzeitsnacht sprechen. Auch wenn Elisa bereits wusste, dass das Kinderkriegen eine schmerzhafte und vor allem anstrengende Angelegenheit war, kannte sie keine Details. Sie mochte die Geschichte vom Klapperstorch und dem Kind unter dem mütterlichen Herzen. Ansonsten reichte ihr schon ihre Mondzeit, wie ihre Mutter das weibliche Übel nannte, das ihr einmal pro Monat die Nerven raubte, seit sie fünfzehn war. Zum Glück hatte der lästige Fluch aufgehört, seit sie Hamburg per Schiff verlassen hatten. Ein Arzt, den die beunruhigte Mutter bei ihrem Aufenthalt in New York aufsuchte, verschrieb Elisa pro Tag ein Hühnerei, um einer leichten Anämie entgegenzuwirken, denn rein anatomisch sei zum Glück alles normal. Vor einer Vermählung würde sich der Zyklus von alleine wieder einrenken, spätestens dann, wenn Elisa ausgewachsen sein würde und nicht mehr auf Schiffen wohnen müsste.

Clementia erzählte weiter, während sie Elisas Haar mit der Bürste glattzog.

»In den Abendstunden, als am Tag deiner Ankunft der Mond bereits hinter dem Apfelbaum aufstieg, war es so weit. Ich hielt mein Sternenkind endlich in den Armen. Dein Vater kam, um dich zu bewundern. Wir wussten sofort, dass du unser schönstes Geschenk auf Gottes Erdboden warst…«

Elisa schluckte und Clementia ließ die Haarbürste sinken. Dann hielten sich Mutter und Tochter ein letztes Mal in der Schiffskoje umschlungen, so als würden sie einander gegen das Unbekannte festhalten müssen. Eine

neue Welt lag vor ihnen. Jetzt begann auch Elisa vor Aufregung zu zittern. »Alles wird gut werden, nicht wahr?«
»Ja, mein Kind, alles wird gut werden. Dein Onkel sorgt dafür.«

Danach schwiegen Mutter und Tochter. In der letzten Stunde auf der Bremen III hingen beide Frauen ihren Erinnerungen an die Hamburger Heimat nach, so als wüssten sie um die Kraft aus ihren Wurzeln, die sie schon bald brauchen würden.

Elisa dachte an den tapferen Vogel vor ihrem Fenster. In den Jahren ihrer Kindheit kam das Rotkehlchen jedes Frühjahr, wenn der Apfelbaum blühte und sang vor dem Fenster. Ihr großer Garten am Ufer der Elbe war ein blühendes Paradies gewesen, dicht bewachsen mit Rosen in allen Farben.

Clementia dachte auch an den Garten, jedoch an ihre Laube, in der sie Elisa endlos Märchen vorgelesen hatte, anfangs beseelt von der Hoffnung, dass sie schon bald erneut schwanger werden würde. Aber das Brüderchen, von ihrem Mann und ihrem Kind genauso sehnsüchtig erwartet, wollte nicht in ihrem Schoß landen. Ihr Ehemann war häufig unterwegs auf seinen ausgedehnten Reisen, und wenn er in Hamburg bei seiner Familie sein konnte, verlangte die Reederei ihm oft lange Stunden im Kontor ab. Um schließlich überhaupt einen Erben für das verzweigte Unternehmen einsetzen zu können, wurde Elisa in allen Dokumenten zur Alleinerbin bestimmt. Und dann erwarben die Brüder Vogel eines Tages wertvolles Land auf Kauai.

Clementia erinnerte sich noch gut an das ernste Gesicht ihres Mannes, als er mit der kleinen Elisa über Verantwortung und Familienehre gesprochen hatte, bevor er das erste Mal in die Südsee fuhr, um die neuen Ländereien auf Kauai zu besichtigen. Damals war die Reederei Vogel noch ein blühendes Unternehmen gewesen. Erst drei Jahre später verursachte ein schweres Schiffsunglück die ersten wirklich katastrophalen Verluste.

Clementia sah durch das Bullauge hindurch auf die Küste der ihr unbekannten neuen Welt. Die Sonne begann unterzugehen. Die Zuckerrohrplantage der Gebrüder Vogel auf Kauai würde von nun an ihre einzige Heimat sein. So wurde es entschieden, nachdem ihr Mann vor bald zwei Jahren unerwartet gestorben war. Ihr Haus in Hamburg musste schon wenige Wochen nach seinem Tod verkauft werden. Die Familie war bankrott. In weiser Voraussicht hatte ihr Mann jedoch kontinuierlich einen Teil seines Vermögens in ihre Besitzungen in der Südsee gesteckt. Auf den hawaiischen Inseln würde in Zukunft für den weltweiten Handel immer mehr Zucker angebaut werden. Der Markt wurde auf Jahre hinaus als stabil eingeschätzt und die Plantage wurde von Paul Vogel seit nunmehr acht Jahren erfolgreich geführt. Es war ein sicheres Geschäft. Auch von den wachsenden Apfelhainen wurde mehr Gewinn erwartet. Deshalb kam der von Paul vorgeschlagene Verkauf ihrer Anteile an der Plantage für Clementia nicht infrage. Sie wollte keine Abfindung, sondern eine Zukunft für ihr einziges Kind. Ein Leben in Wohlstand und Glück sollte es sein, denn in Hamburg waren sie gesellschaftlich abgesunken. Der Tod ihres Mannes sowie die bankrotte Reederei machten eine angemessene Partie für Elisa so gut wie unmöglich.

Während Clementia sich nach dem Kämmen ihr Korsett anzog, blieb Elisa noch einen Moment sitzen. Die Erinnerung an ihren Vater schmerzte. Unverwundbar war er ihr vorgekommen. Nie hatte sie auch nur im Traum für möglich gehalten, dass sie ihren starken Vater verlieren könnte. Und dann geschah es innerhalb weniger Wochen. In einer eisigen Winternacht im späten Februar hatte er im Hafenkontor Überstunden gemacht, sich erkältet, immer stärker gehustet und kaum noch gegessen. Wegen der geschäftlichen Krise wollte sich ihr Vater nicht schonen, und in den ersten Frühlingstagen wurde eine schwere Lungenentzündung diagnostiziert. Seine Kräfte schwanden innerhalb einer Woche und schließlich war der Vater so krank, dass ihre Mutter die Pflege alleine nicht schaffte und eine Krankenschwester kam, um nachts in seinem Krankenzimmer zu wachen.

An einem klaren Morgen im März 1891 sang das Rotkehlchen vor Elisas Fenster. Auch die Fenster im Zimmer ihres Vaters wurden geöffnet, damit er an der frischen Luft den Gesang hören konnte. Das Rotkehlchen strengte sich an und sang sein schönstes Lied. Als Elisa zu ihrem Vater gerufen wurde, saß er aufrecht und still in seinem Lehnstuhl. Er war friedlich für immer eingeschlafen.

»Gott hat deinen Vater früh im Himmel gebraucht, weil er ein guter Mensch war. Das solltest du in Dankbarkeit in deinem Herzen behalten«, so lautete die Erklärung ihrer damals zu Tode erschöpften Mutter. Damals war Elisa sechzehn und wütend über die Ungerechtigkeit des Lebens. Jedoch sollte der frühe Tod des Vaters nur die erste von einigen Prüfungen werden.

Jetzt hatte Elisa vor wenigen Tagen ihren neunzehnten Geburtstag gefeiert und war zu einer Riesin herangewachsen. Ihrem Vater hätte gefallen, wie groß und stark ihr Körper war, davon war sie überzeugt, denn immerhin hatte er ihr das Reiten und das Segeln auf der Elbe beigebracht. Ihr Vater mochte sportliche Frauen und würde er noch leben, müsste sie sicherlich weder enge Kleider noch ein Korsett tragen.

Als Elisa aufstand, um jetzt ihrer Mutter bei der Frisur zu helfen, musste sie in der niedrigen Kabine ihren Kopf einziehen. Einige der Matrosen an Bord überragte sie bereits und neben der zierlichen Clementia kam sie sich meistens wie ein Ungetüm vor.

Das von Trauer spröde gewordene Haar ihrer Mutter glättete sie mit dem letzten Rest Frisierbalsam aus Lavendel, ein kosmetisches Überbleibsel aus Hamburg. Danach reichte sie ihr die wertvollen Perlenstecker mit dem Kranz aus feinen Diamanten aus der Schatulle, in der sie gemeinsam ihren Schmuck verwahrten. Bei Paul und seiner Frau einen guten ersten Eindruck zu machen würde sicherlich kein Fehler sein. Zuletzt bestand Clementia darauf, von Elisa fester in ihr Korsett eingeschnürt zu werden.

»Enger! Zieh noch ein wenig stärker!«

»Aber du bist ohnehin schon so dünn«, protestierte Elisa. Ihre Mutter zog die Luft ein.

»Fester! Eleganz muss sein. Deshalb ziehst du ja auch ein letztes Mal dein schönes Kleid an.«

Elisa zurrte die Schleife am Korsett ihrer Mutter fest und steckte die Bänder unter das Gestänge. Zufrieden umfasste Clementia ihre eigene schmale Taille, während Elisa bereits zweifelnd die Nähte an ihrem blauen Kleid prüfte.

»Die Seide wird reißen. Das Kleid ist mir viel zu klein. Da krieg ich keine Luft. Es ist zu eng und zu kurz ist es auch.« Trotzig verschränkte sie die Arme.

Clementia schüttelte den Kopf.

»Mit dem Korsett von mir wird es gehen. Zudem ist es das Einzige, in dem du nicht wie eine junge Wilde aussiehst. Du möchtest vor der Frau deines Onkels doch nicht unschicklich erscheinen, oder?«

Die Mutter ließ ostentativ ihren kritischen Blick über die frech nach oben schauenden Brüste ihrer Tochter wandern, die sich im knappen Unterkleid einladend und prall abzeichneten. Elisa verschränkte ihre Arme und schob ihrer Mutter ihr trotziges Kinn entgegen.

»Kann ich etwas dafür, dass ich wachse?«

Clementia seufzte erneut. Wildfang hatte ihr Mann das Kind gerne genannt, da Elisa schon immer lieber auf die Bäume im Garten geklettert war, als im Salon Klavier zu üben. Sie war Gerhard wirklich sehr ähnlich und sicherlich hätte er seine helle Freude an ihrer stattlichen Größe gehabt, nur musste man ihr das nicht unbedingt auf die Nase binden. Es würde noch schwer genug werden, den Wildfang zu einer heiratsfähigen jungen Dame zu erziehen, noch dazu in der kurzen Zeit, die ihnen blieb, bevor Elisa auf dem Heiratsmarkt präsentiert werden sollte.

Als Mutter und Tochter zurück an Deck kamen, war alles zur Abreise bereit. Die Waren für die Plantage wurden aus dem Frachtraum von Matrosen mit Tauen und Flaschenzügen auf das größte der drei Kanus herabgelassen, während der holländische Verwalter seine Kommandos brüllte. Als nächstes sollten die beiden Truhen mit den Kleidern und Büchern der Frauen folgen, die bereits an der Reling standen.

In ihrem blauen Kleid und mit der stilvollen Frisur sah Elisa jetzt schon eher aus wie eine junge Dame. Die Vorfreude ließ ihr Herz laut klopfen, während sie mit ihrer Mutter ein letztes Mal vom Schiff aus das beeindruckende Panorama von Kauai im Licht der schwindenden Sonne bewunderte.

»So wie diese Landschaft hier, so stelle ich mir das biblische Paradies vor.«

Die Mutter lächelte.

»Du hoffst also, wir sind hier im Garten Eden, in dem der Baum des Lebens und der ewigen Weisheit wächst?«

Elisa nickte stumm und ihre Augen glänzten verräterisch. Vielleicht war das Beben in ihrem Inneren dem schwindenden Dämmerlicht geschuldet, welches die Küste in einem übernatürlich weichen Farbton schimmern ließ. Die junge Frau überkam jedenfalls ein religiöses Gefühl, wie sie es sonst nur aus der Andacht im Alten Michel in Erinnerung hatte, als sie noch als heile Familie in Hamburg gemeinsam den sonntäglichen Kirchgang zelebriert hatten.

Die sinkende Sonne übermalte nicht nur die Felsen mit rosigem Glühen, sondern ließ auch die Wolken in glühenden Farben lodern. Ihr Vater hatte Kauai in seinen Erzählungen als Paradies beschrieben, und er hatte recht damit gehabt, wie Elisa jetzt fand. Wo es so viel Schönheit gab, musste vielleicht auch das Glück zu Hause sein. Ein Schauer der Vorahnung ließ die feinen Härchen auf ihren Unterarmen erzittern. Hier würden ihre Mutter und sie ihr ganz persönliches Paradies finden, das hoffte Elisa von ganzem Herzen.

»Wenn dein Vater jetzt nur bei uns sein könnte…«

Auch Clementia genoss das Farbenspiel an Deck sichtlich. Die Frauen zeigten sich gegenseitig die in der Abendsonne aufblitzenden Entdeckungen an Land. Am Strand standen drei majestätische Palmen auf weißem Sand. Rechts vom Schiff ragten die schroffen Klippen der Na-Pali-Küste auf. Zu ihrer Linken entdeckte Elisa in den Hügeln von Hanalei die ersten Dächer. Sogar bis zur Spitze von Kilauea konnte sie im Abendrot sehen.

»Wo sind denn unsere Kanus?«

Neugierig beugte sie Elisa über die Reling. Sie wollte wissen, wo wohl der schöne junge Mann abgeblieben war, während sie und ihre Mutter unter Deck waren. Zwischenzeitlich hatten weitere Boote von der Insel das Schiff angesteuert, zum Teil mit Früchten, Gemüse und sogar Hühnern beladen. Es war ein lebhaftes Treiben. Waren wurden abgeladen, andere an Bord genommen.

»Ich kann Onkels Kanus nicht mehr sehen!«

Obwohl sie sich weit über die Reling beugte, konnte Elisa ihren jungen Wilden, wie sie ihn insgeheim nannte, nicht unter den anderen Kanus ausmachen. Außerdem wurde ihr schwindelig, wie es ihr manchmal geschah, wenn sie aus der Höhe nach unten sah.Sie vertrug Höhen nicht besonders gut. Auch ihre Mondzeit mochte damit zu tun haben, dass sie sich insgesamt nicht wohl fühlte, und der Lappen zwischen ihren Beinen tat sein Übriges. Sie wünschte sich möglichst schnell in den eigenen Gemächern verschwinden zu können, die ihnen Onkel Paul in seinem letzten Brief versprochen hatte.

Kurze Zeit später schüttelte Elisa dem Kapitän die Hand und bedankte sich an der Seite ihrer Mutter artig für die Unterbringung in seiner Kajüte. Ihre Gepäckstücke, von dem Matrosen an Deck gebracht, wurden ein letztes Mal überprüft. Knoten und Schlösser saßen fest, das Verladen konnte losgehen. Elisa spürte, wie ihre Fußsohlen unruhig kribbelten, sogar ihre Füße freuten sich jetzt ungemein auf das Gefühl von Erde zwischen den Zehen.

»Die Kanus warten! Es ist Zeit.«

Elisa und ihre Mutter folgten dem Kapitän auf die andere Seite des Schiffes. Kaum sah Elisa über den Rand der Reling, entdeckte sie seine edle Gestalt. Da war er, ihr schöner Wilder! Gerade ergriff er ein Tau, das ihm von Deck aus zugeworfen wurde. Der holländische Verwalter, Piet van Ween, bellte vom größten der Kanus Anweisungen in einem für Elisa unverständlichen Kauderwelsch und sie kniff ihre Augen zusammen, um den Holländer im Gegenlicht der roten Sonne besser sehen zu können. Die Art des Verwalters wollte ihr so gar nicht gefallen. Schlug er die Männer in dem Kanu etwa? Was war das für ein Geschrei?

Da entdeckte auch Elisa nicht weit von den Kanus eine Haifischflosse. Nur kurz blitzte das große Dreieck aus dem Wasser hervor, dann verschwand es wieder. Das aufgeregte Geschrei einiger Männer hatte dem Hai gegolten, doch wusste Elisa nicht, ob sie mit ihren Lauten Freude oder Furcht ausdrücken wollten.

Seit geraumer Zeit hatte sie im Pazifik vom Schiff aus immer wieder große Haifische im Kielwasser entdeckt. Angelockt von Abfällen folgten die hungrigen Tiere den Frachtschiffen bisweilen über weite Strecken. Diese Haifischflosse jedoch war sehr viel größer als all die anderen auf der Überfahrt. Ihr Vater hatte ihr einst von gigantischen Haien erzählt, die in den Riffen vor Kauai lebten, angeblich uralt wurden, älter sogar als die gigantischen Schildkröten auf der Insel und laut einer Insel-Sage der Einheimischen sogar unsterblich waren. Großvater Hai, so hatte ihr Vater diese Sage genannt.

Bis auf einen rötlichen Streifen Licht am Horizont war es bereits dunkel, als Elisa den Halt der Strickleiter am Rand der Reling überprüfte, indem sie an dem Knoten zog. Vor ihrer Mutter sollte sie den Weg nach unten zu den wartenden Kanus wagen, und dazu mit Hilfe der Strickleiter an der seitlichen Wand herunterklettern. Unten angekommen sollte sie ausgerechnet in das Kanu steigen, das von dem schönen jungen Mann gerudert wurde – ihrem Wilden. Das größere Kanu, in dem der Verwalter saß, war für ihr Gepäck vorgesehen und in dem zweiten kleinen Kanu würde ihre Mutter an Land gelangen. Der Verwalter hatte es so bestimmt. Überhaupt hatte dieser feiste unsympathische Mann das Sagen, ihm oblag die Verantwortung für die Sicherheit der beiden Frauen, wie er lautstark betont hatte. Seine Autorität, die ihm von Paul Vogel übertragen worden war, bekräftigte er mehrfach und roch dabei aus dem Mund nach Schnaps. Elisa fand den Mann schrecklich. Zwar hatte der Holländer vor ihr und ihrer Mutter zur Begrüßung seine Aufwartung mit einem Diener gemacht, jedoch schwankte er dabei gefährlich vom Alkohol. Elisa konnte sich kaum vorstellen, dass der Sohn des Holländers, Johannes van Ween, ein kultivierter junger Mann sein sollte. Mit anzüglicher Distanzlosigkeit hatte der beleibte, schwitzende Mann die schwachen Frauen, wie er es ausdrückte, unter seine Fittiche genommen. Alles an dem Kerl war Elisa inzwischen zuwider, denn Piet van Ween schrie unaufhörlich auf die Hawaiianer ein, obwohl sie dazu nicht den geringsten Anlass gaben. Die hawaiischen Männer jedoch ertrugen die Schreierei mit Gleichmut.

Elisa zählte insgesamt sechs von ihnen in den drei Kanus. Außer dem hochgewachsenen jungen Mann, der ungefähr in ihrem Alter sein musste, schätzte sie die anderen als deutlich älter ein. Die Männer trugen nichts außer einem gewickelten Lendentuch, und ihr glänzendes schwarzes Haar fiel ihnen offen bis über die Schultern. Nur einer von ihnen trug seine Haartracht zurückgebunden und war bereits stark ergraut. Er war der Älteste und saß hinten in dem Kanu, in das Elisa einsteigen sollte. Sie konnte auf seinem Rücken silbrige Narben erkennen, die in einem martialischen Muster die sonnengegerbte Haut durchzogen. Der Alte schien von sanftem Gemüt, sprach in melodiösem Singsang mit dem Jungen und lächelte ihr nett zu.

Elisa beobachtete, wie geschickt die Männer die schwere Truhe mit ihren Büchern balancierten. Um das schwere Teil auf dem großen Kanu festzuschnallen, tänzelte der junge Wilde wie ein Akrobat. Sie sah auch, wie er mehrmals nach oben sah, aber sicher war sie sich nicht, ob sein Blick auch wirklich den ihren suchte.

Plötzlich tauchte die riesige Haifischflosse ein zweites Mal neben den Kanus auf. Elisa entfuhr unwillkürlich ein Schrei. Ein weiches Lächeln huschte über das Gesicht des Jungen und mit einer einladenden Geste streckte er ihr seine Hand entgegen, so als würde er sie notfalls auffangen können, falls sie von der Strickleiter in die Tiefe und damit ins Meer stürzen würde. Es war nur eine nett gemeinte Geste. Und der Hai kreiste immer noch.

Bestärkt vom Kapitän und ihrer Mutter stieg Elisa über den Rand der Reling und auf die erste Sprosse der Strickleiter. Sie spürte, wie sich ihr bereits nach den ersten beiden Metern der Hals zuschnürte. Sie wusste, dass der Abstieg für sie gefährlich war und zwang sich ruhiger zu atmen. Nur jetzt nicht ohnmächtig werden, sagte sie sich und kletterte vorsichtig weiter abwärts, während der Hai immer noch um die Kanus kreiste. Mit jeder weiteren Sprosse lähmte die Angst sie mehr. Was, wenn die Strickleiter reißen würde? Ihre Bewegungen verlangsamten sich wie von alleine und sie sah hilfesuchend nach oben zur Reling, wo ihre Mutter neben dem Kapitän stand und ihr Mut machte.

»Einfach immer weiter klettern. Einfach nicht nach unten sehen, mein Kind. Du weißt, was passiert, wenn dir schwindlig wird. Also schön die Augen nach vorne und dann Sprosse um Sprosse… es ist ganz leicht! «

Die Stimme der Mutter zitterte. Sie wussten beide um dieses Schwindelgefühl, das Elisa gar nicht kontrollieren konnte, wenn es einmal begann. Überfiel sie der Schwindel, wurde ihr schwarz vor Augen und sie kippte um.

Elisa kämpfte mit aller Macht gegen das Gefühl der beginnenden Ohnmacht, obwohl ihr bereits übel wurde, wusste sie doch, was passieren würde, falls sie in den Ozean fiel. Sie hatte auf der Überfahrt mit ihren eigenen Augen gesehen, zu was hungrige Haie fähig waren. Vor etwa drei Wochen war ein Matrose im Sturm von einer Welle über Bord gerissen worden. Trotz des tosenden Unwetters hatte Elisa den Mann schreien hören, als der erste Hai zubiss. Das Wasser hatte rot geschäumt, als auch die anderen über ihn herfielen. Alles ging so schnell, dass die Mannschaft nicht einmal einen Rettungsring auswerfen konnte. Elisa hatte noch geglaubt, einen seiner Stiefel gesehen zu haben, dann war der Spuk vorbei. Ihr Schiff war bereits zu weit weg.

»Fräulein Vogel, Sie müssen jetzt weiter nach unten klettern! Sprosse nach Sprosse!«

Die Stimme des Kapitäns klang ebenfalls besorgt. Elisa atmete tief durch. Jetzt nur nicht die Angst gewinnen lassen. Sie wollte ihrer Mutter nicht noch mehr Kummer bereiten. Entschieden zwang sie sich an etwas Schönes zu denken. Als sie klein war, durfte sie beim Vorlesen in der Gartenlaube oft auf dem Schoß ihres Vaters liegen, während die Mutter ihnen etwas Schönes vorlas, meistens ein Märchen oder eine Fabel.

An eines dieser Märchen dachte Elisa jetzt, während sie ihre Angst bezwang und eine weitere Sprosse wagte.

»Gut, mein Liebling, so ist es gut. Jetzt wieder ein Schritt. Das machst du sehr gut, mein Kind.«

Aber die Stimme ihrer Mutter klang immer noch unsicher. Viele Blicke waren auf Elisa gerichtet, denn fast die gesamte Besatzung stand mittlerweile an der Reling und glotzte. Der eine oder andere Kommentar sollte ermutigend klingen, verfehlte aber seine Wirkung, denn Elisa geriet zunehmend stärker in Panik. Dabei musste sie bereits auf halber Höhe des Schiffsrumpfes angelangt sein, zumindest schien es ihr so, als sie nach oben in das kleiner werdenden Gesicht ihrer blassen Mutter blickte.

Elisa wagte nicht mehr, nach unten zu sehen und ließ ihren Blick stattdessen in die Ferne schweifen, um einen erneuten Anflug von Übelkeit weg zu atmen. Nur bekam sie so schlecht Luft in ihrem Kleid. Es spannte durch das eng geschnürte Korsett über der Brust. Sie spürte, dass ihr nicht mehr viel Zeit blieb und begann immer schneller die Sprossen hinunter zu klettern. Die Mannschaft begann zu grölen. Man pfiff und schrie, um sie anzuspornen. Auch die Worte der Mutter konnte Elisa hören.

»Bravo! Du hast es fast geschafft, mein Kind!«

Eine letzte Sprosse, dann spürte Elisa eine starke Hand an ihrem Schnürschuh. Sie wusste sofort, dass er es war. Ohne ihn anzusehen, wusste sie es. Der Druck seiner Hand war warm und ermutigend. Seine Stimme sprach in fremden Lauten zu ihr, so melodisch wie ein Lied erklangen seine ersten Worte an sie in ihren Ohren, während sie gegen die Ohnmacht kämpfte. Noch hielt sie sich an der letzten Sprosse fest, um bloß nicht aus dem Gleichgewicht zu geraten, wenn sie sich jetzt in das schwankende Kanu setzte. Ermutigend reichte er ihr seine zweite Hand. Sie musste loslassen, sich seiner Hand anvertrauen. Ein letzter großer Schritt, und sie würde sicher bei ihm im Kanu sitzen. In diesem Moment geschah es. Ratsch! Ein hässliches Geräusch. Der Riss in ihrem Kleid musste gewaltig sein. Elisa schluckte. Ob man an ihrem Rücken nackte Haut sah? Oder nur das Korsett ihrer Mutter? Schamesröte überzog ihr Gesicht.

»Elisa, vergiss das Kleid! Lass die Strickleiter los!«

Es war die Stimme ihrer Mutter, die mahnte. Elisa wagte einen tiefen Atemzug und ließ los. Ihre Hände wurden sicher von seinen gehalten und mit seiner Hilfe setzte sie sich in dem schwankenden Kanu hin. Kaum saß Elisa, musste sie vor Erleichterung laut lachen. Wie sie aussehen musste! Der Riss in ihrem Kleid reichte von der Taille bis zur Schulter. Man sah das Korsett, aber vor allem auch viel von ihrer weißen Haut, weswegen die Matrosen wohl von oben herab jetzt auf ungehörige Weise pfiffen. Doch das war Elisa egal. Endlich konnte sie wieder gut atmen!

Der junge Hawaiianer sprach weitere schnelle Worte in seiner singenden Sprache und lächelte sie auffordernd an. Wahrscheinlich wollte er sie willkommen heißen. Elisa bedankte sich höflich und mit langsam gesprochenen deutschen Worten für seine Hilfe und reichte ihm ihre rechte Hand, wobei sie mit der linken ihre Blöße bedeckte, so gut es eben ging.

Von oben johlten die Matrosen weiter um die Wette, und Elisa war sich fast sicher, dass die frechen Kerle noch wochenlang Scherze über ihr Ungeschick machen würden. Doch was sie in diesem Moment viel mehr faszinierte, waren die unglaublich schönen Augen des jungen Mannes, der sie so offen anlächelte.

»Kelii«, sagte er und zeigte auf sich. Verlegen nannte sie ihm auch ihren Namen und wiederholte ihn. »Elisa Vogel«, sagte er langsam, mit seiner samtig weichen Stimme, die ihr durch Mark und Bein ging. Sie wünschte sich mit einem Mal nichts sehnlicher, als allein mit diesem Mann zu sein, einfach nur seine Haut zu berühren und seiner Stimme zu lauschen. Nie zuvor hatte sie einem männlichen Wesen gegenüber derartige Gefühle gehabt. Ging es ihm ebenso? Unverwandt sah er ihr in die Augen, so als würde er in ihnen etwas suchen. Die Intensität seines Blickes ging ihr so nahe, dass sie ihre Augen niederschlug, damit er ihr nicht ansehen konnte, was sie in diesem Moment empfand.

Während sie sich damit abmühte, den Riss zu bedecken, reichte er ihr ein Tuch vom Boden des Kanus. Es war aus einfacher Baumwolle, eines, wie auch er es um seine Lenden trug. Elisa verstand. Sie legte es sich über ihre Blöße. Als sie damit fertig war, machte er eine grüßende Geste. Dann sprach er erneut, langsam und deutlich. Elisa verstand dieses Wort. Aloha. Es bedeutete Dank und Gruß zugleich. Sie nickte und wiederholte es leise und mit dankbarem Lächeln. Es war eines der wenigen Worte, die sie von ihrem Vater bereits nach seiner ersten Hawaii-Reise gelernt hatte. »Aloha Kelii«, sagte sie noch einmal klar und deutlich, froh darüber, die Gewalt über ihre Stimme wiedergewonnen zu haben. Er nickte, und erneut fand sie sein Lächeln derartig bezaubernd, dass sie schnell die Augen niederschlug. Wie schade, dass dieser junge Wilde augenscheinlich kein einziges Wort in ihrer Sprache beherrschte. In Elisas Kopf wirbelten schon jetzt zahllose Fragen durcheinander, die sie Kelii stellen würde, sobald sie seine Sprache gelernt hatte. Das war es, was sich Elisa in den ersten Sekunden ihrer Begegnung vornahm. Sie würde seine Sprache lernen, um mit Kelii in diesem weichen Singsang sprechen zu können, der sie bis in die Tiefe ihrer Seele mit einem ihr bisher unbekannten Wohlgefühl bezaubert hatte.

Nur wenig später war auch Clementia der Abstieg über die Schiffswand gelungen. Sie saß in dem zweiten Kanu, in der Mitte zwischen den Ruderern.

Eilig paddelten die drei Kanus nun gen Ufer, während die Nacht über der Bucht Einzug hielt. Die Wellen waren immer noch von beachtlicher Höhe, jedoch lange nicht mehr so bedrohlich wie bei der Ankunft der Bremen III. Nur ein schmaler Streifen Tageslicht über den Hügeln wies ihnen den Weg.

Elisa saß hinter Kelii und wagte kaum zu atmen, weil sie so aufgeregt war. Sie versuchte, nicht zu oft zu der riesigen Haifischflosse hinüberzusehen, die ihnen vom Schiff in Richtung Ufer folgte und immer wieder in den Schatten der Wellentäler auftauchte. Warum folgte der Gigant ausgerechnet ihrem Kanu? Sie konnte nicht benennen, ob es die Anwesenheit des Haifisches oder aber die präzise arbeitenden Muskeln des vor ihr sitzenden jungen Mannes waren, die ihr Herz so heftig klopfen ließen. Sie konnte Kelii riechen, oder besser gesagt roch sie das Aroma seines dichten langen Haares, das im letzten Tageslicht glänzte und einen eigenen Duft verströmte. Kokosfett, wie ihre Nase ihr verriet.

Trotz der Anstrengung schien Kelii nicht zu schwitzen, während er gleichmäßig sein Paddel in die Wellen tauchte. Ihre neugierige Nase konnte keinen eigenen Körpergeruch an ihm wahrnehmen. Nur das Tuch, das er ihr geliehen hatte, um sich zu bedecken, roch nach Mann, ein wenig so, wie ihr Vater gerochen hatte, nachdem sie zusammen beim Reiten gewesen waren. Unauffällig schnupperte Elisa an dem Stoff, darauf bedacht, ihre Absicht nicht zu verraten. Was würde man von ihr denken, wenn sie an einem geliehenen Stück Stoff eines Wilden schnupperte?

Der Alte mit den grauen Haaren saß singend hinter ihr, und sie hoffte, dass man ihr nicht ansah, was sie in diesem Moment empfand, denn ihre Gefühle waren ganz und gar ungehörig. Keliis Tuch roch wunderbar.

Hinter ihr läutete die Schiffsglocke zum Abschied. Elisa warf einen letzten Blick zurück. Im schwindenden Licht des Tages hob sich das Weiß der Takelage gegen den dunklen Himmel ab. Auf der Bremen III wurden die Segel gehisst und rasselnd wurde die Ankerkette eingeholt. Hanalei Bay war kein guter Ankerplatz in dieser Nacht.

Das Kanu, in dem Elisas Mutter saß, kam an ihre Seite. Verkrampft sah Clementia geradeaus und ihr Atem ging flach. Es hatte vor der Abfahrt zwischen dem Verwalter und ihrer Mutter noch eine kurze Unstimmigkeit gegeben. Es ging dabei um die Bücher und ihre Mutter hatte das Wortgefecht verloren. Sie würden die Truhe mit ihren Lieblingsbüchern erst in ein paar Tagen erhalten, denn der Verwalter hatte nur sechs Männer dabei und nicht genug Lasttiere am Ufer. Die Männer müssten zunächst die Vorräte und die Waren zur Vogel-Plantage bringen, hieß es, denn das sei wichtiger als Frauenlektüre. Unfreundlich und in fehlerhaftem Deutsch hatte der Verwalter Elisas Mutter angeblafft. Man hätte ihm nicht gesagt, dass die zwei Frauen aus Hamburg so viel Gepäck dabeihaben würden.

Elisa kannte diesen verkniffenen Ausdruck im Gesicht ihrer Mutter. Es würde seine Zeit dauern, bis sie sich von dieser ersten Niederlage erholt hatte. Immerhin war sie mit Elisa zu fünfzig Prozent Besitzerin der Plantage. Sie hieß schließlich »Gerhard Vogel & Paul Vogel« und Clementia hätte von dem Verwalter, der auch ihr Angestellter war, ein wenig mehr Respekt erwartet.

Elisa hatte das Benehmen des ungeschlachten Holländers ebenfalls nicht gefallen und auch das schmierige Lächeln, mit dem er ihren mit dem Tuch bedeckten Köper gemustert hatte, war ekelhaft gewesen. Groß und kräftig mochten die van Ween-Männer ihre Frauen, hatte er gesagt, ohne mit der Wimper zu zucken. Vor allem ideal zum Kinderkriegen sollte ein Frauenbecken sein, so wie bei Elisa. Zu fassungslos, um etwas Passendes zu erwidern, hatte sie sich von dem Mann abgewendet, aber sie war mehr als entrüstet. Was fiel diesem Kerl bloß ein! Sie würde ihm bei erster sich bietender Gelegenheit eine Lektion verpassen, dachte sie sich jetzt, während sie zu seinem Kanu hinübersah.

Wieder schrie Piet van Ween seinen Ruderern ungehalten Kommandos zu, obwohl die drei Kanus im Gleichtakt gut auf den Wellen vorwärts kamen. Ohrenbetäubend schrill ließ er seine Pfeife ertönen und zerstörte so die Magie der Stunde ihrer Ankunft auf der Insel. Ihnen diesen Mann zur Begrüßung zu schicken, war die maximale Beleidigung, dachte Elisa sich und würde das ihrem Onkel bei Gelegenheit auch sagen, zumal er und seine Frau keineswegs durch die Geburt ihres neuen Babys verhindert waren. So viel hatte Elisa von dem Verwalter erfahren. Das Kind war seit vier Wochen auf der Welt, und ihre Tante hatte sich prächtig erholt. Onkel Paul war nicht persönlich zu ihrer Begrüßung gekommen, weil seine Frau an diesem Abend eine angeblich wichtige gesellschaftliche Einladung gab.

Ohne sie je getroffen zu haben, war Elisa ihre Tante jetzt schon unsympathisch.

Mit kräftigen Bewegungen brachten die Männer die drei Kanus dem Ufer näher. Da sah Elisa plötzlich, dass die kleinste ihrer Truhen nicht sehr gut in dem großen Kanu befestigt war. Eines der Seile hatte sich gelöst und das hölzerne Behältnis schwankte jetzt gefährlich auf dem großen Schrankkoffer hinter dem Holländer. Sie sah, wie das Seil, das Truhe und Schrankkoffer zusammenhielt, sich immer weiter löste. Die kleine Truhe mit Elisas Kleidern und ihren persönlichen Sachen würde gleich ins Meer fallen. Spontan stand sie in ihrem Kanu auf.

»Herr van Ween, Achtung! Meine Truhe…«

Zu spät. Die kleine Truhe rutschte. Das Kanu des Verwalters legte sich gefährlich auf eine Seite. Die kleine Truhe fiel ins Wasser und versank in den Wellen. Elisas abruptes Aufstehen hatte auch ihr Kanu ins Wanken gebracht. Aufgeregt redete der Alte hinter ihr auf sie ein, aber es war bereits zu spät. Einen Moment lang ruderte sie mit ihren Armen hilflos in der Luft, dann fiel sie über Bord.

Tief und tiefer versank Elisa in dem salzigen schwarzen Wasser. Ihr Kleid hing wie Blei an ihrem Körper. Schwimmen konnte sie nicht. Ihr Vater hatte es ihr nicht mehr beibringen können. Das waren ihre letzten Gedanken, während sie unter Wasser verzweifelt mit den Armen um sich schlug. Schnell verlor sie die Orientierung in den dunklen Fluten und zwang sich die Augen zu öffnen. Sie wollte sehen, wo die Wasseroberfläche war, doch das Salz biss in ihre Augen. Einen Schimmer Abendrot glaubte sie zu erahnen, doch so sehr sie sich auch abmühte, ihre schweren Kleider zogen sie unweigerlich in die Tiefe. Das Wasser drückte ihre Brust zusammen und die Eiseskälte der Angst griff nach ihrem Herzen. Sie würde jetzt sterben. Auf dem

Grund des Meeres musste sie ihr Leben aushauchen. Das war es aber nicht, was sie wollte. Sie hatte doch gerade erst ihr Paradies gefunden. Ihr ganzes Leben lag doch noch vor ihr, dachte sie wütend, während sie versuchte sich das Kleid und das Korsett vom Leib zu reißen, um nicht noch weiter herabgezogen zu werden. Ihren Vater brauchte sie jetzt. Er müsste ihr doch helfen können, in seiner anderen Welt. Sie versuchte unter Wasser nach ihm zu rufen, aber immer mehr Wasser drang salzig und bitter in ihren Mund. Mit letzter Kraft rief sie nach dem Mann, der sie vielleicht wirklich retten könnte. Kelii, wollte sie rufen, aber es blieb bei dem Gedanken an seine Augen, die ihr Inneres getroffen hatten wie ein Pfeil aus Licht.

In den letzten Sekunden ihres Lebens verfluchte Elisa ihr geliebtes Meer, während sie immer tiefer sank. Ihre Arme waren inzwischen zu müde, um gegen die bleierne Schwere anzukämpfen. Nur ihr Geist war noch voller Widerstand. Ausgerechnet das flüssige kalte Blau, das sie seit Anbeginn ihrer Reise immer wieder gemalt hatte, sollte jetzt ihr letztes Bett werden? Das durfte nicht sein. Dann begann auch die Wut immer mehr zu weichen. Sie hatte das Meer lieb gewonnen, dachte sie mit schläfriger Schwere. Warum sollte es nicht zu ihrer letzten Ruhestätte werden?

Als ihre Füße auf dem felsigen Grund bei dem Riff angekommen waren, nahm sie mit letzter Kraft ihrer Sinne eine Präsenz wahr. Elisa war nicht allein. Im Wasser mit ihr war ein großes Wesen. Sie fühlte es eher, als dass sie es sah. Aber alles um sie herum schien sich zu verändern. Sogar das Wasser wurde wärmer. Dieses Wesen umfasste sie mit einem hellen Ton, fast klang es in ihren Ohren wie das sonntägliche Glockengeläut vom Alten Michel. Was oder wer auch immer diese Präsenz war, sie schickte ihr ein beruhigendes Gefühl.

Leicht und hell wie ein milder Sommertag in ihrem Garten war ihr zumute. Da war kein Druck mehr auf ihrer Brust und auch ihre Wut spürte Elisa nicht mehr. Stattdessen nahm sie wahr, wie sie mit allem, was sie fühlte und dachte, eins wurde. So war es also, als ihr Vater dem Rotkehlchen zum letzten Mal zuhörte. Seinen letzten Atemzug erlebte er in diesem hellen Licht. Dieses Gefühl ist wunderbar, dachte Elisa, der Tod war einfach nur unfassbar schön und kein grausamer Geselle mit schwarzer Sense, sondern ein rettender Engel aus warmem Licht, der sie abholen wollte.

Aus dem grellen Licht hinter Elisas Augenlidern begann sich jetzt das Gesicht einer jungen Frau zu formen, das sie anlächelte, so als seien sie schon lange Freundinnen. Elisa konnte erkennen, dass die junge Frau Gesichtszüge hatte, die sowohl polynesisches als auch europäisches Blut verrieten. Auch hörte sie eine Stimme, die nach ihr rief. Aus dem Glockengeläut im Inneren ihrer Ohren ertönte der Klang dieser weiblichen Stimme mit so großer Dringlichkeit, als gäbe es eine Botschaft und Elisa müsste in der Sekunde ihres Todes noch eine letzte Nachricht empfangen. Ganz deutlich und klar hörte Elisa auch einen Namen, der nicht ihr eigener war: Maja.

In diesem Moment biss der Hai zu. Er versenkte seine Zähne tief in Elisas linkem Oberschenkel. Das Wasser färbte sich rot von ihrem Blut.

Tal der Tausendnebel, Sommer 1894

Was genau in den Minuten nach dem Angriff des riesigen Weißen Hais geschah, sollte Elisa erst Jahre später in allen Einzelheiten erfahren. Kelii hatte sich geweigert, ihr davon zu erzählen, solange seine Freundin noch nicht mit der Narbe an ihrem Bein versöhnt war. Aber von Versöhnung konnte bislang keine Rede sein. Der Hai hatte Elisa für immer gezeichnet, gar entstellt, wie ihre Tante mehrfach betont hatte, als es um die Auswahl des passenden Bräutigams ging. Man hatte das Thema Heirat um sechs weitere Monate verschoben, in der Hoffnung, Elisa würde im kommenden Winter nicht mehr hinken. Es war nicht von Vorteil für eine junge Frau, in die hiesige Gesellschaft eingeführt zu werden, wenn sie körperlich beeinträchtigt war. Es minderte ihren Wert.

Der jährliche Hibiskusblüten-Neujahrsball, das wichtigste gesellschaftlich relevante Ereignis auf Kauai, verlangte den jungen Damen viel ab. Nicht nur mussten sie die europäischen Tänze perfekt beherrschen, es wurde auch um den besten Ehemann konkurriert. Da wurden eigens Ballroben geschneidert und Mutters Schmuckschatulle geplündert. Haare wurden kunstvoll aufgesteckt und die Kunst der gehobenen Konversation beim Abendbrot geübt. Kurz, die Familien der Plantagenbesitzer investierten in das Balldebüt einiges an Zeit und Geld. Letztes Jahr glaubte allerdings auf der Plantage der Gebrüder Vogel noch keiner, dass Elisa überhaupt mit beiden Beinen bis zur Jahreswende überleben würde. Umso neugieriger würde man in diesem

Jahr auf ihr erstmaliges Erscheinen als Debütantin warten.

Elisa hielt während ihres Aufstiegs zu dem großen Felsen einen Moment inne. Sie liebte den ersten Anblick des Tals der Tausendnebel, musste aber dringend Atem schöpfen. Der schmale Pfad, der sich durch das smaragdgrüne Dickicht hinauf zu dem Wasserfall am großen Felsen schlängelte, war an diesem Stück besonders steil, bevor es wieder abwärts ins Tal ging. Aber sie hatte von hier einen Ausblick, dessen Schönheit ihr bei jedem neuen Besuch fast den Verstand raubte.

Zu ihrer Rechten lagen die Weiten des pazifische Ozeans, die Bucht, in der sie im Dezember 1893 auf der Bremen III angekommen war. Sie konnte von hier oben sogar das Riff erkennen, in dem der große Hai wohnte, weil sich dort das Meer anders kräuselte und eine hellere Farbe hatte.

Zu ihrer Linken lag das weite Tal mit seinen sanften grünen Hügeln, die von hier aus trügerisch harmlos und leicht begehbar aussahen. Erst wenn man näher kam, stellte sich das dschungelartige Dickicht an vielen Stellen als undurchdringlich heraus. Deshalb blieb Elisa auf ihrem Weg zu den Becken des Wasserfalls und zu dem großen Felsen fast immer auf den Pfaden, die von den Dorfbewohnern hier oben seit Jahrzehnten festgetreten worden waren.

Das Tal lag auch an diesem Morgen noch in hellen Nebelschwaden, die nach kräftigem Grün duftend nach dem nächtlichen Regen feucht aus den Pflanzen aufstiegen. Sie atmete tief ein und aus und konnte förmlich spüren, wie ihre Lungen sich weiteten. Dieser Geruch war einzigartig und völlig anders als der auf ihrer Plantage, wo es überall süßlich nach Zuckerrohr und Jasmin roch. Da war er wieder, der scheußliche Gedanke an die

Plantage und damit an ihre Tante, die ihr das Leben zur Hölle machte.

Elisa war zornig. Warum konnte ihre Tante es nicht lassen, sie bei jeder Gelegenheit vor Onkel Paul als minderwertig hinzustellen? Natürlich würde Elisa sich eines Tages für einen guten Mann entscheiden, sobald sie wieder ganz gesund sein würde! Es gab Männer wie Kelii, die eine Frau mit Mut, Geist und Esprit wertschätzten und denen ihre hässliche Narbe nichts ausmachen würde. Es musste solche Männer geben! Und wenn nicht, dann würde Elisa gerne freiwillig auf weitere Heiratspläne verzichten. Ihre Freundschaft mit Kelii genügte ihr auch in Zukunft vollauf. Aber auf der Plantage durfte sie einen derartigen Gedanken noch nicht einmal äußern, denn nur ein weißer Mann kam infrage. Kelii zählte noch nicht einmal als Freund.

Wenn es nur nach ihrer Tante ginge, müsste Elisa täglich ihren Porzellanteint kultivieren, ihr stümperhaftes Klavierspiel verbessern und voller Entzücken in die Hände klatschen, wenn wieder einmal eine ihrer kleinen Cousinen ihr Skizzenbuch mit ihren Dreckpfoten beschmierte. Dabei war Elisa viel mehr an dem Geschäft ihres Onkels interessiert, über das Kelii ihr schon einiges beigebracht hatte, denn er kannte sich mit der Zuckerrohrpflanze sehr gut aus. Am liebsten hätte sie jeden Tag zumindest ein paar Stunden mit Onkel Paul im Kontor verbracht, um mehr über den Handel zu lernen. Im Moment durfte sie jedoch nur jeden Donnerstag ins Kontor, in Begleitung ihrer Mutter. Es war eine Farce. Statt über Zahlen und Handelsmodalitäten zu reden, hatte Onkel Paul eine Art Teestunde mit gepflegter Konversation aus ihrem gemeinsamen Tag im Kontor gemacht. Eine junge Frau sollte nicht allzu viel von den Geschäften der Männer verstehen, pflegte ihr Onkel zu sagen, da zu viele Zahlen ihrem Gehirn schaden könnten. Schließlich hofften der Onkel und die Tante nach wie vor auf eine gute Partie für sie.

Elisa ließ ihre Augen weiter unten am Hang über die jungen Apfelbäume schweifen, die ihr Vater bei seinem letzten Besuch gesetzt hatte. Dieser Teil der Plantage gehörte einzig und allein ihr. Und selbst, wenn manche sagten, dass es minderwertiges Land sei, da durch Vulkanaktivitäten einige Teile des Hangs in der Vergangenheit ins Meer abgerutscht waren, überfiel sie bei dem Anblick des Hains ein Gefühl von Stolz. Die kleinen Bäume gediehen zwar langsam und ihre Früchte waren nicht besonders groß, aber die Äpfel schmeckten besonders köstlich, wie sie fand. Außerdem war es ein wunderbares Gefühl, ein Stück Land zu besitzen.

Über sich hörte sie einen Falken rufen und suchte den Himmel ab. Auch das war eines der Geheimnisse dieses Tals. Es gab sonst keine Falken auf Kauai, wie Kelii ihr erklärt hatte. Nur im Tal der Tausendnebel wohnte ein einziges Paar. Angeblich hatte es mit der bei Heilern heiß begehrten Heilpflanze Tausendnebel zu tun, wie er ihr anvertraut hatte. Die Falken waren die Hüter der Nebel. Und die Nebel wiederum, von der Heilpflanze in den Körper gebracht, verscheuchten Krankheiten und brachten das göttliche Licht der Heilung. So sangen es die Hawaiianer aus Keliis Dorf bei jedem Vollmond oben am großen Felsen, begleitet von ihren Trommeln.

Elisa seufzte. Eines Tages würde Kelii sie mitnehmen, das hatte er ihr versprochen. Aber jetzt wurde es Zeit weiterzugehen, obwohl sie sich an diesem Morgen kaum an dem nebligen Grün des Tals sattsehen konnte. Wie geheimnisvolle Frauen in langen Gewändern sahen manche der weißen Schleier aus, bevor ihre neblige Feuchtigkeit von der Sonne in kleine Wölkchen zerteilt wurde.

Elisa musste beim Abwärtsgehen besonders vorsichtig sein. Trotz der Übungen, die sie gewissenhaft täglich ausführte, war sie durch ihr beschädigtes Knie beeinträchtigt. Der Hai hatte nicht nur eine tiefe, mondsichelförmige Narbe auf ihrem Oberschenkel hinterlassen, sondern einer seine Zähne war tief in ihr Kniegelenk eingedrungen. Ein Stück Zahn war im Knorpel stecken geblieben, bis Keliiș Vater es entfernt hatte.

Elisa lächelte vor sich hin, während sie auf dem schmalen Pfad behutsam weiterging. Wenn sie überhaupt etwas an ihrer Begegnung mit dem Hai als positiv werten konnte, waren es Kelii und sein Vater. Seit sie von den beiden gerettet worden war, bestand zwischen ihr und Kelii eine Verbindung. Wie ein unsichtbares Band, an dem sie gemeinsam hingen, konnte sich Elisa ein Leben ohne ihren Freund schon jetzt nicht mehr vorstellen. Er war ihr tägliches Lächeln, ihre Freude und ihr Licht. Zur Zeit sahen sie sich fast jeden Tag, da Kelii eine Weile für die Plantage arbeitete. Auch für heute, sobald Elisa mit den frischen Tausendnebel-Pflanzen für ihre Mutter auf die Plantage zurückgekehrt sein würde, waren sie verabredet. Allein der Gedanke daran ließ ihre Schritte schneller werden.

Wenn sie nur nicht ständig mit dem lästigen Stoff kämpfen müsste. Dabei trug sie heute verbotenerweise noch nicht einmal ihr Korsett, auf das die Tante größten Wert legte. Aber mit dem Walgestänge, das bei jedem Schritt in ihre Rippen pikste, würde der Weg zu den Becken unterhalb des Wasserfalls doppelt so lange dauern. Und nur dort würde sie die Tausendnebel-Pflanzen finden, die stark genug waren, um ihre Mutter zu heilen.

Elisas weißes Baumwollkleid schwang lose und in lockerem Faltenwurf um ihren trainierten Körper, als sie jetzt so schnell es ihr Knie erlaubte den Pfad bergab in die letzten Nebelfelder ging. Alles hier war feucht und roch nach tropischer Süße. Lianen und andere Kletterpflanzen hingen voll mit feinen Tropfen, da es hier im Moment jede Nacht regnete. Wenn es nach ihr ginge, würde sie nur noch weite Kleidung tragen, aber dafür um einiges kürzer, maximal bis zur Wade und nicht bis zum Knöchel herunter. Und dünner müssten die Stoffe sein. Die gestärkte Baumwolle mit dem Spitzenkragen fühlte sich jetzt schon zu heiß auf ihrer Haut an. Sie konnte nicht leiden, wie im feuchtwarmen Inselklima fast jeder Stoff an ihrer Haut festklebte. Vor allem die Länge ihres Gewandes war völlig unpraktisch, der Saum hatte sich bereits an einigen Farnen mit Tautropfen vollgesogen. Sie musste den schwerer werdenden Rock beim Gehen raffen und fluchte leise vor sich hin. Hier, im Tal der Tausendnebel hörte sie zum Glück niemand, denn das Dorf befand sich auf der anderen Seite, durch eine hohe Felswand von den Tümpeln mit den wertvollen Heilpflanzen am Wasserfall getrennt.

Elisa raffte ihren Saum noch höher. Barfuß war sie ohnehin schon. Die Schuhe hingen an Bändern über ihrer Schulter. Sie war in ihren ersten sechs Monaten auf Kauai eigen geworden, was Kleidung und vor allem auch die Schnürstiefel betraf, die ihr von ihrer Mutter aufgezwungen wurden. Am liebsten ging sie barfuß wie die Hawaiianer, aber noch hatte sie ihre Vorstellungen auf der Plantage nicht durchsetzen können. Nur wenn sie sich unbeobachtet glaubte, gab sie sich ihren Vorlieben hin. Alles andere hätte zu massiven Dissonanzen geführt, die letztendlich ihre Mutter hätte ausbaden müssen.

Wenige Minuten später stand Elisa mit ihren Füßen in dem bräunlichen Wasser des ersten Tümpels. Die erfrischende Kühle war herrlich. In der Nähe des Wasserfalls glaubte sie sich so früh am Morgen allein und hatte ihren langen Rock vorne zu einem dicken Knoten verschlungen, um die Hände frei zu haben und den Stoff vor Nässe zu schützen. Sie wollte im Tümpel genug Tausendnebel-Pflanzen sammeln, um einen Monat lang den heilenden Tee für ihre Mutter kochen zu können.

Auf der Suche nach den begehrten Wasserpflanzen durchwatete sie mit ihren nackten Beinen langsam das flache Ende des Tümpels. Insgesamt waren es drei Becken, die zu Füßen des Wasserfalls entstanden waren, und durch ihre wärmere Temperatur den idealen Nährboden für die magische Pflanze bildeten. Sie gingen ineinander über, ein Becken ein wenig höher als das nächste. Sie waren untereinander mit sanft plätschernden Wasserfällen verbunden, die größte der drei Stufen war kaum mannshoch.

Der heilige Platz der Tausendnebel, wie ihn die Einheimischen nannten, diente tagsüber als Badestube und Kinderspielplatz. Hier trafen sich vor allem die älteren Frauen mit den kleinen Kindern, um in der Hitze Abkühlung und Zerstreuung zu suchen, während die Mütter und die größeren Kinder auf den Plantagen arbeiteten. Nie pflückte eine der älteren Frauen auch nur eine einzige heilige Pflanze, denn dieses Privileg war Kelii und seinem Vater vorbehalten. Auch Elisa hatte um Erlaubnis fragen müssen, allerdings hatte sie das schon vor einigen Tagen bei Kelii getan.

Während sie jetzt vorsichtig durch das Becken watete, musste sie über ihr Gespräch mit Kelii schmunzeln. Er wollte wissen, wann genau sie die Heilpflanze holen wollte, denn nachts trafen sich hier die Liebespaare vor ihrer offiziellen Vermählung, wie er ihr verraten hatte. Doch in dieser frühen Morgenstunde glaubte sie sich wie immer ganz allein. Sie kam öfter. Dieser Ort war in letzter Zeit zu ihrer geheimen Zuflucht bei Kummer und Wut geworden. Das beruhigende Rauschen der Wassermassen des großen Wasserfalls, der in einiger Entfernung weiter oben im Tal senkrecht nach unten fiel, empfand sie als

Trost. Hier fielen ihr bisweilen auch spontan Lösungen ein, auf die sie auf der Plantage gar nicht gekommen wäre, weil ihre Tante sie tagsüber kaum in Ruhe ließ. Doch manchmal dauerte es leider Tage, bis sie überhaupt eine Gelegenheit fand, ihrer Tante zu entkommen.

Heute hatte Elisa ihre Wut bereits in aller Frühe aus dem warmen Bett getrieben. Sie war am Vorabend mit ihrer Tante aneinander geraten und sie hatten sich laut gestritten. Mit Bitterkeit dachte sie jetzt an ihre aussichtslos scheinende Situation, während sie vom flacheren Ende des Pools langsam in das tiefere Wasser watete. Das Nervenleiden ihrer Mutter, das bald nach dem Tod des Vaters begonnen hatte, wurde unter der Behandlung des hiesigen Arztes nicht besser, und ihr Zustand hatte sich in den letzten Tagen massiv verschlimmert. Die verabreichte Medizin schwächte ihr Herz. Wenn Elisa keinen Weg fand, ihrer Mutter bis zum nächsten Vollmond zu helfen, würde sie noch vor dem Winter sterben. Das sagte ihr Gefühl, aber auch Kelii hatte ihre Prognose bestätigt, nachdem er sich selbst ein Bild vom Zustand ihrer Mutter gemacht hatte.

Dem unfähigen Arzt war nichts anderes eingefallen, als die Dosis des lähmenden Opiats, dass der Mutter Tropfen für Tropfen die Lebenskraft raubte, noch zu erhöhen, um so ihre Nervenschmerzen zu lindern. Jedoch zerstörte das Opium Clementia Vogels Willen und würde ihr geschwächtes Herz zum Stillstand bringen. Das durfte auf keinen Fall geschehen.

In Elisa stiegen spontan Tränen auf, wenn sie daran dachte, wie ihre Mutter in den Wochen nach ihrer beinahe tödlichen Begegnung mit dem Hai Tag und Nacht an ihrem Bett gesessen hatte. Sie hatte dabei kaum auf sich selber geachtet, deshalb war sie noch kränker geworden. Als es ihrer Tochter schließlich besser ging, war sie vollkommen erschöpft zusammengebrochen. Über den Frühling hatte sie sich nur wenig erholt, und jetzt konnte es passieren, dass sie sich an manchen Tagen nicht einmal ankleidete. Die feuchte Hitze machte ihr zu schaffen. Nur der Donnerstag, wenn sie gemeinsam ihrer Verantwortung als Eignerinnen der Plantage nachkamen, war ihrer Mutter heilig. Egal wie schwach sie sein mochte, an ihrem Kontor-Tag erschien Clementia immer in tadelloser Aufmachung bei ihrem Schwager.

Elisa musste jetzt beim Waten ihren Rock noch höher knoten, damit er nicht ganz nass wurde, und hielt unter Wasser Ausschau. Die glitschigen giftgrünen Stiele der Tausendnebel-Pflanze wuchsen nur in der sommerlichen Jahreszeit. Keliis Vater hatte ihr vor wenigen Tagen beigebracht, wie sie verarbeitet werden mussten, um als Tee zu wirken. Der Vorrat vom letzten Jahr ging jetzt auch im Dorf zur Neige. Getrocknet, zerrieben und zu einem feinen grünen Pulver verarbeitet, war die Pflanze eines der wichtigsten Heilmittel. Es half vor allem, wenn die Lebenskraft schwächer wurde und man zur Quelle der Seele reisen musste, um frisches Licht zu holen.

Elisa wusste anfangs nicht, was mit der »Quelle der Seele« gemeint war, aber die Wirkung der Heilpflanze hatte sie mehrfach gespürt. Als sie nach ihrer Ankunft auf Kauai zwischen Leben und Tod schwebte, hatte sie das grüne Pulver von Kelii, zunächst heimlich, verabreicht bekommen. Der wohlmeinende Arzt, der jetzt auch Elisas Mutter behandelte, durfte nichts davon erfahren. Hexerei und Teufelszeug nannte der Mediziner aus England die Heilmethoden der Hawaiianer, allen voran das grüne Pulver, das er ein gefährliches Rauschmittel nannte. Elisa jedoch erinnerte sich sogar jetzt noch deutlich an diesen ersten Moment absoluter Klarheit, als der Wirkstoff der geheimnisvollen Pflanze in ihrem Blut zu spüren war.

Damals schwebte sie zwischen Leben und Tod und war umgeben von nichts als Nebeln, gewoben aus Schmerz und Angst.

Dr. Wellington hatte zu diesem Zeitpunkt bereits die Amputation ihres Beines beschlossen. Die Instrumente – eine Säge war auch darunter – glänzten drohend, als der Arzt am Morgen seiner geplanten Operation die eiternde Wunde an ihrem Bein mit Alkohol desinfizierte.

Durch die Tausendnebel-Pflanze wurde Elisa, die bis dahin vor Schüttelfrost und Fieber kaum ihre Augen hatte öffnen können, mit einem Mal wach. Ihr geschwächter Körper bekam plötzlich einen Schub frischer Kraft, und sie konnte sich sogar ein wenig aufrichten. »Nein«, hatte sie so ruhig wie möglich beim Anblick der Folterinstrumente gesagt, »ich werde mein Bein behalten. Ich brauche keine Amputation.« Ihre Mutter hatte vor Freude geschluchzt, während sie Elisas erste Worte seit dem Unfall aus dem Deutschen ins Englische übersetzte. Es musste Gottes Wille sein.

Der Arzt hatte Elisa verständnisvoll zugenickt und angekündigt, dass er am nächsten Tag wiederkommen würde, um diese wichtige Entscheidung zu treffen. Einen einzigen Tag Aufschub gewährte er, bevor das Bein abgenommen werden sollte, da Elisa ansonsten der sichere Tod bevorstand. Doch wie durch ein Wunder sank in dieser Nacht das Fieber. Dann klang die Entzündung wie von selbst ab. Niemand, nicht einmal ihre Mutter, durfte je erfahren, dass Kelii von da an jede Nacht zu ihr kam. Er war an ihrer Seite, sobald die Mutter eingenickt war. Dabei riskierte er eine schlimme Strafe, denn es war den Hawaiianern verboten, die Wohnräume ihrer Herrschaft zu betreten. Wenn sie nicht im Hause als Dienerschaft arbeiteten, hatten sie nachts innerhalb der Umzäunung, die das Herrschaftshaus schützte, nichts zu suchen.

Elisa stand unbeweglich in dem kühlen Wasser, lauschte dem Zwitschern der Vögel und genoss das kribbelnde Gefühl der aufsteigenden Kälte in ihren Beinen. Ihm hatte sie es zu verdanken, dass sie noch beide Beine hatte. Kelii hatte viel gewagt, indem er Nacht für Nacht heimlich zu ihr gekommen war, aber das war ihr zu diesem Zeitpunkt noch nicht bewusst gewesen. Alles, was sie anfangs von ihm wollte, war dieses magische grüne Pulver, auf das sie einen regelrechten Appetit entwickelte.

Nicht der Geschmack der Heilpflanze war es, den Elisa jede Nacht herbeisehnte, sondern die klaren Träume, die sie brachte. Wieder und wieder kam im Traum die junge Frau zu ihr, die auf dem Meeresgrund nach ihr gerufen hatte. Maja war ihr Name. In der Traumwelt der Tausendnebel sprachen sie anfangs kaum miteinander. Die schöne junge Frau mit den Mandelaugen, die um den Hals den Zahn eines Haifisches an einem Lederband trug, hielt nur ihre Hand und gab ihr Kraft. Eine Kaskade aus Lichtpunkten wanderte dann über Elisas Wirbelsäule bis hinunter in ihr verletztes Bein. Die Wirkung dieser Pflanze grenzte an ein Wunder. Mit jeder Nacht, in der Maja im Traum zu ihr kam, um ihr die Hand zu reichen, heilte die tiefe Wunde an ihrem Bein weiter. Doch eines Nachts, als sie Kelii schon bei seiner Ankunft ungeduldig nach dem grünen Pulver fragte, sah er ihr bei Kerzenlicht prüfend in die Iris. Was er sah, gefiel ihm und er lächelte erleichtert.

»Von nun an brauchst die Hilfe von Tausendnebeln nicht mehr. Dein Körper und deine Seele sind wieder eins«, sagte er auf Englisch. Dann riet er ihr zu Geduld und viel frischem Wasser, warm und kalt. Elisa sollte regelmäßig trinken und Waschungen vornehmen.

Eine ganze Woche war er danach nicht mehr zu ihr gekommen. Elisa hatte schlechte Laune und zudem ekelhafte Kopfschmerzen und immerzu starken Durst, obwohl sie viel trank. Sie schrieb diese Symptome der Wirkung von Tausendnebeln zu und glaubte jetzt zu verstehen, warum Dr. Wellington das grüne Pulver vielleicht als eine Teufelsdroge der Hawaiianer bezeichnet hatte.

Während Elisa an diesem Tag zum ersten Mal nach der magischen Pflanze suchte, überkam sie ein tiefes Gefühl von Dankbarkeit. Sie hatte viel über die Kunst der Heilung von Kelii gelernt. Aber ihm näherzukommen, war nicht einfach gewesen. Nachdem es ihr besser ging, hatte sie immer wieder versucht, sich bei ihm für seine Hilfe zu bedanken. Sie wollte ihn belohnen und gab ihm eine von den Goldmünzen, die sie von ihrer Großmutter geerbt hatte. Doch über ihr Gold hatte er nur gelächelt. Er wollte auch keine Kleider oder Tücher für seine Schwester oder seine Mutter, die während dieser Zeit auf Reisen waren. Nur für Elisas Sprache hatte er sich interessiert. Kelii konnte zwar recht gut Englisch, wie sie schnell herausgefunden hatte, mochte diese Sprache aber nicht und nannte sie sogar einmal die falsche Zunge der Eroberer. Weder die Amerikaner noch die Engländer konnte er leiden, wie er ihr gestand, und mit sichtlicher Freude nahm er schließlich Elisas Angebot an, ihn die deutsche Sprache zu lehren.

Sobald sie nach ihrer Genesung wieder aufstehen konnte, ja sogar musste, um ihr verletztes Bein zu trainieren, trafen sie sich Tag für Tag eine Stunde. Es war nie einfach, sich zu treffen, aber er fand immer einen Weg. Immer wartete er schon auf sie, als würde er spüren, wann Elisa mit ihren Krücken angehumpelt kommen würde. Er begrüßte sie stets mit seinem zurückhaltenden Lächeln, aber Elisa fühlte, dass sein Herz vor Aufregung mindestens genauso heftig pochte wie ihres. Seine Augen erzählten ihr auch ohne Worte, was er für sie empfand, und bei jedem ihrer Treffen erfuhr sie mehr über sein Leben.

Von Geburt an hatte Kelii die Gabe des zweiten Gesichts, was unter den Hawaiianern als klares Zeichen galt. Ihm war das Schicksal eines Kahuna vorherbestimmt.

Kelii sah schon als kleines Kind schlimme Dinge vorher, konnte aber nichts dagegen tun. So hatte er mit vier Jahren eines Morgens Asche auf sein Haupt gestreut, weil sein Großvater an diesem Tag ums Leben kommen würde. Und so war es auch geschehen. Am Abend wurde das Familienoberhaupt erschlagen nach Hause gebracht. Ein englischer Plantagenaufseher hatte so lange mit der Peitsche auf ihn eingeschlagen, bis sein Rückgrat brach.

Elisa hatte nichts erwidert, als sie diese Geschichte hörte. Sie hatte sich auch nicht getraut, nach den Narben zu fragen, die sich wie ein silbernes Muster über den Rücken von Keliis Vater zogen. Auf allen Plantagen wurden die einheimischen Arbeiter geschlagen, auch bei ihrem Onkel war das so. Selbst wenn es Elisa nicht gefiel, sie konnte nichts dagegen tun. Die Kanaka galten als faules Pack, die wie Tiere mit der Peitsche oder dem Stock zur Arbeit angetrieben werden mussten.

Keliis Name bedeutete Oberhaupt seiner Familie. Wegen dieser Bestimmung arbeitete er nicht auf den Zuckerrohrfeldern wie die anderen jungen Männer aus seinem Dorf. Er und sein Vater besaßen ihr eigenes Kanu in der Bucht. Sie waren angesehene Fischer. Bisweilen tauchte Kelii mit seiner Schwester Leilani am Riff der Haifische nach Perlen, denn für besondere Perlen gaben die Weißen viel Geld aus. Seine Familie hatte innerhalb des Dorfes einen guten Stand. So zumindest hatte es sich Elisa nach ihrem ersten Besuch in dem malerischen Dorf auf der anderen Seite des Wasserfalls zusammengereimt. Vor allem Kelii wurde geliebt.

Ganze drei Monate auf Krücken waren mit Übungen für ihr Bein vergangen, bis der junge Hawaiianer sie zum ersten Mal in sein Dorf in den Bergen mitnehmen konnte. Der Pfad war steil und bei Regen glitschig. Für Elisa war ihr erster Besuch in seinem hawaiischen Dorf eine Offenbarung gewesen. Sie hatte das Gefühl, im Paradies angekommen zu sein. Aufgrund der Gesetze der heiligen Gastfreundschaft wurde sie warm und herzlich empfangen, und schon bald las sie in den warmherzigen Gesichtern, dass viele der Dorfbewohner wussten, warum Kelii die junge Haole von der Plantage mitgebracht hatte. Das Kichern und die Blicke waren neugierig und ganz ohne Spott.

Kelii warnte sie vor allzu viel Idealisierung, und sie erkannte nach kurzer Zeit auch die ersten Missstände. Schnaps und andere Sorten Alkohol wirkten bei Hawaiianern besonders stark, wie ihr Freund ihr erklärte. Das Blut der Polynesier war anders als das der Weißen. Schnaps machte die Männer willenlos und gefügig, was die Plantagenbesitzer für ihre Zwecke missbrauchten. Innerhalb kurzer Zeit hatte es sich auf den Inseln eingebürgert, den Arbeitern den Großteil ihres Lohnes in billig gebranntem Schnaps aus Zuckerrohr auszuzahlen. Diese Familien verarmten und verrohten, auch in dem idyllischen Dorf oberhalb der Bucht von Hanalei gab es solch schwarze Schafe.

Kelii und sein Vater tranken nie einen Tropfen. Sie wetterten im Dorf gegen Alkohol, schütteten den Schnaps weg und versuchten auch sonst die Würde und Traditionen ihres Volkes zu bewahren. Wenn es so etwas wie Adel unter den Hawaiianern gab, dann gehörte Keliis Familie zweifelsohne dazu. Keliis Mutter stammte aus der Königsfamilie. Daher war sie auch sofort nach der Inhaftierung von Königin Lili'uokalani abgereist, um der Familie beizustehen.

Selbst in den Augen von Elisas Onkel gehörte Kelii in eine andere Kategorie als die gewöhnlichen Feldarbeiter. Wenn er der Plantage den einen oder anderen Dienst erwies, so wurde der junge Mann meist bevorzugt behandelt. Über das hawaiische Königsblut lästerte Elisas Tante allerdings spöttisch. Hochmütig und arrogant sei Keliis Kanaka-Familie, weil sie sich für etwas Besseres hielt. Aber Elisa gab nicht viel auf solche Worte. Weder ihr Onkel noch ihre Tante hatten auch nur die geringste Ahnung von der hawaiischen Kultur. Die Hawaiianer seien primitive Wilde, die zur Arbeit auf den Feldern mit der Peitsche gezwungen werden mussten, weil sie lieber in der Ecke lagen und billigen Schnaps tranken, lautete der Konsens. Die Plantage der Gebrüder Vogel gehörte dabei noch zu den löblicheren Ausnahmen, wenn es um den Umgang mit den Arbeitern ging. Van Ween benutzte seine Peitsche lediglich in Ausnahmefällen, so hieß es zumindest bei offiziellen Anlässen.

Während Elisa ihre Schritte in dem kühlen Becken sorgfältig setzte, um nicht auf dem glitschigen Untergrund auszurutschen, dachte sie über die Unmöglichkeit ihres Lebens nach. Sie war durch und durch eine Deutsche und fühlte sich in den vielen beruhigenden Ritualen auf der Plantage, die sie an ihre alte Heimat erinnerten, zu Hause. Dennoch lebte sie durch ihre Verbindung mit Kelii inzwischen in zwei Welten, die eigentlich unvereinbar waren. Um ihrem neuen Freund zu gefallen, bemühte sie sich, so viel wie möglich über die Welt der Hawaiianer zu lernen, denn Wissen spielte eine enorme Rolle für ihn. Im Gegenzug bemühte sich Kelii, ihrer Welt zumindest halbwegs gerecht zu werden.

»Nicht alles bei euch ist schlecht!«

Kelii sagte diese Worte immer wieder, fast so, als würde er die grausame Realität dadurch beschwören können, denn was er tagtäglich in seinem Dorf sah und erfuhr, waren vor allem Ungerechtigkeiten. Viele Weiße behandelten ihre hawaiischen Dienstboten wie den letzten Dreck.

»Zeige mir, wie ich ein Deutscher werde!«

Elisa hatte anfangs über ihn gelacht, aber bald schon verstanden, dass er ihr zuliebe mehr Nähe zu ihrer Familie suchte. So wollte er auf der Plantage immer öfter bei Elisas Onkel sein. Sie fand ihn tagsüber im Kontor. Wenn der junge Hawaiianer auch noch nicht korrekt auf Deutsch lesen und schreiben konnte, so konnte er doch ausgezeichnet rechnen, wovon Paul Vogel jetzt regelmäßig profitierte. Wenn die monatlichen Abrechnungen erstellt werden mussten, war Kelii zur Stelle. Nie machte er auch nur einen einzigen Fehler.

Ein britischer Missionar hatte den Kindern seines Dorfes vor gut zehn Jahren eine Menge beigebracht. Leider war dieser Missionar eines Tages beim großen Wasserfall erschlagen aufgefunden worden. In Ermangelung anderer Verdächtiger hatten die Plantagenbesitzer daraufhin grausam in Keliis Dorf gewütet. Fünf Männer hatte man als angebliche Mörder aufgeknüpft, um ein Exempel zu statuieren. Kelii hatte das nie erwähnt, aber Elisa erfuhr es von dem alten Fried, der regelmäßig am Sonntagabend zum Essen zu ihnen auf die Plantage kam.

Friedrich von Königsburg entstammte einem verarmten Adelszweig, der weitläufig mit Elisas gräflicher Großmutter verwandt war. Der alte Fried, wie er von seinen Freunden genannt wurde, wusste viel über die Geschichte der Hawaiianer zu erzählen. Besonders die Geschichten über Keliis Dorf faszinierten Elisa sehr. Sie realisierte jedoch auch schnell, dass nicht alles der Wahrheit entsprach, was Fried nach ein paar Gläsern Wein oder Rum von sich gab. Elisas Mutter munkelte hinter vorgehaltener Hand, dass einst eine hawaiische Schönheit Fried den Kopf verdreht hatte. Nur deshalb sei er so lange auf der Insel geblieben. Angeblich hätte der alte Fried mit einer einheimischen Schönheit in wilder Ehe zwei Kinder gezeugt, bevor seine Geliebte vor einigen Jahren gestorben sei.

Elisa hatte Fried in einem Anfall von plötzlichem Wagemut einmal unter vier Augen angesprochen.

»Verzeihen Sie meine Neugierde, aber stimmt es, dass Sie zwei Kinder in meinem Alter hier auf der Insel haben?«

»Wie kommen Sie denn darauf, mein schönes Fräulein Elisa? Wenn ich Kinder hätte, dann würden sie doch meinen Namen tragen, oder etwa nicht?« Er zwinkerte ihr verschwörerisch zu.

»Falls Sie mich aber auf Ihre dezente Art und Weise fragen wollen, ob es auf dieser Insel Früchte meiner Huldigung an den Gott Amor gibt, so kann ich das durchaus bestätigen. Sie haben den Klatsch richtig gedeutet! Die beiden sind in Ihrem Alter, aber Sie werden Sie wohl kaum je in Ihren Kreisen zu Gesicht bekommen…«

Als Elisa ihr Befremden ausgedrückt hatte, erntete sie lediglich ein mildes Lächeln. Über diese Dinge sprach man in der höheren Gesellschaft nicht. Vor allem nicht mit jungen Damen.

Dennoch waren Fried und Elisa über ihre sonntäglichen Begegnungen langsam vertrauter miteinander geworden. Sie konnte bei Fried ihren generellen Wissensdurst über das Volk der Hawaiianer und die Geschichte des hawaiischen Königshauses, wie sie von außen gesehen wurden, stillen.

In akribisch genauer Handschrift hielt Elisa in jeder Sonntagnacht am Rand ihres Skizzenbuchs fest, was sie beim Abendessen vom alten Fried erfahren hatte. Den Rest ihrer Neugierde ergänzte sie teilweise aus Schriften in der Bibliothek. So wurde sie für Kelii mit der Zeit immer mehr zu einem echten Gegenüber, auch wenn sie über sein Volk redeten. Vor allem ihre Deutschstunden erweiterten Elisas Wissen und wurden zunehmend mehr zu einem Diskurs und zu einer Richtigstellung der Kultur und Geschichte Hawaiis. Kelii regte sich mehr als einmal über die Schriften weißer Ethnologen auf, die sie sich gemeinsam ansahen.

»Deine Weißen schreiben viel Unsinn...!«

Kelii versuchte dann immer, ihr auf seine Weise zu erklären, wie die Kultur der Hawaiianer ursprünglich entstanden war. Dieser Version widersprach der alte Fried beim folgenden Sonntagsmahl heftig.

»Alles nur Unsinn, was dein Kelii sagt. In Wirklichkeit hat die königliche Familie Kamehameha zwar über die Inselgruppe Hawaii geherrscht, jedoch gab es nie Frieden. Zwistigkeiten unter den verschiedenen Zweigen der königlichen Familie zerbrachen immer wieder die Einheit unter den Inseln, bis es zu Kriegen kam, grausamen Racheakten! Das ist Hawaii!«

Elisa hatte energisch gekontert, dass daran vor allem die Europäer schuld seien. Immerhin hätten sie das Inselvolk gestört. Aber Fried schüttelte energisch seinen Kopf, sodass sein wallendes weißes Haar in Unordnung kam.

»Als die Europäer kamen, herrschte bereits seit Langem kein Frieden mehr! Das Volk der Hawaiianer war unter sich zerstritten. Es war unfähig, eine Einigung zu erzielen, dem die gesamte Königsfamilie zustimmen konnte. Sie haben sich Hilfe geholt und darin lag auch ihre Schwäche...«

Jetzt mischte sich auch Elisas Onkel Paul in das Gespräch mit ein.

»Am schlimmsten von allen ist die jetzige Königin! Lili'uokalani ist eine Verräterin ihres eigenen Volkes und durch ihren weißen Mann stark am Westen orientiert.

Manche sagen, dass sie durch ihre christliche Erziehung vermischtes Blut hätte und sozusagen nur noch zur Hälfte eine Hawaiianerin sei. Das ist natürlich Unsinn und zum Glück sind auch keine Mischlingskinder entstanden. Gott war gnädig! Dennoch ist dieses Weib unmöglich! Wie kann eine Frau, die durch ihre christliche Erziehung und durch einen europäischen Ehemann sozusagen zur Hälfte eine zivilisierte Schottin ist, nur derartig verbohrte Ideen haben? Sie will durchsetzen, dass auf Hawaiis Inseln die Mädchen und Jungen die gleiche Art von Schulbildung erhalten! Sei bloß vorsichtig, Elisa, dass Kelii dir keine verqueren Flausen in den Kopf setzt, denn mit dieser Königin wird es ein böses Ende nehmen.«

Seine bessere Hälfte nickte energisch, denn Katharina liebte es, wenn Elisa zurechtgewiesen wurde, und stimmte mit ein.

»Die Frau ist einfach verrückt! Dabei hätte sie die Europäer und vor allem auch die Amerikaner mit Klugheit und Zurückhaltung durchaus für sich gewinnen können. Aber durch ihr Studium im Westen hat sie Ideen für die Frauen in ihrem Volk, die einfach völlig absurd sind.«

Auch Elisas Mutter gab Tante Katharina recht.

»Solche Ideen für Frauen wären zwar grundsätzlich fortschrittlich und sogar revolutionär zu nennen, haben aber auf diesen rückständigen Inseln einfach gar keinen Platz. Wir reden hier von zum Großteil völlig unkultivierten Wilden, die erst einmal lernen müssten, vernünftig auf unseren Plantagen zu arbeiten, anstatt uns zum Wahnsinn zu treiben! Schulbildung für alle? Das gibt es nicht einmal in Europa!«

Elisa sah ihre Mutter erstaunt an.

»Aber Königin Lili'uokalani wollte doch lediglich erreichen, dass von jetzt an nicht nur die Jungs, sondern auch alle einheimischen Mädchen auf den hawaiischen Inseln zur Schule gehen könnten, wenn es ihre Familien und die Arbeit erlauben würden…«

Katharina lachte laut.

»Nicht nur das, sondern den einheimischen Frauen Hawaiis sollte auch das Studieren ermöglicht werden, wenn sie Begabung zeigten.«

Eine ganz und gar absurde Idee, wie auch der alte Fried fand, der die Mädchen und Frauen Hawaiis vor allem ihrer sinnlichen Schönheit wegen schätzte, wie er mit einem Schmunzeln betonte.

»Das Denken und das Studieren sollte man uns Männern überlassen. Mit solchen Ideen können weder die Europäer noch die Amerikaner diese hawaiische Monarchin ernst nehmen, Elisa. Sag das deinem Freund und warne ihn bitte auch. Lili'uokalani hat keine Zukunft.«

Auch Onkel Paul sah Elisa jetzt streng an.

»Aber vor allem achte darauf, liebe Nichte, dass du nicht allzu oft mit dem jungen Hawaiianer gesehen wirst. Die Leute beginnen bereits zu reden…«

Elisa verstand den warnenden Blick und verfolgte das Thema bei Tisch nicht mehr weiter. An diesem Abend zeigte Fried ihr im Geheimen sein eigenes Skizzenbuch, das voll mit Zeichnungen einer halbnackten einheimischen Schönheit war.

»Sie war eine Offenbarung, meine exotische Geliebte … ein Geschenk der Götter an einen Mann wie mich, der sich im Leben bescheiden musste und ohnehin nur am Rand der Welt ein kultiviertes Leben führen kann.«

Elisa sagte nichts, sondern lächelte nur höflich. Sie war klug genug, um vor Fried ihre Meinung für sich zu behalten. Ihr Bauchgefühl sagte ihr, dass es das Klügste war, was sie tun konnte. Aber gleichzeitig stieg in ihr ein Gefühl von Ekel auf, das sie nicht benennen konnte.

Onkel Paul übte in den folgenden Wochen immer mehr Druck auf Elisa aus. Er wollte nicht, dass seine Nichte ihre Zeit mit dem jungen Hawaiianer verbrachte. Nachdem er mitbekam, wie rasend schnell Kelii durch Elisa die deutsche Sprache lernte, wurde ihm die Klugheit des jungen Mannes unheimlich. Unter vier Augen redete er ihr jetzt fast täglich ins Gewissen.

»Es schickt sich für ein weißes Mädchen nicht, mit einem Kanaka gesehen zu werden, der nicht ihr Diener ist. Die Leute reden über dich, Elisa. Denk immer dran, du bist nicht nur eine Vogel, sondern vor allem stehst du als meine Nichte unter meiner Obhut! Du hast es geschafft, in relativ kurzer Zeit wieder halbwegs gesund zu werden. Das liegt als positives Gewicht auf deiner Waagschale. Du könntest vielleicht immer noch eine gute Partie machen. Zerstöre dir deine Chancen jetzt bloß nicht durch deine Torheit, indem du wegen des ungehörigen Umgangs mit einem Kanaka ins Gerede kommst.«

Elisa wartete einen Moment, nachdem ihr Onkel seinen Satz beendet hatte. Sie wusste, wie sehr er es brauchte, respektiert und bewundert zu werden. In seiner Ehe, so hatte sie aus hawaiischer Quelle erfahren, musste er permanent zurückstecken. Oft wurde er noch nicht einmal in das Ehebett ihrer Tante gelassen, sondern musste im kleinen Salon schlafen.

»Lieber Onkel, Sie haben natürlich recht, und ich danke für Ihre Fürsorge«, zirpte Elisa. Mit dem gesammelten Charme, den sie trotz ihrer Verachtung für den Bruder ihres Vaters in diesem Moment aufbringen konnte, strahlte sie ihn an.

»Aber ich bin eine gläubige Christin. Was würde es für denn einen Eindruck machen, wenn ich meinen Lebensretter von einem Tag auf den anderen nicht mehr unterrichten würde? Man könnte mich unter Umständen für hartherzig halten, oder aber man könnte mir mein christliches Benehmen absprechen. Vor dem Hai am Riff hat mich nicht der Verwalter gerettet, sondern dieser junge Hawaiianer. Seine Heldentat hat sich sogar bis nach Honolulu herumgesprochen, wie ich gehört habe. Undankbarkeit bei der Nichte von Paul Vogel? Hartherzigkeit bei einer jungen Deutschen aus gutem Hause? So ein Ruf kann keinesfalls Ihre Absicht sein, oder? Um trotz meiner … Behinderung, oder sagen wir einmal Beeinträchtigung, auch nur eine halbwegs gute Partie zu machen, müsste es mein vorbildlicher Charakter sein, der überzeugt, nicht wahr?«

Als Elisa nach dem Gespräch mit ihrem Onkel das Kontor verlassen durfte, jubelte sie innerlich. Sie hatte auf Kauai ihren ersten kleinen Sieg errungen.

Elisa Vogel war nicht naiv. Sie wusste, dass ihr beschädigtes Bein sie unter Umständen für viele Jahre zur gesellschaftlichen Außenseiterin machen würde. Wen kannte sie hier schon? Und wer war in ihrem Alter? Johannes van Ween, den Sohn des holländischen Verwalters, der ihr als Patensohn ihres Vaters ans Herz gelegt worden war, hatte sie immer noch nicht kennengelernt. Auf diese Freundschaft hatte sie insgeheim gehofft, jedoch war Johannes van Ween kurz nach ihrer Ankunft einem Ruf aufs Festland gefolgt. Dank eines kleinen Erbes ihres Vaters hatte er die Möglichkeit bekommen, sich auf einer Universität weiterzubilden.

Mit wem hätte Elisa sich sonst noch befreunden können? Die jungen Europäerinnen in ihrem Alter hatten sie bisher gemieden. Die Haifischfrau nannte man sie angeblich in der Hauptstadt Lihue und tuschelte über ihr Unglück. Jedoch war niemand bisher neugierig genug gewesen, um die vierstündige strapaziöse Fahrt über die Lehmstraßen bis zur Plantage der Gebrüder Vogel auf sich zu nehmen.

Doch es war nicht nur der Mangel an Alternativen für eine Freundschaft unter Gleichaltrigen, der Elisas Band mit Kelii stärkte. Sie hatte ihn aufrichtig gern. Er hatte ihr nicht nur das Leben gerettet, sondern er beschützte Elisas verstümmelte Seele. Der Hai hatte ihr viel von dem genommen, was für Elisa einst selbstverständlich war. In ihrem bisherigen Leben hatte sie sich sicher gefühlt. Selbst der Tod ihres Vaters hatte ihrem tiefsten Inneren nichts anhaben können. Doch seit ihrer Begegnung mit Großvater Hai, wie Kelii das Ungeheuer nannte, hatte sich in ihrer Seele ein Riss aufgetan, der ihr bisweilen wie ein tödlicher Abgrund schien. Wer war Elisa Vogel wirklich?

Es waren nicht nur ihre Begegnungen mit Maja durch die Tausendnebel-Pflanze, die ihre Seele beben ließen, sondern sie fühlte sich auch sonst wie ein gespaltener Mensch. Es gab sie in zwei Varianten, vor der Begegnung mit dem Hai und danach. Das Danach war nicht wirklich zu benennen. Ein Tor zu einer anderen Welt hatte sich auf dem Grund des Meeres aufgetan. Kelii war der Einzige, der Elisa geeignet schien, auch nur ansatzweise zu verstehen, wer sie seit ihrem Unfall geworden war, oder aber im Begriff war zu werden. Es war noch nicht einmal für Elisa selbst abzusehen, wie es in ihrem Leben weitergehen würde, oder wie sie die nächsten fünf Jahre bis zur Jahrhundertwende verbringen würde. Nur eins wusste sie ganz genau: Sie musste unbedingt dafür sorgen, dass ihre Mutter wieder ganz gesund wurde.

Elisa seufzte in dem angenehm kühlen Wasserbecken, während sie vorsichtig die erste Tausendnebel-Pflanze für ihre Mutter pflückte. Sie konnte sich ein Leben ohne Kelii gar nicht mehr vorstellen. Am Anfang waren ihre Treffen lustig gewesen. Elisa hatte Ehrgeiz darin entwickelt, ihm ihre Sprache möglichst rasch beizubringen. Er hatte sich belustigt revanchiert. Peu à peu hatte er ihr die Sprache seines Volkes ebenfalls beigebracht. Wahine, Frau. Kane, Mann. Alles war anfangs ein Spiel. Doch über die Frühlingsmonate hatte er ihr weitaus mehr beigebracht als nur die Worte. Er hatte sie mit Sinn gefüllt.

Bei seinem Volk gab es nicht einfach nur Frau und Mann. Die Energien von Weiblich und Männlich hatten eine größere Bedeutung. In der Pflanzenwelt, vor allem bei der Heilung von Krankheiten, war das Geschlecht einer Heilpflanze essenziell. War eine Pflanze eine Wahine oder ein Kane, so hatte sie unterschiedliche Eigenschaften. Heilung war das Ziel. Elisa wusste, dass nur die männliche Wasserpflanze ihrer Mutter Segen bringen würde. Der erste männliche Tausendnebel-Stiel lag glänzend in ihrer Hand. Es war ein prachtvolles Exemplar, saftig und mindestens zwanzig Zentimeter lang.

»Mahalo!«

Sie dankte dem Geist der Pflanze durch eine kleine Verbeugung, wie Kelii es ihr beigebracht hatte, als er sie das erste Mal zum Wasserfall brachte und ihr gezeigt hatte, wo die besten Tausendnebel-Stiele wuchsen.

Elisa lächelte weich, als sie jetzt an ihn dachte. Kelii hatte immer wunderbare Pläne mit ihr. Seit einigen Wochen schon wollte er sie jetzt mit in seine Unterwasserwelt nehmen. Es war Sommer. Der Ozean wärmte sich tagsüber auf, sodass er nicht mehr zu kalt für ihr krankes Bein war. Kelii schwamm jetzt bei Vollmond auch immer nachts mit den Haien am Riff. Aber bisher hatte er immer gesagt, für eine erneute Begegnung zwischen Elisa und dem Hai sei die Zeit noch nicht gekommen. Großvater Hai hätte Elisa zwar ausgewählt, aber noch sei er eine Gefahr für sie, weil sie Angst vor ihm hätte. Zudem mochte Großvater Hai keine Weißen, wie Kelii sie gerne neckte, wenn er sie provozieren wollte.

Elisa musste ihm recht geben. Ihre Furcht vor dem Ozean war stark, stärker noch als ihre Sehnsucht nach dem Licht, das sie damals auf dem Grund des Meeres gespürt hatte. Wenn nur ihre Angst vor dem Schwimmen endlich weichen würde! Seit der Hai sie in die Tiefe gezogen hatte, war etwas mit ihr geschehen. Immer wenn Elisa jetzt Angst verspürte, war sie wie versteinert. Ihr Bein war dann wie festgefroren, sie konnte sich nicht bewegen, und das Herz klopfte ihr bis zum Hals. In diesen Momenten spürte sie den Kranz des Gebisses von Großvater Hai auf ihrer Haut am Oberschenkel. Selbst jetzt, als Elisa in dem harmlosen Süßwasserbecken an den mächtigen Hai dachte, kroch das Gefühl der Angst in ihr hoch. Sie konnte diesen Horror alleine nicht kontrollieren und schämte sich bisweilen, wenn sie unter Menschen plötzlich versteinerte und nur noch stottern konnte.

Nur wenn Kelii bei ihr war, empfand sie anders. Er gab ihr ein Gefühl von Sicherheit, vielleicht, weil sie sich vor ihm nie verstellen musste und er, mehr als ein anderer Mensch auf dieser Erde, dieses unbekannte Terrain in ihrem Inneren verstand.

Elisa stieg aus dem Wasser und legte drei glitschige Stiele auf den runden weißen Felsen in die Sonne zum Trocknen. Es waren die männlichen Pflanzen, eindeutig zu erkennen an der schwarzen Markierung an der Spitze. Die Menge würde nach dem Trocknen ausreichen, um für ihre Mutter genug Pulver für ein halbes Jahr zu machen. Danach würde sie hoffentlich wieder gesund werden.

Die Sonne brach mit goldenem Morgenlicht durch das dichte Blätterdach. Die wenigen Strahlen, die den fruchtbaren schwarzen Boden erreichten, waren ungewöhnlich warm für die Tageszeit. Die Zeit verging schnell, doch Elisa verspürte keinerlei Lust, sich auf den Rückweg ins Tal zu begeben. Lieber folgte sie ihren Gedanken und erträumte sich die ersten Erfolge bei der Heilung ihrer Mutter. Zukunft-Sehen, so nannte Kelii diese Kahuna-Methode. Elisa ließ am Ufer ihre Füße trocknen und reicherte die Bilder der Zukunft in ihrem Kopf mit Farben, Tönen und Gerüchen an, so wie er ihr es beigebracht hatte. Ihr letztes Bild zeigte Clementia Vogel als Braut an der Seite vom alten Fried. Elisa musste kichern. Vielleicht hatte sie in ihrer Vorstellung ein klein wenig übertrieben.

Obwohl sie wusste, dass es besser wäre, sich zu beeilen, um nicht allzu spät ihre Pflichten im Haus zu beginnen, lockte nach der getanen Kahuna-Arbeit das Rauschen der Wasserfälle. Nur einmal kurz eintauchen? Sie sah sich um. Immer noch war sie ganz allein an den Wasserbecken. Die Idylle war paradiesisch.

Schnell zog sie sich das Kleid über den Kopf. Eilig stieg sie aus der langen Unterhose, gerüscht und gestärkt, ein Relikt aus ihrer deutschen Heimat, aber ihre Mutter bestand darauf.

Ordentlich hängte Elisa die Kleider über einen Zweig. Danach löste sie den locker geflochtenen Zopf. Meist trug sie ihr wildes Haar zu einem strengen Knoten gebunden, damit es nicht in der tropischen Sommerluft verfilzte. Jedoch war sie am Morgen noch mit ihrem losen Zopf aufgebrochen, den sie im Bett trug. Jetzt schüttelte sie ihre gelöste Mähne mit einem zufriedenen Seufzer. Sie blickte an sich herunter und betrachtete ihren blassen, nackten Körper. Wie weiß ihre Haut war! Ihre Brüste schimmerten so hell wie die kugelförmigen Quarzsteine, die das Wasserbecken einrahmten und sie schloss genüsslich ihre Augen. Warm durchströmte die Sonne ihre Haut. Kleine Lichtpfeile kitzelten sie, als ihre Poren zum Leben erwachten. Sie berührte sanft ihre hellrosa Brustwarzen, die sich willig unter ihren tastenden Fingerspitzen aufrichteten. Wie gerne würde sie auch einmal von ihm berührt werden!

Öfter schon hatte Elisa mit Kelii zusammen gesehen, wie die Hawaiianerinnen in ihrem Alter hier nackt badeten, sich berührten und gegenseitig wuschen. Manchmal waren auch die jungen Männer mit dabei, und es wurden spielerisch Zärtlichkeiten ausgetauscht. Sie hatte sich kaum getraut hinzusehen und war über und über errötet. Verboten waren diese Gefühle. Aber allein die Erinnerung an Keliis sinnliches Lächeln und seine schönen Hände ließen Elisa erschauern. Lust, aber auch Schamgefühle durchfluteten ihren Körper. War es wirklich etwas Verbotenes, so zu fühlen?

Sie folgte dem unruhigen Strom ihrer hitzigen Gedanken, während sie Wasser aus der hohlen Hand über ihre nackten Brüste goss, um sich abzukühlen. Sie war allein und damit sicher hier in der Natur. Doch selbst wenn so früh am Morgen kein Mensch in der Nähe war, so sah doch immerhin Gott, was sie tat, und vor allem, was sie für Kelii fühlte! Schon allein nackt hier zu baden, war ein Unrecht.

Aber die Versuchung war dann doch zu groß, und ein wenig später watete Elisa splitternackt tiefer in das Wasserbecken. Sie genoss das ungewohnte Gefühl von Freiheit zwischen ihren Beinen, wo kein schwerer Stoff ihre Bewegungen behinderte. Ihre Haut unter der Wasseroberfläche schimmerte weich und golden. So als wäre ich eine von ihnen, schoss es ihr durch den Kopf, als die lindernde Kühle ihren Nabel erreichte. Das Wasser ist einfach zu verlockend, dachte sie, als sie in dem hüfthohen Wasser ihren Kopf untertauchte, um sich ganz zu erfrischen.

Es war ein unglaublicher Genuss. Während sie sich nackt auf dem Rücken im Wasser treiben ließ, immer mit einem Fuß auf dem Boden, um sicher zu gehen, dass sie nicht aus Versehen untertauchen würde, kam ihr ein Gedanke. Wie würde es wohl sein, nackt in dem großen Wasserfall zu stehen? Durch Kelii kannte sie eine Stelle, an der die Wassermassen nicht ganz so hart auf die Felsen niederprasselten. Durch einen Felsvorsprung abgetrennt gab es einen sanften Strahl, durch den sie einmal an seiner Hand hinter den großen Wasserfall getreten war.

Wie ein Vorhang aus flüssigem Glas war das Wasser dort. Dahinter hatte er ihr eine Höhle gezeigt.

»Wir nennen sie unser Liebesnest ... hierher kommen die Paare, wenn sie ausprobieren wollen, ob ihre Körper zusammen Himmelslieder singen können, bevor sie sich in der Ehe aneinander binden.«

Er hatte sie angelächelt, in der Art und Weise, wie nur Kelii lächeln konnte. Schwach war ihr geworden in den Knien, weil sie in diesem Moment Wünsche verspürt hatte, die sie noch nicht einmal träumen durfte. Ihr Herz hatte wie in einem plötzlichen Fieber geklopft. Doch Elisas Vernunft hatte gesiegt.

»Bei uns müssen die Körper sich leider auf Gott verlassen. Ein Ausprobieren gibt es nicht. In einer Ehe werden Kinder gezeugt. Die Körper müssen nicht miteinander singen können, wie du es nennst.«

Tatsächlich hatte Elisa keine Ahnung, wovon er sprach. Aber sie ahnte natürlich, dass es die Kunst der körperlichen Liebe gab. Warum sonst sollte ein Mann wie Fried einer Hawaiianerin auf Jahrzehnte verfallen?

Elisa ließ sich weiter im Wasser treiben. Ihre Haare umfluteten ihr Gesicht wie eine dunkle Wolke, und sie schloss ihre Augen, um ihren Gedanken an ihren Liebsten nachzuspüren. Ihren Liebsten, so nannte sie Kelii, wenn sie heimlich an ihn dachte. Ob er etwas verstand von der Kunst, zwei Körper zusammen Himmelslieder singen zu lassen? Bestimmt war er ein Experte darin, so wie er sie in der Höhle hinter dem Wasserfall angelächelt hatte. Himmelslieder!

Elisa würde viel darum geben, wenn sie ganz einfach mutiger wäre und es mit ihm ausprobieren könnte, dieses gemeinsame Körpersingen von Mann und Frau. Aber sie wagte es nicht. Ihr Liebster durfte Kelii nur in ihren Gedanken sein. Wenn sie ihn heimlich traf, behandelte sie ihn immer nur wie einen guten Freund, um den Abstand ihrer glühenden Körper auf alle Fälle zu wahren. Und als sie heimlich mit ihm hier war, hatte sie ihre Kleider keineswegs ausgezogen. Obwohl die Poren ihrer Haut in der Hitze nach Befreiung gelechzt hatten, hatte sie sich zurückgehalten. Sich vor ihm auszuziehen, hätte gegen den Anstand verstoßen, den ihre Mutter und ihre Großmutter ihr von Kindesbeinen an eingetrichtert hatten. Nicht einmal beim wöchentlichen Bad im Waschhaus auf der Plantage war sie nackt. Es schickte sich nicht für eine junge Frau aus gutem Hause. Und seit Elisa nach ihrem Unfall erneut ihr monatliches Unwohlsein hatte, war ihre Mutter in diesen Dingen noch strenger geworden.

»Es ist eine Gnade Gottes, dass der Hai dich nicht unfruchtbar gemacht hat. Aber es ist auch eine Verantwortung! Denk immer daran, deine Fruchtbarkeit gehört deinem zukünftigen Ehemann!«

Elisa musste im Wasser kichern. Wenn ihre Mutter auch nur ahnte, dass ihre Tochter sich in den Nächten regelmäßig mit dem jungen Hawaiianer traf, würde ihr Herz ganz bestimmt vor Schreck stillstehen. Und dann erst diese sündigen Gedanken, so wie jetzt gerade, als sie ihre Hände sanft über die Narbe auf ihrem Oberschenkel gleiten ließ. Wie wenig ihre Mutter doch über diese neue Elisa wusste. Ihre Gedanken und Gefühle drehten sich die meiste Zeit um Dinge, die so verboten waren, dass Elisa sich sogar hüten musste, sie jemals in ihr Skizzenbuch zu zeichnen, zu malen oder gar von solch sündigen Bildern und Wünschen zu schreiben.

Ob sie es nun wollte oder nicht, Elisa begann bei ihrem vergnüglichen Spiel im Wasser immer öfter daran zu denken, dass sie Verbotenes tat und dachte, während die Sonne am Himmel zur Arbeit in der Familie rief. Daher steuerte sie ihren im Wasser treibenden Körper jetzt zurück zum Beckenrand. Sie würde sich beeilen müssen. Mehr als ein paar weitere Minuten Vergnügen durfte sie nicht gönnen, wenn sie kein allzu schlechtes Gewissen plagen sollte. Mit dem Gedanken an den Rückweg begann sie aus dem Becken zu steigen, als sie seine Stimme hörte.

»Elisa?«

Als sie ihn entdeckte, erstarrte sie mitten in der Bewegung, denn Kelii saß nicht weit von ihr auf einem Baum und lächelte ihr zu. Nein, es war mehr noch als ein Lächeln, er grinste zu ihr rüber. Dann erhob er seine Stimme, um den rauschenden Wasserfall zu übertönen.

»Guten Morgen! Es freut mich, dich an diesem heiligen Ort zu sehen. Was für ein Zufall, dass wir uns hier treffen! Was für einen Satz hätte Goethe wohl zu deinem Bad gedichtet?«

Er räusperte sich, bevor er begann, seine Goethe-Hausaufgaben zu rezitieren, die sie ihm erst gestern aufgegeben hatte:

Füllest wieder Busch und Tal
Still mit Nebelglanz,
Lösest endlich auch einmal
Meine Seele ganz;

Breitest über mein Gefild
Lindernd deinen Blick,
Wie des Freundes Auge mild
Über mein Geschick.

»Weiter kann ich deinen Goethe noch nicht. Aber wie ist meine Aussprache?«

Sein Deutsch war fast ganz ohne Akzent, worauf Elisa natürlich hätte stolz sein können. Aber alles, was sie in diesem Moment empfand, war Panik. Dazu kam ein brennendes Schamgefühl, weil er sie splitternackt sah und vielleicht schon lange auf dem Baum saß. Doch ihn schien ihr Anblick eher zu belustigen. Sein Grinsen wurde noch breiter, während sie versuchte, ihre Blöße vor ihm mit ihren nassen langen Haaren zu verstecken.

»Du bist sehr weiß, Elisa. Hast du Angst vor brennender Sonne für deine Haut?«

Er machte sich eindeutig über sie lustig. Elisa biss sich auf die Lippen, weil ihr partout keine passende Antwort einfallen wollte. Ihr Freund hockte so entspannt über ihr auf dem Baum, als wäre es das Normalste der Welt, Elisa beim Balancieren auf den Ufersteinen zuzusehen. Kelii trug fast nie mehr als das Tuch um seine Hüften. Er fühlte sich wohl in seiner Haut und grinste jetzt noch breiter. Der Schalk blitzte ihm aus den Augen.

»Hast du heute keine Worte für mich, Elisa? Nicht mal eine Begrüßung? Oder ein kleines Lob für ein kleines Stück von deinem Goethe?«

Elisa schnaubte wütend. Natürlich antwortete sie nicht, denn sie war viel zu sehr damit beschäftigt, ihre Blöße weiterhin irgendwie vor ihm zu verdecken, während sie über die Steine in Richtung ihrer Kleider stakste. Ihre langen Haare halfen ein wenig, aber trotzdem blieb jede Menge Haut frei. Es war unmöglich, mit dem nassen Haar ihre Brüste, das Dreieck zwischen ihren Beinen und ihren Hintern gleichzeitig zu bedecken. Und dabei auch noch einigermaßen würdevoll auszusehen war schlichtweg aussichtslos. Daher sagte sie auch kein Wort, sondern kniff ungehalten ihre Lippen zusammen. Ihr Freund sollte so früh gar nicht hier sein, sagte sie sich, während sie mit flinken Gesten das Unmögliche versuchte. Brüste und Dreieck? Oder das Hinterteil? Schließlich gab sie auf. Ihr Hintern blieb unbedeckt, während sie zu dem Baum floh, an dessen Zweigen ihre rettenden Kleider hingen. Dabei wandte sie sich dem jungen Hawaiianer so zu, dass er möglichst wenig von ihrer Rückseite zu sehen bekam, sodass sie quasi seitwärts ging. Völlig lächerlich musste sie in seinen Augen aussehen.

»Hast du Angst vor meinen Augen, oder vor der bösen Sonne?«, fragte er, während er frech dabei zusah, wie Elisa versuchte, halbwegs schicklich nach ihren Kleidern zu greifen. Jetzt wurde Elisa richtig wütend.

»Du darfst mich nicht ansehen, wenn ich keine Kleider anhabe«, fuhr sie ihn an.

»Es ist tabu, und außerdem waren wir erst für abends verabredet. Hast du dort etwa schon die ganze Zeit gesessen?« Er nickte, sah aber dann gehorsam zu Boden.

Elisa sah freilich genau, dass sich sein Körper vor unterdrücktem Lachen nur so schüttelte. Spontan wollte sie ihm etwas Gemeines zurufen, etwas, das ihn vertreiben würde, aber ihre sonst so flinke Zunge fand keine passenden Worte und diese Situation durfte einfach nicht Wirklichkeit sein. Und vor allem wusste Elisa nicht, was sie jetzt tun sollte. Sie musste sich irgendwie anziehen. Aber wenn sie ihm dabei den Rücken zuwenden würde, dann könnte er ihr nacktes Hinterteil sehen. Das war vielleicht noch schlimmer als ihre von den Haaren halbwegs verdeckten kecken Brüste und ihre Scham. Immerhin lag ihr größtes Tabu gut versteckt hinter dem golden gelockten Dreieck verborgen. Den Begriff tabu verstand ihr Freund, denn auch in seiner Welt war vieles tabu, vor allem, wenn es die geheimen Riten und Rituale der Frauen betraf, die ihren eigenen Gesetzen folgten.

Trotzdem konnte sie ihn auf seinem Baum immer noch belustigt lachen hören, als hätte sie ihm einen besonders amüsanten Witz erzählt. Dann begann er zu sprechen.

»Deine Haut für mich ist nicht tabu, Elisa. In vielen Nächten habe ich dein Tabu gesehen. Ich kenne dein Bein, deine Wunde. Ich habe deine Haut verbunden mit Medizin. Ich habe gewaschen – dein Tabu. Warum jetzt so scheu?«

Natürlich hatte Kelii recht. Er war eine Zeit lang jede Nacht gekommen, hatte ihr geschwollenes Bein sanft mit wohlriechenden Kräutern massiert, ihre Wunde neu versorgt und verbunden, damit das Fleisch an den Wundrändern nicht anfing zu faulen. Und er hatte sie auch regelmäßig gewaschen. Er hatte dabei viel von ihr gesehen, zu viel, und ihr einmal sogar auf die Bettpfanne geholfen. Eine schreckliche Vorstellung, dachte Elisa im Nachhinein, aber sie war in ihrem Fieber völlig hilflos und damit auf seine Hände und Augen angewiesen gewesen. Zudem ließ der bittere Trank aus der Heilpflanze, den er Elisa Nacht für Nacht mit sanften Gurrlauten eingeflößt hatte, um ihr Bein zu retten, ihre Nieren rebellieren.

Diese Zeit in ihrem Leben wollte sie inzwischen am liebsten vergessen, denn nichts davon war schicklich gewesen. Am schlimmsten waren die Lügen, die Elisa ihrer Mutter hatte auftischen müssen, wenn Clementia nach der seltsamen grünen Tinktur fragte, mit der mysteriöserweise der Verband an Elisas Bein jeden Morgen aufs Neue durchtränkt war. Um den bohrenden Fragen zu entgehen, hatte sie schließlich eine namenlose Hawaiianerin erfunden, die angeblich nachts immer kam, wenn Elisa alleine war, um sich ihr Bein anzusehen und Kräuter aufzutragen. Das Phänomen dieser heimlichen Wohltäterin, die noch dazu scheu war und keinen Lohn wollte, war danach lange und ausgiebig im Familienkreis besprochen worden.

In diesem Kontext hatte Elisa das Wort Kahuna zum ersten Mal gehört. Ein Kahuna war für die Kanaka der Ersatz für einen richtigen Arzt, erklärte ihr der Onkel. Elisa wusste es jedoch durch Kelii bald besser. Ein Kahuna war sehr viel mehr als nur ein Arzt. Das Wort stehe nicht nur für einen Heiler oder eine Heilerin in der kulturellen Tradition, sondern die Kahuna waren auch für die Seelsorge ihres Dorfes zuständig, für die Rituale und Feste. Manche von ihnen standen in dem Ruf, Magier und Schamanen zu sein. Es gab inzwischen einige namentlich bekannte Kahuna, die mehr als gefürchtet waren, vor allem von Plantagenbesitzern, da man sie der Hexerei bezichtigte und sie angeblich ganze Ernten vernichten konnten. Ihre Namen wurden auf schwarze Listen gesetzt.

Zu dritt hatten die Männer Elisa schließlich wegen dieser geheimnisvollen Kahuna-Frau verhört, die sie erfunden hatte, um ihren neuen Freund zu schützen. Sobald es ihrem Bein besser ging, kamen ihr Onkel, Piet van Ween und der Doktor zu Besuch, saßen um ihr Bett herum und stellten ihr jede Menge Fragen. Elisa blieb bei ihrer erfundenen Geschichte und bat sogar darum, dass die Tür zum Garten von da an nachts nur angelehnt würde, um ihrer Retterin das Hereinkommen zu erleichtern. Der Onkel nickte. Die Heilung von Elisas Bein, darauf bestand er, hatte absolute Priorität. Dieser geheimnisvollen Kahuna würde nichts geschehen, wer auch immer sie sei. Auch der Doktor, der mit der Verletzung völlig überfordert gewesen war, nickte. Die Amputation ihres Beines zu verhindern, indem die Entzündung völlig abheilte, das war das Ziel. Schnell sah auch Elisas Onkel ein, dass sein Plan der zukünftigen Vermählung seiner Nichte beide Beine erforderte. Ein Krüppel würde als Braut kaum vermittelbar sein und ganz bestimmt keinen finanziellen Vorteil bringen. An ihren Wert als Braut, als Unberührte und unbescholtene Jungfrau musste Elisa jetzt denken, während sie sich tief in der Bredouille wähnte, weil sie ganz einfach nicht wusste, ob sie sich Kelii nackt zeigen durfte. Ja, es gab andere Regeln in seiner Kultur. Nur wusste sie leider nicht immer genau, wo welche Grenzen zwischen ihren Welten lagen. Und deshalb fühlte sie sich ihm gegenüber oft hilflos, vor allem, wenn sie ihm auf sein Terrain folgte und seine Spielregeln galten.

Kelii pfiff von seinem Baum herab. Dann begann er immer lauter zu lachen, womit er Elisa noch stärker verunsicherte.

»Wo ist dein Kopf?«, rief Kelii ihr lachend vom Baum aus zu, »Schlafmütze bist du! Kahuna-Träumer!«

Elisa löste sich aus ihrer Erstarrung. Seit ihrem Unfall geschah es bisweilen, dass sie urplötzlich in Gedanken versank. Sie merkte nicht, dass mitunter sogar eine ganze Minute verstreichen konnte, in der sie einfach nur in die Ferne starrte und alles um sich herum vergaß.

»Bist du wieder da, Elisa?«

»Ja ... ich musste an die vielen Nächte denken, in denen du mir mit meinem Bein geholfen hast.«

Er nickte. Sie zögerte kurz, bevor sie weitersprach: »Wie viele Nächte genau waren es eigentlich?«

»Neunundzwanzig Nächte, ein ganzer Mond.«

Elisa spürte eine Woge von Dankbarkeit in sich aufsteigen. Ohne Kelii hätte sie heute ihr Bein nicht mehr. Sie würde nicht hier stehen und sich um ihre lächerliche Nacktheit sorgen. Vielleicht wäre sie nicht einmal mehr am Leben.

Kelii sah sie jetzt ernst an.

»Du bist nicht mehr nur Elisa. Du bist Kahuna.«

In diesem Moment veränderte sich etwas in ihrer Beziehung zu Kelii. Die Art, wie er ihr zunickte, halb ernst und dabei auch voller Neugierde, löste erneut dieses wohlige Kribbeln in ihrem Bauch aus, das verboten war. Es war, als ob kleine Tiere in ihrem Inneren einen Freudentanz veranstalten würden, allein schon bei dem Gedanken daran, dass er sie berühren könnte.

Ihre Hände begannen zu zittern. Nervöser Schweiß sammelte sich im Inneren ihres Handtellers und ihre Stimme zitterte, als sie ihm antwortete.

»Damals war mein Körper nicht tabu. Ich war krank, und du hast mir geholfen.«

Kelii nickte langsam. Seine Augen schienen jetzt in ihren versinken zu wollen, so intensiv sah er sie jetzt von seinem Ast aus an.

»Jetzt geht es dir wieder gut, oder?«

»Doch, es … es geht mir gut.«

»Dann lass uns zusammen schwimmen, hier an dem heiligen Ort und ohne Kleider. Nur so wie du bist. Ich beschütze deine weiße Haut. Komm!«

Mit einladendem Lächeln machte er Anstalten, von seinem Baum herunterzuklettern. Elisa erschrak.

»Nein. Nein, bitte!«

»Warum? Wir sind Freunde. Dir geht es gut. Du brauchst keine Angst haben, Elisa. Du bist sicher bei mir. Dein Tabu ist sicher bei mir. Du bist Kahuna.«

In einem Satz sprang er von dem letzten Ast auf die Erde und machte einen Schritt auf sie zu. Da Elisa auf dem Untergrund der wackeligen Steine nur schwer zurückweichen konnte, ohne die Balance zu verlieren, streckte sie instinktiv ihre Hand aus, um ihn von weiteren Schritten in ihre Richtung abzuhalten.

»Nein! Es geht nicht, Kelii! Ich bin jetzt nicht krank. Im Moment sind wir auch keine Freunde, sondern … ich weiß auch nicht, was wir sind.«

Hilflos ließ sie ihre Schultern nach vorne sinken. Nicht nur das Nacktsein war ihr Problem, sondern auch die starken Gefühle in ihrem Inneren, die sie nicht kontrollieren konnte.

Kelii machte eine Geste der Hilflosigkeit in ihre Richtung. Doch in seinen Augen erkannte sie nach wie vor Belustigung, als er erneut zu sprechen begann.

»Deine weiße Haut ist traurig und voll mit Angst. Dein Körper ist nicht schön. Deine Haole-Haut ist nicht schön. Alles tabu und böse. Bitte, Elisa schnell Kleider anziehen.«

Er zeigte auf ihre Brust. Elisa realisierte erschrocken, dass sich die Hälfte ihrer Haarpracht selbstständig gemacht hatte. Ihr linker Busen war zu sehen. Schnell bedeckte sie ihre Blöße. Ihr Inneres kochte jetzt vor Empörung, weil sie wusste, dass er sich nach wie vor über sie lustig machte.

»Was fällt dir ein! Meine weiße Haut ist nicht traurig, und ich habe auch keine Angst. Meine Haut ist froh, aber ich kann nicht mit dir hier nackt sein wie deine Leute. Es ist … es ist…«

Verzweifelt suchte sie nach Worten, denn nach wie vor war sie sich nicht sicher, ob er überhaupt verstand, was dieses Schamgefühl in ihrer Kultur bedeutete. Sie versuchte es erneut.

»Du und ich sind Freunde. Du bist sogar mein einziger und bester Freund hier. Aber jetzt im Moment sind wir keine Freunde, sondern ich bin eine Wahine und du ein Kane. Noch dazu bin ich eine Wahine, die zu wenig Kleidung anhat, wofür ich wahrscheinlich ohnehin in die Hölle kommen werde.«

Kelii sah sie fragend an. Diesen Zusammenhang begriff er nicht.

»Meinst du unsere Höhle? Du willst mit mir in unsere Höhle kommen?«

Er zeigte auf die Stelle oben am Wasserfall, zu der Elisa ursprünglich wollte.

»Dann lass uns zusammen gehen«, schlug er vor, »aber keine Kleider. Besser ohne Kleider, denn die Steine sind sehr rutschig und grün.«

Elisa gab in diesem Moment einfach auf. Sie würde ihm den Unterschied zwischen Hölle und Höhle jetzt nicht erklären, denn ihr versehrtes Bein hatte begonnen, wegen der Anstrengung heftig zu zittern und auch sonst überfiel sie ein Gefühl der Sinnlosigkeit. Sie lebten in zwei verschiedenen Welten.

»Fühlst du dich schwach?«, fragte er besorgt und wollte ihr die Hand reichen. Aber sie konnte seine

Hilfe nicht annehmen, nicht auf diese Weise. Sie blitzte ihn an.

»Wehe, du kommst näher! Bleib, wo du bist, oder ich spreche nie wieder mit dir!« Ihre Stimme bekam einen panischen Unterton, da Kelii noch näher gekommen war, sodass sie sich jetzt fast berührten. Die kleinen Tiere in ihrem Bauch tanzten jetzt nicht nur einen Freudentanz, sondern hatten begonnen, Purzelbäume zu schlagen. Was würde sie darum geben, in diesem Moment auch nur seine Hand anfassen zu dürfen. Der Sog war so stark, dass ihr Atem schnell und heftig ging. Unzählige Male hatte sie sich auf ihrem Krankenlager gewünscht, Kelii möge ein einziges Mal ihre Lippen berühren. Jetzt wünschte sie sich nichts sehnlicher, als mit ihm zu verschmelzen. Aber genau das war es, wogegen sie ankämpfen musste. Es wäre mehr als nur Sünde. Nicht nur die Hölle im Jenseits, sondern vor allem ihre Mutter, ihr Onkel und ihre Tante würden ihr niemals verzeihen. Verzweifelt flüsterte sie: »Bitte, Kelii, bitte, bitte, wenn du mein Freund bist, dann komm jetzt nicht näher…«

Auch er atmete schwer, und sie glaubte seine Erregung zu spüren. Seine Stimme war nur noch ein heiseres Flüstern: »Ich … ich will dich, Elisa.«

Vor Glück und Angst zugleich stiegen ihr die Tränen in die Augen. Er empfand genau so wie sie, vielleicht quälten ihn seine Gefühle sogar noch mehr, wie sie mit einem Mal vermutete, als sie ihm in die Augen sah. Keinerlei Belustigung oder Spott war jetzt noch in dem sanften Dunkelbraun seiner Mandelaugen zu sehen. Im Gegenteil, ein fast heiliger Ernst ging von ihm aus. Er ließ sich wenige Schritte vor ihr auf einem der größeren Felsen nieder, um ihr zu zeigen, dass er ihren Wunsch nach einem sicheren Abstand respektierte.

»Ist es so besser?«

Sie nickte erleichtert: »Ja, danke! Aber du musst bitte auch wegsehen, während ich meine Kleider anziehe. Wenn ich meinen Unterrock anhabe, dann können wir zusammen zum Wasserfall. Dann gehe ich mit dir schwimmen … dann sind wir wieder Freunde … dann ist alles wieder gut.«

Er sah gehorsam weg. Er rührte sich nicht vom Fleck, während sie hastig ihre Kleider durchwühlte und ihren Unterrock hervorzog. Ruhig begann er unter dem dichten Blätterdach, durch das die Sonnenstrahlen ein feines Lichtspiel auf die schwarze Erde warfen, mit einem Stock ein Muster zu zeichnen. Dabei pfiff er wie ein bestimmtes Vogelmännchen. Elisa pfiff beim Anziehen zurück, nach der Art des dazu passenden Weibchens. Das Imitieren der Vogelstimmen eines Paares war eines der Spiele aus ihrer Kindheit in Hamburg, das Elisa ihm vor einiger Zeit beigebracht hatte. Sie hatte es noch von ihrem Vater gelernt.

Wenn Kelii und sie nachts auf ihren geheimen Wanderungen weit genug weg von der Plantage waren, übten sie Vogelstimmen. Ihre Freund brachte ihr dann geduldig den jeweiligen Namen bei, den sein Volk diesem Vogel gegeben hatte. Auf diese Weise stets mit dem Lernen beschäftigt, hatten sie in letzter Zeit vermieden, über das zu sprechen, was seit einiger Zeit glühend und unkontrollierbar in ihnen heranwuchs.

Auch als Elisa mit ihrem Unterrock bekleidet zurück zu ihm kam, wollte sie keinesfalls über das reden, was zwischen ihnen stand. Wahine und Kane, Frau und Mann, das durfte zwischen ihnen kein Thema sein. Elisas Familie hatte andere Pläne mit ihr. Wenn überhaupt, dann gab es auf Kauai nur weiße Männer wie den alten Fried, die sich mit hawaiischen Frauen zusammengetan hatten. Und dafür gab es eine durchaus logische Erklärung, denn es gab einfach nicht genug weiße Frauen auf den Inseln für jeden weißen Mann, sodass eine hawaiische Geliebte allgemein toleriert wurde.

Aber keine weiße Frau hatte jemals einen Hawaiianer zum Mann gewählt, soweit Elisa wusste. Es hätte gegen die guten Sitten verstoßen. Eine Frau von Elisas Stand wäre sogar geächtet und verstoßen worden. Samt ihren Nachkommen müsste so eine Frau für immer der guten Gesellschaft auf den Inseln fern bleiben, aber auch nach Deutschland würde so eine Sünderin als deutsche Frau nicht zurückkehren können. Ein grausames Schicksal erwartete jede Frau, die sich auf dieses gesellschaftliche Glatteis begab, oder sogar nur darüber sprach. Diese Art Risiko nahm keine der hiesigen weißen Frauen auf sich. Aber sehr wohl wurde hinter vorgehaltener Hand getratscht, dass sich die eine oder andere ältere Witwe von ihrem hawaiischen Hausboy ein wenig das Leben versüßen ließ.

Zum Beispiel gab es eine Mrs. Malloroy, eine geborene Schottin, die mit ihrem Mann vor über dreißig Jahren eine der ersten Plantagen aus Kauai gegründet hatte. Die temperamentvolle Dame war seit zehn Jahren verwitwet, hatte jede Menge Verehrer, weigerte sich jedoch, erneut einen Europäer zu heiraten. Angeblich hatte sie einen hawaiischen Liebhaber in ihrem Alter, oder sogar um einige Jahre jünger, so hatte Elisa es von ihrer Mutter hinter vorgehaltener Hand erzählt bekommen. Der Klatsch und Tratsch, der auf den monatlichen Inseltreffen der europäischen Frauen ausgetauscht wurde, blühte in dieser Hinsicht. Jeder noch so kleine mögliche Skandal ließ die Herzen der gelangweilten Ehefrauen höher schlagen. Ihre Mutter hatte ihr einige der Skandalgeschichten erzählt, denn Elisa genoss bisher noch keinen Zutritt zu dem illustren Kreis der europäischen Frauen. Erst sobald sie verheiratet sein würde, oder aber wenn sie als alte Jungfer die Fünfundzwanzig überschritten hätte, stünden ihr die Türen zum Klatschnetzwerk offen, so hatte es Clementia entscheiden.

Kelii sah sie neugierig an: »Was sagen jetzt deine Gedanken?«

Elisa hatte keine Lust, mit ihm zu teilen, was sie gerade dachte. Es war einfach zu armselig. Sie kam sich ohnehin inzwischen ein wenig lächerlich vor. Ihr Freund hatte die intimsten Momente der Schwäche mit ihr geteilt, und sie machte Theater, weil sie keine Kleidung trug. Trotzdem war sie erleichtert, jetzt Stoff auf ihrer Haut zu fühlen. Der Unterrock aus feiner Baumwolle ließ ihre Schultern und ihren Hals frei und ging bis hinunter zur Wade, sodass sie sich ausreichend bedeckt fühlte. Mit geübter Handbewegung schlang sie ihre nassen Haare zweimal um ihr Handgelenk und band sie zu einem lockeren Knoten im Nacken, während sie mit festem Vorsatz auf ihn zuging.

»Alles ist gut. Wir sind Freunde.«

Diese wilden Schmetterlinge in ihrem Bauch würde sie von jetzt an einfach ignorieren. Sie hielt ihm, wie jeden Tag, wenn sie sich das erste Mal zu ihrem Unterricht sahen, ihre Hand zu dem typischen Hamburger Handschlag entgegen und sah ihm auf ihre gerade Art ins Gesicht.

»Wir fangen unseren Tag einfach noch einmal von vorne an, ja?«

Kelii hatte sich an diesen Brauch gewöhnt, obwohl er ihn ein wenig lächerlich fand. Doch jetzt lächelte er spontan, dankbar dafür, dass alles beim Alten war, und dann schlug er ein. Sie schüttelten sich die Hände.

»Guten Morgen, Elisa. Wie geht es dir heute?«

»Gut, danke. Ich leide ein wenig unter der Hitze. Deswegen bin ich im Morgengrauen hier hinaufgekommen, um in der ersten Morgensonne die Heilpflanzen zu sammeln, so wie dein Vater es mir erklärt hat. Und jetzt…«

Ihre Stimme verstummte, als sie Keliis Blick sah. Immer noch hielten sie sich bei den Händen, aber nichts war wie sonst. Trotz der Hitze war ihre Hand kalt in seiner, unsicher und klamm. Aber als sie ihre Rechte zurückziehen wollte, verfestigte sich sein Griff. Dann sah er sie lange und forschend an.

»Es geht dir wirklich gut?«

Elisa nickte energisch, ihr Herz klopfte ihr jetzt bis zum Hals, und sie betete innerlich darum, dass er sie nicht fragen würde, was sie für ihn empfand. Nie hatten sie über ihre Gefühle gesprochen. Es war eine Freundschaft, weil es nichts anderes sein durfte. Doch seit Wochen schon brodelte in ihrem Inneren ein Vulkan von unausgesprochenen Worten. Warum musste er nur so starke Schultern haben und einen so sinnlichen Mund? Wieso war er nicht klein, unscheinbar und bucklig? Dann hätte sie vielleicht mit ihm befreundet sein können, ohne jetzt diese Qualen aushalten zu müssen. Sie konnte einfach nichts gegen diese Schmetterlinge in ihrem Bauch tun. Sie spielten dort regelrecht verrückt. Ja, ja, ja, sagte ihr Bauch, trau dich endlich, deinen Gefühlen zu folgen. Küss ihn einfach! Aber alles, was sie fertigbrachte, war, ihren Liebsten schüchtern anzulächeln, während ihr Kopf versuchte, das Feuer zu löschen.

Das war also diese verzehrende Leidenschaft, von der in vielen Büchern die Rede war. Sie hasste es! Dieses Gefühl begann ihr bisheriges Leben Stück für Stück aufzufressen. Keliis Präsenz neben ihr fühlte sich wie eine gewaltige Welle an, die sie eines Tages einfach mit sich fortreißen würde. In Kelii vereinte sich alles, was sie sich erträumt hatte, wenn er nur ein junger Mann wäre, der zu ihrem Volk gehörte, oder aber zumindest ein Europäer wäre. Er war klug, einfühlsam und stark. Zu Recht würde er eines Tages der neue Anführer seiner Sippe sein. Vielleicht würde er sogar die Interessen der Insel Kauai repräsentieren, wenn es in Zukunft wirklich ein demokratisches Insel-Parlament gäbe, so wie es seit einiger Zeit von einigen Königstreuen geplant wurde.

Elisa realisierte in diesem Moment, dass sie nicht nur sich selbst beschützen musste, sondern dass auch Kelii in Gefahr war. Eine weiße Wahine zu haben, in diesen Zeiten, das wäre in den Augen seines Volkes ebenfalls ein sicherer gesellschaftlicher Abstieg. Don't mix the blood! Das war die wichtigste Lektion, die alle hawaiischen Kinder von ihren Eltern lernten, sobald sie laufen und sprechen konnten. Schnell schickte sie ein Stoßgebet zum Himmel. Wenn dieses Gefühl in ihrem Bauch nur vorübergehen würde! Er sah sie prüfend an.

»Bist du feige? Oder nur seltsam?«

Abrupt machte sie einen Schritt weg von Kelii.

»Du findest mich lächerlich, nicht?«

»Warum sollte ich lachen über dich? Was du fühlst, ist nicht komisch, sondern ernst, zumindest für mein Volk. Es ist das wichtigste Gefühl zwischen Kane und Wahine. Du und ich, wir gehören zusammen. Es ist nicht leicht, aber es ist so.« Elisa stockte vor Schreck der Atem. Wie konnte er wagen auszusprechen, was niemals sein durfte?

Sein Blick wurde mit einem Mal traurig. So als könnte er Elisas Gedanken lesen, nickte er erneut.

»Du hast recht … es darf nicht sein. Aber ich fühle, was ich fühle. Und du empfindest ebenso!«

Sie blickte stumm zu Boden. Meinte er wirklich die Liebe, diese ganz große Liebe, die zwei Menschen für immer miteinander verbindet? Oder sprach er doch nur über ihre Freundschaft? Sie wagte nicht nachzufragen. Wie so oft flößte sein ernster Blick ihr ein Gefühl von Ehrfurcht ein. Nur zwei Jahre älter als sie, trug er dennoch schon einen Menge Verantwortung in seinem Klan. Sie hatte das Gefühl, seinem bohrenden Blick nicht mehr lange standhalten zu können.

»Lass uns zum Wasserfall gehen, bevor es zu spät wird und ich zum Haus zurück muss«, flüsterte sie, während sie erneut zu Boden sah, um seinen bohrenden Blicken nicht länger ausgeliefert zu sein. Ja, sie hatte Angst, schwach zu werden, wenn sie noch länger in die Glut seiner Augen sehen musste.

Sein Atem ging schnell und flach.

»Keine Worte … noch nicht?«

»Keine Worte mehr, heißt es. Kein noch. Das war schlechtes Deutsch. Und es gehört sich nicht die Hände so lange zu halten.« Damit löste sie ihre klamme Hand energisch aus seiner. Sie war froh, sich aus dem brenzligen Sperrgebiet ihrer Gefühle zurück in die Rolle der Lehrerin retten zu können. Er quittierte auch das mit einem verzeihenden Lächeln. Der Klang seiner Stimme verriet den üblichen Humor.

»Entschuldige für schlechtes Deutsch, Frau Lehrerin Elisa. Dein Wille möge geschehen, wie im Himmel so in Erde. Und auch in der Hölle. In alle Ewigkeit oder nein, nur für eine Sekunde. Gleich bestimme ich, in die nächste Sekunde.« Dann begann er plötzlich zu lachen und lief ihr davon.

Diesmal korrigierte sie sein Deutsch nicht, sondern schluckte hart. Der Moment ihrer Nähe war vorbei. Sie hatte ihn zurückgestoßen auf das sichere Plateau, auf dem sie sich ohne Angst mit ihm bewegen konnte. Sie durfte die überlegene weiße Herrin der Plantage spielen, und er gab wieder den ungebildeten Kanaka, seine Rolle, die er bisweilen gerne einnahm, um Elisa zu provozieren. Jetzt drehte er sich um und rief ihr aus sicherer Entfernung zu.

»Komm zum Wasserfall, meine Lehrerin Elisa, du hast nicht viel Zeit. Vielleicht nur kurze Sekunde, Minute und nicht einmal noch eine ganze Stunde für dich und mich allein…?«

Damit ging er weiter. Wider besseren Wissens folgte Elisa seinem breiten Rücken in Richtung Wasserfall, da sie bereits spüren konnte, wie sich die Spannung zwischen ihnen immer weiter steigerte. Nur konnte sie auch nicht einfach zurückbleiben. Wie von alleine folgten ihre Füße den seinen auf dem sich vor ihnen schlängelnden Pfad, der durch gezackte Riesenblätter führte, einzelne Sumpfgewächse, die in der Nähe des Wassers üppig gediehen. Das näher kommende Tosen des Wasserfalls mischte sich in ihre Gedanken über ihren klugen Freund. Ja, Kelii kannte sie inzwischen sogar besser als ihre Mutter, aber gewisse Dinge über die europäischen Sitten blieben ihm ein Rätsel. Elisa ging es ähnlich. Es gab Dinge bei den Hawaiianern, die sie einfach nicht einschätzen konnte. Die Zeit war solch ein Beispiel. Ohne dass sie sich je absprachen, war ihr Freund stets zum richtigen Moment am richtigen Ort, so als könne er intuitiv spüren, wann Elisa ihn herbeisehnte. Wenn sie aber versuchte sich mit ihm zu einer bestimmten Uhrzeit irgendwo zu verabreden, dann ging es meistens schief. Deshalb hatten sie sich im Unterricht mit der Uhr beschäftigt. Kelii war ein Schüler mit schneller Auffassungsgabe, und sie wusste, dass er sie auch jetzt gerade absichtlich mit ihrem Konzept von Zeit provoziert hatte. Sekunden, Minuten und Stunden brauchte ihr Freund nicht eingefangen in einem runden Instrument, wie er es ausdrückte, weil die Hawaiianer ihre eigene Uhr in sich trugen.

Mit einem Lächeln hatte er auf seinen muskulösen Bauch gedeutet, um ihr zu zeigen, wo genau sich bei ihm seine gemeinsame Zeit mit Elisa befand. Er forderte sie damals mit heiligem Ernst auf, diese Stelle an seinem Körper dort zu berühren, wo er Elisas Lebenszeit in sich trug, nämlich knapp unter seinen Rippen auf der linken Seite. Bis zu dem Moment, an dem sie aufhören würde zu atmen, so sagte er, wäre ihre Lebensuhr unter seiner Haut.

Natürlich hatte sie nicht getan, was er von ihr verlangte. Sie hatte seinen Bauch nicht berührt, weil der Anstand es nicht erlaubte. Jedoch hatte sie vor ein paar Tagen begonnen, vertieft mit Kelii über Religion zu sprechen. Bei ihren Spaziergängen hatte sie ihm das Vaterunser auf Deutsch beigebracht. Er kannte es durch die Missionarsschule bereits auf Englisch, und auch eine Vorstellung von Christus hatte er durch den Missionar. Doch vieles in der Religion der Haole hatte ihn nicht überzeugen können. Vor allem konnte der Missionar damals seine Kinderfragen im Unterricht wohl nicht befriedigend beantworten.

Elisa bot ihre Hilfe an, war aber schnell überfordert. Warum es kein Mutterunser in ihrem Land gab, wollte er ernsthaft von ihr wissen. Immer war nur Kane bei den Weißen wichtig, viel zu wenig von der Weisheit der Wahine würden sie lehren. In der Religion seines Volkes waren die Frauen sogar sehr wichtig. Er hatte ihr von ihrer Göttin Pele erzählt, die sein Volk verehrte, aber auch fürchtete, da sie mit glühenden Steinen nach ihren Kindern warf, wenn sie in Zorn entflammte. Mit der Urkraft der Vulkane auf den Inseln hatte diese Legende von der zornigen Göttin Pele zu tun. Über die Jahrhunderte wurde Pele dann ein fester Bestandteil der hawaiischen Religion und bei schlechtem Benehmen wurde Kindern gerne mit ihrer Rache gedroht.

Kelii blieb auf halbem Weg zum Wasserfall stehen und drehte sich nach der langsameren Elisa um. Sein Lächeln von vorhin hatte sich noch vertieft, sodass seine strahlend weißen Zähne sie jetzt fröhlich anblitzten: »Ich bin immer Kelii, dein Freund. Warum Angst vor einem Freund? Du kannst bei mir ohne Kleider sein, Elisa. Hier sieht uns niemand! Warum hast du trotzdem Angst vor Peles Rache? Du denkst an Pele, nicht wahr?«

Wieder hatte er erraten, was sie gerade dachte. In gewisser Weise hatte er recht. Elisa hatte stets Angst, bestraft zu werden. Selbst wenn sie alleine in ihrem Zimmer war und nur an Kelii dachte, fühlte sie sich schuldig. Es war aber nicht die hawaiische Vulkangöttin, die sie fürchtete, und auch nicht die strengen Gesetze ihrer eigenen Religion, sondern die gesellschaftliche Ächtung. Doch darüber würde sie jetzt nicht mit Kelii sprechen, da sie wusste, dass er ohnehin für die starren Regeln der Gesellschaft der Weißen nicht viel übrig hatte, sie sogar als grausam und dumm empfand. Sie wusste, wie es ihn verletzte, dass Kanaka für viele Plantagenbesitzer so etwas wie bessere Primaten waren und vermied das Thema. Immer noch wartete er auf ihre Antwort.

»Warum denkst du an Pele?«

»Weil heute ein besonderer Tag ist... und weil ich mich darüber freue, dass ich mit meinem Freund zum Wasserfall gehen darf.«

Mit einem versöhnlichen Lächeln holte sie auf. Erst als sie direkt vor Kelii stand, fügte sie ihrer Antwort frech einen seiner eigenen Lieblingssprüche hinzu: »Warum sollen wir gerade jetzt über die Fische im tiefen Wasser sprechen? Die Sonne ist heute dafür viel zu glücklich!«

Mit diesem Spruch hatte sie mitten ins Schwarze getroffen, wie sie an seinen bebenden Mundwinkeln erkennen konnte. Kelii war kurz davor, in sein lautes Lachen auszubrechen. Sie liebte dieses Lachen, das tief aus seinem Bauch heraus zu kommen schien, wenn es ihm gelang, über die Grausamkeiten hinwegzusehen und einfach nur über die verrückten Bräuche der Haole zu lachen. Viele Sitten der Einwanderer erschienen ihm widersinnig und traurig im Vergleich zu den reichen spirituellen Gebräuchen seines eigenen Volkes. Zum

Beispiel tanzten die Weißen beim Gebet nicht für ihre Götter, sondern standen mit gebeugtem Haupt und gefalteten Händen wie ungezogene Kinder. Ihre Körper waren eingeschnürt in feste Stoffe, sodass sie nicht frei atmen konnten. Wenn die Frauen der Haole besonders schön sein wollten, dann zwangen sie sich in Folterinstrumente aus den Knochen von Walen, die extra dafür sterben mussten.

Fassungslos war Kelii gewesen, als er bei Elisa ein solches Korsett entdeckt hatte, welches ihren kaum genesenen Körper an der tiefen Atmung hinderte. Warum bloß musste alles bei den Haole irgendwie mit Schmerz und Strafe zu tun haben?

Elisa hatte damals keine Antwort auf seine Fragen. Vieles an ihrer eigenen Kultur schien ihr mittlerweile auch absurd. Je mehr sie erkannte, dass es in Keliis Welt ganz andere Lebensweisen gab, desto mehr verglich sie ihre beiden Kulturen. Deswegen mochte sie seinen Spruch über die Fische im tiefen Wasser.

In diesem Moment wollte sie ihm jedoch nicht mehr erklären, warum sie sich überhaupt für ihren nackten Körper vor ihm schämte. Viel lieber wollte sie ihre kurze verbleibende Zeit am Wasserfall mit ihm gemeinsam einfach nur genießen. Er nickte.

»Die Sonne ist heute glücklich. Auch der Wasserfall ist froh, dass Elisa zu Besuch gekommen ist.«

Sie nickte. Er war wirklich der beste Freund, den sie in ihrem Leben hatte. Nicht einmal Alexandra, ihre langjährige beste Freundin in Hamburg, war ihr damals so vertraut gewesen wie Kelii es jetzt war. Sie war dankbar für seine versöhnliche Art. Er würde sie nicht dazu zwingen, jetzt weiter mit ihr darüber zu sprechen, wie eigenartig ihr Volk der Weißen war, zumindest hoffte sie das. Doch schon bei seinem nächsten Satz merkte sie, dass er es ihr nicht ganz so einfach machen würde.

»Wir reden, wenn die Nacht kommt. Schon bald ist es zu heiß oben am Wasserfall für die kranke Wahine mit der traurigen weißen Haut.«

Eine weitere Provokation seinerseits. Aber sie wollte keinen Streit. Deshalb nickte sie ergeben, um zu signalisieren, dass sie nachts mit ihm über diese Thema sprechen würde.

»Ich muss bald zurück … sonst bekomme ich Ärger.«

Sie setzten ihren Weg fort. Um einige große Bäume mussten sie herumklettern, und kurze Zeit verlor Elisa den starken Rücken vor ihr aus den Augen. Ihr Bein begann wehzutun, und mit einem Mal war sie schlecht gelaunt, weil Kelii wieder einmal recht hatte. Vieles von dem, was die Europäer hier taten, war absurd. Und ihre Arroganz und Unwissenheit, was die Hawaiianer betraf, war einfach nur beschämend und dumm. Selbst das lokale medizinische Wissen sollte ausgerottet werden, sodass die westlichen Ärzte das Monopol auf Heilung haben würden. Dabei waren es ohnehin nur die Weißen, die immer neue gefährliche Krankheiten in diesen abgelegenen Teil der Welt einschleppten.

Kelii hatte eigentlich fast immer recht mit dem, was er tat und sagte. Nur musste Elisa fast immer gegen ihn rebellieren. Sie wusste bisweilen selber nicht, was eigentlich mit ihr los war, aber sie war seit ihrer Genesung alles andere als ausgeglichen.

Auch in diesem Moment, als Kelii erneut in ihrem Blickfeld auftauchte, und sie ihm auf dem Weg zum Wasserfall um einige Mammutbäume herum folgte, wurden die übermütigen Saltos der Schmetterlinge in ihrem Inneren von einer plötzlichen Kälte abgelöst. Was sie in diesem Moment tat, war Unrecht. Auch die Nächte, in denen sie ihm in sein Reich folgte, waren tabu in ihrer eigenen Kultur. Warum verbrachte sie überhaupt so viel Zeit mit einem Hawaiianer? Es war sinnlos! Sobald die Pläne ihres

Onkels aufgingen, würde Elisa verheiratet werden und vielleicht sogar auf einer der anderen Inseln leben müssen. Ihre Sorge hatte sie einmal mit Kelii erörtert, doch ihr Freund hatte nur entschieden den Kopf geschüttelt. Sie würde die Liebe ihres Lebens eines Tages auf Kauai heiraten, hatte er ihr ins Ohr geflüstert und seine Stimme klang bei den verheißungsvollen Worten weich wie der sanfte Ozean nach einem bösen Sturm. Auf ihre damalige Frage, warum er über ihre zukünftige Hochzeit Bescheid wüsste, zeigte er raus aufs Meer zum Riff. Dann hatte er noch hinzugefügt, dass Großvater Hai es ihm verraten hätte und es deshalb gar nicht anders geschehen könne. Elisa sei Kahuna.

Sie hatte damals nicht weiter nachgefragt, denn diese stille Überlegenheit ihres Freundes verunsicherte sie oft. Sie war es nicht gewohnt, mit jemandem umzugehen, der geheimnisvoll und gleichzeitig so überaus anziehend war, dass es ihr bisweilen den Atem nahm.

Sie waren beinahe an ihrem Ziel angekommen. Elisa hielt kurz inne und lehnte sich an einen der großen, roten Bäume, um ihr Bein auszuruhen. So als ob er spüren würde, dass sie eine Pause braucht, wartete er einen Baum weiter. Kurz sah er zu ihr hinüber, dann blickte er hoch zum Wasserfall. Der Moment, in dem sich ihre Blicke kreuzten, hatte Elisa gezeigt, dass auch er beunruhigt war. Waren sie wirklich alleine hier? Was, wenn jemand sie sehen würde? Und war es für ihn wirklich belanglos mit einer Haole im Unterrock gesehen zu werden? Es stimmte, er sah die jungen Frauen in seiner Sippe fast täglich nackt, oder zumindest fast nackt. Elisa wusste aber auch, dass eine dieser Schönen schon bald seine Braut werden sollte. Nur wenige Male würde es noch Vollmond werden, bevor an dem großen Felsen Keliis Hochzeit zelebriert werden würde. Aber was bedeutete eine Hochzeit unter Hawaiianern überhaupt? Spielte die Jungfräulichkeit der Braut eine wichtige Rolle?

Elisa hatte es bisher nicht gewagt, ihrem Freund diese Fragen zu stellen, doch sie wusste, dass die Kinder im Dorf gewöhnlich erst nach der Vermählungszeremonie zur Welt kamen. Dennoch hatte sie mehrmals gesehen, wie beneidenswert zwanglos hawaiische Jugendliche miteinander umgingen. Beim nachmittäglichen Bad am Wasserfall, aber auch am Strand, wo Kelii begonnen hatte, ihr das Schwimmen beizubringen, waren die Jugendlichen bis auf ein Lendentuch unbekleidet. Gelacht hatten einige jungen Frauen über Elisas Badekleid, als er sie das erste Mal an den Strand mitbrachte. Sie hatte auf sein Geheiß freundlich zurückgelacht, doch innerlich war sie tausend Tode gestorben. Hinter Kelii her war sie damals in die seichten Wellen gehumpelt. Wie hässlich sie war, im Gegensatz zu den goldbraunen jungen Gazellen, die Kelii neckende Worte zuriefen, die Elisa nicht verstehen konnte. Waren es Worte des Spottes über die verkrüppelte Haole? Eine der Hübschen war damals näher gekommen und hatte Elisa begrüßt. Sie sprach passables Englisch, und Elisa erfuhr, dass das Mädchen Keliis Schwester Leilani war. Aber es gab andere Schönheiten, die Kelii mit eindeutigen Blicken musterten. Er war ein begehrter junger Mann.

Sie gingen weiter bergauf und Elisa löste sich von ihren beunruhigenden Gedanken, indem sie tief ausatmete. Von ihrem Vater hatte sie schon als Kind gelernt, was sich nie im Leben verhindern lassen würde: Alles ging eines Tages vorbei. Auch die schöne Zeit mit ihrem ersten Freund auf Kauai würde zu Ende gehen. Das Schicksalsrad drehte sich nie für jeden in der gleichen Geschwindigkeit, so hatte ihr Vater es damals ausgedrückt. Deswegen sollte ein Mensch die schönen Moment auskosten, solange sie sich ihm darboten.

Sie waren am Wasserfall angekommen. Das Tosen war jetzt so laut, dass sie schreien mussten, um sich zu verständigen. Elisa spürte, wie schwer ihr Herz mit einem Mal wurde. Allein die Vorstellung, dass sie von ihrer romantischen Schwärmerei für Kelii in Kürze würde Abschied nehmen müssen, erschien ihr unvorstellbar, jedoch würde sie ihren Liebsten das ganz gewiss nicht spüren lassen.

Kelii stand jetzt neben ihr. Sein Brustkorb hob und senkte sich von der Anstrengung kaum, ganz im Gegensatz zu ihren heftigen Atemzügen. Ein Leben lang würde sie mit einem versehrten Bein klarkommen müssen, das jede ihrer Anstrengung verdoppelte. Das war der Preis für ihre Rettung, so wie auch die schmerzhafte Aussichtslosigkeit ihrer Liebe in ihren Augen ein zu leistender Obolus war. Dabei hätte sie lediglich ihre Hand nach ihm ausstrecken müssen, um die tiefe Verbindung ihrer Seelen in diesem Moment zu spüren. Nur hatte Elisa sich vorgenommen, genau das nicht mehr zu tun. Von nun an würde sie nur noch seine gute Freundin sein, seine Lehrerin und Schülerin, vielleicht auch seine Verbündete, wenn es um die geheime Lehre der hawaiischen Medizin ging. Alles andere war Wahnsinn der nicht sein durfte. Und dennoch glühte sie.

Um die knisternde Spannung zwischen ihnen zu brechen, nahm Elisa eine Handvoll Wasser. Mit einem plötzlichen Lachen, laut und ganz und gar nicht einer jungen Dame entsprechend, spritzte sie ihren Freund damit übermütig voll. Danach betrat sie mutig den ersten Felsen, der aus dem Wasser ragte, um auf diesem Weg zur anderen Seite des Wasserfalls zu klettern. Es war das erste Mal, dass sie diesen Schritt alleine wagte. In der Vergangenheit war Kelii immer von Felsen zu Felsen vorausgeklettert und hatte ihr seine Hand gereicht. Ihr verletztes Bein hatte ihr nicht erlaubt, allein die Balance zu halten. Doch heute fühlte sie sich sicherer als sonst, auch ein wenig übermütig. Schließlich war ihre Begegnung nicht geplant gewesen. Sein plötzliches Auftauchen war eine Überraschung, oder vielleicht sogar ein Geschenk zum Abschied von der Göttin Pele, damit Elisa endlich aufhörte von dem Unmöglichen zu träumen. Sie drehte sich zu ihm um.

»Siehst du, dass ich wieder gesund bin?«

So schnell ihre nackten Füße sie trugen, hüpfte sie vorwärts. Kelii hatte Mühe ihr zu folgen.

»Warte! Du wirst ausrutschen!«

Aber sie fühlte sich sicher, verstärkte ihre Anstrengung und konnte sogar ein kleines Stück weit springen. Provozierend sah sie sich nach ihm um.

»Normalerweise ermutigst du mich immer. Ich soll die Muskeln in meinem Bein trainieren...«

Er versuchte, sie auf den Felsen zu überholen, doch sie machte es ihm nicht leicht. Sie war mit ihrem verletzten Bein schneller geworden und sehr viel geschickter.

»Du machst es gut!«, rief er ihr anerkennend durch das Tosen zu. »Deine Kraft ist jetzt viel besser. Ich sehe kaum noch den Hai...«

Den Rest seiner Worte verschluckte der Wasserfall, als sie fast gleichzeitig an ihrer Lieblingsstelle ankamen. Andächtig sahen sie in die sprühende Gischt vor ihnen, in der sich ein zarter Regenbogen gebildet hatte, da die Sonne jetzt hoch am Himmel stand.

»Komm, wir haben nicht viel Zeit!«

Mit lautem Jubel stürzte sich Kelii als Erster in das seitliche Becken, in dem ein kleinerer Wasserfall einen gläsernen Vorhang wob, der vor allem bei den größeren Kindern beliebt war. Man konnte das Wasser herrlich in alle Richtungen spritzen lassen. Das letzte Mal hatten sie hier mit anderen aus dem Dorf im Abendlicht nach der

Arbeit gebadet. Heute jedoch waren sie allein, was nicht nur Kelii sichtlich genoss. Sie begannen zu spielen, sich gegenseitig zu tauchen und sich durchs Wasser zu jagen, so wie sie es auch sonst getan hatten, während sie in der Gruppe waren. Nur war es heute anders. Seine Augen sangen das Himmelslied. Und als er Elisa in ihrem Unterkleid tief nach unten ins Becken tauchte, spürte sie die fordernd klopfende Hitze zwischen ihren Beinen als eine süße Einladung zu einem neuen Tanz. Vergebens schickte Elisa unter Wasser ein Stoßgebet nach dem anderen gen Himmel.

Kurze Zeit später, in der Höhle, war sie es dann, die hinter dem gläsernen Vorhang aus Milliarden Tropfen zuerst die Initiative ergriff. Sie küsste ihren Freund mitten auf seine sinnlichen Lippen und er sah sie verdutzt an.

»Du willst…?«

Sie nickte aufgeregt und flüsterte: »Ich will ein Himmelslied, unser Lied. Aber du musst bitte aufpassen…«

Kelii brauchte nur eine Sekunde, um zu begreifen, dass der Zeitpunkt gekommen war. Dann begann er, ihre Lippen zu küssen, zunächst zögerlich, dann mit atemloser Leidenschaft. Als er ihren Unterrock abstreifte, um ihren Körper an den verbotenen Stellen zu berühren, hatte sie das Gefühl, mit der tosenden Kraft des Wasserfalls eins zu werden. Ihre Körper sangen zusammen, und es war wunderbar.

Weder Kelii noch Elisa ahnten zu diesem Zeitpunkt, dass sie nicht die einzigen Besucher am Wasserfall waren.

Die Plantage, Sommer 1894

Zurück auf der Plantage verabschiedete sich Elisa unter den schattigen großen Bäumen mit einem letzten schnellen Kuss von Kelii. Keinesfalls durfte sie jemand sehen.

»Schnell, du musst weg!«

Er sah ihr fragend in die Augen.

»Wann sehen wir uns wieder?«

»Heute noch … später. Ich, wir … wir müssen nachdenken. Wir müssen einen Weg finden … für uns! Ich, ich glaube, dass ich dich liebe … Das ist doch die Liebe, nicht wahr?«

Er lächelte traurig und nickte. Sie wusste auch ohne Worte, dass er ebenso fühlte wie sie. Aber beide hatten sie Angst. Es gab keine Paare wie sie. Er nahm sie kurz in die Arme und drückte sie an sein heftig klopfendes Herz.

»Später, wir reden später. Aber wir reden auch über deinen Goethe, ja? Und … Elisa. Ich fühle wie du. Du bist meine Wahine. Wir gehören zusammen.«

Damit war er zwischen den Bäumen verschwunden.

Elisa schaffte es gerade noch, ungesehen ins Haus zu kommen. In ihrem Kopf überschlugen sich euphorische Gedanken. Jetzt, da sie wusste, dass auch Kelii sie liebte, war alles anders. Sie würde einen Weg finden, um auch offiziell mit ihm zusammen zu sein. Es musste einfach möglich sein.

Sie hörte, wie bereits ungeduldig ihr Name gerufen wurde. Tante Katharina war wieder einmal am Rande ihrer Nerven mit ihren Mädchen.

»Michaela, lass deine Schwester in Ruhe! Hildegard, nimm Barbara an die Hand und geh mit ihr hinüber in die Küche, bis ich Elisa gefunden habe…«

Wie meistens ließ ihre Tante ihrem Unmut freien Lauf. Elisa hütete sich davor, Katharina entgegenzugehen. Sie wusste genau, wie ekelhaft ihre Tante war, wenn sie mit ihrem Säugling eine schwierige Nacht gehabt hatte. Sie ließ deshalb durch eines der Hausmädchen ausrichten, dass sie sich noch um ihre kranke Mutter kümmern müsste, bevor sie heute ihre drei Cousinen unterrichten würde.

Eilig begann sie sich in ihrem Zimmer umzuziehen. Sie hing ihr Kleid zum Trocknen auf die Stange des Himmelbetts neben das hochgerollte Moskitonetz. Wenn sie nachts oder frühmorgens aus ihrem Zimmer verschwand, drapierte sie stets einige Kissen unter ihrer Decke, sodass es aussah, als würde sie unter dem Mückenschutz schlafen. Durch ihre nassen Haare war der Rücken ihres Kleides durchnässt. Auch ihr Unterkleid war feucht. Auf Schultern, Hals und ihren Brüsten meinte sie immer noch Keliis heiße Lippen zu spüren. Seinen Geruch hatte sie in der Nase. Fast war ihr, als könnte sie ihren Liebsten neben sich atmen hören. Schnell begann sie, ihre Haut mit Rosenwasser zu besprühen, um die Spuren der Leidenschaft zu überdecken. Über das frische Unterkleid zog sie ein Kleid aus blassem Rosa. Dann begann sie, ihre Haare zu kämmen. Aber anstatt sich zu beeilen, ließ Elisa sich Zeit, um ein wenig nachzudenken. Sie würde sich in den kommenden Tagen eine neue Strategie einfallen lassen müssen, um ihrer Tante besser ausweichen zu können. Erst kürzlich hatte es einen hässlichen Vorfall gegeben, an den sie sich jetzt mit Unbehagen erinnerte.

Seit Elisa mit ihrem Bein wieder halbwegs humpeln konnte, wurde sie von ihrer Tante hemmungslos als Kindermädchen für ihre Cousinen ausgenutzt. Jede einzelne

Stunde, die sie in der Bibliothek lernen wollte, um sich weiterzubilden, musste sie anschließend mit Kinderhüten abdienen. Einmal hatte sie sich deswegen bei ihrem Onkel beklagt, aber das hatte ihre Situation nur noch verschlimmert. Am nächsten Morgen war Elisa bereits in aller Frühe in Katharinas Schlafzimmer zitiert worden. Hohläugig und verbissen zischte Katharina ihr entgegen: »Was fällt dir ein, dich bei meinem Mann zu beschweren! Undankbares Ding! Wochenlang haben wir uns um dich gekümmert, haben alles getan, damit du wieder gesund wirst. Und so dankst du es uns!«

Elisa wollte etwas erwidern, aber ihre Tante hatte nicht vor, sie zu Wort kommen zu lassen, sondern fuhr mit schriller Stimme fort. »Nur weil du zu dumm warst, im Kanu ruhig sitzen zu bleiben, drehte sich wochenlang alles nur um dich! Und jetzt bist du dir zu fein dazu, um mir zu helfen? So etwas wäre in meiner eigenen Familie nie vorgekommen ... Paul hat recht. Dein Vater und deine Mutter haben es versäumt, dich zu einer anständigen jungen Frau zu erziehen. Du bist verwöhnt, undankbar und noch dazu wahrscheinlich unvermittelbar. Welcher Mann aus halbwegs gutem Haus will schon einen Krüppel zur Frau?«

Das saß. Erschrocken wie sie war, hatte Elisa auf diesen Schwall von frustriertem weiblichen Gift nichts mehr zu erwidern gehabt. Sie hatte ja selber schreckliche Angst davor, nie wieder richtig laufen und tanzen zu können. Jedes Mal, wenn sie sich ihre Narbe ansah, wurde ihr vor Ekel übel. Aber warum musste Katharina so grausam sein? Elisa fand in diesem Moment keine Worte, um sich gegen so viel Hass zu wehren. Zudem schien ihr eine Ohrfeige ohnehin angebrachter zu sein. Aber so etwas traute Elisa sich nicht, obwohl Katharina nur wenige Jahre älter war. Daher biss sie sich hart auf die Zunge. Keinesfalls wollte sie unbedachterweise ein falsches Wort sagen.

Mit dem Geschmack ihres eigenen Blutes im Mund entschuldigte sie sich für ihr unbedachtes Verhalten. Sie versprach, dass so etwas nie wieder vorkommen würde. Von jetzt an würde sie nur und ausschließlich mit Katharina selbst reden und sich nicht mehr bei ihrem Onkel beschweren.

Danach brachte Elisa folgsam den dicken Säugling mit den stinkenden Windeln zu Amala, aber sie konnte ihre Tränen nicht zurückhalten. Katharinas Worte hatten sie verletzt wie scharfe Messerklingen. Ja, sie war ein Krüppel und ihre hässliche Narbe würde sie für den Rest ihres Lebens daran erinnern, dass sie beschädigte Ware war. Amala nahm die schluchzende Elisa spontan in die Arme. Die dicke Hawaiianerin, die selber acht Kinder hatte, war eine entfernte Verwandte von Kelii. Seit dem ersten Kind der Vogels war sie Katharinas leidgeprüfte Amme und hatte schon viel ertragen müssen.

Amala hatte die giftigen Worte mitangehört und tröstete die Schluchzende mit sanftem Streicheln. Es war das erste Mal, dass Elisa den Namen hörte, den die Frauen aus dem Dorf ihr gegeben hatten: Haifischfrau.

Während Elisa ihre Haare frisierte und darüber nachsann, wie sie ihrer Tante am besten aus dem Weg gehen könnte, musste sie mit einem Mal lächeln. Der böse Streit mit Katharina hatte auch eine gute Seite gehabt. Sobald Amala an diesem unseligen Tag frei hatte, ging sie zurück ins Dorf, um den anderen Frauen zu berichten, was für schlimme Worte die Haifischfrau ertragen musste. Haifischfrau, manchmal auch weiße Haifischfrau oder lächelnde Haifischfrau, so wurde Elisa mehr und mehr auch von den Kindern und Männern im Dorf genannt. Es war ein Zeichen von Respekt.

Am diesem Abend war Kelii mit einem Geschenk aus dem Dorf zu ihr gekommen. Es war ein kleines Püppchen, aus Stoffresten und Zweigen gewickelt, ein

Kummerpüppchen von den Frauen des Dorfes. Elisa hatte nicht nur in Amala eine neue Verbündete im Haus gefunden. Auch die anderen Dienstboten warfen ihr jetzt immer ein Lächeln zu, wenn sie ihnen begegnete. Manchmal flüsterten sie ihren geheimen Namen. Und wann immer sie konnte, half ihr die Dienerschaft von da an beim Kinderhüten der anstrengenden kleinen Cousinen, damit sie wenigstens ab und zu in Ruhe ein Buch lesen konnte.

Dennoch ging Elisas geplante Weiterbildung durch Katharinas ständige Gängelei nur langsam voran. Zunehmend hatte auch ihr Onkel weniger Interesse daran, dass aus ihr eine Frau mit umfassender Bildung wurde. In abendlichen Tischgesprächen hatte sich ohnehin gezeigt, dass die junge Hamburgerin mehr über Geografie, Geschichte und Politik wusste als Katharina und Paul zusammen. Anfangs wollte ihr Onkel den Wissensschatz seiner Nichte für sich nutzen und bezog sie in Männergespräche mit ein, doch Katharina schäumte vor Wut und Eifersucht. Nacht für Nacht vergiftete sie ihren Mann, indem sie Paul weismachte, dass kein Mann eine Frau heiraten würde, die gebildeter war als er.

Elisa durfte nicht mehr mit den Männern in die Bibliothek, und schleichend wurden ihr noch weitere Privilegien entzogen. Bestimmte Bücher waren tabu. Wenn Elisa jetzt verbotenerweise bei Tisch mit Männern sprach, wies er seine Nichte scharf in die Schranken. Und wenn der alte Fried und Herr van Ween einmal die Woche europäische Gäste aus Lihue oder Hanalei Bay mitbrachten, wurden die Frauen und die Männer jetzt sofort nach dem Essen von Katharina räumlich getrennt.

Zu Elisas Kummer wurden seit Neuestem die wirtschaftlichen Themen sowie brisante politische Entwicklungen hinter verschlossenen Türen bei Zigarre und Cognac unter Männern besprochen. Währenddessen bekamen die Damen im kleinen Salon einen leichten Kräutertee serviert. Sie tauschten sich angeregt über Kindererziehung aus und bisweilen erhitzte man sich an dem neuesten gesellschaftlichen Klatsch. Sie langweilte sich regelmäßig zu Tode, aber sie blieb immer bis zum Schluss, ihrer Mutter zuliebe.

Sie war fast fertig mit dem Kämmen ihres langen Haares. Sie wusste, dass sie ihren Pflichten bei ihrer Tante an diesem Tag nicht für immer würde fernbleiben können. Trotzdem konnte sie sich noch nicht dazu durchringen, ihr Zimmer zu verlassen, um zu ihrer Mutter zu gehen.

Einen Moment schloss sie ihre Augen, um in ihren Erinnerungen den heißen Küssen nachzuspüren, die sie jetzt noch auf eine neue Weise mit Kelii verbanden. Ihr Liebster empfand wie sie. Für ihn war sie eine kluge junge Frau, die ihm Dinge beibrachte, die ihm in seinem Leben helfen würden. Sie waren sich auf gewisse Weise ebenbürtig. Auch ihr Vater hatte sie nie herablassend behandelt, weil sie ein Mädchen war. Er fehlte ihr in diesem Moment sehr. Und auch wenn Elisa froh war, dass ihre Mutter noch am Leben war, musste sie vor sich selber zugeben, dass sie sich schwer miteinander taten.

Clementia hoffte, dass ihre Tochter noch lernen würde, nur dann zu sprechen, wenn ihre Meinung gewünscht war. Elisa sollte sich unterordnen. Aber genau das fiel ihr schwer, wenn sie die Menschen um sich herum nicht respektieren konnte, weil sie ungebildete Besserwisser waren. Sie erinnerte sich an eine schmerzliche Auseinandersetzung mit ihrem Onkel, die ihr immer noch in den Knochen saß.

An einem lauen Abend, als die Damen und die Herren nach dem Essen gemeinsam auf der umlaufenden Terrasse flanierten, um Katharinas rot blühenden Jasmin zu bewundern, wagte es Elisa, ihren Onkel in Gegenwart seines Freundes Gerit Janson zu korrigieren. Onkel Paul hatte etwas über einen der amerikanischen Präsidenten gesagt, das einfach nicht stimmte. Der 1849 verstorbene Präsident James Polk war Demokrat und kein Republikaner gewesen. Elisa wusste es, denn sie hatte es zufällig kurz zuvor nachgeschlagen. Von den beiden Männern schlug Elisa ein eisiger Wind entgegen. Paul Vogel entschuldigte sich vor seinem Freund und nahm seine Nichte beiseite. Seine Augen ließen keinerlei Zweifel daran, dass er innerlich vor Wut schäumte.

»Kein Mann wird je eine Ehefrau haben wollen, die sein Wissen in ihren Schatten stellt. Du bist eine Frau, noch dazu meine Nichte, und solltest dich bemühen, deiner Tante und mir Ehre zu machen. So beschämst du uns! Zudem könntest du mit einem solchen Verhalten deinen zukünftigen Mann öffentlich blamieren! Gerit Janson ist eine gute Partie. Ihm gehören auf der anderen Seite der Insel zwei Plantagen, die um einiges größer sind als unsere…«

Elisa unterbrach ihn entsetzt: »Aber Gerit Janson ist mehr als doppelt so alt wie ich. Er soll zudem schon große Kinder haben und zwar mit zwei einheimischen Frauen…«

Ihr Onkel sah sie scharf an.

»Nein, Elisa, mein Freund Gerit hat keine Kinder, zumindest keine, die seinen guten Namen tragen. Etwas anderes zählt bei uns hier nicht. Ich rate dir dringend, dich nicht so viel mit den Einheimischen zu unterhalten. Und vor allem solltest du mich nie wieder unterbrechen, wenn ich etwas Wichtiges mitzuteilen habe. Gerit Janson hat Interesse an deiner Person angemeldet, obwohl er auf den Inseln freie Auswahl hat. Er tut es mit zuliebe, Elisa, verstehst du? Er weiß, dass ich mir erhofft hatte, du würdest in eine Plantage einheiraten, die gut zu unserer passen würde. Es wäre ein echter Freundschaftsdienst von ihm, wenn er dich trotz deiner … deiner körperlichen Versehrtheit zur Frau nehmen würde.«

Elisa zitterte innerlich vor Entsetzen bei dem Gedanken an eine solche Ehe, aber sie wartete diesmal gehorsam, bis ihr Onkel seinen Satz beendet hatte.

»Aber ich will deinen Freund nicht heiraten. Er ist zu alt und außerdem ist er mir … er ist mir körperlich zuwider.«

Allein wenn sie an die gedrungene Erscheinung mit den groben Händen dachte, wurde ihr spontan übel.

»Bitte, Onkel Paul, auch wenn Gerit Janson in deinen Augen die beste Partie auf Kauai sein mag … ohne mein Einverständnis würdest du mich doch sicherlich nicht verheiraten wollen, oder?«

Aber ihr Onkel hörte ihr schon gar nicht mehr zu. Katharina trat mit finsterem Blick zu ihnen.

»Gerit hat sich vorzeitig verabschiedet. Ich soll dich von ihm grüßen, Paul, und dir ausrichten, dass ihr euch kommende Woche im Club treffen werdet, um weiter zu verhandeln.«

Danach wandte sich Katharina mit sichtlicher Schadenfreude an Elisa.

»Willst du wissen, was unser guter Freund Gerit über dich gesagt hat, meine Liebe?«

Elisa hatte keinerlei Interesse an neuen Gemeinheiten, doch Katharina redete bereits weiter und ließ sich dabei jedes einzelne Wort genüsslich auf der Zunge zergehen.

»Ein Krüppel sei als Eheweib schon Zumutung genug, meint er. Aber wenn der Krüppel sich noch dazu wie ein besserwisserischer Blaustrumpf gebärden würde, dann möchte Gerit bei aller Freundschaft zu uns doch lieber weiterhin Junggeselle bleiben…«

Von diesem Tag an musste Elisa ihre Bücher zur Strafe ganz wegpacken. Unter Katharinas Aufsicht sollte sie sich nur noch auf ihre Rolle als künftige Ehefrau und Mutter vorbereiten. Ihre Tante bestand darauf, dass die junge Frau die ihr fehlenden häuslichen Tugenden möglichst schnell entwickelte, um besser vermittelbar zu sein. Gerit Janson hatte zwar nach der ersten Begegnung mit Elisa die Flucht ergriffen, aber ganz abgeneigt schien er doch nicht zu sein. Das erfuhr Elisa ein paar Tage darauf von ihrem Onkel. Paul hatte Gerit im Männerclub von Lihue getroffen und danach ein paar Tage auf der anderen Seite der Insel beim Jagen mit ihm verbracht. Elisas Onkel glaubte, sich doch noch mit seinem Freund einig werden zu können. Gerit hatte Paul anvertraut, dass er Erben brauchte, denen er seinen Namen geben konnte.

Elisa verzweifelte allein bei dem Gedanken, aber ihr Onkel und ihre Tante blieben eisern. Janson war die beste Partie der Insel. Zudem war er reif genug, um Elisas verquere Vorstellungen vom Frausein in den Griff zu bekommen, meinte Katharina. Die Nichte ihres Mannes sollte, wie sie selber auch, in erster Linie gehorsame Ehefrau und Mutter werden. Aber noch einen weiteren Vorteil sah Katharina in einer Verbindung zwischen Elisa und Gerit: Ab dem Moment der Heirat wäre Katharina wieder die einzige Plantagenherrin auf dieser Seite der Insel. Gerit lebte auf der anderen Inselseite. Sie wären durch Elisas Eheschließung verschwägert und so eng geschäftlich verbunden, dass sie den Zuckerhandel von ganz Kauai kontrollieren konnten. Natürlich würden mit der Eheschließung auch Ländereien als Mitgift in Gerits Besitz übergehen, aber diese Details wären Verhandlungssache unter den Männern. Inwiefern beide Plantagen von der Eheschließung profitieren könnten, errechneten derzeit bereits auf beiden Seiten die jeweiligen Berater.

Elisa grauste es in ihrem Zimmer vor den Gesprächen, die sie in den folgenden Wochen würde führen müssen, um ihren Onkel von seinem Kurs abzubringen. Vor ihrem kleinen Ankleidetisch, an dem sie ihre Haare für den Arbeitstag mit den Kindern zu einem ordentlichen Zopf flocht, dachte sie noch einmal an den magischen Morgen mit Kelii. Woher nahm ihr Liebster nur seine Ruhe, mit der er ihre Ängste vor der Zukunft immer aufs Neue besänftigen konnte?

Sie würden für immer zusammengehören, das hatte er ihr auch heute wieder zugeflüstert, als sie zwischen zwei langen Küssen atemlos innehielten und sich tief in die Augen sahen. Aber Elisa war sich alles andere als sicher. Wenn es nach Paul und Katharina Vogel ginge, dann würde sie Gerit schon in diesem Sommer heiraten müssen. Vor allem die geschäftliche Erweiterung war in den Augen ihres Onkels das Ziel, das es mit allen Mitteln anzustreben galt. Nur unter diesem Gesichtspunkt waren alle bisherigen Heiratskandidaten für Elisa ausgesucht worden. Sie waren allesamt Freunde oder Geschäftspartner ihres Onkels und zudem alle fast doppelt so alt wie sie.

Auch ihre bemitleidenswerte Tante Katharina hatte sich seinerzeit den Heiratsplänen ihrer Eltern fügen müssen. Onkel Paul war ebenfalls doppelt so alt wie seine Frau. Was entscheidend dazu beitrug, dass sie schon so früh so verbittert war. Vielleicht hatte auch Katharina einen Liebsten gehabt, dachte Elisa plötzlich, während sie ihr eigenes junges, vor Liebe glühendes Gesicht im Spiegel ansah. Katharina hatte vielleicht auch ihren Liebsten aufgeben müssen, um Paul Vogel zu heiraten. Das würde zumindest erklären, warum sie alles daransetzte, damit Elisa ein unglückliches Leben bevorstand.

Katharina war von Anfang an dagegen gewesen, dass ihre Schwägerin und ihre Nichte nach Kauai kamen. Sie wollte mit ihrem Mann die alleinige Macht über die Plantage, das hatte Elisa bereits nach wenigen Monaten begriffen. Katharina ging es nur noch um Geld, gesellschaftlichen Einfluss und Macht.

»Elisa? Kommst du noch zu mir?«

Die brüchig klingende Stimme ihrer Mutter riss Elisa aus ihren Gedanken. Clementia stand im Türrahmen und beobachtete ihre Tochter mit traurigem Lächeln.

»Du bist so jung und schön, mein Kind ... wie eine frisch erblühte Rose im ersten Tau.«

Spontan errötete Elisa bei dem Kompliment ihrer Mutter. Und prompt fühlte sie sich schuldig. Wenn ihre Mutter wüsste, was sie noch vor wenigen Stunden beim Wasserfall getrieben hatte, würde sie Elisa jetzt sicherlich nicht liebevoll anlächeln.

Die Mutter deutete erstaunt auf Elisas Kleid und Unterkleid.

»Warum sind deine Sachen nass?«

Elisa ging rasch zum Bett ihrer Mutter und gab ihr einen Morgenkuss. Dabei erzählte sie ihr von den Heilpflanzen, die sie am Wasserfall gesammelt hatte. Ihre Begegnung mit Kelii erwähnte sie nicht.

Auch den heutigen Tag wollte Clementia lieber im Bett in ihrem verdunkelten Schlafzimmer verbringen, weil sie sich selbst zu schwach fühlte, um sich anzukleiden. Sie sprachen über Katharina. Wie so oft bat die Mutter um Verständnis für die Tante.

»Katharina kommt aus kleinen Verhältnissen. Sie hat keine Gräfin zur Großmutter, und Paul hat sie nur genommen, weil er hier auf den Inseln keine wirklich geeignete Frau finden konnte. Zwischen den beiden lebt keine Liebe, aber sie haben immerhin ein gemeinsames Ziel ... und das ist wichtig in einer Ehe.«

Elisa nickte, während sie ihrer Mutter erneut ein Stück Frucht reichte, um sie zum Essen zu bewegen. Aber Clementia hielt ihre Hand fest.

»Bitte, Kind, versuche deine Tante zu verstehen. Denk immer daran, dass sie nur knappe fünf Jahre älter als du ist, aber nie ein unbeschwertes Leben führen durfte, nie ein Gefühl von Freiheit erlebte, so wie du und ich auf unserer wundervollen Überfahrt hierher. Als Ältestes von fünf Kindern hat deine Tante auf der Insel Oahu nicht nur ihrer siechen Mutter im Haushalt helfen müssen, sondern sogar oft mit den Männern auf dem Feld gearbeitet. Dein Vater hatte es mir unter dem Siegel der absoluten Verschwiegenheit erzählt. Über Katharinas Herkunft sollten wir eigentlich nichts wissen...«

Jetzt verstand Elisa den spürbaren Neid ihrer Tante besser. Daher also hatte Katharina fast immer diesen verbitterten Zug um den Mund. Es lag also nicht nur an den vielen Mädchen, die Katharina so kurz hintereinander zur Welt gebracht hatte, sondern auch an ihrer schweren Kindheit und Jugend.

»Danke, Mama! Es tut gut, mehr über Tante Katharina zu erfahren. Ich werde mir auch bestimmt nichts anmerken lassen«, versprach Elisa, während sie ihre Mutter weiter mit Obst fütterte, »aber erwarte bitte nicht von mir, dass ich mir von einer Person wie ihr mein eigenes Leben verderben lasse!«

Mit einem Seufzer nahm die Mutter ein weiteres Stück Mango zwischen ihre blutleeren Lippem. Geduldig wartete Elisa, bis sie es heruntergeschluckt hatte, bevor sie ihr erneut eine Frage stellte.

»Und warum hasst sie ihre eigenen Kinder – ihre süßen Mädchen? Du hast mich doch immer lieb gehabt und Papa auch. Ich verstehe einfach nicht, warum sie meine Cousinen so garstig behandelt. Sie geht mit ihnen um, als seien sie ihr nur ... nur lästig.«

Die Mutter nickte betrübt.

»So viele Mädchen zu gebären zehrt an der Substanz einer Frau und lässt sie vorzeitig altern. Darunter leidet Katharina. Die Galle ihres Ärgers über die Töchter begann den Liebreiz ihrer Jugend zu vergiften...«

Clementia seufzte und nahm Elisas Hand in ihre.

»Nach dir hätte ich deinem Vater noch einen männlichen Erben gebären müssen. Aber das ist mir leider auch nicht geglückt. Deshalb warst du unser Augenstern, unser ganzes Glück. Aber ein Sohn… «

Elisa kannte diesen tiefen Kummer ihrer Mutter und strich ihr sanft über die Wange.

»Ich weiß. Hätte ich jetzt einen Bruder, der uns beschützt, hättest du einen Sohn und Papa seinen rechtskräftigen Erben, so stünde es auch gar nicht zur Debatte, ob wir für immer hier auf der Plantage bleiben könnten. Wir hätten das Recht.«

Clementia nickte bitter, während sie sich mit der feinen Leinenserviette einen Rest von Mangosaft vom Kinn wischte.

»Mein Sohn hätte das natürliche Recht auf das Erbe eures Vaters. Bei Volljährigkeit wäre er der gleichberechtigte Partner von Paul. Aber ich habe keinen Sohn, und du hast keinen Bruder, der dich beschützt. Wir sind nur Frauen, und daher müssen wir deinem Onkel gehorchen, Kind … du wirst heiraten.«

Elisa war aufgestanden und zum Fenster gegangen, um durch einen Spalt zwischen den dunklen Vorhängen in die frische Morgensonne zu sehen. Das helle fröhliche Licht wollte so gar nicht mit ihren düsteren Gedanken über ihre Zukunft zusammenpassen. Da hörte sie mühsam unterdrückte Schluchzer vom Bett.

»Es tut mir leid, mein Kind! Ich weiß, dass dein Vater es anders wollte … aber … ich bin einfach zu schwach, um mich gegen Paul und Katharina durchzusetzen…«

Elisa ging zurück zum Bett und nahm ihre Mutter liebevoll in den Arm. Um sie zu beruhigen, sang sie ihr ein Schlaflied vor und wiegte sie, so wie sie es in der Zeit nach dem Tod ihres Vaters gelernt hatte. Kurz darauf hörte sie an den tiefen regelmäßigen Atemzügen, dass ihre Mutter eingeschlafen war. Mit einem erleichtertem Seufzer stand sie auf und öffnete die Tür aus Bambus, die in den kleinen paradiesischen Garten führte. Die Pflege der Büsche und exotischen Blumen teilten sie sich, seit es Clementia immer schlechter ging. Jetzt ließ Elisa frische Luft in das Zimmer, achtete aber darauf, dass kein Sonnenlicht auf das Bett ihrer Mutter fiel.

Die Augen ihrer Mutter vertrugen die Helligkeit des Tages immer weniger. Es sei ein chronisches Nervenleiden, sagte der Arzt. Aber Elisa hatte wiederholt Rat bei Kelii und auch einmal bei Keliis Vater gesucht. Heute früh, nachdem sich ihre Körper am Wasserfall atemlos und zufrieden voneinander getrennt hatten, war Keliis Warnung mehr als deutlich gewesen.

»Du musst jetzt etwas tun, Elisa. Die Medizin vom Arzt schwächt deine Mutter sehr schnell. Sie wird bald blind werden. Ihre Augen verlieren die Kraft.«

Elisa hatte bei seinen Worten vor Entsetzen ihren Kopf geschüttelt, weil sie einfach nicht glauben wollte, dass es so ernst war. Sie hoffte, seine Warnung sei übertrieben, aber Kelii hatte ihr sanft seine Hand auf ihre Schulter gelegt.

»Ich sage die Wahrheit, Elisa, auch wenn sie nicht einfach zu hören ist. Dieser Arzt ist nicht gut. In den kommenden Monden wird sein Gift auch noch das Herz deiner Mutter immer weiter schwächen. Sie hat keine Schmerzen, aber in sechs bis acht Monden holt sie der lange Schlaf für immer zu ihren Vorfahren, wenn du nicht mehr für sie tust.«

»Elisa? Musst du nicht schon längst zu deinen Cousinen? Katharina wird wieder ungehalten sein, wenn du dich verspätest.«

Ihre Mutter war wieder aufgewacht. Wie so oft in letzter Zeit nickte sie vor Erschöpfung nach dem Essen für wenige Minuten ein, aber kurz darauf hatte sie wieder für eine Weile frische Kraft. Jetzt richtete sie sich sogar ein wenig in ihren Kissen auf, um nach ihrem Wasserglas zu greifen. Elisa schüttelte ihre dunklen Gedanken ab und lächelte in Richtung Bett.

»Doch, Mutter, du hast völlig recht. Aber ich hatte ausrichten lassen, dass ich mich heute Morgen um dich kümmern würde. Wir wollten doch schon länger einmal über eine andere Behandlung reden, nicht wahr?«

»Ach so? Wollten wir das?«

Elisa nickte und begann ihrer Mutter von der Medizin aus den Wasserpflanzen zu erzählen, die sie heute extra für sie gepflückt hatte. Nach Keliis Anweisungen zubereitet, würde das Pflanzenpulver ihr Augenlicht stärken. Aber ihre Mutter war zögerlich.

»Meinst du wirklich, dass Kelii besser über die Leiden der Frauen unserer Rasse und Kultur Bescheid weiß als unser lieber Doktor? Immerhin hat der Doktor alle vier Kinder von Katharina gesund auf die Welt gebracht. Er kennt weiße Frauen … ich meine, wir sind anders als dieses Volk, Kind. Unsere Körper sind nicht wirklich gleich.«

Elisa war erstaunt.

»Du meinst, dass die Rasse eines Menschen eine Rolle spielt, wenn es um die Heilung eines Leidens geht?«

»Aber natürlich, Liebes. Wir Frauen aus Europa kommen aus einer Kultur, die nichts mehr mit unserer ursprünglichen Existenz unter … unter Bäumen und freiem Himmel zu tun hat. Wir leben seit Generationen in festen Behausungen. Bei den Hawaiianern ist das anders. Sie sind noch völlig mit der Natur verbunden. Sieh dir nur die gesunden Frauen und Mädchen der Kanaka an! Sie sind robust und bodenständig wie … wie junge wilde Tiere! Wir haben mit ihnen nicht viel gemeinsam. Wie also soll Kelii mir bei meiner überaus komplexen Erkrankung helfen können? Er kann doch noch nicht einmal im Ansatz ahnen, was mir fehlt. Und du, wie kommst du überhaupt auf solche Ideen?«

Elisa wollte etwas erwidern, aber ihre Mutter war noch nicht fertig. Wie eine tadelnde Lehrerin hatte sie ihren Zeigefinger erhoben und fuchtelte damit vor dem Gesicht ihrer Tochter herum.

»Du solltest über solche Themen nicht mit Kelii sprechen. Es schickt sich nicht für eine junge Frau aus unseren Kreisen. Es ist schlimm genug, dass es ein junger Kanaka war, der des Nachts den Verband an deinem Bein gewechselt hat, noch dazu ohne eine vertraute Aufsichtsperson im Zimmer. Versteh mich nicht falsch, Kind, ich bin froh, dass du es mir anvertraut hast ... aber wenn etwas geschehen wäre, ich hätte es mir nie verziehen!«

Die Mutter seufzte bedrückt. »Und du weißt, dass ich Kelii sehr gerne habe, Liebes. Aber er ist und bleibt nun einmal einer von den primitiven Wilden. Es ist daher wichtig, mein Kind, über diese Zeit deiner Krankheit nie mit jemand anderem zu sprechen außer mit mir. Kelii hat dich in dieser Zeit nicht heimlich besucht. Es war eine dieser geheimnisvollen Kahuna-Heilerinnen, aber auf alle Fälle war nur eine Frau bei dir im Zimmer. Haben wir uns verstanden, Kind?«

Bittend sah die Mutter sie an. Elisa meinte, eine neue Furcht in ihren Augen zu erkennen, die ihr vorher nie aufgefallen war. Sie versuchte, die Stimmung aufzulockern, indem sie einen Spruch anbrachte, den ihr Vater immer gebraucht hatte, wenn sie bisweilen zu dritt im Hamburger Hafenviertel in zweifelhafte Restaurants gegangen waren.

»Ob Männlein oder Weiblein in der Küche ist egal, Hauptsache das Essen ist nicht versalzen, sondern schmeckt!«

Aber Clementia war nicht zum Scherzen zumute.

»Bitte, Elisa, hör auf mich! Ich meine, wir haben ohnehin schon genug Probleme mit deinem Onkel und deiner Tante. Ich wüsste nicht, was ich tun würde, wenn ... Ich meine, wir sind nun einmal vom Wohlwollen der beiden abhängig. Das musst auch du endlich verstehen ... du bist jetzt kein Kind mehr.«

Elisa spürte die zunehmende Irritation und ließ von dem Thema ab. Aber während sie ihrer Mutter jetzt das glanzlose Haar bürstete, nahm sie sich vor, ihr einfach heimlich das Pulver aus den Heilpflanzen in den Tee zu mischen. Sie vertraute Kelii sehr viel mehr als dem Arzt, der ihr seinerzeit das Bein hatte amputieren wollen.

Statt weiter über Clementias Gesundheit zu sprechen, wechselte Elisa geschickt das Thema. Es gab neue geschäftliche Entwicklungen, die Paul ihrer Mutter am gestrigen Tag mitgeteilt hatte. Das lukrative Unternehmen der Gebrüder Gerhard Vogel & Paul Vogel florierte zwar seit einigen Jahren, aber das letzte halbe Jahr übertraf sämtliche Erwartungen. Nicht nur die Zuckerernte, sondern auch die von Gerhard gegründete Obstplantage warf endlich satte Gewinne ab.

Die Apfelbäume waren inzwischen groß und stark genug, um auch in den kommenden Jahren einen Zusatzgewinn zu garantieren, wenn nicht wieder ein Hurrikan kam. Deswegen wollte Paul unbedingt noch in diesem Jahr expandieren. Er wollte weiteres Land erwerben, um noch mehr Apfelbäume zu pflanzen, brauchte dazu aber die Zustimmung von Elisas Mutter, da Elisa noch nicht volljährig war.

Zudem hatte Paul gestern Clementia gegenüber ein zweites Anliegen vorgebracht, das eine kurzfristige Entscheidung erforderte. Doch ohne Elisa wollte die Mutter dazu auf keinen Fall ihr Einverständnis geben. Auch jetzt war es ihr sichtlich unangenehm, darüber zu sprechen. Elisa erschrak prompt, als sie hörte, dass das neue Tor für die Plantage bereits in Auftrag gegeben worden war.

»Aber warum soll der Name unserer Plantage so plötzlich geändert werden?«

Die Mutter nickte. Doch dann ergriff sie erneut Elisas Hand. »Ich war auch zunächst erschrocken, aber dein Onkel hat recht. Dein Vater ist jetzt bereits seit mehreren Jahren tot. Immer noch steht sein Name in dem Torbogen über dem Eingang zur Plantage. Das ist in gewisser Weise irreführend…«

Elisa nickte. Sie sah die verschnörkelten großen Buchstaben über dem schmiedeeisernen Eingangstor ja an jedem einzelnen Tag aufs Neue und freute sich immer darüber, an ihren Vater erinnert zu werden. Aber das ging bestimmt nicht vielen Menschen so. Die meisten der Arbeiter auf der Plantage hatten den zweiten Plantagenbesitzer ohnehin nie kennengelernt. Elisas Vater war in den ganzen Jahren nur ein einziges Mal länger auf Kauai gewesen. Die Mutter fuhr fort.

»Das Eingangstor soll jetzt geändert werden. Wenn es nach deiner Tante gegangen wäre, würde schon seit Jahren lediglich Pauls Name dort stehen. Paul Vogel Plantage. Aber bei unserem Gespräch erwähnte Paul jetzt die mögliche geschäftliche Fusion mit Gerit Janson. Wusstest du eigentlich, dass dieser Mann eine ernsthafte Zuneigung zu dir entwickelt haben muss?«

Elisa atmete scharf ein, zog ihre Augenbrauen in Unmut zusammen und sah ihre Mutter streng an.

»Lass dir so einen Unsinn bitte gar nicht erst einreden, weder von Paul noch von Katharina. Da geht es nur ums Geschäft, um nichts anderes. Gerit Janson ist doppelt so alt wie ich, Mutter, und er riecht nach Schnaps. Außerdem hat er gemeine Augen und so grobe Hände wie ein Schlachter! Und er ist ein … ein Friese! Den will ich auf keinen Fall zum Mann! Lieber bleibe ich für immer alleine…«

Die Mutter sah Elisa mit Neugierde, aber auch mit ungewohnter Belustigung an.

»So stark ist deine Abneigung? Dabei ist Gerit Janson doch ganz unterhaltsam, wenn er sich Mühe gibt. Mir hat er nicht nur missfallen. Ich könnte mir durchaus vorstellen, dass er einen ganz passablen Ehemann abgibt, wenn eine kluge weibliche Hand es versteht, ihn zu zähmen.«

Elisa antwortete nicht, sondern war erneut aufgesprungen und ging nervös im Zimmer auf und ab. Die Mutter sah sie prüfend an.

»Du wirst dich doch diesmal zu benehmen wissen, wenn Herr Janson uns erneut besucht, oder? Ich meine, ich verlange nicht von dir, dass du den Freund von Paul heiraten sollst oder auch nur als Bräutigam in Erwägung ziehst. Aber du musst dich besser benehmen, Kind ... Also diesmal keine Gespräche über Politik, keine deiner üblichen scharfzüngigen Bemerkungen und vor allem: keinerlei Frechheiten deinem Onkel und deiner Tante gegenüber...«

Elisa nickte widerwillig, und die Mutter bat sie noch ein letztes Mal zu sich ans Bett.

»Es wird alles gut, mein Kind, du wirst sehen. Wir kommen ab jetzt dem Onkel und der Tante ein Stück weit entgegen, und dafür bekommst du den Mann, den du dir selber aussuchst. Dafür werde ich mich einsetzen ... versprochen!«

Die Mutter richtete sich mit bemühtem Lächeln in ihren Kissen auf. »Jetzt küsse mich und dann weg mit dir, zu deinen Cousinen, sonst bekommst du am Ende heute wirklich wieder Ärger.«

Elisa gehorchte und küsste ihre Mutter auf die Stirn. Mit einem Mal schnupperte Clementia an Elisas halbtrockenem Haar.

»Du riechst nach Kokosnuss.«

Und als würde sie Elisa erst jetzt wirklich genauer ansehen, fügte sie hinzu: »Außerdem siehst du heute irgendwie anders aus als sonst, mein Kind...«

Sie hob ihr Kinn, um ihr in die Augen sehen zu können. »Hast du Kelii heute früh schon gesehen?«

Elisa schickte ein Stoßgebet zum Himmel, denn sie hasste es zu lügen.

»Aber natürlich habe ich das, Mutter. Nur Kelii weiß, wo die guten Heilpflanzen stehen. Auch wenn du sie nicht nehmen willst, ich nehme sie gerne weiter für mein Bein ein, damit ich schon bald nicht mehr hinken muss. Das wollt ihr doch alle, nicht wahr? Ich soll kein Krüppel mehr sein, sondern das schönste Mädchen auf der Tanzfläche. Bis zum Neujahrsball soll ich doch alle Tänze wie eine Feder tanzen können. Seite an Seite mit Onkel Paul und Tante Katharina soll ich durch die Hibiskusgirlanden schreiten wie eine Königin. Wie soll ich unserer Familie denn Ehre machen, wenn ich im Winter immer noch hinke?«

Elisa machte eine kleine Pause, um ihren Worten noch mehr Wirkung zu verleihen.

»Außerhalb der Plantage muss Kelii mich begleiten, denn es schickt sich nicht für eine junge Dame, ohne Schutz in die Berge zu gehen. Das hast du selber gesagt. Ich hatte ihn schon vor Tagen gebeten, mich wegen der Pflanzen zu begleiten.«

Die Mutter sagte nichts, sondern sah auf einen imaginären Fleck auf der blütenweißen Bettdecke. Elisa wusste, was das bedeutete, und schickte ein weiteres stilles Stoßgebet gen Himmel.

»Kann ich jetzt gehen, Mutter? Ich bin spät dran und will keinen Ärger verursachen.«

Aber Clementia schüttelte ernst den Kopf.

»Gleich, Liebes. Vorher müssen wir noch über deinen Freund sprechen. Du weißt, ich mag Kelii sehr gerne. Er hat dir das Leben gerettet, später dann auch noch dein Bein. Aber es gehört sich einfach nicht, dass ein Mädchen im heiratsfähigen Alter ihre Zeit allein mit einem der Kanaka verbringt.«

Elisa war es zuwider, wie selbstverständlich ihre Mutter nun auch schon dieses schreckliche Wort für die Hawaiianer benutzte. Aber sie schwieg erneut. Ihre Schuldgefühle waren in diesem Augenblick übermächtig. Daher senkte sie die Augen und nickte gehorsam.

»Ich muss jetzt gehen...«

Die Mutter nickte, aber als sie ihrer Tochter eine vorwitzige Haarsträhne aus der Stirn strich und sie im Zopf befestigte, waren ihre müden Augen voller Sorge.

»Irgendetwas ist heute anders an dir...«

Clementia musterte sie prüfend im Halbdunkel. Elisa war in letzter Zeit zu einer schönen jungen Frau erblüht und hatte das ungelenke Mädchen, das sie einst war, hinter sich gelassen. Selbst wenn sie, so wie jetzt, kaum hergerichtet war, hatten sich ihre Züge im letzten halben Jahr verfeinert. Sie war dabei, eine regelrechte Schönheit zu werden. Und an diesem Morgen schien Elisa noch dazu von innen heraus zu leuchten. Ihre leicht geröteten Wangen sahen aus wie frisch erblühte Rosen. Die vollen Lippen, durchblutet von heimlichen Küssen, waren eine einladende Augenweide.

Ihre Tochter strahlte alles in allem die reizvolle Sinnlichkeit einer verliebten Frau aus, hätte Clementia gesagt, wenn sie solch einen Gedanken denn zugelassen hätte. Aber Kelii war der einzige Mann außer Elisas Onkel, der regelmäßig Zeit mit ihrer Tochter verbrachte. Hatte ihre Elisa etwa...? Würde sie die Regeln des Anstandes missachten?

Diesen frevelhaften Gedanken konnte oder wollte Clementia keinesfalls weiterverfolgen. Mit einem Seufzer lehnte sie sich zurück.

»Geh schon, mein Kind. Wir sehen uns heute Abend.«

Kurz darauf saß Elisa widerwillig an einem zweiten Bett, diesmal an dem ihrer Tante. Katharina hatte ebenfalls beschlossen, die Arbeit des heutigen Tages anderen zu überlassen, da sie unter einem plötzlichen Anfall von

Migräne litt. Doch nachdem sie genaue Instruktionen für die Beaufsichtigung und den Unterricht der kleinen Mädchen gegeben hatte, verlangte es sie mit einem Mal noch ein wenig nach Elisas Gesellschaft.

»Was gibt es Neues im Dorf? Hast du von deinem Freund Kelii erfahren, ob die neuen Nachbarn endlich eingezogen sind?«

Das Wort Freund zog Katharina betont skeptisch in die Länge. Auch ihr war es nicht recht, dass Elisa sich derart häufig mit den Dienstboten und den primitiven Kanaka abgab. Aber immer verlangte Katharina danach von den Frauen den neusten Dorftratsch berichtet zu bekommen hören, und wenn sich Elisa mit ihrem hawaiischen Freund traf, kamen meist spannende Neuigkeiten zutage.

Zurzeit drehte sich alles um die neue Schule. Seit über einer Woche wurde ein englisches Lehrerehepaar erwartet. Matthew und Dorothy Malloy hatten vor, in Hanalei Bay eine neue Schule zu gründen. Sie hatten auf halber Strecke zwischen der Plantage und dem kleinen hübschen Ort am Meer ein Häuschen mit zwei Nebengebäuden bauen lassen.

Die Malloys wollten in einem der beiden Nebengebäude die jüngeren Kinder der Arbeiter und der umliegenden Dörfer gemeinsam unterrichten. In dem zweiten Gebäude sollten ältere Kinder und Jugendliche so weit ausgebildet werden, dass sie zumindest im Rechnen, Lesen und Schreiben einen Abschluss bekamen. Mit diesem Diplom sollten die besten der Jungs, egal ob Haoles oder Kanakas, mit einem Stipendium zu einem Studium fortgeschickt werden, vielleicht sogar bis nach Amerika oder Europa.

Clementia war von Anfang an begeistert von dieser Idee gewesen. Bevor sich ihr gesundheitlicher Zustand so rapide verschlechtert hatte, trug sich Elisas Mutter sogar mit dem Gedanken mitzuhelfen. Nach ihrer vollständigen

Genesung wollte sie in der Schule der Malloys eventuell einen regelmäßigen Musikunterricht für die kleineren Kinder anbieten. Elisa hatte ihre Mutter in diesem Vorhaben unterstützt, aber Katharina war von Anfang an gegen die Idee dieser Schule.

»Nun? Gibt es etwas Neues von diesen unsäglichen Malloys? Oder ist ihr Schiff angenehmerweise auf der Überfahrt von England untergegangen?«

Elisa zuckte bei dem gehässigen Ton in der Stimme ihrer Tante zusammen. Sie hatte von Kelii heute tatsächlich Neuigkeiten erfahren. Aber dieser Klatsch betraf nicht das Lehrerehepaar, sondern die neuesten Pläne ihrer Tante Katharina. Mit Schaudern dachte Elisa an das ekelhafte Gerücht, das Kelii ihr heute anvertraut hatte.

Die Zimmer des herrschaftlichen Holzhauses im Kolonialstil, in dem Paul und Katharina mit ihren Kindern wohnten, hatten durch die Dienerschaft viele Ohren. Deshalb wusste man im Dorf der Einheimischen im Tal der Tausendnebel so einiges, was Elisa und ihrer Mutter im abgelegenen Gästehaus verborgen blieb.

Unter den Einheimischen hatte Katharina keine einzige Fürsprecherin. Ihre hinterhältige Bosheit gegenüber den jungen Hausmädchen hatte sie unbeliebt gemacht. Doch Kelii hatte mit Elisa nicht über die Klagen der Hausmädchen gesprochen. Seine Sorge galt Elisa und ihrer Mutter. Eines der Mädchen, das ein wenig Deutsch konnte, hatte ein vertrauliches Gespräch der Eheleute in ihrem Schlafzimmer belauscht. Katharina hatte ihrem Mann angeblich ein Ultimatum gesetzt. Innerhalb eines Jahres sollten Clementia und Elisa von der Plantage verschwunden sein, sonst würde Katharina mit ihren Kindern ausziehen.

»Nun, hast du heute keine Worte?«

Elisa schluckte. Sie würde sich irgendetwas Belangloses ausdenken, um Katharinas Sucht nach Klatsch zufriedenzustellen. Vielleicht eine geheime Liebesgeschichte zwischen einem der neuen Händler und einem der Hausmädchen aus Hanalei Bay. Ein paar skandalöse Details, aber keinerlei Namen, so wurde diese Art von Klatsch unter den Frauen weitergegeben. Elisa war gut darin geworden, sich vor Katharina zu verstellen, und servierte ihre kleine Geschichte. Dann kam Amala mit dem Säugling. Ihre Tante war eine kurze Weile beschäftigt, und Elisa trat ein paar Schritte beiseite, um sie mit ihrem Kind zu beobachten. Nicht das kleinste bisschen Freude strahlte die junge Mutter aus, als sie der Amme Anweisungen gab. Elisa wurde trotz des schönen Sommertages kalt.

Wie eine Giftspinne, die ihr Opfer langsam einwickelt, umgarnte Katharina ihren Mann mit bösen Gedanken, so hieß es im Dorf. Elisa war zunächst erschrocken über Keliis Berichte aus seinem Dorf gewesen. Aber als sie ihrer Mutter einmal davon erzählte, konnte Clementia ihre Schwägerin verstehen. Was trugen Elisa und sie denn schon groß zum Erfolg der florierenden Plantage bei? Nichts! Elisa war die ersten Monate als Krüppel ans Bett gefesselt gewesen und Clementia war oft leidend. Die arme Katharina hingegen hatte vier Kinder zu versorgen und die Arbeit im Kontor blieb an Paul hängen.

Die Amme verließ mit dem Säugling das Zimmer, und Katharina wandte sich erneut Elisa zu.

»Könntest du mir meinen Zopf neu flechten? Das Hausmädchen hat sich heute derartig dumm angestellt, dass ich sie mit den Kindern in den Garten geschickt habe, bis du mit dem Malunterricht beginnst. Wärst du so nett? Wegen meinen Kopfschmerzen kann ich es heute nicht selber...«

So eine Bitte hatte ihre Tante noch nie vorgebracht. Elisa nickte gehorsam, halb in der Erwartung, dass sich zwischen ihnen vielleicht ein netteres Gespräch ergeben würde, als es sonst meist der Fall war. Sie begann vorsichtig, den Zopf zu lösen und Katharina ein wenig zu kämmen. Dabei bemerkte sie, dass ihre Tante jede Menge Haare verlor. Noch bevor sie die Bürste verschwinden lassen konnte, entriss Katharina sie ihr mit einem anklagenden Aufschrei.

»Siehst du, man kann als Frau gar nichts dagegen tun! Schon nach den Zwillingen habe ich so viele Haare verloren und noch dazu einen Zahn! Warte nur, bis es dir ebenso ergeht … Jahr um Jahr ein Kind.«

Elisa sagte ein paar belanglos verlogene Worte über Katharinas Schönheit, aber ihre Tante schnaubte nur unwillig.

»Schönheit! Als ob es darum im Leben einer Frau gehen würde … Unsere Aufgabe ist eine andere, Elisa. Auch wenn du die Erwartungen, die Paul und ich an deine Eheschließung mit Gerit Janson geknüpft hatten, in diesem Jahr nicht erfüllen willst, deinem Schicksal als Frau kannst auch du nicht entgehen.«

Elisa schwieg, während sie ihrer Tante das Haar zu einem lockeren Zopf flocht und mit Schrecken feststellte, dass Katharina sogar einige vollständig kahle Stellen hatte.

»Ich habe es mir nicht ausgesucht, so schnell nacheinander vier Kinder zu bekommen, noch dazu so viele Töchter. Und glaube mir, Elisa, auch deinem Onkel wäre es anders lieber gewesen. Aber wir Frauen haben keine Wahl. Wir können von Glück sagen, wenn wir unsere Geburten überhaupt überleben. Deine Mutter, die hat es gut gehabt. Sie hatte nur ein Kind, das sie großziehen musste. Umso mehr enttäuscht es Paul und mich, ehrlich gesagt, dass sie uns so wenig zur Seite steht. Wir empfinden Clementia vor allem als eine Belastung, auch in finanzieller Hinsicht. Nur gut, dass du ihren Ausfall in letzter Zeit ein wenig wettmachen möchtest. Das nehmen wir dankbar an.«

Elisa erschrak. So hatte sie die Situation noch gar nicht gesehen. Aber tatsächlich war Clementia seit ihrer Ankunft auf Kauai fast durchweg krank gewesen. Inzwischen hatte sie Unsummen an Arztkosten verursacht, und eine Besserung war nicht zu erwarten. Die neue Mischung der Opiat-Tropfen, die sie einnahm, war angeblich ein Wundermittel und wurde extra aus China importiert. Tatsächlich sah Elisa aber keine bessernde Wirkung, außer dass die Tropfen einen guten Teil ihrer monatlichen Apanage verschlangen. Darin musste sie ihrer Tante recht geben. Auch die häufigen Konsultationen des Arztes halfen kaum.

Sie dachte kurz darüber nach, ob sie ihrer Tante sagen sollte, was laut Kelii unter den Einheimischen über den Arzt gemunkelt wurde. Er sei ein Scharlatan, hieß es, und seine angeblichen Wundertropfen kämen nicht aus China, sondern seien ein billiges lokales Opiat. Aber Elisa traute ihrer Tante nicht genug. Stattdessen erzählte sie ihr mit gespielter Unbeschwertheit, dass sie ihrer Mutter gerade vorgeschlagen hatte, auf die teuren verordneten Tropfen zu verzichten. Das grüne Pulver aus den Wasserpflanzen war auch Katharina als volkstümliches Heilmittel bekannt. Sie hatte die Wirkung verschiedentlich beobachten können und hatte ein wenig davon in ihrem Medizinschränkchen. Ob es auch gegen ihre Migräne half?

Jetzt war Elisa in ihrem Element. Kelii hatte ihr gesagt, dass die Wirkung der Pflanze in ein wenig Alkohol stärker sein würde. Elisa mischte für Katharina einen Trank aus ein wenig Schlafwein, den ihr Onkel am Bett aufbewahrte, und dem grünen Pulver. Kurz darauf tat die Heilpflanze ihre Wirkung. Sie bemerkte, wie Katharina wohlig zu seufzen begann, nachdem sie ihr Glas geleert hatte. Mit einem Mal wirkte ihr Gesicht fast weich und wieder jugendlich.

»Ach, Elisa, jetzt geht es mir schon besser. Meinst du, ein wenig mehr Luft im Raum würde mir guttun? Ich bin so schläfrig und möchte ruhen, bevor einer der vier Quälgeister wieder nach mir verlangt…«

Ihre Tante konnte kaum mehr ihre Augen offen halten. Elisa fing gerade noch das Glas auf, bevor der Schlaf Katharina in sein heilendes Reich trug. Es war wirklich ein erstaunlich wirksames Pulver, fand Elisa, als sie die Gesichtszüge der Schlafenden ansah. Fast etwas wie ein Lächeln umspielte ihre sonst so verhärmten Gesichtszüge. Sie vermutete, dass das grüne Pulver ihr soeben einen besonders schönen Traum schenkte. Vielleicht war sie endlich das unbeschwerte junge Mädchen, das sie nie hatte sein dürfen.

Mit einem Anflug plötzlicher Zärtlichkeit deckte Elisa ihre Tante mit dem Laken zu. Dann öffnete sie die Vorhänge und die Tür, um auch in dieses Krankenzimmer mehr Luft und Sonne einzulassen.

»Elisa! Wo bleibst du denn?«

Die wütende Stimme ihres Onkels ließ Elisa zusammenzucken. Sie warf einen letzten Blick auf Katharina, die jetzt friedlich und entspannt schlief. An der Wand über dem Kopfende des Bettes zeichnete die Sonne ein helles Muster. Es sah aus wie ein Stern.

Elisa lief eilig über den Hof, hinüber zum Haupthaus, wo ihr Onkel Paul jetzt mit seinen drei kleinen Töchtern auf sie wartete. Ungeduldig sah er auf die Uhr, während die dicke Amala mit dem Säugling unglücklich neben ihm stand. Es hatte wohl Ärger gegeben, denn das junge Hausmädchen weinte. Er polterte Elisa entgegen.

»Warum kommst du so spät? Du weißt doch, dass die jungen Mädchen völlig überfordert mit unseren Töchtern sind. Hildegard wäre beinahe unter die Kutschräder gekommen…«

Ihr Onkel war mehr als ungehalten, sodass Elisa sich zunächst einmal entschuldigte, aber dann erklärte, dass sie Katharina noch eine Medizin gegen ihre schlimme Migräne verabreicht hatte. Der Onkel nickte und gab Elisa ebenfalls genaue Instruktionen für den Tag mit den kleinen Mädchen.

»Malen, Musizieren und zwischendurch ein wenig frische Luft, so wünscht es meine Frau.«

Elisa nickte, denn diese Anweisungen hatte sie bereits von Katharina bekommen.

Dann verabschiedete sich ihr Onkel bis zum Abendessen mit weiteren Instruktionen für Amala. Als er endlich weg war, tröstete Elisa zunächst das weinende Hausmädchen. Sie kannte die Kleine aus Keliis Dorf und fand schnell die richtigen Worte. Danach schickte sie Amala mit ihren hungrigen Cousinen zunächst in die Küche, um die Kinder vor dem Unterricht zu stärken. Elisa selber wollte inzwischen das Malzeug für den Unterricht holen und eilte los.

Auf dem Hof vor dem Haupthaus war allerlei Betrieb. Eine Ladung Zuckerrohr wurde von den Arbeitern zum Abtransport mit dem Pferdewagen fertig gemacht. Weitere Arbeiter, mit schweren Säcken beladen, kamen aus Richtung der Lagerhäuser. Elisa grüßte alle mit den Augen und winzigen Gesten, die nicht verrieten, dass sie viele von ihnen näher kannte. Aber durch ihre Besuche in Keliis Dorf kannte sie inzwischen fast jedes Gesicht und jeden Namen. Sie konnte die Familien einander zuordnen, denn viele der Frauen und Töchter der Plantagenarbeiter arbeiteten im Haus oder in den Wirtschaftsräumen. Besonders einige der jungen Mädchen, manche nicht älter als zwölf, hatte sie inzwischen ins Herz geschlossen.

»Elisa? Sind Sie es wirklich?«

Sie hielt mitten im Schritt inne. Aus dem Kontor kam Johannes van Ween. Er strahlte über das ganze Gesicht, als er ihr die letzten Schritte entgegenkam und vor ihr stehen blieb.

»Nicht zu fassen, wie phantastisch Sie aussehen! Meine Mutter hat mit keinem Wort übertrieben. Man könnte fast meinen, dass der kleine Zusammenstoß mit dem Hai Ihnen nichts anhaben konnte. Erinnern Sie sich an die letzten fiebrigen Worte, die Sie mir zugeflüstert haben, bevor ich zum Studium nach San Francisco musste?«

Elisa schüttelte erstaunt den Kopf: »Ich kann mich nicht daran erinnern, dass Sie überhaupt zu mir gesprochen haben. Aber ehrlich gesagt habe ich nur sehr wenig Erinnerung an die ersten Tage nach meinem … meinem Unfall. Aber wie kommt es, dass Sie schon wieder hier sind? Ich dachte, Sie hatten vor, noch bis zum Winter Ihren Studien nachzugehen?«

Johannes nickte, zwinkerte Elisa aber dann gut gelaunt an: »Die Sehnsucht hat mich getrieben. Immerhin haben Sie mir im Fieberrausch das Versprechen gegeben, dass wir miteinander tanzen würden, wenn wir uns das nächste Mal wiedersehen.«

»Wirklich?«, Elisa sah ihn misstrauisch an. »Das kann ich mir ehrlich gesagt nicht vorstellen. Ich meine, wie sollte ich ans Tanzen denken, wenn man mir bei unserer letzten Begegnung noch mein Bein amputieren wollte?«

Wieder lachte Johannes fröhlich. Elisa bemerkte die beiden Grübchen auf seinen Wangen, die sie schon auf seinem Kinderfoto bewundert hatte. Johannes war ein ausgesprochen gut aussehender junger Mann und ihr Vater hätte sicherlich viel Freude an ihm gehabt.

»Darf ich bitten?«

Ohne Elisas Antwort abzuwarten, machte er eine kleine Verbeugung, so als würde er Elisa mitten im Hof zum Tanz auffordern. Dann nahm er sie an der Hand und drehte sie vor sich hin und her, um sie von allen Seiten zu bewundern. Er schien mit ihrem Anblick mehr als zufrieden.

»Erstaunlich, wie gut Sie nach einem halben Jahr bereits wieder gehen können. Als Sie über den Hof gelaufen sind, konnte ich fast gar nichts von einem Humpeln erkennen. Meine Mutter hatte völlig recht. Es muss Ihr unerschütterlicher Wille sein. Darin sind Sie wohl Ihrem lieben Vater sehr ähnlich...«

Damit ließ er Elisas Hand los. Kurz wanderte ein Schatten von Trauer über sein Gesicht.

»Seine Briefe fehlen mir sehr, wissen Sie ... Ihr Vater war es, der mich von Kindesbeinen an zum Lesen animiert hat und mir überhaupt die höhere Bildung nahelegte. Es freut mich zu hören, dass Sie sich ebenfalls für Bildung interessieren und sogar bei Tisch den Mut aufbringen, den aufgeblasenen Wichtigtuern ins Wort zu fallen ... nur weiter so!«

Seine letzten Worte hatte er ihr nur zugeflüstert, obwohl niemand in der Nähe stand. Elisa erwiderte nichts darauf, aber insgeheim freute sie sich sehr über dieses Kompliment. Dann fuhr Johannes in einem leichteren Tonfall fort: »Was das Tanzen betrifft? Nein, Sie haben mir im Fieberdelirium weder einen Tanz versprochen, noch haben Sie an Ihren ersten Ball auf Kauai gedacht. Sie waren meiner bescheidenen Meinung nach in ziemlich schlechter Verfassung, als wir uns das letzte Mal sahen. Noch nicht einmal vor Schmerzen geschrien haben Sie, obwohl der Hai Sie grausam zugerichtet hatte. Nein, Sie haben nicht gejammert oder geklagt, wie es sich für eine junge Frau unter großen Schmerzen gehören würde, sondern Sie haben stumm an die Decke gestarrt. Es war erstaunlich und gleichzeitig auch mehr als unheimlich. Ich war in Sorge, dass Sie uns vielleicht auf immer verlassen würden, um zu Ihrem Vater in den Himmel zu gehen. Deshalb habe ich meine Geige in Ihr Zimmer gebracht und Ihnen darauf einen Walzer vorgespielt, als Ihre Mutter nicht da war. Sie hätte es nämlich sicherlich nicht erlaubt…«

»Sie haben was?«

Elisa glaubte, nicht richtig gehört zu haben, aber Johannes lachte.

»Sie haben ganz richtig gehört. Ich habe Ihnen im Krankenbett auf meiner alten Kindergeige einen Walzer vorgespielt, obwohl mein musikalisches Talent sich in Grenzen hält. Aber mir ist sonst einfach nichts eingefallen, was Sie aus Ihrer Starre hätte erlösen können. Und so eine quietschende Kindergeige…«

Die beiden Grübchen, die sich in seinen Wangen vertieften, während er sie strahlend anlächelte, bezauberten Elisa. Langsam dämmerte die Erinnerung auch in ihr. Die Mutter hatte ihr etwas von Johannes' rührenden Bemühungen nach ihrem Unfall erzählt. Doch erst am Tag nach seiner Abreise war Elisa endgültig aus ihrer Schockstarre erwacht. Bei seinem letzten Besuch war sie wieder halbwegs bei sich gewesen, meinte Johannes, aber sicher war er sich darüber nicht. Zudem war Elisa viel zu entsetzt über ihre entzündete Wunde, um Interesse an einem neuen Freund zu haben. Die drohende Vorstellung einer Amputation hing über ihr wie ein Damoklesschwert.

»Es war eine sehr schwere Zeit«, sagte Elisa knapp. Doch gleichzeitig versuchte sie, besonders aufrecht vor ihm zu stehen, um Johannes zu zeigen, dass ihr Bein inzwischen wieder so gut wie vollständig hergestellt war. Johannes jedoch war in Gedanken immer noch mit seinem Walzer beschäftigt.

»Das Musikstück klang ungefähr so«, sagte er und begann mitten auf dem Hof eine kleine Walzermelodie zu pfeifen.

Elisa musste unwillkürlich lächeln. Johannes pfiff ein wenig falsch, aber der Charme seiner Grübchen war einfach hinreißend.

»Klang der Walzer nicht eher so?«, fragte Elisa verschmitzt und summte ihrerseits ein paar Töne, allerdings nicht ganz so falsch im Rhythmus.

Johannes nickte. Er erinnerte sich plötzlich daran, dass er damals wegen des Walzers mit Elisas Onkel Ärger bekommen hatte. Aber das seien seine beiden Besuche bei Elisa durchaus wert gewesen.

Eine Welle von warmen Gefühlen durchflutete Elisa im Nachhinein bei dem Gedanken, wie der stattliche junge Mann auf seiner Kindergeige für sie gespielt hatte.

»Danke, dass Sie damals mit Musik mein Bein retten wollten…«

»Gerne. Jederzeit wieder spiele ich für eine derartig hübsche junge Dame, die noch dazu charmant und reizend zu mir ist.«

Meinte Johannes seine Worte ernst, oder machte er sich über sie lustig? Elisa war sich nicht sicher und schenkte ihm vorsichtig ein kleines Lächeln.

»Ich weiß nicht, ob Ihre Worte in der Tat meine Persönlichkeit widerspiegeln. Aber wenn Sie länger hier bleiben, dann sollten Sie von vorneherein eins über mich wissen: Ich mag zwar ein weibliches Wesen sein, aber ich bin kein Schwächling. Ich benutze auch selten Tränen oder Hysterie, um meinen Willen durchzusetzen. Diese Art der weiblichen Methoden überlasse ich meiner Tante … Mir liegt eher eine trockene Argumentation.«

Elisa flüsterte. Scheinbar todernst sah sie Johannes in seine strahlend blauen Augen, die ihr Gesicht genau erforschten, und fuhr fort.

»Noch lieber würde ich bisweilen herumbrüllen, aber das verkneife ich mir lieber. Aber wie Sie vielleicht schon erfahren haben, errege ich überhaupt allgemeines Missfallen durch meine unweibliche Art. Das hat man Ihnen doch sicherlich schon hinterbracht, nicht wahr?«

Johannes schüttelte seinen Kopf. »Nein, denn ich bin ja gerade erst angekommen und habe mich noch nicht einmal bei meinen Eltern gemeldet…«

Er lächelte sie weich an. »Aber Ihre Vorliebe für das Herumbrüllen werde ich mir merken, Elisa. Sie sind also gar keine wohlerzogene junge Dame? Als was soll ich Sie dann bezeichnen…?«

Johannes tat so, als müsste er nachdenken, während er geschickt ein paar Arbeitern mit Lasten auswich, die an dem Pferdefuhrwerk vorbei mussten. Elisa errötete. Ihr plötzliches Gefühl von Unsicherheit hatte seine Ursache nicht etwa darin, dass sie sich schämte, sondern dass ihr Johannes gefiel. Ihr Vater hatte recht gehabt. Der hoch gewachsene junge Mann, der ihr gegenüberstand, hatte einen natürlichen Charme. Er wirkte aber auch sehr entschlossen und vor allem wach und intelligent. Johannes sah trotz seiner Jugend sehr männlich aus, stellte Elisa fest, ganz im Gegensatz zu Elisas Onkel. Paul Vogel strahlte schon immer etwas Weiches und Unentschlossenes aus. Auch sprach Johannes sein vollendetes Deutsch mit einer weichen, tiefen Stimme, die Humor und Sinnlichkeit verriet und Elisa auf Anhieb angenehm berührte.

Die Arbeiter waren jetzt an ihnen vorüber. Johannes kam erneut näher, um ihr seinen neuesten Geistesblitz mitzuteilen.

»Jetzt weiß ich, wie ich Sie einzuordnen habe, Fräulein Vogel! Sie sind ein Blaustrumpf, in der Gesinnung ähnlich radikal wie die jetzige Königin von Hawaii. Sie haben vor, den Männern auf den hawaiischen Inseln zu zeigen, wie man die Welt regiert … Nein, das wäre als Wirkungskreis für eine Frau mit Ihren geistigen Kapazitäten noch viel zu kurz gefasst. Sie sind eine dieser modernen jungen

Damen, die Männern gegenüber grundsätzlich Überlegenheit demonstrieren.«

Elisa runzelte gereizt ihre Stirn, aber Johannes sprach unverdrossen weiter.

»Oder, verehrte Elisa, gehören Sie vielleicht eher zu der Abteilung weiblicher Wesen, die wir auf unserer Universität liebevoll Kratzbürsten nannten?«

Jetzt lachte Johannes gutmütig, aber Elisa hätte sich am liebsten vor lauter Ärger auf die Zunge gebissen. Das hatte sie nun von ihrer unbedachten Äußerung. Musste sie auch immer gleich anecken? Konnte sie nicht endlich lernen, ihre Gedanken für sich zu behalten?

»Johannes! Ich warte im Kontor!«

Die laute Stimme ihres Onkels riss Elisa aus ihren Gedanken. Gerne hätte sie sich weiter mit Johannes unterhalten, aber auch er hatte zu tun. Kaum zurück, wurde er bereits im Kontor gebraucht, wie er erklärte. Nur eine letzte Frage musste Elisa noch stellen, obwohl Johannes bereits dem Ruf ihres Onkels folgte. Sie rief ihm hinterher: »Warum sind Sie wirklich früher als geplant nach Kauai zurückgekommen? Und warum wissen Ihre Eltern noch nichts davon?«

Johannes antwortete ihr nicht, aber er drehte sich mit seinem umwerfend charmanten Lächeln noch einmal kurz nach Elisa um.

»Später, ja … Wir sehen uns sicher bald wieder…?« Damit war er im Kontor verschwunden.

Elisa freute sich auf den Abend, sobald sie von Amala erfuhr, dass Johannes' Rückkehr gefeiert werden würde. Ihr Onkel hatte in der Küche alles Notwendige veranlasst. Zu dem Essen würden neben Johannes auch seine Eltern geladen werden. Da Frau van Ween die oberste Köchin der Plantage war, hatte Elisa bisher noch nie mit ihr an einem Tisch gesessen und war gespannt. Nur in der Küche und in den Wirtschaftsräumen hatten sie sich bisher ein paar Mal unterhalten.

Elisa mochte die quirlige Person mit den blitzblauen Augen, die ursprünglich aus Pommern stammte. Sie war Onkel Paul vor fünfzehn Jahren aus dem Haushalt der Großeltern Vogel auf die hawaiischen Inseln gefolgt, um ihre befleckte Vergangenheit hinter sich zu lassen, wie Elisa von ihrer Mutter wusste. Dieser Vergangenheit entstammte das uneheliche Kind Johannes.

Von sich aus sprach Marie van Ween nie über ihre Zeit in Deutschland. Für sie gab es nur Kauai. Mit ihrem holländischen Mann, den sie drei Jahre nach ihrer Ankunft auf der Insel kennengelernt hatte, bekam sie rasch hintereinander noch weitere drei Kinder. Sie wuchsen barfuß und wild auf wie die Inselkinder. Alle waren rothaarig und sahen aus wie ihr Vater. Böse Zungen behaupteten, Marie van Ween legte größeren Wert auf ihre Arbeit als auf ihre verwahrlosten Kinder, die immerzu in Schwierigkeiten zu geraten schienen. Einzig und allein ihren Sohn Johannes würde sie lieben, hieß es, und die drei Kinder des Holländers hätte sie angeblich nach der Geburt am liebsten in der Regentonne ersäuft.

Elisa schenkte diesen Gerüchten keinerlei Glauben. Sie hatte mit eigenen Augen gesehen, wie Marie barfuß und wild mit ihren drei jüngeren Kindern auf der Plantage bisweilen Fangen oder Verstecken gespielt hatte. Die Köchin aus Pommern hatte dabei überaus vergnügt ausgesehen. Zudem zauberte Marie in ihrer Küche derartig virtuos verschiedene kulinarische Gedichte, dass man ihr die Vorliebe für ihre Arbeit gerne verzieh. Die Vogels wurden von vielen ihrer Nachbarn und Bekannten um die deutsche Köchin beneidet.

Elisa hoffte, dass ihre Mutter sich kräftig genug fühlen würde, um am Abend bei dem Essen dabei zu sein. Eine Mahlzeit mit Johannes und seinen Eltern würde sicherlich mehr Freude bereiten als der übliche frostige Abend zu viert. Die schlimmsten Abende waren freilich die, an denen Elisa allein mit ihrem Onkel und ihrer Tante speisen musste. Nicht nur wurde das Essen mit weißen Baumwollhandschuhen von der hawaiischen Dienerschaft aufgetragen, sondern Elisa musste bei dieser Gelegenheit immer auf Englisch parlieren, um in Übung zu bleiben. Ihre Tante bestand darauf.

Anders waren die Abendessen, wenn der Verwalter mit am Tisch saß. Johannes' Stiefvater Piet van Ween fand Elisa nach wie vor unsympathisch. Seine leibliche Mutter hingegen, Maria van Ween, die in der Küche bisweilen ausgesprochen fröhlich war, wurde von allen, sogar von den meisten Hawaiianern gemocht. Marie war die Herrin der Küche und hatte eine Sturm- und eine Sonnenseite, wie Kelii gerne sagte. Damit glich sie den hawaiischen Frauen, die auch oft temperamentvoll waren. Wenn Marie, wie in letzter Zeit, von ihrem betrunkenen Mann angeschrien und einmal sogar geschlagen wurde, dann war sie am nächsten Tag in der Küche unausstehlich. Ihre Küchenhilfen hatten jedoch Verständnis dafür, denn wegen ihrer unglücklichen Ehe mit dem Verwalter bemitleidete man Marie in dem hawaiischen Dorf sehr. Elisa kannte den Klatsch. Wenn ihr Sohn Johannes wieder mit auf der Plantage wohnen würde, so wurde unter den Hawaiianerinnen spekuliert, würde es sicherlich nicht mehr zu derartig häufigen Auswüchsen ehelicher Gewalt kommen. Damit waren die Beulen und Prellungen gemeint, die Marie gar nicht erst versteckte, wenn sie wieder einmal mit ihrem Holländer aneinander geraten war.

Elisa überlegte plötzlich, ob sie Johannes von sich aus anbieten sollte, sich ein wenig um seine Halbgeschwister zu kümmern. Die drei rothaarigen van Ween-Kinder waren in ihren Augen bisher nicht weiter beachtenswert gewesen. Aber sie wusste, dass sie weder richtig schreiben noch lesen konnten, obwohl sie bereits im schulpflichtigen Alter waren. Erstaunlich, wie wenig diese Kinder Johannes ähnelten. Was Maries Ältesten betraf, hatte ihr Vater recht gehabt. Zum einen war er seinen Eltern nicht im Geringsten ähnlich, weder vom Aussehen her noch von seiner Art, und zum anderen war Johannes etwas Besonderes.

Immer, wenn Johannes lachte, konnte Elisa spüren, wie ihr Herz begann, lauter in ihrem Brustkorb zu schlagen. Es schlug anders als bei Keliis Anblick, aber es meldete sich. Sie mochte Johannes van Ween und verstand die Begeisterung ihres Vaters für diesen jungen Mann.

Die Steine-Esser, Sommer 1894

Während Elisa mit ihren Cousinen malte, wie es der Onkel ihr aufgetragen hatte, schweiften ihre Gedanken immer wieder zu Johannes ab. Sie war froh, dass sie ihn in nächster Zeit näher kennenlernen würde. Ihr Vater hatte ihr immer voller Begeisterung von seinem Patensohn erzählt. Auch die Tatsache, dass Gerhard Vogel ihm ein kleines Erbe vermacht hatte, bestätigte, wie sehr er Elisas Vater beeindruckt hatte. Damals war es das Talent für Zahlen und die offene Art des Jungen, zumindest hatte ihr Vater das gesagt. Elisa erinnerte sich noch gut an seine Worte.

Jetzt war Johannes zudem noch ein weltgewandter junger Mann, der fließend Englisch und Französisch sprach, wie er ihr gesagt hatte, gut aussah und von einer bestechenden charmanten Schlagfertigkeit war. Johannes war durchaus eine passable Partie, auch wenn er kein besonders großes Familienvermögen besaß. Doch was hatte Johannes bloß damit gemeint, dass die Sehnsucht ihn getrieben habe? Und warum musste er so plötzlich nach Kauai zurückkommen? Hatte er auf der Universität, in San Francisco, etwas angestellt?

Johannes beschäftigte Elisa so sehr, dass sie nicht merkte, wie sich die Zwillinge erbittert so lange um ein Stück Papier stritten, bis es in der Mitte durchriss. Sie war vollauf mit ihrer Begegnung auf dem Hof beschäftigt. Gefährlich gut aussehend war er, wie sie fand. Wäre sie nicht bis über beide Ohren in Kelii verliebt, könnte er sich in ihrem Herzen durchaus einen Platz erobern. Auf alle Fälle würde Elisa von jetzt an in ihm einen zweiten

Freund auf Kauai haben. Das spürte sie ganz deutlich. Elisa war sich nicht sicher, ob sie damit auch eine gewisse Verantwortung Johannes gegenüber übernommen hatte. Wenn es so sein sollte, dass sie Freunde waren, dann würde Elisa bald mit ihm ein heikles Thema besprechen müssen. Es ging um seinen Stiefvater.

Derzeit machte in Keliis Dorf eine schlimme Geschichte über Piet van Ween die Runde. Natürlich musste ihr Wahrheitsgehalt sorgfältig geprüft werden, wie Elisa fand. Und Johannes konnte ohnehin noch nichts davon wissen, da er das letzte halbe Jahr fort gewesen war. Aber Gerüchte verbreiteten sich auf Kauai bisweilen sehr schnell, besonders wenn sie negativ waren. In Keliis Klan waren die Frauen zwar berühmt für ihre lebhafte Phantasie und ihr Mitteilungsbedürfnis, wie Kelii ehrlich zugab, aber diesmal gab es Beweise und Zeugen. Noch wurde diese üble Geschichte im Dorf unter Verschluss gehalten, denn sie war auf Grund der strengen Regeln zwischen Männern und Frauen tabu. Man sprach nicht mit Haole über diese Dinge. Für die Hawaiianer gab es Geheimnisse auf vielerlei Ebenen. Manche Dinge waren grundsätzlich tabu. Aber in einige Geheimnisse war Elisa durch Kelii doch eingeweiht worden.

Es gab die Welt der Gerüche, die unter Hawaiianern eine große Rolle spielte. Gerüche verrieten bisweilen, was für Augen, Ohren und Mund im Dunkeln bleiben musste. So verbarg die ständige Alkoholfahne von Piet van Ween ein besonders düsteres Geheimnis. Selbst Kelii hatte das Gerücht zunächst für übertrieben gehalten. Doch dann hatte er mit den Eltern eines betroffenen Mädchens aus seinem Dorf gesprochen. Sämtliche Geschichten über van Weens Vorliebe für junge Hawaiianerinnen waren wahr. Der rotgesichtige Holländer trank regelmäßig zu viel, manchmal schon am frühen Morgen. Dann stellte er den jungen Hausmädchen nach, vor allem in der Waschküche, die abgelegen von den anderen Wirtschaftsräumen lag.

Elisa schüttelte sich vor Ekel bei der Vorstellung, wie Piet van Ween sich an den zarten jungen Mädchen vergriff, die teilweise noch nicht einmal zwölf Jahre alt waren. Sie selbst war noch nie alleine mit ihm in einem Raum gewesen. Die Ausdünstungen seines fleischigen, ungewaschenen Körpers konnte Elisa wahrnehmen, noch bevor sie das Kontor betrat. Dann vergewisserte sie sich immer, ob ihr Onkel auch da war. Ihre Nase warnte sie von Anfang an. Man sollte als Mädchen nicht alleine mit Piet van Ween sein, wenn er Alkohol getrunken hatte, das hatte auch ihre Mutter ihr zu verstehen gegeben.

Doch inzwischen ging es nicht mehr um kleinere Übergriffe, sondern um Vergewaltigung. Unter den Arbeitern der Plantage wurde gemunkelt, dass es nur die ganz jungen Mädchen waren, die van Ween besonders reizten. Vor fünf Monden, als Elisa noch krank im Bett lag, hatte es unter den hawaiischen Hausmädchen eine Tote gegeben. Noelani hieß sie, was in Keliis Sprache so viel bedeutete wie Die Schöne vom Himmel. Die Schande hätte die Dreizehnjährige in den Selbstmord getrieben, so hieß es, nachdem Piet van Ween ihr in der Waschküche eines Abends Gewalt angetan hatte. Sie hatte sich vom Wasserfall in die Tiefe gestürzt. Ihr Geheimnis hatte sie angeblich vor ihrem Tod Keliis Schwester anvertraut. Leilani hatte allerdings zunächst geschwiegen, denn dieses Thema war tabu. Aber tatsächlich war das Mädchen schwanger, als sie sich in den Tod gestürzt hatte.

Amala hatte dies bestätigt und bitterlich zu weinen begonnen. Warum hatte Noelani sich ihr nicht anvertraut? Sie hätte ihr helfen können. Amala war in ihrem Dorf seit Jahren Geburtshelferin und hatte den meisten Kindern ins Leben geholfen. In ihrer Funktion brachte sie den jungen Mädchen bei Eintritt ihrer Mondzeit zusammen mit den Müttern und Großmüttern des Dorfes auch bei, was es hieß, eine Frau zu sein. Es gab ein spezielles Ritual für jedes junge Mädchen, wenn die Zeit gekommen war. Gemeinsam wurde von den Müttern und Großmüttern des Dorfes eine Decke gewebt und dem Mädchen bei einem Dorffest feierlich übergeben. In ihre Decke eingewickelt hatte Noelani sich dem Tod geschenkt.

Zunächst hatte man angenommen, dass das junge Mädchen vielleicht unter den Jungen des Dorfes einen Geliebten hatte, der schon an eine andere vergeben war. Der Liebeskummer hatte ihre Sinne verwirrt, so hoffte man, denn eine Vergewaltigung durch den verhassten Verwalter war ein unfassbares Grauen und auch eine Provokation für das ganze Dorf. Aber für eine geheime Liebesgeschichte des Mädchens gab es keinerlei Anzeichen. Keiner der jungen Männer trat als der Vater vor. Keine der Freundinnen wusste von einer heimlichen Liebe. Doch erst nachdem Leilani es nicht mehr länger aushielt und sich ihrem Bruder anvertraute, wurde Noelanis Selbstmord auf Wunsch ihrer Eltern weiter untersucht.

Keliis Vater wurde als Oberhaupt des Dorfes mit der Aufgabe betraut, wegen Noelanis Tod mit Paul Vogel zu sprechen. Zunächst wurde er an der Tür zum Kontor brüsk abgewiesen, doch er gab nicht auf. Stur wartete der Weißhaarige mit seinem Sohn und seiner ältesten Tochter bis nach Sonnenuntergang auf den Plantagenbesitzer. Zu dritt stellten sie ihn wegen des Vergehens seines Verwalters zur Rede. Eine solche Anschuldigung sei völlig absurd, wetterte Paul Vogel. Nie im Leben würde Piet van Ween eins der Kanaka-Hausmädchen auch nur ansehen, geschweige denn anfassen oder vergewaltigen. Sein Verwalter sei glücklich verheiratet und zudem ein Europäer von Bildung und Ehre.

Doch jeder auf der Plantage wusste, dass das nicht stimmte. Die Ehe der van Weens war alles andere als glücklich. Piet van Ween trank regelmäßig zu viel von seinem selbstgebrauten Schnaps, wurde dann ausfällig und verhielt sich oft unnötig brutal gegenüber den Arbeitern, aber auch gegenüber seiner Familie. Marie van Ween hatte seit der schwierigen Geburt ihres letzten Kindes zudem wegen eines angeblichen Frauenleidens nicht mehr das Schlafzimmer mit ihrem Mann geteilt. Auch war Piet van Ween kaum gebildet und vor allem war er kein europäischer Ehrenmann.

Aus unbekannten Verhältnissen stammend war Piet van Ween als einfacher Matrose vor über zwanzig Jahren in Lihue von seinem Schiff zurückgelassen worden, als es zurück nach Holland fuhr. Angeblich hatte er es selber so entschieden, weil er Land erwerben wollte. Doch es gab zu dieser Zeit einen Eintrag im lokalen Gefängnis. Piet van Ween hatte seinen Steuermann beim Kartenspiel betrogen und wurde von seinem Kapitän im Gefängnis von Lihue zurückgelassen, weil keiner aus der Mannschaft für ihn sprechen wollte.

Als Piet nach einem halben Jahr entlassen worden war, hatte er keinen Cent. Zunächst verdingte er sich als einfacher Arbeiter auf verschiedenen Plantagen. Nur weil er ein Weißer war, wurde er relativ schnell zum Vorarbeiter. Schließlich machte man ihn auf einer Plantage sogar zum Verwalter, weil die Arbeiter unter seiner strengen Hand ein besonders hohes Pensum lieferten. Aber er machte sich keine Freunde, denn sein aufbrausendes Temperament und seine großspurige Art eckten unter den Europäern an. Geld war van Weens höchstes Ziel. Neben seiner Arbeit als Verwalter häufte er sich mit der Zeit durch Glücksspiel und das Brennen von Schnaps so viel Vermögen an, dass es zumindest für anständige Kleider und ein Pferd reichte.

Als er Jahre später um Marie van Ween warb, war es nicht etwa die Zuneigung zu ihr, die ihn zu Höchstform auflaufen ließ, sondern reine Berechnung. Denn es hatte sich unter den wenigen Europäern längst herumgesprochen, dass die Angestellte von Paul Vogel ein uneheliches Kind hatte. Trotz des Mangels an weißen Frauen war das ein Makel, der sich nicht leicht wegwischen ließ, da er mangelnde Tugend signalisierte. Und eine Frau, die ihrem Zukünftigen möglicherweise Hörner aufsetzen würde, die wollte selbst ein Piet van Ween nicht an seiner Seite.

Aber Paul Vogel ließ seine Beziehungen spielen. Für ihn war es nicht von Vorteil, dass seine Hauswirtschafterin keinen Mann hatte, denn das sorgte für Gerüchte. Also bürgte er bei Piet van Ween für Maries Aufrichtigkeit, als er bei ihm für den Posten des Verwalters der neu eröffneten Plantage vorsprach. Marie zu ehelichen, war sozusagen ein Teil ihrer Vereinbarung. Dafür würde er auch ein höheres Gehalt bekommen sowie ein hübsches Wohnhaus auf der Plantage. Auch ein kleines Stück eigenes Land war im Gespräch. Alles in allem ein verlockendes Paket für den Junggesellen, vor allem, weil die junge Mutter Marie tüchtig und noch dazu ansehnlich war.

Piet ließ seine Zukünftige über sein Vorleben im Unklaren. Wie mit Paul Vogel vereinbart, trat er seine neue Stellung auf der Plantage frisch rasiert und mit einem Geschenk für den Jungen an. Und schon bald hatte er sein Ziel erreicht.

Aber in Lihue und selbst in Keliis Dorf war bekannt, dass Piet van Ween sich vor seiner Hochzeit oft mit sehr jungen Mädchen vergnügt hatte, allerdings waren es käufliche Mädchen gewesen.

Da Keliis Vater bei Paul Vogel zunächst nicht viel hatte bewirken können, beschloss das Dorf, seine jungen Mädchen auf seine eigene Weise zu beschützen. Arbeiten mussten bis auf wenige Ausnahmen im Dorf alle Kinder ab ihrem zwölften Lebensjahr. Das hatte Keliis Vater zusammen mit den anderen Ältesten beschlossen, um das Dorfeinkommen zu verbessern. Vor allem die jungen Mädchen hatten ein Interesse daran, in ihren Familien mitzuverdienen. Sie wollten sich eigenen Besitz leisten können. Es war nicht besonders viel, was eine junge Braut in Keliis Dorf mit in die Ehe zu bringen gedachte, aber das Wenige war wichtig. Eine Grundausstattung an Schmuck, mehrere gewebte Decken und ihre Küchenutensilien wollte jedes junge Mädchen haben und strengte sich an. Noelani hatte extra viel gearbeitet, um sich besonderen Schmuck für ihre Fesseln leisten zu können. Sie war die Begabteste unter den jungen Tänzerinnen im Dorf. Bei ihrer Trauerfeier am Wasserfall hörte man die Klageschreie ihrer Freundinnen bis weit ins Tal hinein, so hatte Kelii es Elisa traurig erzählt. Selbstmord war etwas, das bei den Hawaiianern nicht oft vorkam. Umso schlimmer, dass ein begabtes junges Mädchen wie Noelani keinen anderen Ausweg sah.

Nie wieder sollte so etwas geschehen, beschloss man im Dorf. Zwar hatte man nicht genug Beweise gegen Piet van Ween, um gegen ihn vorgehen zu können, aber der Verdacht blieb. Um die jungen Mädchen besonders effektiv zu schützen, wechselten die alten Frauen aus dem Dorf sich seitdem täglich mit dem Abholen ab. Sie kamen den Berg hinunter, meist zu zweit, und warteten am Tor der Plantage auf die jungen Frauen. Elisa war aufgefallen, dass die alten Frauen aus dem Dorf jetzt Messer trugen und bisweilen sogar eine Machete bei sich hatten. Es durfte nach Einbruch der Dämmerung kein junges Mädchen mehr auf der Plantage arbeiten, so hatte es Keliis Vater nach dem Gespräch mit Paul Vogel beschlossen. Stillschweigend übernahmen seitdem die älteren Bediensteten die nächtlichen Schichten im Haus. Auch durfte nie wieder ein Mädchen alleine in die Waschküche. Der Platz war tabu. Angeblich trieb dort Noelanis Geist ihr Unwesen.

»Elisa, schau mal!«

Aus ihren düsteren Gedanken gerissen betrachtete Elisa die beiden Bilder der Zwillingsmädchen. Sie musste unwillkürlich stolz lächeln. Die Kleinen hatten etwas von ihr gelernt. Mit ein wenig gutem Willen waren eine freundliche Sonne, der blaue Himmel und das Meer auf den beiden Kinderaquarellen zu erkennen. Aber das Schönste waren die strahlenden Gesichter der beiden Mädchen.

»Gefallen dir unsere Bilder, Elisa?«

Fast immer sprachen sie gemeinsam, oder aber die eine ergänzte den Satz der anderen. Eng beieinander stehend sahen sie ihre große schöne Cousine mit grenzenloser Bewunderung an.

»Doch, sie gefallen mir ausgesprochen gut, ihr beiden. Und vor allem bin ich froh, dass ihr aufgehört habt, euch um das Papier zu zanken! Sehr schöne Bilder habt ihr gemalt. Wir legen sie hierher zum Trocknen, ja?«

Das dritte Werk fehlte noch. Hildegard hatte Schwierigkeiten. Ihr erstes Werk erschien ihr nicht ausreichend gelungen, und jetzt bestand sie trotzig darauf, noch ein neues Bild zu beginnen.

»Die dumme Farbe ist mir verlaufen ... ich muss noch einmal von vorne beginnen, sonst ist Mutter enttäuscht...«

Elisa kannte das schon. Widerspruch war bei Hildegard in solchen Fällen zwecklos. Nur selten war die älteste Tochter von Paul und Katharina mit sich selbst zufrieden. Elisa hing die Aquarelle der Zwillinge zum endgültigen Trocknen auf, während sie über die düsteren Anschuldigungen gegen Piet van Ween sinnierte. Wie viel von ihrem Wissen sollte sie Johannes gegenüber preisgeben? Oder sollte sie besser schweigen? Die seit

Längerem kursierenden Gerüchte über Johannes gewalttätigen Stiefvater kannte Elisa einzig und allein durch Kelii. Aber es war mehr als wahrscheinlich, dass weder Johannes noch seine Mutter Marie etwas davon wussten. Trotzdem nahm Elisa sich vor, Johannes zumindest so behutsam wie möglich zur Ehe seiner Eltern zu befragen. Vielleicht würde er von sich aus etwas preisgeben.

Eine gute Stunde später, als sie mit der fünfjährigen Hildegard ein kleines Geburtstagslied für Katharina auf der Blockflöte einüben sollte, war Elisa mit ihrer Geduld am Ende. Sie hasste es ohnehin, ihre kleinen Cousinen wie Schimpansen abzurichten. Der Musikunterricht war eine Farce. Keines der drei Mädchen hatte auch nur die geringste Freude daran, die Technik des Flötenspiels zu lernen. Es war Elisas Meinung nach viel zu früh und artete deshalb regelmäßig in Chaos aus. Auf das Xylophon der Zwillingen wurde wütend eingeschlagen, und Hildegards Flöte quietschte herzzerreißend falsch dazwischen. Elisas Meinung nach waren die Mädchen musikalisch gesehen völlig untalentiert. Auch waren zwei volle Stunden Unterricht im Salon viel zu viel bei dem schönen Wetter draußen.

Wenn es nach Elisa ginge, würde sie ihre blassen und oft kränklichen Cousinen am liebsten barfuß und frei in den Gärten der Plantage herumstreunen lassen. In dieser Hinsicht hatte Maria van Ween recht. Kinder brauchten frische Luft, Fürsorge und so viel Freiraum zum Spielen wie möglich. Johannes' Halbgeschwister waren zwar laut und wild, aber dafür rotwangig, gesund und ständig mit neu erfundenen Spielen beschäftigt. So wollte Elisa später ihre Kinder auch aufwachsen lassen, beschloss sie insgeheim.

Katharina war eine schwierige und sehr strenge Mutter. Sie bestand für ihre Kinder auf Kultur um jeden

Preis, weil sie selber aus einem ungebildeten Haushalt kam. Mühsam hatte sie sich als junge Erwachsene einen Grundstock an Bildung angeeignet. Sie sprach inzwischen die deutsche Sprache in Gesellschaft zumindest auf mittlerem Niveau und hatte gelernt, sich sauber zu artikulieren, aber oft ließ sie sich immer noch gehen. Dann sprach sie das Deutsch einer ungebildeten Arbeiterfamilie. Und ihr Englisch, das sie regelmäßig bei ihren Abendessen an Elisa üben wollte, war grammatikalisch völlig falsch. Alles, was sie wirklich gut konnte, war das übliche Kauderwelsch, das sich viele Einwanderer den Einheimischen gegenüber angewöhnt hatten. Es war eine schrecklich primitive Sprache. Elisa weigerte sich von Anfang an, mit Kelii auf diesem niedrigen Niveau zu verharren. Ihrer Meinung nach war es nur eine Frage der Disziplin – und der eigenen Bildung.

Katharina fühlte sich deshalb anderen gegenüber oft minderwertig und sprach ständig davon, wie ihre Mädchen später in Deutschland in den besten Schulen erzogen werden würden. Elisa war dafür zuständig, ihre Cousinen frühzeitig darauf vorzubereiten und sie vor allem auch an die notwendige Disziplin zu gewöhnen. Allein für den Malunterricht und den musikalischen Drill war Elisa seit ihrer Genesung an sechs Tagen der Woche zuständig. Ihre Cousinen hassten sie bisweilen deswegen. Es gab zwar auch schöne Momente, aber allein die Anzahl an konzentrierten Unterrichtsstunden, die Katharina ihren kleinen Mädchen abforderte, war einfach zu viel.

Heute war es noch schlimmer als sonst. Es gab einen aktuellen Anlass für Elisas hohe musikalische Anforderungen beim Unterricht, denn Katharinas fünfundzwanzigster Geburtstag stand unmittelbar bevor. Sie sollte kommenden Sonntag im Kreis der Familie gefeiert werden, und auf Wunsch ihres Onkels war Elisa für eine kleine musikalische Überraschung zuständig. Zu dumm nur, dass Hildegard nicht das geringste musikalische Talent hatte. Die Blockflöte klang in den kleinen verschwitzten Händen wirklich schauderhaft. Elisa würde sich etwas anderes ausdenken müssen.

Noch zwei Mal an diesem Tag begegneten sich Johannes und Elisa. Das erste Mal war Elisa auf dem Weg in den Garten. Nach dem frustrierenden Versuch mit der Blockflöte wollte sie mit Hildegard und den Zwillingen ein wenig an der frischen Luft mit dem Ball spielen. Johannes kam von seiner Besprechung mit ihrem Onkel und sah lächelnd über den Zaun.

»Darf ich mitspielen?«

Spontan errötete Elisa.

»Das kann ich nicht selber entscheiden ... das müssen Sie schon die drei jungen Damen hier fragen...«

»Johannes, Johannes!«

Schon stürzten die kleinen Mädchen auf ihn zu. Selbst Hildegard, die Elisa gegenüber fast nie spontan und überschwänglich war, lief auf Johannes zu. Elisa sah mit einem Schmunzeln, dass auch die Mädchen dem Charme des jungen Mannes kaum widerstehen konnten. Nachdem Hildegard ihn kritisch gemustert hatte, fasste sie ihren Eindruck zusammen.

»Du siehst viel besser aus als unser Vater.«

»Vielen Dank, Hildegard. Du siehst auch hübsch aus. Du bist ein ganzes Stückchen gewachsen, und Michaela und Barbara auch. Eure Haare sind jetzt länger, oder?«

Hildegard nickte stolz, während ihre Schwestern sich vor Verlegenheit kichernd hinter ihrem Rücken versteckten.

Elisa stellte sich zu den drei Mädchen.

»Na was ist, darf Johannes mitspielen?«

Wieder ein Kichern der drei. Elisa zuckte mit den Schultern und schüttelte scheinbar bedauernd ihren Kopf.

»Es tut mir aufrichtig leid, Sie enttäuschen zu müssen, Johannes, aber ohne die Erlaubnis der Mädchen kann ich leider gar nichts für Sie tun.«

»Darf ich dann wenigstens zusehen?«

Mit seinem unwiderstehlichen Lächeln blieb Johannes an dem Gartentürchen stehen, um sich an dem entzückenden Anblick zu freuen.

»Von mir aus…«

»Nein, nein … Johannes soll mitspielen!«

Hildegard hatte ihre Sprache wiedergefunden und öffnete bereits die kleine Pforte.

»Na, gut! Wenn du meinst. Dann lasst uns Ball spielen!«

Elisa steckte schnell ihre Haare fester hoch, um beim Spielen nicht zu schwitzen. Vom Meer wehte eine leichte Brise zu ihnen hinüber. Die Zweige des großen Jasminbusches, übersät mit kleinen weiß-rötlichen Blüten, rauschten leise im Wind. Elisa warf Johannes den Ball zu.

»Ich hoffe, es macht Ihnen nichts aus, dass Sie es hier nur mit Anfängerinnen zu tun haben…«

Die kleinen Zwillingsmädchen kicherten, aber Hildegard blieb ernst.

»Ich kann sehr gut mit dem Ball werfen, sagt meine Mutter.«

Johannes verzog keine Miene, als er sich in den Kreis stellte.

»Na gut, Hildegard, wenn du den Ball so gut werfen kannst, dann könnte es ja vielleicht heute auch mit dem Fangen klappen? Ich glaube, dass du im Fangen ganz besonders gut bist!«

Damit warf er den Ball behutsam in Hildegards Richtung. Mit einem strahlenden Lächeln fing die Kleine den Ball auf. Elisa hätte Johannes spontan dafür umarmen können, als er Hildegard ausgiebig lobte und danach geschickt auch noch die Zwillinge in das

Ballspiel miteinbezog. Johannes würde einmal ein sehr guter Vater werden, das glaubte Elisa jetzt schon zu erkennen.

Etwas später setzte Elisa sich unter den Jasminbusch in den Schatten und sah zu, wie Johannes den Mädchen beibrachte, alleine miteinander Ball zu spielen. Das war selbst für Johannes nicht einfach, weil Hildegard Schwierigkeiten damit hatte, den Ball wieder herauszurücken, wenn sie ihn einmal gefangen hatte. Elisa seufzte. Hildegard, zu schnell von ihren Schwestern entthront, war ein schwieriges Kind. Mit tödlichem Ernst und verbissen ging die Kleine jede neue Herausforderung an, die das Leben ihr bot. Dabei sprach sie gewöhnlich kaum. Nur ihr Gesicht zeigte Frustration, wenn etwas nicht so geschah, wie sie es sich vorgestellt hatte. Bei Johannes aber lächelte sie und strahlte sogar bisweilen, wenn er sie lobte. Jetzt gerade wollte sie aber den Ball nicht mehr hergeben, sodass ihre Schwestern sich lautstark beschwerten.

Johannes versuchte vergeblich zu schlichten, während Elisa unter dem Jasminbusch ihr Lachen kaum zurückhalten konnte. Nach einer Weile gab er auf. Er überließ es den Mädchen, sich untereinander zu einigen, und kam auf Elisa zu.

»Darf ich mich zu Ihnen setzen?«

Mit einer artigen Verbeugung wartete er auf ihr zustimmendes Nicken. Stumm setzte er sich neben sie, und gemeinsam sahen sie den Mädchen eine Weile beim Ballspielen zu. Dann begann Johannes unvermittelt zu sprechen.

»Ich habe euch beide heute oben beim Wasserfall gesehen...«

Elisa sah ihn erschrocken an. Johannes vermied es, ihr in die Augen zusehen, sodass sie nicht wusste, was er dachte. Seine Stimme klang merkwürdig gepresst.

»Sie brauchen sich keine Sorgen machen. Ich verrate Kelii und Sie bestimmt nicht. Ich war doch ebenfalls dort … mit Leilani.«

Jetzt war es an Elisa, überrascht zu sein.

»Mit Keliis Schwester?«

Johannes nickte. Sein Gesicht war mit einem Mal umschattet. Er beugte sich näher zu ihr, um ihr etwas zuzuflüstern.

»Können Sie ein Geheimnis bewahren? Ich meine, ein Geheimnis, das auch Kelii nicht unbedingt wissen darf? Ich weiß, dass Kelii Sie sehr gerne hat … Leilani hat es mir nach meiner Rückkehr gleich erzählt. Im Dorf spricht man bereits darüber, dass Kelii und Sie eine ganz besondere … äh … Verbindung haben. Man nennt Sie dort die Haifischfrau.«

Elisa nickte und er fuhr leise fort.

»In gewisser Weise haben wir beide jetzt etwas gemeinsam. Dennoch ist meine Verbindung zu Leilani geheim … Meine Freundin ist über ihre Mutter ein wichtiger Teil der hawaiischen Königsfamilie, was Sie sicherlich wissen … Doch daher hat sie unter ihren Leuten einen besonderen Stand und darf sich nichts zuschulden kommen lassen. Und ich … ich bin in den Augen ihrer Mutter bestimmt nur ein unwürdiger Haole, und bestimmt werden wir nicht die Erlaubnis bekommen zu heiraten…«

Johannes stockte. Seine Stimme war noch leiser, als er zögernd fortfuhr.

»Danke, dass Sie mir zuhören. Außer Ihnen kann ich mich niemandem anvertrauen. Besonders meine Familie darf nichts davon wissen…«

Elisa sah ihn neugierig an.

»Sind Sie deshalb zurückgekommen? Weil Sie Leilani … lieben?«

Das letzte Wort kam Elisa nur schwer über die Lippen. Johannes nickte vorsichtig.

»Darf ich Ihnen unser Geheimnis anvertrauen? Aber Kelii darf wirklich nichts davon erfahren, zumindest jetzt noch nicht. Bitte, Elisa, ich brauche jemanden, dem ich mich anvertrauen kann. Kann ich auf Sie zählen...?«

Elisa hörte die Dringlichkeit in seiner Stimme, wusste aber nicht, ob sie es wirklich schaffen würde, etwas auf Dauer vor Kelii geheim zu halten. Er war schließlich ihr bester Freund und zudem ihr Liebster. Und wenn Johannes' Geheimnis Keliis Lieblingsschwester betraf, dann würde es ihr doppelt schwerfallen, ihn nicht einzuweihen. Sie wollte gerade abwehren, als Johannes bereits schnell weiterredete.

»Wir brauchen vielleicht Hilfe. Leilani und ich sind schon lange zusammen, eigentlich seid wir Kinder sind. Wir sind ... wir sind ein Paar. Und jetzt ist Leilani in Schwierigkeiten, die auch mich betreffen. Verstehen Sie, was ich Ihnen sagen will?«

Johannes machte eine kurze Pause. Elisa spürte seine verzweifelte Aufregung, aber auch seinen nahezu heiligen Ernst.

Sie schluckte.

»Sie, Sie meinen wohl... Leilani erwartet ein Kind von Ihnen?«

Johannes nickte. Sein Geheimnis war gelüftet. Elisa sah stumm geradeaus, um ihm nicht in die Augen sehen zu müssen. Etwas in ihr war mit einem Mal traurig und stumpf. Obwohl sie es sich nicht erklären konnte, empfand sie eine ungewisse Enttäuschung. Johannes' Verhalten war bei ihrer ersten Begegnung im Hof spielerisch und leicht gewesen. Sie hatte sich spontan gefreut, in dem Patensohn ihres Vaters einen Freund gefunden zu haben, der unbelastet und frei war und dennoch ein Weißer wie sie.

Als sie ihn jetzt vorsichtig von der Seite ansah, war alle Leichtigkeit von ihm gewichen. Vor ihr stand ein junger Mann, der jede Menge Schwierigkeiten auf sich zukommen sah und bedrückt wirkte. In Elisa überwog das Mitgefühl. Kurz legte sie ihre Hand auf seine.

»Erzählen Sie mir alles ... Sie können mir voll und ganz vertrauen. Ihr Geheimnis ist bei mir sicher. Kelii wird nichts erfahren, nicht von mir.«

Johannes Augen leuchteten, als er begann, ihr von Leilanis Schönheit und Klugheit zu erzählen. Mit einem gewissen Unbehagen erinnerte sich Elisa daran, wie sie sich in Gegenwart der stolzen hawaiischen Schönheit wie eine unförmige Schildkröte gefühlt hatte, sogar ein wenig neidisch auf Keliis Schwester gewesen war. Johannes' Stimme überschlug sich inzwischen fast vor lauter Begeisterung.

»Ihre Stimme, ihre Haut... ihr sanftes Wesen und ihr anmutiges Lächeln haben mich verzaubert. Ja, man könnte sagen, dass ich Leilani wie meine Frau liebe und auch verehre. Ich meine, wir sind zwar nicht verheiratet, zumindest nicht nach dem Gesetz, aber ich liebe sie ... weil sie für mich die schönste und klügste und wunderbarste Frau der Welt ist. Verstehen Sie mich?«

Und wie Elisa ihn in diesem Moment verstand. Sie liebte ebenfalls aus ganzem Herzen und dennoch verspürte sie in diesem Augenblick so etwas wie Eifersucht. Sie konnte sich nicht vorstellen, dass Kelii jemals in solch glühenden Worten von ihr sprechen würde. Im Vergleich zu Leilani und ihren Freundinnen würde Elisa sich nie wirklich schön fühlen können. Keine weiße Frau konnte es ihrer Meinung nach mit der Eleganz und dem sanftmütigen Charme der naturverbundenen, südländischen Schönheiten aufnehmen. Johannes schien jetzt wie von einem Fieber ergriffen.

»Sie liebt mich auch, verstehen Sie. Sie liebt mich und hat es mir vor meiner Abreise vor sechs Monaten bewiesen. Doch jetzt ... jetzt bekommt sie ein Kind von mir. Das war nicht geplant. Es geschah kurz vor meiner Abreise, Sie verstehen ... Wir hatten sonst immer aufgepasst. Doch mit der Zeit konnte sie ihren Zustand im Dorf nicht länger verstecken. Ihr Vater und ihr Bruder wissen bereits, dass sie ein Kind bekommt, aber Leilani hat nicht verraten, von wem ... Aber wenn es in drei Monaten auf die Welt kommt, wird man sehen, dass es das Kind von einem Haole ist ... und was wird dann mit ihr? Was wird mit meinem Kind?«

Johannes' Stimme verebbte, und er sah zu Boden. Elisa spürte seine Angst, als wäre es ihre eigene. Und mit einem Mal vergaß sie ihre Eifersucht gegenüber den exotischen Schönheiten. Ihr Herz öffnete sich bis zum Horizont für ihren neuen Freund.

»Ich werde euch helfen!«

Johannes sah sie prüfend an.

»Wir müssen vielleicht schon bald zusammen fort, weil ihr Vater zornig werden könnte. Wenn er erfährt, dass sie von mir schwanger ist, einem Feind...«

Johannes machte erneut eine Pause und sein Blick verfinsterte sich.

»Es ist so ungerecht! Was Kelii und Sie miteinander am Wasserfall getan haben, das ist für die Hawaiianer in Ordnung! Niemand würde ihn deswegen fortjagen oder ausstoßen! Weil Sie, Sie... nur eine Frau sind!«

Elisa erstarrte.

»Aber wir haben nichts Unrechtes getan ... und Kelii sieht in mir nicht nur eine Frau, sondern Elisa. Ich bin Elisa... nur das zählt für ihn, und wir...«

Doch Johannes ließ sie nicht ausreden. Seine Worte waren jetzt voller Bitterkeit.

»Ach, lassen Sie doch. Es ist wie ich es sage. Die hawaiischen Männer können sich alles erlauben. Aber was Leilani getan hat, ist in ihrer Kultur tabu. Auch einem Mann ihrer eigenen Rasse derartig nahezukommen wäre tabu, wenn sie ihre Mutter nicht vorher um Erlaubnis gefragt hätte. Und sich mit einem Weißen wie mir zu vermählen? Unmöglich für ein Mitglied der königlichen Familie!«

Elisa war erstaunt.

»Aber warum? Die hawaiische Königin selber hat einen Europäer zum Mann. Ist er nicht Schotte?«

»Genau das ist das Problem. Die Königstreuen geben diesem Schotten die Schuld dafür, dass ihre jetzige Königin in Schwierigkeiten ist.«

Das hatte Elisa auch schon gehört und nickte zögernd. Johannes hatte sich unter dem Jasminbusch in Fahrt geredet. Er merkte gar nicht, dass sich durch sein wildes Gestikulieren viele kleine Blüten von einem der herabhängenden Äste gelöst hatten. Einige davon waren auf seinen Haaren gelandet.

»Es ist so ungerecht! Wäre Leilani eines der Hafenmädchen aus Lihue oder aber von geringem Stand, dann könnten wir vielleicht sogar offen und vor allen Augen zusammenleben. Das wäre kein Tabubruch!«

Elisa runzelte unwillig ihre Stirn.

»Hätten Sie sich denn in eines der Hafenmädchen überhaupt derartig tief verlieben können? Ich dachte, dass es nicht nur Leilanis Aussehen, sondern auch ihre feine Klugheit war, die Sie an ihr bezaubernd fanden? Eine Vermählung von zwei edlen Seelen…«

Johannes gab ihr recht, beklagte aber weiterhin wortreich die Unmöglichkeit ihrer Liebe. Als Teil der Königsfamilie hatte Leilani als junge Frau sogar sehr viel mehr Verpflichtungen als ihr Bruder. Als älteste Tochter musste sie die königliche Blutlinie weitertragen. Diese wurde ausschließlich von der Mutter an ihre Töchter vererbt. Zudem war es ein denkbar schlechter Zeitpunkt für eine gemischte Ehe. Don't mix the blood, hieß die Devise der Königstreuen auf allen hawaiischen Inseln, seit die

Königin von Weißen unter Hausarrest gestellt wurde. Aus Loyalität grenzten sie sich immer mehr ab.

Johannes' Seufzer kam aus tiefstem Herzen.

»Uns wird keine andere Möglichkeit bleiben, als zu fliehen. Obwohl Leilani sich unser Kind von ganzem Herzen wünscht, wird sie es sonst gleich nach der Geburt weggeben müssen. Wenn sie es nicht tut, wird sie vielleicht ausgestoßen. Oder aber es könnte von ihr verlangt werden, sich vom Wasserfall in den Tod zu stürzen. So wie Noelani sich töten musste…«

Elisa erschrak. Johannes wusste also davon. Aber war ihm auch bewusst, dass sein Stiefvater von den Hawaiianern für den Tod des jungen Mädchens verantwortlich gemacht wurde? Wie viel hatte Leilani ihm erzählt?

Sie schwieg bedrückt. Ihr war mit einem Mal merkwürdig schwer ums Herz, so als hätte sich ein dunkler Schatten auf ihre Seele gelegt.

»Johannes! Elisa!«

Elisa hörte als Erste, wie ihre Namen geflüstert wurden. Es war Kelii. Lautlos war er von der anderen Seite des Gebüsches gekommen. Jetzt positionierte er sich so, dass er vom Haupthaus aus nicht zu sehen war. Johannes sprang sofort erfreut auf. Mit größter Selbstverständlichkeit begrüßte Kelii ihn auf Englisch.

»I heard that you are back, Johannes! I am so glad to see you well … How long will you stay, my friend?«

Kelii sprach Johannes zuliebe sogar das verhasste britische Englisch, das er sonst verweigerte. Es war die Sprache, die sie als Kinder miteinander gelernt hatten, wie Elisa von Kelii wusste. In ihren Unterrichtsstunden bei dem englischen Missionar hatten Johannes, Leilani und Kelii sich als Kinder kennengelernt und waren ein unzertrennliches Gespann geworden.

Johannes antwortete ebenfalls auf Englisch, drückte sich aber vage aus, was die Dauer seines geplanten Aufenthalts anging. Kelii lächelte warm. Um seinen Freund zu beeindrucken, sprach er jetzt auf Deutsch weiter.

»Ich würde mich freuen, wenn wir zusammen ein wenig spazieren könnten. Vielleicht später?«

Johannes zeigte sich beeindruckt.

»Du sprichst ja großartig Deutsch! Fast ohne einen Akzent. Das haben Sie gut gemacht, Elisa!«

Sie lächelte, als sie den Freunden bei dem Austausch männlicher Höflichkeiten zusah. Sie war erleichtert, dass ihr Gespräch mit Johannes über das heikle Thema von Leilanis Schwangerschaft beendet war, zumindest vorläufig, nahm sich aber vor, das Thema so bald wie möglich erneut aufzugreifen.

Elisa hatte Johannes gegenüber bereits angedeutet, dass er unrecht hatte, was seine Vermutung betraf. Kelii und sie hatten hinter dem gläsernen Vorhang am Wasserfall vielleicht in den Augen Gottes gesündigt, weil sie nicht verheiratet sind. Aber sie hatte Vorsicht walten lassen und würde von den Zärtlichkeiten, die sie ausgetauscht hatten, bestimmt kein Kind bekommen. In der Bibliothek ihres Onkels hatte sie sich in einem medizinischen Lexikon sorgfältig angesehen, was zwischen Mann und Frau in dieser Hinsicht gefährlich war. Nichts davon hatte sie zugelassen. Ihre Jungfräulichkeit, das hatte Elisa fest vor, würde sie im Einverständnis mit Gott ihrem Liebsten erst in ihrer Hochzeitsnacht schenken.

Heiß stieg die Erinnerung an den leidenschaftlichen Morgen in ihr hoch, als sie Kelii und Johannes jetzt so vertraut miteinander reden sah. Die Freunde waren beide auf ihre Weise attraktive Männer und überdurchschnittlich groß. Mehr als gutaussehend, würden Elisas Hamburger Freundinnen sagen. Beide waren sie gesegnet, mit einem jugendlichen Lächeln, das auch die härtesten Frauenherzen zum Schmelzen bringen könnte. Elisa konnte gut verstehen, dass Leilani nicht dazu imstande gewesen war, Johannes zu widerstehen. Ungefähr zwei Jahre älter als Elisa und schon lange mit Johannes ein Paar, da wünschte sich Keliis Schwester vielleicht auch heimlich ein Kind von ihm. Bestimmt würde es ein sehr hübsches Kind werden, dachte sie noch, als Johannes sanfte Berührung ihrer Schulter sie aus ihren Gedanken zurückholte.

»Wovon träumen Sie, Elisa? Sie schienen mit ihren Gedanken weit fort zu sein. Kommen Sie mit uns zum großen Felsen? Ich verspreche auch, dass ich auf Sie aufpassen werde.«

Kelii war gekommen, um sowohl Elisa als auch Johannes zu einem ganz besonderen Fest einzuladen. Das Vollmondfest, das in seinem Dorf bevorstand, war normalerweise nicht für Haole bestimmt. Aber diesmal sollte es anders sein. Kelii und Leilani hatten sich für ihre weißen Freunde eingesetzt. Daher waren sie jetzt über Kelii offiziell zum ersten Mal zu dem rituellen Fest bei Vollmond geladen.

Johannes wirkte merkwürdig befangen, während er auf Elisas Antwort wartete. Kelii hingegen schien aus purem Stolz zu bestehen, zufrieden darüber, dass er seinen Willen im Dorf hatte durchsetzen können.

Elisa nickte, meldete aber gewisse Bedenken an, vor allem in Anbetracht der angespannten Lage wegen Noelanis Tod. Kelii verstand und wurde ernst.

»Gerade deshalb wäre es wichtig, wenn ihr beide zu unserem Fest kommt. Wir vertrauen euch. Mein Vater möchte sogar deinen Rat, Johannes. Du musst kommen! Leilani hat sich sehr für dich eingesetzt.«

Johannes wagte es kaum, Kelii in die Augen zu sehen, doch der junge Hawaiianer lächelte warm und offen und legte ihm die Hand auf die Schulter.

»Jetzt wirst du doch bald mein Bruder, oder?«

Johannes zögerte noch, aber da nahm Kelii ihn bereits in den Arm, so wie es unter den Männern seines Dorfes üblich war.

»Sprich einfach mit meinem Vater … zeige ihm dein Herz, so wie du es mir und Leilani gezeigt hast. Dann findet sich auch sicher ein Weg.«

Johannes nickte erleichtert, aber Elisa hatte kein gutes Gefühl, als Kelii sich kurz darauf verabschieden musste. Trotzdem versprach sie, auf alle Fälle mit Johannes zu dem Vollmondfest zu kommen. Elisa wandte sich noch einmal an Kelii.

»Wir sehen uns doch ohnehin heute Abend?«

Aber ihr Freund schüttelte den Kopf, und sie bemerkte ein unruhiges Flackern in seinen Augen, das ihr vorher nicht aufgefallen war, als er begann zu sprechen.

»Ich muss für ein paar Tage mit meinem Vater fort«, vertröstete er sie. Es seien Dinge geschehen, die es erforderten, dass sie sich mit anderen Kahuna treffen. Sie würden sich also erst beim Vollmondfest wiedersehen können, auch deshalb war er gekommen, um ihr zu sagen, dass er weg musste.

Elisa wollte etwas erwidern, nachfragen und vielleicht sogar protestieren. Es war für sie ungewohnt, dass Kelii plötzlich seine Pläne änderte. Aber etwas in seinem Blick hielt sie davon ab. Jetzt wandte Kelii sich an Johannes.

»Leilani schickt dir ihren Gruß. Auch sie wird erst zum Vollmondfest zurück sein können. Bis dahin musst du dich gedulden. Jedoch ist es sehr wichtig, dass du dort sein wirst. Sie vertraut dir.«

Genauso leise wie er gekommen war, verschwand Kelii hinter dem Jasminbusch durch den Garten. Wie so oft schien sein brauner Körper einfach mit der Natur zu verschmelzen.

Johannes sah seinem hawaiischen Freund mit gerunzelter Stirn hinterher. Anstatt erleichtert zu sein, da

Leilani sich ganz offensichtlich zumindest ihrem Bruder anvertraut hatte, schien er beunruhigt. »Was wäre, wenn etwas anderes dahinter steckt, es gar nicht stimmt, dass ich willkommen bin?«

»Was meinst du damit? Wenn was nicht stimmt? Dass Leilani sich ihrem Bruder anvertraut hat und beide Geschwister ein gutes Wort für dich eingelegt haben?«

Johannes nickte mit gerunzelter Stirn und schien beunruhigt. Elisa musste Zeit gewinnen, wollte nachdenken, doch auch sie hatte bemerkt, dass etwas an Kelii anders war als sonst. Ganz offensichtlich stimmte hier etwas nicht. Kelii hatte sich Johannes gegenüber verstellt. Aber warum? Johannes hatte eine Erklärung.

»Was ist, wenn Kelii und sein Vater Leilani von hier fortbringen, damit ich nicht mit ihr zusammen fliehe? Ich meine, sie hatte vorhin am Wasserfall noch solche Angst ... Wie ist es möglich, dass es mit einem Mal gar denkbar sein könnte, dass sie von einem Haole schwanger ist? Dass man mich akzeptieren könnte... mitten in dieser verfahrenen Lage mit der entmachteten Königin?«

Elisa war, als hätte Johannes seine Frage nicht wirklich an sie gerichtet, sondern spräche lediglich laut seine beunruhigenden Gedanken aus.

»Vertrauen Sie Leilani denn gar nicht?«

Merkwürdig berührt sah Elisa ihren neuen Freund an. Johannes räusperte sich länger, bevor er ihr antwortete. Er schien seine Worte ihr gegenüber sorgfältig abzuwägen, so als dürfte er jetzt nichts Falsches sagen.

»Es ist komplizierter, als Sie denken, Elisa. Der verzweifelte Kampf, den die Hawaiianer begonnen haben, um ihr Land und ihre Traditionen zu verteidigen, ist so gut wie aussichtslos. Kennen Sie das Lied der Steine-Esser? Es ist das Kampflied der Königstreuen. Hat Kelii es Ihnen bereits übersetzt?«

Langsam schüttelte Elisa ihren Kopf. Sie kannte das Lied der Königstreuen nicht, aber alleine der Name dieses Kampfliedes ließ sie innerlich erschauern.

Während die drei kleinen Mädchen jetzt brav ihren Ball im Dreieck hin und her warfen, hörte Elisa aus Johannes' Mund zum ersten Mal das Lied der Hawaiianer. Es sollte zum Widerstand gegen die weißen Unterdrücker aufrufen.

Wir, die getreuen Söhne und Töchter Hawaiis.
Wir werden leben, indem wir Steine essen.
Mystische Nahrung unserer geliebten Heimat.

Lieber das, als Treue zu schwören den Verrätern.
Sie haben unser Land geschändet.
Wir sind Steine-Esser, unserem Land ewig treu.

Wir halten zusammen. Volk von Oahu und Maui.
Von Kauai, Hawaii und Molokai.
Unser Geburtsrecht verkaufen wir nicht.

Für immer sind wir unserer Königin ergeben.
Ehre all denen, die mit uns unserem geliebten
Hawaii auf ewig die Treue halten.

Übersetzung eines Zitats aus dem Werk *Shark Dialogues*
der Autorin Kiana Davenport. Die Originalausgabe erschien
beim Atheum Verlag, New York

Den Hintergrund dieses Liedes bildete die neueste Foltermethode der amerikanischen Söldner, wie Elisa von Johannes erfuhr. Die vor dem Palast der Königin protestierenden Königstreuen sollten ein für alle Mal zum Schweigen gebracht werden. Zu diesem Zweck zwangen die Söldner hawaiische Männer, Frauen und Kinder vor dem Palast ihrer Königin niederzuknien. Sie mussten so lange Steine und Erde essen, bis sie bewusstlos oder sogar bisweilen tot zusammenbrachen. Johannes Stimme war leise und traurig, als er sagte, dass Leilanis und Keliis Mutter als eine der wichtigsten Stimmen unter den Königstreuen galt. Von Söldnern war sie kürzlich verhaftet und verschleppt worden. Das hatte Johannes gleich nach seiner Rückkehr von Leilani erfahren. Verzweifelt sah er sie an.

»Deshalb ist es so kompliziert, Elisa, verstehen Sie mein Misstrauen jetzt? Einerseits müssen wir Weißen zurzeit mehr denn je zusammenhalten, da wir sonst unsere Plantagen verlieren könnten. In Amerika meinte man sogar, wir Weißen würden auf den Inseln bald zu Vogelfreien werden. Dann könnte jeder Hawaiianer uns ungesühnt umbringen. Uns droht also Gefahr…«

Elisa schüttelte energisch den Kopf.

»Das ist doch völlig absurd! Man wollte Ihnen in Amerika nur Angst machen. Die größten Händler, die mit Zuckerrohr ein Vermögen verdient haben, sie leben alle an der Westküste, haben sich zusammengetan und planen eine Monopolstellung mit dem Zuckerhandel auf den Inseln. Es geht also vorrangig um ein rein wirtschaftliches Interesse! Man machte Ihnen Angst, doch dahinter steckt ein perfider Plan der Gier!«

Johannes nickte jetzt traurig.

»Das kann gut sein und deswegen kann ich den Groll der Königstreuen auch gut verstehen. Die Weißen haben sie über Jahrzehnte belogen, wir Europäer genauso wie die Amerikaner. Der Profit durch billiges Zuckerrohr ist alles, was die Händler und Plantagenbesitzer interessiert. Sobald die amerikanischen Söldner die Hawaiianer unterjocht haben, indem sie ihre Königin mundtot gemacht haben, steht der Gier der Kaufleute nichts mehr im Weg und sie haben freie Bahn. Es geht nur um Gier und Profit. Selbst die angeblich wohlmeinende Missionierung der Inseln ist lediglich eine Maske der Falschheit und Berechnung. Und all das wissen meine Freunde! Leilani und Kelii waren noch keine zehn Jahre alt, als sie begannen, dem angeblich so gottesfürchtigen englischen Missionar, der uns unterrichtete, die ersten unangenehme Fragen zu stellen. Der Geistliche hatte mit einer Frau aus dem Dorf ein Kind gezeugt und es dann verleugnet ... Die arme Frau wurde als Lügnerin von ihren eigenen Leuten davongejagt, damit der Priester sein Gesicht wahren konnte! Die Hawaiianerin hat sich in den Tod gestürzt! Ein Diener Gottes lügt nicht und sündigt auch nicht. Aber wir, als seine Schüler, wir kannten natürlich die Wahrheit und auch die nette junge Frau aus dem Dorf in den Bergen. Dieser Mann Gottes hatte nicht nur feige gelogen, sondern uns Kindern auch wiederholt gedroht: Gott würde uns für immer in der Hölle brennen lassen, wenn wir die Wahrheit sagten! Also haben Kelii, Leilani und ich unsere Lippen verschlossen. Auch ich habe meinen Mund gehalten! Aber so richtig hat keiner von uns danach je wieder an einen gerechten und gütigen Gott glauben können... «

Elisa schossen Tränen der Empörung in die Augen. Natürlich, so ging man mit dem Glauben um, wenn ein Mann Gottes sündigte! Sie dachte daran, wie sie mit Kelii über das Vaterunser gesprochen hatte und er sich mit einem milden Lächeln ihre Belehrungen hatte gefallen lassen. Johannes fuhr fort.

»Für die Inseln sind wir Weißen alles andere als Heilsbringer. Seit Kapitän Cook hatten die meisten, die hierher kamen, lediglich vor, sich zu bereichern. Die Missionare haben den Einheimischen den Segen im Jenseits im Gegenzug für bedingungslosen Gehorsam im Diesseits versprochen, während skrupellose Plantagenbesitzer einfache Arbeiter für ihre Zwecke ausbeuteten. Ich habe mich vor Leilani und Kelii immer schon dafür geschämt, Elisa. Und ich schäme mich immer noch, eben weil ich zur Rasse der Ausbeuter gehöre. Verstehen Sie das?«

Elisa nickte vorsichtig. Sie sah, wie verstört Johannes mit einem Mal war, und vermutete auch noch einen weiteren Grund.

»Fühlen Sie sich vielleicht auch so schlecht wegen, also wegen des ungehörigen Verhalten Ihres Vaters … und des Todes der kleinen Noelani … Fühlen Sie sich dafür in irgendeiner Weise verantwortlich?«

Johannes warf ihr einen unsicheren Blick zu.

»Piet van Ween ist nicht mein Vater, sondern nur mein Stiefvater. Und wenn Sie mich fragen, Elisa, dann ist es zwar sehr schlimm, falls dieses Gerücht sich bewahrheiten sollte, aber es gibt noch viel Schlimmeres!«

Unheilvolles Schweigen stand wie eine eisige Wand zwischen ihnen. Derartig durchdringend sah Johannes sie jetzt an, dass Elisa begann, mehr als nur einen Anflug von Furcht zu empfinden. Hatte Johannes van Ween eine düstere, ja vielleicht sogar teuflische Seite, die sie bis jetzt nicht hatte wahrnehmen wollen, und die auch ihrem Vater entgangen war? Sie glaubte, Fanatismus in seinem Blick zu erkennen, als er jetzt hastig weitersprach. Seine Stimme war nur noch ein Flüstern, als er sich zu ihr beugte und sie in seiner Erregung beim Oberarm packte. Heißer Atem streifte ihr Ohr.

»Ihre Cousinen sollten keinesfalls auch nur ein einziges Wort mitbekommen, denn was ich Ihnen jetzt anvertraue, das betrifft leider ihren Vater, also Ihren Onkel, Paul Vogel. Und es fällt mir nicht leicht! Ihr Vater, Elisa, war ein Ehrenmann. Aber leider muss ich Ihnen sagen, dass Ihr Onkel das nicht ist. Und seine Frau Katharina ist berüchtigt für ihre Gier und ihre Grausamkeit den Hawaiianern gegenüber. Es ist nicht nur die kleine Noelani, die ihr

Leben lassen musste, weil sie nicht beschützt, sondern vielmehr den Wölfen zum Fraß vorgeworfen wurde. Wölfe wie mein Stiefvater, die junge Mädchen in den Tod treiben, die weder Anstand noch Gnade kennen – Ihr Onkel schützt sie!«

Elisa sah ihn erschrocken an.

»Wie meinen Sie das?«

Johannes lächelte bitter.

»Sie waren wohl bisher noch nie in Lihue bei einem Treffen der Hibiskus-Damen, oder sollte ich besser sagen: den Mörderinnen von unzähligen hawaiischen Mädchen?«

Ungläubig sah sie ihn an. Johannes musste verrückt geworden sein. Vorsichtig fragte sie nach.

»Sie meinen den Wohltätigkeitskreis um Frau Borchert, der Frau unseres neuen deutschen Pfarrers, sowie auch Mrs. Gladbury, der Gattin unseres englischen Apothekers? Das sind die einzigen beiden Hibiskus-Damen, die ich bis jetzt persönlich kenne. Sie sehen allerdings eher harmlos aus…«

Sie unterstrich ihre Aussage durch eine Geste, die auf die gemütliche Korpulenz der Damen abzielte.

Johannes lachte kurz auf, doch dann wurde sein Gesicht schnell wieder ernst.

»Ja, da haben Sie recht. Rein vom Aussehen her stellt man sich unter einer Mörderin, oder gar unter Mörderinnen wirklich etwas anderes vor.«

Er beugte sich nah zu ihr, um Elisa verschwörerisch ins Ohr zu flüstern. »Waren Sie bereits einmal zu einem dieser Frauentreffen eingeladen?«

Elisa schüttelte den Kopf und flüsterte zurück.

»Erst nach meiner Hochzeit, sagte meine Tante. Davor sei ich angeblich zu unreif … Aber wieso nennen Sie diese Damen Mörderinnen? Wen sollen sie denn auf dem Gewissen haben?«

Johannes blickte jetzt ernst und traurig zu Boden. Er zögerte, so als müsste er einen Augenblick überlegen, ob es richtig sei, Elisa mit solch einem Wissen zu belasten. Doch dann entschied er sich zu sprechen.

»Leider muss ich Ihnen sagen, dass diese Damen alles andere als Wohltäterinnen sind. Sie kennen doch das Haus der Hafenmädchen von Lihue?«

Elisa errötete. Sie hatte zwar von dieser Einrichtung gehört, aber es ziemte sich nicht, über diese Dinge zu sprechen. Zögernd nickte sie, sodass Johannes fortfuhr.

»Jeder kennt das Haus oder hat es zumindest schon einmal gesehen. Man kommt ja gar nicht daran vorbei. Also … die jungen Mädchen, die dort zwangsweise leben, sind unverheirateten Männern und Matrosen auf Landurlaub zu Willen. So weit so gut. Ein solches Haus gibt es in fast allen Hafenstädten der Südsee … nur hat dieses Haus etwas Besonderes. Und damit meine ich nicht nur die rote Farbe.«

Elisa sah ihn neugierig an. Gerade weil es sich nicht gehörte, über diese Dinge zu sprechen, hing sie an Johannes' Lippen.

»Genauer gesagt haben die Mädchen des roten Hauses etwas Besonderes an sich. Sie sind alle tiefgläubige Christinnen, von unserem letzten Pfarrer zu Keuschheit und Gehorsam erzogen. Ursprünglich wurden sie zu einem bestimmten Zweck den armen Bauern oben im schwer zugänglichen Bergland abgekauft, wo die Tarowurzeln angepflanzt werden. Ihre Familien waren meist zu arm, um all ihre Kinder selber zu ernähren. Also wurde den Müttern von unserem letzten Pfarrer versprochen, dass ihre Töchter in Lihue etwas lernen würden und eine christliche Erziehung bekämen. So könnten sich die Mädchen ein wenig Geld für einen eigenen Hausstand verdienen und würden gleichzeitig noch etwas lernen. Aber das war eine Lüge…«

Elisa räusperte sich, um ihn zu unterbrechen.

»Ich bin mir nicht sicher, ob ich das wirklich hören möchte...«

Johannes blickte sie abschätzend an. Elisa glaubte so etwas wie Verachtung zu spüren und rechtfertigte sich eilig.

»Verstehen Sie mich bitte nicht falsch, Johannes, aber ich kann mir einfach nicht vorstellen, dass ausgerechnet diese beiden Damen etwas mit dem Haus der Hafenmädchen zu tun haben sollen. Es ist ... es ist ein ganz und gar unchristliches Haus...«

Er nickte.

»Das war anders, als ich selber noch ein Junge war. Selbst vor wenigen Jahren noch war das rote Haus ein äußerst christliches Haus. Die Kirche hatte es als Kinderheim erworben. Zunächst kamen die Mädchen, manche von ihnen noch keine zehn Jahre alt, in das ehemalige christliche Kinderheim in Lihue. Es stand damals unter der Leitung von Frau Hesenkamp, der resoluten und sehr moralischen Frau unseres vorigen Pfarrers. Aber als unser neuer Pfarrer, Herr Borchert, unseren alten ablöste, blieben zunehmend die großzügigen kirchlichen Spendengelder für das Kinderheim aus. Auch hatte unsere neue Pfarrersfrau nur wenig Interesse an Kindern ... Sie denken jetzt sicher, dass sie das noch lange nicht zu einer Mörderin macht, das denken Sie doch, nicht wahr?«

Elisa nickte. Sie hing jetzt atemlos an Johannes' Lippen. Er hatte wirklich ihre Neugierde geweckt. Zum einen hatte sie Frau Borchert, die Frau des neuen Pfarrers, bereits kennengelernt und gab Johannes recht. Sie hatte ebenfalls sofort gemerkt, dass Frau Borchert Kinder nicht besonders mochte. Selbst ihre drei wohlerzogenen Cousinen hatten bei ihrem Besuch nach der Begrüßung schnell das Zimmer verlassen müssen. Tatsächlich konnte sich Elisa auch beim besten Willen nicht vorstellen, dass diese hochmütige, kinderlose Person einem Kinderheim vorstand. Aber eine Mörderin? Äußerst unglaubwürdig.

»Ich glaube, dass Sie mich beeindrucken wollen und deshalb ganz schamlos übertreiben, Johannes van Ween. Könnte das vielleicht sein?«

Elisa lächelte ihn vorsichtig an. Sie wollte die Geschichte der Hafenmädchen von Lihue weiter hören, denn er konnte einfach wunderbar spannend erzählen. Aber sie wollte ihn gleichzeitig dazu ermutigen, bei der Wahrheit zu bleiben.

Er lehnte sich mit einem Seufzer weiter zurück an den Stamm des roten Jasmin, um einem Sonnenstrahl zu entgehen.

»Es ist für Sie schwer, sich vorzustellen, was alles unter dem Deckmantel der Nächstenliebe und des Christentums möglich ist, nicht wahr? Aber denken Sie immer daran, dass es hier nur um Kanaka geht. Inzwischen ist es so, dass das ehemalige christliche Kinderheim von Lihue zum Roten Haus der Hafenhuren von Lihue geworden ist. Und das haben wir vor allem der netten Frau Borchert und auch einigen anderen Damen zu verdanken, die regelmäßig zu Ihrer Tante zum Kaffeekränzchen kommen.«

»Nein!«

»Doch! Die Frauen des Hibiskus-Komitees, jenem illustren Kreis, zu dem auch Ihre Tante gehört, haben das rote Haus vor einigen Jahren samt allen Mädchen an den Meistbietenden verkauft. Der neue Besitzer, ein geschäftstüchtiger Chinese, hat es in ein Hurenhaus umgewandelt. Das rote Haus ist inzwischen weit über Kauai hinaus berühmt, weil die Mädchen sehr jung sind und immerzu beten. Zudem sollen sie für eine Hand voller Essen alles tun, was die Männer von ihnen verlangen. Der Besitzer der Mädchen füttert sie nicht oft.

Wenn eine von ihnen stirbt oder sich umbringt, werden die Mädchen durch andere ersetzt. Der Pfarrer geht jetzt natürlich nicht mehr in die Berge zu den Bauern, denn inzwischen hat sich dort herumgesprochen, was mit den jungen Mädchen geschieht. Heute sind es europäische und amerikanische Söldner, die seit einiger Zeit bevorzugt die jungen Mädchen aus den Familien inhaftierter Königstreuer von den anderen Inseln hierher verschleppen.«

Elisa war entsetzt.

»So etwas darf bei uns nicht geschehen! Ich meine, es muss doch Gesetze dagegen geben.«

Wieder lachte Johannes bitter.

»Natürlich. Es wurden jede Menge Gesetze erlassen. Einige Mädchen aus den Bergen waren noch nicht einmal zehn, als sie in das ehemalige christliche Kinderheim kamen. Zehn war laut Gesetz zu jung für eine Hure. Die hawaiischen Mädchen, die im roten Haus am Hafen zur Arbeit gezwungen werden, weil sie sonst verhungern, mussten nach dem offiziellen Gesetz mindestens zwölf Jahre alt sein. Zudem ist für jede der Mädchen monatlich eine gesetzliche Abgabe fällig, zu zahlen an die edlen Damen des Hibiskus-Komitees. Und übrigens – auch die Einhaltung sämtlicher Gesetze zum Schutz der jungen Mädchen wird von dem Hibiskus-Damenkomitee selbst überprüft.«

Elisa schwieg. Was sie da hörte, war einfach ungeheuerlich, zu ungeheuerlich, um wahr sein zu dürfen. Johannes schwieg ebenfalls einen Moment. Sein Gesicht sah mit einem Mal älter aus als vorher. Eine tiefe Traurigkeit ging von ihm aus.

»All das ist nichts Neues. Kelii wollte Sie bis jetzt sicherlich nur schonen, weil Sie so lange krank waren. Oder vielleicht wollte er Ihnen auch nur nicht die gute Laune verderben. Aber glauben Sie mir, Elisa, hier auf Kauai sind die Verhältnisse zwischen den Kanaka und den Haole um vieles komplexer und undurchsichtiger, als es auf den ersten Blick erscheint. Deshalb mache ich mir auch große Sorgen um Leilani und unser Kind, sehr große Sorgen sogar…«

Johannes stand mit einem weiteren Seufzer auf und klopfte sich die Hosen sauber. Methodisch begann er, auch einige der Jasminblüten, die sich in seinen Haaren und auf seinem Anzug verfangen hatten, abzustreifen. Er sammelte sie sorgfältig in seiner Hand und sein trauriger Blick zerriss ihr fast das Herz, als er ihr die duftenden Blüten reichte.

»Auch Sie werden im kommenden Winter beim Hibiskus-Ball debütieren. Sie werden in einem neuen Kleid wunderschön aussehen. Sie werden kein bisschen mehr hinken und alle Tänzer mit Ihrer Grazie bezaubern können. Ihr Lächeln wird Tugendhaftigkeit und Anmut ausstrahlen, wie man es von einer jungen Deutschen aus gutem Hause erwartet. Sie werden die beste Partie von ganz Kauai machen. Aber Sie werden auf dem Ball auch sehen, wie überaus prachtvoll alles dekoriert sein wird. Für das Debüt der zukünftigen Bräute Kauais wird von den Damen des Komitees viel bewegt. Aber einen Großteil der Gelder für diesen spektakulären Debütantinnenball haben die Hafenhuren von Lihue mit ihren kleinen, geschundenen Körpern erwirtschaftet. Denken Sie immer daran, dass das Tanzparkett, auf dem sie als neue Braut auf Kauai erstrahlen werden, mit Blutgeld bezahlt wurde, denn vielleicht können Sie eines Tages, wenn Sie selber eine einflussreiche Vorsitzende im Komitee sind, etwas für diese Hafenmädchen verändern und ihnen zur Freiheit verhelfen.«

Stumm nahm Elisa die Hand voller Blüten von Johannes entgegen. Eine Mischung aus Abscheu und Wut stieg in ihr auf. Allein der Gedanke, dass ihr Onkel und ihre Tante zu derartiger Grausamkeit fähig waren, obwohl sie doch selber Töchter großzogen, ließ sie verstummen.

Unfähig, die netten Abschiedsworte von Johannes angemessen zu erwidern, wandte Elisa sich ihren Cousinen zu. Erhitzt vom Ballspiel bat Hildegard artig um eine Erfrischung für sich und ihre Schwestern.

Elisa, die sich nach Johannes Abschied bemühen musste, Tränen der Hilflosigkeit zu unterdrücken, war froh durch die Mädchen abgelenkt zu sein. So viel Grausamkeit und Elend auf einmal war schwer zu ertragen, zumal Elisa an diesem Tag eigentlich vor lauter Glück am liebsten vor Freude gejuchzt hätte. Immerhin war sie ihrem Liebsten heute zum ersten Mal wirklich nahegekommen. In Keliis Armen hatte sie die Macht und den Sog der körperlichen Liebe gefühlt. Nichts und niemand sollte ihr einmaliges Erlebnis am Wasserfall überschatten, auch Johannes ernüchternde Schilderungen dieser unsäglichen Grausamkeiten gegen die Hawaiianer nicht. Außerdem hatte Elisa nicht vor, eine der einflussreichen Damen im Hibiskus-Komitee zu werden. Schon längst hatte das Schicksal ihr einen anderen Weg zugedacht. Kelii würde ihr Mann werden, das spürte sie bis in die Tiefe ihres Seins. Ihr Weg würde, ja er musste dieser großen Liebe entsprechen, die sie in ihrem Herzen verspürte.

Elisa sah Johannes an diesem Tag noch ein drittes Mal. Erneut hatte sie das Gefühl, einen völlig anderen Menschen vor sich zu haben. Johannes musste gewohnt sein, in mehreren Welten gleichzeitig zu leben. Zumindest beherrschte er die hohe Kunst der Verstellung wie ein Meister.

Beim gemeinsamen Essen der Familien war der junge Heimkehrer so charmant und witzig, dass er ihre Mutter gleich mehrfach so zum Lachen brachte, dass Clementia ihr Gesicht hinter der Serviette verstecken musste. Seit einer halben Ewigkeit hatte Elisa ihre Mutter nicht mehr so ausgelassen erlebt. Überhaupt war das gemeinsame Essen ein voller Erfolg.

Auch Katharina, durch das grüne Pulver in einen heilenden Schlaf gefallen, war in besserer Verfassung. Ihre Migräne war verschwunden. Zum ersten Mal seit der Geburt ihres vierten Kindes fühlte sie heute ihre Lebensgeister zurückkehren, wie sie sagte.

Elisa musste insgeheim zugeben, dass ihre Tante an diesem Abend sogar fast hübsch aussah mit ihren vom Wein geröteten Wangen. Eine lebhafte Unterhaltung begann, als Johannes von seinem Leben in San Francisco erzählte und dabei nicht vergaß, den anwesenden Damen die neueste Mode der gehobenen Damenwelt von Amerika mit ausführlichen Details zu beschreiben.

Marie van Ween strahlte. Sichtlich stolz auf ihren Sohn beteiligte sie sich lebhaft am Gespräch und stellte dabei jede Menge Fragen über die rapide wachsende Goldgräberstadt, um die sich seit gut einem halben Jahrzehnt die abenteuerlichsten Gerüchte rankten. Immer mehr Chinesen waren in letzter Zeit in dem überfüllten Hafen von San Francisco angekommen, viele von ihnen mittellos und auf der Suche nach schneller Arbeit. Johannes berichtete von einer wilden Mischung aus kulturellen und wirtschaftlichen Welten, die im wachsenden Goldrausch bisweilen auch mit explosiver Kraft aufeinander prallten. Der ganze Tisch hing an seinen Lippen. Er war ein großartiger Erzähler, wie Elisa feststellte.

In dem halben Jahr, in dem Johannes auf dem Festland weilte, hatte er nicht nur studiert, sondern auch für einen der großen asiatischen Händler gearbeitet. Auf diese Weise hatte er Einblicke in Märkte und kaufmännische Gepflogenheiten gewonnen, die für Paul Vogel ausgesprochen interessant waren.

Elisa war im Übrigen mehr als erstaunt über Marie van Weens intelligente Fragen. Sonst meist von früh bis spät in der Küche und den Wirtschafträumen beschäftigt, hatte Elisa die Frau von Piet van Ween völlig falsch eingeschätzt. Ihr einfaches Pidgin-Englisch, das Marie den Angestellten gegenüber benutzte, wich jetzt bei Tisch einem gepflegten Hochdeutsch. Nicht nur war Johannes Mutter eine intelligente und unterhaltsame Gesprächspartnerin, sondern sie verfügte über eine gewisse Bildung und zeigte sogar große Leidenschaft für die moderne Literatur. Johannes hatte ihr Bücher mitgebracht, darunter auch Werke aus Deutschland. Elisa lächelte vor sich hin. Von seiner Mutter hatte Johannes also sein charmantes Wesen und seine kluge Art, Fragen zu stellen.

Das Tischgespräch riss den Abend über nicht ab. Überhaupt kam es Elisa so vor, als wäre mit Johannes' Rückkehr der fehlende Stein eines Puzzles wieder an seinen Platz gerückt. Es war alles in allem ein derartig unterhaltsamer Abend, dass selbst die derzeit gravierenden Probleme zwischen den Haole und den Kanaka, die Elisas Seele unter dem Jasmin noch zu erdrücken gedroht hatten, bei Tisch wie weggeblasen schienen. Die fast euphorische Stimmung hielt bei Elisa auch dann noch an, als sie nach Aufhebung der Tafel ihre leicht beschwipste Mutter zu Bett brachte.

Clementia kannte an diesem Abend nur ein einziges Thema.»Einfach hinreißend hat Johannes uns heute Abend unterhalten, findest du nicht, mein Engel?«

Elisa war damit beschäftigt, ihrer Mutter Schuhe und Strümpfe auszuziehen und hatte wenig Lust, sich auf ein längeres Gespräch über Johannes' Vorzüge einzulassen. Aber ihre Mutter ließ nicht locker.

»Er ist wie dein Vater, als er noch ganz jung war ... so voller Kraft und Ideen. Dabei aber durchaus sensibel und von einem Charme, der selbst mich alte Schachtel noch bezaubert... Ach, noch einmal jung sein!«

»Du bist noch nicht alt, Mutter.«

Elisa stellte Schuhe und Strümpfe an ihren Platz und machte sich bereits an die vielen kleinen Knöpfe an der Rückseite von Clementias Kleid. Ihre Mutter kicherte albern.

»Also wenn ich du wäre, mein Kind, dann würde ich mir zumindest eine kleine Freiheit mit Johannes erlauben … bevor, also bevor du vielleicht einem alten Bräutigam ewige Treue geloben musst, der dir nicht halb so gut gefällt. Johannes wäre sicherlich nicht abgeneigt, wenn ich seine Blicke bei Tisch richtig gedeutet habe. Und wenn du dich geschickt anstellst…«

»Mutter!«

Wieder kicherte Clementia, diesmal über das entsetzte Gesicht, das ihre Tochter machte. Leicht beschwipst, wie sie war, hob sie warnend ihren Zeigefinger und wedelte vor Elisas Augen hin und her.

»Denk daran, mein Liebes, dass so ein Eheleben sehr lang und ermüdend werden kann, wenn man mit einem Mann verheiratet ist, der nicht so viel Charme und gutes Aussehen mitbringt wie Johannes, sondern im Zweifelsfall auf sein Recht als Ehemann pocht! In solch einem Fall helfen uns Frauen zwei essentielle Dinge: die Erinnerung und die Vorstellungskraft!«

Elisa hatte jetzt auch den letzten kleinen Knopf des feinen schwarzen Kleides geöffnet. Während ihre Mutter unbeweglich wie ein Sack Mehl auf dem Bett saß und kicherte, bemühte Elisa sich, ihr die engen Ärmel abzustreifen. »Bitte, Mutter, könntest du ein wenig mehr mithelfen? Oder möchtest du die heutige Nacht in deinem Korsett verbringen?«

»Aber Kind, warum so harsch? Möchtest du denn nicht, dass ich dir als deine Mutter einen klugen Rat in Liebesdingen gebe, bevor es zu spät ist und du einem Ehemann ausgeliefert sein wirst, der mit Sicherheit nicht mit halb so viel Charme gesegnet sein wird wie Johannes van Ween?«

»Nein, Mutter, diese Art von Ratschlägen benötige ich ganz sicher nicht, da letztendlich ich über meinen Ehemann entscheiden werde. Und jetzt heb bitte deinen Arm, denn sonst kann ich dir dein Kleid nicht ausziehen!«

Elisas Stimme war jetzt scharf und ungeduldig. Clementia jedoch schwebte in anderen Gefilden.

»Hör mir zu, meine schöne Elisa! Ich gebe dir jetzt einen guten mütterlichen Rat. Fülle deine innere Schatztruhe mit schönen Erinnerungen, solange du kannst. Mit uns Frauen geht das Leben nicht immer sanft um. Vielleicht werde auch ich nicht mehr lange bei dir sein können, um dich zu beschützen. Deshalb ... nütze deine Zeit weise.«

Elisa war froh, als ihre Mutter eingeschlafen war. Eigentlich hätte sie selber auch müde sein müssen, denn es war ein ereignisreicher Tag gewesen. Aber die Neugierde auf Johannes überwog. Er hatte ihr zugeflüstert, dass er sie gerne später noch treffen würde.

Als sie kurz vor Mitternacht in die laue Nacht trat, klopfte ihr Herz vor Aufregung. Sie war gewohnt, sich um diese Zeit heimlich mit Kelii zu treffen, und spürte ein vertrautes Ziehen in ihrer Brust. Es war die Sehnsucht, die sie immer dann überfiel, wenn sie ihn länger nicht sehen konnte. Aber nach diesem Tag, der so wundervoll begonnen hatte, hätte sie eigentlich keinerlei Veranlassung zur Klage haben dürfen. Und doch vermisste sie ihren Liebsten, dachte an seine Hände, seinen Mund und seine zärtlichen Liebkosungen, während sie in der lauen Nacht auf Johannes wartete. Ob er seine Leilani ebenso tief liebte wie sie ihren Kelii?

Die Nacht war voller Gerüche und Geräusche. Grillen zirpten ihr Lied und die Luft war schwanger vom betörenden Duft des Jasmin. Sie hatte ihren Liebsten heute gesehen. Es war zwischen ihnen mehr geschehen, als Elisa sich in zahllosen unruhigen Nächten je erträumt hatte. Mit Händen, Augen, Stimmen und Zungen hatten sie sich am Wasserfall geliebt, bis ihr sämtliche Sinne geschwunden waren. Es war unglaublich gewesen. Allein die Erinnerung brachte die Hitze zwischen ihren Beinen erneut zum Glühen. Sie hoffte sehr, dass Kelii dieses göttliche Liebeserlebnis genauso ernst nahm wie sie. Und allem Anschein nach war es so. Ihre Beziehung musste für ihn eine ernste Sache sein, denn warum sonst hätte er mit seinem Vater heute über Elisa sprechen sollen? Er hatte durchgesetzt, dass sie zum ersten Mal mit ihm zum Vollmondfest kommen durfte. Er musste also genauso fühlen wie sie. Sie war seine Liebste, so wie er ihr Liebster war, dachte Elisa, als sie den süßen Duft der Nacht tief in ihre Lungen sog. Das also war sie, die viel besungene Liebe. Und wo auch immer diese tiefe und leidenschaftliche Liebe zwischen einem Mann und einer Frau wohnte, da würde immer auch ein Weg warten. Diese Weisheit hatte sie von ihrem Vater gelernt. Er hatte ihr »Romeo und Julia« vorgelesen, obwohl ihre Mutter sie für William Shakespeares Stücke damals noch viel zu jung fand.

Elisa versuchte sich an die genauen Worte ihres Vaters zu erinnern. Vertrauen sollte man in die Kraft der Liebe und sich von nichts und niemandem irritieren lassen, das hatte er gesagt. Über den Tod des jungen Liebespaars allerdings hatte er mit seiner jungen Tochter damals noch nicht sprechen wollen. Seiner Meinung nach hatte das Theaterstück ganz einfach das falsche Ende. In der Welt ihres Vaters hatte die Liebe immer den Sieg davongetragen. Ihr blieb noch Zeit, bevor Johannes sie treffen wollte, und sie beschloss, sich Bettlektüre zu holen. Außerdem hatte sie beim Essen auch Johannes ein Buch versprochen.

Als sie sich kurz darauf leise durch die Küche ins Haupthaus schlich, um zur Bibliothek zu gelangen, ging sie auf Zehenspitzen. Keinesfalls wollte sie ihrem Onkel oder gar der Tante begegnen und sich erklären müssen. Ein Buch zu holen, das sie Johannes vorhin als Leihgabe versprochen hatte? Ein unmögliches Ansinnen! Zudem war es ein Band über die Lehren des Konfuzius, der dem Onkel gehörte. Johannes hatte in dem halben Jahr in San Francisco begonnen, sich mit der chinesischen Kultur auseinanderzusetzen. Er war beeindruckt von Elisas Wissen über chinesische Kunst, Literatur und Malerei gewesen. Dass Johannes sie um eine Leseempfehlung gebeten hatte, würde Elisa Onkel und Tante sicher nicht auf die Nase binden, jedoch hatte sie sofort an Konfuzius gedacht. In der Bibliothek ihres Onkels stand ein kleines Bändchen, in schwarzes Leder gebunden, in dem Konfuzius' wichtigste Erkenntnisse standen.

Von dem Bücherverbot, das ihr Onkel ausgesprochen hatte, sagte Elisa ihrem neuen Freund nichts. Dazu war sie zu stolz. Zudem hatte sie dieses alberne Verbot nicht einen einzigen Tag lang beachtet. Elisa las immer irgendetwas. Seit sie lesen konnte, hatte sie immer ein Buch auf ihrem Nachttisch. Nur versteckte sie jetzt eben ihre Bücher geschickt in ihrem Zimmer zwischen Bettkasten und Matratze, oder aber in ihrer Kleidertruhe. Um keinen Ärger zu bekommen, bediente sie sich inzwischen auch nur noch heimlich und oft mitten in der Nacht an der beeindruckenden Büchersammlung ihres Onkels.

Als sie jetzt auf dem langen Korridor von den Wirtschaftsräumen zur Bibliothek am Schlaftrakt der Familie vorbeischlich, hörte sie deutlich aus dem Elternschlafzimmer aufgeregte Stimmen. Ihr Onkel und ihre Tante waren noch wach. Sie stritten. Als Elisa ihren Namen hörte, blieb sie vor der Tür stehen. Lauschen gehörte sonst nicht zu ihrem Repertoire, aber in diesem Moment siegte die

Neugierde über ihr Ehrgefühl. Ihr Onkel klang wütend, wie so oft, wenn seine Frau ihn mit ihrer spitzen Zunge quälte. Er war offensichtlich dabei, sich gegen einen Vorwurf zu verteidigen.

»Ich kann nichts für den Wortlaut, der genau so in der Urkunde steht. Ich weiß, es ist lästig, dass mein Bruder seiner Tochter schon lange vor seinem Tod die Hälfte der Plantage überschrieben hat, aber es war eben sein Wunsch. Er hatte keine anderen Erben und wollte es so. Und das war sein gutes Recht!«

»Wir können also rein gar nichts dagegen tun?«

Katharinas Stimme klang angespannt und schrill. Der Anflug von weiblicher Sanftmut, den sie beim Abendessen mit Johannes an den Tag gelegt hatte, war vollständig verflogen.

Elisa presste ihr Ohr an die hölzerne Tür, um noch besser verstehen zu können. Wieder sprach ihre aufgebrachte Tante.

»Deine Nichte strotzt vor Gesundheit. Nicht nur wird sie bestimmt heiraten, sondern sie wird sicherlich auch Kinder gebären. Jedes dieser Kinder wird laut der Urkunde ebenfalls erbberechtigt sein ... Du musst zugeben, Paul, der Hai wäre eine saubere Lösung gewesen.«

Elisa wich vor Schreck von der Tür zurück. Auch wenn sie über die Hausangestellten und Kelii davon Kenntnis hatte, dass sie von ihrer Tante nicht viel Gutes zu erwarten hatte, spürte sie diesmal den Hass, der aus ihren Worten sprach. Die Stimme ihrer Tante wurde noch lauter, wahrscheinlich, weil Paul seine Frau um ein wenig Mäßigung bat.

»Wie kannst du nur so naiv sein, Paul? Glaubst du im Ernst, dass deine reizende Schwägerin und ihre Tochter uns gegenüber ehrlich und großzügig wären? Clementia ist ohnehin kein Problem. Sie ist viel zu unbedarft, um auf ihre Vorteile zu achten. Auch ist sie nicht von robuster

Gesundheit. Der Doktor hat mir versichert, dass dieses Problem zumindest nicht mehr von allzu langer Dauer sein wird. Noch innerhalb dieses Jahres werden wir sie beerdigen können.«

Elisa hielt vor der Tür ihren Atem an. Sie hoffte so sehr auf ein strenges Wort von ihrem Onkel. Er musste seiner Frau doch Einhalt gebieten. Doch im Schlafzimmer redete einzig und allein Katharina.

»Was aber deine Nichte angeht … sie ist eine echte Gefahr. Bereits jetzt ist sie unter den Bediensteten sehr beliebt. Ich bin mir sicher, Elisa weiß diesen Vorteil für sich zu nutzen. Mir wäre deshalb wirklich lieb, wenn du die Hochzeit mit Gerit Janson so schnell wie möglich vorantreiben könntest. Spätestens im kommenden Frühling muss Elisa aus dem Haus sein…«

Elisa hörte, wie ihr Onkel ergeben zustimmte, dann wurde es im Schlafzimmer ruhig.

Elisas Atem ging jetzt flach und aufgeregt, als sie vorsichtig weiter den Korridor entlangschlich. In der Bibliothek angekommen, schloss sie leise die ledergepolsterte Tür hinter sich und ließ ihren Gefühlen freien Lauf. Was für ein Schwächling ihr Onkel doch war! Dann nahm sie sich das kleine Lederbändchen von Konfuzius für Johannes und beschloss, dass sie von nun an keine einzige Sekunde mehr damit verschwenden würde, darüber nachzudenken, ob sie ihre Verwandtschaft stolz machte oder nicht. Onkel Paul und Tante Katharina waren es nicht wert!

Wieder in ihrem Zimmer, wartete Elisa einige Minuten später unruhig auf das verabredete Signal von Johannes. Ihre Gedanken kreisten immerzu um das soeben Gehörte. Es war noch um einiges schlimmer, als Kelii es ihr prophezeit hatte. Ihre Verwandten wollten ihre Mutter und sie so schnell wie möglich loswerden. Am liebsten wäre ihnen gewesen, wenn der Hai Elisa gleich nach der Ankunft auf Kauai verschlungen hätte. Dann hätten sie die Plantage ganz für sich behalten können. Das war das Ziel der beiden. Für Elisa und ihre Mutter war es eine fast ausweglos scheinende Situation, aber vor allem war es eine schmerzliche Erkenntnis. Elisas Gefühl war von Anfang an richtig gewesen. Ihr Onkel liebte sie nicht und das tat weh. Immer hatte sie sich vorstellen können, dass sie Katharina ein Dorn im Auge war. Doch ihrem Onkel hatte sie bisher vertraut.

Andererseits musste Elisa zugeben, dass ihre Tante tatsächlich Anlass zur Besorgnis hatte. Elisa war beliebt. Sie hatte in dem überstreng geführten Haushalt hinter dem eisernen Tor unter der Dienerschaft Verbündete, die ihre Tante abgrundtief hassten. Fast alle Plantagenarbeiter respektierten Elisa, seit der Hai sie ausgewählt hatte. Durch Kelii war sie etwas Besonderes. Einmal kam sogar eine Delegation von Hawaiianern von einer anderen Insel extra auf die Plantage, um Elisa zu bestaunen. Sie waren Kahuna und wollten sie anfassen und mit ihr beten, weil der Hai sie zu Keliis Frau auserwählt hatte.

Ihr Onkel hatte die fünf heiligen Männer und Frauen als minderwertige Scharlatane hingestellt und ihnen bei ihrem Besuch nicht einmal ein Glas Wasser angeboten. Aber als am Tag nach dem Besuch der Kahuna ein schwerer Sturm aufzog, der einen Teil seiner Ernte zerstört hatte, schlief ihr Onkel viele Wochen lang schlecht. Er und auch seine Frau hatten Albträume und selbst die Kinder wurden krank. Am Ende ließ Onkel Paul dann Keliis Vater kommen, um für ihn Gebete zu sprechen und so Abbitte für die verletzte Ehre der wichtigen Kahuna zu leisten. Keliis Vater hatte versucht dem stolzen weißen Plantagenbesitzer zu erklären, dass für die Kahuna auf Grund von Elisas Begegnung mit dem Hai eine Legende wahr werden konnte.

Kelii hatte Elisa die Bedeutung der Legende vorsichtig beigebracht, nachdem er länger mit den Kahuna gesprochen hatte. Elisa würde für die Einheimischen in Zukunft als weiße Haifischfrau wichtig werden. Sie wäre eine Art angebetete Ikone des Widerstands gegen die Habgier der Weißen.

Onkel Paul und Tante Katharina sahen das sehr viel nüchterner. Durch den angeblichen Wunderstatus von Elisa hatten vor allem einige mächtige Kahuna der Inseln einen Vorteil und wollten die Legende von Elisa und dem Hai für ihre eigenen politischen Ziele missbrauchen.

Offiziell wurde die Legende der Haifischfrau inzwischen unter den Hawaiianern folgendermaßen weitererzählt: Kelii hatte Elisa in den Augen der Kahuna keinesfalls vor dem Tod gerettet, als er ihr ins Wasser hinterhergesprungen war. Das wäre für die Kahuna als Erklärung zu einfach. So wie auch die weiße Gischt schon seit dem Anbeginn der Zeit auf einer rollenden Welle tanzte, seien das weiße Mädchen und Kelii schon seit Urzeiten füreinander bestimmt gewesen. Kelii war der Prinz ihrer Königsfamilie und Elisa eine Prinzessin ihrer Welt, sonst hätte der weiße Hai sie nicht mit sich in die Tiefe gezogen. Laut des Traums einer sehr einflussreichen Kahuna-Frau auf Maui wären Kelii und Elisa von Großvater Hai mit einer bestimmten Absicht als Paar auserwählt worden. Hoffnungsträger sollten sie werden für ein zukünftiges friedliches Miteinander auf den heiligen Inseln Hawaiis. Zwischen den Haole und den Kanaka sollte endlich ein dauerhafter Frieden entstehen, der für beide Seiten Glück und Wohlstand brachte.

Elisa seufzte. Sie wusste inzwischen sehr viel über Keliis Kultur und hatte einige Legenden seines Volkes gehört und ihre Bedeutung genauer studiert. Die Hawaiianer waren in der Vergangenheit alles andere als ein friedliches, vereintes Inselvolk gewesen, sondern hatten sich über Jahrhunderte gegenseitig bekriegt. Es war kein Zufall, dass ihre derzeitige geliebte Königin Lili'uokalani einen Schotten geheiratet hatte. Auch diese Verbindung war von der Prophezeiung derselben einflussreichen Kahuna auf Maui als segensreich angekündigt worden. Das weiße Blut des Europäers sollte die zerstrittenen Inseln versöhnen. Doch das war nicht geschehen. Im Gegenteil, in letzter Zeit hatte sich vieles verschlimmert. Zum einen hatten die Weißen unheilvolle Krankheiten über das Meer zu den Inseln gebracht, die sich zu Seuchen entwickelt hatten. Die Hawaiianer waren trotz der Weisheit ihrer Kahuna qualvoll und in großer Zahl an den Pocken gestorben. Daher hatten auch die Kahuna auf Maui unter ihrem Volk in letzter Zeit immer mehr Einfluss verloren.

Aber auch die Verbindung des hawaiischen Königshauses mit Europa war Elisas Meinung nach schlecht für die Hawaiianer. Ihre naive Offenheit gegenüber den Weißen hatte viel Leid verursacht. Hawaiianer waren um ihr Land betrogen worden. Gesetze, die sie noch nicht einmal lesen konnten, nahmen ihnen zunehmend ihre Rechte und seit Jahren flammten deswegen immer wieder Unruhen auf. Seit Königin Lili'uokalani unter Hausarrest von amerikanischen Söldnern stand, und auch ihr schottischer Ehemann nichts dagegen ausrichten konnte, außer wirkungslose Bittbriefe in alle Welt zu verschicken, war die Balance zwischen den Einwanderern und den Einheimischen so empfindlich gestört, dass einige Kahuna gar einen Krieg prophezeiten.

In den letzten Tagen hatte es vor allem auf der Insel Oahu gewalttätige Unruhen gegeben, wie Elisa von Johannes erfahren hatte. Insgesamt gab es unter den Königstreuen über zwanzig Tote. Die Steine-Esser würden sich auch weiterhin den Anordnungen der lokalen Polizei widersetzen. Mittlerweile ließen sie sich auch nicht mehr wie gehorsame Schafe hinter Gitter sperren. Fünf hawaiische junge Männer hatten sich mit Steinen bewaffnet und einen amerikanischen Söldner zu Tode gesteinigt. Irische Polizisten hatten eingegriffen. In der eskalierenden Straßenschlacht hatte es insgesamt neunzehn Tote gegeben, zwölf davon auf Seiten der Polizei. Die irische Polizei, traditionell nur mit Knüppeln bewaffnet, war bei den Hawaiianern auf Steine, Messer und Macheten gestoßen. Es war ein Blutbad.

Das Steine-Esser-Lied der Königstreuen sollte inzwischen von der Polizei zur Abschreckung auf allen Inseln Hawaiis an die Plantagenbesitzer verteilt werden, um weitere Aufstände der königstreuen Hawaiianer zu verhindern. Den Arbeitern sollte offiziell und bei Todesstrafe verboten werden, das Lied bei der Arbeit auf den Zuckerrohrfeldern zu singen.

Allerdings waren die Polizisten auf Kauai bisher noch nicht auf der Vogel-Plantage erschienen. Wie immer war Kauai dann doch zu abgelegen, zu weit entfernt von den anderen Inseln, um von solchen Aktionen direkt betroffen zu sein.

Elisa ertappte sich plötzlich dabei, wie sie in ihrem Zimmer leise die Melodie des verbotenen Liedes summte, während sie auf Johannes wartete. Der Titel des Liedes lautete auf Hawaiisch »Mele Aloha' Aina« und bedeutete wörtlich: Das Lied des Landes, das wir lieben. Auch Elisa hatte bereits begonnen, dieses Land zu lieben, allein schon deshalb, weil sie Kelii liebte.

Trotzdem jagten ihr bei dem Gedanken an die Grausamkeiten der barbarischen Folter jetzt kalte Schauer den Rücken hinunter. Wie konnte man Menschen, ja sogar Frauen und Kinder, dazu zwingen Steine zu essen? Sie verstand die zunehmende Wut der Hawaiianer gut, aber sie glaubte langfristig nicht an einen Sieg über die weißen Eindringlinge. Dazu hatte Elisa in ihrem kurzen Leben schon zu viele kluge Bücher gelesen. Cicero zum Beispiel hatte schon im alten Rom erkannt, wann ein Volk sich mit Gewalt auflehnen sollte und wann nicht. Die Weißen hatten auf den hawaiischen Inseln schon zu viel Zeit und Kapital investiert, um kampflos aufzugeben. Wenn es sein müsste, da war sie sich sicher, würden die Weißen die Hawaiianer mit brutaler Gewalt ganz und gar ausrotten, vor allem, wenn sie genug Arbeitskräfte aus dem Ausland auf die Inseln bringen konnten. Es ging nur um Profit! Viele der Plantagenbesitzer kamen aus mittleren und kleinen Verhältnissen, besaßen weder Anstand noch Ehre oder eine wahrhaftige christliche Gesinnung und waren ebenso kaltherzige und gierige Menschen wie ihre Tante Katharina. Elisa schämte sich plötzlich für ihre Familie. Läge ihr das Wohl ihrer Mutter nicht am Herzen, würde Elisa von sich aus keinen einzigen Tag länger bleiben. Wenn sie nur schon wüsste, wohin sie mit Kelii gehen sollte…

»Elisa … Sind Sie noch wach?«

Johannes stand direkt vor ihrem Fenster.

Gemeinsam saßen sie noch Stunden später am Meer, schmiedeten wilde Pläne und blickten auf die weißen Schaumkronen, die schwach das aufgehende Morgenlicht reflektierten. Johannes war voller Verzweiflung, denn er hatte mit seiner Vermutung recht gehabt. Leilani war von ihrem Vater und ihrem Bruder an diesem Tag fortgebracht worden. Keiner im Dorf wollte Johannes sagen wohin. Das Einzige, was man ihm gegeben hatte, war ein Tuch, welches Leilani extra für ihn gewebt hatte. Jetzt trug er dieses Tuch um seinen Körper gewickelt und versuchte, seine Gefühle der Ohnmacht in den Griff zu bekommen.

»Kelii hätte offen mit mir reden müssen … immerhin ist er mein Freund und wir kennen uns seit Kindertagen! Wie konnte er mir Leilani wegnehmen?«

Das gewebte Tuch ging Johannes im Sitzen bis zu den Füßen, die barfuß im weißen Sand standen, und er bot Elisa in der mondhellen Nacht einen armseligen Anblick. Seine Hände krampften sich um das leuchtende Orange, das sich mit Weiß und Meeresblau in einem heiteren Muster abwechselte. Sie hatten sich auf einer Gruppe von Felsen niedergelassen, die Elisa gut kannte. Vor einiger Zeit, als Kelii ihr das Schwimmen beigebracht hatte, saß Leilani noch mit ihren Freundinnen hier. Fast in jeder lauen Sommernacht kamen die Jugendlichen aus dem Dorf nachts an diese Stelle, um zu schwimmen. Während sie sich in den heißesten Nächten des Jahres abkühlten, scherzten sie, lachten gemeinsam und sangen ihre Lieder. Besonders die hellen Mondnächte, die den weißen Sand in ein Meer von glitzernden Sternen verwandelten, waren beliebt. Doch obwohl in zwei Nächten Vollmond sein würde, war der Strand in dieser Nacht gespenstisch leer. Und auch oben im Dorf waren kaum junge Leute gewesen, wie Johannes berichtet hatte. Wo sie wohl alle in dieser Nacht waren? Bereiteten sie das Fest am Felsen vor? Waren sie mit ihren Kanus mit Keliis Familie nach Oahu gepaddelt, um ihrer Königin beizustehen und Keliis und Leilanis Mutter zu befreien?

Elisa wusste es nicht genau, jedoch vertraute sie Kelii. Er würde schon bald zu ihr zurückkommen, das spürte sie. Und sie wollte zumindest versuchen, Johannes gedrückte Stimmung ein wenig zu heben.

»Leilanis Verschwinden könnte auch ganz harmlos sein … Vielleicht sind sie bei Vollmond alle drei zurück.«

Johannes schüttelte verzweifelt seinen Kopf.

»Der Weg ist viel zu weit. Nein, sie haben Leilani fortgebracht, damit sie nicht mit mir an Bord des Schiffes nach San Francisco geht. Ich spüre das … der Vater hat sich gegen mich entschieden.«

Johannes Miene hatte sich verdüstert.

»Es gibt an den Hawaiianern Seiten, die wir Weißen einfach nie verstehen werden«, sagte er, während er auf das Meer hinausstarrte.

Jetzt, bei Ebbe, war auf der linken Seite der Bucht in der Ferne im Ozean das Riff der Haie als hellere Stelle im Mondlicht zu erkennen. Dorthin wollte Elisa eines Tages schwimmen, wenn sie ihre Ängste überwunden hatte. Dort lebte der Hai, der ihr Leben von Grund auf verändert und ihr Keliis Liebe geschenkt hatte. Elisa fröstelte trotz der lauen Nachtluft, die bereits den nahenden Morgen ankündigte. Johannes tat ihr leid, denn er war nicht wie sie auserwählt worden. Und vielleicht würde der Patensohn ihres Vaters tatsächlich nicht als Leilanis Ehemann akzeptiert werden, nicht in Zeiten einer hawaiischen Rebellion. Hatte Johannes wohl je wirklich darüber nachgedacht, ob es für Leilani überhaupt auf Dauer erträglich sein würde, wenn sie an seiner Seite das Leben einer Weißen leben müsste? Weg von ihrem Dorf, von ihren Eltern und Freunden das Leben eines gemischten Paares ertragen zu müssen? Ihre Kinder zerrissen zwischen zwei verfeindeten Welten? Das konnte für Keliis Schwester keine einfache Entscheidung sein. Elisa beschloss, Johannes so vorsichtig wie möglich zu fragen.

»Meinen Sie, dass Leilani ihre Meinung geändert hat? Könnte es sein, dass sie es vielleicht doch irgendwie als ein Unrecht empfindet, wenn die Verbindung gegen den Willen der Eltern … ich meine…«

Elisa musste ihren Satz nicht beenden. Sie sah in Johannes' Augen, dass er auch so wusste, was sie meinte. Seine Finger strichen zärtlich über das Meeresblau auf dem von Leilani gewebten Tuch.

»Ich weiß, dass sie es als ungerecht empfindet, dass sie überhaupt zwischen einer von zwei Welten wählen müsste. Leilani und ich haben oft darüber gesprochen. Mein Stiefvater hasst die Hawaiianer. Er ist gewalttätig und böse. Nie hätte er Leilani in unserer Familie akzeptieren können. Und ihre Familie... das sind wundervolle Menschen, jedoch werde ich für sie immer ein Haole bleiben, ein Fremder, ein Seelenloser...«

Johannes sah wieder auf das Meer hinaus, so als könnte er dort draußen seine Liebste wiederfinden.

»Ich liebe Leilani. Ich will niemanden sonst auf Dauer in meinem Leben haben. Seit wir Kinder sind, liebe ich sie. Auch in San Francisco wachte ich jeden Tag mit ihr auf und ging mit ihr abends zu Bett. Sie hält mein Herz in ihren Händen. Verstehen Sie das?«

Elisa nickte. Sie wusste genau, was Johannes empfand, denn sie fühlte das Gleiche für Kelii. Traurig lächelte er sie jetzt an.

»Wissen Sie, woher ich in der Ferne wusste, dass Leilani ein Kind von mir bekommen würde?«

Elisa schüttelte ihren Kopf, aber er redete bereits weiter. Seine Augen immer noch in die Ferne gerichtet.

»Einige Hawaiianer können anderen Menschen ihre Träume schicken. Es wird ihnen von den Kahuna beigebracht, wenn sie dazu bestimmt sind. Leilani war dazu bestimmt. Sie hat mir jede Nacht einen Traum geschickt ... und eines Tages kam in dem Traum ein kleiner Junge auf mich zugelaufen. Da habe ich es gewusst...«

Johannes schluckte.

»Wenn ich nicht mit ihr zusammen sein kann, dann will ich nicht mehr leben. Solange ich zurückdenken kann, sind Leilani und ich eins gewesen. Selbst meine Mutter, die ich sehr schätze und der ich viel zu verdanken habe, war mir niemals so nah. Leilani und ich teilen eine Seele. Sollte sie nicht zu mir zurückkehren, werde ich mich vom Wasserfall stürzen.«

Elisa erschrak. Sie sah das verzweifelte Unglück in seinen Augen und wusste, dass Johannes imstande war, genau das zu tun. Er würde für seine große Liebe sein

Leben opfern. Gleichzeitig erkannte Elisa noch etwas. Auch sie fühlte sich tief mit Kelii verbunden. Sie liebte ihn und begehrte ihn. Dennoch schien ihre Liebe im Vergleich zu der von Johannes und Leilani in diesem Augenblick ein Kinderspiel zu sein. Vorsichtig nahm sie seine Hand in ihre.

»Sie sind nicht alleine. Ich helfe Ihnen mit Leilani. Ich habe begonnen, zwischen uns und ihnen eine Brücke aus Verständnis zu bauen. Sie vertrauen mir ... weil ich bei meiner Ankunft hier von Großvater Hai auserwählt wurde. Ich bin gewissermaßen eine der ihren. Sie nennen mich ihre weiße Haifischfrau. Sobald ich mich mit Kelii tiefer verbunden habe, werde ich mein Leben der Verständigung unserer Völker widmen. Kelii und ich haben viel darüber gesprochen ... Die neue Schule, die entstehen wird, soll ein erster Teil meiner Arbeit sein ... Aber sicherlich kann ich auch Ihnen und Leilani helfen. Ich werde so schnell wie möglich mit Kelii und seinem Vater reden.«

»Sie wollen mir tatsächlich helfen?«

Johannes sah sie erstaunt an. Augenscheinlich hatte er keinerlei konkrete Hilfe von ihr erwartet, sondern hatte sich lediglich aussprechen wollen.

»Wie können Sie mir helfen, wenn Sie doch selber Probleme haben. Sie müssen nach dem diesjährigen Neujahrsball Gerit Janson heiraten.«

Jetzt war es an Elisa, erstaunt zu sein.

»Wie kommen Sie darauf? Ich plane mein Leben mit Kelii. Wir beide lieben uns...«

Da lachte Johannes laut auf.

»Sie sind ja ein romantisches Herzchen und noch dazu eine ziemliche Traumtänzerin! Lieben können Sie Kelii für immer. Aber heiraten werden Sie bald diesen reichen Langweiler Janson. So hat es mir meine Mutter erzählt ... und bis jetzt hat sie immer recht behalten. Alles andere sind lediglich mädchenhafte Spinnereien. Für Sie gibt es keinerlei Zukunft mit Kelii. Sie sind eine junge Frau aus deutschen Hause, sogar mit einer adeligen Großmutter, einer Gräfin, wenn meine Mutter mir keinen Unsinn erzählt hat. Sie, mein gnädiges Fräulein, sie würden unsere Ehre beschmutzen, wenn sie je öffentlich von diesen Spinnereien reden würden.«

Elisa wurde puterrot. Sie wollte etwas erwidern, schwieg jedoch zunächst. Johannes Blick drückte Spott aus, ja sogar Verachtung. Dabei hatte sie ihm ihr Herz geöffnet. Elisa verstand in diesem Moment etwas, was ihr in aller Härte vorher nicht klar gewesen war. Selbst Johannes war kein wirklicher Freund. Wie alle anderen Weißen würde auch er sie wahrscheinlich hart dafür bestrafen, wenn sie wirklich ernste Absichten mit Kelii verfolgen würde. Sie war allein.

Elisa wandte sich enttäuscht von ihm ab, stand auf und ging ein paar Schritte in Richtung Meer. Johannes rief ihr hinterher.

»Jetzt seien Sie doch nicht verstimmt! Die Tatsache, dass Sie Gerit Janson heiraten müssen, sollte nicht zwischen uns stehen. Wir sind doch Freunde…?«

Elisa hörte das Fragezeichen in seinen Worten. Weitere unsichere Sätze von ihm vermischten sich mit dem sanften Rauschen der heranrollenden Wellen. Elisa drehte sich nicht um. Johannes redete einfach weiter, erhob sogar seine Stimme, sodass sie ihn unten am Wasser gut verstehen würde.

»Unsere Frauen heiraten keine Hawaiianer, Elisa. Es kommt einfach nicht vor … nicht in unseren Kreisen. Ich bitte Sie, nehmen Sie mir meine offenen Worte nicht übel, aber ich rate Ihnen ernsthaft von einer solchen gedanklichen Dummheit ab. Das sind Kindereien, die Sie in ernsthafte Schwierigkeiten bringen könnten! Seien sie bitte vernünftig.«

Kalte Wut stieg in Elisa auf. Als sie sich zu ihm umdrehte, klangen ihre Worte selbst in ihren eigenen Ohren ungewöhnlich scharf.

»Wenn Sie mein Freund sein wollen, Johannes van Ween, muss ich Sie bitten, meine Gefühle ernster zu nehmen. Kelii und ich werden eines Tages heiraten!«

Das war ihr letztes Wort in dieser Angelegenheit. Auf dem Rückweg zur Plantage gingen sie beide ihren eigenen Gedanken nach, jedoch gab Elisa sich einsilbig als Johannes versuchte mit ihr über seine Enttäuschung mit Leilani zu sprechen. Der Morgen graute bereits.

Es ging zwischen den Menschen oft um Vertrauen, dachte Elisa, während sie sich müde auf ihrem Bett ausstreckte. Die Sonne stand inzwischen am Himmel, die Vögel schrieen wie jeden Morgen in schrillen Tönen in den Büschen vor ihrem Fenster, während sie sich um das Futter zankten. Nachdem sie sich hinter dem Plantagentor von Johannes verabschiedet hatte, um ins Gästehaus zu gehen, fühlte Elisa sich nur noch schwach und elend. Ihr war, als würde ihre Lebenskraft schwinden, als sie sich zum Abschied die Hände reichten. Von Freundschaft hatte er geredet und von gegenseitigem Respekt, aber in Elisa war etwas zerbrochen. Es würden mehr als Worte von Johannes nötig sein, um den abgrundtiefen Riss zu kitten, der sich am Meeresufer zwischen ihnen aufgetan hatte.

Durch das Hausmädchen hatte Elisa vor ihrem Zubettgehen noch im Haupthaus ausrichten lassen, dass sie heute unpässlich war. Sie wünschte keinerlei Störung. Das konnte sie sich erlauben, da sie am Morgen ihre Mondzeit bekommen hatte. Regelmäßig wie ein Uhrwerk erwischte sie der lästige Frauenfluch immer kurz vor Vollmond. Die Bauchschmerzen waren unangenehm, ebenso wie das umständliche Hantieren mit den Stoffstreifen, die sie jetzt mittlerweile mit einer besonderen Technik besser unter ihrer Kleidung befestigen konnte. Kelii hatte dieses heikle Thema mit ihr erörtert, als sie noch mit der Wunde an ihrem Bein ans Bett gefesselt war und er ihr half. Als Kahuna wusste er um diese Frauengeheimnisse.

An diesem Tag war Elisas Mondzeit ein Geschenk. Das waren die einzigen beiden Tage im Monat, an denen sie ihre Cousinen nie beaufsichtigen musste.

Elisa wälzte sich jedoch unruhig hin und her. An diesem Morgen waren die Krämpfe besonders lästig, und sie konnte unmöglich einschlafen. Um die Schmerzen in ihrem Unterleib zu betäuben, stand sie noch einmal auf und ging an ihr geheimes Medizinschränkchen, ein verborgenes Fach an der Seite ihrer Kleidertruhe, das Kelii ihr mittels einiger zusätzlicher Bretter heimlich während ihrer Genesungszeit eingerichtet hatte.

Die braunen Glasfläschchen hatte sie am gestrigen Nachmittag bereits mit dem heilenden Pulver auffüllen können. Getrocknet waren die Wasserpflanzen schnell in der sengenden Mittagssonne. Mit dem Mörser hatte Elisa die Stiele noch abends fein zerrieben. Vor dem Abendessen hatte sie das Pulver in die drei Fläschchen gefüllt. Dieser Vorrat würde wieder für mehrere Monate reichen, dachte sie und öffnete eines der Fläschchen.

Ein wenig von dem feinen Pulver schüttete sie auf einen kleinen Löffel, der einzig und allein dazu diente, die potente Medizin nach Keliis Vorgabe abzumessen.

Das Pulver roch streng. Es würde heute besonders gut wirken, weil es noch so frisch war, dachte Elisa sich. Eilig rührte sie einen halben Teelöffel in ihr Wasserglas und trank es in einem einzigen langen Zug aus. Kelii wäre nicht einverstanden damit, dass sie sein heiliges Pulver für derartig profane Beschwerden einnahm, das wusste sie genau. Aber jetzt wollte sie einfach nur schnell einschlafen und alle diese schrecklichen Probleme vergessen, die innerhalb weniger Stunden wie eine Sturmflut auf ihr Leben zugerollt waren.

Während Elisa kurz darauf sanft in das Reich des heilenden Schlafes hinüberdriftete, war sie in Gedanken bei Kelii. Zwischen ihm und ihr war es von Anfang an immer um Vertrauen gegangen. Am gestrigen Tag, als sie sich in der Höhle seinem Verlangen hingab, hatte er ohne Widerrede ihre körperlichen Grenzen akzeptiert. Er hatte sie gewähren lassen, ihr erlaubt zu erforschen, was sie an ihm schon lange reizte, aber sich selber zurückgehalten. Sie durfte seine männliche Kraft berühren und ihn mit Verlangen erbeben lassen, bis er es nicht mehr aushalten konnte. Gleichzeitig aber war er die ganze Zeit rücksichtsvoll und geduldig.

Bereits im Halbschlaf konnte sie nicht aufhören an seine zärtlichen Berührungen zu denken und berührte die Stellen an ihrem Körper, die er behutsam erforscht hatte. Vorsichtig war er ihrer erwachenden Leidenschaft begegnet. Obwohl sie spürte, wie glühend er sie begehrte, hatte er seine Wünsche hinter ihr Bedürfnis nach Sicherheit gestellt. Dabei wusste sie, dass er in den letzten Jahren bereits Erfahrungen mit einem bestimmten Mädchen in seinem Dorf gesammelt hatte. Schon in frühen Kindertagen war Kelii die Tochter einer Kahuna zur Frau bestimmt worden. Aber er machte sich genauso wenig aus ihr wie sie sich aus ihm, so hatte er es zumindest dargestellt. Seine Eltern waren in dieser Hinsicht offen, denn auch ihre Verbindung war durch eine nicht vorhergeplante Liebe entstanden. Und deswegen hoffte Elisa auch, dass Leilani nicht wegen ihrer Schwangerschaft für immer fortgebracht worden war. Johannes hatte sicherlich unrecht, wenn er glaubte, dass ihre Eltern sich niemals mit ihm einverstanden erklären würden.

Vom grünen Pulver angenehm entspannt fielen ihr die Augen zu. In ihrem euphorisierten Halbschlaf freute sie sich bereits darauf, endlich Keliis Mutter kennenzulernen. Sie hoffte, dass ihre Inhaftierung schnell vorüber war und sie ebenfalls zum Vollmondfest kommen konnte. Kelii hatte viel von seiner Mutter erzählt und gemeint, dass Elisa sie mögen würde und auch umgekehrt, dass seine Mutter Gefallen an Elisa finden würde. Und wenn sie dann von Keliis ganzer Familie akzeptiert werden würde, dann könnte sie vielleicht in Zukunft auch damit leben, für ihre eigenen Verwandten zu einem Schandfleck geworden zu sein, weil sie einen Hawaiianer liebte.

Elisa schluckte, während sie die lähmende Wirkung des Pulvers auf dem hinteren Abschnitt ihrer Zunge spürte. Aber was würde ihre Mutter sagen? Sicherlich hätte sie in Clementia eine Verbündete, wenn sie eine geheime Liebelei mit Johannes van Ween im Sinn hatte. Aber eine Hochzeit mit Kelii? Schnell schob sie den Gedanken an ihre Mutter beiseite und dachte lieber wieder an ihren Liebsten. Wie zärtlich er sein konnte! Wie geheimnisvoll und schön seine Welt im Gegensatz zu ihrer war. Eines Tages würden sie alle zusammen bei seiner Wasserfamilie sein. Sie würden zum Riff schwimmen, das wünschte sie sich, denn die Haie waren ein Teil von ihm – und jetzt auch von ihr. Jedes neugeborene Kind wurde beim ersten Vollmond zum Riff gebracht. Auch Elisas und Keliis Kinder würden eines Tages den Haien am Riff vorgestellt werden. Nach alter Tradition würde Kelii als der Vater mit dem Neugeborenen ins Wasser gleiten, während Elisa den Haien ein Lied vorsingen würde. Unter der Wasseroberfläche würde ihr Baby anfangen von alleine zu paddeln, beschützt von seinem Vater. Das Baby würde von alleine wieder an die Oberfläche kommen, während die Haie, von Elisas Gesang bezaubert, friedlich umherschwimmen würden. Vielleicht war das nur ein Traum, eine Saga, eine Legende, doch Elisa hatte sich längst in diese alten hawaiischen Geschichten der magischen Verbindung zwischen den Haien und den Menschen verliebt.

Bei Keliis Meerestaufe war Großvater Hai angeblich seit Urzeiten zum ersten Mal selbst wieder am Riff aus der Tiefe des Ozeans aufgetaucht. Er hatte den Jungen mit sich in die Tiefe genommen, um ihm sein Riff zu zeigen. Das war eine besondere Ehre. Deshalb würde Kelii eines Tages auch zum Oberhaupt des Dorfes werden. Und Elisa wäre dann seine Frau ... So verwebten sich die Geschichten, die das grüne Pulver in Elisa mit bunten Bildern zum Leben erweckte, während auf der Plantage ein Arbeitstag wie jeder andere begann.

In Elisas unruhigem Dämmerschlaf, in dem feinen Raum zwischen Wachen und Schlafen kamen Gefühle auf, die sie tagsüber verdrängte. Eine ungewisse Angst nahm jetzt von ihr Besitz, während die Wirkung des Pulvers ihren restlichen Körper lähmte. Was wäre, wenn Johannes recht hatte? War ihre Liebe zu Kelii zum Scheitern verurteilt? Würden sie gemeinsam auf Kauai bleiben können, wenn es tatsächlich auf den Inseln zum Krieg zwischen den Weißen und den Hawaiianern käme?

Die berauschende Wirkung des Pulvers ließ bisher unbekannte Bilder vor Elisas innerem Auge erscheinen. In dunkler Vorahnung sah sie grausige Bilder voller sinnloser Gewalt zwischen Polizisten und hilflosen Königstreuen. Sie sah, wie Frauen gezwungen wurden, Steine zu essen, bis sie Blut spuckten. Sie hörte vom Meer her erstickte Schreie und realisierte, dass es ihre eigenen Schreie waren. Sah sie durch das Pulver in ihre eigene Zukunft?

Dichter Nebel legte sich über ihre Fragen, als sie tiefer in den Raum zwischen den Zeitwelten glitt. Elisa wusste nicht mehr, wo sie sich befand. Ohne festen Untergrund ging sie barfuß und frierend durch ein Tal aus wirbelnden Nebelschwaden, die ihr zäh und undurchsichtig den Weg versperrten. Im Nu hatte sie die Orientierung verloren. Alles sah gleich aus. Sie fühlte sich verloren und entsetzlich allein. Zitternd vor Kälte wollte sie sich einen Moment setzen und sich gegen das eisige Nichts zusammenkauern, als sie vor sich eine menschliche Kontur sah. War da eine Statue? Als Elisa näher kam, erkannte sie Atemhauch, dann eine Bewegung. Zwei Hände lockten sie. Inmitten des Nebelfeldes, zwischen den Welten stand eine Frau, der Elisa bereits zwei Mal in der Vergangenheit begegnet war. Maja war ihr Name, wie sie sich erinnerte.

Das erste Mal hatte sie das Gesicht der jungen Frau gesehen, bevor der Hai zubiss. Das zweite Mal hatte Elisa viel von dem Tausendnebel-Pulver genommen und die junge Frau war länger geblieben. Miteinander gesprochen hatten sie nicht. Konnte man in diesem Nebelfeld reden? Elisas Zunge war schwer wie Blei.

Maja erkannte Elisa ebenfalls, wie das Aufflackern in ihren klugen Mandelaugen verriet. Auch sie sagte kein Wort. Nur eine hochgezogene Augenbraue schien zu fragen, wo Elisa so lange gewesen war.

Dann lächelten die Frauen sich zu, zunächst vorsichtig, dann erleichtert. In dem Nebelfeld im Nirgendwo waren beide nicht mehr allein.

Elisa wollte die Hand nach Maja ausstrecken, traute sich dann aber nicht und zog sie schnell zurück. Vielleicht war Maja nicht wirklich da, sondern nur eine Illusion, hervorgerufen durch das grüne Pulver?

Als könnte Maja ihre Gedanken lesen, streckte jetzt sie ihre Arme aus.

Als Elisa von der ihr so vertrauten Fremden umarmt wurde, spürte sie zuerst die goldene Wärme der Haut.

Eine Welle tiefer Dankbarkeit stieg in ihr auf. Ein Engel, dachte sie, Maja musste ihr persönlicher Schutzengel sein.

TEIL II

DER SOG

Das Ich ist ein Meer, grenzenlos
und unermesslich.

Der Prophet Khalil Gibran

Côte d'Azur, September 2010

Majas Lungen schmerzten. Sie wollte länger in Elisas Welt bleiben, konnte aber die Luft nicht mehr anhalten. Mit letzter Kraft kam sie zurück an die Wasseroberfläche. Keanu wartete bereits auf sie. Ein Blick auf ihr fassungsloses Gesicht und er wusste Bescheid.

»Elisa war da, nicht wahr?«

Maja nickte erstaunt. Er wusste, was sie erlebt hatte? So verrückt es auch schien, so logisch war es für Keanu. Er sagte ihr noch einmal, dass sie eine ganz besondere Verbindung hatten. Maja sollte einfach geschehen lassen, was ohnehin unvermeidbar war. Ihre Welten mussten sich früher oder später treffen. So war es durch Elisas Schicksal vorherbestimmt.

Für Maja war es ungeheuerlich und in keiner Weise nachvollziehbar, was er ihr sagte, während sie gemeinsam auf den dunklen Wellen trieben. Sie kannten sich ja kaum! Dennoch hatte sie durch seinen Haifischzahn in diesen wenigen Sekunden unter Wasser ihr Leben mit einer jungen Deutschen geteilt, die vor über hundert Jahren nach Hawaii ausgewandert war. Keanu beantwortete ihre Fragen nach dem Haifischzahn so gut er konnte. Der Zahn gehörte einst Großvater Hai. Er hatte eine sehr wichtige Bedeutung, weil mit ihm für Keanus Familie auf Kauai etwas begonnen hatte, das bis heute nicht vollendet worden war.

Weiter über das Erlebte sprechen konnten sie beide nicht, denn jeder hing jetzt seinen Gedanken nach. Das, was Maja gerade unter Wasser erlebt hatte, war für sie unfassbar, weil es in der Welt ihres bisherigen Lebens keinerlei Sinn ergab. Sie hatte nie Visionen. Sie dachte sich auch keine Geschichten aus und hielt sich psychisch für durchschnittlich stabil.

Natürlich hatte sie in ihrem Leben schon unendlich viele Filme gesehen, auch einige über Hawaii. Sie wusste, dass »Jurassic Park«, aber auch einer der »King Kong«-Filme auf Kauai gedreht worden war. Sie hatte wegen ihres Vaters Bücher über Kauai gelesen. In ihren Träumen ging es besonders um Vollmond herum bisweilen wild und lebhaft zu. Aber was sie jetzt gerade erlebt hatte, war etwas völlig anderes. Sie war mit einer Frau verschmolzen, die schon seit Langem tot war. Dabei hatte Maja nichts anderes getan, als mit Keanus Haifischzahn unter die nächtliche Wasseroberfläche zu tauchen. Es war Magie. Es musste so etwas wie Magie sein, die in diesem Zahn steckte. Er hatte die Bilder produziert, die realer als jeder Film waren.

Doch dann verwarf sie diese Idee wieder. Es konnte nicht der Zahn alleine gewesen sein, denn Maja hatte Elisas Erlebnisse irgendwie geteilt. Sie hatte mit ihr um das Überleben gekämpft, als der Hai ihr Bein anfiel. In der Höhle hinter dem Wasserfall hatte sie Keliis fieberhafte Erregung gespürt. Sie hatte mit Elisa unter dem Jasminbusch gesessen und zugesehen, wie Johannes mit ihren kleinen Cousinen Ball spielte. Nein, halt, es waren nicht Majas Cousinen, sondern Elisas Cousinen gewesen. Aber für Maja hatte es sich angefühlt, als wäre sie Elisa.

Keanu sah sie durchdringend an.

»Willst du ihn mir zurückgeben, oder willst du mit dem Zahn noch einmal zu Elisa?«

»Nein, das will ich nicht … nicht jetzt.«

Schnell gab Maja ihm den Haifischzahn zurück. Viel reden konnte sie nicht, denn dazu war sie viel zu aufgewühlt. In ihrem Inneren tobte ein Sturm, weil ihr

Verstand nicht begreifen konnte, was geschehen war. Ihr Treffen mit Keanu war also doch kein Zufall gewesen. Über seine Ahnen hatte er etwas gesagt, bevor Majas Reise zu Elisa losging. Er hatte von dieser Haifischfrau Elisa geredet. Aber Maja wäre nie im Traum auf die Idee gekommen, dass sie unter Wasser etwas erleben würde, real wie das echte Leben, intensiver als ein Hollywoodmärchen und noch dazu mit einer Frau, die sie instinktiv mochte.

Zudem hatte ihre Unterwasserreise etwas mit ihrer eigenen genetischen Verbindung zu Polynesien zu tun, über ihren Vater, das vermutete Maja inzwischen. Alles in dieser neuen Welt war ihr auf merkwürdige Weise vertraut gewesen: ihr Treffen mit Kelii am Wasserfall, das Leben auf der Plantage, das Gespräch am Strand mit Johannes und zuletzt auch die Nebelwelt, in der sie Elisa spontan umarmt hatte. Konnte es sein, dass Maja an zwei Orten gleichzeitig existierte? Sie hatte bei der Umarmung das Gefühl gehabt, sich selbst in den Arm zu nehmen, nur in einer anderen Zeit. Maja umarmt Maja in der Gestalt von Elisa Vogel? Das war Wahnsinn. Kein Mensch konnte Raum und Zeit überbrücken! Es gab keine Traumwanderer zwischen den Welten.

Was sie gerade erlebt hatte, musste ein Ballet ihrer verrückt gewordenen Synapsen sein, vielleicht ähnlich wie ein Déjà-vu. Spielte ihr Verstand verrückt, weil sie sich ein wenig in Keanu verliebt hatte und deswegen durcheinander war? Das wäre zumindest halbwegs normal und etwas anderes kam für sie nicht infrage.

»Wie geht es dir?«

Besorgt sah Keanu sie an, während sie im Wasser langsam nebeneinander herschwammen.

»Prima, wirklich … alles okay«, log sie.

Er näherte sich ihr im Wasser und lächelte aufmunternd, so als wollte er sie ermutigen, über das Erlebte zu sprechen. Aber sie konnte nicht. Zaghaft fasste sie den Haifischzahn an, der wieder an dem Lederband um seinen Hals hing, doch sofort ließ sie ihn erschrocken wieder los. Immer noch pulsierte der Zahn heiß. Vielleicht war es doch kein Ballet ihrer Synapsen gewesen.

»Kann ein Zahn eine Art Speicher für lebendige Erinnerungen sein?«

»Wie meinst du das?«

Belustigt sahen seine geheimnisvollen Augen sie an.

»Könnten Erinnerungen deiner Ahnin Elisa in diesem Zahn stecken?«

»Du meinst, als Bilder...? Oder als Worte...?«

»Nein, eher wie ein Film, der dreidimensional ist und in dem man selber mitspielt, weil man die weibliche Hauptfigur ist ... oder zumindest fast ist. Ich meine, ich bin nicht Elisa, sondern Maja...«

Keanu sah sie erstaunt an.

»Wäre in dem Zahn dann nicht eher meine Vergangenheit? Ich bin es, der ihn trägt. Elisa ist meine Ahnin.«

Maja nickte. Er hatte recht. Es konnte nicht ihre Vergangenheit sein, die sie gerade erlebt hatte. Zwar floss über die Familie ihres Vaters polynesisches Blut in ihren Adern, aber sie wusste nur sehr wenig über ihre Vorfahren in der Südsee. Und rein rechnerisch machte ihr genetischer Anteil Hawaii lediglich ein Achtel aus, obwohl sie durchaus polynesisch aussah. Vielleicht hatte sie sich deswegen vom ersten Augenblick an wie magnetisch von Keanu angezogen gefühlt. Schon öfter war es ihr in der Vergangenheit so gegangen, wenn sie Menschen kennengelernt hatte, die ebenfalls polynesisches Blut hatten. Sie machten sie auf ganz besondere Weise neugierig.

Während Maja mit klopfendem Herzen neben Keanu im Mondlicht auf dem Rücken in den Wellen des zahmen Mittelmeers trieb, ließ sie die Highlights ihrer Begegnungen mit Keanu vor ihrem inneren Auge Revue passieren.

Im Nachhinein erschien ihr alles darin überhöht und fast wie eine Aufforderung des Schicksals. Sie erinnerte sich wörtlich an jeden Satz, jeden Augenblick, sogar an ihre ersten Worte. Irgendwo in dieser ersten Begegnung steckte vielleicht die Erklärung für den Wahnsinn, den sie gerade eben erlebt hatte.

»Ich bin Maja, Maja Kemper aus München.«

Seine Antwort servierte Keanu mit einem gnadenlos charmanten Lächeln, als er Maja ihren Sonnenhut hinhielt, den er gerade aufgehoben hatte.

»Keanu Kairipai aus Hanalei Bay, Kauai. Sorry für meine nicht ganz perfekte deutsche Sprache … aber ich will mir Mühe geben.«

Maja lächelte dankbar und setzte ihren Sonnenhut wieder auf. Das überlaute Klopfen ihres Herzen verbarg sie hinter einem verlegenen Wortschwall über ihren Hut. Das unpraktische Ding mit der übergroßen Krempe war ihr in den letzten Tagen an Nizzas Strandpromenade schon öfter vom penetrant warmen Schirokko fortgeweht worden, der in ihrem Lehrerseminar für allerlei Unruhe gesorgt hatte. Schirokko eben.

»Ich danke dem Hut. Vielleicht reden wir jetzt mehr miteinander. Das würde mich freuen, Maja Kemper.«

Sie starrte ihn an. Machte er sich lustig über sie? Aber sein aufrichtiges Lächeln zeigte, dass seine Worte ernst gemeint waren.

»Ihre Augen … sie erinnern mich an zu Hause.«

Wieder sagte Maja kein Wort, sondern musste den Hawaiianer nur immerzu ansehen. Sonst war sie nicht auf den Mund gefallen, aber bei diesem Mann fehlten ihr die Worte. Er sah einfach unglaublich gut aus.

Sein ungewöhnlich gutes Aussehen war das Erste, was ihr in dem internationalen Lehrerseminar an Keanu aufgefallen war. Sonst fand Maja die meisten Lehrer äußerlich eher durchschnittlich bis uninteressant. Aber dieser Hawaiianer bildete eine Ausnahme.

Beide waren sie wegen des Seminars nach Nizza geflogen, er aus den USA und sie aus München. Alle Teilnehmer hatten sich anfangs kurz auf Englisch vorgestellt. Als Keanu dran war, hatte er diese Aufgabe charmant in drei Sprachen bewältigt, woraufhin sämtliche weibliche Wesen ihn umschwärmt hatten.

Charmant, gebildet und sexy! Wie gut er aussah, wusste Keanu, wie Maja an seinem Habitus feststellte. Ein Mann, der es gewohnt war, dass Frauen ihn umschwärmten. Mit weiblich schmachtender Bewunderung wollte Maja ihn daher auf keinen Fall langweilen. Daher hatte sie ihn in der ersten Tagen eher gemieden, denn schließlich war sie mit Stefan verlobt.

Jetzt aber stand der Schöne direkt vor ihr auf der Promenade. Der Schirokko blies Sandkörner und dumme Ideen in Majas Richtung. Hatte der Hawaiianer hier auf sie gewartet? War er ihr gar gefolgt? Unsinn! Aber was sollte sie jetzt zu ihm sagen? Plumpe Konversation? Ein paar lahme Floskeln über ihren gemeinsamen Lehrerberuf absondern? Ihr tumbes Schweigen war auch keine Lösung, denn er sah sie bereits abwartend an. Maja musste etwas sagen. Sie entschied sich für simple Höflichkeit.

»Danke. Thank you. Merci beaucoup … this hat always likes to escape. Mein Hut ist ein Hut mit eigenem Willen und einem überaus starken Drang zum Meer hin. Wir lieben das Meer, mein Hut und ich. Es macht uns immer glücklich…«

Er starrte sie an und Maja konnte sich ein zufriedenes Grinsen nicht verkneifen. Zumindest hatte sie ihm ebenfalls mehr als eine Sprache serviert! Und als er ihr kurz darauf ein nettes Kompliment über ihren wilden Hut machte, war das Eis bereits gebrochen.

»Er hat einen guten Geschmack, Ihr Hut, denn auch ich liebe das Meer. Auch mich macht der Ozean immer glücklich...«

Er gab sich Mühe, seine Worte in korrektem Deutsch zu sagen, und hatte eine gute Aussprache. Maja nickte.

»Mein Hut dankt! Vielleicht ergibt sich ja in den nächsten Tagen die Möglichkeit, dem Meer gemeinsam ein wenig näher zu kommen. Das würde meinen Hut sehr freuen...«

Er nickte und lächelte erneut, diesmal begleitet von einem Blick, den Maja zunächst nicht deuten konnte. Er sah sie so innig und warm an, als würde er sie nie wieder gehen lassen wollen.

In den folgenden Minuten dehnte er ihre alberne Konversation über den Hut so lange aus wie möglich, bevor er zurück zum Seminar musste. Er musste früher als Maja dort sein, um noch etwas vorzubreiten, da er nicht nur Teilnehmer war, sondern selbst auch eine kleine Gruppe unterrichtete.

Maja verabschiedete sich freundlich, aber förmlich, indem sie ihm ihre Hand reichte. Er hielt ihre Hand einen Augenblick zu lang in seiner, so als würde er etwas überprüfen wollen. Danach war sein Händedruck warm, aber nicht zu fest, sondern eher fürsorglich.

Maja sah ihm nach, wie er mit beschwingtem Schritt die Stufen von der Promenade zur Straße nahm und kurz darauf zwischen den Autos verschwand.

Um ihr wild klopfendes Herz zu beruhigen, hatte sie nach ihrem ersten Gespräch einige Minuten aufs Meer hinaus geblickt. Sie war von ihren heftigen Gefühlen überrascht, denn schließlich war sie verlobt und gar nicht auf der Suche nach einer romantischen Begegnung. Doch ihr Körper sendete andere Signale: Ihre Knie waren weich und das Innere ihres Mundes ganz trocken vor lauter Aufregung.

Maja wusste zu diesem Zeitpunkt noch nicht genau, warum sie derartig stark auf Keanu reagiert hatte. Sie hatte zwar den Verdacht gehabt, dass der Hawaiianer sich von Anfang an für sie interessierte, aber so etwas machte sie normalerweise nicht nervös. An männliches Interesse war Maja gewöhnt, seit sie begonnen hatte, sich zu entwickeln. Sie war eine schöne Frau, trotz ihrer Größe und ihrer üppigen Kurven, oder vielleicht gerade deswegen. Jedenfalls war sie nur schwer zu übersehen und sah zudem leicht exotisch aus, was die männliche Phantasie beflügelte. In den vergangenen zehn Jahren hatte sie immer mehr als genug Verehrer gehabt.

Seitdem sie sich halbwegs erwachsen fühlte, konnte sie gut mit Männern umgehen und gegebenenfalls harte Grenzen setzen. Bei Keanu war das nicht nötig. Seine klugen Augen hatten zwar seit dem ersten Tag in sämtlichen Seminarpausen unauffällig auf ihr geruht, aber er hatte stets Abstand gehalten. Trotzdem dachte sie anfangs, sie würden sich vielleicht von irgendwoher kennen, weil er ihr so vertraut schien. Hin und wieder schenkte er ihr auch ein zurückhaltendes Lächeln, hatte sie aber bis zu diesem Tag kein einziges Mal angesprochen.

Er besuchte die fortgeschrittenen Kurse und kannte bereits einige der Teilnehmer, sodass er meistens in eine Gruppe eingebunden war, die vor allem aus Frauen bestand. Maja hingegen war zum ersten Mal hier. Auch schätzte sie ihn vom Alter her auf um die dreißig, also einige Jahre älter, als sie es war. Zudem hatte er bereits seinen internationalen Lehrerstatus und hielt vor Anfängern Vorträge über die Fortschritte der Reformierung des US-Schulsystems.

Als Hawaiianer war Keanu ein glühender Nationalist und stand der US-Regierung trotz Barack Obama kritisch gegenüber. Soviel hatte Maja bereits über ihn herausbekommen. Auch konnte er gut referieren und hatte die Art von trockenem Humor, den sie an Männern generell sehr schätzte. Dieser Hawaiianer nahm sich selbst nicht allzu ernst.

Verheiratet war er nicht, zumindest trug er keinen Ring. Dennoch vermutete Maja eine feste Beziehung. Ein derart gut aussehender Mann war bestimmt in festen Händen. Warum jedoch hatte er von Anfang an so häufig zu ihr hingesehen und sie dennoch, auch in den Pausen, kein einziges Mal angesprochen? Sie traute sich nicht, ihn zu fragen. Dabei war ihr eine gewisse Neugierde angeboren. Immer und überall musste sie ihre Nase hineinstecken, wie ihr Vater ihr manchmal vorwarf, wenn sie ihn als Kind mit Fragen über seine Herkunft genervt hatte und nicht locker lassen konnte. In der Pubertät hatte sie sogar einmal in seinen Briefen und Alben heimlich nach Indizien für seine geheimnisvolle Vergangenheit gesucht hatte.

Ihr Vater hatte hawaiisches Blut. Bei ihm war es sogar ein Viertel Hawaii und deutlicher zu erkennen als bei ihr. Seine Haut war jetzt im Alter eher rotbraun statt golden, aber immer noch besonders weich und zugleich dicker als ihre eigene. Seine Augen waren mandelförmig und schienen immer leicht zu lächeln, selbst wenn er nachdenklich war. Maja liebte sein polynesisches Aussehen, doch ihr Vater sprach auch mit Mitte sechzig noch nicht gerne über sein hawaiisches Erbe.

Max Kemper war als junger Mann nur ein einziges Mal auf den hawaiischen Inseln gewesen und danach enttäuscht zurückgekehrt, wie er einmal gesagt hatte. Kurz nach dem Ende des Zweiten Weltkriegs geboren, war Majas Vater das Resultat einer kurzen Affäre zwischen einer blutjungen bayerischen Kellnerin und einem GI aus Hawaii, der mit seiner Kompanie in einer bayerischen Kleinstadt stationiert war.

Majas Vater war das Resultat einer leidenschaftlichen Nacht der Euphorie darüber, dass nun endlich Friede war. Aber es war wohl keine wirkliche Liebe im Spiel gewesen. »Sternenkind« hatte Majas Großmutter ihn genannt, denn später hatte sie geheiratet und noch zwei Kinder mit einem Mann aus München bekommen. Unter seiner außergewöhnlichen Herkunft, die sein anders aussehendes Gesicht allen Menschen verriet, hatte ihr Vater wohl früh im Leben gelitten. Und eines Tages hatte er sich auf die Suche nach seinen Wurzeln begeben, so wie auch andere Kinder, die in der Zeit der amerikanischen Besatzung entstanden waren und zurückgelassen wurden, oft von amerikanischen Soldaten, die in ihrer Heimat bereits Familie hatten.

Die Tatsache, dass der hawaiische Vater von Max Kemper, also der Großvater von Maja und ihren älteren Geschwistern, ein GI aus Hawaii war, jedoch seinerseits angeblich wieder zur Hälfte deutsches Blut hatte, spornte die ganze Familie zu Nachforschungen an, die sich im ersten Weltkrieg verloren. Damals jedoch gab es deutsche Soldaten auf Hawaii. Die Suche nach seinen Wurzeln hatte Majas Vater Max als jungen Mann so sehr beschäftigt, dass er ans Ende der Welt reisen musste. Seine Suche hatte ihn als jungen Studenten in den Sechzigerjahren sein ganzes Geld gekostet, aber seinen Vater hatte er nicht gefunden, weder auf Oahu, Maui und auch nicht auf Hawaii selber. Max hatte seinen leiblichen Vater nie kennengelernt und lebte dennoch in seiner Haut, wie er es Maja einmal erklärt hatte.

Sein Münchner Stiefvater, den Maja noch als kleines Mädchen als ihren Opa erlebt hatte, war ein freundlicher Mann und um einige Jahre älter als die Mutter von Max. Gerne hatte der deutsche Großvater Max mit großgezogen, ihm seinen Namen gegeben und ihn seinen späteren leiblichen Kindern gleichgestellt.

Max Kemper war schon früh ein viel versprechendes und vor allem ein intelligentes Kind. Man war in der Familie stolz auf seine schulischen Leistungen und er wurde von allen geachtet und geliebt, obwohl er anders aussah als der Rest der Familie. Alle waren sie blond und hatten helle Augen, nur Max nicht.

Majas Vater sah immer aus wie ein Besucher der Familie, wie er ihr einmal mit seinem üblichen humorvollen Zwinkern, das er sich von seinem Stiefvater abgeschaut hatte, erklärt hatte. Nein, es war nicht immer leicht gewesen mit dem Gesicht eines fremden Mannes herumzulaufen, der Max nicht gewollt hatte.

Doch Majas Großvater war ein guter Mann und an seinem Vorbild hatte Max sich dann auch orientiert. Deshalb war es ihm immer wichtig, für Maja und ihre beiden älteren Geschwister der beste Vater der Welt zu sein.

Maja hatte seit ihrer Ankunft mehr als einmal mit ihrem Vater in München telefoniert, so auch auf der Strandpromenade von Nizza, mit Blick auf den bestechend blauen Meereshorizont, gleich nachdem Keanu sie zum ersten Mal angesprochen hatte und sie über ihren Hut redeten. Ihr stets präsenter, kluger und großzügiger Vater Max war es schließlich gewesen, der Maja dieses kostspielige Seminar an der Côte d'Azur spendiert hatte.

Max hatte nicht groß thematisiert, dass er wusste, wie schwer es für seine Jüngste werden würde, sich auf die Dauer damit zu begnügen, in München als Gymnasiallehrerin zu arbeiten. Maja wollte ihren Wunder-Stefan, einen Kardiologen, der mit Majas Mutter zusammenarbeitete, heiraten. Sie hatte der Familie gegenüber angedeutet, dass diese Hochzeit wahrscheinlich in weniger als einem Jahr stattfinden würde, wenn sie denn dann endlich ja gesagt hätte...

Max Kemper hatte dazu nur genickt. Er kannte Maja gut. Seine Jüngste hatte, wie er es gerne ausdrückte, bereits seit ihrer Geburt Hummeln im Hintern gehabt. Zudem litt Maja unter Fernweh. Schon als Teenager wollte sie unbedingt einmal nach Hawaii. Diese Reise hatte sich allerdings bisher noch nie ergeben. Majas Plan, für ein paar Jahre im Ausland zu arbeiten, fand Max großartig. Gerne spendierte er ihr ein spannendes Seminar wie dieses hier in Nizza und noch lieber bestärkte Max seine Tochter in ihrem Wunsch, ihre beruflichen Grenzen zu erweitern. Er war froh, dass Maja vor der Abreise ihre Heiratspläne weiter in die Zukunft verschoben hatte. Max mochte Stefan, aber er spürte, dass Maja noch etwas anderes suchte, einen Teil ihrer Identität, die auch Max sein ganzes Leben lang beschäftigt hatte. Außerdem gab es ein Geheimnis, einen bisher verschwiegenen Teil von Majas Leben, den ihre ganze Familie bisher vor ihr verborgen gehalten hatte – um Maja zu beschützen. Maja ahnte, dass es etwas gab, was ihr Vater ihr verschwieg, jedoch wusste sie, dass es sinnlos war, danach zu suchen. Eines Tages wird die Zeit gekommen sein, so hatte Max es ihr versprochen.

Mehr als zehn Minuten waren Maja und Keanu nebeneinander im nächtlichen Meer in Richtung Strand getrieben. Beide hatten sie geschwiegen, beide gingen sie ihren Gedanken nach, beide hatten sie in dieser Nacht eine Entscheidung zu fällen, denn auch Keanu war einer anderen Frau versprochen.

»Woran denkst du?«

Seine Stimme war weich und samtig. Maja dachte nicht daran, ihm zu erzählen, dass ihre Gedanken gerade bei den beiden Männern gewesen waren, die ihr im Leben am meisten bedeuteten. Jedoch konnte sie ihm guten Gewissens von dem Anfang ihrer gedanklichen

Reise erzählen, die um ihre erste Begegnung im Schirokko kreiste.

»An uns … Ich erinnere mich gerade daran, wie wir uns das erste Mal unterhalten haben. Mein Hut, der Schirokko, meine Unsicherheit… «

Er lachte, glaubte ihr aber kein Wort.

»Nein, ich glaube, du denkst an deinen Freund.«

»Na und? Darf ich das nicht…?«

Er blieb ihr die Antwort schuldig, schwamm aber mit ein paar kräftigen Zügen so weit voraus, dass sie hinter ihm zurückblieb.

Maja hatte es nicht eilig. Sie war froh, ihre Gefühle ordnen zu können. Ein ungewisses Gefühl von Schuld ergriff Besitz von ihr. Sie musste fast täglich an Stefans enttäuschte Augen denken. Er hatte an ihrem letzten Abend vor der Abreise aus München mit ihrem klaren »Ja« gerechnet. Und er wollte ein Datum, am liebsten noch in diesem Jahr wollte er Maja heiraten. Sie aber hatte sich erneut Bedenkzeit erbeten, so als könnten zwei Wochen etwas an ihrem Grundgefühl ändern. Und das Paradoxe daran war, dass ihr Grundgefühl Stefan gegenüber wirklich Liebe war. Es war eine ruhige stetige Liebe, denn Stefan war ein Mann, mit dem sie gut eine Familie gründen könnte, wenn sie eines Tages so weit sein würde. Im Moment schien eine eigene Familie jedoch nicht Majas Ziel zu sein, denn sie scheute bereits den Gedanken an so viel Sesshaftigkeit.

In den letzten drei Jahren war es eine bequeme und stetig wachsende Liebe gewesen, die Maja sicher war und daher gar keinen Traualtar brauchte. Das war Majas Hauptargument. Sie liebten sich auch so und waren ein eingespieltes Team. Warum also diese Veränderung? Aber Stefan wollte unbedingt heiraten. Weitere zwei Wochen durfte sie noch überlegen, das hatte Stefan ihr zugebilligt, obwohl er es eigentlich albern fand.

Im Wasser unter den Sternen treibend realisierte Maja, dass sie nur nach einem Aufschub gesucht hatte, um seinen Antrag nicht ganz zurückzuweisen. Dabei vertraute sie ihm und fühlte sich geborgen und sicher. Dennoch gab es einen Teil in Majas Herz, den er nie berührt hatte. Keanu hingegen hatte schon mit seinem ersten forschen Blick einen Teil ihres Wesens getroffen, den Stefan nicht einmal kannte. Konnte es sein, dass sie auf diese Begegnung gewartet hatte, obwohl sie mit Stefan auf eine verlässliche Weise glücklich war? Aber vielleicht war ihre Liebe zu Stefan auch gar nicht die wirkliche Liebe? Vielleicht erschien ihr auch deshalb die Vorstellung einer Ehe mit ihm eher wie ein düsteres Gefängnis?

Maja hasste es, wenn sich ihre Gedanken immerzu im Kreis drehten. Doch eine ungewisse Angst schnürte ihr jetzt im Wasser unter den Sternen die Kehle zu. Wer war sie wirklich? Und was hatte diese Elisa mit ihrem Leben zu tun?

Bisher hatte sie ihre Unentschiedenheit Stefan gegenüber vor allem ihrem Alter und der Tatsache zugeschrieben, dass heutzutage so viele junge Ehen mit Kindern scheiterten. Und Maja wünschte sich unbedingt Kinder. Aber vielleicht gab es einen tieferen Grund. Vielleicht hatte ihre Angst vor vielen Jahren mit Elisa begonnen?

War sie vielleicht über ihren Vater und den Besatzungssoldat aus Hawaii irgendwie mit dieser Elisa verwandt? War sie ein Abkömmling der Familie Vogel, die einst aus Hamburg ausgewandert war? Dann würde ihre Vision unter Wasser zumindest einen Sinn ergeben. Blutsverwandtschaft wäre eine Erklärung. Vielleicht lagen die Antworten auf ihre innersten Fragen nach Liebe und Zugehörigkeit zu einem Mann tief in ihrer Ahnenreihe verborgen. Vielleicht… aber vielleicht war es auch ganz anders und sie brauchte ganz einfach nur Zeit.

Maja sah in das unendliche Firmament der Sterne. Unendlich weit war der Himmel über ihr, bestimmt randvoll mit den Wünschen und den Hoffnungen vieler Menschen nach Glück und Liebe. Alles, was Maja in diesem Moment tun konnte, war, ihren eigenen Wunsch nach Klarheit mit einer innigen Bitte hinzuzufügen. Sie erbat eine Antwort von den über ihr funkelnden Sternen: Was war ihre Verbindung zu Elisa Vogel?

Instinktiv spürte Maja, dass es Elisas Schicksal war, das vor langer Zeit die Weichen für ihr Leben gestellt hatte.

Maja schwamm ein wenig schneller, um Keanu einzuholen, und nahm sich vor, von ihm so viel über die Haifischfrau zu erfahren wie nur irgend möglich. Er hatte gute Verbindungen zu allen Inseln, auch nach Maui, wo ihr leiblicher Großvater angeblich geboren war. Und nach Oahu, nach Honolulu, wo ihr Vater Max Spuren seiner Wurzeln entdeckt hatte.

Vielleicht könnte Maja über Keanu mehr über die Herkunft ihres leiblichen Großvaters erfahren. Beide hatten sie gespürt, dass zwischen ihnen eine geheimnisvolle Verbindung bestand, die weit über eine sexuelle Anziehungskraft hinausging. Der anfängliche Startschuss auf der Promenade durch das Gespräch über den Hut hatte zu weiteren Begegnungen geführt.

Keanu saß in der Mittagspause gerne an der Strandpromenade in einem kleinen Café, welches Maja auch für sich entdeckt hatte. Gewöhnlich aß er eine Crêpe. Sie bevorzugte ein Sandwich. Bisher hatte er sich immer in einiger Entfernung niedergelassen, doch an dem Tag, nachdem er ihren Hut gerettet hatte, setzte er sich an den Nebentisch.

Anfangs schwieg er beim Essen und sah hinaus aufs Meer. Also schwieg auch sie zunächst, obwohl ihr einige

Fragen auf der Zunge brannten. Doch Maja konnte nicht anders, als immer wieder zu ihm hinzusehen. Einmal spürte er ihren Blick und drehte seinen Kopf. Schnell blickte sie wieder aufs Meer, um sich nicht zu verraten. Ihr Herz hatte erneut begonnen, verräterisch zu klopfen. Jedes Mal, wenn sie ihn sah, spielte es völlig verrückt. Fast hatte sie sich dazu überwunden, ihn dennoch anzusprechen, als er sich mit knappem Lächeln erhob, freundlich grüßte und ging.

In den Stunden danach, in denen sie gemeinsam in Vorlesungen über den internationalen Bildungswandel saßen, war Maja unkonzentriert. Ihr war, als würde sie seinen Blick in ihrem Rücken spüren. Doch vielleicht war es auch lediglich ihre Einbildung? Ein Mann mit diesem Charme und vor allem diesem Aussehen, das gelinde gesagt göttlich war, hatte natürlich zahllose Verehrerinnen unter den Referendarinnen.

An diesem Abend hatten sie zufällig beim gleichen Eiswagen ein Eis gekauft und saßen nicht weit voneinander auf zwei Parkbänken. Er war zuerst fertig mit seinem Eis und stand auf. Mit einem Lächeln kam er zu ihr und blieb direkt vor ihrer Parkbank stehen, sodass sie zu ihm aufsehen musste.

»Dieser Abend ist zu schön, um zu studieren, finden Sie nicht?« Diesmal war sein Deutsch perfekt. »Wir sollten vielleicht lieber schwimmen gehen oder am Strand entlang spazieren?«

Majas Herz klopfte zum Zerspringen, als sie wortlos nickte. Dann wartete sie ungeduldig auf ein weiteres Wort von ihm, aber er sagte nichts, sondern drehte ihr den Rücken zu. Seine Augen waren erneut auf die Oberfläche des Meeres gerichtet. Der warme Schirokko ließ im Spätsommer Schaumkrönchen auf dem Türkis der Wellen tanzen. Maja folgte seinem Blick und meldete Bedenken an.

»Es ist vielleicht zu wild da draußen, um heute noch zu schwimmen. Es könnte gefährlich sein, oder? Ist der Schirokko nicht gefährlich… irgendwie?«

»Glauben Sie? Der Ozean bei uns ist manchmal wild und unberechenbar, aber hier…? Der Schirokko ist lau.«

Seine Worte verebbten und sein Blick schien in weiter Ferne etwas zu suchen. Hinter seinen zusammengezogenen Brauen glaubte Maja Sehnsucht zu erkennen. Fieberhaft suchte sie in ihren Hirnwindungen nach einem Gesprächsstoff, der ihn fesseln könnte. Sie musste auf alle Fälle verhindern, dass er ging. Sie wünschte sich einen unbedenklichen Spaziergang mit ihm am Strand und stand daher schnell von der Bank auf.

»Ich habe heute meinen Badeanzug gar nicht dabei. Gehen wir doch lieber ein paar Schritte unten am Meer? Wäre das nicht auch etwas für Sie?«

Um zu verhindern, dass ihr Hut erneut wegflog, hielt sie ihn bei ihren Worten fest. Aber der Wind war aufbrausend und ungeduldig, zerrte an ihrem Rock und ihren langen dunkelbraunen Haaren, die zu einem losen Pferdeschwanz gebunden waren. Die Krempe des Ungetüms, das ihre empfindliche Haut vor der Sonne schützen sollte, flatterte um ihre Ohren.

Sein Schweigen machte sie nervös. Und der Blick, den er nur kurz auf sie gerichtet hatte, um gleich danach wieder aufs Meer hinaus zu sehen, gab ihr irgendwie das Gefühl überflüssig zu sein und machte sie verlegen. Ohne seine Antwort abzuwarten, begann sie daher über den berüchtigten Schirokko an der Côte d'Azur zu sprechen. Sie referierte darüber, wie der warme Wind die Sinne der Touristen und der Küstenbewohner trübte und allerlei Begierden weckte. Sie lachte zwischendurch und versuchte, unterhaltsam und vielleicht sogar witzig zu sein, um auf Keanus verlockend sinnliche Lippen zumindest ein kleines Lächeln zu zaubern.

Maja redete und redete, während der Hawaiianer neben ihr schwieg und sie immer wieder ernst, ja fast prüfend ansah. Sie hatte viele Geschichten über den Schirokko zu erzählen, denn sie kannte die Gegend hier seit ihrer Kindheit, was sie ihm auch erzählte. Er nickte schließlich höflich.

»Wirklich? Sie waren schon oft hier in Nizza? Und Sie kennen diesen Wind …? Er ist sehr … sehr stark für Europa? Wir kennen andere Winde.«

Maja senkte den Blick. Seine Augen waren zu intensiv für ihre. Vielleicht spürte sie die Wirkung des Schirokkos heute aber auch besonders stark. Ohne auch nur einen Tropfen Alkohol getrunken zu haben, fühlte sie sich dennoch wie in einem Rausch, einem Rederausch.

Als Keanu seinen forschenden Blick erneut auf sie richtete, erzählte sie jetzt noch wortreich, warum der aus der Sahara kommende Schirokko als Wind des Liebeswahns bekannt sei. Besonders bei Vollmond sei er regelrecht gefürchtet unter den Bewohnern von Nizza. Manch dreister Seitensprung wurde hier ganz einfach dem Schirokko in die Schuhe geschoben.

»Seitensprung?«, fragte er belustigt. Kannte er das Wort nicht, oder sollte das etwa eine Anspielung sein? Maja schoss spontan die Röte in ihre Wangen. Als er jedoch weiter nachfragte, wurde ihr klar, dass er das Wort wirklich nicht kannte. Seine Deutschkenntnisse waren zwar nicht ganz so rudimentär wie sein Französisch, aber scheinbar war ihm das Wort Seitensprung noch nie begegnet. Mit seinem deutlich amerikanischen Akzent erklärte er ihr jetzt, dass sein Vokabular in Deutsch ziemlich rostig sei, obwohl er einst viel geübt hatte, da in seiner Kindheit in der Familie noch Deutsch gesprochen wurde.

Keanu hatte unter seinen Vorfahren eine deutschstämmige Urgroßmutter gehabt, die bis zu ihrem Tod auf Kauai gelebt hatte, und 1893 als junge Frau mit ihrer Mutter aus

Hamburg eingewandert war. Einst als Haifischfrau von Kauai bekannt, wurde sie eine mächtige Kahuna und verschwand nach dem Zweiten Weltkrieg spurlos. Keanu sah, dass seine Worte Majas Interesse geweckt hatten und nickte zufrieden.

»Ich erzähle Ihnen mehr von meiner Heimat und auch von der Haifischfrau, wenn wir gemeinsam etwas essen gehen. Dieser seltsame Schirokko macht mich hungrig! Und später gehen wir an den Strand zusammen. Klingt das gut?«

Maja war einverstanden. Vielleicht würde auch ihr eine warme Mahlzeit guttun, um sie wieder zu erden. Der Schirokko peitschte inzwischen die Wellen hoch an die Kaimauer. Ein Spaziergang am Meeresufer war ausgeschlossen.

Als sie wenig später gemeinsam durch die Altstadt von Nizza schlenderten, erzählte er ihr einiges von seiner Familie und auch von sich. Sie erfuhr, dass er zusätzlich zu Französisch und Deutsch auch Kenntnisse in Spanisch, Russisch aber vor allem auch in Chinesisch erworben hatte. Japanisch sprach er ebenfalls, durch einen längeren Aufenthalt in Tokio als Aushilfslehrer. Auch auf den Philippinen hatte er unterrichtet und einige Monate ein Praktikum in China gemacht. Diese drei Länder waren stark in der hawaiischen Bevölkerung von heute vertreten, und er wollte sich ein Bild über die Schulsysteme dort machen.

»Wir Hawaiianer müssen außerhalb der amerikanischen Bildungspolitik verstärkt neue, aber auch unsere traditionellen eigenen Wege gehen. Es geht sonst zu viel von unserem kulturellen Erbe verloren.«

Deshalb war Keanu auch zu dem Seminar in Nizza geschickt worden, denn er galt in seiner Heimat als eine Art Botschafter für die hawaiische Kultur. Weltweit sollte er neue Bildungswege für sein Volk erforschen und Stipendien für Studenten aus Hawaii aushandeln.

»Bildung ist meine Leidenschaft...«

Maja war begeistert von seiner Mission, die ihn offenbar mit Leidenschaft erfüllte. Es ging eine große Anziehungskraft von seiner Begeisterung für Pädagogik aus. Die meisten Lehrer, die sie auf Seminaren kennengelernt hatte, waren keine Männer, die sie auch privat gereizt hätten. Bei Keanu war das anders. Wenn er über Bildung und Kultur als essentiellen Wert für das Überleben seines Volkes sprach, spürte sie seine Kraft. Das waren keine leeren Floskeln, sondern die Liebe zu seinem Volk. Aber diese Liebe zu Hawaii war nicht das Einzige gewesen, was sie an ihm fasziniert hatte. Wenn sie Keanus Lächeln sah, ging auch in ihrem Inneren die Sonne auf. So etwas hatte sie noch nie zuvor erlebt. Keanu deutete jetzt auf sein Telefon, das sich mit einer eingehenden Nachricht gemeldet hatte.

»Ich könnte bis in alle Ewigkeit mit Ihnen plaudern, aber leider habe ich noch ein telefonisches Date mit meinem Chef. Auch wird mein Hunger in Kürze beginnen, meine Laune zu beeinträchtigen ... Bitte verzeihen Sie mir, aber ich muss noch telefonieren. Doch danach könnte ich mir nichts Schöneres vorstellen, als mit Ihnen bei einem gepflegten Essen und einem Glas Wein weiter über mein Lieblingsthema zu reden. Dürfte ich Sie einladen? Sie würden mir eine große Freude machen!«

Maja war bezaubert. Dass er vorher leider noch mit seinem Chef telefonieren musste, war zwar lästig, aber sie würde es in Kauf nehmen, denn sie wollte unbedingt länger mit ihm zusammen sein. Keanu nickte.

»Würde es Ihnen etwas ausmachen, inzwischen in diesem Café hier zu warten?«

Maja war einverstanden. Es war ein hübsches Café mit Blick auf den Markt für Touristen, der angenehm leer war. Sie mochte das Ende der Saison im September an der Côte. Eine wehmütige Traurigkeit mischte sich stets in diese letzten warmen Sommertage, die sie schon öfter mit ihrer Familie hier verbracht hatte. Die Farben waren irgendwie intensiver, die Gerüche stärker und das Knattern der Vespas klang wie eine Abschiedsmelodie in ihren Ohren. Der Sommer war vorüber.

In Gedanken bereitete sie sich jetzt schon auf den kommenden Herbst und Winter in München vor. Sie würde eine Entscheidung treffen müssen. Irgendwie hatte sie geglaubt, dass dieser Sommer für sie entscheiden würde, ihr Klarheit verschaffen würde. Doch nun war die warme Jahreszeit vorbei und mit ihr die Hoffnung auf etwas Außergewöhnliches, etwas, auf das Maja wartete, seitdem sie eine junge Frau war. Ging es allen zukünftigen Bräuten so? Warteten sie auf den einen Moment, der ihrem Leben eine Richtung geben würde, die einzigartig war? Unter ihren Freundinnen hatte sie keine wirkliche Antwort auf diese Frage bekommen. Zugvogel, so nannte ihre beste Freundin Ina sie bisweilen in München, wenn Maja vor lauter Fernweh seltsam wurde.

Ihre Gespräche mit Keanu waren daher besonders. Nicht nur, weil er attraktiv war und aus einer exotischen Welt kam, sondern weil der Hawaiianer für seinen Lehrerberuf brannte. Das war bei Maja nicht der Fall. Aus ähnlichen Gründen wie Stefan hatte sie sich für eine Laufbahn entschieden, die ihr zwar lag, ihr jedoch vor allem auch ein bestimmtes Maß an Sicherheit und Flexibilität ermöglichen würde. Bestimmt würde sie trotzdem eine gute Lehrerin werden, so wie auch Stefan fachlich ein guter Arzt war. Doch war Stefan Kardiologe aus Leidenschaft, oder gar aus Liebe zu den Menschen geworden? Wenn sie ehrlich war, so tat es ihr weh, wie herablassend ihr Zukünftiger oft über seine Patienten sprach. Er liebte die Menschen nicht. Das war es wohl, was sie an Keanu jetzt bewunderte, weswegen sie darauf brannte, Zeit mit ihm zu verbringen. Dieser Mann schien die Menschen zu lieben und hatte für jeden ein Lächeln übrig, auch wenn er sie eher prüfend anzusehen schien. Doch das lag sicherlich an ihrem fremden, oder besser gesagt, vielleicht allzu vertrauten Aussehen.

Maja hatte mit einem Mal ein seltsames Gefühl in der Magengrube. Hatte sie Angst vor ihren eigenen Gedanken? War es ihr unangenehm, vor sich selbst zuzugeben, dass es Menschen gab, die in ihrem Inneren mehr Größe hatten als Stefan oder auch sie selbst? Oder fühlte sie Stefan gegenüber Schuld, weil sie seinen beruflichen Ethos infrage stellte? Sein Gesicht tauchte vor ihrem inneren Auge auf. Ihr Freund sah gut aus und wirkte harmlos, jedoch freute Stefan sich am meisten, wenn es ihm gelungen war, einen Kollegen auszustechen, oder er bei seinem Chefarzt beziehungsweise bei Majas Mutter punkten konnte, da er in der Kardiologie am engsten mit ihr zusammenarbeite. Vor allem seine beruflichen Erfolge und auch eine gewisse Schadenfreude entlockten Stefans Augen ein Strahlen.

Maja schluckte. Sie hatte vor einiger Zeit begonnen, an dem Charakter ihres Freundes zu zweifeln, aber bis jetzt wollte sie nicht wirklich wahrhaben, dass sie Bedenken hatte. Stattdessen redete sie sich ein, dass jeder Mensch Fehler und Schwächen hatte. Sie selbst hatte unendlich viele davon. Einer ihrer Fehler war, dass sie neue Freunde anfangs gerne glorifizierte.

Sie sah nervös auf ihre Uhr. Instinktiv wusste sie, dass sie das Café lieber verlassen sollte. Ein Abendessen mit Keanu während des Schirokkos war einfach keine besonders gute Idee. Maja hatte Stefan nie betrogen. Jetzt hörte sie in ihrem Inneren eine unmissverständliche Warnung.

Ihr Herzklopfen zeigte deutlich, was ihr Körper wollte. Keanu wirkte auf sie wie ein Magnet und sie war neugierig, ja sogar hungrig nach den Geschichten aus seiner exotischen Welt. Außerdem wäre es unhöflich, jetzt einfach aus dem Café zu verschwinden, denn sie hatte noch nicht einmal Keanus Telefonnummer. Sie musste also bleiben, zumindest redete sie sich das ein. Und dann schrieb sie Stefan die übliche Nachricht, um ihr Gewissen zu beruhigen.

Bei ihrem ersten gemeinsamen Abendessen in der Altstadt, weitab vom Strom der Touristen, hatte Maja das Restaurant ausgewählt, in das sie sonst immer mit ihren Eltern ging. Es hatte eine kleine lauschige Terrasse mit Blick auf die Hafenbucht. Die Küche war hervorragend und nicht zu teuer, denn fast nur Einheimische aßen hier. Keanu hatte ihre Wahl gelobt.

Maja hatte ihr Telefon vorsorglich auf Vibration gestellt und in die Tiefe ihrer Handtasche verbannt. Sie wusste, dass Stefans Anruf aus München wie immer um neun Uhr kommen würde. Danach hatte sie sich weitere Gedanken an Stefan verboten. Sie wollte den Abend mit Keanu genießen und hatte ihre Gefühle zudem fest im Griff, zumindest redete Maja sich das ein, während sie genüsslich ihr erstes Glas Wein trank.

Eine Weile lang hatten sie sich angeregt unterhalten. Er aß mit gutem Appetit, und Maja beobachtete ihn unauffällig. Tadellose Tischmanieren, gepaart mit einer sinnlichen Freude über die hervorragend zubereiteten Muscheln. Immer noch klopfte ihr Herz stärker als sonst. Wiederholt versuchte sie, es innerlich zur Ordnung zu rufen. Keinesfalls wollte sie ihm zeigen, was in ihr vorging, selbst dann nicht, als ein ostentativer Schluckauf ihre Aufregung verriet.

»Darf ich?«

Er stand schnell auf und schlug ihr dreimal leicht zwischen die Schulterblätter, so als sei es das Normalste der Welt.

Aber auch nachdem der Schluckauf überstanden war, brachte Maja kaum einen Bissen herunter. Ihr entging nicht, dass zwei Frauen am Nebentisch mit neugierigen Blicken zu ihnen herüber sahen. Keanu trug ein weißes Oberhemd und Jeans und sah schlicht unglaublich aus. Dafür, dass er so gut aussah, fand sie ihn erstaunlich uneitel. Er hatte ihr gerade erzählt, woher es kam, dass er eine ganz und gar untypische Nase für sein Volk hatte. Vielleicht hatte er die Nase irgendwie von seiner deutschen Urgroßmutter aus Hamburg geerbt, jedoch hatten er und seine beiden Geschwister auch andere körperliche Merkmale der Mitteleuropäer. Ein Spanier sei in der Ahnenreihe mit dabei gewesen. Doch sei es seine legendäre deutsche Urgroßmutter gewesen, die es auf Kauai zu Ruhm und Ehre gebracht hätte. Als Maja Interesse zeigte und Näheres erfahren wollte, verstummte er plötzlich. Vorsichtig lächelte er und sah ihr prüfend in die Augen, so als würde er nach etwas suchen. Sie lächelte ihn zwischen zwei Bissen an.

»Die Kahuna von Hawaii sind so etwas wie Schamanen, nicht wahr?«

Über seinen Blick senkte sich ein Schleier.

»Ja, aber wechseln wir besser das Thema.«

Ihre gerade noch intensive Verbindung war unterbrochen. Maja war verwirrt.

»Habe ich etwas Falsches gesagt?«

»Nein, aber ich kann mit Ihnen so nicht darüber sprechen … es ist … es ist tabu.«

Er bat ausgiebig um Verzeihung, aber die Kahuna seien schon immer ein heikles Thema gewesen. Sie glaubte, so etwas wie Trauer zu erkennen, als er bedauernd den Kopf schüttelte und versicherte, sich nicht durch Geheimniskrämerei interessant machen zu wollen, jedoch an sein Wort gebunden zu sein.

»Sehen Sie, Kahuna kann in unserem Volk inzwischen vielerlei bedeuten. In dem Maße, in dem meine deutsche Urgroßmutter auf Grund ihrer ungewöhnlichen, oder wie sagt man wohl, sehr besonderen Fähigkeiten verehrt wurde, hat man sie auch gehasst. Noch heute hat meine Familie deswegen mächtige Feinde. In unserer Familie ist Ohana sehr stark. Ohana bedeutet in unserem Fall unseren Familienzusammenhalt als Klan. Aber niemand weiß, was die Zukunft bringen wird. Auf unseren Inseln ist das ohnehin knappe Land durch die vielen Spekulanten und die unsäglichen Gesetze und diverse Steuern inzwischen zu teuer für unser eigenes Volk geworden. Die Gier ist überall.«

Maja verstand nicht genau, was diese Gier mit den Fähigkeiten der Kahuna zu tun haben sollte, aber sein Gesichtsausdruck hatte plötzlich etwas Kriegerisches bekommen. Sie trank ihr Glas Rosé mit einem Zug leer. Feindschaften, die sich seit Generationen um Geld und Besitz rankten, Familienstreitigkeiten und dunkle Geheimnisse, davon konnte sie auch in ihrer deutschen Familie ein beschämendes Lied singen. Auf der Seite ihrer adeligen Mutter bekämpften sich seit über einem Jahrhundert zwei mächtige Familienzweige. Aber war dieser magische Abend mit Keanu inmitten der südländischen Gerüche Nizzas nicht zu wertvoll, um in der trüben Suppe menschlichen Versagens zu rühren?

Während er ihr aufmerksam Wein und Wasser nachschenkte, wechselte sie geschickt das Thema und sprach Zukunftspläne an. Auch Keanu war verlobt, wie sie jetzt erfuhr. Er wollte zu Sylvester heiraten, wenn alles nach Plan gehen würde. Es gab auf Kauai seit langer Zeit zu Neujahr einen traditionellen Ball zum Auftakt des neuen Jahres. Beim letzten Hibiskus-Ball hatte er sich mit seiner

Leilani verlobt und in diesem Jahr sollte ihr ehelicher Bund beim wichtigsten jährlichen Fest mit einer großen Gästeschar besiegelt werden. Mehr als vierhundert Familienmitglieder von den anderen Inseln wurden erwartet. Danach wollte seine zukünftige Frau ein Jahr aufs Mainland, an die UCLA, um ihr Studium zu beenden. Keanu würde sich so lange in ihrer Nähe eine Stelle als Referendar suchen.

»Leilani möchte Kinderärztin werden. Sie ist sehr talentiert…«

Er erzählte Maja wahre Wunderdinge über die Talente und Tugenden seiner zukünftigen Frau, zumindest klang es in Majas Ohren so. Dann zeigte er ihr ein Foto. Seine Zukünftige war im Gegensatz zu Keanu eine Hawaiianerin reinen Blutes, ohne eine geheimnisvolle deutsche Urahnin. Kein Europäer, Amerikaner oder Asiate hatte je in ihre traditionelle Familie einheiraten dürfen. Selbst bei Keanu hätte Leilanis strenge Mutter deswegen zunächst den Kopf geschüttelt, wie er Maja jetzt erklärte. »We don't mix the blood!«, hatte seine zukünftige Schwiegermutter gesagt und sich damit auf den Rat der traditionellen Kahuna bezogen.

Aber Leilani hatte ihre Familie schließlich überzeugen können, denn sie kannten und vertrauten sich seit vielen Jahren. Keanus bester Freund seit Kindertagen war Leilanis großer Bruder. Eine derartige Empfehlung zählte bei den Traditionalisten seines Volkes.

Maja kramte jetzt ebenfalls in ihrer Handtasche. Neben das Bild der umwerfend hübschen Hawaiianerin mit der Hibiskusblüte hinter dem Ohr legte Maja ihr deutsches Pendant in Liebesdingen. Stefan war blond, blauäugig, sehr groß und überzeugte auf dem Foto mit Gewinnerlächeln. Sie kannten sich seit fünf Jahren, seit Stefan in der Herzklinik ihrer Mutter als vielversprechender Assistenzarzt begonnen hatte. Zusätzlich zu seinem blendend nordischen Aussehen zählte Maja jetzt Eigenschaften auf, die sie sich an ihrem zukünftigen Mann wünschte. Treue und Ehrlichkeit zählten dazu.

Als Stefan ihr vor drei Wochen einen Verlobungsring geschenkt und offiziell um ihre Hand angehalten hatte, waren ihre Freundinnen, vor allem ihre beste Freundin Ina, hellauf begeistert gewesen. Über Facebook ging der Chat einen ganzen Bürotag hin und her. Der weibliche Konsens war ein überwältigendes Ja für Stefan. Schluss mit den Ökomännern, den laschen Wartetypen und kleinlichen Getrennte-Rechnung-Wichten. Stefan stand mit seinem Antrag bei Majas Freundinnen hoch im Kurs.

Auch in dieser Nacht in Nizza funkelte jetzt Stefans Saphir, von Diamantsplittern umringt, überzeugend an Majas Hand. Keanu sah sich den Ring scheinbar interessiert an und lobte das Design. Danach schwiegen sie beide nachdenklich. Sein Blick war abwesend. Dachte er an seine Leilani? Erneut beschlich Maja ein ungewisses Schuldgefühl. Sicher, der Ring von Stefan war wertvoll und wunderschön. Ihr Leben an seiner Seite würde behütet und bestimmt auch glücklich verlaufen. Sie sollte dankbar sein, denn ein derartiger Antrag war heutzutage selten. Nicht wenige ihrer Freundinnen wünschten sich einen Mann wie Stefan. In ihrer Altersgruppe hielten nicht alle Frauen viel davon, sich beruflich abzustrampeln, um mit vierzig auf den letzten Drücker noch schnell ein Einzelkind zu produzieren. Die Zeiten hatten sich geändert. Einige ihrer Freundinnen wollten möglichst früh eine Familie gründen. Stefan galt als ein Hauptgewinn.

Warum hatte Maja ihm vor ihrer Abreise nicht ihr endgültiges Jawort geben können? Sie war kein versponnener Teenager mehr. Stefan war ihre dritte ernsthafte Beziehung. Zwischen ihren längeren Phasen des Alleinseins vor ihm hatte sie sich von zwei Freunden getrennt. Beide Male war die Beziehung schmerzlich auseinandergegangen. Ihr erster Freund hatte sich in Majas damalige beste Freundin verliebt. Ihre zweite große Liebe ging zum Studium nach Australien und machte am Tag seiner Stipendiumszusage mit ihr Schluss. Er wollte sich nicht mit einer Fernbeziehung belasten. So etwas würde Stefan ihr nie antun. Er war ein Glücksfall, und sie wusste es. Warum also zögerte sie?

Eine Erklärung war, dass Maja beide Ehen ihrer älteren Geschwister hatte scheitern sehen. Sie glaubte daher zu wissen, worauf es ankam. Ihre Schwester hatte sich auf einen Künstler verlassen und war seit der Geburt von Majas Nichte eine zutiefst unglückliche, geschiedene Frau mit einem traumatisierten Kleinkind, das ständig hin- und hergezerrt wurde.

Auch ihr Bruder hatte Pech gehabt. Seine Frau hatte ihn nach zwei Kindern verlassen, weil sie eines Morgens aufwachte und feststellte, dass sie ihr Leben hasste. Seitdem stritt sich das Paar nur noch vor Gericht. Die beiden Söhne, die immerhin schon aufs Gymnasium gingen, reagierten mit Verhaltensstörungen und waren ständig in Therapie.

Majas Eltern, inzwischen leidgeprüfte Großeltern, besprachen die Ergebnisse dieser beiden Ehemiseren auch mit ihrer Jüngsten, sozusagen als warnende Beispiele. Besonders Max Kemper, bereits über sechzig, schien sich auf besondere Weise für dieses Leid verantwortlich zu fühlen. In diesem Kontext wurde mehr als einmal erwähnt, dass Max die Familie einst verlassen hatte, was seine beiden älteren Kinder nie verkraftet hätten. Und dann kam Nachzügler Maja, sozusagen als Versöhnungskind.

Als Jüngste wollte Maja ihren Eltern nicht so viel Kummer bereiten, nicht mit einer scheiternden Ehe. Ein Schicksal als zukünftige Alleinerziehende wäre ihr als Lebenskonzept ohnehin viel zu anstrengend. Als Nesthäkchen der Familie war sie sehr von Max verwöhnt worden, wie ihre Mutter bisweilen spitz bemerkte. Beruflich würde sie garantiert den sicheren Weg beschreiten. Neben der Ausbildung zur Gymnasiallehrerin bot eine Beraterstelle für internationale Bildung ihr Möglichkeiten im Ausland. Stefan sah Majas Karriere pragmatischer. Er hatte das Seminar in Nizza für gut befunden, weil Maja in einer beratenden Funktion auch von zu Hause aus würde arbeiten können, denn er hatte schon Nachwuchs eingeplant. Sogar in ein kleines Grundstück hatte er bereits investiert. In einem Münchner Vorort wollte er ihrer Familie ein Haus bauen. Es war alles gut. Es war alles schön. Ihr Leben würde in geordneten Bahnen verlaufen.

»Was mag dein Freund an dir besonders gerne?«, fragte Keanu in ihr Schweigen, während sie dem Treiben an den benachbarten Tischen zusahen, die mittlerweile alle besetzt waren. In Nizza liebten es die Leute auszugehen. Neben sie setzte sich ein verliebtes Paar.

»Stefan findet mich schön, klug und liebenswert.«

Keanu lächelte.

»Das bist du, aber in meinen Augen bist du noch mehr … Ich finde dich spannend. Etwas an dir ist wie ein Geheimnis.«

Maja erwiderte nichts, aber ihr fiel auf, dass er kommentarlos vom Sie auf das Du übergegangen war. Sie sah ihn neugierig an.

»Was mag deine Freundin an dir? Deine Haare? Deine schönen Augen? Oder deinen Verstand und deinen Idealismus?«

Keanus Augen blitzten humorvoll.

»Sie findet mich nur sexy … für mein Innenleben interessiert sie sich nicht… die Liebe ist für Leilani das Allerwichtigste … aber sie meint damit vor allem die körperliche Liebe. Solche Gespräche, wie du und ich sie gerade führen, die sind in unserer Beziehung eher selten. Aber sie gefallen mir … sogar sehr.«

Maja wurde rot. Flirtete er etwa mit ihr? Sie beschloss, nicht darauf einzugehen. Trotzdem konnte sie sich nicht dagegen wehren, dass ihr heißer wurde. Es lag an dem Blick seiner Augen, der tief in sie eindrang.

»Du würdest dich gut mit Stefan verstehen. Er liebt das Meer. Tiefseetauchen ist sein Hobby. Das ist niemals langweilig, sagt er immer…«

»Wirklich? Ich kenne nur wenige Weiße, die sich ohne Angst in unserem Ozean bewegen. Die meisten haben Angst vor der Tiefe, vielleicht aber auch vor sich selbst…«

Prompt hielt Maja dagegen. »Dann sind Stefan und ich keine typischen Weißen. Wir erforschen gemeinsam die Geheimnisse der Meere. Es ist … es ist unserer beider Lebenselixier.«

Ihre Worte klangen in ihren eigenen Ohren wie ein schlechter Werbespot von Deutschen für deutsche Urlauber. Immerhin sprach sie mit einem Hawaiianer. Verlegen machte sie eine Pause. Womit könnte sie diesen Mann nur beeindrucken? Sollte sie nicht besser das Thema wechseln? Doch seine Augen fixierten erneut die ihren, schienen sie förmlich durchbohren zu wollen. Was versuchte er dort zu finden? Ihre Wahrhaftigkeit? Ihre wahren Gefühle? Stand die Angst vor einem langweiligen Leben mit Stefan ihr auf der Stirn geschrieben? Vielleicht wusste Keanu, dass sie versuchte, von dem abzulenken, was ihr Herz in diesem Moment sagte. Nicht nach Stefan sehnte sie sich in dieser Nacht.

Schnell schlug sie ihre Augen nieder, um zu verbergen, was sie fühlte. Er sah auf seine Uhr.

»Sollten wir aufbrechen? Vielleicht der kleine Spaziergang am Meer? Oder besser an einem anderen Tag? Es ist schon spät…«

Auch Keanu versuchte an diesem Abend noch zu verhindern, was zu diesem Zeitpunkt schon unvermeidlich war. Ohne ein Wort steckte er das Foto von Leilani ein. Schweigend schob auch Maja das selbstsichere Lächeln von Stefan zurück in ihre Handtasche.

Nachdem er bezahlt hatte und sie das Restaurant verließen, um noch ein wenig durch die Altstadt zu schlendern, hatten sie nur noch belanglose Worte gewechselt und sich bei Majas Mietwagen höflich voneinander verabschiedet. Dabei hätten sie es vielleicht belassen sollen.

Seit Maja dem Hawaiianer begegnet war, hatte sie begonnen, sich Stück für Stück zu verändern. Obwohl bei ihren ersten beiden Treffen nichts geschehen war, was sie Stefan nicht hätte erzählen können, hatte sie ihre Begegnungen mit Keanu am Telefon nicht erwähnt.

Als sie sich das dritte Mal trafen, am heutigen Abend, verspürten sie beide keinerlei Hunger mehr auf Essen. Zunächst hatten sie eine Weile gemeinsam geschwiegen, während sie wieder zusammen durch die Gassen der Altstadt gingen. Es war trotz der späten Stunde viel zu heiß für einen Septemberabend. Der warme Wüstenwind hatte die Steine der alten Gebäude tagsüber aufgeheizt. Jetzt, in der Nacht, gaben die Gassen die Glut an die Menschen zurück.

Maja strich sich eine vorwitzige Strähne zurück hinters Ohr. Der schwere Knoten in ihrem Nacken, mit dem sie versucht hatte, ihrer Mähne eine gewisse Eleganz zu verleihen, war im Begriff, sich völlig aufzulösen. Ihr Nacken war verschwitzt, und sie fühlte sich unwohl in ihrer Haut.

Keanu beendete das Schweigen als Erster.

»Was wollten wir heute machen?«

»Wir sollten endlich zusammen zum Meer gehen. Du liebst das Meer, oder? Heute sind die Wellen ruhiger. Und unten am Strand wird es kühler sein als hier.«

»Dieser Schirokko ist wirklich nicht angenehm. Ich habe auch einen schweren Kopf, so als hätte ich zu viel Wein getrunken.«

Maja nickte, aber sie sah ihn immer noch nicht an, auch dann nicht, als sie nebeneinander durch das große Tor auf die Straße gingen. Sie hatte Angst, dass sie es nicht mehr aushalten würde, ihn nicht zu berühren. Das war es, was sie seit Tagen wollte, seine Haut berühren und ein einziges Mal seine Lippen küssen. Doch noch hatte sie ihre Gefühle im Griff, nur durfte sie nicht allzu lange in seine Augen sehen.

Der heiße Wind wehte sanfter und ein wenig kühler, als sie sich dem Meer näherten. An der Promenade angekommen, blickte Keanu aufs Meer, auf dem die Lichter vereinzelter Jachten als bunte Punkte ruhig auf dem schwarzen Wasser schwebten. Die wilden Wellen hatten sich beruhigt.

»Das Meer in meiner Heimat ist anders«, sagte er, »es verändert sich auch, aber nie wird es beherrscht von einem Landwind. Dieser Schirokko weht den Sand aus der Wüste eines anderen Landes nach Frankreich. Das ist eigenartig, denn man kann die Küste Afrikas nicht einmal sehen. Das Meer bei uns ist ein sehr freies und überwältigend großes Meer, ein Ozean. Unsere Inseln sind dankbar, in diesem Meer überhaupt existieren zu können ... Immer wenn die Warnung vor einem großen Tsunami kommt, schicken wir unsere Gebete an unsere Brüder und Schwestern im Wasser.«

Maja hatte zwischenzeitlich im Internet über die Mythen und Sagen der hawaiischen Inseln gelesen und wollte wissen, ob es stimmte, dass einige Hawaiianer glauben, dass sie einst Haie waren.

Er lachte und erzählte ihr ohne jegliche Sentimentalität von den alten Geschichten in seiner Heimat. Rauer und weicher wurde sein Timbre erst, als er Maja an der nächtlichen Strandpromenade bat, ihre Haare einmal ganz für ihn öffnen.

»Ich will dich einmal sehen, wie du bist, wenn du wild bist und frei...«

Maja begann zu zittern. Zu diesem Zeitpunkt war sie bereits unrettbar verloren, wusste es aber noch nicht. Keanus hungrige Augen waren jetzt alles andere als harmlos. Gleichzeitig vertraute sie ihm auch. Auch jetzt hing sie an jedem seiner Worte, die er leise in ihr Ohr flüsterte, so als seien sie ein Geheimnis und nur für Maja bestimmt. »Es ist etwas zwischen uns, das sehr alt sein muss. Vielleicht kannten wir uns einmal in einer anderen Welt. Vielleicht waren wir ein Paar ... Waren wir schon einmal Liebende, Maja?«

Es war der plötzliche Schmerz in seinem Lächeln, der sie gehorchen ließ. Sie öffnete ihre Haare, die ihr fast bis zur Taille gingen. Stefan hatte ihr wegen ihrer Tauchausflüge zu einem Kurzhaarschnitt geraten, aber sie hatte ihn damals ausgelacht. Eher würde sie das Tauchen aufgeben als ihre Haare. Keanu nickte zufrieden, als sie ihre Haarpracht vor ihm schüttelte.

»Wie die schönen Frauen bei uns. Wir gehen jetzt zusammen schwimmen. Mein Schädel brummt.«

Maja nickte stumm. Ihr nächtliches Schwimmen würde bei der Hitze sicherlich eine Befreiung von diesem dumpfen Kopfschmerz sein, den der Schirokko regelmäßig bei ihr auslöste. Es war ein anstrengender Tag im Seminar gewesen. Sie hatten Bildungssysteme in Finnland und Russland durchgenommen und den ersten umfangreichen Test geschrieben.

Obwohl Maja am liebsten splitternackt ins Wasser gegangen wäre, behielt sie ihren BH und ihr Höschen an. Dies war der Stadtstrand von Nizza. Von der Promenade aus konnte man die Schwimmer im Uferbereich im Licht der Straßenlaternen sehen, und sie waren nicht die Einzigen, die am Meer Abkühlung vom Schirokko suchten.

Sie zog sich aus, ein wenig scheu, denn noch nie war sie stolz auf ihren Körper gewesen. Ihre weiblichen Formen waren zu weich und ihre Bauchmuskeln widersetzten sich jeder straffenden Übung. Stefan mochte ihren Körper, fand ihn reizvoll und auch sexy, wie er gerne betonte. Aber er hatte nie damit hinter dem Berg gehalten, dass ihm Frauen mit schmaleren Hüften und kleineren Brüsten eigentlich besser gefielen. Maja war eher groß als klein, eher rundlich als dürr und hatte in der Pubertät mit Bedauern festgestellt, dass bei ihr wohl die Gene ihrer bayerischen Großmutter väterlicherseits durchschlugen. Im Alter würde sie bestimmt einmal auf ihr Gewicht achten müssen. Jetzt reichte noch eine gelegentliche Kurzdiät. Stefan liebte Diäten, und sie beide aßen grundsätzlich nur, was ihrer Gesundheit guttat. Solange er das Einkaufen übernahm, machte Maja sich nicht viele Gedanken. Dazu war sie einfach zu interessiert an anderen Themen. Sie liebte Bücher, allen voran Liebesgeschichten, Filme und überhaupt die Künste in allen Variationen. Dabei konnte sie mit Malerei am allermeisten anfangen. Die italienischen Meister hatten es ihr schon als Kind angetan. Mit Pauspapier hatte sie die runden Schönen kopiert.

Als sie in ihrer Unterwäsche vor ihm stand, ihre Kleidung zu einem ordentlichen Häufchen gestapelt, nickte Keanu anerkennend.

»Botticelli ... dein Körper, er erinnert mich an die Gemälde von Botticelli. Du hast seine Bilder gern, nicht wahr?«

Maja erstarrte. Konnte Keanu ihre Gedanken lesen? Doch dann erinnerte sie sich daran, dass sie im Seminar in einer kleinen Gruppe über Kunstunterricht gesprochen hatten. Dabei hatte sie ihre Liebe zur italienischen

Malerei erwähnt, denn sie war ihr Steckenpferd, solange sie denken konnte. Keanu grinste.

»Was hast du im Seminar gesagt? Botticelli magst du nicht nur wegen der sinnlichen weiblichen Körper, sondern vor allem wegen der vibrierenden Lebensfreude der Farben…«

Er hatte sich ihre Worte gemerkt. So etwas würde Maja bei Stefan nie erleben. Ihr Freund machte sich wenig aus den italienischen Meistern und hatte sie in den drei Jahren ihres Zusammenseins in München kein einziges Mal in die Alte Pinakothek begleitet. Stefan trieb in seiner Freizeit lieber Sport. Auch sonst war er weder besonders sinnlich, noch vibrierte er vor Lebensfreude, mal abgesehen von seiner Vorliebe für Sex.

Während Maja jetzt vor Keanu stand, spürte sie sein Begehren. Er liebte ihre üppige Figur! Stefans kritische Blicke hatten sie oftmals gekränkt. Er mochte ihre weichen Formen nicht, sondern sprach gerne von ausgeprägter Muskeldefinition. Letztes Silvester hatte er sogar einen roten Strich auf ihre Waage gemalt, als absolute Obergrenze. Morgens musste Maja sich dem roten Strich stellen. War ihr Gewicht einmal darüber, wurde sie von ihm umgehend mit ihren Esssünden konfrontiert. Er wusste meist besser als sie, mit welchen Kalorien sie wann gesündigt hatte. Danach gab es unter Aufsicht Kurz-Diät und vor allem keinerlei Sex, bis der rote Strich auf der Waage wieder ihre Essdisziplin bestätigte.

Keanus Blicke auf ihrem Körper waren ein Genuss gewesen, als sie vorhin vor ihm her in die nächtlichen Fluten gelaufen war. Jede einzelne Sekunde ihres Zusammenseins war kostbar und am liebsten wäre es ihr, wenn diese Nacht nie enden würde. So dachte Maja, als sie langsam hinter Keanu her schwamm, bereits auf dem Rückweg ans nächtliche Ufer.

»Du schwimmst sehr langsam ... Warum?«

Er sagte seine Worte leise neben ihr, als sie ihn eingeholt hatte. Maja antwortete ebenso leise.

»Ich will nicht zurück an Land. Ich will hier bleiben, im Meer, bei dir... bei den Ahnen, bei Elisa. Ich will nicht zurück. Ich gehöre hierher.«

Ihre Antwort erschreckte sie, aber das war die Wahrheit. Mit ihr war in den Sekunden unter Wasser etwas geschehen, das irgendwie intensiver schien als ihr gesamtes bisheriges Leben. Keanu sah sie prüfend an.

»Du darfst dich nicht selbst verlieren ... der Haifischzauber, er ist eine sehr starke Magie.«

»Bitte, Keanu, ich will noch einmal ganz kurz zu den Ahnen. Geht es heute Nacht ein zweites Mal?«

Wieder sah er sie prüfend an.

»Was genau willst du dort?«

»Ich will wissen, was uns beide verbindet.«

»Fühlst du es nicht?«

Maja schüttelte den Kopf.

»Ich bin mir nicht sicher ... es ist alles so neu. Ich weiß nicht genau, wie ich es einordnen soll. Lass mich noch einmal zu Elisa.«

Energisch schüttelte er den Kopf.

»Für heute ist es genug. Wir müssen uns beide gegen diesen Sog wehren, Maja. Die letzten Tage waren wir wie in einem Fieber ... und das ist nicht gut.«

Sie wusste, dass er recht hatte. Immer tiefer geriet sie in etwas hinein, über das sie keinerlei Kontrolle mehr hatte. Aber diese heiße Unruhe, die sie zunächst auf den Schirokko schob, hatte von ihr Besitz ergriffen.

»Bitte, Keanu, wir werden uns wahrscheinlich nach dieser Woche nie wiedersehen. Ich werde also nie wieder die Gelegenheit haben so etwas ... etwas Magisches ... zu erleben. Bitte gib mir deinen Haifischzahn!«

»Du hast keine Angst? Ich kann dich nicht zurückholen, wenn du dich in den Nebeln verlierst.«

»Ich verliere mich nicht. Ich werde mich finden!«

Das Meer rauschte laut in Majas Ohren, als sie kurz darauf erneut zusammen in die höheren Wellen schwammen, um es noch einmal zu versuchen.

Das Rauschen löschte die unangenehmen Gedanken an Stefan. Der Vollmond kam hinter seiner Wolkenwand hervor. Während sie jetzt ans Ende der Mole hinausschwammen, musterte sie Keanu von der Seite. Beide kraulten sie, wobei er deutlich geübter schien. Das Meer war sein Element. Mit seinen ebenmäßig schnellen Zügen konnte sie kaum mithalten, seine Augen waren geschlossen, als ob er sich konzentrieren müsste, um eine bestimmte Stelle zu finden. Dennoch schien er zu spüren, wenn sie zu weit weg von ihm war. Dann verlangsamte er sein Tempo und wartete die nächste höhere Welle ab. Endlich war er zufrieden mit einer Stelle zwischen zwei Wellentälern.

»Hier, hier können wir es vielleicht noch einmal versuchen … warte … ich möchte etwas prüfen.«

Keanu tauchte unter und war schnell im nächtlichen Meer verschwunden. Maja schwamm auf der Stelle und ließ sich von den dunklen Wellen auf und ab tragen. Während sie auf sein Auftauchen wartete, sah sie sich um. Am Ende der steinernen Mole, die weit ins Meer hinausragte, entdeckte sie nächtliche Angler. Einen kurzen Moment sah es so aus, als hätte einer von beiden ein Fernglas, das auf die nächtlichen Schwimmer gerichtet war. Dann schob sich eine Wolke vor den Mond und sie konnte auf die Entfernung nichts mehr erkennen.

Das salzige Wasser fühlte sich warm auf ihrer Haut an, fast noch wärmer als die Luft. Maja war eine gute Schwimmerin. Seit ihrer Kindheit liebte sie das Meer, doch bisher hatte sie nie geahnt, was für gewaltige Kräfte unter der Wasseroberfläche schlummerten.

Eine starke Energie verband die Meere dieser Welt, hatte Keanu erklärt. Einmal durch das Salz und dann durch ihr Alter waren die gewaltigen Wasserkörper auf unserem Planeten auf einzigartige Weise verbunden. Die Ozeane hielten in sich Informationen gespeichert, die man abrufen konnte. Keanu sah diese Informationen in den salzigen Massen wie eine Art Radiowellen, permanent in Bewegung, wie die Wellen. Über die Meere seien auch alle Menschen und Tiere miteinander verbunden, ihre individuellen Informationen kanalisiert und lesbar. So sollte sich Maja auch die Verbindung zwischen den Haien und den Menschen vorstellen. Man müsste nur wissen, wie und wo man die richtige Frequenz findet. Majas Frequenz, das war von Anfang an klar, sei eine Verbindung zu den Haifischen und damit zu Elisa, die legendäre weiße Haifischfrau aus Keanus Klan. Und somit seien auch sie verbunden, irgendwie.

»Keanu?«

Maja hörte ganz in der Nähe ein Geräusch. Es klang wie das Aufklatschen einer Hand oder aber einer Flosse. Gab es überhaupt größere Haie im Mittelmeer? Ehrlich gesagt war Maja, selbst beim Tauchen, nie darauf aus gewesen, einem Hai zu begegnen. Sie hatte als Kind einen Film gesehen, der immer noch in ihren Ängsten herumspukte. »Der weiße Hai« hatte ein erschreckendes Bild von Haien in ihr hinterlassen.

»Keanu? Bist du das?«

Sie rief ihn jetzt lauter. Unruhig suchte sie seinen Kopf in den weiter entfernten Wellen, auf denen vereinzelte Schaumkronen tanzten. Die Stärke des Schirokkos hatte merklich nachgelassen. Es war lange nicht mehr so windig wie an den Tagen zuvor, dennoch waren die Wellen hoch.

Wieder hörte sie ein Geräusch. Maja drehte sich um sich selbst. Sie konnte ihn nirgendwo sehen. Hawaiianer können sicher eine halbe Ewigkeit lang tauchen, dachte sie noch, als sie unter Wasser eine Hand an ihrem Bein spürte. Einen Moment später zog er sie bereits mit sich nach unten und drückte ihr den Haifischzahn in die Hand. Tiefer und tiefer sanken sie.

Maja dachte an Elisas Augen in dem kalten Nebelfeld, doch es geschah nichts. Elisa kam nicht, nicht eine einzige Nebelschwade kündigte eine andere Zeit und Welt an. Stattdessen geschah etwas anderes. In der Stille, verborgen unter der schwarzen Wasseroberfläche, berührte Keanu ihre Haut. Wie gut seine Hände sich anfühlen, dachte sie, als seine Hand die ihre ermutigte. Sie hielt sich an seinen muskulösen Schultern fest, dann legte sie ihre Hand auf seine Brust. Sie fühlte sein Herz. Es schlug stetig und ruhig.

Ihr erster Kuss dauerte so lange wie der Sauerstoff reichte, den Maja in ihren Lungen hatte. Atemnot zwang sie zurück an die Luft, und sie tauchten auf. Waren unter der Wasseroberfläche lediglich Sekunden vergangen? Oder waren es Minuten gewesen? War Maja noch sie selbst?

Ihre Unterwäsche empfand sie nun als störend, schnell streifte sie beide Teile ab. Sie wollte nackt sein.

Keanu lachte sie an. Auf der Wasseroberfläche treibend versuchte sie sich die Unterwäsche ums Handgelenk zu wickeln, während er ihr amüsiert zusah.

»Brauchst du Hilfe?«

»Nein … geht schon.«

Aber in ihrer Aufregung war sie viel zu ungeschickt und bittend hielt sie ihm schließlich ihren Arm hin.

»Hilfst du mir … ich will sein, wie wir erschaffen wurden, wie Haifische will ich mit dir schwimmen und tauchen.«

Keanu zog unter Wasser ebenfalls seine Shorts aus und wickelte sie sich geschickt um das Handgelenk.

»Du willst frei sein? Komm mit mir in die Tiefe … Ich bringe dich wieder zurück, auch aus den Nebelfeldern. Du brauchst keine Angst zu haben. «

»Ich habe keine«, log Maja und sah unsicher in Richtung Ufer. Sie waren inzwischen sehr weit von der Promenade weg. Außer den beiden nächtlichen Anglern würde sie niemand sehen können, falls sie in Schwierigkeiten gerieten. Er flüsterte heiser.

»Komm … wir spielen mit den Haien, Ipo. Es sind zwei kleine dort unten, ganz harmlos. Sie fressen nur kleine Fische…«

Damit gingen sie erneut auf Tauchstation.

Für Maja war es ein herrliches Gefühl, völlig nackt im nächtlichen Meer zu sein. Das Wasser streichelte sie überall, zusammen mit Keanus Händen, die ihren Köper neugierig erforschten. Die Spannung wurde fast unerträglich. Wie Kinder, die etwas Verbotenes tun, dachte sie. Einmal kurz öffnete sie ihre Augen. Sie sah einen grauen Körper an sich vorübergleiten, nicht länger als einen Meter.

Bei ihrem erneuten Auftauchen verzogen sie fast gleichzeitig die Gesichter zu einem verschwörerischen Grinsen. Dann lachte Keanu laut auf.

»Du bist eine Haifischfrau! Schon lange war ich nicht mehr so verrückt wie mit dir. Seit ich ein Junge war!«

Er erklärte ihr, dass mit diesem Unterwasserspiel, das sie gerade spielten, Mädchen und Jungen auf Hawaii gewöhnlich ihre Körper erkundeten, sobald sie begannen, sich für Sex zu interessieren. Sein Lächeln wurde breiter, als er beschrieb, wie er einmal mit einem deutschen Mädchen, Tochter von Touristen, dieses Spiel gespielt hätte. Seine Eltern hätten nichts dagegen gehabt, obwohl das Mädchen eine Haole war.

»Unter Wasser, so sagt man bei uns, kann man nicht wirklich … Satan begehen.«

Über seine Formulierung musste Maja lachen.

»Du meinst Sünden begehen. Aber das ist Unsinn. Wenn deine Familie religiös ist und bei euch Wert auf Keuschheit gelegt wird, dann bleibt eine Sünde eine Sünde, ob über oder unter der Wasseroberfläche.«

Ihre Augen blitzten ihn herausfordernd an.

Mit nachdenklichem Ernst sah er ihr intensiv in die Augen, wie er es bereits beim Essen getan hatte.

»Du kannst das nicht verstehen. Du wirst denken, ich sei verrückt, aber bei uns ist eben vieles anders.«

»Bei uns gibt es aber auch feste Regeln… und von diesem Erlebnis werde ich höchstens meiner besten Freundin Ina erzählen können. Noch haben wir ja nicht wirklich etwas angestellt.«

Erneut ließen sie sich in den Wellen treiben. Maja genoss das herrliche Gefühl, vom Mondlicht gebadet zu werden, während sie seiner Stimme lauschte.

»In dem Dorf der Haifische, aus dem ich komme, ist wichtig, was sich unter Wasser abspielt. Wir gehören zum großen Klan der Haifische. Verstehst du? Wir sind der Teil der Familie, die mit zwei Beinen hier auf dem Land leben muss, weil es uns bestimmt ist. Der Mythos bietet allerlei Erklärungen dafür. Aber ein Teil unserer Seele lebt immer auch im Meer. Nur zusammen sind wir ein großes Ganzes, weswegen wir auch die Asche unserer Toten zurück ins Meer bringen.«

Maja gefiel dieser Gedanke. Wie es wohl sein mochte, sich als Mensch über das Meer zu definieren?

»Ein Teil von dir macht alles, was andere Menschen auch tun. Du gehst zur Schule, machst deinen Führerschein, heiratest, bekommst Kinder und zahlst Steuern. Aber dann gibt es noch einen anderen Teil von dir, der frei in einer anderen Welt lebt, unterhalb der Meeresoberfläche, wo es immer still ist… das ist eine wundervolle Vorstellung.«

Er sagte nichts, sondern deutete lediglich ein Nicken an, während er weiter im Wasser neben ihr trieb, sein Gesicht dem Mond zugewandt. Locker nahm er sie bei der Hand, so dass sie gemeinsam einige der Wellentäler nehmen konnten. Maja hätte vor Freude jubeln können, so sehr genoss sie seine entspannte Art des Dahingleitens auf den dunklen Wogen.

»Ich beneide dich«, sagte sie schließlich in sein Schweigen hinein, während sie zum Mond hinauf sah.

»Du hast ein wundervolles Leben auf Hawaii. Oft wünsche ich mir frei zu sein … auch ohne Vergangenheit und Zukunft. Einfach nur ein freies Wesen zwischen Himmel und Erde. So stelle ich mir das Paradies vor. Eins zu sein mit der Natur, nicht so unfrei wie wir, die wir im kalten Deutschland eingepfercht in unseren Häusern und Wohnungen leben müssen…«

»He, he, bei uns auf den Inseln gibt es jede Menge Probleme! Und du lebst in einem großartigen Land. Vielleicht bist du auch in Deutschland so frei. Vielleicht ist ja ein Teil deiner Seele im Meer verteilt, vielleicht sogar über die ganze Welt. Keine Grenzen mit Pass und Gesetzen. Aber vielleicht ist unser Klan der Haifische auch nur, wie sagt man bei euch, eine Idee von einer Art Familienseele, ein Mythos und eine Saga, immerhin weiter getragen von einer Frau aus Deutschland. Wir sind verbunden, immer. Verstehst du?«

Maja schwieg eine Weile, denn sie verstand nicht genau, was er sagte. Sie wusste nur, dass in dieser Nacht in ihrem Leben etwas geschehen war, das sie verändern würde. Es hatte sich eine Tür geöffnet, die ihre Seele betraf. Keanu schwamm jetzt dicht an ihrer Seite.

»Ich fühle bei dir meine Familienseele. Du bist eine Tochter der Haifischfrau. Wollen wir noch tiefer tauchen? Bis an die Grenze zur anderen Welt? Vertraust du mir genug?«

Sein feuriger Blick wurde ihr im nächtlichen Meer jetzt unheimlich, denn der sichere Strand war weit weg. Sie spürte eine Schwäche in sich, die ihre Arme und Beine bleiern werden ließ. Es war bestimmt ihre Angst. Aber vor allem spürte sie sein Begehren. Auch sie hatte starke sexuelle Gefühle für ihn. So als könnte er erneut ihre Gedanken lesen, strich er ihr eine nasse Strähne aus der Stirn und nickte.

»Mein Volk hat auch viele Kapus, strenge Gesetze zwischen Mann und Frau. Aber kein Gesetz ohne Ausnahmen. Heute ist der Mond voll. Bei uns auf den Islands gehören diese Nächte den Göttern des Lebens. Auch wenn du nicht eine von uns bist, heute Nacht bist du meine Haifischfrau. Kommst du?«

Maja konnte kaum noch nicken, als er sie erneut mit sich unter die Oberfläche zog. Weiter ging das Spiel. Diesmal spürte sie seine forschenden Hände auf ihren Brüsten. Ihre Erregung nahm zu, als seine Finger sich in langsamen Kreisen zu ihrem Bauchnabel vortasteten. Einen Moment versenkte er einen Finger dort im Nabel, so als wollte er etwas überprüfen. Es kitzelte.

In Majas Erregung mischte sich ein Gefühl von aufkeimender Zärtlichkeit. Keanu war ein wenig wie ein verspieltes Kind. Er kam auf Ideen, die ihren bisherigen Liebhabern nicht im Traum eingefallen wären. Als Nächstes umfassten seine Hände ihre Hüften. Er zog sie mehrmals hintereinander fest an sich, so als wollte er mit ihr verschmelzen. Sie spürte seine Begierde hart an ihrem Schenkel und erschrak. Wollte er in sie eindringen? Dann war der Moment vorüber.

Keanu ergriff ihre Hand und zog sie mit sich zurück an die Oberfläche. Maja verfluchte den fehlenden Sauerstoff, der sie erneut zum Auftauchen zwang. Er lachte sie an.

»Was willst du wirklich? Sex?«

Maja wusste es nicht. Aber das Auf- und wieder Abtauchen mit ihm wurde Teil eines spannenden erotischen Abenteuers, wie sie es noch nie erlebt hatte. Sie blieb im Bann seiner Hände, bis ihre Lungen zu platzen drohten. Seine geschickten Finger brachten sie mehrfach an den Rand einer Unterwasserexplosion. Seine Neugier, was die Reaktionen ihres Körpers betraf, schien unstillbar. Noch nie hatte er eine Haole so intensiv berührt, wie sie zwischendurch beim Auftauchen von ihm erfuhr. Es machte ihm unglaublichen Spaß.

Im nächtlichen Meer erforschte er ihren Körper bis in den letzten Winkel mit Händen, Lippen und schließlich seiner Zunge.

Maja trieb in einer Woge von Lust, die nicht enden wollte. Er hielt ihre Hüften in seinen Händen wie einen heiligen Gral. Nie zuvor hatte sie bei einer sexuellen Begegnung diese Art von Intensität erfahren. Ihr Körper begann zu schmelzen.

Und dann, als sie es nicht mehr erwartete, geschah es erneut. Sie fühlte sich unter Wasser wie ein Teil eines größeren Wesens. Tief unten auf dem Meeresboden streckte dieses Etwas seine Tentakeln nach ihr aus und sie begann hinter geschlossenen Augenlidern eine Art Licht zu sehen, das sich kreisförmig auf sie zu bewegte. Als nächstes hörte sie tief unten im Wasser einen Ton, der hell und melodisch war. Sie wollte noch bleiben, doch der Druck auf ihre Lungen wurde immer stärker und ihr Kopf drohte zu bersten.

Diesmal wartete sie nicht auf Keanu. Sie riss sich von ihm los und schwamm panisch zurück zur Wasseroberfläche.

Tief holte sie Luft, einmal, zweimal und schließlich ein drittes Mal. Sie wollte vertreiben, was sie unter Wasser wahrgenommen hatte. Und als Keanu kurz nach ihr auftauchte, klammerte sie sich an ihn.

»Da unten ist etwas«, flüsterte sie ihm zwischen zwei Wellen zu.

»Keine Angst. Große Haie kommen nicht hierher. In eurem Meer leben nur kleinere Brüder und Schwestern, die meistens Angst vor den Menschen haben. Vielleicht jedoch haben wir einen Geist angelockt?«

»Was meinst du mit einem Geist?«

Maja hatte begonnen zu zittern. Alles am nächtlichen Meer schien ihr mit einem Mal unheimlich. Sogar die Wellen schienen höher zu werden.

»Es ist die Flut, nicht wahr? Dein Geist ist die Flut.«

»Nicht nach unserem Mythos. Du hast mit deiner Lust die Geister der Haifischfrauen geweckt, die vor dir gelebt haben. Vielleicht ist es Elisa, die nach dir ruft. Willst du noch einmal in die Tiefe? Wenn du willst, dann nehme ich dich noch ein letztes Mal mit.«

»Nein, für heute habe ich genug.«

Der Mond hatte einen nebligen Hof, als sie zügig zurück in Richtung Strand schwammen. Dringend brauchte Maja festen Boden unter den Füßen und schwamm so schnell sie konnte, während er lässig neben ihr herkraulte. Jetzt war er es, der pausenlos redete, so als würde er eine Verlegenheit überspielen wollen.

Keanu versicherte er ihr, dass sie nichts zu befürchten hätte. Richtiger Sex mit ihr wäre kapu gewesen, also ein Tabu, aber das hätten sie ja nicht getan. Die Geister der Haifischfrau konnten Maja deshalb nicht zürnen, auch nicht Elisa.

»Echter Sex wäre für uns vielleicht tabu. Ich weiß es nicht genau. Don't mix the blood! In der Vergangenheit gab es oft Unglück und Tod, wenn fremdes Blut in einen Klan getragen wurde. Zum Glück ist in meiner Familie wenig geschehen, aber das hat mit meiner Urgroßmutter Elisa zu tun. Sie wacht über uns alle, ganz egal, ob wir ihr Blut in uns tragen oder nicht. Und sie brachte Blut aus Deutschland zu uns.«

Maja wollte darauf etwas erwidern. Sie wollte über Rassismus mit ihm sprechen. Sie wollte ihn nach Dingen fragen, die sie in ihrer kurzen gemeinsamen Zeit mit Elisa erträumt, oder vielleicht sogar wirklich erfahren hatte. Sie war immerhin dabei gewesen, als Elisa von Leilani und Johannes' gemeinsamen Kind erfahren hatte, in einer anderen Zeit, in der auch andere Gesetze galten. Grausame Bestrafungen durch Steine, die gegessen werden mussten. Sollte sie Keanu nach diesen Geschichten fragen? Oder besser zunächst für sich im Internet recherchieren? Zu gerne wollte sie jedoch wissen, wie es mit Elisa und Kelii weitergegangen war. Ob Keanu das überhaupt wusste?

Maja war drauf und dran Keanu danach zu fragen, als sie in ihrem Kopf plötzlich Elisas Stimme hörte.

»Bitte behalte dein Wissen für dich. Es jetzt schon mit Keanu zu teilen, wäre tabu.«

Das war mehr als deutlich! Stumm schwamm Maja weiter in Richtung Ufer, überrascht von der Klarheit dieser Botschaft, die alle ihre rationalen Grenzen sprengte. Elisa Vogel, auch bekannt als die Haifischfrau von Kauai, war immerhin vor mehr als einem halben Jahrhundert verschwunden.

»Alles in Ordnung bei dir? Du wirst langsamer.«

Neugierig sah Keanu zu ihr hinüber. Sie nickte und versuchte wieder neben ihm schwimmen, als sie sich dem Ufer näherten. Ein letztes Mal berührte er sie zärtlich unter Wasser.

»Du bist eine sehr schöne Wahine. Danke für diese schöne Zeit zwischen den Zeiten.«

Das war alles, was er sagte. Aber eine Zeit zwischen den Zeiten? War es nicht eher eine Reise zwischen den Welten gewesen? Keanu gab ihr Recht.

»Du willst Elisa wiedersehen, nicht wahr?«

Sie nickte und fasste ein letztes Mal an seinen Haifischzahn. Kurz schloss sie die Augen und stellte sich Elisas Gesicht vor, ihre stahlgrauen Augen, den lieblichen Mund und die hohe Stirn. Aber nichts passierte, rein gar nichts. Der Zahn pulsierte nicht mehr.

Keanu schüttelte den Kopf.

»Sie wird bestimmt wieder zu dir kommen. Ich spüre es, aber vielleicht wird es nicht zusammen mit mir sein. Ich habe dir nur die Tür zu den tausend Nebeln geöffnet. Aber du bist es, die von Elisa gerufen wird. Nicht ich habe sie aus ihrem Schlaf bei den Haien aufgeweckt.

»Ich habe Elisa aufgeweckt?«

»So ist es. Und vielleicht darfst du mit mir nicht darüber sprechen, weil sie dir Dinge anvertrauen wird, die kapu sind. Die Männer aus unserem Klan dürfen nicht alles wissen. Vieles ist tabu. Elisa ist für uns eine Heldin, aber wir Männer wissen nicht alles, sollen auch nicht alles erfahren … kapu.«

Maja sagte dazu nichts, aber die innere Stimme hatte sich deutlich geäußert. Sie schwieg, während sie die letzten Züge nebeneinander herschwammen, bis zu einer seichten Stelle, die außerhalb der Lichtkegel der Laternen an der Strandpromenade im Dunklen lag. Sie wollten in ihrer Blöße nicht unbedingt von Nachtschwärmern gesehen werden. Ein letztes Mal griff er unter Wasser nach ihrer Hand.

»Du gehörst zu uns … irgendwie.«

Gleichzeitig zogen sie sich in den seichten Uferwellen im Dunklen ihre Unterwäsche wieder an. Der Zauber war zu Ende.

Als sie kurz darauf über die runden Kiesel zurück zu ihren Kleidern gingen, fühlte sich Majas Körper auf den Steinen merkwürdig schwerfällig und plump an. Was für ein Unterschied zu ihrer Leichtigkeit im Wasser. Wie schön hatte sie sich gefühlt, als Keanu sie berührte. Immer noch spürte sie das heiße Pulsieren zwischen ihren Beinen, und einen Moment lang war sie versucht, ihn trotz allem einfach zu verführen. Ein Teil von ihr wollte ihn berühren und so lange erregen, bis er sämtliche Tabus seines Volkes über Bord werfen würde. Sie wollte ihn ganz in sich spüren. Nur wagte sie es nicht.

Wieder an Land, war Keanu wie verändert. Er starrte zur steinernen Mole, wo nach wie vor zwei Angler standen. Die Männer schienen ihn zu beunruhigen. Dann sah er prüfend hinaus aufs Wasser.

»Wir sollten hier schnell weggehen.«

»Warum?«

»Das kann ich dir nicht erklären. Es ist nur nicht gut, wenn wir zusammen gesehen werden.«

Etwas geradezu Abweisendes ging von ihm aus. Maja dachte sich ihren Teil. Natürlich, er fühlte sich seiner Freundin gegenüber schuldig. Es war ja im Grunde genommen nicht Maja, die er wollte, sie war nur eine Lückenbüßerin. Wäre die schöne Leilani mit der Hibiskusblüte hinter dem Ohr jetzt hier, hätte er Maja gewiss nicht einmal angesehen. Keanu hatte ihr immerhin ausgiebig erklärt, dass diese Haole, wie auch Maja hauptsächlich eine war, bei seinem Volk nicht gerade als Schönheiten begehrt sind. Je mehr weißes Blut, desto hässlicher. Nase zu lang, Haut zu hell, Bewegungen zu schnell für den hawaiischen Geschmack.

Plötzlich hatte das Erlebnis im Wasser einen schalen Beigeschmack bekommen. Maja fühlte sich beschmutzt. Alles, was sie jetzt wollte, war ein schneller Abschied und dann zu ihrem Auto. Eine sichere Tür, die sie hinter sich schließen konnte. Sie musste jetzt allein sein, um ihre Gefühle zu verarbeiten. Nur weg von diesem geheimnisvollen Mann, der zwar auch im hässlichen Licht der

Straßenlaterne aussah wie ein Gott, jedoch wahrscheinlich nur mit ihren Gefühlen gespielt hatte.

Maja kannte sich gut. Ihr Stolz war verletzt. Keine einzige weitere Stunde wollte sie bei ihm bleiben, denn sie hatte sich bereits verliebt. Und natürlich war diese Liebe unmöglich, denn er würde sie nie erwidern können. Sie wollte sich nicht lächerlich machen, so wie die anderen Frauen im Seminar, die Keanu begehrten.

Der Herzschmerz war vorprogrammiert, und sie konnte rein gar nichts mehr dagegen tun. Das restliche Seminar über würde sie leiden wie ein geprügelter Hund. Das war ihre Wahrheit, blamabel, jedoch ihr Geheimnis, das sie ihm nicht auf die Nase binden würde.

Während sie ihre schweren Haare so gut es ging über den Kieselsteinen am Strand auswrang, versuchte sie sich zu trösten. Sicher war dieser Hawaiianer nur ein abergläubischer Spinner. Und es wäre gut, wenn ihr Körper das möglichst schnell einsehen würde. Nur tat ihr Körper gewöhnlich nicht, was Majas Kopf ihm befahl. Auch jetzt klopfte ihr Herz noch vor Aufregung und ihre Haut glühte lebendiger als sonst. Das fordernde Pochen zwischen ihren Beinen wollte nicht aufhören. Ihre Brustwarzen standen hart und steil. Sie würde sich irgendwie ablenken müssen, wenn sie nicht schwach werden wollte.

Am besten, sie dachte an etwas Unerfreuliches, etwa den nächsten Besuch beim Zahnarzt, oder einen Streit mit ihrer Freundin Ina.

In diesem Moment erklang eine vertraute Melodie aus ihrer Handtasche. Stefan! Ihr Handy, oder besser gesagt Stefans Klingelton auf ihrem Handy, meldete sich. Hastig griff sie zu dem Rettungsanker.

»Stefan! Schön, dass du anrufst … Nein, Schatz, ich bin noch nicht zurück in der Villa. Ich war mit Kollegen beim Essen…«

Es würde ein längeres Telefonat werden, das hörte sie am Klang von Stefans Stimme. Ihr Freund liebte es, am Abend, bevor er schlafen ging, seinen Tagesablauf in der Klinik im Detail mit ihr durchzusprechen.

Während Keanu sie jetzt belustigt ansah, lieferte Maja routiniert ab und zu ein »Ja, wirklich?«, »Toll!« oder »Wie wunderbar, mein Schatz«. Ansonsten musste sie Stefan nur zuhören. Allerdings konnte es schwierig werden, sich dabei anzuziehen.

Stefan redete und redete. Maja begann mit dem Telefon am Ohr zu frieren. Keanu war bereits fertig angezogen und hatte Mitleid mit und Verständnis für ihr Dilemma. Er hatte verstanden, dass ihr Freund nicht unbedingt mitbekommen sollte, dass sie nachts mit einem fremden Mann im Meer schwimmen gegangen war und sich jetzt ankleiden musste. Stumm reichte er ihr das Kleid, sodass sie in Ruhe telefonieren konnte.

Nass wie sie war, gelang es Maja kaum, den dünnen Stoff über ihren Körper zu ziehen. Keanu half ihr. Lautlos und geschickt entfernte er den nassen BH unter ihrem Kleid. Dann ihr Höschen. Danach bückte er sich, um mit seinem Pulli, den er vorher über die Schultern geworfen hatte, ihre Füße abzutrocknen. Seine Stimme war kaum hörbar, als er ihr zuflüsterte.

»Meine Haifischfrau soll nicht frieren.«

Maja hauchte einen stummen Dank, verdrehte die Augen und deutete auf ihr Handy, denn Stefan fand kein Ende.

Keanu bückte sich erneut, um die Bänder ihrer Sandalen um ihre Knöchel zu flechten. Maja hielt sich an seiner Schulter fest, um nicht den Halt zu verlieren. Erst den rechten Fuß. Seine Hände waren zärtlich, als er den Halt der Bänder prüfte. Gründlich band er ihr die Schleife und prüfte, ob der Riemen auch nicht in die Haut einschnitt. Danach versorgte er ihren zweiten Fuß, so als hätte er in seinem Leben nichts anderes getan. Maja war gerührt. Gleichzeitig war sie aber auch von der Situation überfordert, denn Stefan hörte einfach nicht auf, von seinem erfolgreichen Tag in der Klinik zu erzählen. Maja bemühte sich, ihre Stimme möglichst wie immer klingen zu lassen.

»Ja, mein Schatz, das ist wirklich wunderbar. Das müssen wir feiern, wenn ich zurück bin.«

Stefan musste getrunken haben. Zumindest klang er nach mehr als einem Glas Wein, als er Majas Versuch, ihr Gespräch zu beenden, immer wieder abblockte. Maja stöhnte innerlich. Ihr Freund liebte es, ihr im unpassenden Moment romantische Worte durchs Telefon zuzuflüstern. Es waren Worte, die er im Bett nie zu ihr gesagt hätte. Nur über das Handy fanden seine heimlichen Sehnsüchte den Weg in ihr Ohr. Am Telefon konnte er erfinderisch werden, und bisweilen hatte sie ihn gar im Verdacht, nebenbei eine Telefonsex-Beziehung zu führen. Seine Ausdrücke waren explizit, und Maja konnte seine wachsende Erregung deutlich am anderen Ende hören. Stefan stöhnte vor Lust. Maja verging vor Peinlichkeit.

»Wir müssen jetzt aufhören, Stefan … leider … nein, ich kann im Moment nicht länger mit dir reden. Ich bin nicht alleine. Meine Kollegen…«

Immer mal wieder hatte Maja die Telefonmanieren ihres Freundes nicht goutieren können, aber heute war sein Timing ganz besonders schlecht. Mit verdrehten Augen ließ sie seine erotischen Vorstellungen über sich ergehen. Schließlich hielt sie das Handy in Richtung Strasse, damit Stefan die Autos an der Strandpromenade hören konnte.

»Ich muss aufhören … Ich bin auf dem Weg zu meinem Auto – mit Kollegen!!!«

Keanu ließ sich nicht das Geringste anmerken. Dabei musste die Peinlichkeit in ihrem Gesicht zu sehen sein. Gefühle von Scham und zugleich Schuld überwältigten sie. Stefan war der Mann, den sie heiraten sollte. Dennoch empfand sie in diesem Moment nichts weiter als Aversion und Verachtung. Und er wollte mit seinem Gesäusel einfach kein Ende finden!

»Ja, mein Schatz, ich dich auch. Aber ich muss jetzt Schluss machen! Die Kollegen begleiten mich zu meinem Wagen. Du weißt, dass ich ungern alleine in eine Tiefgarage gehe. Ja, doch … ich dich auch. Schlaf schön!«

Endlich war der Alptraum vorbei. Erleichtert legte sie das Handy in die Handtasche zurück und sah gerührt zu, wie Keanu ihr nasses Höschen und ihren BH über den Steinen auswrang. Sie fühlte sich mehr als hingezogen zu ihm. Am liebsten hätte sie den Rest der Nacht mit ihm verbracht. Aber Stefans Anruf hatte sie durcheinander gebracht. Sie hasste es zu lügen. Wieso hatte er ausgerechnet jetzt Lust auf ein Liebestelefonat gehabt?

Keanu kam zu ihr, reichte ihr ihre feuchte Unterwäsche. Als sei es das Normalste der Welt, redete er über die Vorteile von langen Kleidern. Ihr Kleid mit dem kleinen Blumenmuster fand er wunderschön. Bei ihnen auf den Inseln trugen auch die Männer oft nur Tücher, die sie um ihre Hüften wickelten.

»Für Frauen ist es wichtig, keine nassen Sachen zu tragen. Du wirst sonst auf dem Heimweg deinen Bauch erkälten. Hier ist ein Geschenk zur Erinnerung an deine erste Begegnung mit der Haifischfrau.«

Auf BH und Höschen lag ein flacher Kieselstein, wie sie am Strand der Côte d'Azur häufig vorkamen. Aber dieser Stein war besonders. Er war zur einen Hälfte dunkel und zur anderen Hälfte war er aus weißem Quarz. Durch das Dunkel zog sich eine feine, helle Linie.

»Erkennst du das Zeichen?«

Unfähig ihm zu antworten, nickte sie stumm. Die feine Linie erinnerte an eine Haifischflosse. Fest drückte er ihr den Stein in die Hand.

»Zur Erinnerung! Es war wunderschön mit dir … aber jetzt muss es vorbei sein. We do not want to break kapu. It would be dangerous!«

Er war ins Englische verfallen, aber Maja spürte auch ohne große Worte, was er ihr mitteilen wollte. Sie durften sich nicht wiedersehen. Es war zu gefährlich. Die Anziehung zwischen ihnen war zu stark. Und sie waren beide nicht frei. Leilani und er würden heiraten.

Er erklärte ihr noch in blumigen Worten, in denen die Geister der Haifischfrauen und die Kahuna auf seiner Insel eine Rolle spielten, dass ihre Begegnung einzigartig gewesen sei.

Aber Maja hörte nicht mehr wirklich hin. Ihr Bauch und ihr Kopf führten einen erbitterten Kampf. Erst als er überdeutlich den deutschen Namen Elisa Vogel aussprach, bemühte sie sich, den Sinn seiner Worte zu verstehen. Maja sei etwas ganz besonderes. Den Namen Elisa Vogel solle Maja sich bitte merken, da diese Deutsche noch eine wichtige Rolle in ihrem Leben spielen würde, wenn Maja das zulassen würde.

»A different life is waiting. Don't forget…«

Als Keanu sie kurz darauf zu der Tiefgarage begleitete, in der sie ihr Auto abgestellt hatte, spürte sie seine Anspannung. Mit jedem Schritt, mit dem er sich mit ihr vom Meer entfernte, verließ er auch sie. Es war, als bildete sich eine unüberbrückbare Distanz zwischen ihnen. Sie wusste plötzlich, dass er sie schon vor ihrem Abschied ausblenden wollte. Wahrscheinlich hasste er Abschiedsszenen genauso sehr wie sie. Trotzdem fühlte sie mit einem Mal so etwas wie Trauer. Warum jetzt schon ein Abschied? Ihr Seminar war noch nicht zu Ende, und sie würden sich täglich wiedersehen. Sollte dieser unglaubliche Abend wirklich nur ein harmloser Urlaubsflirt gewesen sein?

»Doch, Maja, es muss enden. Es ist gefährlich, und es ist tabu.«

Wieder hatte er ihre Gedanken erahnt. Sie atmete tief durch, um sich für den Abschied zu wappnen. Sie musste noch ein Stück fahren. Während Keanu in einem Hotel in Nizza in der Nähe des Seminars wohnte, würde Maja nach Antibes fahren, wo sie, wie immer, in dem Haus eines Geschäftspartner ihres Vaters logierte. Wenn ihre Familie in den Ferien hierher kam, wohnten sie stets in dieser Luxusvilla, ausgelegt für mindestens acht Leute. Das Domizil hatte einen spektakulären Swimmingpool, und zu gerne hätte sie Keanu eingeladen, jetzt mit ihr zu kommen, denn in dieser Woche war sie alleine dort. Aber sein warnender Blick signalisierte ihr, diesen Gedanken nicht auszusprechen, und sie schwieg. Außerdem zitterten ihre Knie.

Sein Abschied an ihrem Wagen war förmlich und verletzend.

»Morgen sind wir wieder wie immer, ja? Ich will nicht, dass jemand in dem Seminar denkt…«

»Natürlich! Niemand sollte auf falsche Ideen kommen. Es ist ja auch gar nichts passiert.«

Er nickte nervös. In dem stickigen Parkhaus schimmerte seine Haut in einem fahlen Gelb. Alles Leben schien aus ihm gewichen. Plötzlich tat er ihr leid. Auch er schien sich mit dem Abschied keineswegs so leicht zu tun, wie es zunächst den Anschein hatte.

»Ich wünsche uns beiden eine gute Nacht. Du musst ins Bett, denn schließlich musst du morgen reden – und ich nur zuhören!«

Wieder nickte er, dieses Mal mit einem verlegenen Lächeln. Maja suchte verzweifelt nach weiteren unverfänglichen Worten, um so vielleicht noch einmal locker an das Geschehen im Meer anzuknüpfen. Sie wollte sich vergewissern, dass es nicht nur ein Traum war. Ihr Mund öffnete sich, aber es kamen keine Worte. Welche auch? Hast du ebenso viel gefühlt wie ich? Was für eine dumme Frage!

»Wir sehen uns morgen«, sagte sie zaghaft. Mehr brachte sie nicht heraus. Er legte seine Finger auf ihre Lippen. Sie konnte nicht anders, als ihren Mund zu öffnen.

Maja schmeckte das Salz auf seiner Haut. Seine Finger waren kühl und zitterten. Wie vorhin im Wasser schloss sie ihre Augen und wartete. Aber diesmal folgte kein Kuss. Seinen Finger zog er schnell wieder zurück.

»Es ist Zeit. Du musst weg von hier. Jetzt sofort…«

Entfernt hörte sie die Stimmen von ein paar Männern, die wohl ebenfalls in die Tiefgarage kamen.

Sie sanft, aber bestimmt in ihren Wagen schiebend, sagte Keanu ihr noch ein deutsches Auf Wiedersehen und wartete, bis sie wegfuhr.

Im Rückspiegel sah sie sein Gesicht, das im Neonlicht des Parkdecks merkwürdig alt und verloren aussah. Dann war er von einer Sekunde zur nächsten verschwunden. Zeitgleich kam eine elegante Limousine aus der Tiefgarage gefahren. Maja hatte das Gefühl, dass ihr das Fahrzeug eine Weile lang folgte, dann war der dunkle Wagen jedoch verschwunden.

Als sie am Tor der Villa ankam, war sie seltsam aufgekratzt und hungrig. Nachdem sie sich eine Weile mit der komplizierten Alarmanlage herumgeärgert hatte, durfte sie die Luxusvilla endlich betreten.

Der Kühlschrank war so gut wie leer. Ein paar Oliven, ein Rest Käse und jede Menge Erdnüsse waren ihr nächtlicher Imbiss, halfen aber auch nicht wirklich gegen eine steigende Unruhe, die sie befiel.

Kurz tauchte sie im Pool unter, um das Salz abzuwaschen, das begonnen hatte, auf ihrer Haut zu kribbeln.

Sie dachte noch daran, Stefan anzurufen, aber es blieb bei dem Gedanken. Sie brauchte dringend Zeit, ihre

Gefühle und Gedanken zu ordnen. Ihr war, als hätte sie in den wenigen Stunden mit Keanu mehr erlebt als mit Stefan während des ganzen letzten Jahres.

Mit nassen Haaren fiel sie wie ein Stein aufs Bett und zog das Laken über sich. Gedanken an Haie und Liebe vermischten sich in ihrem Kopf zu einem Reigen aus Bildern aus einer anderen Welt. Dann schlief sie ein.

Etwa eine Stunde später kam der Traum. Zunächst erschien es Maja nicht wie ein Traum, denn die Träume, die sie sonst hatte, waren eher chaotisch. Sie waren oft eine wüste Mischung aus dem, was sie im Lauf des Tages erlebt hatte und geradezu klassischen Traumsymbolen. Dieser Traum aber war anders. Es war Elisa, die ihn Maja durch den Nebel hindurch schickte.

Blaue Grotte, Kauai 1894

Elisa hatte das Gefühl, ohnmächtig zu werden. Ihre Augen waren fest geschlossen, sie wünschte sich verzweifelt Maja herbei. Obwohl sie wusste, dass es unmöglich war, denn diese fremde Frau konnte sie nur im Traum sehen – wenn man das überhaupt sehen nennen konnte.

Elisa durchlief seit ihrer letzten Begegnung mit Maja eine innere Krise. Sie verstand nicht, was diese Begegnung bedeuten sollte. Sie hatte in den letzten beiden Wochen bereits mehrfach versucht, dieses ihr auf eigenartige Weise vertraute Gesicht zu zeichnen. Das letzte Porträt war ihr recht gut gelungen. Ein sanftes Lächeln spiegelte zumindest das Wesen von Maja wider. Die Züge der jungen Frau zeigten eine überaus gelungene Mischung aus Hawaii und Deutschland, so zumindest interpretierte Elisa das Gesicht von dieser Frau Namens Maja, die ihr in Träumen erschien. Natürlich hatte sie solch eine Mischung zwischen den beiden Kontinenten noch nie zu Gesicht bekommen.

Stolz auf ihr Werk, hatte Elisa die Zeichnung in einen einfachen Rahmen aus Bambus gespannt und sie neben ihre Zeichnung der Bremen III über ihr Bett gehängt.

An diesem Abend auf der Plantage wünschte sie sich Maja verzweifelt an ihre Seite, weil sie Angst hatte. So wie sie sich als Kind immer ihren Schutzengel gewünscht hatte, wenn ihr nachts etwas unheimlich war, brauchte sie an diesem Abend dringend eine gute Freundin. Dabei stand ein heiteres Fest bevor. Zum fünfundzwanzigsten Geburtstag ihrer Tante Katharina wüuren einige Gäste aus Lihue gekommen, unter ihnen auch Gerit Janson.

Passend zu dem feierlichen Anlass war der Tisch mit Silber, kostbarsten Kristallgläsern und dem feinen Porzellan aus China gedeckt worden. Farbenprächtige, traditionelle Leis aus wildem Ingwer, Orchideen und dem roten Jasmin aus dem Garten waren von Elisa und ihren Cousinen bei jedem Gedeck platziert worden. Die größte der Blumenketten, ganz aus zarten Orchideenblüten, schlang sich am Kopfende um Katharinas Teller herum. Zwischen den Tellern lagen zartrosa Muscheln, die Hildegard und die Zwillinge für ihre Mutter extra am Strand gesammelt hatten.

Dennoch durften die kleinen Mädchen nicht an dem feierlichen Abendessen teilnehmen. Nachdem Elisa auf ausdrückliches Bitten ihres Onkels bereits am frühen Abend mit Hildegard das missratene Ständchen aufgeführt hatte, mussten die Mädchen den Salon wieder verlassen und aßen in der Küche. Die Erwachsenen sollten unter sich sein, um erwachsene Gespräche führen zu können, so hatte Katharina es für den Abend bestimmt.

Nach hawaiischem Vorbild wurden seit dem Nachmittag immer wieder neue Speisen aufgetragen. Kleine Grüppchen saßen im Garten, im Salon oder spazierten auf der Veranda auf und ab. Der Abend war lau und die Nacht versprach milde und ohne Regen zu bleiben. Der halbe Mond hing schwer über der Plantage. Dreizehn Nächte waren seit dem letzten Vollmond vergangen. Das Fest im Dorf hatte nicht stattgefunden, da Keliis Vater mit seinen beiden Kindern nicht von dem Ausflug nach Oahu zurückgekehrt war. Niemand wusste genaueres, auch Johannes nicht, der sich große Sorgen um Leilani machte und die letzten Tage in Lihue gewesen war, auf der Plantage von Gerit Janson. In der Hauptstadt von Kauai trafen fast täglich neue Nachrichten über die Königstreuen ein, viele von ihnen beunruhigend. Elisa brannte darauf, Johannes nach den neuesten Nachrichten von der inhaftierten Königin zu befragen, jedoch hatte sich bisher noch keine Gelegenheit dazu geboten. Stattdessen zeigte Gerit Janson ein nicht übersehbares Interesse an ihr.

Die stechenden Blicke ihres Gegenübers waren Elisa unheimlich. Von dem Freund ihres Onkels ging etwas Dunkles und Zwanghaftes aus, als er den Salon betrat und auf Elisa zuging. Sie konnte seine Absichten nicht deuten, jedoch spürte sie, wie die Narbe an ihrem Bein begann heißer zu werden und schließlich sogar zu schmerzen. Ihr Freund Kelii hätte ihr geraten, die schützende Kraft der Göttin Pele zu beschwören. Nur war Kelii nicht da.

Etwas stimmte nicht. Das hatte Elisa bereits vorhin empfunden, als Johannes in der Kutsche von Gerit Janson in die Plantage einfuhr. Nur um den Freund ihres Onkels zu begrüßen, wurde Elisa aus ihrer Malstunde mit den Mädchen weggerufen.

Jetzt schien Janson sie bei der Begrüßung im Salon förmlich auszuziehen.

»Guten Abend, Fräulein Elisa! Sie sehen bezaubernd aus in dieser weißen Spitze … so … so rein und unschuldig. So als könnte das junge Fräulein kein Wässerchen trüben. Dabei haben Sie es doch faustdick hinter den Ohren, nicht wahr?«

Bevor sie es verhindern konnte, hatte er sich über ihre Hand gebeugt und küsste ihre Fingerspitzen mit feuchten Lippen.

Elisa war zu verdattert, um ihm antworten zu können, vor allem, weil es ihrem Onkel offensichtlich gefiel, wie leidenschaftlich Janson um ihre Gunst buhlte. Schnell zog sie ihre besudelte Hand zurück.

Ihr Onkel lachte über ihren offensichtlichen Ekel. Elisa ergriff ein Gefühl von hilfloser Ohnmacht. Doch bevor sie Janson mit gezielten Worten in die Schranken weisen konnte, ergriff er erneut das Wort.

»Verzeihen Sie, Fräulein Elisa, dass ich mich Ihnen derartig ungehörig nähere, aber in mir ist seit unserem Treffen vorhin im Hof ein Feuer entbrannt, welches einzig und allein durch Ihre charmante Gegenwart an diesem Festabend gelindert werden kann.«

Ihr wurde schlecht. Sie wich zurück und wäre wohl auf dem Absatz umgedreht und in ihr Zimmer gegangen, wenn Onkel Paul ihr nicht den Weg versperrt hätte.

»Heute ist der Geburtstag deiner Tante! Und bitte lass meinen Freund Gerit ausreden. Er will nichts weiter, als dich ein wenig näher kennenlernen. Du bist immerhin meine einzige Nichte. Dein Vater hat mir dein Wohl anvertraut, und da wirst doch auch du mir ein wenig vertrauen können, oder? Setz Dich!«

Sie kannte diesen Tonfall nur zu gut. Ihr Onkel duldete keine Widerrede. Gehorsam setzte sie sich hin.

Die Blicke der beiden Männer ließen darauf schließen, dass sie sich abgesprochen hatten. Jetzt baute sich Gerit vor ihr auf. Der Ausdruck seiner unruhigen Augen unter den buschigen Brauen war unergründlich, als er sich bei seinem guten Freund Paul Vogel einhakte, um so ihre kameradschaftliche Verbundenheit zu demonstrieren. »Ihr Onkel hat mir in Aussicht gestellt, ich dürfte an diesem Abend zumindest auf ein kleines bisschen Ihrer Zeit und Aufmerksamkeit hoffen?«

Elisa war unwillkürlich errötet. Erneut griff er nach ihrer Hand, aber die konnte sie ihm rasch entziehen und ihn so an weiteren Galanterien hindern, die ihr mit Sicherheit noch mehr Übelkeit verursacht hätten.

Zum Glück betrat der alte Fried jetzt mit ihrer Mutter den Salon. Weitere Gäste kamen und ihr Onkel begrüßte die Neuankömmlinge gemeinsam mit Gerit Janson, sodass Elisa einen Moment lang vor weiteren Zudringlichkeiten sicher war.

Es schüttelte sie richtig, als sie an sein diabolisches Lächeln und die unverhohlene Gier in seinem Blick dachte, als er ihre Finger mit seinem Speichel benetzt hatte. Und wie unverschämt seine Worte gewesen waren! Hatte ihr Onkel das denn nicht bemerkt?

Doch aus den Augenwinkeln heraus konnte sie beobachten, wie ihr Onkel seinen Freund jetzt erneut in ihre Richtung schickte, während er mit Fried und ihrer Mutter sprach. Was sollte das werden?

Bevor Elisa noch die Flucht ergreifen konnte, trat Gerit Janson zu ihr, wiederholte seine Bitte nach ihrer Gesellschaft und betonte dabei, dass ihm daran gelegen sei, sie wissen zu lassen, dass er Wert auf Elisas Meinung als belesene und sehr gebildete junge Frau legen würde.

»Ihr Onkel hatte mir in Aussicht gestellt, dass Sie einem Tischgespräch mit mir zustimmen würden…?«

Mit Absicht ließ Elisa ihre Stimme einige Grade kühler klingen als sonst.

»Verehrter Herr Janson. Ich weiß nicht genau, worüber Sie mit meinem Onkel sprachen, wenn Sie sich auf meine Meinung beziehen. Aber wenn Sie auf ein interessantes Tischgespräch hoffen? Nun, Sie kennen ja durch meinen Onkel bestimmt meine Vorlieben. Sollte es um Politik gehen – dazu bin ich jederzeit bereit. Nur müssten Sie vorher bei meinem werten Onkel die Erlaubnis für das jeweilige Thema erbitten. Eine junge Dame sollte schließlich nicht eingebildet erscheinen. Politik ist in diesem Hause grundsätzlich Männersache… Jede Ausnahme muss von ihm genehmigt werden.«

Der hinzukommende Paul Vogel brach bei Elisas Worten in spontanes Gelächter aus. Auch Fried konnte sich einen belustigten Kommentar nicht verkneifen.

»Aber wertes Fräulein Elisa, seit wann sind Sie so zurückhaltend? Und wieso sollten Sie so viel Grazie und jugendliche Anmut, wie sie sich in ihrer Gestalt dank der göttlichen Gnade vereinigt finden, überhaupt mit hässlichen Männerthemen verunstalten wollen? Mir wurde versprochen, Sie seien am heutigen Abend für den musikalischen Teil der Unterhaltung zuständig. Das wäre doch sicherlich um einiges passender? Ich begrüße Sie, Fräulein Elisa, und ich versichere Ihnen, dass Sie auch ohne Politik einen formidablen Abend mit uns Herren verbringen können.«

Gut gelaunt zwinkerte er ihr zu. Elisa konnte Fried nicht böse sein. Aber auf ihren Onkel war sie nicht gut zu sprechen. Er lachte immer noch über sie.

Janson lächelte breit, wobei er seine makellosen Zähne zeigte. »Mein Freund Paul hatte sicherlich kein bedrückendes politisches Tischgespräch im Sinn, als er mir erlaubte, ein wenig von der kostbaren Zeit seiner liebreizenden Nichte zu beanspruchen. Nur leichte Themen, – für die werten Damen geeignet! Auch schlug man mir netter Weise nach dem Abendessen einen Ausflug zur Blauen Grotte mit Fräulein Elisa vor. Zu dieser Jahreszeit ist es angenehm warm, und bei Vollmond soll diese Grotte besonders eindrucksvoll sein. Ihr Onkel hat uns die Begleitung von Johannes van Ween vorgeschlagen, damit der Anstand gewahrt bleibt. Sie haben also nichts zu befürchten … Ihr Ruf, wertes Fräulein Elisa, der Ihnen und auch Ihrer Frau Mutter so überaus wichtig ist, dieser Ruf ist bei mir in den allerbesten Händen.«

Elisa wich seinem bohrenden Blick aus, wagte es aber nicht, sofort abzulehnen. Es war immerhin der Vorschlag ihres Onkels. Außerdem hatten einige der umstehenden Gäste aus Lihue begonnen, neugierig zu ihnen hinüber zu sehen und zu tuscheln. Nach Elisas schrecklichem Unfall hatte niemand mehr damit gerechnet, dass Paul

Vogels Nichte noch eine Chance auf dem Heiratsmarkt haben würde. Und jetzt wurde ihr offensichtlich vom reichsten Junggesellen Kauais der Hof gemacht. Janson genoss diese Aufmerksamkeit sichtlich.

»Dürfte ich?«

Janson überschlug sich vor Höflichkeit, als er Elisa jetzt den Stuhl zurechtrückte. »Ich möchte Sie keineswegs drängen. So ein Ausflug ist nur sinnvoll, wenn Sie nicht zu müde sind, denn wir werden voraussichtlich erst nach Mitternacht zurück sein. Aber Johannes hatte versichert, dass ich mit der Blauen Grotte Ihr Interesse wecken könnte. Sie interessieren sich doch sicherlich nicht nur für die Kultur und Sprache unserer Inseln, sondern bestimmt auch für die geheimen Orte der Einheimischen, nicht wahr?«

Jetzt hatte er tatsächlich Elisas Neugierde geweckt. Gnädig schenkte sie ihm ein kleines Lächeln.

»In der Tat interessiere ich mich brennend für die hawaiische Kultur, und ich habe auch schon von diesen Grotten am Meer gehört. Dieser Ausflug mitten in der Nacht, war das wirkliche eine Idee von Johannes van Ween, dem Patensohn meines Vaters?«

Janson nickte und wies in Richtung der offenen Flügeltüren, die auf die Terrasse führten. Dort stand Johannes mit Onkel Paul und Fried. Die drei Männer schienen in ein Gespräch vertieft.

»Fragen Sie den jungen Mann. Johannes war es, der mir einen Ausflug mit Ihnen zur Blauen Grotte ans Herz legte. Ich hole die Herren zu Tisch, ja?«

Kaum war Janson weg, erlahmte auch das Interesse der Neugierigen an ihr.

Elisa sah sehnsüchtig nach draußen. Der Mond war immer noch fast voll. Sein bleicher Silberschimmer tauchte den im Garten blühenden Jasmin in helles Licht. Wäre Gerit Janson nicht gewesen, so hätte sie sich auf einen Ausflug mit Johannes gefreut. Janson kam mit Johannes zurück.

»Diese Nacht werden Sie nie vergessen … glauben Sie mir! Das Mondlicht in der Blauen Grotte ist unvergesslich … Sie werden entzückt sein. Nicht wahr, Johannes? Wir beide werden Fräulein Elisa ein wenig verwöhnen.«

Die letzten Worte hatte Janson dicht an Elisas Ohr geflüstert. Sie roch in seinem Atem Alkohol und Tabakrauch. Die feinen Härchen an ihrem Nacken stellten sich in einem Anflug von Ekel auf.

»Ich werde es mir überlegen… Und ich danke Ihnen für Ihre Bereitschaft uns zu begleiten, Johannes. Ich weiß jedoch nicht, ob ich meinem Bein die Strapazen eines solchen Ausflugs zumuten kann.«

Ohne allzu unhöflich erscheinen zu wollen, oder den Freund ihres Onkels gar zu brüskieren, zog Elisa schnell ihr wohlriechendes Taschentuch und versenkte ihre Nase darin.

Johannes verstand den Hinweis, nickte und wollte Gerit Janson wieder mit sich in den Garten ziehen. Doch Janson verharrte weiterhin neben Elisas Stuhl.

»Wie sehr beeinträchtigt Sie Ihre Verletzung?«

»Das kommt ganz auf den Tag an. Manchmal bin ich ganz ohne Beschwerden. An anderen Tagen fällt mir das Gehen auf unebenem Terrain noch schwer.«

»Ich würde Sie notfalls auch auf Händen tragen, Fräulein Elisa… «

Während die anderen Männer damit beschäftigt waren, Tante Katharina, Elisas Mutter und zwei anderen Damen, die sich zum Essen hinsetzten, die Stühle zurechtzurückten, setzte Janson sich neben Elisa.

»Nun, was sagen Sie? Wären Sie einverstanden mit diesem Ausflug zu dritt? Oder sollten wir vorher auch Ihre Frau Mutter um Erlaubnis fragen? Ihr Onkel meinte, dass Sie dieses Naturschauspiel immer schon sehen wollten … Muss Ihre Frau Mutter dennoch um Rat gefragt werden? Brauchen Sie mehr als eine Begleitperson, um sich vor mir sicher zu fühlen?«

Elisa schüttelte stumm den Kopf. Sie konnte den penetranten Geruch von Gerit Janson genauso wenig ertragen, wie sein anzügliches Grinsen. Seine Gesellschaft in einer engen Kutsche musste sie ihrer Mutter nicht zumuten. Es ging Clementia zwar gesundheitlich ein klein wenig besser, jedoch war sie noch lange nicht genesen. Daher entschieden mittlerweile Onkel Paul und Tante Katharina über alle Belange, die Elisa betrafen. Es würde mindestens noch drei weitere Monate dauern, bis ihre Mutter wieder hergestellt sein würde. Darauf hoffte Elisa von ganzem Herzen, denn nur dann würde sie den Plänen ihres Onkels und ihrer Tante etwas entgegensetzen können. Bis dahin gedachte Elisa weiterhin ihre Beeinträchtigung durch den Unfall vorzuschieben.

»Ich fürchte, dass mein Bein noch nicht so weit ist, werter Herr Janson. Vielleicht in einem Monat? Wenn Sie mir dann noch einmal Ihre Aufwartung machen würden? Natürlich nur, wenn Sie die Zeit fänden.«

Erneut sah Elisa sehnsüchtig in den Garten. Wie sehr sie ihre Nächte mit Kelii vermisste, seit er fort war! Was er wohl mit seiner Schwester und seinem Vater in den Unruhen auf Oahu erlebte? Aus Honolulu kamen beunruhigende Nachrichten, so alarmierend, dass Elisa überall Schreckgespenster des Todes sah. Selbst die Konturen der Büsche und Bäume im fahlen Mondlicht erinnerten sie an vor Schreck erstarrte menschliche Gestalten. Hawaiianer, die Steine essen mussten!

Ein Gefühl von kaltem Grauen machte sich in ihr breit. Wusste Gerit Janson, dass Elisa in diesem Konflikt nicht eindeutig auf Seiten der Amerikaner stehen konnte, ja sogar das Verhalten der europäischen Plantagenbesitzer bedenklich fand? Die Königin der Hawaiianer unter

Arrest! Sie würde mit Johannes reden müssen. Was genau hatten die Männer eigentlich hinter ihrem Rücken ausgemacht? Was hatten sie besprochen?

Elisa wurde zunehmend nervöser und brachte auch während des nächsten Gangs des opulenten Mahles kaum einen Bissen herunter. Es stimmte, dass sie das berühmte Mondlicht in der Blauen Grotte einst unbedingt sehen wollte, allerdings mit Kelii. Das Problem war nur, dass sie zu Fuß zu lange brauchten, um in einer Nacht dorthin und wieder zurück zu gelangen. Mit Jansons Kutsche hingegen würden sie den Weg schnell schaffen. Dieses Angebot war verlockend. Johannes hatte ihr bestimmt etwas Gutes tun wollen. Trotzdem konnte Elisa das mulmige Gefühl nicht abschütteln, das sie seit Jansons Ankunft auf der Plantage quälte. Müsste sie es beschreiben, dann fühlte es sich ein wenig so an, als würde sie auf Treibsand rückwärts auf einen Abgrund zugehen. Da trat Johannes zu ihr.

»Wir haben uns heute noch gar nicht angemessen begrüßt. Haben Sie sich von allen Unpässlichkeiten erholt? Sie sehen immer noch ein wenig blass aus … Was halten Sie wirklich von dieser Idee des nächtlichen Ausflugs?«

Als sie sich förmlich die Hand gaben, fand Elisa, dass er derjenige war, der blass aussah. Aber bevor sie auf seine Worte etwas erwidern konnte, fuhr er bereits fort.

»Ich habe Herrn Janson gesagt, dass Sie vielleicht noch nicht kräftig genug für einen nächtlichen Ausflug wären. Ihre Wunde…«

Entdeckte sie eine Warnung in Johannes Blick? Elisa war sich nicht ganz sicher. Zitterten seine Hände? Etwas an ihm schien ihr merkwürdig, aber sie kannte ihn noch nicht gut genug, um zu erkennen, was genau ihren neuen Freund bedrückte. Vielleicht war es immer noch Leilanis Verschwinden, das ihm zu schaffen machte. Jetzt gesellte sich Fried zu ihnen.

»Ach, mein lieber Johannes, nun verunsichern Sie unser junges Fräulein doch nicht unnötig. So ein Ausflug zur Blauen Grotte, noch dazu mit edler Kutsche und in guter Begleitung … das wird einem nicht jeden Tag angeboten. Also, ich würde zusagen!«

Elisas Mutter stimmte dem alten Fried zu. Plötzlich beteiligte sich auch der übrige Tisch lebhaft. Bis auf Katharina, die nächtliche Ausflüge für junge Damen grundsätzlich unpassend fand, rieten alle dazu, das Angebot anzunehmen. Elisa aber wusste, was das bedeutete. Gerit Janson hatte an diesem Abend offiziell seinen Balztanz um Elisas Hand begonnen. Selbst Katharinas Einwand, der Schicklichkeit halber, war ein Scheingefecht. Alle Anwesenden, und wie es schien sogar Johannes, hatten nicht das geringste Problem damit, dass ein doppelt so alter Mann, noch dazu mit zweifelhaftem Ruf, offen um sie warb.

Elisa seufzte tief, als sie in die Gesichter der zwanzig bei Tisch Versammelten sah, die sich erneut ihren jeweiligen Gesprächen zuwandten, da sie sich offensichtlich noch nicht entscheiden konnte.

Janson tätschelte jetzt fast väterlich ihre Hand.

»Ich habe Sie überfallen, nicht wahr? Jetzt sind Sie sprachlos? Das wollte ich nicht … ich wollte Sie auch nicht in Verlegenheit bringen.«

Elisa nickte. Sie hätte es dabei belassen, wenn nicht ihr Onkel in diesem Moment quer über den Tisch gerufen hätte.

»Nun sag schon, Elisa! Bist doch sonst nicht stumm wie ein Fisch. So ein Angebot kommt nicht jeden Tag um die Ecke. Morgen fährt Gerit wieder…«

Wieder waren alle Augen auf Elisa gerichtet. Sie versuchte ein Lächeln, aber ihr Gesicht fühlte sich an wie eine kalte Maske.

»Sie haben natürlich recht, lieber Onkel, aber jetzt kann ich mich noch nicht entscheiden … mein Kopfweh die letzten Tage … mein Bein. Auch wenn das Angebot sehr verlockend ist, muss ich leider auch an meine Gesundheit denken.«

Sie schickte ein knappes Lächeln in Richtung Janson, um zu signalisieren, wie sehr sie sein Angebot schätzte.

»Seien Sie mir deshalb bitte nicht gram, lieber Herr Janson, aber ich muss diese Entscheidung bis nach dem Dessert verschieben. Ich war dieser Tage gesundheitlich nicht ganz auf der Höhe. Zudem müsste ich noch einmal mit meiner Mutter unter vier Augen reden … es ist nicht unbedingt schicklich für eine junge Dame, sich auf ein nächtliches Abenteuer mit zwei edlen Herren zu begeben.«

Bildete Elisa es sich ein, oder blitzten Jansons Augen erneut belustigt auf?

»Was denken Sie denn, wer ich bin? Ich weiß doch, was sich bei einem so unschuldigen Mädchen wie Ihnen gehört. Sie sind die am besten behütete Jungfer von ganz Kauai.«

Sie sah Spott in seinen Augen. Aber warum? Wollte Janson sie provozieren? Hatte er deshalb das Wort »unschuldig« derartig in die Länge gezogen?

Janson fuhr fort, wobei er Elisa mit seinen Blicken förmlich bis auf den Grund ihrer Seele zu durchbohren schien.

»Ihre verehrte Frau Mutter hat sich bereits vorhin mit dem Ausflug einverstanden erklärt, Fräulein Elisa. Sie hat mir aber auch gestanden, dass Sie schon längst nicht mehr jeden Ihrer Schritte überwachen kann, da Sie sehr … unabhängig seien. Sie hätten einen Begleiter, einen jungen Einheimischen?«

Johannes vermied Elisas forschenden Blick, indem er sich mit knapper Verbeugung von ihrem Stuhl entfernte, um sich auf seinen Platz zu setzen. Sie erschrak bei dem Gedanken, dass er ihr Geheimnis verraten haben könnte.

Doch dann beruhigte sie sich sofort. Warum sollte Johannes das tun? Er war ihr Freund, so wie sie seine Freundin war. Zudem hatte er mehr als genug Sorgen und brauchte sie als seine Verbündete. Johannes hatte bei ihrem Gespräch zwar sein Unverständnis über den Ernst ihrer Gefühle ausgedrückt. Das hieß jedoch nicht, dass er sie und Kelii auch verraten würde.

Dennoch begann Elisa, sich inmitten der fröhlichen Geburtstagsgesellschaft unwohl zu fühlen. Im weiteren Verlauf des Abends konnte sie Janson nur schwer deuten. Auch aus Johannes, der ein paar Stühle entfernt saß, wurde sie nicht klug. Es schien ihr, als würde er um jeden Preis den Augenkontakt mit ihr vermeiden. Was war geschehen? Was hatte er erfahren? Dreizehn Tage waren vergangen, seitdem sie von Johannes am Strand Dinge gehört hatte, die ihre eigene Weltsicht grundlegend verändern mussten. Das rote Haus von Lihue! Ihr Vertrauen in ihren Onkel und ihre Tante war verschwunden. In gewisser Weise hatte Elisa seit dem Gespräch mit Johannes aufgehört, unschuldig zu sein.

Wenn sie ihre mit Schmuck behängte Tante Katharina ansah, die an diesem Abend ihren fünfundzwanzigsten Geburtstag feierte, wusste sie, wie verlogen ihr Gerede von Schicklichkeit und Anstand war. In dem roten Haus am Hafen hungerten sich zwölfjährige Mädchen zu Tode, um der Gewalt alter Männer zu entgehen. Der Pfarrer und seine Frau, eingewandert aus Hamburg waren heute ebenfalls zu Gast. Sie hoben mit abgespreiztem kleinen Finger ihre Weingläser und planten den nächsten Hibiskus-Ball in Lihue. Diese kinderfeindliche Heuchlerin, die Elisa gesagt hatte, sie sei zu jung, um dem Komitee der Frauen anzugehören, saß ihr gegenüber. Die Frau des Pfarrers wusste genau, was mit den jungen Hafenhuren geschah, wenn sie sich weigerten, Männern wie Janson zu Willen zu sein. Wer weiß, wahrscheinlich würde der

Pfarrer sogar ein paar salbungsvolle Worte sprechen, wenn das nächste kleine Mädchen tot im Hafenbecken liegen würde.

Ihre unguten Gedanken jagten sich, während Elisa ein süßes Zwischengericht, Marie van Weens köstliche Fruchtsuppe löffelte. Die kalte und leicht scharfe Kreation aus Mangos und dem Poi aus der Taropflanze der Hawaiianer war eine besondere Delikatesse des Hauses. Während die Gäste andächtig auch den letzten Tropfen der Köstlichkeit zu sich nahmen, musterte Elisa den großen, schweren Körper ihres Gegenübers. Gerit Janson war ein massiges Ungetüm von einem Mann.

Mit dem typischen Körperbau der Friesen, seinem fast quadratischen Schädel und den klobigen Händen, sah er aus wie die Hafenarbeiter, die Elisa am Hamburger Hafen oft bei der Arbeit beobachtet hatte. Krasser konnte der Gegensatz zu Keliis eleganter, schlanker Gestalt gar nicht sein. Mit Schaudern versuchte Elisa sich vorzustellen, wie Janson wohl ohne seinen maßgeschneiderten Anzug aussah.

Elisa zwang sich im Laufe des Abends dazu, ihre dunklen Gefühle zu verdrängen. Katharinas feierlicher Geburtstagsempfang bot auch ihr eine willkommene und verdiente Abwechslung. Allein die sinnliche Schönheit der Tischdekoration und die vielfältigen und köstlichen Speisen von Marie van Ween waren es wert, die düsteren Gedanken während der restlichen vergnügten Stunden von sich zu schieben.

Nach dem nächsten Dessert verebbte das Tischgespräch, das teilweise amüsant gewesen war, vor allem durch den Humor des alten Fried. Jetzt sprach hauptsächlich der Pfarrer, dessen monotone Stimme Elisa in der Kirche regelmäßig einschläferte. Der Mann war ein Langweiler. Aber Elisa versuchte, ihrer Mutter zuliebe so zu tun, als ob sie der endlose Monolog über weitere

Neuankömmlinge aus China interessieren würde. Aber in Wirklichkeit war sie mit ihren Gedanken woanders.

Elisa dachte immerzu an Kelii. Sie hoffte, dass auch er in diesem Moment an sie dachte. Sie wollte unbedingt bald mit ihm sprechen. Etwas wirklich Gravierendes musste geschehen sein, da weder sein Vater noch er rechtzeitig zum Vollmondfest zurück gekommen waren. Es war das erste Mal, dass das monatliche Dorffest ausgefallen war. Das hatte Elisa heute im Dorf erfahren, aber niemand konnte oder wollte ihr genau sagen, warum. Sie war extra am frühen Morgen, im Licht der ersten Dämmerung, zum Wasserfall hinaufgestiegen, in der Hoffnung, dass Kelii zurück sein würde. Seit sie sich kannten, war nie mehr als ein Tag vergangen, ohne dass er ihre Nähe gesucht hatte, meistens am Tag und oft auch noch in der Nacht.

Auf der Plantage wollte nicht einmal Amala sagen, warum alle Hawaiianer mit einem Mal so bedrückt waren. Lag es wirklich nur an Leilanis Schwangerschaft? Aber selbst, wenn niemand glücklich darüber war, dass ein gemischtes Paar wie Johannes und Leilani ein Kind bekommen würden, so waren diese Kinder schon seit Jahren kein Weltuntergang mehr. Was das betraf, musste sie Johannes insgeheim recht geben. Einige halbweiße Babys gab es inzwischen, die in hawaiischen Familien mit aufwuchsen, ohne dass sich jemand daran störte. Die Hawaiianer hatten eine angenehm unkomplizierte Einstellung zu Kindern. Jedes Keiki war grundsätzlich willkommen und wurde geliebt und als zur Familie gehörig betrachtet, wenn es in Liebe entstanden war.

Anders war es jedoch mit gemischten Paaren, denn die hatten es in beiden Kulturen schwer, wenn sie heiraten wollten. Auch wenn es einige Liebespaare gab, war eine solche Eheschließung nach wie vor ungewöhnlich. Hatten Kelii und sein Vater Leilani deshalb fortgebracht?

Verlangte sie mehr, als ein weiteres Bastardkind auf der Insel? Wollte sie für immer mit Johannes leben, und ihr Vater hatte es nicht erlaubt?

Elisa nahm sich vor, ihren Freund bei der erstbesten Gelegenheit zu fragen, ob er etwas herausgefunden hatte. Sie sah zu ihm herüber. Auch wenn er sich angeregt mit der Frau des Pfarrers zu unterhalten schien, wirkte Johannes anders als am Strand. Charmant gab er den jungen Weltenbummler, erzählte Amüsantes aus San Francisco und gab wilde Erfahrungen mit den Goldgräbern zum Besten. Nebenbei hörte Elisa, wie die Frau des Pfarrers ihm zu seiner neuen Stellung als Verwalter gratulierte – bei Gerit Janson.

»Elisa, willst du nicht auch dein Glas auf unsere liebe Katharina erheben?«

Die Augen der Gäste waren neugierig auf sie gerichtet, während ihre Mutter nachsichtig lächelte.

»Tut mir leid, aber in diesem Alter … meine Tochter träumt nun einmal gerne. Nicht wahr, mein Kind?«

Janson grinste breit und hob sein Glas.

»Junge Frauen sollten träumen … von ihrem zukünftigen Mann, vielen gesunden Söhnen … einem großen Haus und jeder Menge Dienerschaft.«

Elisa hob schnell ihr Glas und prostete Katharina zu.

»Viel Glück und viel Segen auf all Ihren Wegen, verehrte Tante! Mögen Ihre Kinder weiterhin gut gedeihen, Sie gesund und fröhlich bleiben und Ihr Hibiskus-Komitee viel Gutes in der Gemeinde bewirken…«

Den letzten Satz konnte Elisa sich nicht verkneifen, und warf Johannes einen provozierenden Blick zu. Prompt begann Janson, schallend zu lachen.

»Das klang ja fast glaubwürdig! Man könnte meinen, Sie hätten sich unter den hiesigen Frauen eingelebt. Und wenn Sie die Aufgaben unserer Damen respektieren und vielleicht selber eines Tages daran teilnehmen, dann könnten Sie die Politik auf den Inseln ja vielleicht von nun an auch beruhigt uns Männern überlassen?«

Elisa vergaß für einen Moment ihre guten Vorsätze. Sie nahm ihn so scharf ins Visier, als würde sie einen Gegner abschätzen.

»Verehrter Herr Janson, ich hatte nie etwas anderes vor! Doch auch um zu den verehrten Damen zu gehören, muss ich mich zunächst als würdig erweisen. Noch bin ich unverheiratet und kinderlos, wie Sie wissen. Meine laienhaften Bemühungen, an politischen Gesprächen teilzunehmen, dienten lediglich meiner politischen Bildung, einer Bildung, die eines Tages auch meinen Zöglingen oder eigenen Kindern zuteil werden sollte. So hatte es mein Vater mir beigebracht ... mein Vater...«

Elisa geriet ins Stocken. Sie realisierte, dass ihr Gesicht über und über rot wurde.

Aber Onkel Paul nickte ihr jetzt ermutigend zu.

»Dein Vater, mein werter Bruder ... er hat dir vieles beigebracht, liebe Nichte. Sprich weiter!«

»Mein werter Herr Papa hat gesagt, dass es für uns Frauen sehr nützlich sein kann, wenn wir von den Herren der Schöpfung so viel wie möglich lernen. Bildung sei der einzige Weg für uns Europäer, um auf Dauer unsere wirtschaftliche Vormachtstellung zu behalten. Und nur eine gebildete Frau wird darauf achten können, dass ihre Söhne und auch ihre Töchter die bestmögliche Schulausbildung erhalten. Daher interessiere ich mich grundsätzlich für alles, eben auch für die Politik!«

»Gut gekontert, Elisa!«

Der alte Fried, ohnehin liberaler denkend als die meisten der Anwesenden, prostete Elisa zu. Er war ihr Tischherr zur Linken, und sie hatte ihm sichtliches Vergnügen bereitet. Gerit, als Elisas Gegenüber, war allerdings anderer Meinung.

»Hätte unser lieber Herrgott geplant, dass unsere Damen sich mit der Politik beschäftigen, so hätte er sie mit einem größeren Gehirn ausgestattet, meinen Sie nicht meine Herren?«

Zustimmendes Murmeln, allerdings nur leise, denn die anwesenden Damen hielten ihre Blicke zwar gesenkt, aber die Zustimmung blieb aus. Stattdessen konnte man deutliches Hüsteln und auch das eine oder andere Räuspern vernehmen. Janson hob abwehrend die Hände und lachte vergnügt.

»Verzeihen Sie den Scherz, meine Damen … ich würde an einem so schönen Abend nicht wirklich daran denken, mein entzückendes Gegenüber in irgendeiner Weise zu verärgern … Allerdings muss ich sagen, dass in meinen Augen Ihr Liebreiz noch gewinnt, wenn Sie mädchenhaft erröten, und sei es auch nur aus Zorn. Ihr Onkel hatte recht … man spürt Ihre Leidenschaft und Ihr Temperament. Haben Sie schon einmal gesehen, wie ein störrisches Pferd zugeritten wird, Elisa?«

Im Salon hätte man eine Stecknadel fallen hören können, so leise war es plötzlich.

Elisas Blick verdunkelte sich. Ihr Onkel hatte die Sitzordnung in letzter Minute verändert, auf Gerits Wunsch, wie sie wusste. Sein auffordernder Blick in ihre Augen war die reinste Provokation. Elisa wollte ihm am liebsten eine gesalzene Antwort auf seine Frechheit geben, als ihre Mutter laut zu husten begann.

»Ich habe mich verschluckt … Elisa … könntest du?«

Elisa stand auf und klopfte ihrer Mutter auf den Rücken, bis der kurze Anfall vorüber war. Die anderen wendeten sich ihren jeweiligen Tischgesprächen zu. Der Moment der Spannung war vorüber. Als Elisa an ihren Platz zurück wollte, flüsterte die Mutter ihr warnend zu, dass sie Janson bloß nicht weiter reizen sollte. Elisa flüsterte ebenso leise zurück.

»Warum nicht? Er provoziert mich doch auch!«

»Hör einfach auf mich, mein Kind ... bitte! Versuche einfach, ein wenig gehorsamer und ... und vor allem diplomatischer zu werden.«

Elisa entdeckte Furcht in den Augen ihrer Mutter. Als sie zu Janson hinüber schielte, um zu sehen, ob er sie beobachtete, schien er nichts mitbekommen zu haben. Er unterhielt sich angeregt mit der Frau des Pfarrers.

An diesem Abend, Elisas letztem Abend im Kreis ihrer Familie auf Kauai, ahnte niemand, dass aus einem geplanten Denkzettel für Elisa ein grausamer Akt der Gewalt werden würde.

Clementia Vogel, nur teilweise eingeweiht in den teuflischen Plan ihrer Schwägerin, wusste nichts von dem Ausmaß der geplanten Machtdemonstration. Als Elisas Mutter verspürte sie lediglich ein vages Unbehagen, als sie sah, wie Janson sich eifrig Rum nachschenkte. Was hätte sie auch tun sollen? Das Schicksal einer Frau wurde nun einmal von ihrem zukünftigen Mann bestimmt.

Elisa sah keine unmittelbare Gefahr, weder bei Tisch noch bei dem nächtlichen Ausflug mit Janson, dem sie nach dem Dessert schließlich doch noch zustimmte, da Johannes sie begleiten und beschützen würde. Als auch andere Gäste ihr das Ausflugsziel schmackhaft machten, stimmte Elisa schließlich zu. Fast übermütig prostete sie in die Runde. Ihre Mutter nickte ihr dankbar, wenn auch ein wenig verhalten zu. Katharina lächelte zufrieden über dieses Geburtstagsgeschenk, welches die jüngere und hübschere Konkurrentin um die Gunst der männlichen Aufmerksamkeit endgültig aus ihrem Blickfeld entfernen würde.

Später einmal würde Elisas Mutter sagen, dass ihre Tochter an diesem erinnerungswürdigen Abend, der ihr

Leben für immer verändern sollte, ausgesehen hatte wie das blühende Leben.

Janson freute sich lautstark über die Ehre, derjenige zu sein, der Elisa die Blaue Grotte zeigen durfte.

»Der Erste zu sein, der mit Ihnen dieses Erlebnis teilen wird, das ist wirklich eine ganz besondere Freude. Großartig, meine Liebe, wirklich großartig … Glauben Sie mir, diese Nacht werden Sie nie vergessen!«

Damit hatte Gerit Janson erneut sein Glas gehoben und trank es mit einem einzigen Zug leer, so als hätte er einen kleinen Sieg zu feiern.

Andere am Tisch waren merkwürdig still, allen voran Johannes van Ween.

Als sie eine Stunde später zu dritt den kleinen Weg von der sandigen Straße zum Berg der Grotten entlanggingen, schien der Mond immer noch hell. Unter ihnen, in der Nähe der kleinen Bucht, wo die Küstenstraße in ein Stück geschützten Strand überging, stand die Kutsche. Eine der eingespannten jungen Stuten, die von Janson an ihr Geschirr gewöhnt wurden, wieherte einige Male panisch. Janson lachte neben Elisa.

»Sie hat Angst … alles macht diesem Tier Angst: die Nacht, das Kutschgeschirr, jedes noch so kleine Geräusch. Wenn nur ein Hund sie anbellt, droht sie schon durchzugehen. Ich befürchte, meine Elli wird im Gegensatz zu Bessi nie ein gutes Kutschpferd. Ich werde sie verkaufen müssen. Ängstliche Stuten taugen nichts, und ihre Fohlen sind meist schwach…«

Johannes pflichtete ihm sofort bei, wohingehen Elisa instinktiv irritiert reagierte.

»Elli ist doch noch jung. Das haben Sie auf der Fahrt hierher gesagt.«

Janson nickte, erklärte Elisa dann aber, dass er über die Jahre viel Erfahrung mit der Pferdezucht gewonnen habe.

Man könnte leicht testen, ob ein Pferd für das Kutschgeschirr taugt oder höchstens einen Pflug über den Acker ziehen kann. Bestimmte Kriterien würden vor allem bei Stuten gelten.

»Wenn man eine Stute das erste Mal zum Decken bringt, dann kann man kann sehen, ob sie sich dem Willen des Hengstes fügt. Die, die einfach nur vor Angst zittern und alles mit sich geschehen lassen, sind zu schwach. Zu denen gehört Elli … Zu wenig Lebenswillen! Wahrscheinlich wird sie auch vor einem Pflug versagen und vorzeitig beim Pferdemetzger enden. Ein ängstliches Kutschpferd kann ich nicht brauchen. Ich brauche eine Stute mit Kampfinstinkt.«

Johannes und er begannen, über Pferde fachzusimpeln, während Elisa auf dem Weg zur Grotte ihren eigenen Gedanken nachging. Beim Abschied vor dem Haus hatte ihre Mutter ihr warnende Worte zugeflüstert, die Elisa nicht richtig deuten konnte. War sie wirklich so widerspenstig, dass ihre Mutter sie zweimal an einem Abend daran erinnern musste, charmant und diplomatisch zu sein und Janson nicht zu verärgern?

In gewisser Weise fand Elisa ihn auch ganz in Ordnung, denn zumindest schien er im Gegensatz zu ihrem Onkel kein Mann zu sein, der plante, seiner Frau das Zepter zu überlassen. Und in der Kutsche, ohne Publikum, war er Elisa gegenüber um einiges offener gewesen. Obwohl Johannes dabei war, hatte er ihr sogar einen gewissen Respekt für ihr Wissen gezollt, vor allem für ihr Interesse an der Politik und der Wirtschaft.

Sie hatten sich ein wenig über den eskalierenden Konflikt auf Oahu unterhalten. Dabei stellte sich heraus, dass Janson Mitglieder der königlichen hawaiischen Familie Kamehameha näher kannte. Sogar ein gewisses Bedauern drückte er aus, denn er erkannte, ebenso wie Elisa, viel Wertvolles in der hawaiischen Lebensweise.

»Allein ihre ursprüngliche Ernährung, der Poi aus den Tarowurzeln, der frische Fisch und die Früchte, ist um so viel gesünder als unser gepökeltes Fleisch, die mehligen Kartoffeln und der viele Zucker, den wir alle hier anbauen. Und erst die Schnapsbrennerei! In nur wenigen Jahren fielen meinen Arbeitern die Zähne aus, sie wurden fett und schwach und konnten immer weniger arbeiten. Unsere heilige Zivilisation, wie wir sie leben, tut diesem Volk nicht gut. Und vielleicht tut unser Leben noch nicht einmal uns selbst wirklich gut? Ich für meinen Teil habe so meine Zweifel, selbst an der vom Pfarrer so hochgelobten Monogamie…«

Elisa hätte fast laut aufgelacht, als er das gesagt hatte, hielt sich aber zurück. Jeder auf der Insel wusste, dass Janson gleich mit mehreren hawaiischen Frauen das Bett teilte und auch einige Kinder gezeugt hatte. Sie hatte schnell das Thema gewechselt und lieber über den Herrn Doktor geredet, der das ganze Essen über ungewohnt schweigsam gewesen war, aber am Ende eine regelrechte Bombe platzen ließ. Auf der Insel Oahu würden seit einiger Zeit gehäuft Fälle von Lepra auftreten. Die Hawaiianer nannten diese schreckliche Krankheit Mai Pake, da sie davon ausgingen, dass einwandernde Chinesen sie mit nach Hawaii gebracht hatten. Leider steckten sich vor allem die hawaiischen Kinder sehr schnell und oft tödlich an.

Ein Kollege aus Oahu hätte bei seinem Besuch eine Warnung ausgesprochen, die speziell das rote Haus am Hafen von Lihue betraf. Auch dort sei ein erster Fall der unheilbaren Krankheit unter den Mädchen aufgetreten. Das Etablissement sollte möglichst schnell geschlossen werden. Von der Insel Molokai war die Rede. Dorthin verbannten alle hawaiischen Inseln inzwischen ihre Leprakranken, um die Gefahr einer Seuche auf den Inseln zu verhindern.

Natürlich hatte Katharina das für Elisa sehr spannende Thema bereits im Keim erstickt. Die Ausbreitung von Lepra sei nun wirklich kein Thema für ihre Geburtstagsfeier. Der Doktor hatte daraufhin geschwiegen, und Elisas neugierige Fragen wurden nicht weiter beantwortet.

Janson hingegen gab ihr in der Kutsche großzügig Auskunft. Er wusste einiges über diese Krankheit zu berichten, die bereits in den frühen Achtzigerjahren des neunzehnten Jahrhunderts auf den hawaiischen Inseln ihr schreckliches Gesicht gezeigt hatte. Auch damals seien es die ganz jungen Mädchen gewesen, die sich bei chinesischen Matrosen angesteckt hätten.

»Das hätten Sie sehen sollen, Fräulein Elisa, wie die Mädchen verzweifelt geschrien und sich die Haare ausgerissen haben, sobald sie die verräterischen Flecken an ihrem Körper entdeckt hatten. Bei einigen hat sich die Seuche rasend schnell ausgebreitet. Das hübsche Gesicht, die zarte goldene Haut, alles bedeckt von diesen grauenerregenden Geschwülsten. Und dann die Verbannung auf die Leprainsel … Ich sage Ihnen, ich habe durch diese Krankheit etwas gelernt…«

Elisa sah ihn neugierig an. »Und was genau?«

»Man sollte sich als Frau genau überlegen, mit wem man sein Bett teilt. Nur weil die Matrosen den Mädchen Spiegel, Stoffe und bunte Perlen brachten, hätte man diese Chinesen noch lange nicht in die Hütten einladen dürfen. Die Rassen sollten sich nicht mischen, grundsätzlich nicht … Ich meine, ich habe nichts gegen die Pake, unsere verehrten Chinesen, denn sie sind fleißige Arbeiter und ein gehorsames Volk, welches uns hier nicht allzu viele Scherereien macht. Aber ein hübsche Hawaiianerin sollte ihre Gunst grundsätzlich lieber einem Europäer schenken … sie hat mehr davon.«

Elisa verstummte. Laut einiger Gerüchte belohnte Janson seine hawaiischen Geliebten großzügig. Sie lebten in eigenen Hütten, zogen seine Kinder mit Bediensteten groß, scharten ihre weiblichen Familienmitglieder um sich und erhielten rudimentäre Unterweisungen. Auch schienen sie Janson zugeneigt. Nur Männer durften seine Geliebten nie haben. Gerit Janson wollte der einzige Hahn in seinem Korb bleiben.

Kurz darauf waren sie an ihrem Ziel angekommen. Janson zeigte auf einige größere Felsen, die sich wie ein Bogen gegen das Mondlicht am Himmel abhoben.

»Hier gehen wir hinein. Sehen Sie diese Öffnung im mittleren Felsen des Bogens? Es ist ein Heiligtum, der gigantische Schoß einer Göttin. Folgen Sie mir möglichst nah. Manchmal ist der Weg nach unten ein wenig feucht. Wenn Sie wollen, können Sie sich an meinem Arm festhalten. Ich kenne den Weg gut. Sie warten hier auf uns, Johannes!«

Janson ging langsam vor. Elisa folgte und nahm anfangs seinen angebotenen Arm, um ihren Augen die Möglichkeit zu geben, sich an die Dunkelheit des Weges zu gewöhnen. Es dauerte ein paar Minuten, doch dann wurden Elisas Schritte auf dem absteigenden Pfad sicherer und sie ließ seinen Arm los.

»Mein Gott … ist das schön!«

Das Lichtschauspiel, das sich ihr in der Dunkelheit der Höhle bot, war von einzigartiger Schönheit. Die Kuppel der Grotte wölbte sich wie eine Kathedrale. Eine Felsöffnung am oberen Rand ließ das Mondlicht wie durch ein Fenster auf dem Wasser spielen. Kleine Kreise aus Licht bildeten sich auf spiegelglattem dunkelblauen Wasser, das aus sich selbst heraus zu leuchten schien. Die einfallenden Strahlen des Mondes durchschnitten die Dunkelheit der Höhle wie aus Licht gewebte Straßen und in der Tiefe des Wassers schien es auf merkwürdige Weise zu leuchten.

Kelii hatte ihr von diesem Ort erzählt. Sein Volk glaubte, dass die Seelen der Kahuna sich nach dem Tod hier sammelten, um zu beraten, bevor sie ihr nächstes Leben begannen.

Elisa war ohne Zweifel an einem magischen Ort, voller Leben und Kraft, denn sogar die Temperatur war um einige Grade wärmer als draußen, sodass Janson seine Jacke auszog. Sie waren jetzt bei einem kleinen Felsvorsprung unten am Wasser angekommen.

»Setzen Sie sich doch einen Moment zu mir.«

Janson hatte seine Jacke für Elisa auf dem Felsen ausgebreitet und deutete einladend drauf.

»Damit Ihr schönes Kleid nicht feucht wird. Es ist immer ein wenig dampfig hier unten. Das Wasser ist warm durch eine heiße Quelle, von der das Becken unterirdisch gespeist wird. Wir könnten baden ... wollen Sie sich nicht ausziehen? Ich habe gehört, dass sie gerne in Naturbecken baden...«

Elisa sagte nichts. Aber ihr Herz begann wie wild zu klopfen, als sie sah, dass Janson bereits begonnen hatte, sein Hemd aufzuknöpfen.

»Es ist wirklich ein sehr angenehmes Wasser ... die Hawaiianer sagen, es hätte heilende Kräfte. Die Frauen kommen hierher, wenn sie von einem Mann neues Leben empfangen haben, um ihm starke und gesunde Söhne zu gebären. Aber manchmal kommen in der Nacht auch die Liebespaare hierher ... Sie schätzen doch die verbotene Liebe, nicht wahr, Fräulein Elisa?«

Sie sagte immer noch nichts. Ihr Hals war wie zugeschnürt, als sie sah, wie Janson jetzt auch noch seinen Gürtel lockerte und kurz darauf nackt neben ihr saß, sein schwammiger Körper weiß und über und über mit schwarzen Haaren bewachsen. Panisch blickte sie sich um. Janson lachte amüsiert.

»Ich habe Johannes gebeten, uns ein wenig alleine zu lassen, damit wir uns ungestört beschnuppern können. Ich kaufe nämlich keine Katze im Sack, Mädchen...«

Sein Griff um ihr Handgelenk war eisern, als er sie zu sich zog. Sein stinkender Atem ekelte sie, so dass sie instinktiv ihren Kopf wegdrehte, während ihre Stimme ihn mit Eiseskälte zurückwies.

»Wagen Sie es nicht, Herr Janson!«

Er brach in schallendes Gelächter aus.

»Was genau soll ich nicht wagen dürfen, mein Unschuldstäubchen? Du glaubst doch nicht wirklich, dass verborgen geblieben ist, was du oben am Wasserfall mit deinem Kanaka getrieben hast? Wie heißt er noch? Kelii heißt der junge Mann, nicht wahr? Königsblut! Und ein fähiger Kopf, sagt dein Onkel. Nur hat der Kanaka-Prinz leider im falschen Revier gewildert…«

Eiseskälte lähmte Elisa, als sie begriff, dass Johannes sie verraten haben musste. Sie begann sich gegen Jansons Griff zur Wehr zu setzen.

»Sie wollen mir eine Lektion erteilen, ist es das? Mein Onkel hat Ihnen aufgetragen, mir Gehorsam beizubringen, nicht wahr?«

Janson lachte bitter, während er sie nach wie vor mit seinem Klammergriff am Fortlaufen hinderte.

»So einfach ist es nicht, mein kleines Täubchen. Du hast ein heiliges Gebot gebrochen. Keine unserer Frauen bringt hier ein Bastardkind zur Welt, hörst du? Du warst sehr, sehr unvorsichtig … und ich muss das jetzt wieder richten. Ich werde nicht zulassen, dass man dich entehrt. Du gehörst mir!«

Er begann mit seiner zweiten Hand, die Knöpfe an ihrem Hals zu lockern. Doch Elisa hielt seine Hand fest.

»Es stimmt nicht! Johannes hat gelogen! Ich bekomme kein Kind von Kelii. Ich bin noch unschuldig.«

Janson hielt inne. Jetzt war auch er verwirrt.

»Wieso Johannes? Was hat er damit zu tun? Weiß er davon? Er hat mir gesagt, dass er keine Ahnung hatte. Er war doch gar nicht auf Kauai…«

Elisa hätte sich auf die Zunge beißen können.

»Gewiss ... Nein, aber Johannes kennt Kelii und seine Schwester. Und ich dachte...«

»Das Denken überlasse besser mir. Du bist in wirklich großen Schwierigkeiten, Mädchen. Und wenn du nicht willst, dass dein Liebster für deine Dreistigkeit aufgehängt oder erschossen wird, dann fängst du jetzt an, das Richtige zu tun. Ich habe es deinem Onkel versprochen ... du wirst heute Nacht meine Frau.«

Elisa zitterte am ganzen Körper. Sie realisierte, dass es so gut wie keinen Ausweg gab. Würde sie schreien und Johannes alarmieren, so könnte sie zwar vielleicht aus der Höhle fliehen, doch sie brachte Kelii in Gefahr.

»Wo ist er? Was haben Sie mit Kelii gemacht? Wo ist sein Vater ... und seine Schwester?«

Aber an Jansons Reaktion merkte sie, dass er es nicht wusste. Erleichtert atmete sie auf und versuchte erneut, mit ihm zu verhandeln.

»Selbst wenn ich Ihre Frau werden sollte, Herr Janson, was hätten Sie davon, wenn ich Sie in Zukunft nur noch verabscheuen und hassen würde, für das Leid das Sie mir jetzt antun wollen?«

Kurz ließ er von den Knöpfen an ihrem Kleid ab.

»Du hast immer noch nicht verstanden, Elisa. Ich habe kein Interesse an Zuneigung oder gar an deiner Liebe. Ich habe meine Frauen. Mit deinem Onkel habe ich mich per Handschlag auf ein Geschäft zwischen unseren beiden Plantagen eingelassen, vorausgesetzt, ich bekomme einen Erben für meine Familie. Und meinen Plan lasse ich mir sicherlich von keinem Kanaka zerstören.«

»Aber ich bin noch unschuldig, Herr Janson, das schwöre ich Ihnen bei meinem Leben. Was auch immer meinem Onkel oder Ihnen zugetragen wurde, es ist eine Lüge. Wenn Sie mir nicht glauben, wir könnten den

Doktor bitten … ich würde mich untersuchen lassen, um meine Unschuld zu beweisen.«

Für einen kurzen Moment ließ Janson ihre Hand los.

»Du sagst die Wahrheit, oder zumindest das, was du für die Wahrheit hältst. Aber war es nicht dieser Kanaka, der dich vor dem Hai gerettet hat, der dich auch gesundpflegte?«

Elisa rieb sich das schmerzende Handgelenk und nickte vorsichtig.

»Kelii und ich sind Freunde. Ich verdanke ihm mein Leben. Aber wir haben nichts Unrechtes getan. Ich werde mich nur dem Mann hingeben, dem ich mich vor Gottes Angesicht anvertraue. Ich will heiraten…«

Kühl musterte er sie im Dunkel der Höhle. Ihre Augen hatten sich inzwischen an das gespenstisch blaue Licht der Grotte gewöhnt. Mit Abscheu wandte Elisa ihren Blick von seinem bleichen Körper und wollte gehen. Doch Janson war schneller. Wieder ergriff er ihr Handgelenk.

»Zieh dein Kleid aus, los! Ich will die Narbe sehen. Wer weiß, ob ich überhaupt mit so einem Krüppel wie dir ein Kind zeugen könnte … vielleicht will ich dich ja gar nicht.«

Seine Augen brannten in ihren, so als hätte ein Fieber von ihm Besitz ergriffen.

»Vielleicht wäre unsere Verbindung ja wirklich ein Fehler … wer weiß, ob ich deine Narbe nicht zu abstoßend finde, um den Reigen der Liebe mit dir zu tanzen!«

Elisa schüttelte sich innerlich bei dem Gedanken, auch nur einen harmlosen Walzer mit Janson ertragen zu müssen. Aber sie verstand auch, dass ein Mann wie er sie nicht gehen lassen würde, ohne ein gewisses Maß an Befriedigung erreicht zu haben. Unversehrt, mit ihrer Unschuld intakt, aus der Höhle herauszukommen, das musste ihr einziges Ziel sein. Um es zu erreichen, würde sie den Rat ihrer Mutter befolgen müssen. Diplomatie und Klugheit waren ihre einzigen Waffen, da Janson um einiges stärker war als sie. Vorsichtig nickte sie deshalb und begann mit zitternden Fingern die Knöpfe an ihrem Kleid zu lösen. Prompt lockerte er seinen Griff. Er hatte heftig zu atmen begonnen. Elisa sah, wie sich sein Brustkorb mit zunehmender Erregtheit hob und senkte. Und sie sah auch, dass sich seine Männlichkeit bedrohlich regte.

»Ich ziehe nur mein Kleid aus. Weiter nichts.«

Er nickte schnaufend und ließ zu, dass Elisa sich von ihm abwandte, während sie das Oberteil von ihren Schultern gleiten ließ und aus ihrem langen Rock stieg. Jetzt stand sie in Korsett und Unterrock vor ihm.

»Umdrehen!«

Seine Stimme klang barsch und befehlend, aber Elisa gehorchte. Schamhaft hielt sie das Kleid vor ihre Brust, da ihr Unterkleid weit ausgeschnitten war. Aber das ließ Janson nicht gelten. Fast behutsam nahm er ihr das Kleid aus der Hand und legte es auf seine gefaltete Kleidung.

»Zeig mir mehr! Zeig sie mir, jetzt!«

Seine Stimme war rau vor Erregung, als er auf ihre Brüste deutete.

»Du hast sie vor dem Kanaka entblößt, also will ich sie jetzt auch sehen.«

Elisa zögerte einen Moment. Sie sah, dass er mit seiner Hand an seiner Männlichkeit spielte und wandte sich voller Abscheu von ihm ab.

»Sie wollten doch vor allem meine Narbe sehen, nicht wahr? Ich zeige sie Ihnen zuerst.«

Elisa zählte darauf, dass ihn der Anblick mindestens ebenso sehr abstoßen würde wie ihre Mutter, die fast in Ohnmacht gefallen war, als Elisa sie einmal gebeten hatte, einen Blick darauf zu werfen. Noch war ihre Narbe wulstig und rot. Knapp unterhalb ihrer Scham hatte der Hai zugebissen. Dort hatte Kelii eines Nachts den tief im Fleisch sitzenden Zahn herausoperiert, der im Knochen steckte und die lebensbedrohliche Entzündung verursacht hatte. Dieser Narbenwulst, schlimmer als der Rest der Zahnmarkierungen, grenzte direkt an das lockige Vliess ihrer Scham.

Die Narbe war ein ekelhafter Anblick, selbst im Dunkel der Grotte. Janson zog scharf die Luft ein. Dann trat er einen Schritt zurück und schüttelte sich vor Abscheu.

»Wirklich schauderhaft, was der Haifisch Ihnen da angetan hat. Sie werden für immer entstellt bleiben.«

Elisa nickte mit einem Anflug von Erleichterung, während sie den Unterrock fallen ließ und sorgfältig über der Stelle glatt strich. Das war es also. Janson war zum Sie zurückgekehrt, duzte sie nicht mehr. Sie sah das als ein Zeichen von Respekt. Auch hatte er aufgehört an sich herumzuspielen. Offensichtlich waren ihm seine Gelüste vergangen. Diesen Umstand konnte sie für sich nutzen.

»Sicher gibt es Frauen, die Ihrer sehr viel würdiger sind, als ich es je wäre ... ich würde verstehen, wenn Sie meinem Onkel mitteilen, dass ich nicht die richtige Braut für Sie bin. Es könnte gut sein ... nun, es könnte laut Aussage des Doktors gut möglich sein, dass ich durch den Schock keine Söhne gebären kann. Dann wäre ich in doppelter Hinsicht eine Enttäuschung...«

Mit diesen Worten hatte sich Elisa bereits über ihr Kleid gebeugt, das über seiner Kleidung auf dem Felsvorsprung lag. Sie wollte es gerade hochheben, als sie etwas Hartes und Forderndes an ihrem Gesäß spürte. Schon umfassten sie seine groben Hände und hoben ihren Unterrock. Sie spürte, wie eine Hand sich zwischen ihre Beine schob und erstarrte vor Schreck.

»Lassen Sie das ... Sie tun mir weh!«

Aber Janson dachte nicht daran, von ihr abzulassen, im Gegenteil, er hielt sie eisern umklammert und war bereits dabei, sich mit einem Finger davon zu überzeugen, ob Elisas Jungfräulichkeit tatsächlich noch intakt war. Sie schrie auf vor Schmerz. Das stachelte ihn nur noch mehr an. Seine Hände waren wie Schraubstöcke.

»Woher weiß ich, dass du mich nicht anlügst? Vielleicht hast du längst einen Bastard von deinem königlichen Kanaka im Bauch? Und falls du meinst, dass ich dazu unseren guten Herrn Doktor brauche…?«

Erneut schrie sie vor Schmerz auf, als sich ein zweiter Finger grobschlächtig Gewissheit über ihre Jungfräulichkeit verschaffte. Sie versuchte, von ihm fortzukommen, doch er drückte sie hart mit dem Gesicht auf den Kleiderhaufen. Sie versuchte, ihre Beine zu schließen, nur hatte er seine Oberschenkel bereits zwischen ihre gedrückt und spreizte ihr Gesäß brutal auseinander.

»Wenn du dich jetzt nicht wehrst, Mädchen, dann tut es auch nur halb so weh. Machst du Theater, dann reiße ich dich in Stücke. Und denk dran, für die meisten Männer bist du ein bemitleidenswerter Krüppel. Ich tue dir einen Gefallen, wenn ich dich ein wenig zureite…«

Damit penetrierte er mit seinem Finger auch noch ihre hintere Öffnung, bis ihr vor Schmerz Tränen über die Wangen liefen. Panisch begann sie zu schluchzen.

»Bitte, ich bitte Sie … nicht. Lassen Sie mich gehen.«

Aber es war bereits zu spät. Wie ein Tier nahm er sie, ohne Rücksicht auf ihr Wimmern und Schreien.

»Schön eng bist du, meine Kleine. Ja, weiter so! Wehr dich! Ich mag es, wenn du kämpfst!«

Im Dunkel der Höhle drang er in sei ein, bis Elisa nur noch einen einzigen Wunsch hatte: Sie wollte sterben. Dann vergingen ihr die Sinne. Alles um sie herum versank in einem dichten Nebel.

Cap d'Antibes, September 2010

Schweißgebadet schreckte Maja aus ihrem Albtraum hoch. Instinktiv befühlte sie die Stelle an ihrem Oberschenkel, wo der Hai Elisa einst gebissen hatte. Dort brannte ein Feuer bis tief ins Innere ihres Knochens.

Sie knipste das Licht an und schob ihr Hemd hoch, um die Stelle genauer zu untersuchen. Gleichzeitig erinnerte sie sich an die entsetzliche Szene in der Grotte. Die Demütigung, die Angst und schließlich diese rücksichtslose Vergewaltigung. Aber hatte das alles wirklich je stattgefunden? Und wenn ja, was genau hatte Maja damit zu tun?

Sie lag auf ihrem Bett in der luxuriösen Villa in Antibes und fühlte den rasenden Herzschlag in ihrer Brust. Sie war völlig nassgeschwitzt. In der Villa war es gespenstisch still. Wie lange hatte sie geschlafen? Der Wecker zeigte drei Uhr früh, also waren es nur wenige Stunden gewesen. Jetzt war sie hellwach und hatte Angst davor, erneut einzuschlafen. Vielleicht würde der Traum zurückkommen. Alles war entsetzlich real gewesen, selbst das ängstliche Wiehern der Stute und Jansons eiserner Griff, als er Elisas Gesicht in ihr Kleid gedrückt hatte. Rosen hatte Maja in dem Stoff gerochen und einen Hauch von Jasmin, während das Scheusal ihren Körper malträtierte. Den Geruch von Elisas Parfum hatte sie noch in der Nase, genauso wie sie das Brennen der wulstigen Narbe neben ihrer Scham fühlte. Doch als Maja ihren Schenkel inspizierte, war an der Stelle nichts zu sehen, nicht die kleinste Rötung. Wie denn auch? Es war schließlich Elisas

Narbe. Obwohl Maja, wenn sie ihre Augen schloss, an der Stelle die abstoßend wulstige Narben zu fühlen meinte. Zu sehen war lediglich die appetitliche Glätte ihrer vom Sommer gebräunten Haut.

Als sie sich jetzt in dem breiten Bett aufrichtete, zitterte ihre Hand so heftig, als hätte sie selber eine Vergewaltigung durchlebt. Nie zuvor waren die Bilder eines Traumes derart intensiv gewesen. Wahrscheinlich waren Maja die Muscheln nicht bekommen. Oder vielleicht hatte sie beim Essen mit Keanu zu viel Wein getrunken? In einem plötzlichen Anflug von Schuldgefühl dachte sie an ihre Begegnung mit dem Mann aus Kauai. Es war völlig verrückt gewesen, mitten in der Nacht mit ihm im Meer zu schwimmen.

Wankend stand sie auf, um sich den Angstschweiß abzuduschen. Kurz überwältigte sie unter dem Wasserstrahl die Erinnerung an das Liebesspiel im nächtlichen Meer. Es hatte sie fasziniert, wie vertraut der Hawaiianer mit dem Ozean war, wie verbunden mit den Kreaturen der Tiefe. Und der Haifischzahn war einfach der Wahnsinn gewesen. Schon bei der ersten Berührung hatten ihre Fingerspitzen gekitzelt. War es der Zahn, der ihr den Traum von Elisa geschickt hatte? Waren sie über dieses Objekt in Verbindung getreten? Gab es so etwas überhaupt? Konnte ein Mensch aus der Vergangenheit einem Menschen in der Zukunft über ein Objekt Träume schicken und mit ihm in Verbindung treten? Elisa schien es irgendwie möglich zu sein. Oder aber es steckte noch etwas anderes dahinter, eine geheimnisvolle Verbindung auf Majas hawaiischer Seite der Familie.

Bisher war sie noch nie auf Hawaii gewesen, ihre Eltern hatten jedoch öfter von Max Reise auf die hawaiischen Inseln gesprochen, die ihr Vater noch vor der Hochzeit unternommen hatte, um nach seinen Vorfahren zu forschen. War er dabei auch auf Kauai gewesen?

Zumindest des Namens glaubte Maja sich zu entsinnen, als sie ihre Erinnerungen durchforschte. Kauai war die Heimatinsel von Keanu, aber vor allem auch die Insel, die sie in ihren Elisa-Träumen kennenlernte. Aber wer genau war Elisa Vogel? War sie eine Traumgestalt? Oder hatte sie einmal als Keanus Urgroßmutter existiert? Was von ihrem Aussehen, ihrer Art, und vor allem den Erlebnissen, die sie mit Maja geteilt hatte, entsprach der Wahrheit?

Maja hatte sich bis jetzt immer nur rudimentär und bei Bedarf mit Traumforschung beschäftigt. Sigmund Freud war ihr immer zu trocken gewesen und der Rest zu esoterisch für ihren Geschmack. Zum Glück war die Traumdeutung ein Steckenpferd ihrer besten Freundin Ina. Wenn Maja überhaupt mal etwas Erwähnenswertes träumte, was selten genug vorkam, so fragte sie Ina Lebkowiz. Sie würde die Freundin anrufen, am besten über Skype. Ina würde sie auch vorsichtig von ihrer Begegnung mit Keanu erzählen, natürlich ohne ihre erotische Begegnung allzu sehr in den Vordergrund zu stellen. Ina konnte moralisch sein, schätzte Stefan und würde sie für ihre Leichtfertigkeit rügen. Und genau das konnte Maja im Moment am allerwenigsten gebrauchen. Ihre eigenen Schuldgefühle reichten ihr. Daher würde sie vor allem über ihre Elisa-Träume reden.

Mit diesem Plan setzte bei Maja zumindest ein klein wenig Entspannung ein. Wenn jemand es verstand ihre Seele wieder zurechtzurücken, so war es Ina.

Während unter der Dusche das wohltuende, warme Wasser auf ihren Kopf und Körper prasselte, schien sich der Nebel in der Duschkabine auf einmal erneut zu verdichten. Das ungute Gefühl, nicht mehr alleine zu sein, überfiel Maja wie aus dem Nichts und sie konnte spüren, wie sie sich innerlich dagegen sperrte. Nicht schon wieder! Bitte nicht, Elisa!

Abrupt stellte sie die Temperatur von Warm auf Kalt, um im Nebel besser sehen zu können. War jemand bei ihr im Bad? Ihre Phantasie begann mit ihr durchzugehen. Sie glaubte, das Scheusal Janson neben sich atmen zu hören, und meinte in seinem widerlichen Atem den Alkohol und den Tabak riechen zu können. War das sein dicker bleicher Bauch da drüben bei der Badezimmertür? Aber es war nur die Kontur ihres Bademantels. Und als der Nebel vor der Duschkabine sich durch das kalte Wasser lichtete, verschwand auch die Bedrohung. Nein, natürlich war da niemand. Es konnte niemand zu ihr in die Villa gelangen. Durch die Alarmanlage war sie so sicher wie in einem Tresor.

Das bedrohliche Gefühl, das Maja bereits mit Keanu im Meer überfallen hatte, wollte nicht gänzlich weichen, auch dann nicht, als sie das Badezimmer verließ, um zurück ins Bett zu gehen. Etwas in ihrer Wahrnehmung hatte sich verändert, so als wäre ein Vorhang vor einem bis dato verborgenen Fenster mit einem Mal zurückgezogen worden. Sie war nicht mehr wirklich allein, dachte sie. Und wenn sie sich nicht gerade vor diesem unbekannten Zustand fürchtete, oder etwas Schreckliches miterleben musste, wie gerade eben mit Elisa in der Blauen Grotte, so war es eigentlich ein gutes, sogar ein spannendes neues Lebensgefühl.

Lieber wäre Maja natürlich gewesen, sie hätte eine Erklärung für diesen neuen Zustand, die auch ihr Verstand erfassen könnte. Sie hoffte, dass sie nach und nach mehr über ihre Verbindung zu Elisa erfahren würde. Ausgelöst hatte diesen Zustand definitiv Keanu, oder besser gesagt der Haifischzahn um seinen Hals, oder aber das nächtliche Meer mit seinen unzähligen Informationen. So zumindest hatte Keanu versucht es ihr zu erklären. Maja selbst empfand ihre Verbindung zu Elisa eher wie einen feinen Leuchtfaden aus Licht. Durch die Person Elisa fühlte Maja sich mit einer Zeit verbunden, die längst vergangen war. Aber zum ersten Mal spürte sie auch eine Verbindung zu Hawaii. Diese Orte, zu denen Elisa sie in den Träumen führte, sie existierten noch! Und diese Orte fühlten sich merkwürdig vertraut an. Der Wasserfall, der Ozean, das alte Herrenhaus auf der Plantage, ja selbst die Blaue Grotte.

Und mit einem Mal war Maja sich so gut wie sicher, dass sie etwas sehr Wichtiges mit der Insel Kauai verband, dass Elisa nicht zufällig in ihren Träumen erschienen war. Da war etwas, das Maja vielleicht dringend brauchte, um für ihr eigenes Leben sicherer zu sein, um entscheiden zu können, ob ein Leben mit Stefan wirklich der richtige Weg für sie war.

Als sie ihren frisch geduschten Körper zwischen die kühlen Laken gleiten ließ, sah sie erneut auf die Uhr. Es war halb vier Uhr morgens. Die Teufelsstunde, wie Ina diese Zeit nannte. Die Grübelstunde. Ob auch Elisa damals viel gegrübelt hatte?

Vielleicht hatte auch die junge Hamburgerin Zweifel, was ihr weiteres Leben betraf, bevor sie, vom Hai in die Tiefe gezogen, ihrem Schicksal mit Kelii entgegensank. Damals wartete nicht der Tod auf Elisa, sondern eine allumfassende Macht, die ihr Kraft und Zuversicht schenkte. Sonst hätte sie ihr schwieriges Leben kaum meistern können und wäre in ihrem Klan nicht zur Legende geworden. Hatte Keanu nicht mit Verehrung von seiner deutschen Ahnin gesprochen?

Maja wälzte sich im Bett hin und her. Der Schöne aus Kauai ging ihr nicht aus dem Kopf. Immerzu sah sie seine Augen vor sich. Und auch wenn sie es richtig fand, dass sich Keanu bei ihrem Abschied in der Tiefgarage in Zurückhaltung geübt hatte, so war sie auch verunsichert. Dieses Liebesspiel im nächtlichen Meer konnte sie nicht einordnen, vor allem nicht angesichts der Tatsache, dass sie beide feste Partner hatten.

Dennoch bereute Maja, dass sie nicht miteinander geschlafen hatten. Dann würde sie sich jetzt zwar Stefan gegenüber schuldig fühlen, aber die Sache wäre eindeutig gewesen: Ein kurzer Ausrutscher vor dem sicheren Hafen der Ehe, ein erotisches Abenteuer, nichts weiter als das. Stattdessen stellte ihre Begegnung mit Keanu plötzlich ihr gesamtes Leben infrage, ja sogar ihre Identität. Maja-Elisa? Elisa-Maja?

Maja schlug genervt die Laken zurück. Ihr war zu heiß, sie war kein bisschen müde und in ihrem Kopfkino teilten sich zwei neue Charaktere die Leinwand. Wenn sie nicht Keanus feurige Augen vor sich sah, schien Elisa nach ihr zu rufen. Hatte die junge Hamburgerin wirklich einst eine Zeichnung von ihr angefertigt und bei sich an die Wand gehängt? Auch Maja zeichnete manchmal gerne, auch, um sich Klarheit über ihre Gefühle zu verschaffen. Ihre Porträts von Stefan füllten ein ganzes Skizzenbuch.

Sie machte das Licht an, stand auf und holte ihren Skizzenblock. Um nichts von dem Traum zu vergessen, brachte sie jedes noch so kleine Detail zu Papier. Sie schrieb mehrere Seiten und fügte kleine Zeichnungen hinzu: Elisa in ihrem eleganten Sommerkleid beim Abendessen im Salon. Elisa spielt mit der kleinen Hildegard ihrer Tante Katharina ein Ständchen vor. Elisa mit Johannes und Gerit Janson in der Kutsche.

Als letztes zeichnete sie Elisa am Eingang der Blauen Grotte mit dem Halbmond im Hintergrund. In einiger Entfernung Johannes van Ween bei der Kutsche.

Danach fühlte Maja sich ruhiger. Sie liebte das Zeichnen und würde im neuen Jahr als Nebenfach Kunst an ihrer Schule unterrichten. Dabei war ihr das Zeichnen und das Malen am wichtigsten. Zeichnen verschaffte Klarheit und ordnete chaotische Gedanken. Nachdem sie sich ihre ersten Zeichnungen von Elisa angesehen hatte, war Maja noch nicht ganz zufrieden mit ihrer Sammlung.

Auch Kelii wollte zu Papier gebracht werden. Ihre Serie beendete sie mit einer schemenhaften Skizze von einem großen Hai, der sein Gebiss in den Körper einer Frau in wehenden Gewändern schlägt, während ein junger Hawaiianer zu ihm in die Tiefe taucht.

Maja seufzte zufrieden. Sie fühlte sich besser, jetzt, da sie alles zu Papier gebracht hatte. Erschöpft legte sie sich wieder in ihr Bett und zog sich das Laken unters Kinn. In der Ferne hörte sie den ersten Hahn krähen. Ein Fischerboot tuckerte die kleine Bucht vor der Villa entlang. Es war noch nicht einmal sechs Uhr, doch in einer Stunde würde ihr Wecker klingeln. Sie hasste es, wenn sie nicht ausgeruht war. Das war ihr letzter Gedanke, bevor sie endlich einschlief.

»Was ist passiert, Maja?«

Stefan merkte ihr am nächsten Morgen am Bildschirm an, dass etwas nicht stimmte und fragte nach dem Grund.

»Wirklich passiert ist eigentlich nichts… Ich fühle mich einfach nicht gut.«

Maja wusste nicht, wie sie mit ihrem Freund über Elisa sprechen sollte. Lieber schob sie den Schirokko vor und deutete Heimweh nach München an. Stefan nickte und bot ihr an, zum Wochenende zu kommen.

»Es gibt noch ganz günstige Flüge im Internet.«

»Ich weiß nicht… es ist vielleicht keine so gute Idee.«

Maja fühlte sich ihrem Freund gegenüber so schuldig, dass ihr jedes Wort wie reine Heuchelei vorkam. Stefan war ein echter Schatz, wenn es ihr nicht gut ging, auch wenn sie ihre Tage hatte. Rührend um sie besorgt kochte er Tee, massierte ihr die Füße und brachte sie zum Lachen. Aber an diesem Morgen konnte sie mit seiner fürsorglichen Art nichts anfangen. Stefan spürte ihre Distanz. »Ist es wegen meinem sexy Gequatsche am Telefon? Das war wohl nicht so passend, oder?«

Nachdem er sich für seine erotische Anmache damit entschuldigte, dass er angeheitert gewesen sei, wollte Maja schnell das Thema wechseln.

»Können wir über Träume reden?«

»Du meinst diese biochemischen Reize, ausgelöst durch den Schluckauf überspannter Synapsen? Erzähl mir davon ... War Sex im Spiel? Was hast du heute für Unterwäsche an? Oder bist du noch nackt?«

Maja musste grinsen. Das war typisch Stefan. Kaum entschuldigte er sich, fing er von vorne an. Und da sie ihn in der Nacht zuvor am Handy abgewürgt hatte, öffnete sie auf seine Bitte hin vor der Skype-Kamera ihren Kimono und ließ sich bewundern.

»Gefällt dir meine Unterwäsche?«

»Und wie! Ziehst du sie für mich aus?«

»Keine Zeit, mein Schatz. Ich bin spät dran!«

Nett beendete sie ihr Morgengeplänkel und rief Ina an. Das Skypen mit ihrer besten Freundin war ergiebiger. Ihr konnte sie von ihrer Begegnung mit Keanu erzählen, vor allem aber über ihr nächtliches Erlebnis im Meer. Ina, die auf dem Computerbildschirm mit ihrem neuen blonden Bubischnitt ungewohnt frech aussah, sah Maja erstaunt an.

»Klingt nach einer abgefahrenen Droge. Bist du sicher, dass der Typ in Ordnung ist? Vielleicht hat er dir etwas in den Wein gemischt ... hattet ihr Sex?«

Ina konnte grauenhaft direkt sein. Maja schüttelte den Kopf. Den sexuellen Aspekt wollte sie ganz weglassen, doch ihre Freundin kannte sie gut. Ihr Gesicht verzog sich bereits zu einem hintergründigen breiten Lächeln.

»Erzähl mir keinen Mist. Ich höre das doch am Klang deiner Stimme. Du hast dich in den Kerl aus Hawaii verliebt!«

»Hab ich nicht!«

»Du lügst! Ich sehe es dir an. Also erzähl mir keinen Schnee von Teleportation im Meer, sondern sag, was wirklich los ist. Bist du in Schwierigkeiten?«

Leugnen zwecklos. Sie kannten sich einfach zu gut, sodass Maja zögernd nickte.

»Irgendwie schon, denn ich träume von seiner Welt, weißt du... ich bin da in etwas hineingeraten, das ich selber nicht verstehe. Ich meine, hast du schon einmal von so etwas gehört? Es war, als würde ich in einen anderen Körper versetzt, an einen Ort auf der anderen Seite der Welt und in eine andere Zeit hinein. Elisa Vogel lebte wirklich auf Kauai, vor über hundert Jahren. Es war total ... na ja, es war einfach verrückt!« «

Ina nickte. Sie trank einen großen Schluck von ihrem Morgenkaffee, bevor sie Maja vorsichtig antwortete.

»Ich kenne dich gut, meine Süße. Und ich finde, du solltest dir die Zeit nehmen, genau nachzudenken, weil das alles ziemlich beunruhigend klingt. Was willst du von diesem Typen aus Hawaii? Weißt du das schon? Ich meine, kann dir der Mann emotional gefährlich werden? Es gibt da diese Dauerbaustelle in deinem Leben, die noch nie einfach war. Hawaii...«

Ina wusste wovon sie sprach, denn sie kannte sowohl Majas Eltern als auch ihre ungewöhnliche Familiengeschichte. Maja zögerte einen Augenblick, bevor sie weitersprach.

»Insgesamt fühlt es sich eher an wie eine Gefahr ... nicht Keanu selbst, sondern das, was ich durch ihn in meinem Inneren erlebe. Dieser Hawaiianer und ich ... wir haben etwas miteinander zu tun, das auch meine Vergangenheit betrifft, oder die meines Vaters. Und Keanu ist mir natürlich auch fremd. Allein schon, wie er über Haie redet, ist mir unheimlich ... für ihn sind sie Familie!«

Ina hatte begonnen, nebenbei Obst zu essen, ein Anblick, der Maja beruhigte, weil er vertraut war. Ina war in gewisser Weise wie eine Schwester für sie. Sie kannte Maja und wusste oft, was ihr guttun würde.

»Du hast zu wenig geschlafen, nicht?«

»Ich hatte einen fiesen Albtraum!«

»Ich sehe es an deinen Augenringen und finde, dass du diese Unterwassergeschichte, den Traum und das tief verbundene Seelenblabla schnell vergessen solltest. Meiner Meinung nach bist du heiß auf den Typen, weil du Angst vor der Hochzeit mit Stefan hast. Du willst dich ablenken! Keanu ist perfekt, weil er aus Hawaii stammt. Deine Vatergeschichte… «

»Du findest, dass ich es sein lassen sollte?«

»Natürlich! Diese Liebelei riecht nach einem Ablenkungsmanöver, weil du Angst vor der Entscheidung hast. Dieser Keanu mit seinen Geheimnissen ist eine Wunschprojektion. Keanu Reeves, das war doch der Schauspieler, für den du geschwärmt hast, als du zwölf Jahre alt warst! Aber lieben, wirklich lieben tust du Stefan. Nach den ersten beiden Idioten, mit denen du deine Zeit verschwendet hast, ist Stefan der beste Mann, den du je haben wirst!«

Maja protestierte lautstark.

»Hallo! Wer von uns beiden hatte immer die Beziehungen mit den Vollidioten? Und seit wann ist Stefan in deinen Augen so etwas wie ein Halbgott?«

»Na, seit er dir einen vernünftigen Antrag gemacht hat! Er traut sich wenigstens etwas zu!«

Bevor Ina so richtig ins Schwärmen über Stefans Qualitäten als zukünftiger Ehemann verfallen konnte, beendete Maja das Gespräch so sanft wie möglich.

»Du, meine Süße… ich muss los. Das Seminar fängt an. Die mögen nicht, wenn man zu spät kommt.«

»Wird er da sein?«

»Na, klar. Und nein, Ina, ich werde keine Dummheiten machen. Ich weiß, was ich an Stefan habe.«

Forschend sah Keanu Maja an, als sie sich vor dem Seminarraum zufällig trafen. In fünfzehn Minuten begannen die Vorlesungen und Keanu bat seine beiden Kolleginnen, ihm einen guten Platz auf dem Podium zu reservieren, da er noch mit Maja sprechen wollte.

»Guten Morgen. Wie geht es dir?«

»Danke, es geht mir ganz gut.«

»Wirklich? Du sieht ziemlich elend aus.«

»Es geht schon. Ich muss ja nur zuhören...«

Maja durfte unten sitzen, während Keanu im Laufe des Vormittags auf dem Podium seinen Vortrag halten würde. Seine umfangreiche Präsentation eines neuen Modells für Grundschulen in Krisengebieten hatte Aufsehen erregt und wurde derzeit von mehreren internationalen Gremien auf Herz und Nieren geprüft.

Maja wusste, wie wichtig ihm dieses Konzept war. Deshalb wollte sie ihm nicht zeigen, wie erschöpft und vor allem verunsichert sie sich fühlte. Zögernd erzählte sie ihm nach einigen oberflächlichen Floskeln lediglich, dass sie schon wieder von Elisa geträumt hatte. Warum sollte sie ihn auch belügen. Aber sie erzählte ihm nichts von Elisas brutaler Vergewaltigung. Und so blieb es bei einigen belanglosen Sätzen und ihrer Frage nach der heutigen Begehbarkeit der Blauen Grotte. Im Internet hatte sie bereits recherchiert, dass dieser Ort existierte.

»Wir gehen dort öfter hin. Ich zeige dir diese Grotte gerne, wenn du mich auf Kauai besuchst.«

»Glaubst du, dass ich dich besuchen werde?«

»Ich weiß es sogar. Du wirst kommen.«

Majas Herz hatte begonnen vor Aufregung Purzelbäume zu schlagen und sie konnte fühlen, wie ihr die Röte ins Gesicht schoss. Waren ihre Gefühle so leicht durchschaubar? Dabei hatte sie alles Mögliche unternommen, um Keanu in sichere Distanz zu rücken. Doch jetzt, da er ihr gegenüberstand, fehlten ihr die einfachsten Worte, um auszudrücken, wie sehr sie sich darüber freute, dass er sie quasi auf seine Insel eingeladen hatte. Keanu hingegen wirkte zuversichtlich und ausgeruht.

»Kommst du mit in die Cafeteria? Wir haben noch ein paar Minuten.«

Sie nickte. Stumm wie ein Fisch stand sie bei ihm, während er mit den Tassen hantierte.

»Mit Milch und Zucker, nicht wahr?«

Sie sah ihm zu, wie er den Kaffee für sie vorbereitete. Seine Bewegungen waren ruhig und harmonisch und verrieten nicht die geringste Spur von Anspannung. Maja hingegen wusste nicht wohin mit ihren widersprüchlichen Gefühlen. Sie hatte sich bis über beide Ohren in Keanu verliebt und fühlte sich gleichzeitig wie der letzte Idiot. Sie hatte keine Ahnung, wie es weitergehen würde. Nie zuvor in ihrem Leben hatte sie sich zu einem Mann derartig hingezogen gefühlt. Sie war verliebt in den kühnen Schwung seiner breiten Schultern, die wirkten wie von Michelangelo modelliert. Im klassischen Trapez lief sein Oberkörper zu einer schmalen Taille zusammen. Sein Hintern war klein und perfekt gerundet. Und seine wohlgeformten, kräftigen Hände waren die schönsten Hände, die sie je an einem Mann gesehen hatte.

Maja erwischte sich dabei, wie sie ihn musterte, und als er ihr den Kaffee reichte, fühlte sie sich von seinem klaren Blick ertappt.

»Danke für den Kaffee … und danke auch für den schönen Abend gestern«, fügte sie leiser hinzu, damit niemand sie hören konnte, denn immer mehr Leute kamen jetzt vor den Vorlesungen noch in die Cafeteria.

»Bitte, gerne. Dir zu begegnen, hat mir große Freude gemacht«, erwiderte er. Dann schwiegen sie beide, während um sie herum die fröhlichen Stimmen anderer Kursteilnehmer lauter wurden. Keanu wurde von einer Kollegin angesprochen und drehte sich um.

»Darf ich vorstellen – Inger aus Dänemark. Sie hält nach mir ihren Vortrag.«

Maja beobachtete die beiden möglichst unauffällig. Die hübsche Schwangere aus Dänemark verwickelte Keanu schnell in ein lebhaftes Fachgespräch. Als Maja ihr gutturales Lachen hörte, in das Keanu einstimmte, spürte sie plötzlich einen schmerzhaften Stich. Es war Eifersucht! Keanu hatte seine Hand auf Ingers wogenden Bauch gelegt. Das Baby schien zu strampeln, was ihn sichtlich amüsierte.

Wie schön dieser Mann war, wenn er lachte, dachte Maja mit plötzlicher Sehnsucht. Wie sehr sie sich in diesem Moment wünschte, dass er einmal mit ihr so lachen würde. Aber tief in ihrem Inneren fühlte sie, dass das unmöglich war. Ihre Scheu hielt sie davon ab, sich zu Inger und Keanu dazuzugesellen. Fast wäre es ihr lieber gewesen, wenn Keanu an diesem Morgen nicht erschienen wäre. Das zumindest redete sie sich ein, während sie allein, in kleinen Schlucken, ihren Kaffee trank.

Kurz darauf klingelte es zum Stundenbeginn. Doch selbst als Keanu noch einmal kurz an die Kaffeetheke trat, um seinen Becher abzustellen, traute sie sich nicht mehr, etwas zu sagen. Und dann war es zu spät. Die Vorlesung begann. Kenau referierte brilliant, sein Vortrag wurde mehr als wohlwollend aufgenommen, und auch Maja klatschte im Auditorium begeistert.

Den restlichen Tag spürte Maja eine unsichtbare Glaswand zwischen ihnen. In der einzigen Vorlesung, die sie später am Tag noch gemeinsam besuchten, fühlte sie sich müde und desorientiert. Sie entschied sich dafür, den leeren Stuhl neben ihm einfach zu übersehen. Und auch er achtete auf Abstand. Ein einziges Mal hatte sie das Gefühl, er würde heimlich zu ihr hinsehen. Doch kaum erwiderte sie seinen Blick, schlug er seine Augen nieder.

Und so war es nicht nur an diesem Tag, sondern auch die Tage drauf. Entweder sie begegneten sich nicht, oder aber, was für Maja deutlich schlimmer war, sie hatte das Gefühl, dass Keanu ihr aus dem Weg ging.

Bis zum letzten Abend, als einer der Seminarleiter einen gemeinsamen Ausflug in die Altstadt vorschlug, hatten sie sich gemieden. Und auch die Nächte, die Maja stets allein in der Villa verbrachte, um sich für die Abschlussprüfung am letzten Tag vorzubereiten, waren ohne Überraschungen geblieben. Elisa kam nicht ein einziges Mal im Traum zu ihr.

Die Prüfung zum Abschluss der Seminarwoche war nicht allzu schwer gewesen. Maja war sicher, dass sie eine gute Bewertung bekommen würde. Auch sonst hatte sie sich wieder im Griff. Regelmäßige Telefonate mit Stefan und Ina, sowie ein längeres Gespräch mit ihrem Vater brachten die Ordnung zurück in ihr Leben. Mit ihrem Papa Max hatte Maja auch über Hawaii gesprochen. Auf Grund seiner Herkunft würde sie diesen Winter gerne dort hinfliegen, falls das Familienbudget es erlaubte. Keanu hatte sie nicht erwähnt.

Dann war der letzte Abend des Seminars gekommen. Die meisten von den internationalen Teilnehmern brachen am nächsten Tag auf. Maja blieb noch über das Wochenende, da Stefan kommen wollte. Man tauschte Adressen aus, die Stimmung war fröhlich und fast ein wenig ausgelassen. Alle freuten sich auf den gemeinsamen Ausflug in die Gassen der Altstadt.

Beim Abendessen an den langen Holztischen saßen Keanu und Maja zufällig nebeneinander, da ein Pärchen zusammensitzen wollte und sie die Plätze tauschten.

Zu diesem Zeitpunkt hatte Maja ihn bereits abgeschrieben. Ihr war in den letzten Tagen nicht entgangen, dass der gut aussehende Hawaiianer von einigen Frauen im Seminar angeschmachtet wurde. Sicher ging er mit jeder von ihnen ins nächtliche Meer. Davon war Maja inzwischen überzeugt, wütend auf sich, weil sie auf seine Exoten-Masche reingefallen war. Keanu war einer dieser Männer, die sich vor weiblicher Bewunderung nicht retten konnten. Und Maja hatte es gewusst.

Sie gab sich die Schuld und ging hart mit sich ins Gericht. Die ungeklärte Herkunft ihres Vaters war es, die sie hatte neugierig werden lassen auf die exotische Inselgruppe. Und dann noch Elisa Vogel, eine legendäre Deutsche, die es tatsächlich gegeben hatte. Natürlich war Majas Phantasie auf diesen Zug aufgesprungen, oder besser gesagt in diesen Taucheranzug geschlüpft. Es war ja auch ganz allein ihre Schuld, dass es ihr seit der nächtlichen Begegnung mit Keanu oft immer noch schlecht ging und sie sich wertlos fühlte.

Ina hatte recht gehabt. Sie hatte sich ernsthaft in ihn verliebt. Ihre Phantasie ging seitdem mit ihr durch, und nicht eine Nacht war ohne heiße Unruhe geblieben, die sie seit ihrer Begegnung quälte. Zwar war es nicht mehr Elisa Vogel gewesen, die ihr erschien, aber Maja hatte wiederholt von Haien geträumt. Im Wasser wurde sie gejagt und gefressen und wachte jedes Mal schweißgebadet auf. Auch hatte ihr Bein begonnen regelmäßig zu schmerzen. Maja hatte als kleines Kind eine schwere Verletzung erlitten, die sich jetzt wieder meldete. Nein, es ging ihr nicht besonders gut.

Täglich konferierte sie mit Ina, die ihr von Ferne mit Rat zur Seite stand. Homöopathische Kügelchen hatte Maja bereits in verschiedenen Varianten ausprobiert, doch sie halfen ihr auch nicht durchzuschlafen. Jetzt waren Baldriantropfen dran, denn es war jede Nacht die gleiche Misere: Zwischen Drei und Vier wachte sie nach einem Albtraum in der Teufelsstunde auf und grübelte. Immer dachte sie dann an Keanu, egal wie sehr sie sich darum bemühte an Stefan zu denken. Sie begehrte Keanu und hasste sich für ihre Schwäche.

Einmal hatte sie versucht, sich selber zu streicheln, während sie sich sein Gesicht vorstellte, seine Augen und seine kraftvollen Hände. Sie wollte das Gefühl heraufbeschwören, das sie im Meer mit ihm gehabt hatte. Aber es gelang ihr nicht. Mittendrin hatte sie sich zu schuldig wegen Stefan gefühlt. Nach Seminarschluss würden sie ein gemeinsames romantisches Wochenende verbringen. Dankbar hatte sie sein Angebot angenommen, dass er ihr danach den Wagen zurück nach München fahren würde. Nach einer Woche miserablem Schlaf wollte sie die achthundert Autokilometer nur ungern allein zurücklegen. An all das dachte Maja, während sie ihre Vorspeise aß und versuchte das Gespräch, welches Keanu neben ihr mit seiner Tischnachbarin führte, nicht zu belauschen. Jedoch entging es ihr nicht, dass die hübsche Japanerin Keanu um seine Telefonnummer bat. Er war wirklich ein unglaublicher Frauenmagnet.

»Sag mal Maja, kommst du heute zum Abschied noch einmal mit mir ans Meer? Ich habe dich vermisst!«

Keanus geflüsterte Frage traf sie unerwartet. Und auch sein trauriger Blick, der der eines Bittstellers war und so gar nicht zu seinem Image als Don Juan passen wollte. War seine Frage überhaupt ernst gemeint? Unsicher fragte sie zurück: »Ist das eine gute Idee?«

»Nein, sicher ist es das nicht. Du hast einen festen Freund … Und er kommt her, dein Stefan, nicht wahr?«

»Und du hast deine Freundin Leilani! Und noch dazu ziemlich viele Verehrerinnen hier…«

Sie schwiegen beide. Maja biss sich auf die Lippen. Warum klang sie bloß so zickig? Sie wollte wahnsinnig gerne noch einmal mit ihm im nächtlichen Meer schwimmen. Seit ihrer ersten Begegnung wünschte sie nichts anderes. Noch einmal seine Hände auf ihrem Körper spüren, ein letztes Mal. Danach würde sie Keanu vergessen können und innerlich wieder für Stefan da sein, zumindest hoffte sie das.

Gerade wollte sie Keanu zuflüstern, dass sie sehr gerne zum Abschied noch einmal mit ihm ans Meer gehen würde, aber er unterhielt sich bereits mit seiner Nachbarin zur Linken. Der Moment schien verpasst.

Den Rest des Abends ergab sich keine weitere Gelegenheit für vertrauliche Worte. Maja hatte das Gefühl, dass Keanu ihr mit Absicht die meiste Zeit den Rücken zukehrte, um mit der Japanerin zu flirten, die über jedes seiner Worte zu lächeln schien. Ganz bestimmt würde Maja ihm nicht hinterherlaufen oder gar um seine Aufmerksamkeit buhlen.

Dann war es Zeit zu gehen. Minutenlang gab es wortreiche Abschiede zwischen den Studenten, Lehrern und Referendaren aus aller Welt. Die meisten von ihnen würden sich nie wiedersehen. Ihr Seminarleiter sprach bewegende Sätze über visionäre internationale Bildungskonzepte, die alle Teilnehmer in ihre Länder mitnehmen würden. Ein vielfaches Händeschütteln, Küsschen rechts und links und das eine oder andere Versprechen. Man würde sich schreiben. E-Mail, Skype, Facebook. Man würde sich wiedersehen.

Würde man das? Unsicher blickte Maja zu Keanu hinüber. Gerade wurde er von der schwangeren Dänin zum Abschied herzlich auf beide Wangen geküsst. Er schien Maja ganz und gar vergessen zu haben. War es ihm überhaupt wichtig, was er sie gefragt hatte? War es wirklich sein Wunsch, noch einmal mit ihr ans Meer zu gehen? Wahrscheinlich gab es zehn Frauen, mit denen er noch einmal in die Wellen wollte.

Unruhig stand sie auf. Sie musste hier weg. Ja, sie wollte am Meer Abschied von ihrer unglaublichen Nacht mit Keanu nehmen, die ihre Phantasie beflügelt, und ihr vor allem neue Welten eröffnet hatte. Für immer würde sie die Erinnerung an ihre Nacht mit dem Hawaiianer in ihrem Herzen tragen. Vielleicht ging es anderen Frauen aus dem Seminar ja ebenso, dachte sie traurig. Bestimmt hatte er einigen den anwesenden Damen schöne Stunden beschert.

Maja würde einfach allein noch einmal zu der Stelle gehen, an der sie zusammen ihre Kleider ausgezogen hatten. Sie würde dort Abschied nehmen von einem wundervollen Erlebnis, aber auch von einer schmerzlichen Illusion. Ihre verdammte Romantik, für die sie sich inzwischen nur noch schämte, würde sie in einer der Abfalltonnen am Strand entsorgen. Besonders hatte sie sich mit Keanu gefühlt. So schön war sie unter der Berührung seiner Hände im Wasser geworden. Jede einzelne Faser ihres Körpers wurde durch ihn einzigartig. Das Gefühl wie Elisa Vogel zu sein, seine deutsche Ahnin, die Haifischfrau, die ein um so viel spannenderes Leben geführt hatte, als ihres, das in München auf sie zu warten schien. Mit Keanu hatte sie sich endlich wirklich lebendig gefühlt, ganz anders als mit Stefan. Vielleicht war es gut, dass Kenau an diesem Abschiedsabend nicht bei ihr sein würde. Diese Albträume waren kein nettes Geschenk gewesen. Und auch das schmerzhafte Herzklopfen, das sie bei seinem Anblick stets aus der Fassung brachte, konnte auf Dauer nicht gesund sein.

Unbemerkt von ihm nahm sie ihre Jacke und ging.

Am nächtlichen Meer warf Maja missmutig Steine ins Wasser. Heute waren keine Angler da. Der Mond hatte sich hinter dicken Wolken verzogen. Kaum ein Stern zeigte sich. Der verführerische Schirokko war zu einem jämmerlichen Lüftchen geronnen und es roch nach fader Nachsaison. Der Sommer war zu Ende. Das Wasser lag träge und schwer wie Öl in der Dunkelheit. Ein unguter Geruch hing über der Bucht.

»Kloaken-Parfüm«, murmelte Maja und schleuderte einen weiteren Kiesel von sich. Sie musste an ihren Vater denken, der ihr vor vielen Jahren an der Côte d'Azur das Schwimmen beigebracht hatte. Sie hatte Sehnsucht nach seinen hawaiischen Augen, die denen von Keanu ähnelten. Aber ihr Vater war lang nicht so höflich wie der Mann aus Kauai. Auch als Anwalt nahm Max Kemper nie so diplomatisch ein Blatt vor den Mund, wie es in der heutigen Zeit der aalglatten Lügner von einem Rechtsbeistand erwartet wurde. Max war wie er war, und das war für Maja auch gut so. Falsche Hunde gab es auf der Welt genug, pflegte Max zu sagen, denn die Diplomatie der glatten Worte hatte ihn noch nie interessiert.

Leider mochte Max deswegen auch Majas Freund Stefan nicht besonders gerne. Sein zukünftiger Schwiegersohn Stefan mochte sich zwar in Zukunft langsam, aber sicher zu einem erfolgreichen Kardiologen mausern, aber für ihren Vater würde er immer ein facettenloser Schmalspurschwätzer bleiben.

Maja musste unwillkürlich lächeln, als sie jetzt einen weiteren Stein aufklatschen ließ. Sie liebte ihren Vater sehr. Ehrlichkeit, auch wenn sie unbequem war, sei das Schönste, Wertvollste und Schwierigste zwischen Himmel und Erde, so hatte er seine drei Kinder erzogen.

Über Majas Nase bildete sich jetzt eine steile Unmutsfalte. Ehrlich gesagt war sie stinksauer auf diesen Hawaiianer, der sich in ihre Träume geschlichen hatte. Was für ein mieser Trick, sie bei Vollmond ins Meer zu locken und derart mit ihren Gefühlen zu spielen. Keanu hatte sich mit seinen Berührungen in ihr Herz geschlichen. Aber war es wirklich ihr Herz? War es nicht vielmehr eine völlig unkontrollierbare Begierde, die von ihr Besitz ergriffen hatte? Sie wollte diesen Mann im Bett haben, wenn sie ehrlich war. Das war zwar schamlos, aber auch harmlos, wie Ina zu Recht sagte. Alles in allem war es vielleicht wirklich gut, dass sie Keanu nicht wiedersehen würde, denn sie waren ja beide verlobt. Und dieses letzte Aufbäumen, ein letztes Mal in Freiheit wildern, wie Ina es genannt hatte, das passte auch gar nicht zu Majas Vorstellung von Liebe und Ehebündnis.

Aber wäre es denn nur ein letztes Aufbäumen gewesen? Hatte Maja tief in ihrem Innersten wirklich solche Angst vor einer Ehe mit Stefan? Sie war doch alt genug, und sie freute sich im Grunde genommen darauf, in nicht allzu ferner Zukunft eine eigene Familie gründen. Es war reiner Zufall, dass sie noch nicht von Stefan schwanger geworden war. Sie hatten es zwar nie darauf angelegt, aber vor einem halben Jahr hatte sie die Pille abgesetzt.

Maja bohrte ihre Füße tiefer in den kühlen Sand und sah hinaus aufs Meer. Sie musste an Stefans Siegergrinsen denken, als er die Schachtel mit der Pille fröhlich im Bad in den Papierkorb geworfen hatte. Er wünsche sich eine schwangere Braut, hatte er ihr zugeflüstert, als er sie hochhob und in seinen Armen ins Schlafzimmer trug. Es war eins ihrer schönsten Liebeserlebnisse mit ihm gewesen, diese Gewissheit, dass neues Leben in ihr entstehen durfte. An Vergissmeinnicht hatten Stefans Augen sie erinnert. Treublaue Augen, wie Ina die Farbe von seinen Augen gerne nannte. Er würde ihr nicht nur in der Schwangerschaft treu sein, das wusste sie. Er würde sie ein ganzes Leben lang liebevoll umsorgen und ihr jeden Wunsch von den Augen ablesen. Das waren Stefans gute Seiten. Maja würde sich damit abfinden müssen, dass ihr Freund auch Schwächen hatte, einige davon vielleicht nicht immer einfach zu ertragen. Eine Ehemann, der seiner Frau jedes einzelne Gramm auf der Waage vorrechnete? Und gleichzeitig konnte Stefan sich nichts Schöneres vorstellen als eine schwangere Maja, die ihn mitten in der Nacht an die Tankstelle schicken würde, um ihr ein Glas saure Gurken und Vollmilchschokolade zu holen. Einmal hatten sie in ihrem Babywahn Luftschlösser gebaut. Was ihre Freundinnen, allen voran Ina, wohl sagen würden, zu einem prallen Schwangerschaftsbauch im Hochzeitskleid? Namen für einen kleinen Jungen oder aber ein Mädchen hatten sie sich auch schon ausgedacht. Stefan wollte als erstes Kind lieber ein Mädchen. Valerie sollte es heißen.

Und dann war einfach nichts passiert. Im ersten halben Jahr ohne Pille war kein Kind entstanden.

Maja sah auf ihr Handy. Auf dem Display blinkte bereits seit geraumer Zeit eine Nachricht von Stefan. »Ankunft morgen 19:45 Flughafen Nizza. Bringe Fizzy mit. Liebe Dich einmal zum Himmel und zurück!«

Sie schickte ihm eine nette Nachricht zurück. Fizzy war so etwas wie ein Geheimcode zwischen ihnen. Der kleine Plüschaffe, der Maja seit frühster Kindheit begleitet hatte, war ihr Tröster in größter Not. Stefan wusste vielleicht doch, wie schlecht es ihr ging, wenn er auch nicht ahnen konnte, warum. Sie konnte ihm ja nichts von Elisa erzählen und von ihren verwirrenden Gefühlen für Keanu erst recht nicht. Für ein derartiges Gefühlschaos war ihr Freund viel zu rational und zu praktisch veranlagt. Wenn sie Pech hatte, würde er sie am Ende noch zu einem Psychiater schicken.

Manchmal zweifelte sie, ob er wirklich ein echtes Interesse an ihr hatte. Oft schien er mehr mit ihrem Äußeren als mit ihrer Seele zu tun haben zu wollen. Er verstand nicht, dass für Maja Dinge wichtig sein konnten, die keinerlei praktischen oder materiellen Wert hatten. Meistens war er mehr an seinen medizinischen Fällen interessiert als an ihr.

Mit fünfunddreißig hatte Stefan viel erreicht, weil seine Karriere oberste Priorität hatte. Mit fünfzig wollte er Chefarzt sein. Die Konkurrenz war hart und sein anspruchsvoller Beruf erlaubte kein Verweilen auf den Abenteuerspielplätzen der Romantik.

Maja seufzte, als sie an seine bevorstehende Ankunft dachte, denn sie fühlte sich immer noch schuldig wegen ihrer Nacht mit Keanu. Wie konnte sie nur so leichtfertig sein, während Stefan an ihrer gemeinsamen Zukunft arbeitete? Er wollte dafür sorgen, dass Maja bei ihren Kindern zu Hause bleiben konnte, wenn sie das wollte. Seine zukünftige Frau sollte nur so viel arbeiten, wie es ihrem Nachwuchs guttat. So stellte er sich ihr Leben vor. Warum aber ließ sich Maja auf eine Romanze ein, wollte in diesem Jahr noch nach Hawaii, und glaubte, sich wegen ihrer Träume von Elisa Vogel auf die Suche nach ihren hawaiischen Wurzeln machen zu müssen? War sie nicht geeignet für die Ehe?

Das schlechte Gewissen hing ihr wie ein Mühlstein um den Hals. Sie würde morgen Abend am Flughafen sein, um Stefan in ihre Arme zu schließen. Aber mit der Ehrlichkeit, wie ihr Vater sie zeitlebens von ihr verlangt hatte, konnte sie derzeit noch nicht viel anfangen. Sie wusste ja noch nicht einmal, wie sie Stefan ihre irrationalen Anwandlungen überhaupt erklären sollte.

Unruhig stand sie auf. Es war spät geworden. Ihre Uhr zeigte fast Mitternacht. Ein kleines Fischerboot, mit einem Licht für die Tintenfische am Bug, bog gerade um die nächtliche Mole und tuckerte leise in Richtung Strand. Der Mann am Heck holte sein Netz ein.

Kurz gab Maja sich der Phantasie hin, dass der Mann Keanu war, der mit dem Boot zu ihr wollte. Seine Mandelaugen, brennend vor Sehnsucht, würden fieberhaft den Strand nach ihr absuchen. Bis zum Morgengrauen würde er hier auf sie warten. Alles würde er tun, um sie ein letztes Mal in seine Arme zu schließen, weil er sich trotz aller Hindernisse ebenso stark in sie verliebt hatte wie sie sich in ihn. Und dann würden sie sich ihre Gefühle gestehen, übereinander herfallen und sich lieben. Hier, am Strand unter den Sternen, würde er ihrem quälenden Verlangen ein Ende bereiten. Ihre Verschmelzung würde der Anfang ihres neuen Lebens werden, eines Abenteuers, das Maja bis ans andere Ende der Welt locken würde.

So, oder zumindest so ähnlich, wäre es in jedem halbwegs brauchbaren Liebesfilm. Aber das hier war leider nur die schnöde Realität.

Am Strand stank es nach Kloake. Keanu kam nicht. Majas Sommer war vorbei.

Haifischmann, September 2010

Die nächtlichen Gassen der Altstadt wirkten schäbig und verlassen, wie ein Rummelplatz nach Mitternacht, wenn die letzten Vergnügungssüchtigen gegangen waren. Der penetrante Gestank von Müll und den Ausdünstungen billiger Touristenrestaurants begleiteten Maja auf ihrem Weg zur Tiefgarage.

Auf dem Weg zu ihrem Hotel grölten die letzten Besucher der Saison hemmungslos dänische oder schwedische Trinklieder. Die Nordlichter erlaubten sich hier gerne ihre Alkoholexzesse, das hatte Maja schon öfter beobachtet. Auch ein einsamer französischer Säufer tastete sich murmelnd an einer Hauswand entlang und bemühte sich um Gleichgewicht. Nizza konnte zum Saisonende ziemlich trostlos sein.

Maja ging schnell und ohne sich aufzuhalten. Im Parkhaus stand ihr Auto in der untersten Etage, weil vorhin kein anderer Parkplatz mehr frei gewesen war. Sie hasste das Parken in Nizza, besonders die Garage unter dem alten Justizpalast, aber heute hatte sie nirgends sonst ihr Auto loswerden können. Tagsüber war Markt gewesen, eine beliebte Attraktion auch für die kleinen Dörfer im Hinterland. Die Stadt war übervoll gewesen, die Parkplätze umso spärlicher.

In dem spärlich beleuchteten Betontreppenhaus eilte sie so schnell wie möglich die vier Stockwerke hinunter. Sie hatte ein ungutes Gefühl. Auch hier stank es ekelerregend. Männerpisse war ein Zeichen für die ständig zunehmende Zahl der Obdachlosen, die seit der Wirtschaftskrise die Côte d'Azur im Spätsommer zu ihrem neuen Hauptquartier machten.

Sie hörte ein kehliges Männerlachen, dann kurz darauf noch weitere Stimmen. Es mussten mehrere sein, vielleicht drei oder vier. Aber waren die Männer in der Etage unter oder über ihr? Durch den Hall waren die Stimmen schwer zu lokalisieren. Angespannt hielt sie den Atem an. Mehrmals schon hatte Maja in der Vergangenheit schlechte Erfahrungen in diesem Parkhaus gemacht, doch nie zuvor war sie zu so später Stunde allein hier gewesen. Daher war es in der Vergangenheit maximal zu einem unangenehmen Wortwechsel gekommen. Sie hoffte inständig, dass nicht irgendwelche üblen Typen ausgerechnet in der untersten Etage herumhingen, wo ihr Auto stand. Allein wäre sie ihnen ausgeliefert.

Unsicher blieb sie einen Moment auf dem letzten Treppenabsatz stehen. Hier stank es bestialisch. Vor ihr breitete sich eine verräterische Pfütze aus. Maja verzog das Gesicht. Es grauste ihr jetzt schon vor einer möglichen Begegnung. Aber was sollte sie tun? Ihr Münchner BMW stand dort unten. Ihr Vater hatte ihr seinen alten Wagen vor drei Jahren geschenkt, und Maja hing sehr daran. Zwar konnte sie heute Nacht auch ohne ihr Auto zurück in die Villa nach Antibes, aber die Taxifahrt würde sie wahrscheinlich fast hundert Euro kosten. Schade ums Geld, auch weil sie morgen dann hierher zurückkommen musste. Allerdings konnte sie tagsüber gut den Bus nehmen. Aber eigentlich hatte sie vor, den Morgen entspannt am Pool zu verbringen, bevor sie Stefan am frühen Abend vom Flughafen abholen würde. Außerdem widerstrebte es ihr zutiefst, ihren Ängsten nachzugeben. Also holte sie tief Luft und schob ihre Schultern zusammen, um größer zu wirken als sie tatsächlich war. Dann stieg sie über die stinkende Lache.

Später würde sie sich daran erinnern, dass das einer der Momente in ihrem Leben war, in dem sämtliche

Alarmglocken in ihr geläutet hatten, sie aber nicht auf ihre innere Stimme hatte hören wollen.

Der Mann ließ erneut sein kehliges Lachen hören. Jetzt stimmte auch ein zweiter mit ein. Maja hörte Glas splittern. Mit ein wenig Glück waren diese Männer weiter oben, redete sie sich ein, während sie die letzte Etage hinabstieg. Die Geräusche mussten von weiter oben kommen, aus der dritten Etage, wo die Pisslache war. Die Männer würden Maja noch nicht einmal bemerken. Sie würde einfach auf Zehenspitzen gehen um nicht bemerkt zu werden, bis sie ihren Wagen aufgesperrt hatte. Ihre Absätze waren laut, aber die Schuhe würde sie notfalls ausziehen können.

Ihr Hirn lief auf Hochtouren, denn sie spürte eine Gefahr. Aber noch suchte sie nach einer Lösung, denn sie hasste es, sich ihren Ängsten ausgeliefert zu fühlen. Also legte sie sich einen Plan zurecht.

Vorsichtig würde Maja zuerst die Stahltüre einen Spalt weit öffnen, um zu sehen, ob sich überhaupt jemand auf ihrer Etage der Parkgarage befand. Sollten die Typen allerdings in der Nähe ihres Wagens abhängen, würde sie auf der Stelle umkehren müssen. So eine Situation konnte nachts gefährlich werden. Maja würde sich dann lieber ein Taxi nehmen, die hundert Euro ausgeben und morgen mit dem Bus nach Nizza fahren, um ihren Wagen zu holen und Stefan am späten Nachmittag vom Flughafen abzuholen.

Einen Moment lang horchte sie angespannt. Jetzt schien alles wieder ruhig zu sein. Hatten die Stimmen zu Leuten gehört, die bereits weggefahren waren? In diesem Fall hätte Maja jedoch deren Motorgeräusch hören müssen.

Falls diese Männer zu Fuß die Parkgarage verlassen wollten, mussten sie an ihr vorbei kommen, denn so spät in der Nacht blieb unter dem Justizpalast lediglich dieser eine Eingang offen, das wusste sie.

Lautlos schlich Maja jetzt die restlichen Stufen nach unten, und die allerletzten Stufen ging sie sogar nur noch auf Zehenspitzen. Bloß keinen unnötigen Lärm machen. Ihr Atem ging flach. Ihre Ohren waren auf jedes noch so kleine Geräusch geeicht. Das Adrenalin in ihren Adern pumpte kribbelnde Nadelstiche in ihre Fingerspitzen. Wie sie es hasste, Angst zu haben.

Ihr ganzes Leben hatte sie sich vor Gewalt gefürchtet. Selbst in einer friedlichen Stadt wie München hatten ihre Eltern ihr von klein auf beigebracht, immer auf ihre Sicherheit zu achten. Damit die lauten Absätze ihrer Sandalen sie nicht verrieten, zog sie leise ihre Schuhe aus. Sie verzog das Gesicht. Es war ein ekelhaftes Gefühl, mit nackten Füßen den bepissten Beton entlangzulaufen, denn auch hier waren überall verräterische dunkle Flecken, wenn auch nicht so frische.

Sie hatte es fast geschafft. Die glänzend türkise Vier auf der Stahltüre am Ende des schmalen Ganges schimmerte verheißungsvoll. Dahinter stand ihr Wagen. Es würde schon gut gehen, beruhigte sie sich. Doch dann hörte sie erneut die Stimme eines Mannes. Aber diesmal hörte sie auch noch eine Frau und atmete sofort auf. Die beiden lachten. Eine Autotür schlug zu. Kurz darauf sprang ein Motor an. Sie hörte, wie der Wagen über ihrem Kopf hinwegfuhr. Es war die dritte Etage. Sicher war das die Stimme gewesen, die sie vorher gehört hatte. Ihre Phantasie hatte die Situation falsch interpretiert. Geräuschvoll atmete sie aus. Ihre Erleichterung war enorm. Einen Moment lehnte sie sich an die Betonwand und schloss die Augen. Wenn nur dieses grauenhafte Angstgefühl von ihr weichen würde. Sie hasste dieses kribbelnde Gefühl in ihren Händen.

Als Maja weiter auf die Stahltür zuging, hinter der sich ihr Leben für immer verändern würde, machte sie sich nicht mehr die Mühe, ihre Schuhe wieder anzuziehen. Sie wollte einfach nur möglichst schnell weg von hier. Dieser Ort war ihr immer schon unheimlich gewesen. Unter dem alten Justizpalast von Nizza waren sicher früher einmal Gefangene gefoltert worden, dachte sie. Bad vibes. Eine grauenhafte Vorstellung, dass hier einst Menschen unter grausamsten Bedingungen ihr Leben hatten lassen müssen. Albträume konnte man von diesem Ort bekommen. Sobald sie sicher in ihrem Auto saß, würde sie sofort die Zentralverriegelung aktivieren. Mit diesem Gedanken öffnete sie die Tür.

Die Typen waren zu dritt. Einer war jung, weißblond gefärbt und sehr muskulös. Die bunte Tätowierung einer großen Schlange zog sich von seiner Hand über den Bizeps seines rechten Arms bis über seinen Hals. Sie endete mit ihrer Schwanzspitze knapp unter dem linken Ohrläppchen. Der Kopf der Schlange war auf seiner Hand, die gerade eine Schnapsflasche zum Mund führte. Er sah Maja als Erster und grinste.

Der Zweite war deutlich älter, hatte einen Fettbauch und war unrasiert. Er kam Maja merkwürdig bekannt vor, so als seien sie sich bereits begegnet. Auch er verzog den Mund zu einem zufriedenen Grinsen, das faulige Zähne entblößte, und flüsterte dem Jungen ein paar Worte zu, die sie nicht verstehen konnte. Dann setzte er die Flasche ebenfalls an. Seine rot unterlaufenen Augen und der krankhaft geschwollene Leib zeugten von vielen Jahren des Alkoholmissbrauchs.

Der Dritte machte ihr am meisten Angst. Groß und drahtig, strahlte sein Gesicht puren Sadismus aus. Er war ganz in Schwarz gekleidet, und sein eisgrauer Haarschnitt war frisch und präzise. Er sah nicht wie ein Obdachloser aus. Sogar sein T-Shirt, auf dessen Vorderseite ein angreifender Hai prangte, hatte Bügelfalten. Das passte nicht zusammen. Majas Verstand arbeitete auf Hochtouren. Sie wusste instinktiv, dass es auf jede Sekunde ankam. Ihr drohte Gefahr, aber es war nicht irgendeine Gefahr. Es war kein Zufall, dass diese Männer hier auf sie warteten. Das wusste Maja von dem Moment an, als der Haifischmann seinen beiden Komplizen zunickte. Die Männer hatten hier auf sie gewartet. Sie hatten sich direkt neben ihrem Auto niedergelassen. Nur zwei weitere Wagen standen zu dieser späten Stunde noch hier. Normalerweise brachen die Besucher der Altstadt früher auf. Und diejenigen, die zu viel getrunken hatten, ließen ihre Autos ohnehin bis zum nächsten Morgen stehen. Der eine Wagen war sogar ein neuer Mercedes, neben dem der ältere kleine BMW ihres Vaters bescheiden aussah. Die Männer hatten es also nicht auf ihren Wagen abgesehen.

Maja sah sich fieberhaft um. Noch hatte sie den Knauf der Stahltür in der Hand. Vielleicht würde sie fliehen können. Ohne Schuhe war sie schnell. Sie würde auf dem Weg nach oben laut um Hilfe schreien. Es könnte ihr gelingen, wenn sie sofort losrannte. Aber genau das konnte sie nicht. Sie war wie gelähmt. Ihre Beine fühlten sich an, als wären sie aus Eis.

»Hallo, Maja!«

Seine Schritte waren sanft und präzise, als er auf sie zukam, wie die eines Pumas.

Sie erstarrte. Er kannte ihren Namen. Jetzt musste sie schnell sein, das fühlte sie, denn sonst würde etwas Schreckliches geschehen. Sie sah sein Messer aufblitzen, drehte sich um und versuchte fortzurennen. Aber es war bereits zu spät. Die Messerspitze des Haifischmannes bohrte sich schmerzhaft in ihren Rücken.

»Wenn du weiterleben willst, hörst du mir jetzt gut zu. Lass die Tür los und denk noch nicht einmal daran, zu schreien oder um Hilfe zu rufen. Ich müsste dich sonst auf der Stelle töten.«

Sie gehorchte instinktiv. Die Tür fiel mit einem Knall zu. Die Schuhe glitten ihr aus der Hand auf den Betonboden. Sie konnte es nicht verhindern. Ihr Körper hatte begonnen zu zittern. Leise sprach der Mann auf sie ein, aber sie hatte Mühe, seinen Worten zu folgen. Er sprach deutsch mit starkem Akzent, vielleicht russisch, aber es konnte auch etwas anderes sein. Sie war sich nicht sicher. Aber mit einem Mal wusste sie, wo sie den Dicken gesehen hatte. Er war einer der beiden Angler, die auf der Mole gesessen hatten, als sie mit Keanu im Meer geschwommen war. Sie erinnerte sich genau. Die Männer hatten sie also schon länger beobachtet und hier auf sie gewartet. Die Stimme des Haifischmanns wurde lauter und penetranter.

»Los, antworte! Wo ist dein Freund? Du weißt, von wem ich rede, oder? Der Hawaiianer?«

Fieberhaft dachte Maja nach. Diese Männer waren vielleicht wirklich nicht hinter ihr her, sondern waren Keanu gefolgt.

»Los, rede! Wo ist er?«

Sie bekam von hinten einen Stoß., der sie beinahe zu Boden gehen ließ. Der Haifischmann lachte, die anderen grölten mit. Inzwischen waren die Männer näher gekommen, so als wollten sie ihre Beute genauer unter die Lupe nehmen.

Die Blicke der Männer drückten unverhohlene Gier und Verrohung aus. Dann begannen die beiden zu reden, in einem für Maja viel zu schnellen Südfranzösisch, das guttural und primitiv klang. Sie waren ziemlich betrunken, so viel war sicher.

Der Haifischmann lachte gutmütig, als er antwortete, und seine Worte konnte sie zumindest halbwegs verstehen. Als der Blonde sich in den Schritt fasste und mit der Zunge schnalzte, überfiel sie Ekel. Jetzt ahnte sie, warum sie bei Elisa in der blauen Grotte gewesen war. Es war eine Warnung gewesen!

Als sie vorhin das Männerlachen hörte, hätte sie auf ihre innere Stimme hören und auf der Stelle umkehren müssen. Aber dafür war es jetzt zu spät.

»Du wirst schon noch reden … glaub mir!«

Sein selbstsicheres Lächeln war das eines Sadisten, dachte sie noch, als sie die Hand des Haifischmannes auch schon wie einen Schraubstock an ihrem Oberarm spürte. Unsanft schubste er sie vorwärts.

Von der Tür aus hatte Maja nicht bis in die hintere Ecke der Garage sehen können. Dort lagen, bei einem alten Kleinbus, Schlafsäcke auf einigen Isomatten. Ein richtiges Lager.

Barfuß stolperte sie jetzt vorwärts, während die Männer lachten. Der blonde Muskelprotz machte eine obszöne Geste mit seiner Zunge, bevor er erneut die Flasche ansetzte. Der Fette machte Anstalten, nach ihren Brüsten zu greifen. Maja wich entsetzt zurück. Ein Teil von ihr konnte das alles nicht begreifen. Natürlich war ihr bewusst, was für einen verlockenden Anblick sie den Männern in ihrem knappen Kleidchen bot, aber darum ging es hier gar nicht, denn sie war kein zufälliges Opfer. Irgendwie ging es um Keanu, und die Männer waren ihr mit Absicht gefolgt.

Der Haifischmann sprach deutsch und kannte ihren Namen. Nichts ergab einen Sinn.

Maja machte einen verzweifelten Versuch.

»Wenn es Keanu ist, den ihr sucht … er ist gar nicht bei mir. Wir haben uns vorhin in der Altstadt getrennt. Außerdem kenne ich ihn kaum.«

Der Hai lächelte hinterhältig.

»Lügen kannst du also auch, wenn es sein muss. Na, das ist aber fein. Du kommst sehr spät heute, und du kommst allein. Er hat dich am Meer versetzt, aber warum? Wo ist er, Prinzessin? Oder willst du mir etwa weismachen, dass du dich nicht für ihn so hübsch gemacht hast? Der

Ausschnitt steht dir wirklich gut. Habt ihr euch bei dir verabredet, oder bei ihm? Willst du ihm nicht sagen, dass du dich ein wenig verspätest? Immerhin hast du gerade eben drei nette, neue Freunde getroffen. Und du willst uns sicher nicht enttäuschen, oder?«

Danach sprach er wieder mit den beiden anderen, und diesmal verstand sie jedes Wort. Es ging darum, wer sie als Erster haben durfte.

Majas Gedanken überschlugen sich. Was war hier los? Sie hatte nur einen einzigen Abend mit Keanu verbracht, aber dieser Mann hielt sie für seine Freundin. Warum? Er hatte schon recht, sie hatte sich für Keanu schön gemacht, weil sie ihn heute Abend das letzte Mal sehen würde.

Tränen der Verzweiflung stiegen in ihr auf. Sie hatte sich Mühe gegeben. Ihr Kleid war tief ausgeschnitten, der Saum endete auf halber Höhe ihrer Oberschenkel. Ihr BH war ein aufregender Push-up, die Lippen hatte sie nach dem Essen extra für ihn nachgezogen, die Haare fielen ihr mädchenhaft über die Schultern. Sie hatte ihr Bestes getan, um ihn ein letztes Mal ans Meer zu locken, aber er war nicht gekommen. Sie musste in den Augen dieser Männer aussehen wie das geborene Opfer. Wut stieg in ihr hoch.

»Warum haben Sie keine Angst? Wissen Sie nicht, was Ihnen von Seiten der Behörden blüht, wenn Sie eine Touristin in der Tiefgarage überfallen?«

Immer noch hoffte Maja, dass das Ganze hier nur ein Albtraum war und sie jede Minute aufwachen würde. Aber das geschah nicht. Der Mann sah sie mit überlegenem Lächeln an.

»Wie kommst du denn auf so eine Idee? Du hast dich uns angeboten. Du hattest Lust auf eine schnelle Nummer. Du magst doch Sex, oder? Sonst hättest du es mit dem Mann aus Kauai nicht im Wasser getrieben…«

Der Haifischmann kannte also sogar Keanus Heimatort. Dann waren die Männer ganz sicher hinter ihm her und nicht hinter ihr.

Er redete bereits weiter, in überheblichem Ton, als wäre sie eine Hure.

»Was sagt denn dein Vater, wenn sein kleines Mädchen sich in Nizza mit einem dreckigen Kanaka herumtreibt, statt ihrem Haole Verlobten in München treu zu sein?«

Jetzt packte Maja panische Angst.

»Wer sind Sie? Und was wollen Sie von mir?«

Die Antwort war eine Ohrfeige. Hart und schnell schlug er ihr ins Gesicht. Der Schmerz kam so unerwartet, dass Maja laut aufschrie. Prompt schlug er wieder zu, diesmal noch stärker.

»Du stellst mir keine Fragen, Prinzessin! Wenn, dann stelle ich hier die Fragen, verstanden?«

Seine stahlgrauen Augen funkelten sie wütend an. Maja schwieg. Sie konnte nicht anders. Er hatte sie schwer getroffen. Ihre Kieferknochen schmerzten schon nach seinem ersten Schlag. Von dem zweiten war die Haut auf ihrem linken Wangenknochen aufgeplatzt.

Jetzt erst sah sie den Totenkopfring an seiner Hand. Der Ring hatte sie verletzt. Sie konnte das Blut fühlen, das ihr über die Wange lief, wagte es aber nicht, ihre Hand zu heben. Aus Angst, er könnte erneut zuschlagen, mied sie seinen Blick und sah zu Boden.

Ihre Gedanken liefen Amok. Irgendwie musste das doch alles einen Sinn ergeben. Ihr Peiniger hatte das Wort Kanaka benutzt. Er war auf der Suche nach Keanu. Bestimmt war er ebenfalls aus Hawaii, vielleicht kam er sogar von der Insel Kauai. Und er hasste die Hawaiianer. Warum sonst sollte er diese herablassende Bezeichnung für das hawaiische Volk benutzen.

Maja hatte das Wort Kanaka vorher noch nie gehört, nicht einmal von ihrem Vater, aber sie spürte, dass es eine

Beleidigung sein musste. Und wenn der Haifischmann über Stefan Bescheid wusste und sogar ihre Heiratspläne kannte, dann musste es eine Verbindung zu ihrer Familie geben. Wem sah dieser Mann ähnlich?

Da der Schläger erneut mit seinen Komplizen sprach, musterte Maja ihn durch den Schleier der Tränen, die ihr unkontrolliert über die Wangen liefen. Es waren vor allem Tränen der Wut.

Der Haifischmann war knapp einen Kopf größer als sie, durchtrainiert und passabel aussehend, wenn seine Gesichtszüge nicht so hart gewesen wären. Seine stahlgrauen Augen wirkten kalt und auch irgendwie traurig, trotz der arroganten Überlegenheit, die aus ihnen sprach. Sein Kopf war bis auf wenige Millimeter kahl geschoren. Die eisgrauen Stoppeln auf seinem langen Schädel gingen in einen Dreitagebart über. Der könnte erst um die fünfzig sein, jedoch auch gut zehn Jahre älter, dachte sie. Das war schwer zu schätzen, da er durch die stahlharten Muskeln sehr vital wirkte.

Über seiner linken Augenbraue verunstalte eine frische Narbe, in der noch einige Fäden steckten sein Gesicht. In dem Auge darunter hatte sie vorhin in der Iris einen dunkelroten Bluterguss entdeckt. Ein professioneller Schläger? Ein Killer vielleicht, wie sie sie nur aus Filmen kannte?

Was Maja an dem Mann die meiste Angst einflößte, war der Aufdruck des aufgerissenen Haifischmauls auf seinem T-Shirt. Vielleicht war das kindisch, aber es hatte mit der unheimlichen Reise zu tun, auf die Keanu sie in den letzten Tagen geschickt hatte. Sein Haifischzahn, die Geschichte von Elisa, in die Maja eingetaucht war wie in ihre eigenen Träume. Ein unheimlicher Gedanke überfiel sie. Elisa Vogels Augen waren stahlgrau. Könnte es sein, dass dieser Mann in irgendeiner Weise mit Elisa verwandt war?

Der Haifischmann telefonierte jetzt. Er war ein paar Schritte beiseitegetreten, aber sie konnte hören, dass er Englisch sprach, amerikanisches Englisch.

Währenddessen umkreisten die Franzosen Maja wie hungrige Wölfe. Sie tranken abwechselnd aus ihrer Flasche, grunzten Obszönitäten. Sie hatten jetzt sehr bald etwas mit ihr vor, wie sie aus ihren Gesten schloss. Bisher trauten sie sich nicht, ihr zu nahe zu kommen. Der Boss hatte das Sagen. Sie warteten darauf, dass Haifischmann sein Gespräch beendete und den Startschuss gab. Er machte die Ansagen. So viel hatte Maja verstanden. Doch alles andere blieb ein Rätsel.

Was wollte der Mann von Keanu? Warum folgte man ihr? Sie hatte kürzlich in der Zeitung über eine Entführung gelesen, die vor einigen Wochen die Côte d'Azur verunsichert hatte. Die sechzehnjährige Tochter eines Jachtbesitzers war am Hafen von Antibes verschwunden. Es gab eine hohe Lösegeldforderung, die schnell erfüllt werden musste, sonst würde das Mädchen getötet werden. Es hatte zum Glück keinen Armen getroffen, und in nur drei Tagen war der Fall vom Tisch. Eine Million konnte der Vater, ein Computerchip-König aus Belgien, leicht bezahlen. Für die Täter war das in der Tat schnelles Geld. Außerdem befürchtete die Polizei Nachahmer, denn die Täter konnten nicht gefasst werden. War das eine mögliche Erklärung für das Interesse an Maja? Sollte sie entführt werden?

»Komm her zu mir!«

Der Haifischmann hatte sein Gespräch beendet. Er steckte sein Handy weg und winkte sie zu sich. Maja dachte fieberhaft nach, was wohl jetzt das Beste wäre. Sollte sie Widerstand leisten? Sollte sie ihm einen Handel anbieten? Zwar würde ihr Vater nur schwer eine ganze Million aufbringen können, trotzdem wäre es vielleicht klug, in dieser Richtung zu verhandeln.

Vorsichtig näherte sie sich ihm, darauf bedacht, nicht unnötig erneut seinen Zorn zu wecken.

»Schneller, du Missgeburt!«

Sobald Maja nahe genug war, packte er sie derb am Unterarm. Mit einem Ruck zog er ihren Körper bis auf wenige Zentimeter zu sich heran. Er tat ihr weh. Sein Griff war eisern wie ein Schraubstock. Wieder musste Maja an Elisa denken, an ihre Not in der Grotte. Wie gerne hätte sie jetzt eine Waffe gehabt. Ohne zu zögern hätte sie ein Messer benützt. Zu ihrer Angst hatte sich eine maßlose Wut auf diesen Mann gesellt, ein tödlicher Zorn, den sie nur schwer kontrollieren konnte.

»Mein Name ist Kemper, Maja Kemper!«

»Als ob das ein Name für eine hawaiische Schlampe wäre. Ich nenne dich einfach nur Missgeburt, so wie auch deine Mutter eine verdammte Missgeburt war, eine treulose Schlampe.«

Heftig atmend musterte er Majas Augen ganz genau. Seine Stimme war schneidend.

»Ich verstehe, dass du mich hasst und vielleicht am liebsten töten würdest, aber es gibt einen Weg, der für uns beide angenehmer wäre, wenn du am Leben bleiben willst. Wo ist er?«

»Wo ist wer? Ich verstehe nicht, warum Sie denken, dass ich weiß, wo sich Keanu aufhält!«

Er verstärkte seinen Griff an ihrem Unterarm. Majas Beine wurden schwach vor Schmerz.

»Bitte … ich weiß es nicht. Wir haben uns nur ein einziges Mal getroffen. Heute ist er … er ist nicht ans Meer gekommen. Ich weiß wirklich nicht, wo er ist.«

»Lüg mich nicht an! Dein Fick-Freund ist extra nach Nizza gekommen, um dich kennenzulernen. Und du hast heute am Strand wieder auf ihn gewartet.«

Bei dem Wort Fick-Freund war Maja trotz des Schmerzes in ihrem Unterarm innerlich zusammengezuckt. Es klang ordinär und hässlich. Und die Behauptung, Keanu hätte ihr Seminar besucht, um sie kennenzulernen, war einfach nur absurd. Ihr Vater hatte ihr dieses Seminar spendiert. Max war es gewesen, der sie schon vor Monaten auf diese Gelegenheit aufmerksam gemacht hatte. Sie erinnerte sich genau daran, wie ihr Vater sie explizit zu dem Seminar ermutigt hatte. Aber konnte es sein, dass ihr Vater etwas hiermit zu tun hatte? Wollte er, dass sie Keanu kennenlernte? Aber warum?

Vorsichtig begann Maja, erneut zu reden, denn keinesfalls wollte sie zusätzliche Schmerzen.

»Hören Sie ... Zunächst war ich davon überzeugt, dass es hier gar nicht um mich geht, sondern nur um Keanu. Aber jetzt bin ich mir auf einmal nicht mehr so sicher. Was genau meinen Sie damit, dass Keanu extra wegen mir dieses Seminar besucht hätte?«

»Du weißt wirklich gar nichts, Mädchen, oder? Bist noch nie auf den hawaiischen Inseln gewesen? Hast deine Kanaka-Familie nie kennengelernt? Und du bist dir auch ganz sicher, dass du nicht weißt, wo dein Keanu hier in Nizza wohnt?«

Maja schüttelte langsam ihren Kopf.

»Nicht genau. In einem Hotel in der Altstadt vielleicht ... aber er ist nicht mein Freund.«

Wieder schlug er ihr brutal ins Gesicht. Der Schlag war noch härter als zuvor. Maja flog von dem Aufprall fast einen Meter weit und landete direkt vor den Füßen des blonden Sadisten. Doch als der Anstalten machte, sich nach ihr zu bücken, wies der Haifischmann ihn scharf zurecht. Er war noch nicht fertig mit ihr.

Durch Majas Hüfte zog sich jetzt ein stechender Schmerz. Beim harten Aufprall auf dem Beton hatte sie sich bestimmt Verletzt. Sie stöhnte. Dann versuchte sie, auf seinen Befehl hin aufzustehen, aber ihr rechtes Bein wollte ihr nicht mehr gehorchen. Wütend schrie er sie an.

»Du sollst nicht lügen! Du bist genau wie diese verdammte Lügenschlampe, die dich geboren hat. Abschaum!«

Ihr wurde übel. Nur jetzt nicht ohnmächtig werden, dachte sie. Besser auf etwas konzentrieren, das neutral ist. Das half gegen die Angst. Sie hatte es in ihrem Selbstverteidigungskurs gelernt. Neben sich sah sie seine Schuhe. Der Haifischmann trug viel zu teure Schuhe für einen primitiven Kriminellen, stellte sie fest. Außerdem waren sie frisch geputzt und das Leder sah edel aus. Bestimmt lebte dieser Mann nicht auf der Straße, sondern in einem der teuersten Hotels der Stadt. Warum nur hatte er es auf sie abgesehen? Er musste Maja verwechseln. Drohend stand er über ihr.

»Steh auf, du verdammtes Stück Lügendreck. Steh auf, damit du mir noch einmal ins Gesicht sagen kannst, dass du und Keanu nichts miteinander hattet, dass er nicht dein Fick-Freund ist! «

Er hielt ihr seine Hand hin, aber Maja sah zu Boden und blieb sitzen. Sie wollte nicht noch einmal zu Boden geschlagen werden und außerdem schmerzten Bein und Hüfte höllisch. Er begann nach ihr zu treten.

»Was ist? Kannst du nicht aufstehen?«

»Nein, verdammt! Mein Bein tut weh. Sie sind ein brutales Schwein!«

Kaum waren ihr die Worte aus dem Mund gerutscht, biss sie sich auf die Lippen. Wollte sie von diesem Mann totgeschlagen werden? Doch er lächelte nur.

»Ich mag Prinzessinnen, die hart im Nehmen sind. Im Bett machen sie einfach mehr Spaß.«

Der Spruch auf Französisch, den er hinzufügte, um den beiden Geiferern noch mehr Appetit zu machen, löste erneut schallendes Gelächter aus. Der Blonde öffnete bereits seine Hose.

Na gut, dachte Maja, auf eine Vergewaltigung soll es also hinauslaufen. Er will mir Angst machen. Aber nie sollte man seine Angst zeigen, keinem Tier und vor allem auch keinem Menschen. Das hatte ihr Vater ihr beigebracht. Es hatte nur bisher noch nie wirklich gewirkt. Immer schon hatte Maja panische Angst vor Hunden. Angst kann man nicht gut verstecken. In kleinen Molekülen dringt sie aus den Poren der Haut und signalisiert dem Angreifer Unterlegenheit. Auch bestimmte Männer waren Maja seit frühester Kindheit unheimlich. Es gab Gründe dafür. Ein Selbstverteidigungskurs war normaler Baustein ihrer Erziehung gewesen. Und sie hatte immer ein Pfefferspray in ihrer Handtasche, auch in München. Als weiblicher Teenager war man selbst in ihrer als sehr sicher geltenden Heimatstadt Gefahren ausgesetzt. Sie wusste eigentlich, wie sie sich schützen musste, sie war mit Freundinnen sogar in bedenkliche Länder gereist, in denen sich Frauen in Acht nehmen mussten. Immer schon neugierig und freiheitsliebend, hatte sie bis jetzt jede Situation meistern können. Irgendwie würde sie auch jetzt entkommen, sagte sie sich. Irgendwie.

Wieder klang seine Stimme an ihr Ohr.

»Zum letzten Mal, wo ist dein Fick-Freund?«

Maja sah sich verzweifelt um. Ihre Handtasche, in der ihr Pfefferspray war, lag außer Reichweite. Als sie eben zu Boden ging, war ihre Tasche im hohen Bogen weggeflogen. Bestimmt fünf Meter weit. Zudem konnte sie sich immer noch kaum bewegen. Ihre Hüfte und ihr Bein waren wie gelähmt. Ihr war eisigkalt und sie wusste, dass sie einen leichten Schock haben musste, denn sie nahm alles wie in Zeitlupe wahr.

Der Blonde begann unter den anfeuernden Rufen des Fetten, ein paar Schlafsäcke auf den Matten auszubreiten. Er sollte wohl der Erste sein, denn er ließ jetzt bereits seine Hose bis auf die Knöchel herunter und wackelte provozierend mit den Hüften.

Panisch sah Maja sich um. Wo war bloß die Überwachungskamera? Musste nicht in jeder Tiefgarage eine hängen? Bemerkte denn niemand, was hier vor sich ging?

»Los, rede! Oder soll ich dich ihm überlassen?«

Der Haifischmann bohrte ihr auffordernd die Spitze seines Schuhs in die Seite. Dann griff er ihr unters Kinn und zwang sie, ihm in die Augen zu sehen.

Seine Hand war kalt und zitterte, so als stünde auch er unter ganz besonderer Anspannung. Ob Angst oder Erregung konnte sie nicht deuten. Er flüsterte ihr leise ins Ohr, um von den anderen nicht gehört zu werden.

»Wenn du mir sagt, wo ich ihn finde, kann ich dich immer noch laufen lassen. Das wäre mir lieber. Ich habe auch eine weiche Seite, weißt du. Erinnerst du dich denn gar nicht an mich? Wir beide kennen uns.«

Maja sah ihm geradewegs in die Augen. Sie versuchte, ihre Angst zu verbergen, aber ihre Stimme war brüchig. Auch sie fühlte, als sie diesem Monster in die Augen sah, dass es eine Verbindung zwischen ihnen gab, eine wage Erinnerung bahnte sich ihren Weg. Ein Ring, eine Frauenhand und ein furchtbarer Schmerz in ihrem Bein. Nichts von allem passte jedoch zusammen.

»Wer sind Sie? Woher kennen Sie mich? Und was hat Keanu Ihnen getan?«, wollte sie wissen, sah aber in seinen Augen, dass es ein Fehler war, diese Fragen zu stellen, denn sein Blick verfinsterte sich.

Eilig fuhr sie fort, bevor er erneut seine Hand heben konnte, dieses Mal mit flehender Stimme.

»Bitte! Sagen Sie mir, woher wir uns kennen! Ich muss unbedingt wissen, was Keanu getan hat. Ist es etwas Schlimmes? Und was hat es mit meinem Vater und mit mir zu tun? Ich war noch nie auf Hawaii!«

Abschätzend sah er sie an.

»Du erinnerst dich wirklich nicht? Wie lange kennt ihr euch schon, Keanu und du?«

»Wir kennen uns erst seit Beginn des Seminars, seit wenigen Tagen und nicht besonders gut. Und ja, wir hatten im Wasser eine kleine… Begegnung.«

»Aber vor dem Seminar habt ihr korrespondiert, oder? Du bist diejenige, die er in Europa treffen sollte, die mit dem Erbschein! Dein Vater hat euer Treffen eingefädelt, nicht wahr?«

Sein Tonfall klang jetzt anders, irgendwie um einiges kultivierter und passte zu den sauberen Fingernägeln, den teuren Schuhen, aber auf keinen Fall zu den obdachlosen Dreckskerlen. Fieberhaft überlegte Maja, was sie antworten sollte. Sie hatte Keanu wirklich erst bei dem Seminar kennengelernt, aber sie war sich nicht sicher, ob es klug wäre, in diesem Moment darauf zu beharren. Daher schwieg sie.

Er wertete ihr Schweigen als Zustimmung und sprach weiter. Ein warnender Unterton schwang in seiner Stimme mit.

»Eure Leute haben sich da in etwas verrannt, aber das wird so nie funktionieren. Bei diesem Stück Land geht es um viel zu viel Geld. Sie werden nie zulassen, dass die Kanaka ihr Land zurückbekommen. Du und dein Vater, ihr macht einen gefährlichen Fehler, wenn ihr euch da hineinziehen lasst.«

Scharf nahm er sie ins Visier.

»Es könnte euch viel kosten … vielleicht sogar euer Leben. Nicht ich bin der Feind. Auch ich arbeite nur für andere. Die Interessen derer, die ihr mit euren politischen Aktionen ständig verärgert, sind jetzt akut bedroht. Diese Interessen haben nichts mit den euren gemein. Da geht es nur um Geld, viel Geld. Du solltest dich da raushalten, genau wie dein Vater. Ihr gehört nicht nach Kauai. Ganz bestimmt nicht.«

Maja verstand nicht, was er ihr sagen wollte, aber sie glaubte jetzt eine gewisse Anteilnahme in seinen Augen zu lesen. Dieser Mann war zwar ihr Feind, aber er versuchte auch, sie vor etwas zu warnen. Erneut begann er zu sprechen, dieses Mal noch eindringlicher.

»Wenn es stimmt, was du sagst, dann wirst du hier nur benutzt, Mädchen. Bleib weg von Keanu! Es könnte dir sonst übel ergehen – und ich meine wirklich übel. Dein Vater soll sich auch raushalten. So ein Erbschein ist nicht viel wert, wenn der Erbe noch nicht einmal die amerikanische Staatsbürgerschaft besitzt. Und meine Auftraggeber verstehen keinen Spaß. Keanu mag aussehen wie ein Engel, aber täusche dich nicht. Er wird dich am Ende zerstören. Sein Volk duldet keine Haole. Und auch wenn du ihre Augen hast, so wirst du nie eine von ihnen sein können. Die Kanaka benutzen dich nur für ihre ganz persönlichen Ziele. Es geht ihnen um Rache, um nichts weiter als die schnöde Rache der Kanaka an den Haole. Eine Fehde, die schon vor langer Zeit begonnen hat, soll jetzt in eurer Generation neue Opfer fordern. Es ist gut, dass du bei den Haole lebst, ihre Sprache sprichst und dort dein Leben planst. Bleib weg von den Islands!«

Da waren sie wieder, die Begriffe, die Maja so irritierten. War er einer von ihnen, einer der Haole, dessen Vorfahren einst nach Kauai ausgewandert waren? Majas Neugierde überwog.

»Woher sprechen Sie so gut Deutsch? Sie sind ein Hawaiianer, nicht wahr? Sie kommen von dort?«

Er nickte, berichtigte sie aber sofort.

»Ich bin gebürtiger Amerikaner, geboren auf Hawaii, mit deutschen Vorfahren. Kein einziger Tropfen Kanaka-Blut fließt in meinen Adern. Darauf lege ich Wert.«

Maja hütete sich nachzufragen. Sie ließ ihn weiterreden. Wie in einer Art Fieber beschrieb er ihr die Aussichtslosigkeit der Sache. Die Hawaiianer würden einen verzweifelten Kampf um ihr Land kämpfen, aber auf ihren Inseln letztendlich enden wie die Indianer auf dem Mainland der USA. Selbst die wohlhabenden Kanaka würden sich ihren eigenen Grund und Boden wegen steigender Steuern schon bald nicht mehr leisten können. Man würde die politisch unbequemen und chronisch faulen Ureinwohner Hawaiis in Zukunft in abgegrenzten Gebieten in einer Art von Reservaten halten. Niedrige Löhne, schlechte Schulbildung, miese Ernährung, sowie das amerikanische Fernsehprogramm würden ihr Übriges tun. In ein paar Jahrzehnten wäre auch das letzte Zucken vorbei. Dann würden sie sich endlich damit abfinden, dass ihre Zeit vorüber ist. Natürlich dürften die Kanaka auch weiterhin zu Hungerlöhnen für Touristen ihre Hula-Tänze aufführen. Einmal im Jahr könnten sie unter Ihresgleichen große Reden schwingen, aber mehr sei in Zukunft nicht mehr drin. Gegen mächtige Konzerne mit wirtschaftlichen Zielen könnte auch der verhasste Hawaiifreund Barack Obama auf Dauer nichts ausrichten.

»Keanus Leute führen seit Jahren einen Kampf gegen Windmühlen! Es ist Wahnsinn. Dein Freund lebt gefährlich, verstehst du … durch ihn lebst auch du gefährlich. Das merkst du bereits, nicht wahr?«

Der Klang seiner Stimme war erneut schneidend. Bis auf wenige Zentimeter hatte sein Gesicht sich Majas genähert. Sie roch an seinem Atem keine Spur von Alkohol, dafür aber die verkrampfte Säuerlichkeit eines fortgeschrittenen Magenleidens.

Ihr Verstand war jetzt wieder hellwach. Sie begriff, dass hier ein Irrtum vorliegen musste. Der Haifischmann hielt Maja und ihren Vater für Komplizen einer hawaiischen Untergrundbewegung, in der Keanu wohl eine Rolle spielte. Vor ihrem inneren Auge erschienen Bilder von Königstreuen, Steine-Essern, und immer wieder sah sie Elisa. Keanu war anscheinend wirklich in etwas verwickelt, das gefährlich war. Jedoch konnte Maja sich beim besten Willen nicht vorstellen, dass ihr Vater bei so etwas mitmischen würde. Vorsichtig wagte sie daher Widerspruch.

»Sie irren sich. Mein Vater und ich, also unsere ganze Familie, wir leben alle in München. Und wir haben ganz bestimmt nichts mit hawaiischen Terroristen zu tun. Und mein Vater kennt auch Keanu nicht. Es handelt sich um ein Missverständnis! «

Einen Moment lang sah es so aus, als würde der Haifischmann sich zumindest überlegen, ob Maja ihm vielleicht doch die Wahrheit sagte. Maja ergriff die Gelegenheit, denn trotz ihrer Angst war ihre Neugierde geweckt worden. Sie erhoffte mehr zu erfahren.

»Ihre Auftraggeber … was genau wollen die von uns? Wie können wir helfen? Weder mein Vater noch ich haben das kleinste bisschen Interesse daran, in politische Grabenkämpfe verwickelt zu werden. Wir sind Deutsche mit hawaiischen Wurzeln, die mehrere Generationen zurückliegen und für uns bisher keine Bedeutung hatten. Ich habe Keanu rein zufällig auf dem Seminar kennengelernt. Mein Vater hat keinerlei Verbindungen oder Verwandte in Hawaii, so weit ich weiß, denn er ist ja in Deutschland geboren. Sein Vater war doch nur ein hawaiischer Besatzungssoldat, der sich kurzzeitig in Bayern verliebt hatte. Mein Vater kannte ihn noch nicht einmal. Wie also können wir Ihnen helfen?«

Der Haifischmann sah sie misstrauisch an.

»Jetzt sagst du nicht die Wahrheit. Dein Vater hat sehr wohl Keanu als seinen Vertreter auf Kauai aufs Amt geschickt und dort seine Personalien eintragen lassen. Deshalb ist dein Vater ein Anwärter auf das Erbe… Ihr drei macht gemeinsame Sache!«

»Nein! Ich habe noch nie davon gehört!«

»Du lügst, um deine Haut zu retten!«

Er zischte in ihr Gesicht. Sein säuerlicher Speichel sprühte Tropfen. Das Messer in seiner Hand zitterte.

»Tut mir leid um dich, aber Landbesitz auf Kauai ist verdammt viel wert, verstehst du? Meinen Auftraggebern ist es viel wert.«

Sein Blick wanderte in Richtung der Männer, die nur auf sein Zeichen warteten.

»Du weißt, was die mit dir machen werden.«

»Nichts, wenn Sie es nicht wollen. Sie sind der Boss. Und ich werde Ihnen dabei helfen, dieses Missverständnis aufzuklären. Das muss eine Verwechslung sein!«

Maja fixierte ihr Gegenüber mit ihrer gesamten inneren Kraft. Wenn es ihr gelänge, ihn jetzt zu überzeugen, hätte sie eine Chance. Er lächelte gemein.

»Entweder ich bekomme Keanu allein zu fassen, oder aber ich verpasse euch beiden einen Denkzettel, den ihr nie vergessen werdet. Jetzt habe ich nur dich. Also musst du es allein ausbaden. Das ist einzig und allein deine Entscheidung.«

Schnell wandte er sich von ihr ab. Vielleicht konnte er den verzweifelten Blick nicht ertragen, mit dem Maja zu seinem Herzen vorzudringen hoffte.

Seine Worte waren kaum hörbar.

»Du weißt wirklich nicht, wo Keanu ist?«

»Ich habe am Meer auf ihn gewartet, aber er ist nicht gekommen. Vielleicht hat er Nizza verlassen … Aber wenn er noch hier ist, dann könnte ich es vielleicht herausbekommen.«

Er schüttelte den Kopf.

»Du kennst Keanu nicht gut. Wir nennen ihn auch Mister Unsichtbar, weil er die seltene Gabe besitzt, vom Erdboden zu verschwinden. Du findest ihn genauso wenig wie ich, wenn er nicht gefunden werden möchte. Jetzt musst du für seine Taten büßen!«

In Majas Hals steckte ein Kloß, der ihre Stimme dünn und armselig klingen ließ. Auf keinen Fall konnte sie zulassen, dass die Männer ihr Gewalt antun würden.

»Bitte, ich habe doch nur so getan, als ob ich wüsste, worum es geht. Ich habe keine Ahnung! Sie haben die Falsche! Keanu und ich haben lediglich einen Abend am Meer miteinander geflirtet. Vor dem Seminar habe ich noch nie von ihm gehört. Er hat mir noch nicht einmal seine Adresse auf Kauai gegeben. Er wollte mich nicht wiedersehen. Es ist ein Irrtum!«

»So, so. Nur ein Irrtum. Dann bist du also nicht Maja Kemper, Tochter von Max Kemper?«

»Doch, ich bin Maja Kemper. Aber es gibt nichts, was Keanu mit mir geplant oder besprochen hätte. Sie müssen mir glauben. Bitte…«

Aber ihr Flehen stieß bei ihm jetzt auf taube Ohren. Er musterte ihre Aufmachung. Seine Augen wanderten in ihren Ausschnitt, in dem ihr Push-up für einen verführerischen Spalt sorgte.

»Ihr Frauen lügt doch alle … wie deine Mutter!«

Er hob mit seiner Schuhspitze den Saum ihres Kleides höher, bis Majas Unterhose sichtbar wurde. Türkise Spitze trug sie heute unter ihrem Kleid, dunkles Türkis wie das Meerwasser, in dem sie in dieser Nacht noch einmal mit Keanu schweben wollte. War das ihre Strafe?

In Majas Gedanken, die verzweifelt nach einem Ausweg suchten, begann sich alles zu vermischen: Elisas Vergewaltigung durch Gerit Janson. Keanus Erzählungen über seine Ahnin. Die Legende der Haifischfrau, die einst aus Deutschland am. Der Mann mit den stahlgrauen Augen, der die Kanaka hasste und doch ein Hawaiianer war. »Ihr Frauen lügt doch alle …«, hatte das nicht auch Gerit Janson in dieser schrecklichen Nacht in der Grotte zu Elisa gesagt? War vielleicht damals ein Kind der Gewalt entstanden, das nichts als Hass in die Welt trug? War der Mann, der jetzt vor ihr stand und einen Hai auf seinem T-Shirt trug, vielleicht ein später Abkömmling dieser Gewalttat?

Maja zog energisch den Saum ihres Kleides herunter. Einen letzten Versuch würde sie noch wagen.

»Mein Freund Stefan kommt morgen nach Nizza, um das Wochenende mit mir zu verbringen. Mit Keanu hatte ich nichts. Es war nur ein harmloser Flirt. Wirklich! Und jetzt lassen Sie mich zu meinem Wagen, denn ich habe mit Ihrer Sache nichts zu tun. Und mein Vater auch nicht!«

Mit äußerster Anstrengung gelang es ihr aufzustehen. Sie humpelte einen Schritt in Richtung Auto, bevor er sie hart an den Haaren zurückriss.

»Verlogenes Flittchen. Versuch deine Story deinen neuen Freunden zu erzählen. Sie freuen sich schon auf dich, siehst du? Das Zureiten von störrischen Stuten ist ihre Spezialität…«

Geifernd sah der Blonde zu ihnen rüber. Sein dumpfer Blick zeugte von Brutalität und Trunksucht. Mit der Zunge leckte er sich gierig die Lippen.

Auf Französisch gab der Haifischmann den Startschuss. Die Kerle sollten ihren Spaß mit Maja haben.

Sie zogen sich auf sein Geheiß bizarre Tiermasken aus Plastik über, wie man sie an Karneval trug: Ein Hund mit heraushängender Zunge und ein brüllender Löwe. Der Blonde trug die Maske des Löwen. Torkelnd und mit heruntergelassener Hose stolperte er auf Maja zu, während der Haifischmann sie eisern festhielt und lachte.

Maja war inzwischen klar, dass sie nicht würde aufhalten können, was ihr bevorstand, wenn sie jetzt nicht geschickt kämpfen würde. Durch ihren Kopf schoss ihr noch der Gedanke, dass sie lieber sterben wollte, als sich von diesen Monstern quälen zu lassen.

Der Schlangenkopf auf der Hand des blonden Löwen griff bereits nach ihr. Seine Zunge zuckte durch den Spalt in der Maske. Durch die Gucklöcher sah sie seine irren Augen, high vom Alkohol.

Als sie schrie, legte er seine Hand über ihren Mund. Dann war der Fette über ihr, ein geifernder Hund. Seine Hände grabschten nach ihren Oberarmen, um sie zu Boden zu drücken. Der Löwe hob ihre Beine. Er machte keinen Hehl daraus, dass ihm der Anblick des türkisen Höschens Freude bereitete. Der stechende Schmerz in ihrer Hüfte zwang Maja zu einem weiteren Schrei. Die Hand drückte fester. Sie bekam keine Luft mehr.

Der Haifischmann zückte eine kleine Kamera.

»Für meine Auftraggeber. Ich soll das Zureiten von Keanus Stute ins Internet stellen…«

Während der Haifischmann filmte, fielen die Männer auf ihrem Lager über ihr Opfer her, als sei die junge Frau ein Stück Fleisch, das es zu verzehren galt.

Maja strampelte noch verzweifelt mit ihrem schmerzenden Bein, als der Löwe den Anfang machte. Eisern drückte er Maja auf die Matten. Ein Ritsch und ihre türkise Unterhose flog zur Seite. Der fette Hund presste ihr seine fleischige Hand fest über Mund und Nase.

Ich will auf der Stelle sterben, dachte Maja noch, meinen Körper verlassen und zurück in den großen Ozean fliegen. Bitte lieber Gott, Geist der Meere, oder wer auch immer bereit ist, mich anzunehmen, erlöse mich!

Der Mangel an Sauerstoff ließ ihre Gedanken langsamer werden. Sie hoffte, dass es schnell gehen würde. Der Tod war ihre beste Option. Doch gerade als sie begann, unter dem Druck der Hand auf Mund und Nase das Bewusstsein zu verlieren, hörte sie einen Schuss. Die fette Hand ließ von ihr ab. Luft strömte in ihre Lungen.

Wie in Trance drehte Maja ihren Kopf. Aus dem Augenwinkel sah sie Keanu in der geöffneten Stahltür stehen. Seine Hand hielt eine Waffe.

Am Ende dieser Nacht, als es endlich Morgen wurde, lag der Albtraum in der Garage bereits gefühlte tausend

Lichtjahre zurück. Als Maja an die kritischen Sekunden zurückdachte, da Keanu sie mit seiner Waffe aus den Händen der drei Männer befreit hatte, wurde ihr inzwischen noch nicht einmal mehr übel. Dabei konnte es gut sein, dass sie einen der drei Männer getötet hatten. Maja wusste es nicht genau, aber allein der Gedanke daran beunruhigte sie. Nicht etwa durch einen Schuss war der Fette mit der Hundemaske ums Leben gekommen, sondern durch Majas Auto. Der Betrunkene hatte sich ihnen in den Weg gestellt, um sie aufzuhalten, war auf der Motorhaube aufgeprallt und hart zur Seite geschleudert worden, wo er leblos liegen blieb. Sollte er bei seinem Sturz gestorben sein, so waren Maja und Keanu daran schuld.

Sie hatten nach ihrer Flucht und der Ankunft in der Villa beraten, was sie am besten tun sollten. Beide waren sie zu Tode erschrocken und Maja stand noch unter Schock. Eigentlich hätte sie einen Arzt gebraucht, aber sie wagten sich nicht in ein Krankenhaus.

Keanu wusste zumindest, was sie auf keinen Fall tun durften. Sie konnten niemandem an der Côte d'Azur vertrauen. Nicht einmal zu Keanus Cousine konnte sie noch gehen. Seit er sicherheitshalber aus dem Hotel ausgezogen war, da man sich dort nach ihm erkundigt hatte, wohnte er bei ihr. Nachdem sich auch bei ihr im Haus jemand nach Keanu erkundigt hatte, hatte seine Cousine ihm die Waffe geliehen.

Sharkman hatte überall seine Beziehungen, wie Keanu Maja sagte, und er wollte keinen seiner Freunde in Gefahr bringen, und schon gar nicht seine Cousine, die mit ihrer Familie auch weiterhin in Nizza leben wollte. Die ganze Hawaii-Geschichte schien um einiges verfahrener zu sein, als Maja zunächst vermutet hatte. Auch war die Bedrohung größer, und nach wie vor fehlten ihr wichtige Facetten, die sie und vor allem auch ihren Vater in dieses Puzzle einfügen konnten. Doch eines war inzwischen glasklar. Keanu empfand sehr wohl starke Gefühle für Maja, sein Begehren war mindestens genauso heftig gewesen wie das ihre. Auch war ihre Begegnung nicht wirklich ein Zufall gewesen. Und wenn er nicht Sorge gehabt hätte, dass Maja durch ihn in Gefahr geraten würde, so hätte er in Nizza jede freie Minute mit ihr verbracht. Jetzt jedoch blieben ihnen nur noch wenige Stunden, bevor er wegmusste.

Erste Sonnenstrahlen malten geheimnisvolle Muster an die Decke von Majas Schlafzimmer in der Villa in Antibes, und sie fühlte eine enorme Dankbarkeit. Nicht nur lebte sie und war nicht vergewaltigt worden, sondern sie war glücklich. Ihre Hüfte und ihr Bein schmerzten zwar noch, aber es war ein süßer Schmerz.

Sobald Keanu und sie in der Villa in Sicherheit waren, hatten sie miteinander geschlafen. Ihre Lust aufeinander war letztendlich stärker gewesen war als der Schock. Selbst die Schmerzen in ihrer Hüfte konnten Maja nicht davon abhalten, ihr Verschmelzen mit Keanu zu genießen. Vielleicht war ihre Lust auch eine Reaktion auf das Unfassbare gewesen, das in der Tiefgarage geschehen war. Jedenfalls war sie mit einer Heftigkeit explodiert, die sie sonst nur selten beim Sex erlebte.

Nachdem sie ihre erste Lust gestillt hatten, kamen die Fragen. Maja wollte alles von Keanu wissen. Wer genau waren diese skrupellosen Auftraggeber von Sharkman? Waren es Franzosen? Waren es Amerikaner? Warum waren sie hinter ihm her? Was hatte all das mit Maja und vor allem mit Majas Vater zu tun?

Keanu wollte ihr zu ihrer eigenen Sicherheit so wenig wie möglich über seine geheime Mission erzählen. Sie sollte auch nur mit ihrem Vater sprechen, falls die französische Polizei je nach ihrem Wagen fahnden sollte.

»Je weniger Menschen Bescheid wissen, desto besser ist es im Moment. Ich weiß, dass das schwer ist, aber es wäre wichtig, wenn dein Vater sein Erbe wirklich antreten soll. Die Grundstücke in Kauai sind hart umkämpft. Und dieses Stück Land, das einst Elisa Vogel gehören sollte ist heiß begehrt.«

Und somit schloss sich ein erster Kreis, zumindest für Maja. Irgendwie waren ihr Vater und damit auch Maja und ihre Geschwister wohl tatsächlich mit der legendären Haifischfrau verwandt. Weitere Details bekam Maja nicht aus Keanu heraus und beschloss, unbedingt mit ihrem Vater zu sprechen. Darüber, dass Keanu und ihr Vater sich kannten, war sie erstaunt.

»Warum hast du es mir nicht von Anfang an erzählt?«

»Weil es um eine äußerst vertrauliche Angelegenheit zwischen ihm und mir ging.«

Keanu hatte sich zunächst wegen einer anderen Rechtssache an Max Kemper in München gewandt, da er einen Anwalt in Europa brauchte und Max durch seinen hawaiischen Vater zu seinem Klan auf Kauai gehörte und im Stammbaum aufgeführt war.

»Und dann kamen wir auf das Erbe deines Vaters zu sprechen. Es geht um wertvolles Land – an der Küste von Kauai. Elisa Vogels ehemaliger Apfelhain.«

Mehr verriet er ihr nicht. Aber Keanu hatte auf irgendeine Weise dafür gesorgt, dass die jüngste Tochter von Max Kemper an dem gleichen Seminar in Nizza teilnehmen würde wie er.

»Sagen wir einfach, dass es sich ganz einfach so ergeben hat. Dein Vater erzählte von dir… und ich wurde neugierig. Und da wir einen ähnlichen Beruf haben, dachte ich mir…«

Zunächst hatte Keanu sie auch sofort ansprechen wollen, aber dann war etwas anderes geschehen. Er hatte sich in sie verliebt.

»Hast du nicht!«

»Ich will nicht mehr darüber reden!«

Mit traurigem Blick strich er über ihre Lippen, auf denen noch seine Küsse brannten. Der Zeitpunkt seines Abschieds nahte. Er flog in wenigen Stunden nach Kauai zurück, in sein Leben und zu seiner Verlobten.

In Maja krampfte sich bei dem Gedanken daran, ihn vielleicht nie wiederzusehen, alles zusammen. Er aber küsste ihr liebevoll die Sorgenfalten weg.

»Du musst mir Vertrauen schenken, okay? Alles wird gut. Ich sorge dafür … Du machst es einfach so, wie wir es abgesprochen haben.«

Maja nickte. Was konnte sie auch anderes tun? Er war der Mann, der sich bei Bedarf in Luft auflösen konnte. Mister Unsichtbar. Sie vermied seinen Blick. Er sollte die Tränen in ihren Augen nicht sehen.

Seine vorhin noch so gefasste Stimme war jetzt rau vor Zärtlichkeit und Wehmut.

»Ich will auch nicht weg von dir! Bis ganz bald, so sagt man doch bei euch. See you soon, and in my dreams. I will write to you. Jeden Tag einen Brief, versprochen.«

Maja bemühte sich um Fassung.

»Ich mag Briefe, aber so wie jetzt bist du mir lieber. Und so bald werden wir uns sicher nicht wiedersehen. Aber ich finde dich vielleicht auch in meinen Träumen … oder in Elisas Träumen? Mehr als träumen dürfen wir gar nicht … Du willst heiraten und ich auch.«

Ihr Lächeln war zaghaft.

Beide hatten erkannt, dass ihre Liebesnacht in der Villa einmalig bleiben musste. Diese Erkenntnis war zwar grausam und schnitt sich tief in Majas Seele, doch gab es im Moment keinen anderen Weg. Beide fühlten sich an ihr Wort gebunden.

»It sucks! I hate it…«

Keanu hatte sich ebenso unsterblich verliebt, das wusste sie jetzt. Widerstand war zwecklos. Wie nie zuvor wäre Maja bereit gewesen, ihr Leben für diesen Mann umzukrempeln, wenn er es von ihr verlangt hätte. Das wusste sie seit dieser Nacht. Sie würde ihm folgen, notfalls bis nach Kauai, nur um mit ihm zusammen sein zu können.

Aber er wollte das nicht. Im Gegenteil. Er hatte sie darin bestätigt, ihre Verantwortung Stefan gegenüber ernst zu nehmen, da er nicht frei sei. So als könnte er ihre trübsinnigen Gedanken lesen, schüttelte er jetzt langsam seinen Kopf.

»I cannot change my life for you. Sorry…«

Keanu konnte sein Leben nicht für sie ändern. Es war unmöglich.

Maja begriff inzwischen, dass der Haifischmann in der Garage in einigen Punkten recht gehabt hatte. In Keanus Leben gab es eine klare Priorität. Wie sein Vater und seine Mutter vor ihm, so kämpfte auch er für das Weiterbestehen seines Volkes in Würde und Freiheit. Es war ein harter Kampf, denn es ging ihm, neben der Bildung, dem Fortbestand der Sprache und dem kulturellen Erbe Hawaiis vor allem um Landbesitz.

Ihren schwindenden Lebensraum mussten die Ureinwohner immer massiver gegen Gier und skrupellose Spekulation verteidigen. Daran hatte sich seit den ersten Plantagenbesitzern auf den Inseln nicht viel geändert. Nur waren die Spieler auf dem vergleichsweise kleinen Spielfeld der Inseln anonymer und internationaler geworden.

Wenn jetzt die Bagger kamen, um wieder ein Stück unberührtes Land für einen neuen Golfplatz zu planieren, saß der neue Besitzer in Mexiko, Schweden oder Südfrankreich. Ohne jegliches Unrechtsbewusstsein wurde das Land der Ureinwohner international an die Meistbietenden verschachert. Viele Hawaiianer lebten heute schon obdachlos an eingezäunten Stränden oder konnten sich die steigenden Mieten nicht mehr leisten. Für diese Menschen wollte Keanu sich einsetzen.

»If I had the choice…«

Traurig sah er Maja an. Sie wusste, dass er vielleicht noch ein wenig bei ihr bleiben würde, wenn er die Wahl hätte. Aber seine Zeit war knapp bemessen. Er musste auf die Islands zurückgehen. Die Organisation, der er angehörte, kämpfte nun mehr seit über einem Jahrhundert für die Rechte der Hawaiianer, die man einst die Steine-Esser nannte.

Keanu hatte ihr in der Nacht viel von seinem Kampf um die Anerkennung seines Volkes erzählt. Inzwischen war Maja klar, warum seine ursprünglich harmlose Organisation sich inzwischen notfalls auch mit Waffen gegen diese mächtige Feinde wehren musste, die zum Teil völlig skrupellos waren.

In der US-Politik hatten Immobilienspekulanten eine mächtige Lobby und diverse Skandale reichten bis in oberste Regierungskreise. Es ging um viel Geld – Milliarden waren es inzwischen.

Wie den Haifischmann, der sich für Geld hatte kaufen lassen, um unbequeme Gestalten wie Keanu einzuschüchtern, oder notfalls aus dem Weg zu räumen, so gab es auch andere Verräter, viele von ihnen sogar auf den Inseln von Hawaii geboren.

Aber was genau hatte das potentielle Erbe von Majas Vater damit zu tun? Sie fragte ihn, aber er schüttelte verneinend den Kopf.

»Es ist wirklich noch zu gefährlich, wenn ich dir Details verrate, bevor alles unter Dach und Fach ist. Aber ich sage dir, dass ein Stück Land zu besitzen für uns Hawaiianer Heimat und Identität zugleich bedeutet. Wir werden von unseren Inseln verdrängt, obwohl wir mit ihnen verwurzelt sind. Doch jeder Quadratmeter auf den Inseln ist heutzutage reines Gold wert. Wie unwissende Kinder haben wir uns das Land lange von Fremden abkaufen lassen. Chinesen, Koreanern, Japanern und natürlich Amerikanern. Ihnen allen gehört ein Stück unserer Inseln ... Nur noch das Geld regiert. Wir Ureinwohner haben keine mächtige Lobby. Uns fehlen Geld und Einfluss. Über Generationen führen wir einen vergeblichen Kampf, eigentlich seit der Zeit, in der unsere letzte Königin entmachtet wurde. Elisa Vogel wusste das von Anfang an. Ihr Land ist später zu einem Zankapfel geworden. Und nicht einmal sie durfte einst ihr Erbe antreten, nicht nachdem sie von ihrer Familie verstoßen wurde... Es ist eine lange und komplizierte Geschichte, doch sagt mir mein Gefühl, dass du darin noch eine wichtige Rolle spielen wirst. Nur kann ich dir nicht allzu viel verraten. Das habe ich deinem Vater versprochen. Ich will, nein ich darf dein Leben mit Stefan nicht durcheinanderbringen, meine Schöne...«

Er hatte begonnen Majas Gesicht zu streicheln, vorsichtig berührte er dabei die kleine Platzwunde auf ihrem Wangenknochen, die ein Pflaster bedeckte.

»Außerdem könnte ich nicht ertragen, wenn dir etwas zustoßen würde...«

Sie legte ihren Kopf in seinen Schoß.

»Bist du in die Bildung gegangen, weil Elisa das damals mit Kelii wollte? Ist es ihr eigentlich je gelungen? Konnte sie mit ihm eine Schule aufmachen, in der Weiße und Einheimische gemeinsam lernten?«

Keanu schüttelte traurig seinen Kopf.

»Der Rassismus war so stark, dass sie sich schließlich zwischen einem der beiden Völker entscheiden musste.«

»Sie hat euer Volk gewählt, nicht wahr?«

»Nicht nur hat sie es gewählt, sondern Elisa hat es auf ihre Art beschützt, wie wir es damals nicht konnten. Unsere Sagen und Geschichten, unsere Kultur, das ist fast alles, was uns noch bleibt. Heute sind viele aus meinem Volk, – und damit auch Elisas Klan, auf der ganzen Welt verstreut. Aber selbst von unserer stolzen Identität blieb auf den Inseln nicht viel übrig, geschweige denn von den einst enormen Reichtümern. Nur in unseren eigenen Schulen, auf die nur Kinder mit hawaiischem Blut gehen können, lebt das alte Hawaii noch. Ich will dafür sorgen, dass es uns auch in Zukunft noch gibt. Hawaii findest du irgendwann nur noch hier…«

Keanu nahm Majas Hand und legte sie auf seine Brust, direkt über sein Herz.

Sie spürte die Hitze seiner nackten Haut und schloss die Augen. Sie wollte sich ihr kurzes Zusammensein für immer einprägen.

»Erzähl mir mehr von Elisa…«

Er strich ihr übers Haar, während er weiter über das sprach, was ihn am meisten im Leben beschäftigte.

»Elisa Vogel war überaus wichtig. Sie war eine Weiße, aber nur ihre Haut war weiß. In ihrem Herzen war sie eine von uns. Auch unser Klan wurde von den Plantagenbesitzern lange ausgebeutet. Viele von uns starben unter unmenschlichen Arbeitsbedingungen. Mit ständig neuen Gesetzesänderungen wurde das Land unter den reichen weißen Einwanderern aufgeteilt. Aber das Schlimmste war, dass die Weißen versuchten, die Ureinwohner mit kontinuierlicher Missachtung Stück für Stück ihrer Identität zu berauben. Dabei war es für die verschiedenen Stämme Hawaiis ohnehin nie einfach, sich zu einem einzigen Volk zu vereinigen. Unter den Inseln hatte es Fehden gegeben…«

»Unter den Kahuna?«

Keanu nickte und fuhr fort.

»Sie waren einst sehr mächtig, unsere Kahuna. Sie haben sich lange Zeit gegenseitig bekämpft, doch schließlich begannen sie, sich für ihre Unterschiede zu respektieren und auch zu unterstützen, da sie begriffen, dass wir als Hawaiianer zusammenhalten müssen. Die weißen Zuwanderer verhielten sich den Ureinwohnern gegenüber hingegen immer schlimmer. Daraus entstand eine Gegenbewegung. Das hawaiische Blut sollte wieder stark und stolz werden. Künftige Generationen sollten nur noch unter sich heiraten…«

»Don't mix the blood…?«

»Genau! Eine Überlebensstrategie, zu der schon meine Ahnin riet, weil sie die Weißen gut kannte. Elisa wusste, wie zerstörerisch Ignoranz und Arroganz sein können, sobald sie mit Gier gepaart werden. Sie selbst hatte schlimme Erfahrungen mit ihrem eigenen Volk gemacht. Elisa schrieb einmal in einem Brief an unsere Königin, dass die meisten Weißen auf den Inseln Rassisten und Frauenhasser seien. Daraufhin wurde sie von Lili'uokalani als Sekretärin eingestellt. Meine Großmutter hat mir Elisa Vogels Briefe gezeigt…«

Maja hörte den Stolz in seiner Stimme. Sie glaubte zu verstehen, wovon er redete, denn Ignoranz und Arroganz waren nicht nur Krankheiten der hawaiischen Inseln.

Bittere Erfahrungen hatte auch ihr Vater wegen seines exotischen Aussehens in Deutschland gesammelt, obwohl er in ihrer Heimat geboren war. Und auch Majas exotisches Aussehen hatte zu Vorurteilen geführt. Wie oft hatte sie ihre Freundinnen beneidet, weil sie nie gefragt wurden, ob sie aus China kämen.

Rassismus lebte überall und trieb viele hässliche Blüten. Und später, als Majas Aussehen etwas Besonderes war, hatte sich das Blatt scheinbar gewendet. Jetzt galt sie in München als exotische Schönheit, ihre Freundinnen waren dagegen austauschbar. Auch Stefan hatte sich anfangs in Majas scheinbare Besonderheit verliebt, bis er begriffen hatte, dass er sie damit kränkte. Maja wollte immer schon sein wie alle anderen. Und dennoch musste sie zugeben, dass ein besonderer Reiz darin lag, dass sie in dieser Nacht sozusagen mit ihrer Inselseite verschmolzen war.

Sie schwiegen jetzt beide und hingen ihren Gedanken nach. Maja hatte noch viele weitere Fragen, doch eine beschäftigte sie besonders.

»Wieso kamst du in die Tiefgarage?«

Er zögerte einen Augenblick.

»Ich bin dir vom Restaurant zum Strand und danach bis zur Tiefgarage gefolgt. Die Waffe hatte ich die ganze Zeit bei mir. Ich wusste, dass Sharkman in der Stadt war. Man hatte mich gewarnt.«

»Du warst die ganze Zeit dort?«

Maja richtete sich erstaunt auf. Er nickte.

»Ich wusste seit unserer Nacht am Meer, dass wir von ihm beobachtet werden. Ich hatte Angst um dich. Aber ich dachte, dass er dich nur einschüchtern würde ... ich hätte früher eingreifen müssen.«

Mit traurigem Lächeln zeigte er auf sein Herz.

»Außerdem spüre ich dich hier drin. Wahrscheinlich werde ich von jetzt an auch am anderen Ende der Welt merken, wenn es dir irgendwie nicht gut geht. Wir haben uns miteinander verbunden ... du bist jetzt immer bei mir.«

Maja stiegen Tränen in die Augen. Er war im Begriff, von ihr zu gehen. Sie konnte es nicht fassen. Auch sie fühlte sich mit ihm verbunden, auf eine Art und Weise, die ihr neu und unheimlich war. Aber es war so. Sie hatte Keanu so schnell in ihr Herz geschlossen und sich ihm so bedingungslos geöffnet, wie sie das noch bei keinem Menschen vor ihm gewagt hatte. Und das lag auf eigentümliche Weise gewiss auch an ihrer Verbindung zu Elisa.

»Es ist traurig, dass du fort musst...«

Ihre Stimme klang heiser, und sie war den Tränen nahe. Mit einem Mal wollte sie keine weiteren Fakten, sondern Keanu einfach nur bei sich spüren. Sie griff nach seiner Hand.

»Komm zu mir! Ein wenig Zeit haben wir doch noch, bevor dein Flieger geht, oder? Erzähl mir von Elisa. Ich will deine Stimme hören…«

Keanu sah ihr tief in die Augen.

»Willst du wirklich nur … reden?«

Maja wurde heiß. Es war eine unglaubliche Liebesnacht mit ihm gewesen. In jedem Winkel ihres Körpers spürte sie auch jetzt noch die Spuren ihrer unvernünftigen Zärtlichkeiten. Begonnen hatte es, als er behutsam ihre Hüften umfasst hatte, um die Prellung zu untersuchen, die sich dort nach der Brutalität in der Garage unter einem Bluterguss abzeichnete. Seine Hand hatte Maja zum Glühen gebracht. Danach hatte er den kleinen Riss auf ihrem Wangenknochen sorgfältig mit einem Pflaster aus ihrer Hausapotheke geklebt und zärtlich ihre geschlossenen Augenlider geküsst, während das leichte Schmerzmittel wirkte.

Von sich aus hätte er nie mehr verlangt. Aber Maja wollte ihn. Obwohl sie ein grauenhaftes Erlebnis hinter sich hatte, oder vielleicht gerade deswegen, war ihre Sehnsucht, ihn ganz in sich zu spüren, so übermächtig gewesen, dass sie alle körperlichen Schmerzen vergaß, aber auch jegliche Vorsicht. Sie hatte sich nicht einmal mit einem Kondom geschützt. Sie musste wahnsinnig gewesen sein. Jedoch war es auch unglaublich schön gewesen, dieses erste Mal mit ihm, das sie niemals vergessen wollte. Ihr Verlangen nach ihm war so stark! Und Keanu hatte wieder begonnen, sich ihrem Körper zu widmen und zog mit seiner Fingerkuppe kleine Kreise auf ihrem Oberschenkel.

»Hier, genau hier hat der Hai Elisa damals gebissen.«

Er zeichnete das Gebiss des Hais auf ihrer Haut nach und sah sie dabei spitzbübisch an.

»Ich erzähle dir alles ganz genau, wenn du wirklich nur reden willst…«

In Maja stieg erneut heiß die Lust auf, aber sie hatte auch Angst. Es war unvernünftig gewesen, was sie zugelassen hatte, mehr als unvernünftig sogar. Unvernunft entsprach ganz und gar nicht ihrem Naturell. Hatte ihre überwältigende Lust vielleicht mit dem leichten Schock zu tun, den sie zweifellos hatte?

»Nein, ich will nicht nur reden. Ich will dich auch spüren … vielleicht sehen wir uns nie wieder.«

»Dann lass uns noch einmal das Himmelslied singen, wenn du es wirklich willst? «

»Ich will! Zumindest glaube ich, dass ich will…«

In ihr vermischten sich Angst und Lust, als sie erneut begann, mit ihm in die Wellen der Lust zu tauchen. Doch als seine Hand von ihren Brüsten zur Quelle ihrer Lust wanderte, meldete sich doch ihre Vernunft. Sie hielt seine Hand fest.

»Nein, wir sollten nicht noch einmal so weit gehen… Ich meine, wir hätten nie so weit gehen dürfen, ohne Kondom.«

»Du hast völlig recht. Es ist unvernünftig.«

Er stand auf und sah auf seine Uhr.

»Ich habe noch ungefähr eine Stunde. Dann muss ich zum Flughafen. Wie wäre es, wenn ich dir einfach noch ein wenig von meiner Heimat erzähle?«

»Ja, bitte. Bitte … bitte erzähl mir noch von Elisa. Sie ist also nicht gestorben in dieser schrecklichen Nacht in der Blauen Grotte?«

»Nein. Elisa Vogel hatte ein langes Leben.««

Maja nickte. Um ihre plötzlich aufsteigenden Tränen zu verbergen, drehte sie sich von ihm weg, zog das Laken über sich und rollte sich zusammen wie ein kleines Kind. Ihr war mit einem Mal entsetzlich elend zumute. Sie wollte noch nicht einmal daran denken, dass Keanu sie verlassen würde. Es sah sie prüfend an.

»Bist du nur müde, oder hast du wieder Schmerzen?«

»Mmmm … kalt und müde. Und Herzschmerzen. Ich vermisse dich jetzt schon ganz schrecklich.«

Er beugte sich über sie und begann, zärtlich ihre Haare zu streicheln.

»Maja … darf ich dich etwas fragen?«

»Nur wenn es nichts Ernstes ist…«

Sie wischte ihre Augen trocken, drehte sich zu ihm um und versuchte ein klägliches Lächeln. Aber Keanu wusste auch ohne viele Worte, wie ihr zumute war.

»Du wolltest nicht wirklich reden … Du wolltest mich auch, nicht wahr? Du wolltest noch ein Himmelslied. Du möchtest, dass wir eins werden…«

Als er ihr langsam das Laken von Körper zog, konnte Maja nur noch nicken. Ja, es war unvernünftig, aber sie konnte ganz einfach nicht anders.

Eine Stunde konnte eine lange Zeit sein, wenn jede einzelne Sekunde unendlich kostbar war.

Keanu ließ seine Zunge genüsslich über die Innenseite ihres Oberschenkels in kleinen Kreisen immer weiter wandern, bis Maja um Gnade bettelte. Doch Keanu wollte ihr Stöhnen hören. Es würde ihre einzige gemeinsame Liebesnacht bleiben müssen.

Zunächst sanft und dann stürmischer brachte er sie mit seinen Zungenschlägen zum Glühen. Er umfasste dabei ihre Pobacken. Maja sollte nicht einmal auf die Idee kommen, sich seinen Lippen auch nur für Augenblicke zu entziehen. Und mit Trillern und Saugen an ihrer Liebesperle brachte er sie zum ersten Höhepunkt.

Danach wollte Maja sich revanchieren, aber davon wollte Keanu nichts wissen. Es war wie ein kleines Machtspiel zwischen ihnen, das mühelos an ihr erstes Mal anknüpfte, als sie gar nicht anders konnte, als sich ihm hinzugeben. Jetzt konnte sie sich jedoch besser zurückhalten.

Spielerisch drückte er sie erneut auf die Matratze und erforschte sie mit seinen Fingern. Maja versuchte, ihre Beine aneinanderzudrücken. Sie schämte sich für ihre Feuchtigkeit. Nach ihrem heftigen Orgasmus durch seine Zunge war sie wie überflutet.

Keanu lachte über ihre Schamhaftigkeit.

»Bist du sicher, dass du genug hast?«

Maja hatte nicht genug, sondern wollte mehr. Keanu war ein wunderbar verspielter Bettpartner und auch er wollte sie ganz besitzen in ihrer letzten Stunde. Keinen Zentimeter Abstand ließ er zwischen ihnen zu. Seine Finger brachten sie wieder und wieder an den Rand des Wahnsinns. Sie biss in ihr Kissen und gab sich dem Rhythmus seiner Finger rückhaltlos hin und hatte schließlich das Gefühl, vor lauter Lust zu explodieren.

Danach reichte Keanu ihr ein Wasserglas, sodass sie das grüne Pulver schlucken konnte, die Medizin der Tausendnebel-Pflanze. »Damit wurde nicht nur Elisa wieder gesund. Du wirst jetzt für einige Stunden tief schlafen und keine Schmerzen haben. Für mindestens einen Tag wirst du dich gut fühlen, einen frischen Schub Kraft bekommen…«

Keanu fügte noch hinzu, dass die Medizin aus der Pflanze unverändert und seit Jahrhunderten ein Geheimtipp der Heiler seiner Sippe war.

Während Maja sich regenerieren und träumen sollte, würde Keanu den Kontinent Europa verlassen. So hatten sie es abgemacht. Er musste weg, so schnell es ging. Sollte der Mann mit der Hundemaske, der ihnen bei ihrer Flucht aus der Tiefgarage vor die Kühlerhaube gerannt war, wirklich tot sein, würde es eine ausführliche Untersuchung geben. In die durfte Keanu nicht hineingezogen werden, aus vielerlei Gründen nicht, wie Maja inzwischen begriffen hatte. Dennoch machte sie sich jetzt Sorgen.

»Wenn die Polizei wirklich kommen sollte, dann werde ich einfach sagen, dass ich ganz alleine war ... du warst nie in der Tiefgarage. Man griff mich an. Ich flüchtete in meiner Panik mit dem Auto...«

»Du solltest gar nicht viel sagen. Du standest ganz einfach unter Schock, nachdem drei Männer dich in der Tiefgarage angegriffen haben ... du hattest starke Schmerzen, wolltest aber nicht in ein Krankenhaus. Irgendwann bist du eingeschlafen. Du erinnerst dich nicht genau...«

Maja schluckte. Ein bitterer Geschmack stieg in ihrer Kehle auf und ließ ihre Zunge pelzig werden.

»Vielleicht lebt der Mann ja noch?«

»Vielleicht, solche Kerle sind hart im Nehmen ... ich hoffe es für ihn.«

Sie schwieg. Ein Gefühl hoffnungsloser Traurigkeit begann sie zu lähmen, als er ihr zärtlich über ihre Wange streichelte und sich zu ihr beugte: »Danke, du meine wunderbare Maja, diese Zeit mit dir werde ich nie vergessen. Hoffentlich werden wir uns wieder begegnen.«

Ein letztes Mal versuchte sie, ihn anzusehen, während sie gegen die bleierne Müdigkeit ankämpfte, die in ihren Nacken kroch. Sanft zog er das Laken höher und breitete eine leichte Decke über sie.

»Das Pulver beginnt zu wirken. Du solltest jetzt schlafen, damit die Träume zu dir kommen können. Du brauchst sie, du brauchst deine Träume, damit du mich wiederfinden kannst.«

Sie wollte wissen, was er damit meinte, doch ihre Zunge war zu schwer, um Fragen zu stellen. Schläfrig griff sie ein letztes Mal nach seiner Hand, die ihr so viel Vergnügen bereitet hatte und küsste jeden einzelnen seiner Finger. Als sie fertig war, hielt sie seine Hand wie ein kleines Kind fest. Sie wollte ihm etwas sagen, musste ihm ihre Gefühle mitgeben auf seine Reise. Ihre Stimme war jedoch kaum hörbar, und jedes Wort strengte sie an. Dennoch musste sie reden.

»Wir müssen einfach irgendwann zusammen sein, das fühle ich. Vielleicht nicht sofort, doch irgendwann muss es sein. Ich weiß jetzt, dass uns etwas verbindet, das ich sonst mit keinem anderen Menschen erleben kann... Lass uns zusammen sein, irgendwann...«

Keanu nickte traurig, aber sie wusste genau wie er, dass er nur darauf wartete, dass sie einschlafen würde. Er hoffte, dass Tausendnebel sie mitnehmen würde in eine andere Welt, denn er musste sein Flugzeug nach Paris erreichen. Seine Worte waren lediglich dazu da, sie zu beruhigen. »Wir werden uns wiedersehen ... ich schreibe dir. Ich melde mich.«

Waren das nur hohle Worte? Keanu gehörte einer anderen. Wird er wirklich an mich denken? Maja bezweifelte es tief in ihrem Inneren. Wie oft hatte sie solche Geschichten bereits gehört. Männer, die nach einem kurzen Ausrutscher reumütig zu ihren Partnerinnen zurückkehrten und möglichst schnell vergaßen, dass sie untreu geworden waren. Deshalb war es auch so unendlich schwer für sie, sich mit diesem Abschied abzufinden. Sie bekämpfte die wachsende Schwere, die sich auf ihre Augenlider legte, denn sie wollte ihm noch etwas sagen. Aber wie sagt man einem Mann, der eine andere liebt, am besten, was man für ihn empfindet? Sie sollte besser nichts sagen, dachte sie, aber vielleicht später etwas für ihn aufschreiben.

In den schläfrigen Nebel, der jetzt in ihrem Kopf immer dichter wurde, drangen die letzten Worte, die sie ihm noch sagen musste. »Bitte, nimm meine Zeichnung mit...«

Maja hatte ihm ihre Zeichnung von dem Hai , Elisa und Kelii geschenkt, die nach ihrer Nacht im Meer entstanden war. Als Andenken an ihr unglaubliches Erlebnis sollte er sie mitnehmen.

Keanu nickte, seine Hand entzog sich ihrer und sie sah schemenhaft und mit halb geschlossenen Augen, wie er ihre Zeichnung vom Tisch nahm, zusammenrollte und in die Innentasche seiner Jacke steckte.

Sie konnte sich nicht länger gegen den Schlaf wehren, aber sie konnte diesen Mann auch nicht so gehen lassen. Sie wollte nicht ohne ihn sein, und ihm zumindest einmal nur die Worte sagen, die so heiß in ihrem Inneren brannten. Maja sagte es leise, so leise, dass er sie nicht hören konnte. »Ich liebe dich ... auch wenn es unmöglich ist. Es tut mir leid ... ich wünsche dir alles Gute mit Leilani ... nein, das stimmt nicht. Ich will dich für mich ... für mich ganz allein. Ich liebe dich. Du bist mein Mann. Ich weiß es.«

Natürlich antwortete Keanu nicht, denn er hatte bereits ihr Zimmer verlassen. Maja hörte, wie die Haustür hinter ihm ins Schloss fiel. Dann war er weg. Immerhin wartete sein Flugzeug und am anderen Ende der Welt seine liebende Freundin. Er hatte Leilani nie zuvor betrogen, hatte er ihr gesagt. Sie hatte ihm sofort geglaubt. Keanu war kein Mann, der Frauen anlog oder sie betrog, das spürte sie inzwischen. Sein schlechtes Gewissen seiner Freundin gegenüber ehrte ihn. Und dennoch war es geschehen. Beide hatten sie ihre Partner betrogen. Und es war richtig gewesen.

Majas Kopf lag bleiern und schwer auf dem seidenen Kissen, das nach ihrer Liebe roch. Sie befühlte mit schwerer Hand ihre Lippen, geschwollen von verzweifelten Küssen. Keanu hatte sie in ihrem Innersten angerührt. Für sie war diese Begegnung ein neuer Anfang. Durch ihn hatte sie erfahren, wie es ist, wenn zwei Menschen wirklich zueinander gehören, Körper und Seele. Ob er es Leilani erzählen würde? Ob Maja mit Stefan je darüber sprechen konnte? Auch sie hatte davor noch nie einen ihrer Freunde betrogen und hatte keine Ahnung, wie sie es Stefan beibringen sollte. Vielleicht würde es besser sein, mit einer Lüge zu leben? Vielleicht.

In einem letzten verzweifelten Aufbäumen schleuderte sie das nach Liebe duftende Kissen zu Boden. In dem Moment sah sie den Haifischzahn an dem Lederband, mit dem alles begonnen hatte. Der Talisman lag unter ihrem Kissen. Hatte Keanu ihn mit Absicht dort liegen lassen? War er ein Geschenk, ein Liebespfand?

Maja fühlte trotz der Schwere durch das Pulver mit einem Mal so etwas wie Glück, sogar Euphorie. Der Zahn war der Beweis. Es war die wahre Liebe, die ihr begegnet war, so dachte sie noch, als ihr die Augen zufielen. Dann trug Tausendnebel sie mit sich fort in eine andere Zeit.

In der Grotte, 1894

Als Elisa versuchte, sich in ihrem Felsversteck im Wasser daran zu erinnern, was genau man ihr angetan hatte, machte sich eine merkwürdige Dumpfheit in ihrem Kopf breit. Dann begann alles zu schmerzen.

Sie musste ohnmächtig geworden sein, während Janson sie gewaltsam nahm, jedenfalls konnte sie sich nicht mehr daran erinnern, wie er aus der Höhle gegangen war. Warum war er überhaupt fortgegangen? Hielt er sie für tot? War er gegangen, um Hilfe zu holen?

Als sie vorhin von dem hämmernden Schmerz in ihrem Kopf erwachte, war sie mutterseelenallein in dämmriger Finsternis. Zunächst wusste sie nicht, wo sie war. Das Kleid unter ihr, auf das Janson sie geworfen hatte, war klebrig von ihrem Blut und einer anderen Flüssigkeit. Ein ihr fremder Gestank stieg penetrant in ihre Nase. Sie ekelte sich so sehr, dass sie das Gefühl hatte, sich sofort übergeben zu müssen. Sie würgte und würgte, aber es kam nichts aus ihrem Mund. Nur die Wunde zwischen ihren Beinen schmerzte.

Elisa hatte mit einem Mal nur einen einzigen Wunsch. Sie wollte in das dunkeltürkise Wasser. Es schien sie im Dunkel zu rufen. Sie wollte darin untertauchen und für immer verschwinden.

Auf allen vieren kroch sie über die Steine der finsteren Höhle, die von den Sternen im Eingang nur wenig Licht bekam. Bis hinunter ans Ufer kroch sie, weil das Gehen ihr zu große Schmerzen bereitete. Als sie das kühle Nass spürte, glitt sie mit ihrem Unterrock immer tiefer in das dunkle Türkis. Das Wasser an ihrem Körper fühlte sich lindernd an. Sie hatte kaum ein Gefühl für die Temperatur. Der Untergrund, auf dem sich ihre Füße unsicher vorantasteten, war rau. Nur wenige Kiesel lagen auf dem Felsgrund. Ihr Kopf fühlte sich schwer an, und ihr Wunsch, auch ihn unterzutauchen, um den Schmerz zu vergessen, wurde übermächtig. Sie wollte den Ekel loswerden, der in ihren Schläfen pochte und in ihrer Kehle würgte. Es war ihr eigener Körper, vor dem sie Abscheu empfand, ohne zu wissen, warum. Das Gefühl war ihr neu. Sie erinnerte sich nicht an das, was geschehen war. Im Dunkel der Höhle war sie so erwacht. Nur instinktiv wusste sie, wie wichtig ein Versteck jetzt war. Sie musste an Tiere denken, die vor einem Jäger flüchten. Der Hai durchkreuzte ihre Vorstellung, und sie sah ihn in seinem Riff verschwinden. Ihr drohte Gefahr. Das spürte sie.

In dem kühlen Blau würde sie allein sein können. Sie würde wieder wissen, wer sie war und was sie wollte, bevor ihr die Sinne schwanden. Elisas Verstand sagte ihr, dass ihr etwas Schreckliches widerfahren war, denn es erinnerte sie an damals, als sie auf der Plantage wieder zu sich kam, nachdem Großvater Hai sie verschont hatte. Aber damals hatte ihre Mutter ihr gesagt, was geschehen war. Jetzt war sie ganz allein. Sie konnte nicht benennen, was es war, weil ihr die Erinnerung an die Tat selbst fehlte. Aber es musste etwas Schlimmes gewesen sein. Und es hatte mit Gerit Janson zu tun.

Bruchstücke waren noch da. Sie war mit Janson und Johannes in der Kutsche zu der Höhle gefahren, die sie immer schon hatte sehen wollen. Ihre Mutter hatte ihr dazu geraten, auch ihr Onkel. Ihr Onkel war Jansons Freund. Es gab Heiratspläne. Dann war Johannes mit einem Mal verschwunden. Ihr Gesicht war auf ihr Kleid gepresst worden. Janson hatte hässliche Worte über Kelii gesagt. Er war wütend gewesen, das wusste sie noch, konnte sich aber nicht mehr daran erinnern, warum. Ihr fehlte auch der Puzzlestein, wie der schreckliche Schmerz in ihren Körper gekommen war. Unterhalb ihres Nabels tat ihr selbst im kühlen Wasser alles weh. Aber ähnlich wie damals, als der Hai zugebissen hatte, konnte sie den Schmerz nicht genau lokalisieren. Es war, als wäre ihr Unterleib erneut nicht mehr der ihre.

Das kühle Blau, in das sie jetzt ganz untertauchte, half ihrem Kopf, klarer zu werden. Die Verwirrung lichtete sich langsam. Sie erinnerte sich daran, dass sie länger über Kelii geredet hatten. Elisa musste sich verteidigen, denn sie waren am Wasserfall gesehen worden. Aber nicht Johannes hatte sie verraten. Es musste jemand anderes gewesen sein. Janson war sehr wütend. Er hatte ihre Narbe sehen wollen, aber schlimmer noch, er wollte sichergehen, dass Elisa noch Jungfrau war. War das der Schmerz?

Langsam, wie in Zeitlupe, versuchte Elisa im Wasser, die Steine des Puzzles zusammenzusetzen, während sie dorthin schwamm, wo der Höhlensee tiefer wurde. Instinktiv suchte sie nach einem Versteck, einem Riff, wie der Hai eins hatte, um sich vor Harpunen zu verbergen. Ab und zu kam sie zum Luftholen hoch, bis sie am hinteren Ende des Sees angekommen war. Hier wurden die Wölbungen flacher. Spitze Felszacken hingen von der Höhlendecke herunter. Das Wasser war dunkler hier, auch wärmer, wie es Elisa vorkam. Sie musste in der Nähe der warmen Quelle sein, die den See tief aus der Erde speiste.

Jetzt erst realisierte sie, wie stark ihre Zähne aufeinanderschlugen, obwohl sie nicht wirklich Kälte empfand. Das Meer, in dem sie mit Kelii das Schwimmen geübt hatte, war sehr viel kälter.

Da sah sie den Schein der beiden Fackeln am Eingang der Höhle. Der Impuls, sich zu verstecken, indem sie erneut untertauchte, kam tief aus ihrem Inneren. Sie dachte an Maja, ihren Schutzengel, wie sie die fremde Frau insgeheim nannte. Aber sie wusste, dass es keinen Sinn haben würde, unterzutauchen. Die Fackeln würden näher kommen. Man würde sie womöglich beim Auftauchen sehen.

So leise wie möglich und ohne das stille Wasser des Sees aufzurühren, glitt Elisa hinter einen der herabhängenden Felsen. Währenddessen betraten die beiden Männer die Höhle. Schon erleuchteten ihre Fackeln die Wände der Höhle und kurz darauf die Hälfte des Sees.

Aber hinter ihrem Felsen blieb es dunkel. Von hier aus konnte sie alles, was in der Höhle vor sich ging, gut beobachten. Der Felsen ließ über der Wasseroberfläche nur einen winzigen Zwischenraum frei. Sie konnte unmöglich gesehen werden.

Durch die Fackeln warfen die Silhouetten der Männer unheimliche Schatten an die Höhlenwände. Zielstrebig ging Janson zu der Stelle, an der er Elisa ohnmächtig zurückgelassen hatte. Verblüfft blieb er stehen.

»Hier ist niemand…« Dann rief er lauter.

»Elisa! Wo sind Sie?«

Jansons Stimme klang panisch, aber sie hütete sich davor, ihm zu antworten. In ihrem Versteck war sie sicher. Nur ihre Zähne schlugen von dem Schock und der Kälte so stark aufeinander, dass sie einen Finger dazwischensteckte, um sich nicht durch ein Geräusch zu verraten. Wenn Janson mit seiner Fackel näher zum Wasser kommen würde, könnte er sie sonst hören. Entschlossen zu warten, bis beide Männer wieder fort waren, stellte sie sich auf eine längere Zeit in ihrem Versteck ein. Sie konnte jetzt Johannes im Licht seiner Fackel gut erkennen. Er trat zu Janson und beleuchtete mit seiner Fackel ebenfalls die Stelle. Elisa konnte aus der Entfernung sehen, wie Johannes vor Schreck zurückwich.

»Was ist passiert? Überall ist Blut...«

Entsetzt hob er Elisas besudeltes Spitzenkleid hoch. Doch Janson antwortete ihm nicht. Er hatte begonnen, über die großen Steine zum anderen Ende der Höhle zu klettern. Seine Stimme war panisch.

»Elisa! Wo sind Sie? Machen Sie keinen Unsinn ... Sie brauchen Hilfe!«

Mit Entsetzen musterte Johannes immer noch das Kleid. Erneut verlangte er nach einer Auskunft, wollte wissen, was genau hier geschehen sei.

Janson antwortete ihm ausweichend. Er suchte jetzt bereits die weiter entfernten Winkel der Höhle nach ihr ab. Zunehmend ärgerlich ermahnte er Johannes, es ihm nachzutun. Er ließ dabei wiederholt anklingen, dass Elisa es darauf angelegt hätte ihn im Schutz der Dunkelheit zu verführen, sie wohl nach dem Fest berauscht gewesen sei. Janson redete auf Johannes ein.

»Wir müssen sie finden! Elisa hat eine Dummheit gemacht. Erst wollte sie mich verführen, dann bekam sie Angst vor ihrer eigenen Courage ... sie wollte schwimmen gehen, ist gefallen. Ich weiß auch nicht ... Frauen kann kein Mann verstehen. Sie hat eine Ohnmacht vorgetäuscht. Was weiß ich? Eins der vielen Frauenleiden? Unter Umständen war sie auch betrunken? Oder sie wollte schwimmen gehen und ihr wurde im Wasser schwindelig! Nun helfen Sie mir schon, anstatt nur dumm dazustehen. Wir können nicht ohne Elisa zur Plantage zurückfahren. Wir müssen sie finden!«

Jansons Stimme hallte von den Höhlenwänden wider. Seine Worte klangen in Elisas Ohren wie das Knallen einer Peitsche.

Von ihrem sicheren Versteck aus konnte Elisa erkennen, wie Johannes in Richtung See sah, in die Knie ging, die Hände vor sein Gesicht schlug und spontan anfing zu schluchzen.

Sie beobachtete auch, wie Janson nach einigen weiteren vergeblichen Rufen zu Johannes zurückkam und wütend begann, den jungen Mann anzuschreien.

»Was stehen Sie hier noch herum! Helfen Sie mir gefälligst beim Suchen. Das ist ein Befehl!«

Der schluchzende Johannes versuchte aufzustehen. Elisa konnte sehen, wie schwer es ihm fiel. Sie ahnte, was er dachte. Dass das hier war, wie bei dem Mädchen Noelani, das sich vom Wasserfall in den Tod stürzte, weil Johannes' Stiefvater ihr im Waschhaus der Plantage Gewalt angetan hatte.

So hätte auch Elisa in dieser Nacht ihr Leben in dem tiefen Wasser des Höhlensees beenden können. Aber sie tat es nicht. Etwas in ihrem Inneren hinderte sie daran, ihren Kopf unter Wasser zu tauchen und das Wasser in einem einzigen Atemzug in ihre Lungen zu ziehen. Ein ungewisses Gefühl von ewiger Zukunft machte ihr Mut. Da war der Gedanke an Maja, ihre neue Freundin, die vom Himmel aus als Engel ihre schützenden Hände über ihr ausbreitete. Und dann war da Großvater Hai, der ihre Haut jetzt im Wasser zu stählen schien, damit sie stark bleiben konnte. Und es gab ihre Liebe zu Kelii, vielleicht die stärkste Kraft in ihrem Inneren.

Elisa harrte aus, bis die Männer ihre Suche nach ihr in der finsteren Höhle aufgegeben hatte. Sie fragte sich insgeheim, ob Johannes derjenige sein würde, der ihrer Mutter die grausige Nachricht überbringen würde, dass Elisa verschwunden sei, ihre Kleider mit Blut besudelt. Oder was genau würden die beiden Männer sagen? Würde Johannes für seinen zukünftigen Arbeitgeber lügen? Elisa sei übermütig, vom Mondlicht betrunken, zum Schwimmen in den nächtlichen See gegangen und dort ertrunken? Was würden sie mit ihrem Kleid machen? Würden sie es verbrennen? Die verräterischen Spuren von Blut und männlicher Lust für immer verschwinden lassen?

Diese Gedanken gingen Elisa durch den Kopf, während sie so ruhig wie ein wartender Hai im Riff aus sicherer Distanz die beiden hilflos wirkenden Männer beobachtete. Dabei war Gerit Janson der reichste Mann der Insel. Er würde Wege finden, um zu erklären, was passiert war. Niemand würde ihn je dafür zur Rechenschaft ziehen.

Noch immer verstand Elisa nicht wirklich, warum er ihr eigentlich Gewalt angetan hatte, ihren Körper brutal in Besitz nehmen musste, aber sie war ja auch kein von Begierde und Stolz getriebener Mann, der sich beweisen musste. Sie verstand oft nicht, was sie zu ihren Taten antrieb, diese von sich eingenommenen Männer, sie wollte auch nicht wissen, was in den finsteren Abgründen von Gerit Jansons Seele vorging. Einen einzigen kleinen Moment lang, als Janson mit Johannes verzweifelt über das schwarze Wasser in ihre Richtung zu starren schien, tat er ihr leid. Seine Augen waren die eines wahnsinnigen Wildes, das von einem Jäger durch eine enger werdende Schlucht, ohne Hoffnung auf einen Ausweg gehetzt wurde. Seine Stimme klang gebrochen, als er Johannes um Milde bat.

»Glauben Sie mir bitte, mein junger Freund, wollte ich nicht … Vielleicht ein kleiner Denkzettel für das vorwitzige Fräulein Elisa, eine Prüfung, ob sie es wirklich wert sein sollte, als meine zukünftige Braut mein Haus zu führen. Mehr sollte es nicht werden! Und dann… ich wollte Hilfe holen, weil sie in meinen Armen plötzlich ohnmächtig wurde … Sie hatte mich zuerst gereizt. Sie wissen schon. Paul wollte sie unbedingt mit mir verheiraten. Ich wollte nicht, auch wegen ihrer Behinderung. Aber Paul Vogel hatte seine Nichte wohl auf mich angesetzt. Sie sollte mich anscheinend verführen. Erst sagte sie, sie wolle mir nur ihre Narbe zeigen. Aber dann … das junge Fräulein verlor jegliches Maß. Bitte, Johannes, glauben

Sie mir, nie hätte ich für möglich gehalten, dass sie ins Wasser geht.«

Johannes hatte sich halbwegs wieder gefasst. Aber er sah Janson nicht an, als er ihm nach längerem Schweigen antwortete.

»Wir sollten morgen bei Tageslicht zurückkommen, mit mehr Männern. Wir müssen ihren Körper bergen ... Elisas Mutter ... ihre Tochter muss begraben werden, ein christliches Begräbnis vor aller Augen, nach einem tragischen Unfall, den wir irgendwie gemeinsam erklären müssen...Oh, mein Gott, was habe ich getan?«

Johannes Stimme erstarb. Er konnte nicht weiterreden. Elisa war ihm dankbar dafür. So gut hatten sie sich in der kurzen Zeit nicht kennenlernen können, dennoch hatte sie sofort gefühlt, dass ihr Vater recht hatte. Johannes war in seiner Seele ein feiner Kerl.

»Nun beruhigen Sie sich doch wieder, Johannes. Sie haben sich keinerlei Schuld zuzuweisen. Es gibt auch keinen Grund zu weinen... wir Männer wissen doch, dass wir die Frauen nie wirklich verstehen können. Und Sie müssen jetzt auch an sich denken, an Ihre Zukunft mit dieser Hawaiianerin, die Ihr Kind unter dem Herzen trägt. Wie hieß das Kanaka-Weib noch mal?«

»Leilani. Sie heißt Leilani...

Janson klopfte ihm auf die Schulter, so als wollte er den Jüngeren dazu ermahnen, sich nicht erneut seinen Emotionen hinzugeben.

»Sie leiten das Notwendige in die Wege. Ich muss leider so schnell wie möglich nach Lihue zurück. Meine Geschäfte erwarten mich.«

Johannes schwieg. Im Licht der Fackel sah sein Gesicht jetzt zehn Jahre älter aus.

»Allein weiß ich nicht, wie ich Elisas Mutter und ihrem Onkel glaubhaft erklären soll, was hier heute Nacht vorgefallen ist. Ich denke es wäre wirklich besser, wenn Sie mich noch zurück zur Plantage begleiten könnten.«

Wieder legte ihm Janson seine Hand auf die Schulter.

»Natürlich fahre ich noch mit zurück und erkläre alles. Auch sollten wir das Kleid zusammen übergeben, nachdem Sie es ein wenig im Wasser gereinigt haben. Die Mutter wäre bestimmt nicht erfreut über die Verunreinigung. Alle Mütter sehen ihre Töchter gerne als Unschuldslämmer. Das ungehörige Verhalten von Elisa werde ich von mir aus nicht erwähnen. Sie wollte alleine schwimmen gehen und kam nicht wieder. Wir fanden nur noch ihr Kleid. So war es doch, nicht wahr? Unbeobachtet war ich keine Minute lang mit Fräulein Vogel in der Höhle allein, da Sie Ihre Aufgabe äußerst ernst nahmen. Wir beide warteten vor dem Eingang der Höhle und gingen dann gemeinsam hinein. «

Wieder schwieg Johannes einen Moment lang, bevor er mit gepresster Stimme antwortete.

»In Ordnung. Wenn Sie es wünschen, dann soll es so sein. Den Morgen werden Sie nicht mehr abwarten?«

»Nein, ich breche nach unserer Rückkehr zur Plantage auf. Meine Geschäfte verlangen es – und auch die politischen Unruhen. Den Suchtrupp leiten Sie. Denken Sie immer daran, junger Freund, solche Dinge passieren nun einmal. Ich bin mir sicher, dass das Fräulein Elisa nicht freiwillig aus dem Leben scheiden wollte. Ihr Leichtsinn hat sie das Leben gekostet. Sie ist ganz einfach beim Schwimmen von dieser Schwäche befallen worden, wie sie viele Frauen erleiden. Wir hätten ihr ganz einfach nie erlauben dürfen, dass sie alleine in der Höhle schwimmt. Darin liegt unsere Schuld. Man muss die Frauen mit festem Zügel führen. Merken Sie sich das für ihre eigene Ehe!«

Damit drückte er Johannes das blutige Kleid in die Hand. Als er sah, wie der junge Mann immer noch zögerte, fügte er noch ein paar Worte hinzu, die Elisa in ihrem Versteck zusammenzucken ließen.

»Wenn ihre schwangere Freundin auf meine Plantage kommt, diese Leilani, übrigens ein sehr schöner Name, dann werde ich mich, wie besprochen, beim Pfarrer in Lihue und auch bei den Autoritäten für eine offizielle Eheschließung einsetzen... Sie haben mein Wort!«

Das also war es! Damit hatte sich Janson tief in Johannes' Gunst eingekauft. Nicht nur den Posten des Verwalters hatte er ihm angeboten, sondern auch ein Leben mit Leilani und ihrem gemeinsamen Kind im Stand der Ehe!

Elisa empfand Mitgefühl, als Johannes ihr Kleid in dem kalten Wasser bei Fackelschein wusch und dabei um sie weinte, ja sogar schluchzte, aber das erst, nachdem Janson die Grotte endgültig verlassen hatte.

Sie hätte viel darum gegeben, wenn sie sich ihm in diesem Moment hätte zeigen können, aber ihre innere Stimme hielt sie zurück. Durch seine gefährdete Liebe zu Leilani konnte sie Johannes von nun an unter Umständen gar nicht mehr vertrauen.

Nachdem Johannes mit ihrem Kleid die Grotte verlassen hatte, wartete Elisa noch eine Weile. Weiter hinten im Höhlensee hatte sie inzwischen die Stelle gefunden, an der das warme Wasser direkt aus dem Felsen trat. Die Wärme tat ihrem geschundenen Körper wohl und sie ließ sich auf dem Rücken treiben. Silbriges Licht fiel in einer Kaskade von oben auf den schwarzen See. Elisa sah empor zur Höhlendecke. Der Spalt ließ das Licht des wandernden Halbmondes herein. Sie versuchte sich daran zu erinnern, was Kelii ihr von der Blauen Grotte erzählt hatte. Waren es nicht die Rituale für die Ahnen, die hier von den Kahuna zelebriert wurden, nächtliche Totenfeiern?

Nun war Elisa für ihre Familie offiziell gestorben. Selbst wenn man am nächsten Tag ihre Leiche nicht finden würde, durfte für sie die heutige Nacht des Schmerzes die Nacht ihrer Wiedergeburt sein. Und war nicht durch Jansons Grausamkeit ein Teil von ihr wirklich für immer gestorben?

Elisa trieb im Mondlicht in dem warmen Wasser der Grotte in absoluter Stille. Nicht einmal die Tiere der Nacht waren vor dem Eingang der Höhle zu hören. Lediglich das Klopfen ihres Herzschlags tönte überlaut in ihren Ohren. Sie wusste, etwas in ihr war für immer zerbrochen, denn nie wieder würde ihr Körper ganz ihr eigener sein. Es graute ihr selbst im Wasser davor, den Schaden genauer zu untersuchen. Doch Elisa spürte auch instinktiv, dass inmitten des Schmerzes und ihres verletzten Ehrgefühles ihrer verlorenen Unschuld ein anderer Teil von ihr in dieser Nacht im Licht des Halbmondes geboren wurde. Elisa spürte, wie in der Tiefe ihrer Seele eine mächtige Kraft ans Licht drängte, die ihr gleichzeitig große Angst machte. War sie eine Kahuna?

Die Flucht, 1894

Schwimmend durchquerte Elisa den Höhlensee. Als sie ans Ufer kam, wurde das Wasser merklich kühler. Ihre Beine und Füße fühlten sich taub an, als sie über die Steine zurück auf den schmalen Pfad kletterte, der aus der Höhle führte. Sie hoffte, dass die Wasserspur, die ihre Haare und der Unterrock hinter ihr auf den Steinen bildeten, getrocknet sein würde, wenn der Suchtrupp am Morgen zur Blauen Grotte kam. Und hoffentlich würden die Männer keine Hunde mit hierher bringen, dachte sie, vorsichtig ihre Füße setzend, darauf bedacht keine Spuren zu hinterlassen. Sie wollte keinesfalls gefunden werden.

Johannes Vater hielt sich auf der Plantage einen Bluthund, der speziell für das Aufspüren von geflohenen Arbeitern abgerichtet war. Immer wieder gab es Diebstähle aus den Lagerhäusern. Wurde der Täter oder die Täterin überführt, versuchten sie oft noch in die Berge zu fliehen, um nicht in Lihue in das Gefängnis für die Einheimischen zu müssen. Dort erwarteten sie drakonische Strafen oder gar der Tod. Doch Piet van Weens Hund hatte eine besonders gute Nase. Die meisten der Täter oder Täterinnen wurden gefangen und einige von ihnen waren in letzter Zeit sogar öffentlich hingerichtet worden, um weitere Diebe abzuschrecken.

An einem der scharfkantigen Steine hatte Elisa sich unglücklicherweise den Zeh blutig geschlagen. Sicher hatte sie trotz aller Vorsicht Spuren in der Höhle hinterlassen, die ein Hund aufnehmen konnte. Blieb nur zu hoffen, dass ihr Onkel sie vielleicht gar nicht lebend finden wollte.

Man wusste um ihre Liebe zu Kelii. Dieser Tabubruch machte sie zu einem Schandfleck für die Weißen auf der Insel. Man würde sie vergessen wollen. Sobald das Absuchen des Höhlensees ohne Ergebnis blieb, konnte man ihr Begräbnis beschließen, notfalls gegen den Wunsch ihrer Mutter, dessen war Elisa sich inzwischen sicher. Clementia Vogel besaß weder Einfluss noch Macht. Ihre Stellung auf der Plantage war weit entfernt von dem, was ihr Vater sich einst erträumt hatte.

Elisa war am Höhleneingang angekommen. Ihr Atem ging schwer, obwohl die Steigung nur minimal war, denn jeder Schritt fiel ihr unendlich schwer. Es war, als hätte man Blei in ihre Gliedmaßen gegossen und sie spürte eine alles überwältigende Müdigkeit in sich. Was auch immer in ihrem Inneren geschah, Elisa würde Ruhe und einen sicheren Ort brauchen. Nur wo?

Noch einmal sah sie zurück in die düstere Grotte und prägte sich den Anblick dieses Ortes für immer ein. Der See schien jetzt noch schwärzer und geheimnisvoller als bei ihrer Ankunft. Der Halbmond schien nicht mehr durch das Loch in den Felsen, sodass sich das dunkle Wasser kaum mehr vom Stein abhob. Elisa glaubte, sich daran zu erinnern, wie der alte Fried einmal über die Ausmaße des Sees in der Blauen Grotte gesprochen hatte. Unter dem Berg eingeschlossen lag angeblich der weitaus größere Teil dieses Wasserbeckens. Durch einen Tunnel, der einen Meter unter der Oberfläche lag, konnte man in eine zweite Grotte gelangen, zu einem weiteren See, vielleicht sogar mit mehreren Becken. Nur ein kleiner Teil der Höhlen war bisher erforsch worden.

Vielleicht würde man das unterirdische Labyrinth mit seinen Strömungen und heißen Quellen als eine logische Erklärung für das Verschwinden ihrer Leiche akzeptieren, zumindest hoffte sie das inständig, während sie den Abstieg zur Straße begann.

Unten angekommen, begann sie den Weg, den sie mit der Kutsche gekommen, war mit ihren bloßen Füßen zurückzugehen. Wenn sie nur nicht so müde gewesen wäre! Am liebsten wollte Elisa sich am Wegrand auf die Erde legen und für immer schlafen. Nur ihr neugeborener Lebenswille hinderte sie daran, diesem Drang nachzugeben. Bis zum ersten Morgengrauen musste sie es schaffen, zu der Abzweigung zu kommen, die hinauf zum Wasserfall führte, wenn sie nicht entdeckt werden wollte. In den Bergen würde sie einigermaßen sicher sein. Vor ihr lagen zwischen sechs und sieben Kilometern steinige Wegstrecke, so schätzte sie und setzte mechanisch einen Fuß vor den anderen, darauf achtend, ihre Füße in der Finsternis nicht erneut zu verletzen.

Kurz darauf war sie auf der einzigen Straße, die zurück nach Hanalei Bay und damit auch zur Vogel-Plantage führte. Wollte sie sich nicht barfuß durch das dschungelartige Dickicht quälen, war die festgetretene Straße ihre einzige Möglichkeit. Aber das Laufen auf dem unebenen Untergrund tat ihren Fußsohlen weh, und mehr als einmal dachte sie daran, aufzugeben und einfach am Straßenrand zu warten, bis die nach ihr suchenden Männer kamen. Ihr war sogar eine Erklärung eingefallen, die halbwegs plausibel klang. Sie könnte behaupten, sie sei ohnmächtig geworden und hätte in dem geheimnisvollen See ihr Gedächtnis verloren. Von Geistern und einem unheimlichen Zauber der Einheimischen zu fabulieren, das wäre für Elisa nicht weiter schwer gewesen. Schließlich galt sie als eine schwache Frau. Die Verwirrung, Schwäche und Bedürftigkeit der Nichte würden auch Onkel Paul weiterhelfen. Damit hätte Gerit Janson die Absolution für seine Tat, wenn es denn überhaupt als eine verbrecherische Tat gelten würde, dass er Elisa mit Gewalt ihre Unschuld genommen hatte. Ihr Schweigen könnte genauso gut die offizielle Version der Männer bestätigen. Elisa wäre in ihrem Leichtsinn und durch ihre sträflichen Neugierde in einen Zauber der Einheimischen geraten, der ihre Sinne verwirrt hatte.

Aber was würde danach mit ihr geschehen? Schon durch den Hai beschädigt, wie Janson ihr noch einmal brutal verdeutlicht hatte, wäre sie von nun an sein Opfer. Was heute Nacht geschehen war, könnte jederzeit wieder passieren, egal ob Elisa schließlich in eine Ehe mit Gerit Janson einwilligte oder nicht. Er wusste von ihr und Kelii. Er würde sie für immer dafür verachten, wenn nicht sogar hassen.

Dennoch zitterte Elisa innerlich bei dem Gedanken daran, was die Nachricht ihres Todes für ihre Mutter bedeuten würde. Für Clementia gab es nur noch Elisa. Ihre Mutter lebte nur für sie. Zwar hatten ihre Worte und ihr flehender Blick beim Abendessen signalisiert, wie gern sie es sehen würde, wenn Elisa sich Janson annähern würde, aber damit meinte sie nichts Böses. Eine Ehe mit Gerit Janson bedeutete auch für ihre Mutter einen äußerst erstrebenswerten gesellschaftlichen Aufstieg. Welche Mutter hätte so eine lukrative Partie wie Janson nicht für ihre Tochter gewollt?

Elisa strauchelte. Fast wäre sie in der Dunkelheit über einen Ast gefallen, der aus dem Dickicht ragte. Gespenstisch still war es zu der nächtlichen Stunde. Sie schätzte die Zeit auf ungefähr drei Uhr morgens. Kein Vogel sang, nicht einmal eine Grille zirpte. Nur das Meer rauschte leise unter ihr an den Klippen. Wenn sie ihren Atem anhielt, glaubte sie, einzelne Wellen zu unterscheiden. Unwirklich ragten die Palmen am Straßenrand in den nächtlichen Himmel, viele von ihnen trugen in diesem Jahr nur spärliche Wedel. An emporgereckte Hände musste Elisa denken, die ihre Göttin Pele verzweifelt um Hilfe anflehten, damit sie endlich aus ihrem Schlaf erwachte, um das Volk der Hawaiianer zu retten.

Sollte ihr die Flucht gelingen, würde auch Elisa ihrem Gott ihre Hände entgegenstrecken, aber es geschähe aus Dankbarkeit. Endlich könnte sie frei leben.

Wieder gingen ihre Gedanken zurück zu ihrer Mutter. Bestimmt hatte sie nicht mit einem derartigen Gewaltakt gegen Elisa gerechnet, als sie ihr zu dem Ausflug riet. Oder aber doch? Es gab so viel, was Elisa nicht wusste oder durch ihr geheimes Studium der Bücher in der Bibliothek ihres Onkels nur ahnte.

Ihre wundervolle Erfahrung mit Kelii am Wasserfall schien ihr in diesem Moment weit weg zu sein. Vielleicht waren seine zärtlichen Berührungen, die darauf ausgerichtet waren, Lust zu bereiten, lediglich eine unnatürliche Ausnahme bei einem Mann. Ihre Mutter hatte ihr immer nur vom Leid der Frauen erzählt, das schon in der Bibel verankert sei. Unter Schmerzen sollten die Frauen gebären, hieß es dort. Die Mutter hatte immer wieder erwähnt, wie schwierig und vor allem auch gefährlich das Gebären sein konnte. Aber es sei auch die heilige Pflicht jeder Ehefrau, ihrem Mann zu Willen zu sein und ihm so viele Kinder wie möglich zu schenken.

Aber wenn dieser Akt bei den Weißen für eine Frau so grauenerregend war, warum wollte Leilani dann für immer mit Johannes zusammen sein? Er war ein Weißer, und die beiden liebten sich von Herzen. Sie machten sich gegenseitig glücklich. Johannes hatte es ihr selber gesagt. Vieles zwischen Mann und Frau ergab für Elisa gar keinen Sinn.

Während ihre Füße wie von selbst voranschritten, versuchte sie zu erfassen, was genau ihr angetan worden war und vor allem: warum. Es schien ihr im Nachhinein, als hätte Janson alles minutiös im Vorfeld geplant, vielleicht sogar gemeinsam mit ihrem Onkel. Und auch Johannes war in irgendeiner Form eingeweiht gewesen, auch wenn er vielleicht keine Details wusste. Es war eine Gewalt, die

Männer den Frauen einfach antaten, weil sie es durften. Sie waren Männer und bestimmten über Frauen und Kinder, zumindest bei den Weißen.

Auch in Hamburg war es gewissermaßen so gewesen, obwohl das Züchtigen und die häusliche Gewalt eher in der Arbeiterschicht zu finden waren. Weiter oben in der Gesellschaft gab man sich zumindest den Anschein, seiner Gattin freiwillig gewisse Rechte einzuräumen. Sie herrschte über Haus und Kinder, er über das Geschäft.

Bei den Hawaiianern hingegen war es völlig anders. Es war zwar vieles getrennt zwischen Männern und Frauen, aber die Männer herrschten nie über die Frauen. Vor allem aber bedienten sie sich nicht mit Gewalt an ihren Körpern. Das war das größte Tabu von allen. Man konnte noch nicht einmal darüber sprechen.

Elisa verstand nun auf ihrem nächtlichen Gang, warum Noelani sich vom Wasserfall in den Tod gestürzt hatte, nachdem die Gewalt, die Piet van Ween ihr angetan hatte, Folgen zeigte. Es war kein Akt der Rebellion oder der Verzweiflung gewesen, sondern die Konsequenz eines tiefen Schamgefühls. Elisa hatte dieses Gefühl nicht gekannt. Aber jetzt wusste sie, was es war. Anders als der Hai, der sie versehrt hatte, war Janson eine Kreatur ihrer eigenen Art. Er hatte sich ihrer bedient, gegen ihren Willen. Sie ekelte sich vor ihrem eigenen Körper, weil er ihn besessen hatte. Ihr Unterleib war ihr merkwürdig fremd und dieses fremde Gefühl hatte begonnen, sich auszubreiten. Selbst ihre Hände sahen im Mondlicht merkwürdig fahl und tot aus. Sie glaubte unter ihren Fingernägeln Spuren seiner Haut zu fühlen. Das konnte nicht sein, denn sie war lange im Wasser gewesen, aber es fühlte sich so an. Ihre Hände waren ein Teil von ihm. Schnell ließ sie ihre Hände außer Sichtweite fallen, aber ihre zerstörerischen Gedanken wollten nicht aufhören, sich immerzu um Janson zu drehen.

Zwar schritten ihre bloßen Füße gehorsam den Weg entlang, der zurück zur Nordspitze der Insel führte, aber auch diese Füße gehörten ihr jetzt nicht mehr. Elisa spürte den Sand unter den Fußsohlen nicht, so wie auch ihre Beine taub und ihr gänzlich fremd waren. Gehörte ihr ganzer Leib jetzt Gerit Janson? Warum ging sie dann nicht zu ihm, um den Besitz zu besiegeln? Ob sie von nun an in ihrem eigenen fremden Körper leben müsste oder aber an seiner Seite, war bestimmt kein großer Unterschied.

Einen einzigen Schmerz spürte sie noch, aber auch den nur, wenn sie sich darauf konzentrierte. In ihrem Unterleib schien eine Art Lava aus brodelnder Dunkelheit zu regieren. Ab und zu spürte sie ein Stechen, aber sie war sich auch hier nicht sicher, ob diese Empfindung wirklich zu ihrem eigenen Körper gehörte. Vielleicht bildete sie sich diese Schmerzen nur ein. Das feine Rinnsal von Blut, das an der Innenseite ihres Oberschenkels herablief, ignorierte sie einfach. Dieser ganze Teil ihres Körpers gehörte nicht mehr ihr. Sollte Janson ihn doch nehmen. Der Gedanke daran machte sie noch nicht einmal besonders traurig. Sie war ja schon tot.

Elisa kam gut voran. Das stetige Laufen war eine Erleichterung. Um sich von ihren morbiden Gedanken abzulenken, zählte sie die Sterne am Horizont, als sie den dichten Dschungel hinter sich gelassen hatte. Das Stück Straße, das vor ihr lag, ging bis auf ein paar Kurven um den Berg herum gerade herunter bis fast zum Meeresufer. Dort war auch die Abzweigung hoch zum Wasserfall, die Elisa von ihren Ausflügen mit Kelii gut kannte. Wenn sie es bis dorthin schaffte, wäre sie in Sicherheit. In Keliis Dorf, da war sie sich sicher, würde man ihr weiterhelfen.

Wieder strauchelte sie, diesmal war es kein Ast, sondern ihre Schwäche. Sie legte ihre Hände auf ihren Oberschenkel und spürte das vertraute Zittern der Muskulatur. Obwohl sie viel trainiert hatte, erlahmte jetzt ihr verletztes Bein, sodass sie es hinter sich herziehen musste. Sie atmete tief ein und aus, um auch das auszublenden und zwang sich Meter für Meter vorwärts. Sie zählte die Sterne, lauschte dem Geräusch der Wellen und dem gelegentlichen Rascheln der Mäuse. Sie versuchte, die Gerüche um sich herum zu definieren, um nicht an das Erlebte zu denken.

Das nächtliche Kauai war voller Düfte, doch am meisten liebte Elisa die betörende Süße des wilden Jasmins, der jetzt überall blühte. Tränen stiegen ihr in die Augen, als sie erneut an Kelii dachte. Wo er wohl in diesem Augenblick sein mochte?

Das Bellen des Hundes hörte sie als erstes. Kurz darauf die Räder der Kutsche und das aufgeregte Wiehern der Pferde, die unter den Hieben einer Peitsche in raschem im Trab näher kamen. Der Schein der beiden Fackeln, die an den Seiten des Kutschbocks steckten beleuchtete das Dickicht der Pflanzen und die steilen Felswände. Noch waren sie weit genug weg. Elisa konnte sich seitlich in einige Büsche schlagen. So schnell und so weit es ihr in der kurzen Zeit möglich war, kletterte sie panisch die kleine Böschung hinauf, die die Straße vom Ozean trennte. Hinter der Erhebung ließ sie sich fallen und begann leise zu beten. »Gütiger Gott der Christen, liebe Göttin Pele, – bitte helft mir!«

Sie hörte, wie die Kutsche immer näher kam. Der Hund bellte jetzt fast ohne Unterlass.

»Warum bellt die Töle ausgerechnet hier?«

Piet van Ween klang ungehalten.

»Vielleicht sollten wir den Hund laufen lassen. Er scheint etwas zu wittern.«

Das war Johannes' Stimme. Darauf folgten ein paar leisere Worte von Gerit Janson, die Elisa jedoch gut verstehen konnte, da die Kutsche ihre Fahrt verlangsamt hatte, und die Räder direkt unter ihr auf der Straße zum Stehen kamen. Elisa hielt vor Schreck ihren Atem an. Wollte Gerit Janson nicht wieder nach Lihue zurückkehren und den Männern der Vogel-Plantage die Suche nach ihr überlassen? Doch war es eindeutig Jansons Stimme, die Elisa aus das Gebell des Hundes heraushörte. »Selbst wenn Ihre Nichte noch am Leben sein sollte, mit ihrem versehrten Bein könnte sie niemals so weit gekommen sein … es ist bestimmt ein Tier, das der Hund wittert.«

»Nimm bitte den Hund und geh einmal nachsehen, Johannes. Hinter der Böschung muss etwas sein. Die Töle macht doch sonst nicht so viel Radau.«

Auch Onkel Paul saß in der Kutsche! Elisa hielt den Atem an. Der Hund fing sofort aufgeregt an zu jaulen, als er, von Johannes an der Leine gehalten, aus der Kutsche sprang. Die Pferde wieherten aufgeregt, während die Männer jetzt darüber sprachen, dass unbedingt noch Verstärkung angefordert werden sollte, da Elisas Mutter, bestärkt vom alten Fried, darauf bestanden hatte, dass alle Seen in den Höhlen abgesucht werden mussten.

Elisa wusste, dass ihr nur wenige Sekunden blieben, wenn überhaupt, bis Johannes mit der Fackel die Böschung hinaufgeklettert war. Ihr Versteck war lediglich ein stacheliger halbhoher Busch. In unmittelbarer Nähe wuchs eine Palme. Einen Moment lang überlegte Elisa in ihrer Panik, ob sie es wagen sollte, sich so weit an dem Stamm der Palme hochzuziehen, dass sie zumindest vor den Zähnen des Hundes sicher war. Nur würde das Licht der Fackel sie verraten.

Aber es war bereits zu spät. Vor ihr stand Johannes. Er hielt den Hund mit einem knappen Befehl zurück, beugte sich zu Elisa und flüsterte ihr zu.

»Gedankt sei Gott, dem Allmächtigen. Du lebst!«

Elisa wollte ihm etwas sagen. Sie wollte ihn bitten, sie nicht zu verraten, damit sie sich vor Janson in Sicherheit bringen konnte. Aber als sie ihre Lippen öffnete, kam kein einziger Laut. Sie konnte nicht mehr sprechen!

Ihr Gesichtsausdruck jedoch war wohl eindeutig. Johannes sah sie im Schein der Fackel mitleidig an. Ihr zerrissener Unterrock, ihr Zittern und vor allem der flehende Blick, als Elisa den Finger über ihre Lippen legte, um ihm so zu signalisieren, dass er sie nicht verraten durfte. Sein Blick verriet eine Mischung aus Wut und tiefem Mitgefühl, als er jetzt erneut flüsterte.

»Das war Gerit Janson. Er hat dir Gewalt angetan, nicht wahr?«

Elisa nickte. Mühsam zurückgehaltene Tränen der ohnmächtigen Wut schossen ihr in die Augen. Am liebsten hätte sie sich in Johannes' Arme geflüchtet, um getröstet zu werden. Nur war das ein Ding der Unmöglichkeit, wenn sie für Kelii frei sein wollte. Johannes' Blick zeigte eine grimmige Entschlossenheit, als er jetzt leise weitersprach, während der Hund winselte.

»Janson würde es wieder tun ... Der Mann ist ein Monster, ein regelrechtes Ungeheuer, wenn es um weiße Frauen geht. Er hasst weiße Frauen! Bitte glaube mir, Elisa, ich hatte keine Ahnung, dass er über Kelii und dich Bescheid wusste. Ich habe es ihm nicht gesagt ... Aber mein Stiefvater, Piet, er war ebenfalls oben am Wasserfall. Er hat auch mich und Leilani gesehen und uns ebenfalls verraten ... Es ist etwas sehr Ungutes im Gange. Und ich musste doch Leilani und das Kind beschützen, ich muss ihnen ein Leben ermöglichen, ein Leben in Würde! Ich, ich... Elisa, es tut mir so leid!«

»Johannes?! Was gibt es da oben?«

Elisa hörte, wie jetzt auch Piet van Ween die Böschung hinaufkletterte. Johannes rief ihm rasch zu: »Hier ist nur ein Tierkadaver ... sieht aus wie ein wilder Hund. Macht euch keine Mühe, ich komme wieder runter.«

Schnell flüsterte er Elisa zu: »Versuche bis zum Dorf zu kommen, zu Kelii oder zumindest zu seiner Familie zu fliehen… Und lass mir irgendwie eine Nachricht zukommen. Ich werde gegen Mittag am Wasserfall sein, morgen oder übermorgen. Gott schütze dich!«

Dann war er mit dem Hund verschwunden.

Elisa wusste im Nachhinein nicht mehr, wie sie es nach der Begegnung mit Johannes überhaupt bis zur Abzweigung zum Wasserfall geschafft hatte. Ihre Füße trugen sie Kilometer um Kilometer über die steinige Straße, während sie wie in Trance in die aufgehende Morgenröte hinein um Gnade betete. Die Kutsche kam kein zweites Mal vorbei. Johannes musste es irgendwie gelungen sein, die Männer in der Höhle auf der Suche nach ihr hinzuhalten. Vielleicht hatte er sie davon überzeugen können, dass Elisa wirklich im See ertrunken war, ihr Leichnam in unergründliche Tiefen abgesunken. Trotz allem Ungemach war sie Johannes dankbar.

Amala war schon früh am Morgen mit den anderen Frauen und Mädchen, die tagsüber auf der Plantage arbeiteten, auf dem Weg zur Arbeit, als sie die schlafende Elisa neben dem schmalen Pfad entdeckten, der zum Wasserfall führte. Sie war einen guten Kilometer vor ihrem Ziel vor lauter Erschöpfung ohnmächtig geworden. So erzählte es Amala später am Abend, nachdem sie von der Arbeit zurückgekehrt war. Die resolute Hawaiianerin hatte aus dem Bauch heraus gehandelt, als sie Elisa in ihre Arme nahm und zurück zum Dorf trug, wo sie die stumme junge Frau zunächst in ihrer eigenen Hütte versteckte.

Selbst die jungen Mädchen, traditionell Plappermäuler, hatten den Ernst der Lage sofort erkannt, nachdem

Amala Elisas Verletzungen untersucht hatte. Die Frauen wussten, was geschehen war.

Wiederholt hatte die Amme des Dorfes mit den jungen Mädchen über die Grausamkeit der weißen Männer gesprochen. Noelanis Schicksal war noch schmerzhaft präsent. Man wusste von Gewalttätigkeiten. Außerdem war Elisa lang genug aus ihrer Ohnmacht erwacht, um zu signalisieren, warum sie auf keinen Fall zurück auf die Plantage wollte. Mit fast übermenschlicher Anstrengung presste Elisa ein paar Worte hervor.

»Ich will zu Kelii…«

Zu dieser Zeit wusste nicht einmal Amala, dass dies die letzten Worte waren, die Elisa Vogel für viele Monate sprechen würde.

In Amalas Hütte, in der sie mit ihrem Mann, einigen von ihren jüngeren Kindern, sowie ihrer alten, blinden Mutter lebte, wurde für die kranke Elisa eine Ecke frei geräumt. Amala trennte Elisas Bereich mit einem gewebten Tuch vom Rest der Hütte ab. Danach wurden alle im Dorf zu absolutem Stillschweigen verpflichtet. Man ahnte, was geschehen würde, wenn herauskam, dass die Dörfler eine kranke Haole verbargen. Es war lediglich Amalas Einfluss zu verdanken, dass es überhaupt gestattet wurde. Die Amme des Dorfes hatte das Sagen, während Kelii, sein Vater und Leilani fort waren.

Immer noch waren die Königstreuen aus Kauai nicht von der Nachbarinsel Oahu zurückgekehrt. Man sprach von einem geplanten Aufstand.

Elisa war dankbar für den Platz in Amalas Hütte, inmitten einer großen Familie, in der man sich um ihr Wohlergehen kümmerte. Sie konnte nach ihren ersten Worten nicht mehr sprechen, nahm aber dankbar das grüne Pulver, frisches Wasser und ein wenig Obst zu sich. Danach wollte sie nur noch schlafen, am liebsten für immer oder bis Kelii sie nach diesem bösen Traum wieder aufwecken würde.

Amala sah die junge Haole zärtlich an, nachdem sie eingeschlafen war. Sie legte eine Perle vom Riff neben Elisas Kopf, instinktiv wissend, dass diese ungewöhnliche junge Haifischfrau sich gerade zu einer Kahuna verpuppte.

Danach ging Amala zurück zu den wartenden Frauen und jungen Mädchen. Sie waren spät dran für ihre langen Arbeitstag auf der Plantage.

Südfrankreich, Septemberdämmerung 2010

»Nein, Stefan, es geht wirklich nicht. Ich kann nicht zu dir an den Flughafen kommen. Bitte nimm dir ein Taxi. Ich bin gestern Nacht gestürzt. Nein, nur an Hüfte, Bein und im Gesicht habe ich mich leicht verletzt. Ich musste schlafen, um mich zu regenerieren … Ja, ich weiß, wie teuer das Taxi ist, aber ich kann beim besten Willen nicht mit meinem Auto fahren. Ich habe vorhin ein Schmerzmittel genommen… Vielleicht einen Mietwagen? Du kennst die Adresse? Bis später!«

Das mit dem Schmerzmittel war gelogen. Maja war vor einer Stunde relativ ausgeruht aufgewacht und hatte ganz einfach festgestellt, dass sie verschlafen hatte. Das Tausendnebel-Pulver von Keanu musste stärker gewirkt haben als geplant und Maja hatte erneut von Elisa geträumt. Es war jedoch zur Abwechslung ein schöner Traum gewesen.

Elisa befand in einem tropischen Tal oben in den Bergen von Kauai, an einem Ort, an dem es oft mehrmals am Tag regnete. Alles um sie herum war saftig und unglaublich grün. Im Traum erschien diese exotisch üppige Landschaft Maja beinahe unwirklich dicht, feucht und dazu voller Geräusche und Gerüche, die sie nicht kannte. Elisa war meistens allein. Und das war auch gut so, denn sie brauchte die Einsamkeit. Das Chaos in ihrer Seele hatte sie schnell zur Einsiedlerin werden lassen und niemand wusste genau, was mit ihr geschah, noch nicht einmal Amala.

Kelii war einige Tage nach Elisas Ankunft mit seiner Familie aus Oahu zurück ins Dorf gekommen. Im

Königshaus gab es Schwierigkeiten, die inzwischen auch die Insel Kauai betrafen. Die Seuche des Hasses zwischen den Weißen und den Hawaiianern war nach der Inhaftierung der Königin zu einem ätzenden Geschwür geworden, das sich unaufhörlich ausbreitete und auf beiden Seiten Schaden anrichtete. Man hatte begonnen sich voreinander zu fürchten. Aus kleinstem Anlass wurden Hawaiianer auf offener Straße gefangen genommen und zur Strafe in Gefängnisse gesteckt, in denen sie oft Monate lang auf eine Verhandlung warteten. Herrschaft und Bedienstete, zuvor eine harmonische Einheit, begannen sich zu misstrauen. Hawaiianer, die sich einst voller Zuversicht in Oahu niedergelassen hatten, Tür an Tür mit weißen Einwanderern aus den USA und Europa, verkauften Hab und Gut und zogen sich auf die andere Seite der Insel oder aber in die Berge zurück. Einige von ihnen wurden beim Umzug ausgeraubt. Hawaiische Familien wurden auf offener Straße beschimpft und geschlagen, die Frauen geraubt oder gar geschändet. Wie ein Flächenbrand überzog der Hass die Inseln.

Im Dorfrat beschloss Keliis und Leilanis Vater daher, dass es nicht sicher sei, Elisa bei ihnen zu verstecken. Zusammen mit ihrem Liebsten schickte man die Haifischfrau beim nächsten Vollmond, sobald sie halbwegs genesen war und ihre Füße sie wieder trugen, in ein verborgenes Tal weit oben auf dem Berg Kawaikini, dem höchsten Berg Kauais.

Es sollte für Elisa eine Zeit der Heilung in völliger Abgeschiedenheit werden. Kelii baute Elisa eine kleine Hütte und blieb oft für mehrere Tage bei ihr, bevor er zurück in sein Dorf und auch auf die Plantage musste, wo er freiwillig im Kontor bei Onkel Paul arbeitete, um mehr über den Handel zu lernen.

War ihr Liebster wieder fort, lebte Elisa wie eine Eremitin und wartete auf seine Rückkehr. Hier, in der paradiesischen Einsamkeit, fühlte sie sich glücklicher als je zuvor in ihrem Leben. Endlich konnte sie frei sein.

Ihr Frausein hatte Elisa seit der grausamen Nacht in der Grotte verdrängt. Freundschaft wollte sie von ihrem Liebsten und seinen Schutz. Weiter nichts. Einen guten Teil ihrer Tage und Nächte verbrachte sie damit, die Natur zu beobachten und von ihr zu lernen. Nie hatte sie dabei das Gefühl einsam zu sein, auch dann nicht, wenn Kelii einmal länger fort blieb. Elisa hatte in Maja eine Freundin gefunden, die alles mit ihr teilte.

Maja liebte ihre Träume von Elisa. Jeden einzelnen hatte sie akribisch aufgezeichnet und jedes Mal eine kleine Zeichnung dazu angefertigt. Ihr letztes Werk zeigte Elisa in einem hawaiischen Tuch, wie sie am Ufer eines steilen Bergbaches aus Gräsern einen Korb flocht.

Nachdem ihr Telefonat mit Stefan schon eine Weile zurücklag und er schon bald an der Tür der Villa klingeln würde, duschte sie noch einmal ausgiebig. Sie wollte nicht nur das letzte bisschen Schlaf aus ihren Gliedern vertreiben, sondern sich vor ihrem Treffen zumindest halbwegs in den Griff bekommen.

Unter der Dusche konnte sie noch einmal in Ruhe an Keanu denken. Ihr neuer Freund hatte ihr mit dem Pulver aus der Tausendnebel-Pflanze einen großen Gefallen getan. Der Tiefschlaf oder besser gesagt ihr Traumschlaf hatte in der Tat eine heilende Wirkung. Die Prellungen an ihrer Hüfte und an ihrem Bein hatten sich von einem entzündeten Rot in ein sattes Lila verwandelt. An ihrer Wange war kaum noch etwas zu sehen, stellte sie zufrieden fest und entfernte im Dampf der Dusche das kleine Pflaster.

Ihr Gesicht sah im Spiegel nach einem sehr schlechten Gewissen aus. Tatsächlich tat es ihr aufrichtig leid, Stefan belügen zu müssen, aber sie hatte im Moment keine andere Wahl. Sie wollte Keanu so viel Zeit wie möglich geben, das hatten sie vereinbart. Bevor sie wegen des Überfalls und der versuchten Vergewaltigung in der Tiefgarage zur Polizei ging, um Anzeige zu erstatten, würde Maja die lokalen Nachrichten bei Radio Nizza anhören, danach die lokale Presse lesen. Vielleicht hatten sie ja Glück im Unglück gehabt.

Sollte ihr Angreifer jedoch nach dem Zusammenprall mit ihrer Kühlerhaube wirklich gestorben sein, würde es im Radio zu hören oder in den Zeitungen zu lesen sein. Das Beste wäre dann, sie würde von sich aus zur Polizei gehen, bevor man ihren Wagen aufspürte. Die anderen Männer in der Tiefgarage hatten bestimmt ihr Nummernschild gesehen. Und die französische Polizei würde auch in Deutschland relativ schnell ihren Wohnort ermitteln können.

»Mademoiselle? Ich bin fertig für heute.«

Maja erschrak. Die Putzfrau! Maja hatte ganz vergessen, dass sie einen eigenen Schlüssel hatte. Hatte Maja unten in der Küche alles aufgeräumt? Vielleicht hatte die Putzfrau die Waffe gefunden, die Keanu in Majas Handtasche deponiert hatte, damit sie heute zurück zu ihrem Besitzer gelangte. Eine weitere Herausforderung, denn Maja hatte in ihrem Leben bisher nie etwas mit Schusswaffen zu tun gehabt. Doch Keanu hatte sie darum gebeten. Die Waffe gehörte, wie er ihr erklärt hatte, einer Cousine, die die Widerstands-Organisation der Hawaiianer von Frankreich aus seit Jahren unterstützte. Bei dieser Cousine hatte Keanu auch gewohnt. Wieder ein Teil dieses Puzzles, das Maja inzwischen immer stärker beschäftigte, denn sogar ihr Vater Max war laut Keanu ein Komplize, was den Kampf der Hawaiianer um ihr Land betraf.

Nachdem Maja die Putzfrau bezahlt hatte, vergewisserte sie sich in der Küche, dass die Waffe noch an ihrem

Platz in ihrer Handtasche war. Zum Glück war alles in Ordnung.

Während Maja auf Stefans Ankunft wartete und dabei die Nachrichten im Radio hörte, schlug sie die Pistole sicherheitshalber in eine alte Zeitung ein. Dann umwickelte sie das kleine Paket mehrfach mit Klebeband und steckte ihr Kunstwerk in eine Plastiktüte.

Es klingelte. In der Kamera der Alarmanlage erkannte sie Stefans Gesicht und kurz darauf lag sie in seinen Armen und atmete seinen vertrauten Geruch, eine Mischung aus Seife und sauberer Minze.

»Mensch, bin ich froh, dass du da bist!«

Und genau so meinte Maja ihre Worte in diesem Augenblick. Stefan war ein Mensch, dem sie bedingungslos vertrauen konnte, wie sie wusste. Außerdem gab seine Stärke ihr Halt.

Ganz der Mediziner bestand ihr Freund kurz darauf, sich ihre Prellungen anzusehen und stellte ihr alle möglichen Fragen über den Hergang des Sturzes.

Maja war alles andere als wohl bei ihren Lügen, jedoch waren sie das kleinere Übel. Warum Stefan mit einer Wahrheit konfrontieren, die ihn zutiefst beunruhigen würde? Außerdem schien es weder im Radio noch in der lokalen Presse auch nur einen einzigen Hinweis auf einen Toten oder einen Verletzten in der Tiefgarage unter dem Justizpalast gegeben zu haben, zumindest hatte auch die Putzfrau nichts gehört oder gelesen. Maja fühlte sich also halbwegs sicher und stellte ihr Missgeschick Stefan gegenüber äußerst vage dar. Sie sei in der schlecht ausgeleuchteten Tiefgarage unaufmerksam gewesen und gegen einen der Pfeiler gelaufen.

»Wirklich? Gegen ein Pfeiler gelaufen? Einfach so? War die Beleuchtung ausgegangen?

»So genau weiß ich es nicht mehr…«

Stefan sah sie besorgt an.

»Wieso weißt du nicht mehr, ob es hell oder dunkel war? Bist du danach ohnmächtig gewesen…?«

»Vielleicht… aber nur kurz!«

Stefan schnaubte missbilligend. Und dann musste sie sich einen längeren Vortrag über ihren Leichtsinn anhören, weil sie nicht sofort in ein Krankenhaus gefahren war, um ihren Kopf untersuchen zu lassen.

Es gefiel ihm auch nicht, dass Maja ihm das Mittel nicht nennen konnte, welches sie wie ein Stein hatte schlafen lassen. Ungläubig sah er sie an.

»Du weißt nicht mehr, was du genommen hast? War es ein Schmerzmittel? Ein Schlafmittel? Woher hattest du denn überhaupt so ein Medikament? Sonst trägst du doch immer nur Bachblüten, Homöopathie oder sonstwelchen Hokuspokus mit dir herum…«

Wieder hatte sie keine befriedigende Erklärung für ihn. Und als sie zu guter Letzt darauf bestand, dass sie am nächsten Vormittag zusammen nach Nizza fahren müssten, um als Gefallen für einen anderen Seminarteilnehmer eine Plastiktüte zu einer Unbekannten zu bringen, war Stefan endgültig übellaunig.

»Ich wäre lieber mit dir zum letzten Mal in diesem Jahr zum Tauchen gegangen. In der Nähe des Napoleonmuseums in Cap d'Antibes gibt es doch diesen kleinen Verleih… Ich habe schon alles reserviert.«

Maja deutete auf die Prellung an ihrer Hüfte und schüttelte den Kopf.

»Tut mir leid, mein Schatz, aber ich fühle mich so gar nicht nach Abenteuern.«

Am nächsten Morgen, nachdem Maja die Nacht hindurch an seiner Seite kaum geschlafen hatte, weil sie pausenlos an Keanu denken musste, war Stefans Laune beim Frühstück auf dem absoluten Tiefpunkt angelangt.

»Was ist los mit dir, Maja? Ich habe das Gefühl, dass ich gar nicht mehr an dich herankomme ... Ist es der Sturz? Du bist nur noch abweisend mir gegenüber und total verspannt.«

Maja nickte schuldbewusst.

»Es tut mir wirklich sehr leid, aber ich bin komplett erledigt. Das Seminar war wahnsinnig anstrengend und dann noch der Schreck und die Schmerzen. Es ist ja nicht so, dass ich jeden Tag über meine eigenen Füße stolpere! Vielleicht hättest du gar nicht fürs Wochenende herkommen sollen...«

Aber so hatte Stefan es nicht gemeint. Er wollte nur sichergehen, dass Maja nichts bedrückte, womit sie allein nicht fertig wurde. So redeten sie noch ein wenig aneinander vorbei, bis es Zeit wurde zu gehen.

Maja dachte, dass der Fall damit erledigt sei, aber sie hatte die Rechnung ohne ihren Stefan gemacht, beziehungsweise ohne seine Neugierde. Als sie in dem Luxusappartementhaus am Jachthafen von Nizza angekommen waren, in dem Maja ihre mysteriöse Plastiktüte abgeben sollte, mussten sie auf den Lift warten. Stefan griff urplötzlich nach dem Paket.

»Sag mir, was da drin ist.«

»Nein, das kann ich dir nicht sagen, weil ich es gar nicht weiß. Ich tue hier lediglich einem Kommilitonen aus dem Seminar einen Gefallen.«

»Das stimmt nicht. Du bist nervös. Warum?«

Maja gab keine Antwort. Wieder zog Stefan ein Gesicht. Und als sie in dem Lift zum achten Stockwerk hinauffuhren, meldete er ein ernsthaftes Gespräch an.

»Ich kenne dich seit drei Jahren. So wie heute hast du dich noch nie zuvor verhalten. Was ist wirklich passiert? Ich meine, man läuft doch nicht einfach so gegen einen Pfeiler in der Tiefgarage...«

»Ich war unkonzentriert...«

Maja war gereizt, lächelte Stefan aber bittend an. Er sollte sie nicht länger nerven, nicht heute. Sie würde sich ihm ohnehin nicht anvertrauen. Aber weil er keine Ruhe gab, log sie erneut, so als hätte sie ihr Leben lang nichts anderes getan.

»Also gut! Du willst die volle Wahrheit? Ich war irritiert, denn ich hatte vorher auch noch Ärger mit meinem Wagen. Eine Delle in der Kühlerhaube. Ein Junge mit einem Fußball in der Nähe des Seminargebäudes hat das Auto voll erwischt. Der Ball hatte es echt in sich. Ich habe einen Riesenschreck bekommen, sag ich dir. Es hat ziemlich gekracht. Gut, dass es nicht die Windschutzscheibe war! Aber die geht wohl nicht so leicht kaputt wie das Blech der Kühlerhaube. Ist dein Logikerhirn jetzt zufrieden?«

Stefan runzelte die Stirn.

»So eine Kühlerhaube hält einen Fußball aus, außer natürlich dieser Ball war aus Beton. Hast du noch weitere faszinierende Geschichten für mich?«

Stefan wusste, dass sie log. Sie vermied seinen Blick und wünschte sich in diesem Moment mindestens einen halben Erdball weiter. Nur aus Trotz redete sie weiter.

»Na gut! Nizza-Geschichten… Dieser Junge war ziemlich kräftig, weißt du, wahrscheinlich eine Art Superheld. Aber er war noch jung, maximal zwölf oder dreizehn. Ich habe ihn laufen lassen, damit er zu Hause keinen Ärger bekommt. Das hättest du doch sicher auch mit einem jungen Superhelden getan, oder?«

Wieder keine Antwort, nur dieser tadelnde, überlegene Blick, den er so gut drauf hatte. Dann gingen die Lifttüren zum Penthouse auf, und schweigend betraten sie den eleganten Flur. Maja klingelte. Kurz darauf öffnete sich die Tür zum Penthouse.

Überrascht machte Maja einen kleinen Schritt rückwärts. Vor ihr stand eine der schönsten Frauen, die sie in ihrem Leben gesehen hatte. Die zarte Südseeschönheit mochte um die dreißig sein, hatte ein dralles Baby auf dem Arm, und hinter ihr stand ein zartes kleines Mädchen, ungefähr zwei Jahre alt. Ihre Stimme war sanft und wohlklingend, ähnlich wie die von Keanu, auch sie lächelte beim Sprechen.

»Aloha, Sie müssen Maja sein. Mein Cousin hat mir von Ihnen erzählt.«

Ihr Deutsch war gebrochen, ihre sorgfältige Aussprache zeugte von einem hohen Bildungsstand. Dr. Anela Chang, wie sie sich ihnen vorstellte, war eine Spezialistin für Nierenleiden und arbeitete mit ihrem Mann, einem Urologen, seit zwei Jahren in Nizza. Ursprünglich kam sie aus Kauai und war weitläufig mit Keanu verwandt. Cousin und Cousine im weiteren Sinne. Anela strahlte Maja an.

»Keanu hat Ihnen an meine Adresse bereits eine Nachricht geschickt. Bleiben Sie doch bitte zum Tee. Sie würden mir damit eine große Freude machen. Ich spreche so gerne ihre schöne Sprache und habe hier in Nizza nur selten die Gelegenheit dazu.«

Stefan und Maja akzeptierten die Einladung. Nachdem die Plastiktüte diskret den Besitzer gewechselt hatte, ohne dass sie ein einziges Wort über den Inhalt verloren, zeigte Anela ihnen das Penthouse. Bei ihrem Arbeitszimmer angekommen, bedeutete sie Maja an ihrem Computer Platz zu nehmen.

»Die Mail von Keanu ist offen. Sie können ihm auch antworten, wenn Sie wollen.«

Anela verstand es danach geschickt, Stefan in ein medizinisches Fachgespräch unter Kollegen zu verwickeln, sodass Maja am Computer ungestört war.

Sie spürte ihr Herz überlaut schlagen, als sie Keanus Nachricht las. Er hatte auf Englisch geschrieben. Fast förmlich bedankte er sich bei Maja für das Zurückbringen der „Leihgabe" zu seiner Cousine und erging sich noch in einigen Unverbindlichkeiten.

Maja fasste es nicht. Weiter stand dort nichts. Keinerlei noch so kleine Anspielung erinnerte an ihre einzigartigen Erlebnisse miteinander. Er hatte ihr im Grunde genommen kein einziges persönliches Wort geschrieben. Stattdessen schrieb er ihr Namen und Adresse einer weiteren Kontaktperson in München, die eine Verbindung zu Hawaii hatte. Wieder war von einer Cousine die Rede, die Maja unbedingt besuchen sollte, sobald sie wieder zurück in ihrer Heimatstadt sei. Dort würde bis zum Ende der Woche etwas auf Maja warten, das sie möglichst bald abholen sollte. Das war es.

Ihre Enttäuschung war übermächtig. Aber was hatte sie erwartet? Einen elektronischen Rosenstrauß?

Von dem offenen Fenster des Arbeitszimmers aus konnte Maja weit über den Hafen von Nizza aufs Meer hinaussehen. Sie ließ Revue passieren, was geschehen war oder, besser gesagt, was alles nicht eingetreten war. Die Polizei hatte nicht an ihrer Tür gestanden, um die Kühlerhaube ihres Wagens zu inspizieren. Der geheimnisvolle Haifischmann war auch nicht mehr aufgetaucht, obwohl es nicht so schwer sein konnte, sie in Antibes aufzuspüren. Vielleicht aber war sie nach Keanus Abreise auch uninteressant geworden. Nie würde sie jedoch die Worte vergessen, die der Typ ihnen nachgerufen hatte, als sie, beschützt von Keanus Waffe ins Auto gestiegen war.

»We will kill you – and your kind, forever!«, hatte der Haifischmann in seinem eigenartigen Englisch gesagt und dabei gemein gelächelt.

Im Nachhinein fragte sich Maja, ob vielleicht selbst ihr Entkommen aus der Tiefgarage Teil eines perfiden größeren Plans war, den sie nicht verstehen konnte, weil sie keine Eingeweihte war.

In ihrem Kopf kreisten ihre Gedanken auch um die Tatsache, dass Keanu ihr verboten hatte Kontakt zu ihm aufzunehmen. »I will contact you!«

Maja seufzte. Genau genommen hatte sie auch nach Keanus langen Erklärungen in dieser Nacht nur wenig Ahnung, wogegen oder wofür im Detail von seiner geheimen Organisation gekämpft wurde. Sie verstand natürlich die Wut auf Immobilienspekulanten, die auf den Inseln Hawaiis die Grundstückspreise skrupellos in die Höhe trieben. In Deutschland gab es so etwas auch. Ganze Viertel in München waren mittlerweile zu teuer für Familien mit Kindern oder die älteren Leute geworden. Überteuerte Singleghettos nahmen auch in anderen deutschen Städten rapide zu, ebenso der Ausverkauf an ausländische Spekulanten.

»Wollen wir noch zum Essen bleiben? Anela hat uns freundlicherweise eingeladen.«

Stefan küsste sie auf die Stirn. Wie zufällig warf er dabei einen Blick auf die Mail, die Maja bekommen hatte. Er überflog die Zeilen und grinste sie frech an.

»Und ich war schon in Sorge, dass du vielleicht einen hawaiischen Verehrer hast, der dir den Kopf verdreht hat… «

»Du immer mit deiner Eifersucht… Wer sollte dir denn ans Wasser reichen können?«

»Dieser Keanu! Anela hat mir spannende Dinge über ihren Cousin erzählt … er scheint in seiner Familie ein ziemlicher Held zu sein.«

»Wirklich? Den Eindruck hatte ich nicht unbedingt. Ein typischer Lehrer eben. Aber wir haben uns im Seminar auch hauptsächlich über Bildungspolitik und neue pädagogische Erkenntnisse unterhalten … nicht unbedingt ein Terrain für Helden.«

Maja war gerade dabei, die Münchner Adresse in der E-Mail mit einem Stift auf ein Stück Papier zu kopieren.

»Du willst also hier zum Essen bleiben. Außerdem duzt du Dr. Chang bereits. Wie kommt das? Ist es vielleicht ihre exotische Südsee-Schönheit, die dich bezaubert?«

Jetzt lächelte auch Stefan, vor allem, weil Maja sich einen Moment vertrauensvoll an ihn schmiegte, nachdem sie die Adresse in ihre Handtasche gesteckt hatte.

»Anela hat mir das Du angeboten und uns beide zum Essen eingeladen, damit ich ihren Mann persönlich kennenlernen kann. Wir haben festgestellt, dass ich eins seiner Bücher kenne ... Nierentransplantation ist sein Fachgebiet ... Beruflich wäre es für mich sehr interessant.«

Maja stimmte der Einladung gerne zu und dankte innerlich wem auch immer für die Gnade, am heutigen Abend keine Grundsatzgespräche mit Stefan unter vier Augen führen zu müssen.

»Großartige Idee! Ich helfe Anela beim Kochen!«

Eine Stunde später saßen Maja und Stefan mit Familie Chang am Tisch auf einer großen Terrasse unter einem roten Sonnenbaldachin. Es ging um Medizin.

Maja langweilte sich ein wenig bei dem Fachgespräch, aber ihr Freund genoss die Erörterung des Themas sichtlich. So ein unverfänglicher Familienabend mit entzückenden kleinen Kindern war auch für sie eine willkommene Erholung. Einem Abend mit Stefan und ihrem schlechten Gewissen hatte sie mit großer Sorge entgegen gesehen. Und so konnte Maja mit den kleinen Kindern spielen und in Ruhe ihren Gedanken an Keanu nachgehen.

»Ihr habt euch ineinander verliebt, nicht wahr?«

Die Worte kamen ganz unverblümt aus Anelas sinnlichem Mund, als Maja allein mit ihr nach dem Hauptgang in der Küche stand, um ihr beim Nachtisch zu helfen. Fern von den Männern konnten sie reden. Maja verstand jetzt auch, warum ihre Gastgeberin sie wirklich eingeladen hatte. Ihr Name Anela war hawaiisch und bedeutete

Engel, erklärte sie Maja, während sie geschickt das Zitronensorbet in kleine Schälchen füllte und mit Himbeeren garnierte. Anela war größtenteils Hawaiianerin, hatte aber eine chinesische Großmutter. Ihr Mann, Dr. Chang, war in China geboren. Anela lächelte weich.

»Aber meine Seele gehört nach Hawaii. Immer wenn ich Zeit übrig habe, verbringe ich sie dort, auch mit meinen beiden Kindern möchte ich das in Zukunft so einrichten können. Keanu und ich gehören zu einem großen Klan, der sich einmal im Jahr trifft.

Sharkpeople, so nennen uns die anderen Klans, im Gegensatz zu den Turtles oder den Owls, also der Schildkrötenfamilie oder dem Eulenklan. Und alle Kinder der Haifischfamilie kennen die Geschichten von Elisa Vogel aus Hamburg...«

Anela sah Maja neugierig an.

»Keanu hat mir erzählt, wie die Haifischfrau im Meer zu dir gekommen ist, als du den Zahn von Großvater Hai um den Hals hattest. Aber warum trägst du denn keinen hawaiischen Namen, wenn du eine von uns bist? Du musst deinen Vater fragen! Und wieso glaubst du, dass eine Liebe zwischen dir und Keanu keine Chance haben könnte?«

Maja konnte Anelas Fragen noch nicht einmal sich selbst beantworten.

Auf der Rückfahrt nach München schwieg sie die meiste Zeit und saß auf dem Beifahrersitz. Stefan fuhr ihren Wagen und redete viel über seinen Beruf. Maja musste sich ablenken, um das Unvermeidliche nicht an ihr tiefstes Innerstes heranzulassen, denn zwischen Stefan und ihr stand neuerdings eine Wand. Maja liebte ihren Freund nicht mehr. Oder zumindest liebte sie Stefan jetzt anders. Und sie hatte so ganz und gar keine Lust mehr nach Sex mit ihm.

Über hundertfünfzig Tunnel notierte Maja daher zwischen Nizza und München mit kleinen Strichen in ihrem Notizbuch. Es war ein Spiel, das sie mit ihrem Vater immer gespielt hatte, wenn sie im Sommer an die Côte d'Azur gefahren waren. Da war sie noch ein Kind und all ihre Probleme waren lösbar. Eigenartigerweise war damals beim Zählen der Tunnel nie die gleiche Zahl herausgekommen, was für ihren Vater ein willkommener Anlass zu philosophischen Gedanken gewesen war. Hatte sich die Anzahl der Tunnel von Reise zu Reise verändert? Hatten sich Maja und ihr Vater immer wieder verzählt?

Heute, viele Jahre später, stellte Maja sich eine andere Frage, während sie mit Stefan gen Heimat fuhr und wieder einmal die Tunnel zählte. Warum nur hatte ihre Mutter nie mitgespielt, sondern die meiste Zeit über nur immer schweigend und ehrgeizig an ihren Vorlesungsskripten gearbeitet?

Maja war das verhätschelte Nesthäkchen der Familie gewesen, sogar noch lange, nachdem ihre älteren Geschwister schon längst flügge und aus dem Haus waren. Oft hatte sie das Gefühl, dass sie ihrer Mutter lästig war, eine Art Bremsklotz. Daran musste sie jetzt plötzlich denken, als sie Stefan neben sich begeistert von seinen neuen Aufstiegschancen an der Klinik schwärmen hörte. Stefan wurde von Majas Mutter protegiert. An der Herzklinik regierte sie mehr oder weniger die Chefetage und durch Frau Dr. Kemper war Stefan zum schnell aufsteigenden Stern am Ärztehimmel avanciert. Als Kardiologen waren die beiden eine umwerfende Kombination, fanden alle, nur Maja machte die Nähe zwischen ihrer Mutter und Stefan bisweilen zu schaffen. Maja und ihre Mutter vertrugen sich nicht besonders gut. Seit damals, als Maja als Kind im Auto laut die Tunnel zählte und ihre Mutter darum gebeten hatte, dass ihre Jüngste weniger laut über die Witze ihres Vaters lachen sollte, hatte sich zwischen ihnen nicht viel verändert. Stefan und ihre Mutter hingegen waren ein Herz und eine Seele.

An einer Raststätte am Bodensee, wieder auf deutschem Terrain, ließ Maja Stefan alleine essen und hielt sich relativ lange in der Toilette auf. Sie musste allein sein, um noch einmal zu verdauen, was Anela ihr in der Küche eindringlich zugeflüstert hatte: »Keanu liebt dich, Maja. Mein Cousin hat noch nie eine Frau so sehr geliebt wie dich.«

Die junge Ärztin hatte dabei Majas Hand ergriffen und sie an ihr Herz gedrückt, so als müsste sie ihren Worten mehr Intensität und Glaubwürdigkeit verleihen.

»Ich weiß, es klingt verrückt, doch ich habe Keanu noch nie so verliebt gesehen ... Und ich kenne meinen Cousin schon, seit er ein kleiner Junge ist. Leilani ist nicht die richtige Frau für ihn. Ihr beide, ihr seid füreinander bestimmt, glaube mir. Du bist eine von uns!«

Anela machte keine halben Sachen. Der feste Druck ihrer Hand und diese warmen Augen, die lächeln konnten wie eine Sonne trafen Maja bis ins Mark. Als könnten ein paar Worte die ganze verrückte Welt erwärmen. Doch Maja hatte den Kopf geschüttelt.

»Wir kannten uns nur kurz... Der Schirokko hat uns beiden die Köpfen verdreht.«

Anela insistierte erneut und dieses Mal hielt sie Maja dabei ihr entzückendes Baby entgegen.

»Nur eine wirklich tiefe Verbindung zählt in der Liebe. Keanu und du, ihr habt diese Verbindung bereits gespürt. Du bist die eine, die einzig Richtige für meinen Lieblingscousin. Das wird natürlich schwer für Leilani, denn sie ist immerhin seine Verlobte und liebt ihn...«

Anela hatte bei ihren letzten Worten traurig ausgesehen, denn Maja hatte bekräftigend genickt.

»Leilani ist perfekt für Keanu, genau wie auch Stefan der richtige Mann für mich ist. Ich bin viel mehr eine

Deutsche als eine Hawaiianerin. Und wie sagt ihr doch so schön: Don't mix the blood?

Anelas Blick hatte sich verfinstert.

»Du glaubst mir natürlich nicht. Wie solltest du auch. Ich weiß auch nicht wirklich, was du empfindest. Stefan ist auch ein großartiger Mann und bestimmt ein vielversprechender Mediziner. Aber Keanu und du, ihr seid ... ihr seid miteinander verbunden. Ihr seid, wie man bei uns sagt, dakine, oder auf Englisch one kind, aus einem Holz geschnitzt. Und damit meine ich nicht, dass ihr vielleicht um acht Ecken blutsverwandt seid, sondern eure Seelen sind es ... ich spüre so etwas.«

Bevor sie mit den Eisschälchen zu den anderen zurückgingen, hatte Anela sie umarmt. Maja glaubte, Tränen in ihren Augen zu sehen, als sie ihr einen letzten Rat mit auf den Weg gab.

»Was immer du weiter in deinem Leben mit Keanu vor hast, ich kann dir sagen, er ist jede Sekunde, jeden deiner Gedanken und jede deiner Anstrengungen wert. Hätte er mich auserwählt, ich hätte alles stehen und liegen lassen ... ich wäre ihm wahrscheinlich sogar bis ans Ende seiner verrückten Rebellenwelt gefolgt...«

Es lag eine Traurigkeit in dem Blick dieser schönen Frau, die Maja mitten ins Herz traf. Dabei schien Anela glücklich mit ihrem netten Mann und den beiden süßen Kindern hier in Nizza. Aber welchem Menschen konnte man schon ins Herz sehen? Sicher wirkten Maja und Stefan von außen wie das Traumpaar schlechthin. Und vielleicht waren sie das auch, und Maja konnte es im Moment einfach nur nicht erkennen.

In der engen Toilettenkabine der Raststätte versuchte Maja, ihre Gefühle zu ordnen. Zunächst war da ihre zunehmende innere Distanz zu Stefan, die es zu begreifen galt. Nicht einmal seine Küsse bedeuteten ihr noch etwas.

Er ließ sie schlicht kalt und sie schämte sich dafür, so wie sie sich auch wegen ihrer Lügen genierte. Aber vor allem bekam Maja ihr Liebeserlebnis mit Keanu einfach nicht mehr aus dem Kopf. Auch jetzt griff sie an den Haifischzahn, nur kurz, um sich zu vergewissern, dass sie mit Keanu verbunden war. Seinen Talisman zu fühlen war wie ein kurzes Aufatmen, wie ein Anker der Sicherheit.

Es wurde Zeit zu Stefan zurückzugehen. Maja versteckte den Zahn wieder im hintersten Winkel ihrer Handtasche. Sie würde Keanu diesen Zahn eines Tages zurückgeben müssen, das wusste sie. Aber noch konnte sie nicht einmal daran denken.

Maja machte sich natürlich auch Gedanken über dieses Auserwähltsein, von dem Anela gesprochen hatte. Hatte Keanu sie gewählt? War es Liebe, die er für Maja empfand? Und was für eine Art von Liebe? Ein kurzes spannungsgeladenes Feuer, wie es vorkam, wenn man sich im Urlaub in eine Fremde verliebte? Und warum sollte gerade Keanu auf lange Sicht etwas Besonderes sein, besonderer selbst als Anelas Mann, der hinreißend war, auch zu ihren beiden Kindern? Außerdem schien er seine Frau Anela von Herzen zu lieben. Warum also hatte Anela gesagt, dass sie einem Mann wie Keanu bis ans Ende der Welt folgen würde? Es musste die Romantik des Heldentums sein, die Keanu in seinem Kampf für sein Volk verkörperte.

Diese Form von Heldentum hatte nichts mit ihrem Leben zu tun, das beschloss Maja jetzt, während sie sich ihre Hände wusch und dabei ihr hawaiisches Gesicht im Spiegel ansah. Nur wusste sie, dass sie sich selbst belog. Keanu war ein großartiger Mann, das hatte sie gesehen, im Seminar, mit anderen, aber auch als sie zu zweit waren. Die Liebe hatte sie erwischt wie ein Blitzschlag aus dem Nichts. Ihr Gefühl war derartig stark, dass Stefan zu einem Schatten von bedeutungslosem Grau verblasst war.

Als sei ihre Liebe verbraucht und ohne jegliche Energie. Und das hatte rein gar nichts mit Stefan selbst zu tun. Hawaii rief nach Maja.

Maja suchte im Spiegel in ihren Augen nach Antworten auf Fragen nach ihren Wurzeln in der Südsee, denn damit konnte sie zumindest tatkräftig umgehen. Sie würde zu Hause in der Vergangenheit forschen, um Ruhe vor Keanu zu finden. Hawaii war wie ein verheerender Wirbelsturm über sie gekommen und hatte kaum einen inneren Baustein auf dem anderen gelassen. Hoffentlich war es vor allem das Geheimnis von Elisa Vogels Geschichte, das sie mit Keanu verband. Das hoffte sie inständig, denn dann würde ihr Gefühl für ihn vorübergehen. Spätestens wenn sie mit ihrem Vater im Winter zum ersten Mal nach Hawaii reisen würde, hätte sie die Gewissheit, dass nicht Keanu selbst es war, der sie in seinem Netz eingefangen hatte, sondern Hawaiis Inseln und vielleicht auch ein Geheimnis ihrer Vorfahren. Immerhin wartete unter Umständen ein mysteriöses Erbe in Kauai auf Max Kemper.

Aber die Ahnenforschung war nicht alles, was Maja nach ihrer Rückkehr in München erledigen wollte. Eins war ihr in den letzten Tagen klar geworden: Falls sie Stefan wirklich nicht mehr lieben konnte, und infolgedessen auch ihre Beziehung vorbei sein würde, dann musste sie es ihm möglichst schonend und zum richtigen Zeitpunkt beibringen. Die Frage war nur: Gab es je den richtigen Zeitpunkt für derartig niederschmetternde Neuigkeiten?

Waimea Valley, Herbst 1894

Die ersten beiden Monate nach der Gewalttat waren für Elisa wie im Flug vergangen. Sie lebte in der dschungelartigen Wildnis zwischen den beiden größten Bergen Kauais wie eine Königin. Dafür sorgte Kelii immer wieder aufs Neue, wenn er bei ihr sein konnte. Während ihrer ausgedehnten Wanderungen zeigte er ihr paradiesische Geheimplätze. Oft waren seine Orte versteckt, und Elisa musste durch ein Flussbett waten oder aber hohe Felsen überwinden, um sie zu erreichen. Aber immer lohnte es sich.

Die zerklüftete Landschaft des Waimea Valley, ein Tal, welches sich viele Kilometer lang durch die grüne Insel zog, war voll mit traumhaften Geheimverstecken, die nur die Einheimischen kannten. Meist unzugänglich, aber von wilder exotischer Schönheit war dieser Garten Eden, in den Kelii sie geführt hatte. Jeder neue Platz brachte Elisas Gesicht zum Strahlen. Aber sie sprach immer noch kein einziges Wort.

Wie schon vor einem Jahr, als Kelii ihr Bein nach dem Biss des Haifisches mit dem grünen Pulver und seiner grenzenlosen Geduld geheilt hatte, behandelte er sie auch dieses Mal mit behutsamer Sorgfalt. Er brachte ihr bestimmte Früchte und Wurzeln, die sie essen sollte. Außerdem achtete er darauf, dass sie jeden Tag viel Wasser trank und ihren Körper in die kühlen Quellen eintauchte. Auch führte er sie anfangs bei Sonnenuntergang täglich an einen stillen Ort, an dem sie verharren und still beten sollte. Er hatte gleich nach seiner Rückkehr erkannt, wie krank Elisas Seele war, auch in der Zeit, als sie das Ausmaß des Schadens selbst noch nicht wahrnehmen konnte, weil sie durch den Schock wieder zum Kind geworden war, einem kleinen Mädchen, das in Kelii ihren Beschützer sah.

Elisa war in den ersten Wochen vor allem glücklich, am Leben zu sein, wenn sie täglich erwachte und über sich den freien Himmel sah. Danach war sie froh, dem Schicksal entkommen zu sein, das ihr Onkel für sie bestimmt hatte. Es fiel ihr am Anfang nicht weiter auf, wenn sie voller Angst vor Keliis Händen zurückzuckte, weil es Männerhände waren, die nach ihr griffen. Ihre Augen starrten ihn so entsetzt an, dass ihr Liebster aufhörte ihre Haut berühren zu wollen.

Nach einiger Zeit wurde sein körperlicher Abstand normal für sie. Nicht mehr von ihm angefasst zu werden, bedeutete Sicherheit und Entspannung und sie belohnte ihn dafür mit ihrem dankbaren Kinderlächeln.

Kelii sprach nie über seine zunehmenden Gefühle von Frustration und Leid, denn auch er schien anfangs einfach nur glücklich zu sein, wenn er an ihrer Seite aufwachen konnte. Ganz besondere Freude machte es ihm, ihr von seinen Ausflügen immer neue Dinge mitzubringen, die Elisa ein Lächeln entlockten. Bisweilen musste er jedoch tagelang fortbleiben, um keinen Verdacht zu erwecken.

Für die Bewohner der Plantage war Elisa drei Tage nach ihrem nächtlichen Ausflug mit Janson offiziell für tot erklärt worden. Es hatte danach nicht allzu lange gedauert, bis ihr Onkel und ihre Tante der Form halber zu einer Trauerfeier einluden, sodass auch die Gäste aus Lihue der gebrochen wirkenden Mutter ihr Beileid aussprechen konnten, allen voran Gerit Janson.

Dennoch gab es auf der Vogel-Plantage einen Verbündeten und Mitwisser, der über Kelii mit Elisa in Verbindung blieb. Zwar arbeitete Johannes schon seit einiger Zeit für Gerit Janson in Lihue, aber er war immer noch oft genug auf der Plantage. Zwei Tage die Woche verbrachte auch Kelii im Kontor der Plantage. Die beiden jungen Männer wurden Zeuge, als eines Tages der Name von Elisas Vater vom Tor entfernt wurde. Von nun an lautete der Name Paul-Vogel-Plantage.

Janson hatte zudem den Hain mit Elisas Obstbäumen von ihrer Mutter erworben, zu einem besonders günstigen Preis, da Clementia Vogel laut gängigem Erbrecht nie wirklich die Besitzerin dieses spektakulären Grundstückes war. Es war ein Akt der Gnade, oder besser gesagt ein Handel zwischen Gerit Janson und Paul Vogel, der die kinderlose Witwe mit ein wenig Vermögen ausstatten sollte, sodass sie vielleicht noch heiraten würde. Auf den Inseln war es auf Grund des generellen Mangels an europäischen Frauen nicht unüblich, dass auch die Witwen noch einmal einen Ehemann fanden.

Es gehörte zu Johannes' neuen Aufgaben, in Gerit Jansons neuem Hain oberhalb des Riffes zusätzlich zu der Apfelernte auch die Neuanpflanzungen sowie die regelmäßige Pflege der Obstbäume zu betreuen.

Fast jedes Mal, wenn Johannes auf dem spektakulär gelegenen Stück Land , das am Weg zu den Wasserfällen lag die Arbeiter überwachte, traf er dort auch Kelii. Stets wollte Johannes dann genau wissen, wie es Elisa ging, ob sie sich etwas von ihm wünschte und wie ihre Genesung voran schritt. Immer sorgte Johannes im Anschluss dafür, dass Elisa alles bekam, auch wenn er dafür auf der Plantage ein Risko einging, indem er das eine oder andere »Geschenk« mitgehen lassen musste. Einmal war es ein Buch aus der Bibliothek des Onkels, dann eine Haarbürste oder Nähzeug. Und natürlich Elisas Zeichenmaterialien und neue Schreibutensilien.

Immer wenn Kelii mit Geschenken und Neuigkeiten von der Plantage zurück in die Berge kam, hielt Elisa bereits ihren Schreibblock parat. Und dann begann sie

Kelii ihre Fragen aufzuschreiben. Das Schreiben war inzwischen die einzige Möglichkeit für sie, mit Kelii zu kommunizieren, denn sie blieb stumm.

Schwer traumatisiert von der Gewalt, die Janson ihr in jener Nacht zugefügt hatte, betrauerte sie anfangs noch nicht einmal den Verlust ihrer Stimme. Sie war einfach nur froh, überlebt zu haben. Janson nie mehr wiedersehen zu müssen, war ihr größtes Geschenk. Wie ein kleines Kind klammerte sie sich an ihren Freund Kelii. Er war ihr rettender Anker, ihre Familie und ihr Zuhause. Jedoch war er nicht mehr ihr Geliebter. Elisa spürte keinerlei Begehren mehr und auch ihre monatliche Mondzeit war nicht wiedergekehrt.

Ihr einmaliges Erlebnis am Wasserfall, bei dem sie sich Keliis Zärtlichkeiten schamlos und voller Lust hingegeben hatte, schien in eine unendlich ferne Vergangenheit gerückt. Fiel Elisas Blick jetzt zufällig auf das Tuch, das er um seine Hüften trug, musste sie an die grausame Waffe der Männlichkeit denken, die darunter verborgen war.

Etwas in ihrem Inneren war zerrissen, nicht nur körperlich, sondern in ihrer Seele. Janson hatte etwas in ihr zerstört, und sie wusste nicht, ob dieser Schaden je wieder heilen würde. Vom Verstand her war Elisa sich natürlich darüber im Klaren, wie wenig Kelii mit Janson gemeinsam hatte. Ihre einzige Gemeinsamkeit waren ihre männlichen Körper, eine Oberflächlichkeit. Nur wollte Elisas Körper ihrem Verstand einfach nicht gehorchen und so wurde ihr übel und schwindlig, wenn Kelii auch nur zufällig einmal ihre Hand berührte. Reflexartig zuckte sie dann zurück, so als wäre die Hand ihres Freundes eine giftige Pflanze oder ein glühendes Stück Kohle. Sie konnte diese Reaktion mit dem Kopf nicht steuern. Es passierte einfach.

Als sie einmal ihrer Sicherheit wegen umziehen mussten, um Weißen auszuweichen, die nach entflohenen

Plantagenarbeitern suchten, konnte Elisa sich sogar bei einer halsbrecherischen Kletterpartie nicht von ihrem Freund helfen lassen. Ihre Knie begannen schon zu zittern, als sein Körper bis auf Armeslänge in ihre Nähe kam, und beinahe wäre sie in die Tiefe gestürzt, hätte Kelii sie nicht einfach gepackt.

Er schien ihre Reaktion dennoch immer zu verstehen, zumindest akzeptierte er ihre Körpergrenzen. Und Elisa wurde im Gegenzug erfinderisch darin, auf immer neue Weise ihre Zuneigung zu ihrem Freund auszudrücken. Sie liebte ihn ja wirklich. Und so lebten sie wie Brüderchen und Schwesterchen. Stundenlang imitierten sie im Wechsel Vogelstimmen und pfiffen sich gegenseitig Tonfolgen vor, bis ihre gespitzten Lippen vor Erschöpfung taub wurden.

Elisa nahm Kohlestücke von ihrem abendlichen Feuer und zeichnete für ihn riesige Gemälde an die Felsen, während er fort war. Kam er zurück, erwarteten ihn ihre schönen Bilder auf den Felsen wie Boten aus einer anderen Welt.

Eine Zeit lang zeichnete sie am liebsten ihre Erinnerungen aus ihrer Hamburger Kindheit. Den alten Michel, den Hafen, die riesigen Gebäude der Speicherstadt. Dann wieder begeisterten sie Szenen aus der Bibel. Moses und das geteilte Meer, die Geschichte von David und Goliath und viele andere. Ihr Lieblingsmotiv blieben Adam und Eva im Paradies, denn wie das Leben dieses Paares inmitten der Natur kam Elisa auch ihr neues Leben mit Kelii vor. Nur fehlte der Apfel.

Manchmal schrieb sie ihm kleine Gedichte oder lange Briefe, die voller Zuneigung waren. Und immer, wenn Kelii von seinen Ausflügen in sein Dorf oder auf die Plantage zurückkehrte, zeigte sie durch ihr Lächeln ihre Freude und tiefe Dankbarkeit. Sie war so froh, dass er nie darüber sprach, wie schwer es für ihn war, nicht mehr ihre Stimme zu hören, seit Elisa in der blauen Grotte ein Teil ihrer Seele geraubt worden war. Sie würde für immer stumm bleiben, zumindest glaubte sie das tief in ihrem Herzen. Sie hatte schnell vergessen, wie es sich in der Kehle anfühlte, wenn man sprach. Sie sagte sich in ihrem Inneren, dass es nichts ausmachte, wenn sie für immer stumm bliebe, da sie seitdem viel besser hörte und in vielen Geräuschen der Natur Melodien vernahm, die sie gerne pfiff, oder lernte auf Gräsern zu blasen.

Manchmal versuchte sie, ihre Stimme zu üben. Sie erinnerte sich an die Lieder, die sie so gerne als Kind mit ihrer Mutter gesungen hatte. Jetzt sang sie diese Lieder in ihrem Kopf. Ihre Zunge gehorchte ihr zwar in der Bewegung und selbst dem Formen der Laute, aber aus ihrem Mund drang kein einziger Ton. Ihr Atem trug nur noch Luft. Die Kehle blieb verschlossen.

Um zu verstehen, was sie am Sprechen hinderte, hatte Elisa vor einiger Zeit um ein bestimmtes Buch aus der Bibliothek ihres Onkels gebeten, das die Funktionen des Körpers genau erklärte. Dort fand sie Abbildungen der Stimmbänder und der Kehle. Elisa studierte sie genau, zeichnete sie nach und tastete an ihrem Hals nach ihrem Kehlkopf. Sie spürte ihren Atem strömen und konnte auch summen. Physisch schien alles normal zu sein. Ihre Atemluft transportierte aus der Kehle die Töne in den Mund. Aber mit geöffnetem Mund brachte ihre maximale Anstrengung höchstens ein trockenes Keuchen hervor. Es irritierte sie, wie wenig die Anstrengungen mit ihrer Stimme fruchteten, deshalb beschloss sie eines Tages aufzugeben.

Auch ein Teil ihrer Erinnerung schien gestorben. Das Gesicht ihres Vater zum Beispiel konnte sie nicht mehr zeichnen, obwohl sie es mehrmals versuchte.

Nach einigen Versuchen gab sie es schließlich ganz auf, ihren Vater in einem Bild erfassen zu wollen. Eines

Tages, so hoffte sie, würde sie ihre Fotografien wieder bekommen, ihre hübschen Kleider und ihren Schmuck. Eines Tages würde Elisa es vielleicht wagen, wieder eine Weiße zu sein, doch im Moment war sie eine glückliche Wilde und genoss ihr freies Leben in vollen Zügen.

Elisa wurde unter Keliis Anleitung ein Meister im Feuermachen, Fischen und im Auffinden von wilden Tarowurzeln tief in der Erde. Auch mehr über die Heilkünste lernte sie mit der Zeit. Jagten und erlegten sie ein Tier, so zerteilten sie es gemeinsam. Elisa lernte viel über die einzelnen Teile der Körper. Organe, Muskeln und Blutgefäße, weiterhin Knochen, Sehnen und die vielen kleinen Geheimnisse des Lebens.

Nur ihr eigener Körper wurde ihr seit dem Gewaltakt rätselhaft. Ihr Leib fühlte sich anders an, als sie es vor der Grotte gewöhnt war. Die Mitte ihres Köpers blieb ihr fremd. Sie hatte nach wie vor täglich mit der Verarbeitung von Wasser und Nahrung zu tun. Sie wusch sich sorgfältig an den geheimen Nischen der Frau, so wie ihre Mutter es ihr als Kind beigebracht hatte. Aber zwischen ihren Beinen, wo sich bei Berührung früher wohlig und kitzelnd ihre Sinne gemeldet hatten, blieb alles taub. Sie fühlte dort nichts mehr. Ihre fehlende Mondzeit erlebte sie als Erleichterung und vergaß schon bald, dass sie einst unter regelmäßiger Unpässlichkeit gelitten hatte.

Als Kelii an diesem Tag nach seiner dreitägigen Abwesenheit zu ihr zurückkehrte, galt ihre erste schriftliche Frage dem Befinden ihrer Mutter. Sie hatte in der Nacht von ihr geträumt, nachdem sie in der Höhle von einem prasselnden Regenguss geweckt wurde.

Elisa gestikulierte mit ihren Händen und schlug auf einem Felsen an der Quelle wie auf einer Trommel, um ihm zu zeigen, wie heftig und gleichzeitig auch melodiös die Regenmusik ihren Traum von der Mutter begleitet hatte.

Kelii wusste, wie sehr Elisa an ihrer Mutter hing, war aber selber nicht von Clementias Liebe zu ihrer Tochter überzeugt. In Hawaii liebten Mütter ihre Kinder anders. Sie waren Geschenke der Götter. Doch eher hätte er sich die Zunge abgebissen, als ihr zu berichten, wie wenig Trauer er bei ihrer Mutter wahrgenommen hatte. Deshalb wählte er seine Worte äußerst vorsichtig.

»Deiner Mutter Clementia geht es, den Umständen entsprechend, ziemlich gut. Du weißt, wie sehr deine Tante darauf gedrängt hatte, ein Schiff zu finden, welches sie nach der angemessenen Trauerzeit zurück nach Europa bringt?«

Elisa nickte nervös. Es war schwierig für sie zu begreifen, warum ihr Onkel diese Entscheidung gefällt hatte. Oder warum Paul Vogel ein Stück von Elisas Land an dieses Monster Janson verkaufen musste, um ihre Mutter mit dem Erlös entweder zurück in die alte Welt zu schicken oder aber, so angeblich seine eigenen Worte, seine verwitwete Schwägerin mit einer attraktiven Mitgift für eine mögliche Eheanbahnung auszustatten, da sie zu alt zum Gebären weiterer Kinder sei.

»Eine mögliche Ehe. Deine Mutter könnte wieder heiraten. Vielleicht sogar den alten Schwerenöter Fried, der seine Ehre wieder herstellen will, nachdem er einige Hawaiianerinnen unglücklich gemacht hat.«

Ihr Freund schüttelte den Kopf über Elisas freudig erregtes Gesicht, denn offensichtlich gefiel ihr der Gedanke an ein derartiges Ehebündnis. Dann fuhr er fort: »Deine Mutter hatte letzte Woche zwei Mal Besuch vom alten Fried. Es sieht so aus, als hätte er es sich in der Tat vorgenommen, seine schützende Hand über die Trauernde zu halten. Jedenfalls soll er ihr diesmal angeboten haben, zu ihm in sein Haus zu ziehen, zunächst als

Gesellschafterin. Das habe ich aus erster Hand erfahren, von Amala, die sich, wie versprochen, täglich um deine Mutter kümmert. Vielleicht wäre am Ende durch dieses Ehebündnis auch ein Teil deines Erbes in Sicherheit … ich weiß es nicht.«

Doch Elisa nickte zufrieden. Hauptsache ihre Mutter würde auf Kauai bleiben können! Gott hatte ihre Gebete erhört. Schnell schrieb Elisa etwas in ihr Buch und legte Kelii ihre nächste Frage vor. Johannes und Leilani. Wie geht es ihnen? Was macht das Baby?

Diesmal blieb sein Gesichtsausdruck ernst, denn die Beziehung der Liebenden galt in seiner Familie nach wie vor als ein äußerst heikles Thema. Der von Leilani gewünschten Ehe mit Johannes hatten weder ihre Mutter noch ihr Vater zugestimmt. Der längere Besuch, den der Vater mit Kelii und Leilani im Königspalast auf Oahu machte, da seine Mutter dort als oberste weibliche Beraterin der Königin tätig war, hatte zu weiteren Schwierigkeiten geführt. Vor allem aber hatte er nicht das von Leilani gewünschte Ergebnis gebracht. Die Königin war strikt gegen die Ehe. Daher hatten auch die Kahuna nicht zugestimmt, was den Eltern die Hände band. Leilani sollte vorerst in ihrem Dorf bleiben, bis ihr Kind auf der Welt war. Dann erst wollte man weitersehen. Seine Schwester sagte dazu kein Wort, sondern versuchte auf ihre Art den Vater umzustimmen, indem sie sich von morgens bis abends im Dorf nützlich machte. Im Moment unterrichtete sie die kleineren Kinder, die noch nicht zur Arbeit auf die Plantage mussten. Die Mutter weilte nach wie vor auf Oahu im Palast der Königin, sodass Leilani viele ihrer Aufgaben übernommen hatte.

»Meine Schwester scheint die Entscheidung der Kahuna hingenommen zu haben. Ich gehe davon aus, dass sie ihr Kind behalten darf, wenn Johannes keine Ansprüche stellt. Leilani liebt Kinder!«

Kelii zuckte entschuldigend die Schultern, als er Elisas enttäuschtes Gesicht sah. Er kannte ihre Gedanken und stimmte ihr im Grunde seines Herzens zu.

»Du hast recht. Johannes und meine Schwester lieben sich, und das sollte von unserer Seite unterstützt werden. Aber immerhin darf Johannes meine Schwester jetzt wieder offiziell und regelmäßig besuchen. Sie war auch schon einmal bei ihm in Lihue, um sich sein Haus auf der Janson-Plantage anzusehen...«

Mehr sagte Kelii nicht, denn Elisa war bei der Erwähnung des Namens Janson zusammengezuckt. Vor allem wegen Johannes' neuer Stellung bei Gerit Janson sah auch Elisa die Verbindung von Leilani und Johannes mit gemischten Gefühlen. Sie ahnte, was es letztendlich für Leilani bedeuten würde, auf der Janson-Plantage leben zu müssen. In Jansons Augen waren Kanaka-Frauen nichts weiter als Körper, über die ein Weißer frei verfügen konnte.

Hektisch schrieb sie ein paar Worte auf und reichte sie ihm. Kelii las und seufzte.

»Was soll ich sagen ... ich hoffe auch, meine Schwester passt auf sich auf. Aber Johannes wird ein Auge auf sie haben. Er ist unser Freund. Alles andere wird sich finden, denn bei uns im Dorf ist Leilani nach wie vor sehr angesehen. Auch mit einem Haole-Kind ist sie willkommen. Das ist wichtig.«

Erneut schrieb Elisa Worte auf ihren Block und betonte sie das letzte Wort mit einem überdimensionierten Fragezeichen. Kelii lachte, denn darüber gab er gerne Auskunft.

»Oh ja, das Baby bewegt sich sehr viel. Meine Schwester sagt, es will schon zum nächsten Vollmond ans Sonnenlicht... Und Johannes ist immerzu aufgeregt, wenn er davon spricht. Leilani sagt, sie will ihn nicht in der Nähe haben, wenn das Kind zur Welt kommt ... weil er sicher in Ohnmacht fallen wird.«

Jetzt lachten sie beide. Dann wartete Elisa einen Moment und schrieb ihre nächste Frage.

Kelii runzelte seine Stirn. Diese Bitte hatte sie schon mehrmals vorgetragen. Bis jetzt hatte er jedes Mal vehement reagiert, aber sie konnte nicht lockerlassen. Jetzt war sein ernstes Gesicht voller Sorge.

»Darüber haben ich schon öfter gesprochen … Ich kann dir nicht helfen. Zum einen glaube ich nicht, dass wir es wagen sollten. Es sind zwar fast drei Monde vergangen, und du bist stärker, aber sobald alle wissen, dass noch du lebst, wird die Hölle losbrechen. Du darfst nicht vergessen, dass du hier mit mir in den Bergen warst, also alle Gesetze deiner Familie übertreten hast.«

Elisa deutete stur auf den zweiten Teil ihrer Frage. Kelii las ihre Worte laut.

»Wann bekomme ich Gerechtigkeit. Elisa, wie oft habe ich dir schon gesagt, dass es so eine Gerechtigkeit hier auf den Islands nicht gibt?!«

Sein Gesicht war von Schmerz verzerrt.

»Du wirst deine Rache nicht durch Gerechtigkeit bekommen, Elisa. Genau wie Noelani damals. Du bist eine Frau und bist freiwillig mit Janson in diese Grotte gegangen. Dafür gibt es notfalls Johannes als Zeugen. Und was in dieser Nacht wirklich geschah? Dafür gibt es keine Beweise … auch Noelani hatte keine Beweise.«

Elisa kritzelte wütend weitere Worte auf ihren Block, aber Kelii schüttelte beharrlich den Kopf.

»Du kannst nicht sprechen. Außerdem bist du seitdem mit mir zusammen gewesen … allein! Man wird sagen, du warst und bist nichts weiter als eine Kanaka-Geliebte. Vergiss nicht, dass Piet van Ween uns am Wasserfall gesehen haben muss … Der Verwalter deines Onkels würde ebenfalls gegen dich aussagen.«

Elisa warf wütend ihren Schreibblock zu Boden. Sie wollte weggehen, als Kelii weitersprach.

»Sieh es endlich ein! Keiner von den Haole-Herren wird sich für dich einsetzen, denn Gerit Janson ist einfach zu mächtig auf Kauai. Aber ich glaube dir und ich werde für immer bei dir bleiben ... ich bin dein Freund. Ich bin für dich da. Das hier ist unser Leben...«

Elisa schüttelte den Kopf. Sie hatte jetzt Tränen in den Augen, als sie erneut etwas für Kelii aufschrieb. Nachdem er es gelesen hatte, schwieg er. Danach atmete er ein paar Mal tief ein und aus, bevor er weitersprach.

»Diese Rache? Die Rache darf dir niemals wichtiger sein als die Heilung. Du bist Kahuna. Und ja, ich könnte Janson töten und deine Ehre rächen. Aber das würde unser Ende bedeuten. Sie würden mich auch umbringen. Und was geschieht dann mit dir?«

Elisa sah die Sorge in seinen Augen. Sie wusste, dass Kelii nicht nur an sich selbst dachte, sondern vor allem an sie, an die Elisa, die sie einmal werden würde. Zu einer Kahuna auserwählt zu sein war eine Auszeichnung, ein Segen und eine Zukunft, die in seinem Volk nicht leichtfertig aufs Spiel gesetzt wurde.

Sie schlug ihre Augen nieder, als er weitersprach, sein Blick voller Anteilnahme und seine Stimme weich mit einer traurigen Zärtlichkeit, die ihn in den letzten Monaten hatte reifen lassen.

»Wichtiger wäre mir, dass ich dich bald ganz von hier fortbringen darf, damit du Kauai hinter dir lassen kannst. Auf Oahu, Maui oder Hawaii könnten wir beide in Sicherheit leben. Dort könntest du wieder ganz gesund werden. Deine Ausbildung zur Kahuna könnte beginnen. Du würdest wieder sprechen. Das wäre mir wichtig, hörst du ... Ich will, dass du eines Tages meine Frau wirst. Unser Leben, Elisa ... unser Leben ist mir wichtig. Bitte lass uns fortgehen und vergiss deine Rachegedanken!«

Kelii hatte begonnen, vor ihr hin und her zu gehen, immer mit dem körperlichen Abstand, den Elisa von ihm verlangt hatte. Den letzten Satz sagte er mit stiller Verzweiflung und gebrochener Stimme.

»Diese rächende Tat an Janson, so sehr auch ich sie mir wünsche, sie hätte einen unsagbar hohen Preis. Wäre es dir das wirklich wert? Sag es, dann mache ich mich noch heute auf den Weg. Ich töte diesen Verbrecher, der dich zu einem kalten Racheengel hat werden lassen. Ich schlitze ihm den Bauch auf!«

Elisa verstand erst in diesem Moment, wie schwer auch er von Janson verletzt worden war. Sie sah es an seiner geballten Faust, dem Zorn in seinen Augen und seinem fest zusammengepressten Kiefer. Auch er wollte nichts lieber, als diesen Mann mit eigenen Fäusten zu zermalmen, hatte er doch ihre beiden Seelen in die Dunkelheit gestürzt.

In dem Moment verstand Elisa jedoch auch etwas Essentielles über sich selbst, vielleicht auch über die Natur des Menschen selber. Rache und Liebe konnten nicht gleichzeitig in einem Herzen blühen. Ihr Wunsch nach Rache an Janson und ihre eigene Liebe zu Kelii bekämpften sich seit jener Nacht in der Grotte. Sie musste das ändern, wenn sie Kelii wirklich glücklich machen wollte, denn ihr Freund liebte sie. Würde Elisa für immer die Gedanken an ihre Rache an Janson in ihrem Inneren regieren lassen, so musste ihre Liebe zu Kelii sich bescheiden und Stück für Stück hinter der rotglühenden Wut ihres Hasses verschwinden. Sie würde sich zwischen Janson und Kelii, zwischen Hass und Liebe entscheiden müssen.

Elisa sah ihre Rachegefühle in diesem Moment als ein Bild vor ihrem inneren Auge. Ein Kreis aus zerstörerischem Feuer, den sie wie einen Schutzwall um sich gezogen hatte. Ihr Wunsch nach Rache war es, der auch Kelii auf Abstand hielt, der ihren Körper über ihren Verstand und über ihre Seele stellte. Vielleicht war sie auch deshalb stumm.

Der Hass auf den Mann, dessen brutale Gewalt ihre Weiblichkeit verletzt und ihre Ehre in den Schmutz getreten hatte, er hielt immer noch die zärtlichen Worte in ihrer Kehle gefangen, die Elisa ihrem Liebsten täglich ins Ohr flüstern sollte. So viel Kraft hatte ihr Hass, doch damit war er auch zu ihrem mächtigsten Feind geworden. Ihr gefiel der Gedanke, dass Kelii dem fetten weißen Scheusal ein Messer in den Bauch rammte. So wie ihr die geballten Fäuste ihres Freundes einen wohligen Schauer den Rücken hinunter jagten.

Kelii hatte sich in Rage geredet.

»Ein Wort von dir und ich finde Janson noch heute und schneide ihm die Kehle durch. Nein, das wäre zu gnadenreich. Ich erwürge ihn für dich mit meinen eigenen Händen. Du glaubst nicht, wie oft ich es mir schon in allen Details ausgemalt habe. Wahrscheinlich wünsche ich mir seinen Tod noch mehr als du.«

Elisa nickte. Dann blinzelte sie in die Sonne über sich, die durch das Blätterdach feine Strahlen auf die rote Erde warf. Wie in Zeitlupe kroch ein Käfer auf dem Boden mühsam über einen abgebrochenen Zweig. Sie entdeckte eine Pfütze auf einem Felsen, die sich nach dem nächtlichen Regenguss gebildet hatte. Eine Eidechse näherte sich langsam, um zu prüfen, ob es sicher wäre, von dem Nass zu trinken. Und Elisa nahm auch das Spiel der Muskeln an Keliis Kieferknochen wahr. Wie wütend er ihretwegen war, wie verzweifelt und bereit, für sie zu töten, sogar zu sterben und damit alles zu zerstören, was sie gemeinsam erschaffen hatten. War das Elisas Art von Liebe? Oder gab es noch einen anderen Weg zurück zu sich selbst?

Sechsundzwanzig Tage und Nächte waren seit diesem Tag vergangen, in dem Elisa in der Tiefe der Waimea Schlucht eine Erkenntnis geschenkt bekam, die sie den Rest ihres Lebens begleiten würde. Sie hatte noch am gleichen Tag beschlossen, sich für ihre Liebe zu Kelii zu entscheiden und damit auch für seine Unversehrtheit. Janson zu töten hätte den Tod ihres Liebsten bedeutet.

Ihren Hass wollte Elisa am selben Tag, als Kelii für sie töten wollte, sofort und für immer hinter sich lassen, jedoch wurde es ein langer Weg. Die Welt um sie herum erschien ihr zwar wie neu, zumindest wie nach einem reinigenden Gewitter mit einem heftigen Regenguss, voll mit neuen Pfaden und Möglichkeiten, doch die einzelnen Schritte erforderten Zeit. Jeder Morgen ohne Rachegedanken beglückte mit neuen Überraschungen, einiges war wie von alleine geschehen, doch Elisas Heilung brauchte ihre Zeit. Weder konnte sie sofort wieder sprechen, noch fand sie auf der Stelle Gefallen an Keliis Männlichkeit oder wollte ihn berühren. Doch ihren Weg sah Elisa wieder klarer vor sich. Auf Kauai würde sie jedenfalls nicht gesund werden können. Sie musste weg von diesem Ort.

Leilanis Baby hatte Kelii einige Wochen später als Erster begrüßen können. Es war tatsächlich ein gesunder, kräftiger und vor allem großer Junge, der seiner Mutter die Geburt nicht leicht gemacht hatte. Johannes war, wie von Leilani gewünscht, nicht bei seiner Geburt dabei gewesen, dafür aber ihr Bruder.

Über die Zeilen, die Johannes an Elisa schrieb, um die Qual zu beschreiben, die er durchlitt, während Leilani mit Keliis Hilfe ihren ersten Sohn gebar, musste Elisa ein wenig lächeln. Bei ihren Reisevorbereitungen trug Elisa traditionelle hawaiische Kleidung. Sie hatte die wenigen Dinge, die sie jetzt noch besaß, unter ihnen zwei Bücher, ihr Zeichen- und Malzeug, in das Tuch eingeschlagen, das Leilani ihr als Abschiedsgeschenk zukommen ließ.

Das Tuch war von einem leuchtenden Rot. Keliis Schwester hatte ihr liebevolle Worte dazugeschrieben und ihr viel Kraft gewünscht. Sie sei immer willkommen, hatte sie Elisa geschrieben, als Schwester und als Freundin.

Zunächst würde Elisas und Keliis Reise über das Meer auf die Nachbarinsel Oahu führen. Dort wollten sie Verwandte von Kelii besuchen, danach seine Mentorin, die mächtige Kahuna Hoku. In den Königspalast in Honolulu waren sie durch Keliis Mutter ohnehin jederzeit eingeladen gewesen. Nur wusste niemand, was genau mit dem Palast geschehen sollte, seit die Amerikaner die Herrschaft übernommen hatten.

Elisa hatte sich vorgenommen, Lili'uokalani, die Königin von Hawaii, kennenzulernen, aber vor allem auch Keliis Mutter. Vielleicht würde sie dann sicherer wissen, wie es in ihrem Leben weitergehen würde.

Zuerst würden sie allerdings in den Bergen von Oahu einige Tage bei einer Cousine von Kelii verbringen, die er lange nicht gesehen hatte, aber sehr schätzte. Kelii wollte ihren Mann und ihre Kinder kennenlernen und ihnen ein wenig beim Bau ihres neuen Hauses helfen. Auf der gleichen Seite von Oahu lebte die Kahuna Hoku, die auch Königin Lili'uokalani in den wichtigsten Fragen beriet.

Die Heilerin hatte von Elisa geträumt. Das hatte sie Kelii durch die beiden wichtigsten lokalen Kahuna auf Kauai ausrichten lassen.

Der Traum eines Kahuna war eine große Ehre, wie Kelii ihr erklärte, aber er war auch unmittelbare Aufforderung für eine Konsultation. Selbst den Mondtermin hatte Hoku vorgegeben, wie es sich gehörte, sodass ihr Plan für den ersten Reisemonat so gut wie feststand.

Mehrere Tage und Nächte würden sie auf dem Meer verbringen, bis sie an Oahus Nordküste angekommen waren. Oahu war ungefähr achtzig Seemeilen entfernt, wie Kelii ihr erklärte, während er ihr die Reiseroute in ihr Buch skizzierte.

Bis auf das kleine Ni'hau im Westen war Oahu im Osten die nächstgelegene Insel zu Kauai.

Nach den Sternen würde er sein neues Wa'a vor allem nachts navigieren. Tagsüber war es die Sonne, die ihnen Geleit geben würde, aber aus der Form der Wellen konnte er ablesen, ob sie auf Kurs waren. Diese uralte polynesische Navigationskunst wurde von Generation zu Generation weitergegeben.

Kelii war stolz auf sein neues Wa'a, sein Auslegerkanu für zwei, bei dessen Bau ihm sein Vater und Freunde aus dem Dorf geholfen hatten. Er freute sich auf ihre Reise übers Wasser und war sicher, dass der Ozean auch Elisa guttun würde.

»Alle Gedanken, die du nicht mehr brauchen kannst, dürfen ins Wasser gleiten. Du sitzt, schaust in die Sonne und träumst unser neues Leben.«

Elisa nickte, aber mehr, um Kelii eine Freude zu machen. Eigene Vorfreude verspürte sie kaum. Sie hatte nicht vergessen, dass es ein wackeliges Wa'a gewesen war, von dem sie einst bei ihrer Ankunft ins Meer gestürzt war.

TEIL III

DIE ENTSCHEIDUNG

OAHU

A'ohe pu'u ki'eki'e ke ho'a'o ia e pi'i
Keine Klippe ist zu hoch, um erobert zu werden.

Hawaiisches Sprichwort

Oahu, 1894

Gleich nach Sonnenuntergang sollte die Überfahrt zur Nachbarinsel beginnen. Bei günstigem Abendwind, wenn die Wellen ruhiger wurden, wollte Kelii mit Elisa von der kleinen Bucht aus, gleich unterhalb des Versammlungsfelsens, in See stechen.

Nicht nur Keliis Vater, sondern fast das halbe Dorf war aus den Bergen herunter gekommen, um dem jungen Paar eine gute Reise zu wünschen, unter ihnen auch Amala.

Die Amme des Dorfes hatte Elisa zum Abschied eine prächtige Blumenkette gewunden und übergab der jungen Frau den traditionellen Lei mit segnenden Worten. Elisa hätte den Duft unter Tausenden erkannt. Amala hatte den Lei aus den Jasminblüten gewunden, die auf der Vogel-Plantage vor ihrem ehemaligen Schlafzimmer wuchsen. Und mit einen Mal überwältigte Elisa die Sehnsucht nach ihrer Mutter, die nach wie vor nicht wusste, dass Elisa überhaupt noch am Leben war. Es wäre zu gefährlich gewesen. Mit Johannes hatten sie verabredet, dass die Nachricht von Elisas Überleben der Familie Vogel erst überbracht werden sollte, wenn Kelii und sie sich auf Oahu in Sicherheit befanden.

Willig ließ Elisa sich ein letztes Mal von Amala einen Zopf flechten, damit ihr Haar auf der Seereise nicht verfilzen würde. Dann umarmten die beiden Frauen sich unter Tränen.

Die Männer legten letzte Hand an das Boot. Sobald Vorräte, Wasser und Habseligkeiten verstaut waren, nahm Elisa ihren Platz in Keliis neuem Wa'a ein. Dann begann ihre Reise.

Kelii ließ es sich nicht nehmen, an dem Riff der Haie haltzumachen und die traditionellen Rituale durchzuführen, die ihnen eine gute und sichere Reise bescheren sollten.

Elisa mied den Blick in die schwarze Tiefe. Es war nicht so, dass sie Angst hatte, denn ihr Herz blieb jetzt ruhig. Es war vielmehr eine dunkle Sehnsucht, die sie kurz spürte, als sich ihr Boot direkt über dem Riff befand. Unwillkürlich griff ihre Hand nach dem duftenden Lei um ihrem Hals, so als müsste sie sich versichern, dass sie nicht träumte, sondern in der Tat von dieser Insel wegfuhr, die fast ein Jahr lang ihre Heimat gewesen war. Sie konnte sich kaum noch an die naive Elisa erinnern, die auf dem Deck der Bremen III stand und voller Sehnsucht nach einem neuen Leben zu den Hügeln hinübersah, die jetzt in der Abenddämmerung lange Schatten warfen. War wirklich sie dieses junge Mädchen gewesen, das sich von ihrer Mutter die schützende Haube binden ließ und die auf der Insel eine gute Partie machen sollte? Es war kaum zu glauben. Vor allem schien es Elisa unendlich lange her zu sein, dass sie sich wie dieses unversehrte junge Wesen gefühlt hatte. Seitdem war so unglaublich viel passiert, dass sie sich vergegenwärtigen musste, dass noch nicht einmal ein ganzes Jahr vergangen war.

Seit sie in der Tiefe des Riffes fast ihr Leben verloren hätte und gleichzeitig eine neue Existenz begonnen hatte, da sie dieses Mysterium nicht anders deuten konnte, galt auch die alte Zeitrechnung nicht mehr. An diesem Tag wurde die Haifischfrau in ihr geboren und für einen Moment dachte Elisa darüber nach, einfach über Bord zu springen.

Sie wollte noch einmal hinunter in die Tiefe, zum Riff der Haie, weil sie glaubte, dort endlich Frieden finden zu können. Sie hatte begonnen, sich auf eine Art und Weise dem Klan der Haie zugehörig zu fühlen, die ihr einerseits eine neue Sicherheit schenkte, jedoch auch zutiefst beunruhigte.

Kelii hatte sein Ritual beendet. Elisa starrte ins Wasser. Sah sie dort unten nicht einen gewaltigen Schatten, der sich auf ihr kleines Boot zu bewegte? Das zufriedene Nicken ihres Liebsten bestätigte ihre Wahrnehmung. Sie würden nicht alleine über das nächtliche Meer reisen. Danach wagte Elisa keine weiteren Blicke in die Tiefe, aus Angst, dass sie erschrecken würde. Vielmehr überließ sie Kelii die Führung und versuchte sich zu entspannen.

Sie sah ihren Liebsten gerne im Boot vor sich am Paddel sitzen, in immer gleicher Haltung, seine Muskeln im Wechselspiel mit den Wellen, die sie so schnell vorwärtsgleiten ließen, dass sie bisweilen ans Fliegen denken musste. So weit waren sie in ihrer ersten Nacht gekommen, dass Kauai und auch Ni'hau am nächtlichen Horizont nicht mehr zu sehen waren. Um sie herum war nur das unendlich weite Meer. Dann wurde es Zeit ein wenig zu ruhen.

Ihre erste Nacht auf dem Meer begann schwierig. Es war kalt, zu kalt, um allein zu schlafen, denn sie hatten nur eine gemeinsame warme Decke. Aber wie sollten sie sich legen, um Elisas panisches Herzklopfen nicht zu verstärken, wenn Keliis Körper ihren berührte?

Das Meer war ruhig. Die Sterne über ihnen bildeten einen unendlichen Zauberteppich für Elisas hungrige Augen. Hier auf dem Wasser sah sie mehr Himmelskörper als in den Bergen, da auf Kauai oft eine neblige Wolke über den Gipfeln die Sicht beschränkt hatte.

Die Wellen bildeten ein glucksendes Bett aus dunkelblauem Glas. Der Mond, der in dieser Nacht wie eine Sichel am Himmel stand, wachte über Elisas Herz, so kam es ihr zumindest vor, als sie beim Hinlegen zunächst vorsichtig Keliis Rücken berührte. Ihr Herz schlug hier, inmitten des Ozeans, der ihr Boot wie eine sanfte Wiege trug, weniger bedrohlich als sonst, wenn Keliis Körper dem ihren nahe war. Auch hatte er die letzten Stunden kräftigt gerudert, musste also müde sein, sagte sie sich. Er würde ohnehin keinen Wunsch nach Nähe verspüren.

Elisa hatte sich jedoch vorgenommen, ihre Angst vor Keliis Männlichkeit auf dieser Reise zu überwinden. Daher zwang sie sich in der Enge des Bootes dazu, seinen Rücken ein wenig zu streicheln. Es war gut. Ihr Herz blieb weiterhin ruhig und überschlug sich nicht in Panik.

Kelii hielt ganz ruhig, so wie man Ruhe gibt, wenn ein scheues Tier einen zum ersten Mal besucht. Sie ließ ihre Finger nacheinander über seine Wirbel spazieren und konnte das pulsierende Leben in seinen Muskelsträngen mit ihren Fingerkuppen ertasten. Bald fühlte sie einen ersten kleinen Triumph. Sie hatte es geschafft! Seine Haut, seine Muskeln, seine Knochen, ja sogar das pulsierende Gefühl seiner Kraft flößten ihr keine Angst mehr ein. Sie genoss den kleinen Spaziergang ihrer Finger auf seinem warmen Männerkörper.

Eine erste Klippe von vielen hatte Elisa in dieser Nacht überwunden. Eines Tages würde sie ganz seine Frau sein können, das zumindest war ihr Ziel. Sie wollte ihn erneut in ihren Armen stöhnen hören, wie er es einmal unter dem Wasserfall getan hatte, als sie noch keine Angst vor Männern hatte. Und in dieser Nacht, auf den Weiten des Ozeans sah Elisa den Weg zurück in ihr Paradies mit Kelii. Sie würde wieder dort hinkommen und ihren Liebsten streicheln, bis er vor Glück ermattet einschlafen würde. Dieser Weg würde vielleicht bisweilen auch schwierig für sie sein, denn schon jetzt im Boot stieg die gefürchtete Übelkeit wieder in ihr empor. Jedoch würde sie ihr Ziel erreichen, darin vertraute sie jetzt.

Um sich von der Übelkeit abzulenken, roch sie ein wenig an ihrem Lei. Eine halbe Ewigkeit schien es her zu sein, seit sie am Tag von Johannes' Rückkehr mit Kelii und Johannes unter dem Jasminbusch stand. Unter dem Wasserfall geküsst und zum ersten Mal von einem Mann zu Erblühen gebracht, hatte sie sich damals wie die schönste Frau der Welt gefühlt. Und genau dieses Gefühl hatte dieses Monstrum von Gerit Janson ihr für immer genommen!

Tränen der Verzweiflung wollten in ihr aufsteigen, aber in dieser Nacht gab sie dem Gefühl nicht nach und ließ auch keine Rachegedanken zu. Es galt, stark zu sein und von nun an zu bekämpfen, was zwischen ihr und ihrem Liebsten stand. Sie würde es schaffen, das nahm sie sich in dieser Nacht fest vor.

Mit einem zaghaften Kuss auf jedes seiner Schulterblätter machte sie den Anfang und wurde mit einem wohligen Seufzer belohnt.

München, Oktoberfest 2010

In Majas Leben vergingen nach ihrer Rückkehr die ersten Wochen wie im Flug. Es war eine schwierige Zeit, nicht zuletzt wegen einer ihrer größten Charakterschwächen: Ihre Unentschlossenheit.

Ihre Sehnsucht nach Keanu hatte ihr schlaflose Nächte beschert, während sie neben Stefan lag. Sie drehte ihrem Freund jetzt immer den Rücken zu, kapselte sich unter ihrer eigenen Decke ab und hoffte, er würde schnell einschlafen, ohne vorher den Versuch zu machen, mit ihr zärtlich zu werden. Nachdem er einige Male abgeblitzt war, hatte er Maja in Ruhe gelassen, so als würde er spüren, wie sehr sie mit sich kämpfte, Nacht um Nacht.

Ihre Tage waren ein wenig leichter, denn zumindest wusste sie, dass eine Entscheidung anstand. Mit hoher Wahrscheinlichkeit würde sie sich von Stefan trennen müssen, zumindest für eine gewisse Zeit, bis sie wieder wusste, was sie eigentlich wollte. Ein flüchtiges Abenteuer vor einer allzu berechenbar erscheinenden Ehe? Ein gänzlich anderes Leben, das auf einem Mythos aus der Vergangenheit aufgebaut war, der irgendwie mit ihren nebulösen Ahnen aus der Südsee zu tun hatte?

Majas Ringen war gegen sich selbst gerichtet, weil sie ihre eigenen Gefühle nicht wirklich verstand. Ihre Zeit mit Keanu war intensiv, aber kurz gewesen, vielleicht letztendlich nichts weiter als ein romantischer Wunschtraum. Wären da nur nicht ihre Träume von Elisa gewesen. Zwei Mal hatte Maja seit ihrer Rückkehr intensiv von ihr geträumt. In ihrem ersten Traum war Maja mit dem Paar vor der Küste von Oahu in einen Sturm geraten.

Das Boot mit Elisa und Kelii hatte auf den riesigen Wellen getanzt wie eine Nussschale. Regen peitschte von von allen Seiten, Donner grollte und Blitze durchzuckten den tropischen Himmel über dem Pazifik, der mitten am Tag fast so schwarz wie die Nacht war. Es war ein unglaubliches Spektakel.

Elisa fühlte keinerlei Angst. Fast trotzig sah sie jeder neuen Welle entgegen, während Kelii meisterhaft das Paddel im Stehen führte, um sein Boot mal schräg und mal gerade über einen Wellenkamm zu führen.

Die Augen der jungen Hamburgerin hatten vor Stolz gebrannt, als sie ihm dabei zusah. Nass vom Salzwasser lachte Kelii jeder neuen Herausforderung entgegen. Er schien glücklich und sang ein hawaiisches Lied, einen Lobgesang auf seine Götter.

Maja hatte sogar die Worte dieses Liedes in ihrem Traum von Elisa und Kelii verstanden. Und das war eben das Eigenartige, ganz und gar Unheimliche, das durch Keanu in ihr Leben geflutet war.

Maja hatte im Traum jedes Wort in der hawaiischen Sprache verstanden, sogar so gut, dass sie nach dem Aufwachen das ganze Lied auf Deutsch aufschreiben konnte. In ihrem zweiten Traum war Maja ganz bei Elisa. Sie waren jetzt an Land, Kelii und sie, und hatten ihr Boot ein Stück weit auf einen einsamen Sandstrand hochgezogen. Als Liebespaar lagen sie einander in den Armen, und im Licht der frühen Sonne glühten ihre Küsse so heiß, dass Maja mit einer unglaublichen Sehnsucht aus dem Traum aufgewacht war. Nur galt ihr Sehnen an diesem Morgen erneut Keanu, sodass sie es kaum ertragen konnte, mit Stefan gemeinsam zu frühstücken. Sie kam sich wie eine Schwerverbrecherin vor und litt umso mehr, weil sie mit niemandem über ihre Gefühle sprechen konnte. Außerdem war Keanu verschwunden.

Nach der formellen Nachricht bei Anela in Nizza hatte Keanu sich nicht ein einziges Mal bei Maja gemeldet.

Weder über Facebook noch über ihre E-Mail-Adresse hatte er ihr eine Nachricht gesandt. Natürlich wusste Maja, dass Keanu ihr nie in Aussicht gestellt hatte, dass er die regulären Wege der Kommunikation nutzen würde. Stattdessen hatte er etwas von Briefen und einem Treffen in der Weihnachtszeit gesagt, wie sie sich erinnerte. Nur konnte kein Mann, der sich ernsthaft verliebt hatte, heutzutage derartig geduldig und vorausschauend sein. Warum auch? In den Zeiten der Blitz-Kommunikation auf Schneckenpost umsteigen? Das erschien Maja absurd. Seine Cousine Anela musste sich daher geirrt haben. Kein Mann, der wirklich Feuer gefangen hatte, hielt eine derartig lange Funkstille aus. So entschied Maja eines Tages, nachdem sie wieder einmal vergeblich in ihrem Computer nach einem winzig kleinen Lebenszeichen aus Hawaii suchte. Schweren Herzens verbuchte sie ihr Liebesleid als ein einseitiges Unglück.

Daher ging Maja zunächst auch nicht zu der Münchner Adresse, die sie bei Anela aufgeschrieben und sorgfältig in ihrer Handtasche aufbewahrt hatte. Sie wollte keine Enttäuschung riskieren. Ihre Sehnsucht nach ihm war qualvoll genug. Und wer schrieb schon heutzutage noch Briefe?

Zur Ruhe kam Maja dennoch nicht. Halbe Nächte recherchierte sie im Internet alles, was sie über Hawaii herausfinden konnte. Sie interessierte sich für Elisas Zeit, die kurze Periode der hawaiischen Republik auf den Inseln, in der die letzte Königin versuchte, das Königreich Hawaii für die Urbevölkerung zu retten. Und Maja interessierte sich auch zunehmend für die heutige Situation Hawaiis, besonders die Bildungsangebote. Ihre Recherche über die Kamehameha-Schulen, benannt nach dem Königshaus von Hawaii, brachten einen ersten Hinweis. Sie fand Keanu in seiner Eigenschaft als Lehrer und Berater. Zusätzlich war er als Vorsitzender in Komitees und Aufsichtsräten aufgelistet. Sie erfuhr auf einer Webseite von vor zwei Jahren, dass er sich freigenommen hatte, um über neue Schulmodelle in Krisengebieten zu schreiben.

Das einzige Foto von ihm im Netz zeigte Keanu unverbindlich lächelnd, ein typischer Unschuldsengel. Das Foto war mehr als lächerlich, wie Maja wusste. Dieser Mann war alles andere als unschuldig, denn schließlich hatte er nicht nur ihr Herz gestohlen, sondern nebenbei noch ihren Lebensentwurf infrage gestellt. Über seine politischen Aktivitäten, sein Engagement im Untergrund und den Bemühungen, weitere Landverkäufe von Einheimischen zu verhindern, konnte Maja nichts finden.

Nach längerem Suchen entdeckte sie in den Tiefen des Internet eine Zusammenfassung über Elisa Vogel auf Englisch. Der kurze Absatz klang wie die Legende von einer europäischen Wohltäterin, die um die vorletzte Jahrhundertwende Vorreiterin von gesellschaftlichen Reformen auf den Inseln Hawaiis war, ließ aber wichtige Fakten aus. Jetzt schon wusste Maja mehr über die weiße Haifischfrau, als hier im Internet zu finden war.

Erstaunlich war, dass zwar das Geburtsdatum von Elisa Vogel in Hamburg angegeben war, jedoch Maja kein Todesdatum finden konnte. Zwei Kinder soll Elisa gehabt haben, aber auch dessen war man sich nicht sicher. Vielleicht waren es auch mehr. Der Eintrag war mit einem Fragezeichen versehen. Über eine Eheschließung konnte Maja nichts finden.

Weiterhin fand sie einige Zeichnungen und ein Ölgemälde. Das Gemälde war naturalistisch gehalten und zeigte einen gigantischen weißen Hai, der eine junge Frau in altmodischer europäischer Kleidung mit sich in die Tiefe zog. Das Gemälde befand sich im Besitz eines kleinen Museums in Istanbul. Als Jahreszahl stand 1918 daneben.

Elisa Vogels Zeichnungen bezauberten Maja vom ersten Augenblick an. Die talentierte Künstlerin hatte mit Kohle, Bleistift und auch mit Tusche und Feder die unterschiedlichsten Motive festgehalten. Ihre Zeichnungen waren zum Teil skizzenhaft und in ganz unterschiedlichen Formaten, manche von ihnen datiert. Ein altmodisches Segelschiff, vermutlich die Bremen III, war auf einer kleineren Zeichnung nachträglich sehr sorgfältig koloriert worden und im Jahr 1894 entstanden. Es gab mehrere Landschaftszeichnungen, darunter einen Wasserfall und eine lange Schlucht. Waimea Valley, stand unten am Bildrand, dazu ebenfalls das Jahr 1894.

Die letzte Zeichnung, die Maja im Internet in einer Sammlung in Lihue entdeckte, verschlug ihr den Atem. Lange saß sie in dieser Nacht noch da und sah sich das bezauberndes Mädchenporträt an, aus dem ihr zwei kluge Augen entgegen blickten. Es war ihr eigenes Gesicht.

Mit ihrem Vater versuchte Maja mehrere Male über seine Verbindung zu Hawaii zu sprechen, aber ihre Gespräche waren nicht gerade fruchtbar. Max Kemper gab sich merkwürdig verschlossen, sobald seine Tochter ihn bei ihrem ersten gemeinsamen Mittagessen auf seinen biologischen Vater, also ihren eigenen hawaiischen Großvater ansprach. Als sie ein eventuelles Erbe auf Kauai erwähnte und in diesem Zusammenhang auf Keanu zu sprechen kam, reagierte ihr Vater irritiert.

»Das sind alles ungelegte Eier, mein Kind. Und ich weiß nicht, warum ich mit dir jetzt schon darüber sprechen sollte.«

Maja versuchte es noch einmal, wollte ihrem Vater von ihrer Begegnung mit dem Hawaiianer in Nizza erzählen, in der Gewissheit, dass ihr Vater Keanu wegen seiner Erbsache kannte. Dieses Mal machte Max Kemper keinen Hehl daraus, dass er nicht über seine Beziehungen nach Hawaii oder aber sein Erbe sprechen wollte, schon gar nicht mit Maja. Jetzt war es an ihr, irritiert zu reagieren. »Warum weihst du uns nicht ein, Papa? Ich meine, was steckt denn da für ein Geheimnis dahinter, das wir nicht wissen dürfen? War dein hawaiischer Vater ein Schwerverbrecher?»

»Bitte, Maja, halte dich aus diesem Erbe raus, bis ich alles so weit klären konnte, dass es zumindest spruchreif ist. Ich weiß auch noch nicht lange von diesem Grundstück auf Kauai. Vielleicht gibt es noch andere Erbberechtigte, echte Hawaiianer. Und nein, ich weiß nicht, ob mein Vater ein guter Mensch war. Ich weiß so gut wie gar nichts über diesen Mann!«

Es gab diesen tiefen Schmerz in ihrem geliebten Vater, wie Maja schon seit langer Zeit wusste. Nur hatte es bisher nichts mit ihr zu tun gehabt, genauso wenig wie Hawaii eine besondere Bedeutung für sie gehabt hatte. Doch das hatte sich seit Nizza für Maja verändert. Es gab Elisa, es gab Kauai, und vor allem gab es irgendwo eine Verbindung. Deshalb ließ Maja nicht locker.

»Ich habe ein Recht darauf, so viel wie möglich zu erfahren, weißt du … Es geht hier auch um mich. Ich träume von Hawaii, Papa, sehr oft sogar. Ich gehe nachts dorthin, und es fühlt sich an, als wäre ich wirklich dort. Habe ich vielleicht diese Sehnsucht, weil du eine Sehnsucht nach diesem Ort hast? Ich meine, vielleicht ist es ja gar nicht meine, sondern deine Sehnsucht?«

Ihr Vater sah sie erstaunt an. Maja hatte ihm in wenigen Sätzen von ihrer Begegnung mit Keanu erzählt. Natürlich hatte sie nichts von Sex und schon gar nichts von ihrem Verliebtsein erwähnt, aber ihr Vater kannte sie gut. Jetzt nickte er.

»Du suchst eine Erklärung. Das verstehe ich. Aber suche sie nicht bei mir, sondern lieber bei dir selbst. Es stimmt, dass wir über dich sprachen, weil du dich, wie er, ebenfalls für den Lehrberuf interessierst. Und es stimmt auch, dass er es war, der mich auf dieses Seminar in Nizza aufmerksam machte, da er dort Vorträge halten wollte. Es tut mir leid für dich, dass Keanu verlobt ist. Daher konnte zwischen euch nur eine Bekanntschaft entstehen. Ihr beide habt einiges gemeinsam, das war auch mein Gefühl. Deshalb wollte ich ja, dass du ihn kennenlernst. Das andere, also die Sache mit dem Land auf Kauai, das ist noch nicht in trockenen Tüchern. Und wenn es denn dann so weit wäre, – die Betonung liegt hier auf dem Konjunktiv, – dann könntest du mit mir rüber nach Hawaii fliegen. Deine Mutter will von der ganzen Sache nämlich gar nichts wissen. Du weißt, dass sie generell nicht sehr viel von den USA hält … und von den Hawaiianern ist sie auch nicht gerade begeistert. Das könnte damit zusammenhängen, dass meine Existenz meinem biologischen Vater, einem anscheinend völlig gefühllosen amerikanischen Besatzungssoldaten, herzlich wenig bedeutet hat. Und so eine hawaiische Herzlosigkeit, die kann einer so großartigen Kardiologin, wie deine Mutter eine ist, doch nicht gefallen, oder? Habt ihr beide euch eigentlich schon gesprochen, seit du aus Nizza zurück bist? Oder bist du jetzt zu einer herzlosen Hawaiianerin geworden?«

Max Kemper zwinkerte seiner Tochter zu. Sie waren in dieser Sache Verbündete. Tatsächlich war Maja die Einzige, die sich zumindest ein wenig für den Anteil Hawaii in ihrem Vater interessiert hatte. Ihre Mutter und ihre beiden Geschwister hatten nie ein Interesse daran bekundet, was bestimmt auch damit zu tun hatte, dass ihre Mutter aus dem Elsass stammte und Frankreich über alles liebte. Fast alle ihre Familienferien hatten sie in Frankreich verbracht.

Da Maja sich nicht besonders gut mit ihrer Mutter verstand, war sie diejenige, die ganz gerne auf die Seite ihres Vaters rückte, notfalls auch bis nach Hawaii. Außerdem sah Maja von den drei Kemper-Kindern am ehesten wie eine Polynesierin aus.

»Hallo, Erde an Maja – antwortest du mir jetzt nicht mehr? Hast du schon mit deiner Mutter gesprochen?«

»Nein, habe ich nicht. Ich verstehe mich gerade nicht besonders gut mit Stefan...«

»Aha. Willst du darüber reden?«

»Nein. Willst du über Hawaii reden?«

»Da gibt es im Moment nicht mehr zu sagen. Du musst dich gedulden, mein Kind.«

Maja spürte instinktiv, dass ihr Vater ihr nicht alles gesagt hatte. Sein abgewandter Blick bestätigte es ihr, doch Maja ließ nicht locker. »Warum lügst du mich an?«

»Schau, Liebes, Keanu hat mich wegen einer rein rechtlichen Sache kontaktiert. Unter Umständen könnte meine genetische Herkunft und damit mein Erbrecht umstrittene Besitzverhältnisse an einem ein Stück Land auf Kauai betreffen. Unter Umständen! Das ist alles.«

Doch Maja bohrte weiter.

»Falls du derjenige wärest, dem dieses Stück Land vielleicht gehören könnte, wenn du denn dann der rechtmäßige Erbe sein würdest, – dann betrifft es ja auch uns Kinder, oder etwa nicht?«

Sein Nicken hatte ihr das zwar bestätigt, aber er hatte ihr gleichzeitig versichert, es müsste von Seiten der Kempers aus nichts weiter getan werden; man solle nur einfach abwarten. Die Regierung der USA musste alle Unterlagen prüfen, die Geburtsurkunde und die genauen militärischen Daten seines Vaters.

»Weißt du, Liebes, wir kennen diesen Mann nicht. Vielleicht war mein biologischer Vater ein Betrüger, ein Mörder, ein Taugenichts. Ich jedenfalls halte alles für möglich. Was für ein Mann würde sonst kurz nach dem Krieg eine junge Schwangere zurücklassen, die mittellos ist?«

Dieser Stachel saß tief. Maja wusste, dass es für ihren Vater nie leicht gewesen war seinen biologischen Vater nicht zu kennen, da seine Mutter den Mann einst geliebt hatte. Mit einem Seufzer fuhr ihr Vater fort.

»Außerdem gibt es Komplikationen. Bei den Namen auf den hawaiischen Grundstücksurkunden ist es nicht ganz leicht, die rechtmäßigen Erben zu finden. Keanu hat meinen Namen aus einem Register, in das ich mich bei meinem Besuch eingetragen hatte, um meinen Vater zu finden. Das ist reiner Zufall, oder besser gesagt ein Anliegen von Keanu. Er kümmert sich als hawaiischer Patriot darum, weil er nicht will, dass dieses Grundstück an weiße Spekulanten verkauft wird. Wir haben gestern telefoniert.«

»Ihr habt was?«

Maja glaubte, nicht richtig gehört zu haben, doch ihr Vater nickte zur Bestätigung und sah sie mitleidig an.

»Seit deiner Rückkehr nach München hat sich Keanu zweimal bei mir gemeldet. Er hat sich nach dir erkundigt, dir aber keinen Gruß ausrichten lassen. Du hast dich ein wenig in ihn verguckt, nicht wahr? Menschen aus Hawaii vermischen sich nur ungern mit anderen Völkern. Besonders, wenn sie reines Blut haben, noch dazu edles Blut, dann bleiben sie lieber bei ihresgleichen. So war es angeblich auch bei meinem biologischen Vater. Seine Familie hätte meine Mutter nie bei sich aufgenommen. Don't mix the blood … Das hat mir bei meinem Besuch der zuständige Beamte gesagt. Die Hawaiianer sind anders als wir. Sie mögen zudem keine Weißen, nicht wirklich.«

Das Gespräch mit ihrem Vater beschäftigte Maja sehr, als sie sich von ihm verabschiedete. Sie wollte sich mit ihrer Freundin Ina auf dem Oktoberfest treffen. Inmitten der überfüllten U-Bahn, umringt von fröhlichen Menschen in Lederhosen und Dirndl, die in unübersehbarer Feierlaune waren, grübelte Maja über Hawaii.

Wie genau könnten Keanu und Maja überhaupt beide zum Klan von Elisa Vogel gehören? Falls Keanu reinen

Blutes war, eine ohnehin ziemlich widerliche Klassifizierung, wenn man sich so ausführlich mit dem Dritten Reich auseinander gesetzt hatte wie das an Bayerns Schulen üblich war, dann konnte Keanu gar nicht mit der Hamburgerin Elisa Vogel verwandt sein. Dennoch wurde die Haifischfrau von Keanus Klan verehrt, wie er ihr erzählt hatte. Es machte einfach keinen Sinn!

Doch die Frage einer Blutsverwandtschaft war in diesem Moment zweitrangig. Was Maja wirklich traf, war die Tatsache, dass Keanu mit ihrem Vater sprach und ihr noch nicht einmal einen Gruß ausrichten ließ. Was war ihre Affäre überhaupt für ihn gewesen? Ein kurzer Europa-Snack für zwischendurch?

»Was ist mit dir? Warum trinkst du nichts?«

An dem lärmenden, fröhlichen Tisch im Ammerzelt, einem der kleineren Bierzelte, saß Maja ein wenig später mit ihren besten Freundinnen zusammen. Aber anstatt teilzunehmen an der fröhlichen Frauenrunde im Dirndl, die sich hier wie jedes Jahr einen Tisch leistete, um Münchens wichtigstes Fest zu feiern, beschäftigte Maja nach wie vor ihre Verbindung zu Hawaii.

Ina trank und deutete auf Majas Busen, der von dem Ausschnitt ihres Dirndls schön zur Geltung gebracht wurde.

»Täusche ich mich, oder sind die in letzter Zeit gewachsen?«

Maja lächelte säuerlich. Ina entging auch rein gar nichts. Tatsächlich hatte sie in den Wochen, seitdem sie von der Côte d'Azur zurückgekehrt war, gleich mehrere Kilo zugenommen, was sich wie immer auch an ihrem Ausschnitt bemerkbar machte.

Sie nickte und antwortete laut, um die ankommenden Blechbläser zu übertönen.

»Frustfraß! Ich muss mir jeden Abend mindestens eine Tafel Schokolade einverleiben…«

Ina verstand. Wenn sie auch nicht jedes Detail kannte, so wusste sie um Majas Zweifel an ihrer Liebe zu Stefan. Mitfühlend ergriff die Freundin ihre Hand, um sie zu trösten.

»Torschlusspanik, so nennt man das, was du gerade erlebst. Es trifft viele Frauen, nachdem sie einen Heiratsantrag bekommen. Stefans Antrag war wirklich … wirklich…«

Ina fand keine Worte, aber ihr Gesichtsausdruck sprach Bände, als sie auf Majas Verlobungsring deutete. Was Stefan betraf, hielt die Freundin sie für den Glückspilz schlechthin.

Auch Maja betrachtete jetzt Stefans Ring, den sie nach wie vor an ihrem Ringfinger trug. Sie nickte und lächelte, was sollte sie auch anderes tun. Aber sie empfand in diesem Moment nichts mehr, obwohl sie außer sich vor Freude gewesen war, als ihr Freund ihr das edle Schmuckstück an den Finger gesteckt hatte. Noch dazu mit der Ansage, dass Maja sich ruhig Zeit mit der Festsetzung des Datums lassen konnte, gerne so lange bis sie Gewissheit hätte, dass sie ein Kind von ihm erwartete. Alles war perfekt gewesen, zumindest erschien es Maja damals so.

Als sie kurz darauf ihre Brieftasche öffnete, um ihr Radler zu bezahlen, das sie kaum angerührt hatte, fiel ihr Blick auf den Zettel mit der Adresse in München, die Keanu ihr per Mail in Nizza hatte zukommen lassen. Die Straße lag in der Nähe der Theresienwiese. Maja konnte auf dem Weg zur U-Bahn problemlos bei dieser weiteren »Cousine« von Keanu vorbeigehen und somit vielleicht endlich klären, was sie zunehmend stärker beschäftigte. Hatte Keanu ihr etwas vorgespielt? Und wenn ja, was genau hatte ihn dazu bewegt?

Konnte es sein, dass dieses Grundstück auf Kauai, welches zweifelsohne mit Elisa Vogel zu tun hatte, eine derartige Wichtigkeit besaß, dass alle sie irgendwie anlogen? Aber warum? Je mehr sie seit dem Treffen mit ihrem Vater darüber nachdachte, desto wahrscheinlicher erschien es ihr, dass man ihr etwas verschwieg. Irgendwie steckte auch hinter ihrer unheimlichen Begegnung mit dem Haifischmann in der Tiefgarage von Nizza noch eine andere Geschichte. Sie würde den Moment nie vergessen, in dem die erschreckend kalten Augen des Mannes prüfend in die Ihren gesehen hatten und er sie fragte, ob Maja sich denn nicht an ihn erinnern würde. Erinnern an was?

Als Maja eine halbe Stunde später in dem kleinen Massagesalon stand, war ihr immer noch mulmig zumute. Obwohl ihr das Ambiente gefiel, wollte sie am liebsten gleich wieder gehen. Sie kam sich in ihrem grasgrünen Dirndl mit ihren hawaiischen Verschwörungstheorien plötzlich albern vor. Doch dann gefielen ihr die Fotos von Hawaii an den Wänden, manche in Schwarzweiß, einige noch aus den Fünfzigerjahren. Honolulu als cooler Treffpunkt der Jazz-Schickeria. Ein modischer Aufmarsch von Stars und Sternchen aus Amerika, so wie atemberaubende Fotos von Surfern.

Der kleine Laden hatte wirklich Stil. Die Besitzerin bot außer den hawaiischen Lomi Lomi Massagen traditionelle Behandlungen der Krankengymnastik und medizinische Massagen auf Kassenrezept an. Jedoch gab es auch Sonnenbrillen aus Hawaii, bildschöne hawaiische Tücher und verschiedene Öle und natürliche Kosmetik zu kaufen.

»Kann ich Ihnen helfen?«

Wieder stand eine exotische Schönheit vor Maja, allerdings handfester als die zarte Anela in Nizza und mit europäischem Einschlag.

Einem ersten Impuls folgend, nannte Maja weder ihren Namen, noch erwähnte sie den Grund ihres Kommens, sondern gab vor, sich für hawaiische Massage zu interessieren. Außerdem erzählte sie beiläufig, dass ihre Familie Wurzeln in Polynesien hätte und fragte ihr Gegenüber nach ihren Verbindungen zu Hawaii.

Die junge Frau erzählte zunächst ein wenig über die Massagetechnik Lomi Lomi und dann von ihren hawaiischen Wurzeln.

»Die Familie meiner Mutter stammt ursprünglich aus einem kleinen Dorf auf Kauai. Das ist die sogenannte grüne Insel Hawaiis, eine Insel, die erst spät für den Tourismus erschlossen wurde. Ich liebe Kauai! Jedes Jahr einmal trifft sich unser ganzer Klan. Wir sind viele, fast tausend Mitglieder inzwischen, verteilt über die ganze Welt. Immer treffen wir uns auf einer anderen Insel Hawaiis, obwohl meine eigenen Wurzeln, wie gesagt, nach Kauai führen ... doch ich bin auch Deutsche, zumindest zum Teil. In unserem kleinen Dorf lebte eine legendäre deutsche Ahnin, die man die Haifischfrau nannte. Elisa Vogel war ihr richtiger Name. Sie kam als junge Frau mit ihrer Mutter aus Hamburg nach Kauai und kämpfte für die Rechte der Hawaiianer... Später gehörte sie als Kahuna, also als Heilerin, zu den Sharkpeople, also zum Haifischklan, dem auch ich angehöre...«

Das biografische Wissen der jungen Frau über Elisa Vogel war nicht so präzise wie das von Keanu, jedoch hörte Maja ihr trotzdem fasziniert eine Zeit lang zu, da sie einiges über die Praktiken der Kahuna erfuhr, was sie bisher noch nicht wusste. Zum Schluss stellte Maja noch eine Frage.

»Haben Sie jemals von der Haifischfrau geträumt? Können Sie sich an so etwas erinnern?«

Erstaunt sah die Frau sie an, dann nickte sie wissend.

»Sie müssen Maja sein. Maja Kemper, nicht wahr? Ich habe etwas für Sie – von meinem Keanu! Seit einer Weile warte ich bereits darauf, dass Sie sich bei mir melden.

Anela hat mich sofort angerufen, nachdem Sie mit ihrem Freund bei ihr in Nizza waren. Sie hat mir aber auch von euch beiden erzählt, also von der Sache mit Keanu … das ist ja ziemlich verfahren, nicht?«

Maja nickte wortlos, während ihr Gegenüber bereits ein Schild in ihre Ladentüre hängte, dass besagte, dass für den Rest des Tages geschlossen sei. Dann nickte sie Maja zu. »Gut, dass Sie endlich gekommen sind!«

Keine Minute später stand Maja in der Umkleidekabine, denn zunächst sollte sie massiert werden, so hatte es Keanu angeordnet.

Maja wunderte sich über sich selbst. Sie mochte keine Massagen, außerdem war sie kein Mensch, der spontane Überraschungen schätzte.

Vor dem Vorhang wurde fröhlich gesummt und zwischendurch kamen immer mal wieder ein paar Worte.

»Es ist wirklich gut, dass Sie endlich gekommen sind!, Maja! Und wir sollten insgesamt nicht so lange reden, denn mein Cousin hat mir aufgetragen, dass ich unbedingt für Ihre Entspannung sorgen muss, da Sie Stress in ihrer Beziehung hätten! Er schenkt Ihnen eine extra lange Stunde Lomi Lomi bei mir, also ungefähr hundert Minuten. Sie haben sich in Nizza verletzt, nicht wahr? Zum Glück habe ich heute keine Kunden mehr. Es passt ganz gut bei mir heute…«

Als Maja kurz darauf, in ein großes Frotteetuch gehüllt, das Behandlungszimmer betrat, war sie spontan verzaubert. Es roch wunderbar nach exotischen Blüten und ein wenig nach Sandelholz.

»Aloha…«

Die restlichen hawaiischen Worte verstand Maja nicht. Die junge Frau, die ab ihrem fünften Lebensjahr in München gelebt hatte und ungefähr in Majas Alter sein mochte, verkörperte jetzt Hawaii pur. Sie hatte sich eine Hibiskusblüte ins Haar gesteckt, trug ein Wickeltuch und ihre Füße steckten in Flipflops. Wenig Kleidung war eine notwendige Maßnahmen, da schon bald alles in Öl gebadet sein würde, wie sie Maja verriet.

Im Hintergrund lief »Somewhere Over the Rainbow«, von Israel Kamakawiwo'ole sanft auf seiner Ukulele gezupft. Sogar entferntes Meeresrauschen war wahrzunehmen.

Maja schluckte, denn sie fühlte mit einem Mal einen Kloß im Hals. Wollte sie das wirklich? Hawaii in München, gleich um die Ecke vom Oktoberfest?

Die junge Frau schien ihre Unsicherheit nicht zu bemerken, sonder hantierte bereits mit dem Öl.

»Legen Sie sich einfach mit dem Bauch auf die Massagebank und entspannen Sie sich. Ich heiße übrigens Malika, das ist mein hawaiischer Name und bedeutet so viel wie Biene. Fleißige Biene und Sammlerin der süßen Kraft. Wie ist Ihr hawaiischer Name? Oder darf ich du zu dir sagen?«

Mit dem Du war Maja sofort einverstanden, aber dann musste sie zugeben, weder einen Namen aus Hawaii noch eine besondere Verbindung zu der Inselgruppe zu haben. Das klang selbst in ihren eigenen Ohren ein wenig kläglich, weshalb sie sich schnell verbesserte.

»Ich meine, ich hatte bisher wenig Verbindung zu Hawaii. Mein Vater hatte einen hawaiischen Vater, den er jedoch nie kennenlernte. Und dann war da natürlich meine Begegnung mit Keanu und durch ihn in letzter Zeit auch meine Träume über Elisa Vogel. Daran ist nur Keanu Schuld, wie ich glaube, denn vor der Begegnung mit ihm habe ich nie von Hawaii geträumt…«

Maja hatte sich inzwischen auf die Massagebank zwischen die warmen Laken gelegt. Sie sah mit einer gewissen Unruhe zu, wie Malika ihre Hände tief in ein Gefäß mit goldenem Öl tauchte, welches auf einer Herdplatte stand, so dass das Öl warm war.

»Ich verwende eine Mischung aus Ölen, weil ich mir das teure Kukuinuss-Öl aus Hawaii in reiner Form nicht leisten kann, sorry! Aber es ist immerhin Kukuinuss in meinem Öl enthalten. Meine Massage dauert gewöhnlich fast zwei Stunden, aber wenn es dir für eine erste Behandlung zu viel wird, dann musst du es einfach sagen … Es ist eine sehr intensive Arbeit. Sie dringt in die Seele ein, wie man in Hawaii sagt, ist starkes Mana und wurde früher ausschließlich von erfahrenen Kahuna angewendet.«

Das Wort Kahuna sagte Maja inzwischen etwas, aber der andere Begriff war für sie schwammig, obwohl ihr auch Mana in ihren nächtlichen Recherchen einige Male begegnet war.

»Was genau bedeutet das Wort Mana? Medizin? Heilende Energie? Lebensenergie? Chi?«

Ihre Stimme klang merkwürdig spröde in ihren Ohren, weit weg von dem Meeresrauschen mit der sanften Männerstimme aus Hawaii.

Malika hatte begonnen, Majas Rücken sanft und rhythmisch mit dem warmen Öl zu bestreichen. Ihre Worte vermischten sich mit den anderen Klängen, während Maja unter den kräftiger werdenden Streichbewegungen des Ellenbogens begann, sich zu entspannen. Malika versuchte dabei zu erklären, was der Begriff Mana in ihrer Kultur bedeutete.

»Als Mana bezeichnen wir Hawaiianer eine Kraft, die sowohl die jenseitige Welt der Götter und Ahnen prägt als auch die diesseitige Welt des täglichen Lebens durchdringt. Mana ist überall und in jedem von uns. Wenn man vom Erwecken des Mana spricht, so ist deine spirituelle Energie gemeint. Doch es ist stets nur deine eigene Energie, die du spüren kannst, nie eine andere, wenn du dich dem Lomi Lomi hingibst. Vielleicht aber wird diese Energie stärker sein als sonst, vielleicht wirst du das Gefühl haben, deinen Körper zu verlassen, oder aber er wird dir fremd vorkommen. Manche begeben sich bei dieser Massage auch auf Reisen, auf Reisen zu sich selbst, in ihr Inneres. Anteile ihrer Seele, die im Alltag keinen Platz haben. Was auch immer es ist, lass es einfach geschehen. Vertraue mir…«

Maja konnte gar nicht anders, als sich vollständig zu entspannen. Sie war bereits im Begriff, wegzudriften, als ihr letzter Gedanke Elisa galt. Ihr war, als spürte sie die Freundin bei sich.

Oahu Mountains, Herbst 1894

Von Hokus Händen berührt zu werden galt als Privileg unter den Hawaiianern. Nur schienen die Hände der betagten Kahuna für Elisa voller Widersprüche zu sein. Einerseits beweglich, neugierig und lebhaft wie die eines Kindes, wirkten sie andererseits zerbrechlich vom Alter. Vor allem fühlte sich die Haut an den Fingern so trocken und hart an wie in der Sonne verdorrte Äste. Und wie der Hals der Riesenschildkröte, die in Hokus magischem Garten bei den Wasserfällen lebte, waren auch ihre Hände voller Falten. Ebenso wie ihr Gesicht erzählten Hokus Finger bei der Berührung Geschichten, wie kleine Schmetterlinge schlüpften sie nach und nach aus ihren Fingerspitzen. Hoku summte während Elisas Behandlung ununterbrochen ihre Lieder, deren Melodien immer ein wenig unterschiedlich klangen. Plötzlich verstummte sie und sah zu Kelii rüber, der nicht weit von ihnen auf einem Felsen saß und schnitzte. Ihre Stimme war liebevoll.

»Mach schon, dass du hier wegkommst und uns zum Abendessen ein paar Fische fängst, keiki kane. Ich will allein mit deiner Elisa sein.«

Die legendäre Kahuna, die seit vielen Jahren das hawaiische Königshaus beriet, summte erneut vor sich hin, während sie ihre Hände jetzt schneller und schneller etwa einen Zentimeter über Elisas Hautoberfläche hin und her gleiten ließ. Sie berührte ihre Haut dabei kein einziges Mal. Ihre Augen waren fest geschlossen, das Gesicht konzentriert.

Elisa kannte diese Art der Heilung bereits. Kelii hatte sie auf diese Art schon öfter behandelt. Auch die beiden Kahuna auf Kauai wandten diese Technik anfangs für ihre Diagnose an.

»Ich gehe jetzt, ipo. Bald komme ich zurück...«

Elisa seufzte innerlich, als Kelii ihr liebevoll über die Haare strich, bevor er zum Fischen aufbrach. Immer noch nahm sie Sorge in seinen Augen wahr. Die Angst um sie und der Unmut darüber, dass der Mann, der ihr so Ungeheuerliches angetan hatte, wohl nie zur Rechenschaft gezogen werden würde, ließen seine sonst geraden Schultern mit dem wachsenden Gefühl der Niederlage nach vorne fallen.

Kelii wirkte oft bedrückt, obwohl sich im letzten Monat viel verbessert hatte, denn es nagte an ihm, dass seine Liebe ihr Leid nicht schneller lindern konnte. Dabei befanden sie sich auf dem Weg zurück in ihr verlorenes Liebesglück. Und das war es, was für sie am wichtigsten gewesen war – erneut an die Liebe glauben zu können, sich seine Nähe zu wünschen.

Elisa lächelte ihm zu. Sprechen konnte sie immer noch nicht, aber ihre Augen signalisierten, was sie kommunizieren wollte: Geh fischen. Mir geht es gut. Wirklich, es ist alles in Ordnung ... oder besser gesagt, du kannst genauso gut fischen gehen, denn es ändert ohnehin nichts. Meine Stimme ist tot. Aber in meinem Inneren lebe ich wieder, da ich dich liebe. Also geh, mein ipo, geh und genieße den Tag!

Kelii ging, nachdem er ihre Stirn geküsst hatte. Das durfte er wieder. Viele Berührungen von ihm konnte sie wieder gut ertragen, seit sie zusammen übers Meer nach Oahu gekommen waren. Aber beide wussten, dass der Rest noch nicht in Ordnung war. Daran konnte auch ihre Zuneigung zueinander, ja ihre Liebe nicht wirklich etwas ändern. Das dunkle Grauen der Macht, das sie in der

Höhle überwältigt hatte, wirkte tief in ihrer Seele nach, und so zerstörte Jansons Hass Nacht für Nacht, was Keliis Liebe tagsüber versuchte zu heilen. Die beiden Männer standen Stirn an Stirn in einer anderen Welt, so kam es ihr vor. Doch wo befand sich Elisa? Sie war nur noch ein Schatten ihrer selbst. Ihr Körper, einst von ausgewogenen Proportionen und schlankem Wuchs, hatte sich verändert, da sie jeden Appetit verloren hatte. Sie war schwer krank an Leib und Seele. Niemand hatte ihr in den letzten Monaten helfen können. Die beiden Kahuna auf Kauai verstanden nicht, warum es Elisa trotz ihrer Behandlung nicht wieder besser ging, sondern sie von Tag zu Tag immer weiter an Kraft verlor. Am Schluss wollte sie kaum noch Nahrung zu sich nehmen und hing so ausgemergelt wie die halb verhungerten Mädchen im Roten Hafenhaus von Lihue an Keliis starkem Arm. Ein Monster wütete in ihr.

Ihr Liebster spürte instinktiv, dass sie sterben wollte, jedoch sprach er nie darüber, sondern redete nur über ihre körperlichen Symptome mit den Kahuna, die er in den ersten Wochen nach ihrer Vergewaltigung regelmäßig auf Kauai mit ihr konsultiert hatte. Auch wenn sie mit den Besuchen das Risiko von Elisas Entdeckung eingingen, war ihm ihre kontinuierliche Behandlung wichtig. Er konnte den Gedanken nicht ertragen, sie zu verlieren. Daher sollten die Kahuna Elisas Körper behandeln, selbst wenn sie zu ihrer Seele nicht vordringen konnten, noch nicht. Nicht einmal Kelii konnte das, oftmals schien ihm ihre Seele wie hinter einer Felswand eingemauert. Oder verloren in den tiefsten Tiefen eines ihm unbekannten Ozeans. Daher hielt sich Kelii an die Signale ihres Körpers, dessen Verfall und Not er zumindest sehen konnte.

Auch Elisa hatte große Sorge, dass sie sich niemals von dem Angriff auf ihre Seele erholen würde. Vernichtend hatte Janson sie getroffen, da sie, in ihren Augen, verraten und ausgeliefert worden war, wie ausgestoßen von den Menschen, denen sie ihr Vertrauen geschenkt hatte, allen voran ihre Mutter. Darüber würde sie niemals sprechen können, ganz gleich, ob ihre Stimmbänder je wieder einen Ton hervorbringen würden. Lieber würde sie sterben.

Das Gefühl der Taubheit in ihrem Unterleib, der Verlust ihrer Stimme und ihre Angst vor jeglicher Berührung waren hartnäckig. Sie ahnte auch, wie schuldig Kelii sich fühlen musste, konnte aber nichts dagegen tun. Trug er nicht letztendlich die Verantwortung für den Hass des weißen Mannes, der sich an Elisa entladen hatte? Hatte Kelii nicht ein Tabu zwischen ihren Völkern übertreten, indem er es wagte, eine Weiße zur Ehefrau zu begehren? Sie konnte ihn davon nicht befreien. Wie ein unausgesprochener Fluch trennte sie dieses Tabu. Was Keliis Schwester durfte, nämlich einen Weißen zum Mann zu begehren, war ihm als Hawaiianer bei strenger Strafe verboten. ER hatte Elisa in den Augen ihrer eigenen Familie entehrt und damit entwertet. Eine Zeit lang stand darauf sogar die Todesstrafe.

Keliis dumpfes Gefühl von Schuld war auch für Elisa immer aufs Neue qualvoll. Selbst mit der Tausendnebel-Pflanze ließen die peinigenden Gedanken nicht nach. Das gewalttätige Zerreißen ihrer Seele hatte ein großes schwarzes Loch in seinem Inneren hinterlassen, da niemand in ihrer Familie Elisa beschützte. Wegen ihm, einem dreckigen Hawaiianer, würde sich sogar die eigene Mutter von Elisa abwenden.

Bisweilen quälten Kelii derartig heftige Rachegelüste an diesen seelenlosen Weißen, dass er darüber sogar Elisas Wohlergehen völlig vergaß. Schweißgebadet wachte er dann mit dem Wunsch auf, sich in Lihue in das Haus von Gerit Janson zu stehlen. Er wollte mit seinem Messer die Kehle dieses Weißen durchbohren und zusehen, wie er qualvoll und langsam starb, oder ihn sogar mit seinen eigenen Händen strangulieren. Anschließend würde er sich Elisas verlogene Verwandtschaft vornehmen, sie an den Strand und dann in den Ozean treiben. Dann würde er die Haie rufen…

Es waren schreckliche Visionen, und sie waren pervers, denn nicht ihm hatte Janson Leid angetan.

Elisa hingegen hatte in der Waimea Schlucht ihre Hassgedanken abgelegt, um ihn wirklich lieben zu können. Auch wenn ihr Weg dornig war, wollte sie ihn mit Kelii zusammen zu Ende gehen. Warum konnte er das nicht? Hatte sich ihr Durst nach Rache auf ihn übertragen? Erschienen deshalb in seinen Träumen jetzt die Dämonen, die sie durch ihren Wunsch nach Liebe vertrieben hatte?

Aus diesem Grund hatte Kelii seine Heimatinsel Kauai unbedingt verlassen wollen. Zwischen Janson und ihm mussten zunächst die Winde der Südsee die bösen Geister vertreiben. Es war eine gute Entscheidung gewesen und Elisa erinnerte sich gerne an die erste Zeit auf Oahu.

Nach vielen Tagen Überfahrt auf teils stürmischer See wurde ihr Wa'a von hohen Wellen an der North Shore bei Walalua an Land getragen. Kelii hatte sein Boot dort versteckt, um mit Elisa zu Fuß in das Innere der Insel zu gehen. Zunächst wollten sie seine Lieblingscousine Nalani besuchen. Über einen ganzen Mond lang würden sie dort bleiben, da Hoku seine Frau erst zum nächsten Vollmond sehen wollte. Die Träume hatten den Zeitpunkt bestimmt. Kelii hatte die Botschaft noch auf Kauai in seinem Traum empfangen und sich innerlich vor Hoku verbeugt. Mahalo für die Heilung meiner Frau. Wenn jemand zu Elisas geheimer Seele sprechen konnte, dann würde es die weise Hoku sein.

Kelii freute sich auf seine Cousine. Er hatte sie das letzte Mal gesehen, als sie noch Kinder waren. Nalani war von Kauai zunächst nach Maui gezogen, wo sie bei Verwandten lebte und ausgebildet wurde. Auf Maui hatte Nalani auch vor einigen Jahren geheiratet. Seitdem hatte sie mit ihrem Mann drei Kinder bekommen und die Familie war gerade nach Oahu in die Berge der Nordküste gezogen. Nun brauchte das Paar mit den drei kleinen Kindern dringend Hilfe beim Hausbau.

Kelii hatte davon erfahren, als er seine Mutter im Königspalast besucht hatte. Er besuchte Oahu mindestens zwei Mal im Jahr, weil seine Mutter es wünschte. Auf Maui hingegen war er noch nie gewesen. Das hatte auch mit der größeren Distanz zu tun, aber vor allem damit, dass sein Vater schlechte Erinnerung mit der Insel verband.

Elisa verstand die Abneigung von Keliis Vater gegen die Insel Maui nicht ganz, auch nicht als er es ihr genauer zu erklären versuchte. Auch Kelii fand es irgendwie absurd, aber so war es unter den hawaiischen Klans nun einmal. Nicht jeder konnte mit jedem. Oft waren es die lokalen Kahuna, die Fehden anzettelten und über Jahrzehnte aufrecht erhielten. Kelii hatte Elisa entschuldigend angelächelt.

»Es wäre einfach eine Beleidigung für meinen Vater gewesen, wenn ich zu Nalanis Hochzeit nach Maui gereist wäre. Auch wenn du das vielleicht nicht ganz verstehst, so sind wir nun mal. Unser Haifischklan kann gut mit dem Schildkrötenklan, aber das ist es auch schon. Maui ist nicht so einfach, es ist sozusagen Feindesland…«

Elisa verstand nicht ganz, was er meinte, aber das machte nichts. Sie hatte gelernt, dass Familienverhältnisse unter Hawaiianern kompliziert waren, vielleicht sogar komplizierter als unter Europäern. Erbitterte Fehden unter den wichtigsten Familien Hawaiis waren manchmal über Jahrhunderte ausgetragen worden, so hatte Kelii es ihr erklärt.

»Vor allem für mich als Sohn ist es wichtig, mit meinem Vater an einem Strang zu ziehen. Aber manchmal gibt es auch eine spontane Versöhnung unter den Älteren eines Klans. Eines Tages, manchmal völlig unerwartet, hat ein Kahuna einen Traum, der zu Frieden und einem neuen Bund mahnt. Doch bis dahin geht man sich besser aus dem Weg…«

Natürlich wollte Elisa alles wissen, was mit Keliis Cousine zu tun hatte, und er gab bereitwillig Auskunft.

»Nalani, die aus der Familie meiner Mutter stammt, also aus der Königsfamilie, hatte nichts mit der Fehde der Familie meines Vaters zu tun. Diese Fehde richtet sich gegen Verwandte auf Maui, die ich noch nie zu Gesicht bekommen habe. Aber das ist egal. Ich durfte trotzdem nicht nach Maui. Deshalb habe ich meine Cousine seit vielen Jahren nicht gesehen und will sie, ihren Mann und ihre Kinder jetzt endlich nach altem Brauch begrüßen.«

Er hatte bereits begonnen, Blumen zu pflücken, um daraus Leis zu flechten, bevor sie am nächsten Morgen den Anstieg auf die Berghöhe begannen, wo das Paar sein Haus baute. Elisa half ihm. Bald hatte sie in ihrem roten Tuch eine ansehnliche Menge von Blüten in vielen Farben gesammelt. Sie konnte sich nicht sattsehen an der Blumenpracht, die hier mindestens ebenso üppig in Strandnähe wucherte wie auf Kauai.

Bepackt mit ihren wenigen Habseligkeiten machten sich Elisa und Kelii auf den Weg in die Berge. Oahus Erde fühlte sich unter Elisas nackten Fußsohlen, nach ihrer Zeit in der Wildnis überzogen mit einer festen Hornhaut, anders an als die in Kauai, weniger lebendig zunächst und trockener.

Die zunächst sanft ansteigenden Hügel von Oahu, durchzogen von wenigen Pfaden, wirkten weniger Grün. Die Regengüsse und Nebelschwaden, die Kauai die meiste Zeit umgaben, wurden hier von stärkeren Winden fortgeblasen, zumindest zu dieser Jahreszeit. Zu den Grüntönen der Hügel mischten sich Ocker und Rot. Als sie höher stiegen, entdeckte Elisa karge Felsen zwischen den Buchten im Meer und sie konnte sich nach der Zeit auf dem blauen Ozean nicht sattsehen an der Schönheit und den vielen Nuancen der Erdfarben, die sie förmlich zum Malen einluden. Oh, wie sie ihre Aquarellfarben hier vermisste! Jedoch hatten Kelii und sie nur ein Minimum an Platz für ihre persönlichen Sachen, so dass das kleine Skizzenbuch mit der Kohle und ein paar Stiften reichen musste.

Die verlassene menschenleere Landschaft der Nordküste gefiel Elisa sehr. Sie konnte kaum glauben, dass auf der Südseite der Insel, in der königlichen Hauptstadt Honolulu, mehr Menschen lebten als auf ganz Kauai zusammen. Seit König Kamehameha III Honolulu im Jahr 1850 zur Hauptstadt seines gesamten hawaiischen Königreichs erklärt hatte, zogen immer mehr Menschen von den anderen Inseln in die Hauptstadt. Es waren nicht nur Hawaiianer, sondern Immigranten aus dem gesamten asiatischen Raum und natürlich auch Amerikaner und Europäer. Honolulu wuchs zu einem zunehmend weltweit wichtigen Hafen für Sandelholz heran, wie Kelii ihr erklärt hatte. Aber am wichtigsten, zumindest für die Hawaiianer, war in diesen unsicheren Zeiten der neue Königspalast. Kelii hatte Elisa versprochen, dass sie den Palast so bald wie möglich besuchen würden, damit Elisa endlich seine Mutter kennenlernen würde.

Den ersten Abend auf der Insel Oahu feierten Kelii und Elisa auf besondere Weise. Sie machten früh Rast. Kelii freute sich wie ein Kind, als er mit Elisa zusammen aus den in der Nähe des Strandes gepflückten Blumen die festlichen Leis wand. Fünf waren es an der Zahl, einer für jedes Familienmitglied. Erst am nächsten Tag würden sie bei Keliis Cousine ankommen, da das Weitergehen auf den schmalen Bergpfaden nachts zu gefährlich war. An einem kleinen Feuer, das Kelii in der Abenddämmerung schürte, um sich in der Nacht daran wärmen zu können, erzählte er ihr, wie es in den nächsten Wochen auf Oahu weitergehen würde.

»Nach dem ausgiebigen Besuch bei Nalanis Familie, werde ich dich zum verabredeten Zeitpunkt zu den heiligen Wasserfällen bringen. Hoku ist die mächtigste Kahuna der Inseln und das nun schon seit langer Zeit. Viele machen sich auf den Weg in ihre Einsiedelei, um Rat und Heilung zu erbitten. Aber bei uns ist es anders. Hoku hat nach dir geschickt. Sie ist in meine Träume gekommen und hat dich gerufen, da du in ihren Träumen warst. Das ist eine große Ehre. Aber es ist wichtig, dass wir genau zu der Zeit kommen, in der sie uns erwartet. Sie hatte ihren Traum ... Ihr Traum bestimmt den richtigen Zeitpunkt für eure erste Begegnung. Es ist alles vorherbestimmt. Hoku leitet den Haifischklan, wenn du so willst. Sie ist unsere Seele...«

Kelii machte eine respektvolle Pause. Er kannte Hoku seit seiner Kindheit, denn sie hatte ihn als ältesten Sohn in die Kunst der Heilung eingeführt, als er sechs Jahre alt war. In regelmäßigen Abständen verlangte sie ihn zu sehen und prüfte seine Fortschritte. Sie war dabei sehr streng. Kelii rollte mit den Augen.

»Zwar werde ich seit Jahren von den beiden Kahuna auf Kauai auch in den Heilkünsten unterwiesen, aber Hoku hat sozusagen die Oberaufsicht. Und das bedeutet auch, dass Hoku nicht immer zufrieden ist mit den Methoden der Kahuna auf Kauai – oder aber mit meinen Fortschritten. Aber wenn ein Kahuna genug gelernt hat, erteilt Hoku abschließend den Segen. Der Kahuna darf dann offiziell konsultiert werden und auch lehren.«

Elisa wusste, dass Kelii bei Hoku gewesen war, um Rat wegen seiner Schwester Leilani und Johannes zu erbitten, nachdem er von dem Baby erfahren hatte. Bei diesem

Besuch hatte die Hellsichtige ihn scharf angesehen und ihn gewarnt – wegen Elisa.

»Sie hat viel über dich gesprochen. Weißt du, was sie gesagt hat?«

Elisa schüttelte den Kopf. Nach kurzem Überlegen sprach er weiter.

»Ich bin mir nicht sicher, ob es für deine Ohren bestimmt war. Aber Hoku hat gesagt, du hättest zwar die Haut einer Haole, aber deine Seele sei eine von unseren Seelen. Du hättest eine gewaltige Macht, die in deinem Inneren tobt, aber du könntest sie noch nicht erkennen und deine Seele würde viel lernen müssen…«

Elisa hing wie gebannt an Keliis Lippen. Er hatte ihr nie von diesem Gespräch erzählt. Zögernd fuhr er fort.

»Hoku hat gesagt, ich müsste mich sehr in Acht nehmen, denn deine Seele sei um ein Vielfaches stärker als meine. Großvater Hai hätte dich nicht zufällig für mich ausgesucht. Er hätte dir eine Aufgabe gegeben, eine große Aufgabe, die unser ganzes Volk betreffen würde. Und ich müsste dir helfen und dich vor allem auf deinem Weg beschützen…«

Keliis Stimme war merklich leiser geworden.

»Seither denke ich über Hokus Worte nach. Ich war genauso blind wie du jetzt stumm bist. Ich hätte dich nie allein lassen dürfen…«

Elisa legte ihre Hand auf seine, um ihm zu zeigen, dass sie ihm keinerlei Schuld gab. Es war ihr Schicksal. Sie war allein darin gefangen, denn Kelii konnte auch nach Monaten nicht sehen, was genau sie so dermaßen zerstört hatte, dass ihr an den meisten Tagen der Tod als ein liebevollerer Freund erschein als das Leben.

Das Ausmaß von Jansons Hass und die Verachtung der Weißen gegenüber den Hawaiianern fraßen Elisa auf. Dennoch traf Kelii keinerlei Schuld, denn im Grunde genommen war ihr Liebster ein Brückenbauer, so wie auch sie eine Brücke zwischen zwei Kulturen sein musste.

Diese Aufgabe würde ihr lebenslanges Schicksal bleiben. War ihr Freund dieser Herausforderung gewachsen?

Kelii war mit Johannes befreundet, aber auch die Seele seines Freundes kannte er nicht, nicht wirklich. Weiße empfanden anders als Hawaiianer. Vielleicht benahmen die Haole sich nur hier auf den Inseln wie Herrenmenschen; und damit in Elisas Augen ungerecht, feige, grausam und unehrlich, und zwar in einem Ausmaß, das sie zunehmend anekelte. Kelii konnte nicht einschätzen, wie sie wirklich waren, diese Weißen, da er sie nie in ihrer eigentlichen Heimat erlebt hatte. Viele von ihnen, so bestimmt auch Gerit Janson, waren aus ihrer Heimat geflohen, weil ihnen gar nichts anderes übrig geblieben war, da sie Gesetze gebrochen hatten, verarmt waren oder sonstwie ihre Zukunft in Europa aufs Spiel gesetzt hatten. Das war ihre Meinung.

Eine Weile saßen sie schweigend an dem kleinen Feuer, das jetzt fast nur noch aus müder Glut bestand. Elisa war traurig zumute. Sie wollte gar nicht, dass Kelii die Weißen wirklich verstand, denn vielleicht würde er sich dann auch von ihr abwenden. Selbst wenn sie reden könnte, wüsste sie nicht, wie sie es ihm erklären könnte. Sie war froh, dass er nur wenig über die Abgründe ihrer Seele wusste und hoffte, ihr Todeswunsch blieb ihm verborgen. Auf dem Weg durch ihr dunkles Tal ertappte sie sich dabei, wie sie überlegte, ob es nicht gar besser für ihren Liebsten wäre, wenn es sie gar nicht mehr gäbe. Er war schön, klug und von reinem Herzen. Hatte er nicht eine bessere Frau verdient?

Als sie am nächsten Morgen mit den Blumenketten und ihren beiden Bündeln den Anstieg begannen, schob die aufgehende Sonne Elisas düstere Nachtgedanken fort. Die Morgenluft roch würzig und die Vögel in den immergrünen Büschen sangen ihre ersten Lieder um die Wette.

Und auch für Kelii brachte dieses erste Aufwachen auf Oahu ein neues Gefühl der Leichtigkeit mit sich. Auf dem gewundenen Pfad den Berg hinauf war er so verliebt in Elisa wie eh und je. Es stimmte, dass es schwere Zeiten waren, aber jedes Lächeln von ihr ließ sein Herz höher schlagen. Er würde alles für sie tun. Und sollte auch die Kahuna Hoku seiner Liebsten nicht helfen können, so war er bereit ihre Entehrung mit Jansons Blut zu sühnen. So würde das Gleichgewicht wieder hergestellt werden. Und sogar mit einer gewissen Freude würde er Rache an ihrem Vergewaltiger üben, wissend, dass Elisas Seele sich dann wieder aus der Dunkelheit erheben würde.

Kelii würde Janson mit dem Messer töten. Das hatte er sich vorgenommen. Auf Kauai war ihm dieser Weg unmöglich erschienen, da Janson über zu viel Macht verfügte. Doch inzwischen wusste er mehr über Jansons Reiserouten. Regelmäßig besuchte er Honolulu geschäftlich. Und in der Hauptstadt gab es viele Wege, Elisa zu rächen. Auch wenn es sonst nicht seine Art war, schloss Kelii sogar einen heimtückischen Mord aus dem Hinterhalt nicht aus. Ihm ging es einzig und allein darum, eines Tages wieder den süßen Klang von Elisas Stimme zu hören.

Nach einem stundenlangen Marsch durch die Berge der Nordküste kamen sie endlich zur Hütte von Nalanis Familie. Dort erwartete sie eine Überraschung, denn erst vor wenigen Stunden hatte Nalani ihr viertes Kind zur Welt gebracht. Neues Leben wollte gefeiert werden.

Doch das junge Paar schien am Ende seiner Kräfte. Drei kleine Kinder quengelten vor Hunger. In der halbfertigen Hütte herrschte Chaos. Hühner liefen frei umher, das irdene Kochgeschirr war verdreckt und es war kein Essen mehr da.

Trotzdem war Elisa sofort wie verzaubert. Das Neugeborene, wieder ein kleiner Junge, lag zufrieden an der

Brust seiner Mutter und trank bereits, auch wenn Nalani vor Schwäche kaum ihre Augen offen halten konnte. Auch ihr Mann war sichtlich erschöpft. Sie hatten keinerlei Hilfe, da sie weit weg von der nächsten Siedlung wohnten. Die schwierige Geburt hatte fast zwei Tage gedauert, außerdem war das Kind fast einen Monat zu früh auf die Welt gekommen, wie Makaio, der junge Vater, den Ankömmlingen erklärte.

»Wir waren noch nicht wirklich vorbereitet! Niemand von der Familie war da, denn erst zum nächsten Mond sollte der Kleine kommen, oder aber meine Frau hat sich verrechnet…«

Nalani widersprach mit schwachem Lächeln.

»Von wegen verrechnet! Schau dir doch an, wie zart er ist … Er ist einen Mond zu früh auf die Welt gekommen. Ich habe zu viel gearbeitet…«

Kelii lächelte sanft, als er seine Cousine auf ihrem Lager zur Begrüßung vorsichtig umarmte.

»Wir hätten einen Lei mehr flechten sollen. Euer kleiner Sohn ist wunderschön…«

Nalanis Augen glänzten vor Freude, als sie von Kelii die fünf duftenden Leis für ihre Familie entgegennahm. Scheu nickte sie Elisa zu.

»Ich habe schon von dir gehört … Elisa, die Haifischfrau, die das Herz meines Lieblingscousins verzaubert … und keine Stimme mehr hat.«

Nalani versuchte sich aufzurichten, um Elisa zur Begrüßung die Hand zu reichen, aber es misslang kläglich. Erschöpft ließ sie sich auf die Matte zurückfallen.

»Verzeih … mein Kleiner hier hat sich schwergetan. Er lag falsch herum, weißt du … Es war sehr anstrengend. Trotzdem würde ich gerne von meinem Lager aufstehen, um euch etwas zu essen zu machen, wie es sich nach den Gesetzen der Gastfreundschaft gehört…«

Sie lächelte Elisa schüchtern an.

»Aber ich bin leider zu müde, Schwester, und ich befürchte, Makaio ist es auch. Wir wären sehr dankbar für eure Hilfe … euch schickt der Himmel.«

Damit schlief sie auch schon ein, Arm in Arm mit ihrem Mann und dem neugeborenen Baby.

Das Erste, was Elisa an Nalani auffiel, war ihre samtweiche, tiefe Stimme. Und wenn Keliis schöne Cousine in den folgenden Tagen wach war, sprach sie in einer Art Singsang, der viel blumiger war als die Sprache der Frauen auf Kauai. So sprach man auf Maui, bekam Elisa erklärt. Aber auch Nalanis große Augen waren eindrucksvoll. Sie schienen immerzu über etwas zu schmunzeln, und ihre drei kleinen Söhne liebten das Lachen ihrer Mutter.

»Nimm du das Baby!«

Nalani strahlte Elisa vertrauensvoll an, als sie ihr das Neugeborene zum ersten Mal reichte, um es im Bach zu waschen. Zunächst war Elisa zögerlich. Ein so kleines Kind hatte sie noch nie auf dem Arm gehabt. Doch Nalani nahm ihr schnell die Scheu.

»Du kannst das, Elisa. Die Göttin Pele hat meine Gebete gehört und dich zu mir geschickt … Ich bin froh, dass du da bist, Schwester! Und ich bin mir sicher, dass mein kleiner Quälgeist hier es ebenso sieht. Dem Baby wird schon nichts passieren … Er ist zäher, als er aussieht. Denk nur daran, durch was für einen engen Tunnel er sich durcharbeiten musste, der arme Kleine!«

Wieder lachte Nalani ihr kehliges Lachen, um das Elisa sie aus tiefstem Herzen beneidete.

Wie gerne hätte sie dem Kleinen am Bach beim Waschen ein Lied vorgesungen, damit er im kalten Wasser nicht gar so erbärmlich schrie. Aber auch Kelii zeigte wenig Mitgefühl für das winzige Baby.

»Lass ihn nur ordentlich schreien. Das macht ihn gesund. Und tauch ihn auch ruhig kurz mit dem Kopf unter. Das kalte Wasser härtet ab. Babys müssen einiges aushalten, bis sie das erste Mal in ihrem Leben das Licht unserer Sonne sehen. Da sollte man danach mit ihnen auch nicht zu zimperlich umgehen. Das macht einen Jungen sonst weich und weinerlich…«

Elisa arbeitete in den Tagen nach ihrer Ankunft viel auf der kleinen Farm in den Bergen. Mit Keliis Hilfe sorgte sie dafür, dass Nalani sich genug ausruhte und durch die richtige Ernährung wieder zu Kräften kam, sodass sie ihrem Neugeborenen Milch geben konnte. Die Männer hatten eine andere Aufgabe. Makaio musste dringend das Haus fertigstellen, bevor die Stürme kamen. In so einer windigen Hütte konnten sie weit oben in den Bergen nicht mit den kleinen Kindern bleiben.

Die Aufgabengebiete zwischen Männern und Frauen waren streng getrennt. Wochenbett war Frauensache, den Hausbau organisierten die Männer.

Nalani war mehr als froh, das ihr Mann wieder nach draußen konnte, um in den Bergen Bäume zu fällen und weiter an ihrem halbfertigen Haus zu bauen. Sie zwinkerte Elisa zu.

»Männer sollten nicht zu viel über unsere Angelegenheiten wissen, sonst wollen sie nachts nicht mehr unser Lager teilen. Außerdem mögen sie es nicht, uns Frauen schwach zu erleben. Es verunsichert einen Mann zu sehr … und was will eine Frau mit einem unsicheren Mann in ihrem Lager?«

Wieder dieses Lachen, das Elisa nicht einordnen konnte. Sie nickte, lächelte und half bei allem, was im Wochenbett anfiel. Dabei überspielte sie ihre Unsicherheit, so gut es ging, obwohl sie zu gerne einige Fragen gestellt hätte. Ob es Nalani wirklich Freude machte, das Lager mit Makaio zu teilen? Oder spielte sie Elisa bloß etwas vor? Waren Frauen, die Jungs zur Welt brachten, vielleicht glücklicher als die Mütter von Mädchen? Elisas Mutter hatte immer viel geseufzt, wenn sie von der Geburt ihrer einzigen Tochter sprach.

Nalani machte es Elisa auch in den kommenden Tagen leicht, sich in den Bergen willkommen zu fühlen. Nach der schwierigen Geburt war sie froh, Hilfe zu haben und sich auf ihrem Lager ausruhen zu können.

Elisa sorgte für das Essen und beschäftigte die drei kleinen Jungs. Einmal am Tag badete sie auch den lebhaften Vierjährigen und seine gutmütigen dreijährigen Zwillingsbrüder im kalten Bach, wobei alle drei vor Vergnügen quietschten. Diese glücklichen Kinder, die frei und wild aufwuchsen, spielten den größten Teil des Tages miteinander. Elisa sah sie nur, wenn sie Hunger hatten oder einer von ihnen sich wehgetan hatte, sonst gingen sie ganz in ihren kleinen Abenteuern auf.

Elisa liebte es zuzuhören, wenn Nalani ihren Söhnen abends alte hawaiische Weisen vorsang. Seit sie nicht mehr sprechen konnte, reagierte Elisas Gehör feiner und aufmerksamer auf stimmliche Nuancen. Jetzt lauschte sie gebannt den uralten Texten der Lieder. Viele erzählten von Manu, den Verwandten im Meer. Die Haifische wachten über ihre menschlichen Brüder und Schwestern an Land. Sie schickten ihnen heilende Träume und gutes Mana für das Glück ihrer Familien.

Aus der Stimme von Keliis Cousine hörte Elisa eine mütterliche Zärtlichkeit heraus, die sie in der Tiefe ihres Herzens berührte. Sie musste an ihre eigene Mutter denken.

Inzwischen hatte Clementia auf der Vogel-Plantage von Johannes erfahren, dass ihre Tochter noch am Leben war, jedoch nicht mehr auf Kauai bleiben könnte, da die Insel für Kelii zu gefährlich wurde. Auch mit dem Grund für Elisas Verschwinden hatte Johannes nicht hinterm Berg gehalten, jedoch hatte er sich um Diplomatie bemüht. Es hätte in der Blauen Grotte ein Missverständnis zwischen Elisa und Janson gegeben, einen tragischen Vorfall, den man Janson keinesfalls zur Last legen könnte. Nur sei Elisa dabei zu Schaden gekommen, vor allem aber hätte sie ihre Stimme verloren. Bei Kelii hätte Elisa nach Hilfe gesucht, da der junge Hawaiianer schon ihr Bein vor der Amputation gerettet hatte. Kelii würde auch in Zukunft auf Elisa aufpassen, jedoch sei ihr Weg zur Heilung ein sehr steiniger, wie Johannes sich vorsichtig ausdrückte.

Unter Tränen war Clementia zusammengebrochen und hatte sich viele Stunden in ihr Zimmer eingeschlossen. Doch als sie wieder herauskam, schien sie gefasst, ja beinahe zuversichtlich und hatte Johannes geschworen, Elisa nicht zu verraten. Offiziell würde Elisa weiterhin als verstorben gelten.

Clementia verstand, dass ihre Tochter nach dem furchtbaren Erlebnis, was auch immer es gewesen sein mochte, bei Kelii bleiben wollte, da sie ihm vertraute und sich Heilung erhoffte. Auch wenn es ihr anfangs schwerfiel Keliis Bedeutung in Elisas Leben zu akzeptieren, und sie Zeit ihres Lebens immer nur vom Freund ihrer Tochter sprechen würde, ergriff sie Johannes Hand voller Dankbarkeit. Ihre Tochter war am Leben! Und, was mindestens genauso wichtig war, Elisa hatte einen Beschützer, der Clementia von jeglicher Verantwortung entband. Irgendwie würden die beiden schon durchkommen, wie sie sich ausdrückte. Kelii war ein beeindruckender junger Mann. Er würde auf ihre Tochter aufpassen. Das Wort Geliebter oder gar Ehemann würde Clementia bis zu ihrem Tod nicht über die Lippen bringen, da ihr Schamgefühl es nicht erlaubte. Die Schande war zu groß. Jedoch hatte sie ihrer Tochter ein kleines Briefchen geschrieben.

Johannes sorgte dafür, dass Clementias Brief vom Hafen in Lihue aus mit dem erstbesten Schiff nach Honolulu gebracht wurde. Und als Kelii mit Makaio ins Tal auf den Markt ging, um neue Vorräte zu holen, wartete dort mit der üblichen Post aus Honolulu ein Brief für Elisa. Knapp eine Woche war vergangen, seit sie Kauai verlassen hatten.

Elisa war überglücklich, als sie zusätzlich zu einer Notiz von Johannes einige Worte ihrer Mutter vorfand. Kelii, der beobachtete, wie sie hastig den Umschlag öffnete, ihr Gesicht gerötet und mit Tränen der Freude in den Augen, dachte wieder einmal, dass er Haole nie verstehen würde. War es nicht Clementia Vogel gewesen, die ihre Tochter Janson zum Fraß vorgeworfen hatte?

Elisa wollte von solchen Gedanken nichts hören. Stets trug sie das Briefchen ihrer Mutter in ihrem kleinen Lederbeutel bei sich, den sie zum Sammeln von Heilpflanzen und zur Aufbewahrung ihres Skizzenbuches an ihrem Gürtel befestigt hatte. Und wann auch immer sie Sehnsucht nach ihrer Mutter verspürte, las sie die wenigen Worte und interpretierte sie immer wieder aufs Neue. Ja, ihre Mutter liebte sie. Hier stand es, mit elegant geschwungener Feder in schwarzer Tinte sorgfältig auf weißem Büttenpapier.

Du bist mein Licht, meine Vergangenheit und meine Zukunft, Elisa. Verzeih mir bitte meine Dummheit. Wie konnte ich nur Deinem Onkel vertrauen! Von nun an werde ich nur noch für unser Wiedersehen leben.

Deine Dich über alles liebende Mutter

Aus Johannes Notiz hatte Elisa erfahren, dass ihre Mutter den Heiratsantrag vom alten Fried angenommen hatte. Sie würde von nun an bei ihm leben, zusammen mit seinen hawaiischen Geliebten. Jedoch auch diesen Sachverhalt hätte Clementia Vogel von sich aus nie offen verbalisiert. Stets sprach sie von den Musen ihres neuen Mannes, obwohl der alte Fried kaum je malte.

So ganz konnte Elisa sich ihre strenge Mutter auf Frieds schattiger Lanai zwischen den exotischen Schönheiten nicht vorstellen, jedoch empfand Elisa dem alten Fried gegenüber tiefe Dankbarkeit. Es würde sich bestimmt stärkend auf die angegriffenen Nerven ihrer Mutter auswirken, von der Plantage und damit von Onkel Paul und Tante Katharina wegziehen zu können. Allein der Gedanke beruhigte Elisa.

Auf der Farm in den Bergen plätscherten die Tage mit Nalanis Familie arbeitsreich und friedlich dahin. Kelii mochte den Mann seiner Cousine, denn Makaio war sanftmütig und großzügig. Außerdem erkannte er die enorme Herausforderung für die junge Familie. Makaios Einschätzungen zufolge würde das Leben in Oahus Bergen in den kommenden Jahren anstrengend werden. Bisher hatten sie in einem Fischerdorf auf Maui vom Fischfang der Familie gelebt und hatten viel Zeit für die Kinder und ihre jeweiligen Leidenschaften gehabt. Nalani hatte Tanz und Gesang von einer talentierten Tante gelernt. Außerdem perfektionierte sie ihre Fertigkeit beim Weben und Färben von Stoffen. Makaio hatte sich neben dem Fischfang auf die Verarbeitung von Holz konzentriert. Auf Maui war es durch die große Familie leicht gewesen, all ihre Aktivitäten mit der Sorge für eine wachsende Familie zu vereinen. Hier in den Bergen waren sie ganz auf sich gestellt.

Bei beiden nahmen Elisa und Kelii eine große Erschöpfung wahr. Sie halfen daher so viel sie konnten beim Anlegen von Vorräten und vor allem dem Hausbau, der mit Keliis Hilfe zügig voranschritt. Die Zeit der großen Stürme stand unmittelbar bevor. Jede Nacht suchten die

Männer den Himmel nach Zeichen für einen Wetterumschwung ab. Doch es blieb zu ihrem Glück lange genug trocken, um das Dach des neuen Hauses fertig zu decken.

Elisa bewunderte Nalani von Tag zu Tag mehr. Auch noch, wenn sie sehr erschöpft schien arbeitete sie jetzt jeden Tag länger im Sitzen am Webstuhl an den warmen Decken für die Kinder. Dabei sang sie immerzu ihre Lieder. Und wenn Nalani gerade nicht sang, scherzte sie mit den Kleinen oder sprach ihrem Mann aufmunternde Worte zu. Konnte sie nicht mehr, weil ihre Kräfte sie verließen, schlief sie von einem Moment zum nächsten ein, meist mit einem Lächeln auf den Lippen.

Elisa begriff, dass auch eine glückliche Frau bisweilen bis ans Ende ihrer Kraft gelangen konnte. Doch im Gegensatz zu Elisas Kraftlosigkeit, die von dem Tumult in ihrem Inneren verursacht wurde, wirkte Nalani komplett mit sich im Reinen. Daher schien die junge Mutter selbst im Schlaf noch zufrieden. »Mahalo Mana Mano«, murmelte sie dann bisweilen, was so viel hieß wie vielen Dank, göttliche Kraft der Haifische.

Es wurde für Elisa mit jedem Tag leichter, Nalani zu helfen. Die drei Jungs mochten sie schon vom ersten Tag an, auch ohne Stimme. Sie hatte ihnen kleine Flöten geschnitzt und brachte den Jungs bei, einfache Lieder zu spielen. Mit Kohlestücken aus dem Feuer malten sie zusammen auf den Felsen, oder Elisa ließ die Kleinen im Bach unter ihrer Aufsicht angeln.

Der Bergbach war ansonsten für die Jungs kapu, also verboten, denn an einigen Stellen war er reißend und tief. Doch mit ihrem neuen Kindermädchen, oder ihrer Tante, wie sie Elisa nannten, verbrachten sie dort viele vergnügliche Stunden, spritzten sich gegenseitig nass und versuchten, mit einem Netz kleine Fische zu fangen. Währenddessen half Kelii nach dem Dachbau beim Fertigstellen der Wände und Fensterrahmen. Aus Koa, dem geschmeidigen dunklen Bergholz, schnitzte er zuletzt eindrucksvolle Eingangspfosten für die Tür.

Nachdem sie die Innenwände hochgezogen und ein paar einfache Möbel gezimmert hatten, arbeiteten die Männer nur noch an den Nachmittagen am neuen Haus. Frühmorgens pflügten Kelii und Makaio mit den beiden Pferden das große Feld. Noch bevor die Stürme kamen, wollte Makaio auf dem fruchtbaren Boden Tarowurzeln aussäen. Im Jahr darauf hatte er vor, hier Ananas zu ziehen, denn angeblich war Ananas die Frucht der Zukunft.

Makaios Augen leuchteten vor Begeisterung, wenn er von seinen Plänen fürs kommende Jahr redete.

»Mit der Ananasfrucht werden wir schon bald sehr viel Geld verdienen. Im Palast in Honolulu sind die kleinen Pflanzen bereits angekommen. Dort wachsen sie beschützt in der Zeit der Stürme. Von unserer Königin bekommen wir genug Setzlinge, um auf allen Feldern Ananas zu ziehen.«

Es war das erste Mal, dass Elisa in Zusammenhang mit der Ananasfrucht den Namen Dole hören sollte. Zunächst war es der Name Sanford Dole. Der in Honolulu geborene Amerikaner war seit einiger Zeit der geschätzte Vertraute und die rechte Hand der Königin. Und später, selbst als die Monarchie durch die Amerikaner immer stärker unter Druck geriet und sogar nachdem Hawaii zur Republik geworden war, wurde Sanford Dole unter den Hawaiianern auf Oahu weiterhin geschätzt.

Wie konnte es auch anders sein? Sanford Dole war einer von ihnen. Er sprach ihre Sprache, kannte ihre Art und wusste um die kleinen Zeichen, die Verbundenheit signalisierten. Die Mutter von Sanford Dole war gestorben, als er noch ein Säugling war. Eine Hawaiianerin hatte ihn wie ihr eigenes Kind in Honolulu aufgezogen. Seine politische Karriere war eine Serie von Erfolgsmeldungen.

Im Zusammenhang mit der Republik Hawaii waren seine Ideen in aller Munde.

Es rief vor allem bei den hawaiischen Frauen der gehobenen Gesellschaft Entzücken hervor, wenn Dole in ihrer eigenen Sprache Reden hielt. Man vertraute ihm und hielt ihn für einen der Ihren, einen Mann, der in dem Land verwurzelt und mit ihm verwachsen war und Hawaii niemals schaden würde.

Immerhin hatte Sanford Dole als Außenminister zunächst dafür gesorgt, dass die Inselmonarchie Hawaii weltweit einflussreiche Verbündete vorweisen konnte. Die Queen Victoria in England repräsentierte eine dieser Allianzen, denen man in Honolulu vertraute. Obwohl die Monarchie der Hawaiianer mittlerweile deutlich geschwächt war, schien Dole in den Augen der Hawaiianer stets auf Seiten der Urbevölkerung zu stehen. Doch in den kommenden Dekaden sollte der Name Dole durch die Ananasfrucht noch eine ganz andere Bedeutung erlangen. Und rückwirkend betrachtet hatte Dole der hawaiischen Monarchie nie wirklich gedient.

Weder Nalani noch ihr Mann konnten damals ahnen, warum nie ernsthaft beabsichtigt war, dass die Hawaiianer durch die Ananasfrucht großen Wohlstand erlangten. Makaio wusste nur, dass vom Palast die ausdrückliche Empfehlung gekommen war, die kleinen Ananaspflanzen, die jetzt im Palast gezogen wurden, im kommenden Jahr auf ihrer Hochebene zu setzen und bestmöglich zu betreuen. Dazu brauchte man gute Leute, vornehmlich junge Familien. Sie sollten bei Erfolg angemessen entlohnt werden, wie es hieß. Vom Profit sollte auf Hawaii die Monarchie gestärkt werden. So das Versprechen, welches Dole in vielen blumigen Reden in Honolulu verbreitet hatte.

Nalani war diejenige, die sofort große Träume hatte.

»Wir wünschen uns ein paar Angestellte und sogar einen eigenen Lehrer für unsere Söhne. Das werden wir uns vielleicht schon bald leisten können. Und ich bekomme dann Hilfe im Haus, bei der Wäsche und beim Kochen…«

Auf ihren Feldern Ananas erfolgreich anzubauen, das war der Zukunftsplan des jungen Paares. Dafür arbeiteten sie jeden Tag hart. Das Land musste vorbereitet werden. Das Haus sollte stabil und geräumig genug für die Arbeiter sein, die im Frühjahr zum Aussetzen der Pflanzen kommen würden.

Elisa bewunderte Nalani für ihre Weitsichtigkeit. Sie hatte sich noch nie Gedanken über ihre gemeinsame Zukunft mit Kelii gemacht. Kinder, ein Haus oder überhaupt eine längerfristige Idee von ihrem gemeinsamen Leben erschienen ihr völlig abwegig, solange sie stumm und auch sonst in ihren eigenen Augen keine vollwertige Frau war.

Obwohl Nalani auch nach zwei Wochen noch müde von der Geburt war und jedes Stillen sie anstrengte, strahlte sie voller Zuversicht bei dem Gedanken an die Zukunft ihrer Familie.

»Wir werden es schaffen, Elisa. Wir werden unseren Kindern ein schönes Leben bieten. Hier in den Bergen können wir sie auch vor der schrecklichen Krankheit Mai Pake schützen … Mit Gottes Hilfe und mit der Hilfe von Pele werden wir hier glücklich sein und ein langes Leben haben … Hier ist das Paradies.«

Sie zwinkerte Elisa verschwörerisch zu.

»Und sollte es die Menehune, die magischen Wesen, je gegeben haben, dann haben sie einst auch hier in den Bergen gewohnt … Oder das kleine Volk lebt hier noch immer, gleich dort drüben. Siehst du?«

Mit einem verschwörerischen Lächeln zeigte sie auf den großen Koa-Baum. Dort entstand gerade ihre traditionellen Lanai, wie man die hawaiische Veranda nannte, auf der sich im Sommer das Leben abspielte. Täglich zimmerten

Kelii und Makaio ein neues Stück Geländer. Es würde die ideale Aussichtsplattform werden, um zusammen mit den Kindern den Sonnenuntergang zu genießen, wenn das Tagwerk erledigt war. Und ja, Elisa konnte sich vorstellen, dass auch das die Menehune diesen Ort liebten.

Wenn die Vögel in der Dämmerung in den Bäumen rund um das Haus den wachsenden Dreiviertelmond besangen, schien hier eine Art Zauber zu leben. Sanfte Nebel wehten vom Bach herüber und ein unbeschreiblich süßer Duft schwebte über Elisas Nachtlager.

Nalani hatte recht, in dieser Zeit, in der politische Aufstände vor allem in den Städten und Dörfern der Inseln immer wieder für Unruhen sorgten, hatte sich das Paar einen traumhaften Flecken Erde für das Heranwachsen ihrer Kinder ausgesucht. Es gab durch die Hochebene viel fruchtbares Ackerland, und so weit oberhalb der Küste wehte auch im Hochsommer immer eine kühle Brise.

Kletterte Elisa auf den untersten Ast des alten Koa-Baumes, konnte sie in der Ferne den Ozean und sogar ein Stück weißen Strand sehen. Sie fühlte sich geborgen und verzaubert zugleich, wenn sie um sich in die weichen, flachen Täler blickte. Bestimmt lebte zumindest der Geist des legendären Zwergenvolkes von Hawaii immer noch im Wurzelwerk des Baumes.

In der letzte Woche auf der Farm, in den Tagen vor Vollmond, wurden die Männer mit den Feldern fertig. Kelii und Makaio hatten fleißig Früchte und Erdknollen geerntet und die Frauen kochten und trockneten einiges auf Vorrat.

Elisa ging es hier gut, sehr viel besser noch als in den ersten Woche auf Oahu, nachdem sie sich von der Überfahrt erholt hatte. Nur schien sie immer noch urplötzlich aus dem Nichts erschöpft. Ihre Übelkeit wollte zudem nie ganz weichen und von einer Sekunde zur nächsten stiegen ihr grundlos Tränen in die Augen. Dennoch empfand sie häufig Glücksmomente. Mit Kelii legte sie sich auf der Farm zum ersten Mal seit langer Zeit abends mit zufriedener Erschöpfung auf ihr gemeinsames Lager auf der Lanai unter dem großen Baum. Sie liebte es, mit ihm zusammen durch das Blätterdach hindurch in die Sterne zu sehen, bis ihr die Augen zufielen. Immer schlief sie tief und traumlos. Wurde sie morgens von kleinen Händen und zärtlichen Stimmen geweckt, weil die Jungs hungrig auf ihre Morgenmahlzeit warteten, begann für sie der Tag bereits beim Aufstehen mit guter Laune. Elisa liebte die vier Kinder über alles und konnte nicht genug vom Spiel mit den drei Lausern bekommen. Und was den Kleinen betraf, den Winzling, den Nalani ihr nur allzu gerne überließ, so trug Elisa das Baby den lieben langen Tag in einem Tuch mit sich herum. Schon bald hatte sie herausgefunden, wann der Säugling sich erleichtern musste, meistens kurz nach seiner Mahlzeit. Dann legte Elisa das Kerlchen in den weichen Torf vor dem Haus und wusch ihn anschließend im Bach. Schon lange schrie der Säugling nicht mehr bei der Berührung mit kalten Wasser, jedoch hatte Elisa ihr Vergnügen daran gefunden, ein Gefäß mit Waschwasser am nächtlichen Feuer zu wärmen. Ließ sie dann den warmen Guss über seinen Körper rinnen, quietschte er vor lauter Vergnügen und verzog sein Gesicht zu einer lustigen Grimasse.

An dem Tag, bevor Kelii und Elisa zu den heiligen Wasserfällen und zur Kahuna Hoku aufbrechen sollten, kam Verwandtschaft aus Honolulu den Berg hinaufgeschnauft. Es waren fünf an der Zahl, allerdings war Keliis Mutter nicht, wie vorher angekündigt, unter den Gästen, obwohl Nalani als ihre Lieblingsnichte galt. Als oberste Hofdame hatte sie im Palast in Honolulu zu viel zu tun und schickte daher nur ein Geschenk.

Elisa hatte von Nalani einiges über die Königstreuen gelernt. Viele von ihnen wären bereit gewesen, für ihre Königin zu sterben, wenn es hätte sein müssen. Einige auf der Insel Oahu hassten die weißen Einwanderer abgrundtief und misstrauten ihnen, vor allem in Honolulu, denn dort hatten die Hawaiianer äußerst unangenehme Erfahrungen mit der Gier und der Unehrlichkeit der Weißen machen müssen. Vor allem die Amerikaner hatten viel Vertrauen durch das Verhalten der rücksichtslosen Söldner verspielt, die angeblich nicht von der amerikanischen Regierung geschickt worden waren, um die endgültige Eroberung Hawaiis voranzutreiben. Die Situation zwischen den Hawaiianern und den Haoles war daher alles andere als entspannt, selbst wenn Hawaiianer teilweise für Haole arbeiteten und sogar gute Freunde unter ihnen hatten.

All das spürte Elisa sofort an den misstrauischen Blicken und der sichtlichen Anspannung des älteren Paares, das leicht außer Puste den Berg zum Haus hinaufkam. Nach der üblichen langen Begrüßung, sowie der Bewunderung für das neue Haus und viel Lob für das entzückende neue Baby, setzte man sich auf die Lanai und aß die ersten Bissen von Elisas sorgfältig vorbereitetem Essen.

»Schmeckt gut…«

»Doch, wirklich … ich kann nicht klagen.«

»Also doch, für eine Haole kannst du unsere Tarowurzeln gar nicht schlecht kochen.«

Elisa nickte ihr Dankeschön, doch Kelii widersprach.

»Meine Frau ist keine echte Haole. Elisa schätzt und unterstützt unsere Monarchie, genau wie wir Hawaiianer uns für unsere Sache einsetzen. Sie ist eine von uns, eine Steine-Esserin, wenn es sein müsste. Elisa ist eine junge Kahuna, zur Haifischfrau erwählt.«

Die Besucher lächelten vorsichtig zu Keliis Worten, sagten jedoch nichts, sondern aßen eine Weile stumm weiter.

Dabei stimmte, was Kelii sagte. Elisas Sympathien gehörten den geschundenen Hawaiianern. Sie verabscheute Profitgier und Gewalt zutiefst, wie sie mit Händen und Füßen klarzumachen versuchte, weil sie zu ihrem Leidwesen immer noch nicht sprechen konnte. Bei dieser Gelegenheit hätte sie zu gerne ein paar Sätze über ihre weißen Landsleute gesagt. Stattdessen sprachen Kelii, Nalani und auch Makaio für Elisa, lobten ihre Mithilfe und behandelten sie ostentativ als eine der Ihren. Die drei Jungs klebten sowieso an Elisa wie die Kletten. Und im Laufe des Abends sahen Nalanis Verwandte in Elisa trotz ihrer Hautfarbe nicht mehr wirklich eine Weiße. Ausgesucht von Großvater Hai, war sie eine von ihnen. Kelii betonte es mehr als einmal und sprach von dem bevorstehenden Besuch bei der Kahuna.

»Hoku hat nach Elisa schicken lassen – nicht umgekehrt! Die Haifischfrauen sehen sich im Traum.«

»Un du bedauernswertes Mädchen steckst in der falschen Haut«, sagte der ältere Onkel, »und deine Haut ist darüber nicht glücklich. Ich sehe das. Deine Haut will weg von dir!«

Er hatte recht und alle lachten, Elisas Haut war tatsächlich ein Thema, denn immerzu schälte sie sich. Bei der Überfahrt von Kauai nach Oahu war Elisa so viel der Sonne ausgesetzt gewesen, dass ihre Haut seitdem gleich mehrfach die Farbe gewechselt hatte. Zunächst rot und brennend, dann wie von einem sanften Goldton geküsst, bis ihre Haut jetzt schließlich von einem hellen Rotbraun war. Nur gab es immer noch Stellen, die von der Sonne stark strapaziert waren und abblätterten.

»Und deine Haare … nun ja, sie sehen irgendwie alt und ausgeblichen aus«, fügte die ältere Tante zwinkernd hinzu. »Aber mach dir nichts draus, denn zumindest ist so eine Farbe ungewöhnlich für eine junge Frau.«

Tatsächlich waren Elisas rötliche Haare in der Sonne gebleicht und sehr viel heller geworden, seit sie keine Hauben mehr trug, um sie zu schützen. Einige Strähnen leuchteten golden in der Sonne.

»Und ganz seltsame Augen hast du… immer ein wenig anders, wie die bunten Kiesel im Meer.«

Nalanis Cousine, die Mutter ihrer beiden kleinen Nichten, hatte völlig recht. Selbst Elisas Augenfarbe hatte sich auf dem Meer verändert. Das Stahlgrau ihrer Iris wirkte bisweilen wie dunkles Türkis oder auch ein moosiges Grün. Die Farbe changierte mit den jeweiligen Lichtverhältnissen und der Größe ihrer Pupillen.

Die beiden Mädchen, die mit ihren Großeltern und ihrer Mutter zur Taufe zu Besuch waren, stritten sich darum, Elisas Haare frisieren zu dürfen. Schon bald hatte sie eine abenteuerliche Hochfrisur.

Als Kelii mit Makaio aufstand, um Onkel, Tante und Cousine die Fortschritte beim Hausbau zu zeigen, flüsterte er ihr im Vorbeigehen zärtlich ins Ohr.

»Du bist schöner denn je, ipo.«

Die Taufzeremonie selbst war von feierlicher Schlichtheit. Das Neugeborene wurde zu Elisas Ehren auf den Namen Eli getauft, so wollte es Nalani. Elisa strahlte vor Glück, als die Mutter ihr den süßen Jungen ein letztes Mal in den Arm legte. Der Kleine war ihr ans Herz gewachsen. Nalani lächelte.

»Über Eli sind wir für immer verbunden, du und ich. Wir sind jetzt wirklich Schwestern.«

Am Morgen nach der Taufe, als sie noch Klatsch aus dem Iolani-Palast hörten und Fotos herumgereicht wurden, drängte Kelii zum Aufbruch.

»Hoku will dich sehen. In dem Traum, den sie mir gestern Nacht schickte, hat sie uns gerufen. Die Kahuna hat nur diesen einen Tag für dich. Danach muss sie in den Palast. Es soll Ärger geben…«

Unwillig verzog ihr Liebster sein Gesicht. Der Iolani-Palast, das Prunkgebäude der jetzigen Königin, war erst seit sechs Jahren fertig. Lili'uokalanis Bruder hatte das Gebäude nach Vorbildern europäischer Architektur errichten lassen, wie Elisa auf einem der bräunlichen Abzüge sehen konnte.

Nalanis Onkel zeigte die Fotos stolz herum und berichtete, warum der Palast zunehmend zum Zankapfel geworden war.

»Das Königshaus hat sich mit diesem Bauvorhaben zu viele Feinde gemacht, denn der neue Palast kostete zu viel und die benötigten Steuern sorgten für Aufruhr unter den Einwanderern. Viele Haole wollen das hawaiische Königshaus ohnehin nicht anerkennen.«

Und auch die Tante wetterte jetzt.

»Vor allem die Amerikaner zeigten sich zunehmend respektlos. Unsere Bemühungen, das Königshaus in Architektur, Protokoll und Bildung den europäischen Königshäusern anzugleichen, zogen sie immerzu ins Lächerliche. Zudem hatten einige Dummköpfe die größten Schwierigkeiten damit, dass Lili'uokalani Bildung für alle Kinder Hawaiis forderte, also auch für unsere Töchter Bildungsgelder ausgeben wollte. Unglaublich, was diese dummen Berichterstatter ständig schrieben, die nichts anderes zu tun hatten als die Autorität unserer Königin zu untergraben. Und jetzt noch diese wahnwitzigen Anschuldigungen, dass Lili'uokalani vorhätte eine blutige Rache zu inszenieren… Das sind alles infame Lügen der Amerikaner! Alle wissen es, dennoch schreiten nur wenige Mutige gegen die Entmachtung unserer Königin ein, da man befürchtet, dass wir alle die wirtschaftlichen Nachteile eines offenen Bürgerkrieges tragen müssten. Aber was wäre die Alternative? Sich diesen kulturlosen amerikanischen Hornochsen zu unterwerfen? Grausame Söldner, die Frauen und Kinder dazu zwingen Steine zu essen?«

Kelii nickte. Auch ihn beschäftigten diese Themen seit seinem letzten Besuch bei seiner Mutter im Palast.

»Ich hatte deshalb auch schon Streit mit meiner Mutter. Als oberste, geschätzte Hofdame musste sie Kauai bereits vor einiger Zeit endgültig verlassen, um hier in Honolulu auf Wunsch von Lili'uokalani ein Leben im europäischen Stil zu führen. Meine Mutter genoss eine europäische Erziehung. Sie kennt die Bibel und weiß, wie man sich als Europäerin verhält. Aber warum muss sie es in Honolulu beweisen anstatt bei ihrer Familie in Kauai ein wirklich kultiviertes Leben zu führen, wie wir es seit langer Zeit tun? Alle Welt lacht über uns Kanaka, wenn wir wie die Haole sein wollen ... Dabei sind die Haole die Verrückten! Sehr euch nur diese Albernheit an. Das ist doch...«

»Die neueste Mode aus Paris!«

Nalani prustete los. Elisa musste ebenfalls lachen, als sie Nalanis Tante ihnen mit wild rollenden Augen ein Foto der Königin zeigte.

Auf der Fotografie, die im Palast aufgenommen worden war, konnte man unter dem Hofstaat der Königin auch Keliis Mutter erkennen, eine dunkle Dame mit einer europäischen Perücke, die nicht zu ihr passte. Vor allem jedoch waren alle Damen in Korsetts gepresst, um der neuesten Mode aus Europa zu entsprechen.

»Wie gefällt sie dir denn so im engen Korsett, deine zukünftige Schwiegermutter?«, neckte die Tante.

Kelii zog die Augenbrauen zusammen, aber Elisa konnte sich ihr Lachen einfach nicht verkneifen. Schnell schrieb sie ein paar Worte auf ihren Block.

»Warum macht deine Mutter das? Sie sieht einfach lächerlich aus!«

»Das sage ich ihr auch! Sie soll zurück nach Kauai kommen. Doch meine Mutter ist nun einmal loyal und unserer Königin stets treu ergeben. Lili'uokalani zuliebe trägt sie dieses mörderische Korsett aus Gestänge, noch dazu aus den Knochen eines Wals. Und enge Schuhe aus der getrockneten Haut eines Schweines! Die Blasen an ihrer Ferse solltet ihr sehen! Als ich das letzte Mal bei ihr war, da war es so schlimm, dass sie sogar Fieber bekam. Und zu allem Überfluss schminkt Mutter sich ihre Haut noch so hell wie möglich. Und das geschieht bestimmt nicht in Hinblick auf ihre zukünftige Schwiegertochter. Oder, Elisa? Willst du auch einen Wal um deinen Bauch herum schnüren?«

Verschmitzt grinste Kelii sie jetzt an.

»Du könntest das ihr zuliebe tun, oder? Du weißt zumindest, wie das geht. Dann wird sie dich lieben, meine Mutter … Wir müssten nur eins deiner unbequemen Kleider auftreiben, bevor wir in den Palast gingen, um sie um ihr Einverständnis zu bitten. Ihren Segen würden wir so auf alle Fälle bekommen, denn meine Mutter liebt die Weißen…«

Elisa hörte den bitteren Unterton in seiner Stimme und senkte den Kopf. Sie schämte sich, ohne genau zu wissen, warum. Sie war froh, dass sie den Palast in Honolulu erst zuletzt aufsuchen würden, so hatte Kelii es entschieden. Er hatte ein schwieriges Verhältnis zu seiner Mutter.

Als sie sich verabschiedeten, um zu Hoku zu gehen, nahm Elisa den kleinen Eli noch ein letztes Mal auf ihren Arm. Sie konnte nicht anders. Tief inhalierte sie den süßen Babygeruch, um ihn nie zu vergessen. Was für ein unglaublich hübsches Kind, dachte sie, als sie seine winzigen braunen Händchen streichelte. Seine blitzblanken Augen schienen sie neugierig anzusehen, so als wollte er sie zum Abschied noch etwas fragen. Mit seinen knapp sechs Wochen musterte Eli seine Umgebung ganz wach und mit jedem Tag verliebte Elisa sich ein wenig mehr in diesen kleinen Kerl, der ihr vom ersten Tag an ans Herz gewachsen war. Schnell küsste sie Eli jetzt ein letztes Mal mit einem sanften Schmetterlingskuss auf die weiche Stelle oben auf seinem Kopf, wo dicht das dunkle Haar wuchs. Dann legte sie ihn seiner Mutter zurück in die Arme, die Augen voller Tränen. Der Abschied fiel ihr unendlich schwer. Nalani nickte. Sie verstand Elisas Schmerz.

»Keine Angst, du wirst Eli wiedersehen, das verspreche ich dir. Er ist dein Patensohn! Und auch wir beide werden uns wiedersehen … noch bevor der Mond erneut voll sein wird. Wir wurden soeben in den Palast eingeladen!«

Der Aufstieg zu Hoku durch das dichter werdende Grün des Dschungels, das ungefähr eine Meile hinter der Farm begann, hatte beschwerlich begonnen, so als wollte eine unsichtbare Energie Elisa zurückziehen zu dem kleinen Haus unter dem Koa-Baum.

Immer wieder fiel sie ein paar Schritte hinter ihrem Liebsten zurück, außer Atem und beseelt von einem einzigen Wunsch: Sie musste eine Weile lang alleine sein, um nachzudenken. Doch Kelii drängte zur Eile. Er spürte die Ungeduld der Kahuna, wie er sagte. Und so gingen sie weiter bergauf, Kelii bepackt mit ihren Habseligkeiten, während Elisa lediglich ihren kleinen Lederbeutel am Gürtel trug.

Kelii strahlte männliche Zuversicht aus, dachte sie, als er so vor ihr herging. Er war kräftiger geworden, auch männlicher, wie sie fand. Die Arbeit am Haus hatte ihn während der letzten sechs Wochen reifen lassen. Die Muskeln an seinem Rücken glänzten in der Sonne. Seine frisch geölten Haare fielen ihm jetzt bis weit über die

Schultern. Das schwere Bündel mit ihren Sachen, das er quer über seinem breiten Kreuz trug, schien er noch nicht einmal zu spüren. Fröhlich pfiff er vor sich hin und bekam sofort Antwort von einem der kleinen roten Singvögel, die hier oben in den Bäumen lebten.

Elisa glaubte, den Grund für seine gute Laune zu kennen. Sie freute sich insgeheim über den Einfluss, den ihr eigenes Befinden auf seines hatte. Ihr ging es seit ihrer Ankunft auf Oahu mit jedem Tag besser. Es tat ihr gut, von Kauai fort zu sein. Zudem hatte sie Distanz zu ihren schrecklichen Erinnerungen gewonnen, sodass ihre Angst vor Keliis Berührungen so gut wie verschwunden schien. So wie früher genoss Elisa ihre körperliche Nähe und fasste wieder die Haut ihres Liebsten an, ohne darüber nachzudenken.

Gerne nahm sie seine helfende Hand beim Überqueren des wilden Baches und hielt sie sogar länger als nötig, erneut mit ihren Blicken um eine Pause bittend.

Kelii jedoch wollte weiter gehen.

»Es geht dir jetzt schon viel besser … und wenn du bei Hoku warst, wird es dir wieder ganz gut gehen. Alles wird sein wie früher. Du wirst sehen…«

Immer noch hielt Elisa seine Hand bittend in ihrer und deutete auf einen malerischen Rastplatz. Sie brauchte eine Pause. Ihr Leib fühlte sich voll und schwer an, so als würde endlich einmal wieder ihre Mondzeit bevorstehen. Außerdem hatte sie Hunger.

Nachdem sie unter dem Baum ein paar Früchte gegessen hatten, strahlte Kelii sie plötzlich an.

»Wir werden jetzt schon sehr bald eine Haut. Und dann werden auch wir Kinder bekommen, Elisa.«

Er nahm ihre Hand, legte sie auf sein Herz und bat sie, ihre Augen zu schließen. Sie sollte einfach nur zuhören, mit ihren Fingern zuhören, was in seinem Inneren geschah, wenn sie ihn mit ihren Fingerspitzen berührte.

»Wir werden sein wie ein einziges Wesen ... ich werde du, und du wirst ich. Spürst du mich?«

Elisa brauchte eine Weile. Langsam nahm sie mit ihren Fingerkuppen mehr als seinen aufgeregten Herzschlag wahr. Unter dem Pochen war ein Rauschen, ähnlich dem wilden Bach, dem sie den Berg hinauf bis zu den Wasserfällen folgen würden. Er flüsterte, um ihre Konzentration nicht zu stören.

»Folge dem wilden Bach tief in mich hinein.«

Er half ihr noch mit weiteren kleinen Hinweisen. Es war, als lernten ihre Fingerspitzen, zu Augen zu werden, die durch seine Haut drangen. Dann lernte Elisa sich mit seinem Atem zu verbinden, so lang, bis ihrer beider Luftströme zu einem wurden. Sie fing an, Bilder zu sehen. Aufgeregt schrieb sie auf den Block.

»Ich sehe das Riff ... die Haie ... ein kleines Mädchen. Sie hat eine schwarze Perle...«

Kelii nickte zufrieden.

»Das ist eine Erinnerung an meine Schwester. Als wir Kinder waren, haben wir am Riff der Haie getaucht. Eines Tages fand Leilani ihre erste schwarze Perle...«

Elisa spürte weiter mit ihren Fingerspitzen, doch jetzt kamen keine Bilder mehr. Plötzlich waren da Gefühle, schwer und voller Dunkelheit. Erschrocken zog sie ihre Hand zurück. Sie schrieb:

»Da ist der Tod ... ein weißer Mann...«

Kelii wusste sofort, was Elisa gefühlt hatte. Er senkte seinen Kopf.

»Du hast es gefunden! Das Loch in meiner Seele... Ich habe einmal getötet, einen weißen Mann. Ich habe ihn vergraben ... Nur mit den Kahuna in unserem Dorf habe ich damals darüber gesprochen. Nicht einmal mein Vater weiß es ... Ich möchte diese Erinnerung nicht mit dir teilen. Ich will sie mit niemandem teilen ... sie ist hässlich...«

Aber Elisa schrieb erneut.

»Was genau ist passiert? Erzähle es mir bitte ... ich muss es wissen.«

Ihrem flehenden Blick konnte er nicht lange widerstehen. Er fuhr mit zögernder Stimme fort.

»Ich war damals vierzehn Jahre alt. Der Matrose war betrunken, als er nachts alleine an unseren Strand kam. Ich sah, wie er hinfiel, in der Nähe der Felsen, an denen sich die Brandung bricht. Ich war fertig mit dem Fischen und wollte zurück ins Dorf. Da hat er um Hilfe gerufen. Er hatte sich auf dem Felsen sein Bein verletzt. Er tat so, als bräuchte er nur meine Hilfe ... aber das stimmte nicht ... Er wollte mich besitzen ... wie die Weißen eine Frau besitzen wollen – mit Gewalt.«

Keliis Stimme erstarb abrupt. Elisa wollte ihn nicht weiter drängen. Sie konnte sich den Rest vorstellen. Hätte sie in der Grotte ein Messer gehabt, sie hätte Gerit Janson ebenfalls getötet. Sie wollte weitergehen, aber Kelii hielt sie fest.

»Ich möchte es dir ganz erzählen ... Als der Matrose in meinen Armen an dem Messerstich gestorben ist, hat er nach seiner Mutter gerufen. Es war schrecklich ... willst du die Bilder sehen?«

Elisa nickte und legte ihre Fingerkuppen erneut auf die Haut über seinen Rippen. Sein Herz schlug darunter hart und schnell.

Kelii hatte seine Augen geschlossen und ließ Elisa die schrecklichen Bilder sehen, die in seinem Inneren wüteten.

Der Matrose lachte, sobald er Kelii zu fassen bekam. Er war stark, betrunken und sagte ekelhafte Worte. Der Mann versuchte, dem Jungen Gewalt anzutun. In seiner Panik, weil er sich aus dem Griff des schweren Matrosen nicht befreien konnte, stach der Junge zu, wieder und wieder.

Elisa nahm langsam ihre Hand von seinem Herzen.

Sie spürte auch nach der langen Zeit seinen Schmerz und die Verzweiflung über seine Tat. Als er sprach, war seine Stimme nur ein Flüstern, aber jedes seiner Worte drang tief in Elisas Seele ein.

»Das ist der Grund, warum du keine Rache nehmen willst, meine Liebste. Gewalt frisst ein Stück Licht aus deiner Seele. Wenn, dann werde ich Janson für dich töten. Ich habe schon getötet, und dieser Mord war mein Lehrer. Aber du gehörst dem Leben. Du bist meine Haifischfrau und vielleicht wirst du einmal eine sehr mächtige Kahuna…«

Nur wenige Stunden später lag Elisa auf Hokus Matte, um endgültig von Jansons Gewalttat geheilt zu werden. Die kleine, alte Heilerin strahlte vom ersten Moment an eine Autorität aus, die keinerlei Widerspruch duldete.

»Du, Elisa, entspannst dich jetzt … sieh mich an!«

Elisa spürte sofort die gewaltige Kraft, die von Hokus greisen Händen ausging. Im Vergleich zu dieser mächtigen Heilerin von Oahu schienen Elisa ihre eigenen Fähigkeiten wie die eines Kindes.

Hoku war eine von der Königsfamilie anerkannte Meisterin in vielen Kahuna-Künsten, aber vor allem war sie eine Meisterin der Hellsichtigkeit. Ihr blieb nichts verborgen. Jetzt fixierte sie Elisas Pupillen mit ihrem forschen Blick, der jung und alt zugleich zu sein schien.

»Du machst deine Sache gut, Mädchen. Ich bin zufrieden. Und jetzt rede ich ein paar Worte mit meinem Schüler Kelii, während du dich ausruhst. Wir haben heute noch eine anstrengende Arbeit vor uns…«

Damit widmete sich Hoku ihrem Schüler, den sie neugierig musterte.

»Du wirst langsam zum Mann, Junge! Hier steht schon bald ein Kane vor mir, ein Initiierter! Aber du darfst nicht nachlassen. Jeden Tag musst du besser werden, hörst du? Jeden Tag!«

Kelii rührte seine alte Lehrerin. Als kleinen Jungen hatte Hoku ihn behutsam in die hohe Kunst der Heilung eingeführt und war mit seinen Fortschritten stets zufrieden, hatte gelobt und ihn gleichzeitig ermuntert, weitere Grenzen zu erobern. Und das tat sie immer noch, manchmal waren es die dunklen Abgründe seiner Seele, in die sie ihn herabstieß, um nach Schätzen zu tauchen, wie sie es nannte.

»Du bist jetzt im fünften Winter deiner zweiten Ausbildung. Hast du inzwischen gelernt, den toten Matrosen zu besiegen? Ist er dein Freund geworden, dieser Unglückliche, dem du deine Seele geopfert hast?«

Elisa hörte, wie Kelii mit einem Ja antwortete. Also stimmte es, was er sagte, Hoku las seine Gedanken und teilte seine Träume.

»Und du liebst diese Wahine von ganzem Herzen?«

Kelii bejahte auch das, sagte aber auch, dass sie noch auf den Segen seiner Mutter warten müssten, damit er Elisa auch heiraten dürfte. Und natürlich hätte Hoku in der Sache mehr als nur ein Wörtchen mitzureden.

Die Alte grunzte zustimmend.

»Ich werde mir die Seele deiner Liebsten ganz genau ansehen … meine Träume waren mächtig und vielversprechend, jedoch auch unverständlich. Einige Leben hat sie schon hinter sich, ist hier eine Heilerin gewesen, doch vielleicht sogar in einer anderen Zeit, in der man in ihrer Heimat auf der anderen Seite des Ozeans die schönen Frauen mit den Zauberkräften auf Pfähle spießte und ihre Seelen im Feuer gen Himmel schickte. Eine, die von Großvater Hai erwählt wird, kann keine kleine Seele sein…«

»Ich überlasse sie dir…«

»So ist es gut, mein Junge. Überlasse vor allem auch ihre gefangene Stimme mir.«

Kurz darauf stand Hoku wieder bei Elisa und begann die Behandlung mit ihren Händen. Anfangs sprach sie dabei mit leiser Stimme, eindringlich nah an Elisas Ohr, bisweilen summend, ab und zu nur ein Flüstern. Nicht alle Worte konnte Elisa verstehen, doch hatte sie den Eindruck, als ob das auch gar nicht notwendig war. Immer, wenn Hoku verstanden werden wollte, hob sie ihre Stimme an. Oft stellte sie danach auch eine Frage.

»Nur ich darf entscheiden, welche Fähigkeiten ein Heiler erlangen darf. Verstanden? Kelii zum Beispiel lernt bei mir seit vielen Jahren das Traumreisen, die gesamte Pflanzenmedizin und das Sehen mit den Fingern. Er darf aber nicht lehren … Alles was er dir bisher beigebracht hat, ist ohne meine Erlaubnis verboten. Haben wir uns verstanden, Mädchen? Und nur wegen deiner Begegnung mit Großvater Hai, einem eindeutigen Zeichen, hat er sich dir als Haole überhaupt genähert, seine Seele zu deiner gelegt…«

Eine Weile lang schwieg die Alte und strich durch die Luft über Elisas Kopf, dann der Länge nach über ihren ganzen Körper.

»Du hast dich in diesem Leben trotz einem Zögern in eine Haole-Haut hineingeboren. Warum Haole?!«

Hoku sprach das Wort voller Verachtung aus, doch Elisa wusste keine Erklärung dafür. Konnte eine Seele sich Eltern aussuchen? Und wenn ja, wollte Elisa mit voller Absicht in eine weiße Haut? Diese Frage hätte sie nicht beantworten können, selbst wenn sie hätte sprechen können. Außerdem fühlte sie sich zu matt, um nach ihrem Skizzenbuch zu greifen und etwas aufzuschreiben. Konnte Hoku überhaupt lesen?

»Was für eine dumme Frage! Als ob ich die kleinen Zeichen der Haole brauchen würde, um zu wissen, was du gerade denkst, Mädchen! Blödsinn!«

Kurz darauf wurde ihre Stimme wieder weicher.

»Ich bin oft in deinen Träumen bei dir, Elisa. Du bist eine von uns. Der Hai hat dich ausgewählt. Jedoch konnte ich dein Erlebnis in der Grotte noch nicht einmal erahnen, das habe ich nicht vorausgesehen! Warum? Es kam ein Nebel. Deine Träume schienen verschwunden zu sein. Und seitdem herrscht Verwirrung. Was will dein Schicksal erreichen, wenn du mit deinem eigenen Volk brechen musst? Was habe ich übersehen?«

Elisa wusste, dass Hoku keine Antwort von ihr erwartete. Die Heilerin suchte ihre eigene Wahrheit tief in Elisas Körper. Summend verweilte sie jetzt an der Stelle über ihrem Unterleib, die der Hai vor mehr als einem Jahr verunstaltet hatte. Ihr Summen begann sich zu intensivieren, wurde zu Tönen und Lauten und schließlich zu einem monotonen Gesang, der Elisa immer mehr einschläferte. Riesige Wellen, dachte sie noch im Halbschlaf. In mir und überall um mich herum sind unglaublich große Wellen. Ich werde ertrinken…

Da wurde sie auch schon von einer gewaltigen Kraft in die Tiefe gezogen. Sie war inmitten ihrer Erinnerung mit Großvater Hai. Elisa musste sich jetzt viele, viele Meter unter der Wasseroberfläche befinden, denn an diesem Ort war kaum mehr ein Lichtschimmer zu sehen. Ihr Gegenüber lauerte mit starren Augen. Der Hai sah sie ruhig an, so als wollte sein Auge ihr etwas sagen. Elisa blickte ebenso ruhig zurück. Sie empfand dabei nicht das geringste bisschen Furcht. Sie war tot, realisierte sie gelassen. Sie musste tot sein, denn sie hörte ihren eigenen Atem nicht mehr. Sie verspürte aber auch keinerlei Not, sondern schwebte in einem gefühllosen, nebligen Niemandsland. Wolken von ihrem Blut, ihre schwebenden Haare im Wasser, der Stoff ihres nassen Kleides, alles war jenseits ihrer Wirklichkeit. Doch, da war noch etwas, das sich hin und wieder zwischen das Auge des Hais und Elisas Blick schob. Es war ihr Finger. Ihr toter Finger berührte die Haut neben dem Auge des Hais. Wollte Elisa sich mit dem Ungetüm verbinden?

Dann wechselte das Bild in ihrem Inneren. Elisa hörte Musik, das Stampfen von vielen Füßen, die in perfektem Einklang am Meeresufer zu tanzen schienen. Ja, es war ein Tanz, begleitet von den Stimmen vieler Menschen inmitten von einem Rauschen, das rhythmisch am Ufer anlandete und immer mehr Tanzende in die Brandung zog. Mächtige Wellen rollten an den Strand. Die Tanzenden lachten in der von Sternen geküssten Nacht. Und auch Elisa verschmolz in Ekstase und wurde Teil dieses Tanzes. Die Klänge trieben sie weiter und immer weiter vorwärts, mitten in das Auge des mächtigen Hais. Dann wurde es dunkel.

Weit vor sich in einem dunklen Tunnel sah Elisa einen kleinen Funken Licht. Die Stimmen sangen immer noch in einer ihr fremden Sprache, in einer Welt, die es für immer geben würde. Sie verstand, was die fremden Worte ihr sagen wollten. Elisa musste vorwärts, immer tiefer in Richtung dieses Lichts, das sie zurück zur schweren Erde führte. Wie von allein wurde sie jetzt in einen Raum aus gleißender Helligkeit gezogen. Erst war es um sie herum nur strahlend, dann nahmen die verschwommenen Formen nach und nach mehr Kontur an.

Der Raum, in dem Elisa sich befand, war ihr vertraut. Es war das Arbeitszimmer ihres Vaters. Sie war in ihrem Haus in Hamburg. Der Vater saß, so wie sie ihn in ihrer Kindheit oft erlebt hatte, konzentriert an seinem Schreibtisch, versunken in sein Buch. Als er sein Töchterchen aus sich zukommen sah, legte er die Lektüre beiseite und breitete seine Arme aus. Sie lief zu ihm, wie sie es als Kind so oft getan hatte. Doch diesmal war es anders, denn sie hatte ein Anliegen und zappelte ungeduldig in seinen Armen. Ihr Vater lachte gutmütig.

»Was bringt mir meine Prinzessin heute aus dem Garten? Ist es wieder eine Schnecke?«

Langsam öffnete das Kind die erdige Hand.

»Schau, was in meinem Beet war…«

Ein kleiner Regenwurm wand sich auf ihrem Handteller. Nachdem ihr Vater einen Bogen Papier auf seinen Schreibtisch gelegt hatte, sahen sie sich auf dem weißen Büttenpapier gemeinsam den sich windenden Wurm an. Elisa stupste den Wurm zart an, sodass er sich noch mehr krümmte. Dann stellte sie ihre Frage.

»Hat der Regenwurm auch einen Lieben Gott?«

Der Vater nickte. Er strich ihr eine Haarsträhne aus dem Gesicht, bevor er anfing zu sprechen.

»Alle Lebewesen kommen aus derselben Quelle. Alle gehen wir eines Tages dorthin zurück. Aber manche Kreaturen wissen nicht so viel von Gott. Sie lesen nicht in der Bibel. Sie singen auch keine Lieder mit ihrer Mutter am Klavier, um Gott zu erfreuen. Aber für Gott sind alle Kreaturen gleich. Wir kommen aus seinem Licht. Dein Wurm lebt genauso in Gottes Liebe wie du und ich.«

Als Nächstes zeigte das Mädchen auf das Kreuz von Jesus Christus, das seit der letzten Reise nach Hawaii über dem Arbeitsplatz ihres Vaters hing.

»Der Sohn von Gott … sieht der auch diesen Wurm?«

Ihr Vater nickte und nahm das Kreuz von der Wand. Er reichte es Elisa, denn er wusste, wie gern sie das Schnitzwerk aus der Südsee hatte. Sie hatten sich darauf geeinigt, dass sie dieses Kreuz eines Tages zu ihrer Konfirmation bekommen sollte. Vorher durfte sie es jederzeit in seinem Arbeitszimmer besuchen.

Andächtig sah sich Elisa den geschnitzten Jesus an. Das Kreuz war eine Schnitzarbeit aus Kauai. Ihr Vater hatte es in der dortigen Mission mit der Absicht erstanden, seine Frau von den Fortschritten der Missionsschule zu überzeugen. Die Christusfigur sah aus wie ein Hawaiianer, das Gesicht trug polynesische Züge.

Elisa erschrak in ihrer Trance, als sie Hoku jetzt neben ihrem Ohr lachen hörte, wie aus weiter Ferne und dennoch nah. Lachte die Kahuna über ihre Erinnerung, ihre erste Begegnung mit Hawaii? Etwa sechs Jahre alt musste sie damals gewesen sein, dachte Elisa, während sie in großer Distanz Hokus Summen hörte und sich gleichzeitig im Haus ihrer Kindheit befand. Bis zu diesem Moment hatte sie nie mehr an diesen Regenwurm gedacht, dabei lehrte er sie als Kind eine wichtige Lektion, die sie nie in ihrem Leben vergessen hatte. Elisa fühlte sich mit einem Mal unwohl unter Hokus Händen. Das lag zum einen an der befremdlichen Sensation, wieder klein zu sein und in Hamburg. Zum anderen lag ihr Unwohlsein an dem Wurm, beziehungsweise dem Schicksal, das der Regenwurm erleiden musste.

Hoku summte jetzt lauter. Elisa hörte auf zu denken und ließ sich von der Heilerin zurück in ihre Erinnerung führen.

Die kleine Elisa mochte das geschnitzte Gesicht. Aber auch das glatte Koa-Holz faszinierte sie. Solche Bäume gab es bei ihnen in Deutschland nicht.

Ihr Vater sprach, während sie den Christus zärtlich mit ihren Fingern streichelte. Er war ernst geworden.

»Wir sind alle Gottes Kreaturen, Elisa. Dennoch hat jeder von uns seine eigene Aufgabe. Ich kümmere mich um Schiffe und baue eine Plantage auf Kauai für meine hübsche kleine Tochter. Du spielst im Garten und lernst Lieder von deiner Mutter. Und dieser Wurm verrichtet in der Erde seine Arbeit, Tag für Tag. Für den Wurm ist es viel einfacher, gottgefällig zu sein. Ihm fällt gar nichts ein, was seine Erdarbeit stören könnte. Das ist bei einem kleinen Kind anders … Verstehst du? Kinder haben allerlei Unsinn im Kopf…«

Elisa nickte, war aber abgelenkt. Irgendwie hätte sie es gerne gesehen, wenn der Wurm sich für das Kreuz interessiert hätte, das sie ihm hinhielt. Doch das tat der Regenwurm nicht. In sich zusammengekrümmt lag er da, während Elisas Vater weitersprach.

»Für uns Menschen ist es nicht immer leicht, Gottes Willen zu verstehen, auch nicht für die Kinder, die zunächst unwissend auf unsere Welt kommen. Wir müssen alle unseren Weg zu Gott finden, indem wir das Lesen lernen und die Bibel studieren. Du kennst die Bibel bereits ein wenig, nicht wahr?«

Wieder nickte Elisa und stolz legte der Vater ihr seine Hand auf den Kopf. Sie wusste, wie viel Vergnügen ihm ihre Fortschritte im Lesen machten. Er nahm sich fast jeden Abend Zeit, um ein wenig mit ihr zu üben. Elisa sah vom Regenwurm zu der Bibel in Vaters Hand.

»Wenn der Wurm schon so gut lesen könnte wie ich, würde sich Jesus freuen, nicht wahr?«

Ihr Vater lachte gutmütig. Elisa hatte es gern, wenn er lachte und lehnte sich auf seinem Schoß für einen Moment an seine Brust und schloss ihre Augen. Sie genoss es, den Vater für sich zu haben. Er war nie so streng mit ihr wie die Mutter. Zudem roch er nach Pfeife und den Büchern mit den schweren Ledereinbänden, die sich rechts und links von seinem gewaltigen Schreibtisch türmten.

In dem Moment, indem Elisa begann sich an der Brust des Vaters zu entspannen, passierte das Unglück: Das glatte Holzkreuz glitt aus ihrer Hand. Seine Kante traf den Wurm auf dem Büttenpapier. Kurz zuckte der Regenwurm zusammen, dann lag er in zwei Teilen da, die beide noch unabhängig voneinander zuckten.

Entsetzt hielt das kleine Mädchen die Luft an.

»Vater, tu etwas! Rasch! Der Wurm…«

»Zu spät, Kind. Das Kreuz hat ihn getötet… «

Heiße Scham stieg ihr ins Gesicht, während sie zusahen, wie beide Teile des Wurmes noch ein letztes Mal zuckten und dann endgültig still wurden.

»Habe ich Gottes wichtigstes Gebot gebrochen?«

Die Stimme des kleinen Mädchens war nur mehr ein leises Flüstern, denn sie kannte die Antwort. Durch ihre Unachtsamkeit hatte sie den Wurm getötet.

Schnell glitt sie vom Schoß des Vaters. Sie hörte seine Worte nicht, sondern rannte aus seinem Zimmer so schnell sie konnte. Im Garten versteckte sie sich hinter der Hecke und weinte bittere Tränen der Wut und der Scham. Sie war wütend auf Gott, der den Tod des Wurms zugelassen hatte. Das Kreuz aus Kauai, das sie sich einst so sehnlich wünschte, wollte sie zu ihrer Konfirmation nicht mehr haben. Und wenn in späteren Jahren ihr Blick im Arbeitszimmer des Vaters darauf fallen sollte, würde ihr stets die Schamesröte ins Gesicht steigen.

Elisas Verhältnis zu Gott blieb von diesem Tag an ambivalent. Sie sah das Licht, aber auch den Schatten, denn sie war ihrer Meinung nach genauso ein Teil dieses Schattens wie viele andere Sünder.

»Was genau steht zwischen dir und deinem Jesus? Und wo ist jetzt dein Zuhause in dieser Welt? In dem Magen eines Hais? In der Tiefe des Ozeans? Bei deinem Mann, der mein Schüler ist?«

Elisa war bereits bei der Erinnerung an den zerteilten Regenwurm auf dem Lager der Heilerin zusammengezuckt. Jetzt, da sie von der Kahuna mit Fragen überhäuft wurde, glitt sie mit rasender Schnelligkeit durch das Licht und den Tunnel der tanzenden Stimmen im Meer in die dunkle Tiefe auf dem Grund des Ozeans. Ihr Auge starrte in das Auges des Haifisches. Es war Stille, vollkommene Stille, in der Elisa gerne eine Weile länger geblieben wäre.

Nur hörte sie Hokus penetrante Stimme, die nicht aufhören wollte sie zurückzuholen.

»Du kannst nicht entfliehen, Mädchen. Du bist uns Antworten schuldig. Du hast ein neues Leben begonnen, ein Leben mit seltsamen Haole, mit seelenlosen Kreaturen, die unsere Inseln unterjochen wollen. Warum, Mädchen?«

Dann bat die Alte Elisa, ihre Augen zu öffnen. Elisa gehorchte, obwohl es ihr schwerfiel. Ihre Lider fühlten sich an wie Blei, und sie wollte viel lieber im geschützten Dunkel ihrer Apathie bleiben. Nur ließ der durchdringende Blick der Heilerin das nicht zu.

»Das Kreuz und der Wurm ... sie waren nicht der Anfang. Geh weiter zurück ... Du musst weiter gehen, wenn du Antworten finden willst.«

Hoku stützte Elisas Kopf. Dann flößte sie ihr ein wenig von einem Getränk ein, dessen Geschmack Elisa sofort erkannte. Tausendnebel.

»Diese Pflanze hilft dir, die Zeit leichter zu wechseln. Geh durch das Auge von Großvater Hai zurück durch die Zeit. Suche nach dem Ort, an dem man dich einst als Hexe verbrannte ... er wartet auf dich.«

Elisa hatte keine Ahnung, wovon Hoku sprach. Aber sie hatte plötzlich den Wunsch, der Heilerin eine Frage zu stellen. Die kleine Elisa im Arbeitszimmer des Vaters hatte noch ihre Stimme. Und vielleicht konnte auch der Kehlkopf der erwachsenen Elisa wieder Worte formen, wenn sie sich nur daran erinnern könnte, wie es sich damals angefühlt hatte, wenn in ihrer Kehle die Worte entstanden waren.

Schmerzlich wurde ihr bewusst, was sie in der Grotte alles verloren hatte. Wie viele Teile ihrer selbst waren in dieser Nacht gestorben? Diese Erkenntnis schmerzte und Elisa wollte ihre Stimme wiederbekommen. Sie wollte endlich wieder singen! Zärtlichkeiten wollte sie flüstern und Geschichten erzählen, in der hawaiischen Sprache, die sie auch stumm weiter gelernt hatte. Oh ja, ihre Stimme sollte zurückkehren, aber auch ihre Kraft und ihre Unschuld, die in der Grotte starben.

Elisa öffnete ihrem Mund, um Laute zu formen, aber alles, was herauskam, war ein klägliches Knurren und Quietschen. Sie konnte nicht mehr sprechen, denn Gott hatte sie bestrafen wollen, vielleicht für das eine Mal, als sie glücklich mit Kelii gewesen war und sie sich ohne den göttlichen Segen hinter dem Wasserfall beglückt hatten. Die Schlange, der Wurm, der Sündenfall.

Hoku schüttelte energisch den Kopf.

»Blödsinn! Dein Gott straft dich nicht ... Auch dein Gott will dich nur wachsen sehen. Unsere Götter sind nicht verschieden. Alles, was das göttliche Licht auf deinen Weg legt, dient nur einem Ziel: Deinem eigenen Licht sollst du entgegenwachsen...«

Elisa sah Hoku misstrauisch an. Die Heilerin konnte wirklich jeden ihrer Gedanken lesen. Nur empfand Elisa ihre Götter als sehr unterschiedlich. Christen beteten zudem keine Tiere an und schon gar nicht einen Hai!

Prompt kam aus Hokus Mund wieder eine Antwort.

»Du willst wissen, warum der Hai, den wir verehren, dich ausgewählt hat? Und du willst wissen, warum dieses Scheusal Janson, ein Mann aus deinem Volk, dir Gewalt angetan hat? Ich zeige es dir...«

Hoku legte ihr sanft ihre Hände an die Schläfen. Ein Lichtrauschen strömte ins Innere ihres Schädels. Tausende von winzigen Ameisen krabbelten durch Elisas Hirnwindungen. Dann kam der Nebel über sie. Schwach hörte sie jetzt Hokus Worte, wie aus weiter Ferne sprach die Heilerin zu ihr.

»Versuche hindurchzugehen durch alle singenden Nebel, die zu dir kommen werden. Geh und finde deine Antwort. Aber du solltest nicht alleine suchen ... Du brauchst deine Helfer. Es gibt Freunde aus der anderen Welt. Der Hai ist dein mächtigster Freund. Er regiert dein Leben und deinen Tod. Aber er wählt nur Kahuna aus, das musst du wissen. Du bist eine von uns, nur eben eine Kahuna in weißer Haut. Du musst jetzt deine anderen Helfer finden. Das ist wichtig. Gehe in die Zeit zurück, vor Großvater Hai … Geh und suche im singenden Nebel … Ich halte dich … Du wirst den Weg zu mir zurückfinden.«

Erneut umfing Elisa bleierne Schwere. Sie beobachtete aus ihren Augenwinkeln, wie die Heilerin eine Feder nahm. Es war eine lange große Feder, die in den Händen der singenden Heilerin zu tanzen schien. Abwechselnd flatterte sie über Elisas Füße. Das Kribbeln der Ameisen begann zunächst in ihren Zehen, dann in Füßen und Knöcheln. Das kitzelnde Gefühl stieg höher und höher, bis es in ihrem Unterleib zu Wärme und dann in ihrem Oberkörper zu einer starken Hitze wurde.

Als Hoku anfing zu summen, versuchte sie vergebens ihre Augen zu öffnen. Um sie herum stiegen bereits die Nebelschwaden auf.

In Elisas Kehlkopf begann ein Feuer zu lodern, das teuflisch brannte. In dem Sitz ihrer verlorenen Stimme konzentrierte sich alle Energie. Vor ihrem innerem Auge stiegen Bilder von Flammen auf. Sie sah ein Feuer, das am Rande eines kleinen Dorfes am Meer bis hoch hinauf in den Himmel loderte. Wo war sie? War sie auf Hawaii? Vielleicht in einer früheren Zeit? Menschen, die kaum bekleidet waren, standen um das Feuer herum. Ihre Stimmen klangen feindselig und aggressiv. Ihre Worte galten der jungen Frau, die an einen Pfahl gebunden war. Sie weinte. Elisa fühlte ihre Tränen auf ihrer Haut. Sie war diese junge Frau. Aber warum waren alle so wütend auf sie?

Eine Männerstimme übertönte alle anderen. Elisa fühlte eine unglaubliche Angst in sich aufsteigen. Es war für sie schwer, durch die Rauchschwaden hindurch sein Gesicht genauer zu erkennen, doch sie wusste, wem diese wütende Stimme gehörte. Awapuhi, wilder Ingwer, war der Kahuna ihres Dorfes und auch ihr Lehrer. Er hatte der jungen Frau in den Flammen viel beigebracht, doch jetzt machte er sie verantwortlich für eine schlimme Krankheit, die einigen Menschen im Dorf das Leben gekostet hatte. Elisa wusste, warum Awapuhi ihr die Schuld gab. Sie hatte sich geweigert, bei ihrem Lehrer zu liegen, obwohl er sie zur Frau wollte, nachdem seine eigene Frau und auch ihr Liebster an der Krankheit gestorben waren. Alle im Dorf litten unter der Angst, die der plötzliche Tod vieler lieber Menschen mit sich gebracht hatte. Awapuhi rief daher alle dazu auf die Liebe zu zelebrieren, miteinander zu liegen und sich gegenseitig zu trösten. Neues Leben sollte entstehen nach dem Schrecken des Todes. Frische Blumen wollte Awapuhi auch in den Schoß der jungen Frau pflanzen, die im Feuer Todesqualen litt.

Nur konnte die Trauernde dem Kahuna nicht zu Willen sein, da sie um ihren Liebsten trauerte. Und auch zukünftig wollte sie Awapuhi nicht zum Mann, da er zwar ihr verehrter Lehrer gewesen war, sie ihn jedoch nicht liebte, niemals würde lieben können, da er ein Lügner war. Nicht Awapuhi hätte der Kahuna des Dorfes werden sollen, sondern ihr Vater, der auf geheimnisvolle Weise durch einen Sturz von einem Felsen ums Leben gekommen war. Sie fühlte, dass Awapuhi der Mörder ihres Vaters sein musste. Sie wusste zu viel. Deshalb wollte er sich jetzt an ihr rächen. Sein Stolz war gekränkt. Und außerdem musste er von seiner Unfähigkeit ablenken, denn nicht einen Einzigen der Kranken im Dorf hatte er vor dem schwarzen Tod retten können, der mit dem Schiff der Weißen an ihre Ufer gekommen war. Wie denn auch? Awapuhi konnte nicht heilen.

Die Männer des Dorfes schürten das Feuer weiter an. Sie fühlte bereits keinen Schmerz mehr. Nur die gehässigen Schreie von Awapuhi glühten und brannten qualvoll in ihren Ohren. Noch im Tod wollte er sie vor den anderen beschmutzen, beschimpfte sie als Verführerin und schwarze Hexe.

Elisa erkannte Awapuhis Seele. In dem Kahuna steckte die Seele eines Frauenhassers. Zwar sah Awapuhi anders aus als Gerit Janson, jedoch sprachen seine wütenden Gesten und sein listiger Blick die Sprache ihres Vergewaltigers. War das möglich? Kamen Seelen zusammen, um ihr Schicksal zu vollenden? Gab es eine offene Rechnung zwischen Janson und ihr, die beglichen werden wollte? Das konnte nicht sein! Und wenn doch, was musste Elisa jetzt tun?

Wieder und wieder machte Awapuhis eine Geste, die ihren Flammentod bedeutete. Er zeigte mit seinem Götterstab in ihre Richtung und sagte, es sei die Göttin Pele, die ihren Tod forderte, wenn nicht noch mehr Kranke im Dorf sterben sollten.

Sie wollte mit den Männern ihres Dorfes sprechen, konnte es aber nicht, denn sie musste immer wieder husten. Der Rauch biss in ihren Augen, drang in ihre Kehle und tief in ihre Lungen. Der Tod ist ganz nah, dachte sie, und hob ihre Augen gen Himmel.

In diesem Moment erblickte sie ihre Rettung. Über ihr kreiste ein Greifvogel. Sie hörte seinen Ruf und verstand, was der Vogel ihr in seiner Sprache sagte. Ihre Seele sollte sie aus ihrem gefesselten Körper lösen und ihm auf seine Schwingen legen. Er würde sie nach Hause bringen, zu den Göttern, denen sie beide dienten und deren Licht sie von der Erde in den dunklen Sternenhimmel rief. Sie spürte eine goldene Freude in ihrer Brust. Ihr Liebster, der vor einigen Tagen an der bösen Krankheit gestorben war, hatte ihr einen Boten geschickt, um sie zu sich zu rufen.

Sie war erlöst. Mit diesem Gedanken sank sie in die Knie, um sich den Flammen zu ergeben. Da spürte sie seine Hand in ihren Haaren. Er riss ihren Kopf an den Haaren zurück, und sie erkannte seine unglaubliche Wut, weil sie sich ihm verweigert hatte. Noch durfte sie nicht sterben.

Wieder schrie der Greifvogel. Er rief sie zu sich, zurück zum Licht, wo Frieden und Kraft auf sie warteten. Tödlich erschöpft öffnete sie ihren Mund. Sie wollte Awapuhi, den sie seit ihrer Kindheit kannte, noch eine letzte Frage stellen.

»Warum? Du weißt doch, dass ich dich nie lieben könnte. Hast du das Licht der Götter verloren? Warum hast du meinen Vater getötet? Du bist kein Kahuna!«

Awapuhi schlug hart zu und traf sie mit der Kante seines Stabes an der Schläfe.

Für sie war dieses Leben vorüber. Doch bevor die Flammen ihren Körper fraßen, war sie schon nicht mehr dort. Der wertvollste Teil von ihr ritt weit über dem Meer auf den Schwingen des Falken den Sternen entgegen.

Mit ihrer letzten Seelenkraft und der Bitte an ihren ermordeten Kahuna-Vater, dass er ihr beistehen möge, schickte sie den stärksten Fluch, den ihr Vater ihr beigebracht hatte, in Awapuhis Richtung. Verfaulen sollte sein Fleisch bei lebendigem Leib an seinen Knochen und nie sollte ein Weib seine Seele lieben.

Damit endete ihre Erinnerung, so erschien es Elisa zumindest. Wieder lachte Hoku leise.

»Das ist nur die halbe Geschichte, mein Mädchen, doch es reicht für das, was du dir wünscht: Rache.«

In der tröstlichen Geborgenheit, in die sie ihr Rachegedanke hüllte, überkam Elisa unter Hokus Händen die Erkenntnis: Sie war schon öfter auf den hawaiischen Inseln gewesen, wie sie jetzt sicher wusste. Und sie war auch Janson schon einmal begegnet, wenn auch in anderer Gestalt. Die Geheimnisse des Himmels mussten weiter und größer sein, als die Diener des christlichen Gottes es sahen, die nur ein einziges Buch kannten, nach dem sie sich richteten.

Wieder flüsterte Hoku jetzt leise in ihr Ohr.

»Spürst du die Feder des Falken noch an deinem Fuß? Du musst zurück auf seinen Rücken. Seine Schwingen tragen den Schlüssel zu deiner Stimme. Greif zu!«

Elisa begriff auf den Schwingen des Falken, dass das göttliche Licht umfassender war, als ein Mensch es je begreifen würde. Die Hitze in ihrem Kehlkopf explodierte mit einem Seufzer aus der tiefsten Tiefe ihrer Seele. Die Tränen flossen ihr noch aus den Augen, als Hokus Feder ihr jetzt sanft über die Vorderseite des Halses strich, um die Energien weiter zu verteilen. Stoßweise blies die Heilerin abwechselnd rechts und links gegen Elisas Hals. Die Hitze nahm ab.

»Noch nicht fertig … noch nicht fertig…«

Damit zirkulierte sie wieder und wieder ihre Feder. Der heiße Knoten in der Kehle wurde kühler, fühlte sich flüssig an, wie ein Öl, das geschmeidig in die Brust hinab floss. Danach spürte Elisa nur noch ein angenehm lebendiges Kribbeln.

»Das war harte Arbeit, Mädchen…«

Hoku war fertig, drückte Elisa die Feder in die linke Hand und flüsterte ihr ins Ohr.

»Jetzt versuch es … und bitte wähle gut. Was sind deine ersten Worte?«

Elisa dachte kurz nach. Da waren Worte, die sich ihr aufdrängten. Zum Beispiel war da Keliis Name. Der Mann, den sie liebte. Oder vielleicht auch ihr eigener Name? Wollte sie ihren eigenen Namen aussprechen, um sich zu vergewissern, dass sie existierte?

Andererseits war sie sich nach ihrer Nebelreise nicht mehr ganz sicher, wer sie überhaupt war. Viele Stimmen meldeten sich in ihrem Inneren. Aber ein Wort war stärker als alle anderen. Es schien Elisa der richtige Anfang für ein Leben, von dem sie noch nicht wusste, wohin es sie führen würde. Jedoch würde ihr Leben von nun an ein neues Leben sein.

»Kahuna … ich bin Kahuna!«

Hoku war mehr als zufrieden.

»Ja, das bist du. Du bist sogar schon eine sehr entwickelte Kahuna. Wir anderen wissen es schon länger, zumindest einige von uns. Aber ich bin froh, dass du es jetzt auch weißt.«

Sie klatschte in die Hände.

»Für heute reicht es. Du solltest später zum Wasserfall gehen … Der Tod will abgewaschen werden, besonders wenn man verbrannt wurde…«

Hoku hörte auf zu reden und sah Elisa prüfend an.

»Kannst du es fühlen … bewegt es sich schon?«

Elisa wusste nicht, was Hoku meinte. Ihre Gedanken waren woanders. Sie wollte zu Kelii. Sprechen, singen und ihm all das sagen, was sie in ihrem Inneren fühlte, das wollte sie in diesem Moment mehr als alles andere. Von ihrer Liebe wollte sie reden und von ihrem Wunsch, von jetzt an und für immer bei ihm bleiben zu dürfen. Sie hatte ihre Stimme wieder, sie hatten eine gemeinsame Zukunft vor sich. Der Rest würde sich finden.

Elisa wollte aufstehen, doch Hoku drückte sie energisch auf die Matte zurück.

»Du kannst es noch nicht fühlen … Es versteckt sich, dieses kleine Wesen und zwar auch vor einer Kahuna! Na gut, dann überbringe ich dir die Nachricht…«

Hokus Gesicht war jetzt ernst. In ihrer Stimme schwang Bedauern mit.

»Was ich dir sagen muss, wird nicht nur dir wehtun, sondern auch für Kelii wird es schwer werden. Der Junge ist mein wertvollster Schüler, weißt du … ich mag ihn sehr.

Und ich hätte euch beiden eine leichte Zeit gewünscht, eine Liebeszeit voller Süße...«

Die alte Heilerin atmete tief durch. Elisa glaubte, so etwas wie Zorn in ihren Augen aufblitzen zu sehen.

»Kelii liebt dich mehr als sich selbst. Vielleicht wird diese Liebe auf lange Sicht sein eigenes Leben zerstören, doch darauf hast du keinen Einfluss. Dich zu lieben ist sein Pakt mit Gott ... Du bist sein Schicksal.«

Hoku zögerte kurz, dann sprach sie weiter.

»Vielleicht wird seine Liebe deine Rettung sein können. Aber deine Aufgabe ist groß in diesem Leben, und du musst jetzt stark sein, Kind. Ich kann mein Wissen nicht länger für mich behalten, sonst könnte alles noch schlimmer werden. Jetzt gibt es zumindest noch die Möglichkeit ... Du könntest vielleicht etwas gegen das drohende Unheil tun. Doch wir müssten schnell handeln ... Weißt du jetzt, wovon ich rede?«

Elisa starrte Hoku an. Das Sprechen war noch ungewohnt und kostete sie Überwindung.

»Tut mir leid, aber ich habe keine Ahnung.«

In Hokus Augen schimmerten Tränen.

»Kelii und du, ihr habt einen Fehler gemacht. Es wird schwer für euch werden, also musst du stark sein. Versprichst du es mir?«

Elisa lächelte Hoku schief an. Immer noch wusste sie nicht, wovon die Kahuna sprach und räusperte sich.

»Ich hoffe, dass deine Sorge lediglich mit der angespannten Situation zwischen den Weißen und den Hawaiianern zu tun hat. Unsere Herkunft könnte es uns schwer machen, offiziell ein Paar zu werden. Das meinst du doch, oder?«

Elisa war von dem Lager aufgestanden. Sobald sie sich voll aufrichtete, war sie einen guten Kopf größer als die greise Heilerin. Jetzt umarmte sie Hoku.

»Ich bin so dankbar, dass du mir meine Stimme zurückgegeben hast. Das ist das Wichtigste für Kelii und für mich. Wenn ich gesund bin, dann bin ich auch stark. Wir wissen, dass wir für unsere Liebe kämpfen müssen, vielleicht für den Rest unseres Lebens.«

Elisa strahlte die Alte an. »Zusammen sind wir stark, Kelii und ich. Solange wir zusammenhalten, werden wir es schaffen!«

Hoku schüttelte betrübt den Kopf. »Du weißt es immer noch nicht, Kind. Du hast nicht die geringste Ahnung, wovon ich rede? Es ist schrecklich! Komm, leg dich wieder hin, vielleicht kannst du es dann selber fühlen … Los! Leg dich wieder hin! So kann ich dich ohnehin nicht zu ihm gehen lassen. Du bist … du bist … eben doch Haole. Du fühlst es nicht!«

Elisa wusste, dass Widerstand zwecklos war. Sie gehorchte und legte sich wieder auf die Matte. Die Heilerin legte mitleidig ihre rechte Hand auf Elisas Unterleib. »Spüre einfach nur in dich hinein, Kind. Jede Frau bei uns kann es schnell fühlen … Warum, denkst du, ist dir immerzu übel? Und bleibt nicht deine Mondzeit seit einiger Zeit aus? Was genau geschah in der Grotte?«

Elisas Beine begannen zu zittern. Was sie die letzten Wochen als ungeheuerlichen Gedanken verdrängt hatte, brach jetzt wie ein Unwetter über sie herein. Sie hatte in diesem Teil ihres Körpers nichts spüren wollen. Alles, was sie an diese Nacht erinnerte, sollte für immer auf dem Grund des Höhlensees liegen.

Doch in der Sekunde, als Hoku es sagte und mit ihren Fingerkuppen in das Innere ihres Bauches sah, wusste auch Elisa Bescheid. Jedoch war es ein Wissen, gegen das sie sich mit aller Kraft abschotten musste, weil es ihr Leben zerstören konnte. Hoku sah sie mit traurigen Augen an, die voller Verständnis waren.

»Ich weiß. Aber du kannst es nicht wegschieben, Mädchen. Es wächst in dir. Es wird von Tag zu Tag größer und will irgendwann mit eigenen Augen die Sonne sehen. Spürst du seine Kraft?«

Jetzt nahm auch Elisa das fremde Wesen in ihrem Unterleib wahr. In ihr wuchs ein Kind heran. Aber es war auch das Kind von Gerit Janson. Allein der Gedanke daran war so ekelhaft, dass sie das Gefühl hatte, sich auf der Stelle übergeben zu müssen. Doch es kam noch schlimmer. Hoku flüsterte mit trauriger Stimme.

»Dein Kind kann nichts dafür. Der Mann hat dir das angetan. Er wusste, dass dieser Platz für dein erstes Kind mit Kelii bestimmt war…«

Elisas Wehschrei war der eines verwundeten Tieres. Als sie sich auf der Matte zusammenkrümmte, wollte ihr Zittern nicht mehr aufhören. In ihrem Magen bildete sich ein Klumpen. Kurz darauf erbrach sie mit lautem Würgen vor den Füßen der Heilerin.

Hoku rieb ihr den Rücken.

»So ist es gut. Lass es raus. Du kannst den Hass nicht gebrauchen. Du musst eine Entscheidung treffen und zwar schnell. Kelii muss nichts von diesem Kind erfahren … du hast den Fehler gemacht und nicht er.«

Elisa verstand wieder nicht, was Hoku meinte. Aber die Alte sah sie mit deutlichem Vorwurf an.

»Du liebst Kelii seit dem ersten Tag. Warum bist du dann nicht deinem Gefühl gefolgt? Mit deinen weißen Gedanken von Reinheit und Keuschheit hast du einem Gewalttäter Platz gemacht … Jetzt trägst du ein Kind der Gewalt und nicht Keliis Kind!«

Die Stimme der Alten klang in Elisas Ohren wie das böse Zischen einer Schlange. Sie hatte das Gefühl, dem etwas entgegensetzen zu müssen.

»Es ist Gottes Gebot, unberührt in die Ehe zu gehen … Kelii und ich haben darüber geredet. Wir wollten es beide so … Wir wollten uns dieses Glück aufheben, bis wir vor Gott ein Paar sind.«

Hoku schüttelte energisch ihren Kopf, sodass ihre langen weißen Haare wie elektrisiert durch die Luft flogen. Aus ihren Augen schienen Blitze auf Elisa niederzuschießen. Und hörte sie nicht in der Ferne ein näherkommendes Donnergrollen? Elisa versuchte nicht zu hören, was Hoku in ihrer blinden Wut auf die Gesetze der Haole schrie. Und Hoku war jetzt außer sich vor Wut.

»Dummes Mädchen! Wie hat der Hai dich auswählen können? So ein Schwachsinn ist nicht Gottes Gebot! Dieses biblische Gesetz dient einer alten Angst der Frauenhasser, denn viele Männer sind untreu! Also haben sie Angst vor einer untreuen Frau, von Kindern, die ein anderer in den Bauch ihrer Frau pflanzte. Doch mein Kelii ist nicht so ein Mann! Er wollte für dich sterben, schon am ersten Tag eurer Begegnung. Und du? Du hast ihn abgewiesen ... Siehst du deinen Irrtum ein?«

In Elisas Kopf drehte sich alles. Ihr Hals war wie zugeschnürt, und sie war froh, dass sich ihrem Lager in der Hütte jetzt schnelle Schritte näherten.

»Elisa! Wie geht es dir? Was ist hier los?«

Keliis besorgtes Gesicht erschien in Elisas Blickfeld, doch Hoku stellte sich energisch dazwischen.

»Bitte geh zurück nach draußen! Elisa und ich sind noch nicht fertig. Wir haben Frauensachen zu besprechen.«

München, Herbst 2010

Nachdem die Lomi-Lomi-Behandlung abgeschlossen war, hatte Maja sich noch einmal vergewissert, dass sie dafür wirklich nicht bezahlen musste. Aber es war ein Geschenk von Keanu, wie Malika ihr versicherte.

»Keanu hat mir auch gesagt: zuerst die Massage und dann erst seine Briefe … also hier!«

Damit händigte Malika ihr mit einem Zwinkern einen ganzen Stapel Briefe aus. Es waren genau zehn an der Zahl, altmodische Luftpostbriefe.

»Fast jeden Tag kommt ein neuer Brief für dich…«

»Keanu schreibt mir an deine Adresse? Er wusste doch gar nicht, ob ich wirklich zu dir kommen würde. Ist das nicht ein wenig…«

Malika vollendete den Gedanken.

»Du meinst, altmodisch und total romantisch? Ja, da hast du recht. Es gibt Internet und Skype. Aber so ist mein Cousin eben – hoffnungslos romantisch und manchmal erschreckend altmodisch! Welcher normale Mann schickt heutzutage Liebesbriefe per Luftpost?«

Maja lächelte jetzt sanft. Ihr gefielen die Briefumschläge mit dem rot-blauen Luftpostrand und den blumigen amerikanischen Briefmarken. Ihr Herz hatte begonnen, aufgeregt zu schlagen. Sie war so neugierig, was Keanu ihr wohl schreiben würde. Malika spitzte die Lippen.

»So verliebt! Einen Brief pro Tag schreibt mein Cousin. Wenn du mich fragst, lässt das auf mehr als ein flüchtiges Gefühl schließen. Hast du ihn verzaubert?«

Maja lachte unsicher. Am liebsten hätte sie seinen ersten Brief auf der Stelle geöffnet, doch sie wollte lieber allein sein dabei. Auch glaubte sie, so etwas wie einen Anflug von Kritik in Malikas fragendem Blick zu lesen.

»Nein, ich bin nicht der Typ, der Männer verzaubert. Außerdem sind wir beide in einer Beziehung. Warum … warum glaubst du, tut Keanu das? So viele Briefe … dabei kennen wir uns doch kaum.«

Malika räumte bereits Laken und Handtücher auf.

»Ehrlich gesagt bin ich auch überrascht. Vielleicht hat er Torschlusspanik. Dabei kenne ich Leilani. Mein Cousin wird, oder wollte, eine ziemlich spannende Frau heiraten. Bei mir liegt seit Anfang Juni die Einladung zu Silvester auf Kauai. Sie wollen sich beim traditionellen Hibiskus-Ball das Jawort geben. Und jetzt schreibt er Liebesbriefe an dich…?«

Malika sah Maja abschätzend an.

»Nichts für ungut, aber Leilani ist eine echte Schönheit! Die beiden kennen sich ewig … Ihre Familien sind begeistert … Und was verbindet euch beide? Mach auf!«

Malika hielt ihr auffordernd einen Brieföffner hin. Maja schüttelte den Kopf und steckte die Briefe schnell in ihre Handtasche.

»Das fühlt sich nicht richtig an. Damit muss ich noch warten, damit ich am Ende nicht völlig abhebe…«

»Keanu muss es heftig erwischt haben, denn sonst würde er mich nicht als Liebesboten einsetzen…«

Maja zog bereits ihre Jacke an. Sie wollte plötzlich nur noch schnell nachhause. Mit entschuldigendem Lächeln schulterte sie ihre Tasche.

»Ich will keinen Fehler machen, der meine zukünftige Ehe gefährdet. Zu Hause wartet mein Freund. «

Malika drückte sie zum Abschied an sich.

»Cousin Keanu hin oder her, du hast eine starke Verbindung zur Haifischfrau und vielleicht gehörst du zu unserem Klan. Irgendwelche Ambitionen in Richtung Kahuna – so wie Elisa Vogel?«

Maja schüttelte bei dem Gedanken den Kopf.

»Nein, nie gehabt. Ich glaube, wenn ich mich als Lehrerin um eine Beamtenstelle bemühe, ist das viel klüger. Heiler verdienen mir zu wenig…«

Malika konterte mit lautem Lachen.

»Guter Humor! Du willst Lehrerin werden? Jeden Tag dreißig Schreihälse, die auf deinen Nerven herumtrampeln? Das ist aber auch nicht ohne!«

»So ist es aber… Lehrerin ist mein Ding. Und das ist es ja auch, was Keanu beflügelt, nicht wahr?«

»Es ist schon spannend, wie Hawaii zu dir gekommen ist, obwohl du selber noch nie dort warst. Das ist das Mana in deinen Genen. Es findet jeden von uns zur richtigen Zeit. Man sagt auf Hawaii, dass es an der Göttin Pele liegt. Sie wirft ihr Lasso aus und ruft ihre Kinder irgendwann zu sich…«

Die Oktobersonne schien Maja warm ins Gesicht, als sie die Straße entlangging. Knapp zwei Stunden waren vergangen, seit sie nach ihrem Besuch auf dem Oktoberfest bei Malika in eine andere Welt eingetaucht war. Vielleicht stimmte es, dass Pele alle Kinder mit hawaiischem Blut eines Tages zu sich rief. Durch ihre Träume von Elisa Vogel fühlte sich Maja mit Hawaii verbunden. Auch ihre Begegnung mit Keanu, der irgendwie mit ihrem Vater verbunden sein musste, trug dazu bei. Und vielleicht war die Erklärung von alledem ja wirklich dieses Stück Land auf Kauai, das auf verschlungenen Wegen eines Tages in die Hände ihrer Familie gelangen wollte. Elisa Vogels Land, das Erbe ihres Vaters.

Ihr Handy klingelte. Sie erkannte Stefans Melodie und seufzte. Mit ihm und seinen Freunden war sie heute Abend noch einmal auf dem Oktoberfest verabredet, hatte aber gerade nicht die geringste Lust auf Wies'n-Gaudi und Bier-Fröhlichkeit. Lieber würde sie sich für den Abend irgendwo verkriechen, wo sie ungestört sein konnte, um in Ruhe Keanus Briefe zu lesen und ein wenig nachzudenken über all das, was sie bisher verdrängt hatte. Kenau schien es ernst zu meinen mit ihr.

Maja wartete, bis Stefans Klingeln aufhörte. Als sie daran dachte, wie gerne ihr Freund in Tracht mit ihr auf das Oktoberfest ging, um sie stolz seinen Freunden zu präsentieren, krampfte sich alles in ihr zusammen. Bestimmt liebte sie Stefan in der tiefsten Tiefe ihres Herzens, aber fühlen konnte sie es im Moment so gar nicht. Wahrscheinlich hatte ihre Gefühlskälte ihm gegenüber mit ihrer Affäre mit Keanu zu tun. Immer, wenn Maja Schuldgefühle quälten, tat sie sich schwer mit der Liebe. Und ihr Herz hüpfte noch nicht einmal ein klein wenig, wenn sie an Stefan dachte.

Und wenn die mysteriösen Begegnungen mit Elisa in ihren Träumen an ihrer Entfremdung schuld sein sollten? Sie hatte versucht, mit Stefan über diese Träume zu reden, doch er wollte nichts davon hören, obwohl sie insistiert hatte. Maja wusste, dass diese Träume sie veränderten, sie von ihrem Leben mit Stefan wegzogen. Träume seien Schäume, hatte er gesagt und ihr geraten, vor dem Schlafengehen nicht mehr so schwer zu essen.

Seit Maja die Côte d'Azur verlassen hatte, erschien Elisa noch einige Male und vor ein paar Tagen verflochten sie sich intensiver als je zuvor. Kurzzeitig verschmolzen sie zu einer einzigen Person. Es kam ihr so vor, als sei sie selbst in ihrem früheren Leben Elisa Vogel gewesen. Das würde auch das Porträt erklären, das sie im Internet gefunden hatte. Elisa hatte sich selbst in der Zukunft gemalt.

Doch wie hing all das mit Keanu zusammen? Maja war sich fast sicher, dass ihre starke Verbindung zu Elisa nichts mit Keanu direkt zu tun haben konnte. Eine Blutsverwandtschaft bestand nicht. Immerhin hatte er erklärt ein Hawaiianer reinen Blutes zu sein. Elisa war dennoch seine Ahnin, für Hawaiianer zählte die Zugehörigkeit zu einer Familie, zu einem Klan.

Kurz darauf zweifelte Maja wieder, dass überhaupt eine Verbindung bestand. Wahrscheinlich hatte sie sich alles nur eingebildet. Wie konnte es sein, dass eine Frau aus der Vergangenheit wusste, wie sie in der Zukunft und in einem anderen Leben aussehen würde? War so etwas überhaupt möglich?

Konfuse Gedanken nährten einen Augenblick lang die Idee eines vorbestimmten Schicksals. Doch Maja war bisher nie schicksalsgläubig gewesen. Sie hatte auch nie an Reinkarnation und frühere Leben geglaubt, wie sie Stefan versichert hatte, als sie ihm zum ersten Mal von Elisas Erscheinen in ihren Träumen erzählt hatte. Andererseits schien ihr eine Art Seelenwanderung die einzige halbwegs logische Erklärung für das Porträt im Internet zu sein.

Stefan hatte die Zeichnung von Elisa Vogel, die mehr als ein Jahrhundert alt war, nüchterner kommentiert.

»Stimmt, die Frau auf der Zeichnung sieht dir ähnlich. Es ist diese exotische Mischung aus Europa und Südsee. Beide seid ihr irgendwie Schönheiten. Ist doch nett, dass es vor mehr als hundert Jahren auf Kauai eine Frau gab, die dir ähnlich sah … Aber jetzt gehen wir zusammen Squash spielen, ja?«

Das war Stefans Reaktion gewesen. Er versuchte, Maja für ihr gemeinsames Leben zu interessieren und sie von Elisa loszueisen. Und Maja versuchte, so gut sie konnte mitzumachen, jedoch gelang es ihr oft nicht, denn Elisas Leben durchwebte ständig ihre Gedanken.

Maja wartete im Grunde genommen jede Nacht darauf, in ihren Träumen mit Elisa zusammen zu sein, und tagsüber schrieb sie alles akribisch auf.

Wieder klingelte ihr Handy. Diesmal war es ihr Vater. Seine sonst ruhige Stimme klang beunruhigt.

»Kannst du bitte sofort in mein Büro kommen? Es ist etwas geschehen … es betrifft dich und ist wichtig.«

Keine halbe Stunde später saß Maja im Büro ihres Vaters in der Münchner Innenstadt. Sie trank eine starke Tasse Kaffee, um klar im Kopf zu werden, denn sie musste eine Entscheidung treffen, die nicht einfach war. Lüge oder Wahrheit, es war ihre Wahl. Oder präziser ausgedrückt: Sollte sie ihren Vater weiter anlügen, ihren Freund weiter anlügen, vielleicht auch die Behörden in Deutschland und Frankreich anlügen? Oder aber ganz einfach jetzt und hier die Wahrheit über die Vorkommnisse in Nizza sagen?

Ihr Vater sah sie besorgt an.

»Was genau weißt du über diese Sache?«

Es ging um Majas Auto, das vor ihr ihrem Vater gehört hatte. Das Nummernschild war noch das gleiche. Es ging auch um ein angebliches Verbrechen, das sich in einer Tiefgarage in Nizza zugetragen haben könnte. Es gab ein überaus kompromittierendes Foto, das ein Pärchen zeigte. Der Mann hatte seine Waffe auf den Haifischmann gerichtet. Die Frau war frontal zu sehen. Sie stand in ihrem kurzen Kleid halb hinter dem Mann und war gerade dabei, die Fahrertür zu öffnen. Zum Glück waren die Fotos unscharf, jedoch verhieß der Blick von Max Kemper nichts Gutes, als er ihr noch ein zweites Foto hinschob, zum Glück ebenfalls unscharf. Die Frau lag auf dem Boden. Mehrere Männer machten sich an ihr zu schaffen.

»Das bist hoffentlich nicht du…?«

Maja verschluckte sich an dem heißen Kaffee. Schnell stellte sie die Tasse weg.

»Nein, Papa, das möchte ich ganz sicher nicht sein. Woher kommen überhaupt diese Fotos? Ich dachte, da war keine Kamera in dieser beschissenen Tiefgarage!«

Erstaunt sah ihr Vater sie an. Er konnte sich nicht wirklich einen Reim darauf machen, wie sie reagierte.

Seine Tochter fluchte normalerweise nicht vor ihm. Jetzt tat sie es ununterbrochen, stand sichtlich vervös auf und ging in ihrem Dirndl vor Max auf und ab.

»Dieser Mann hier ist tot, sagst du?«

Ihr Vater nickte. »Der mit der Schweinemaske auf dem Foto. Er wurde allerdings erst vierzehn Tage, nachdem diese Aufnahmen gemacht wurden, an der Küste zwischen Nizza und Cagnes-sur-Mer angespült. Es handelt sich um einen Kleinkriminellen ohne festen Wohnsitz. Die Polizei strengte sich zunächst nicht sonderlich an. Doch dieses dritte Foto hier…«

Unscharf zeigte das Foto den Moment, als der Dicke mit der Schweinemaske auf Majas Kühlerhaube knallte.

Wieder sah ihr Vater sie prüfend an.

»Du hattest den Wagen kurz nach eurer Rückkehr zur Reparatur gebracht. Was hatte Stefan gesagt, nachdem ihr aus Nizza zurück wart? Da war ein Junge mit einem Ball auf der Straße…?«

»Stefan hat nichts damit zu tun. Er war nicht dabei. Der Mann auf dem Foto ist nicht Stefan…«

Maja sah aus dem Fenster. »Das ist Keanu.«

»Was, um Himmels willen, ist passiert?«

»Da ist jemand gestorben. Sieht man doch, oder?«

Maja war an das große Panoramafenster getreten. Die goldene Oktobersonne ging gerade unter. Von dem Büro aus konnte sie die Türme der Frauenkirche sehen, zumindest den kleineren der beiden. Langsam drehte sie sich zu ihrem Vater um.

»Stefan denkt, es war ein Fußball, der mir auf die Kühlerhaube geschossen wurde. Das ist gut so. Nur stimmt es nicht. Ich wurde in letzter Minute gerettet, Papa. Von Keanu«

Ihr Vater starrte sie an. »Red weiter.«

»Vielleicht war der Mann mit der Schweinemaske besoffen. Vielleicht war er ein Verbrecher, ein Säufer und ein gemeiner Vergewaltiger. Und vielleicht waren diese Männer zu dritt…«

»Mein Gott, Maja, was genau ist dir passiert?«

»Wichtig ist, dass ich in letzter Minute gerettet wurde. Und vielleicht hat das Ganze mit dir zu tun. Keanu hat dich kontaktiert, wegen eines wertvollen Grundstücks auf Kauai. Keanu hat mich in Nizza gerettet oder aber in Gefahr gebracht. Du entscheidest. Mehr kann ich dir nicht sagen.«

Jetzt stand Majas Vater ebenfalls auf und trat zu ihr ans Fenster, um die untergehende goldene Sonne zu betrachten. Seine Stimme war leise.

»Deine Mutter und deine Geschwister wissen noch nichts von diesem Grundstück auf Kauai. Und auch dir kann ich im Moment nicht viel sagen, ohne dich in Gefahr zu bringen. Eines Tages wirst du von mir alle Details erfahren. Versprochen!«

»Dito! Eines Tages wirst du von mir alles über diese Nacht in Nizza erfahren. Wie du mir, so ich dir, alter Geheimniskrämer!«

»Zunächst einmal müssen wir das in Nizza erledigen.«

Ihr Vater ging bereits zurück zu seinem Schreibtisch und legte die drei Beweisfotos nebeneinander.

»Als dein Anwalt: Also, wenn du mich fragst, ist das da auf dem Foto nicht zwingend als echte Schusswaffe zu erkennen. Es gab auch nie eine bedrohliche Situation, nicht wahr? Was es gab, war ein in deinen Augen harmloses Spiel mit Masken und Wasserpistolen. So könntest du es der Polizei in Nizza notfalls schildern, oder? Das arme Schwein muss woanders ums Leben gekommen sein … nach dem Sturz war er doch noch wohlauf, oder? Und wenn du einen Zeugen brauchst, der nicht Keanu heißt, so können wir den auch noch kaufen. Ich habe in Nizza genug Beziehungen. Und vielleicht solltest du diesen Hawaiianer vergessen? Was meinst du?«

Nach dem Gespräch mit ihrem Vater vergingen einige Tage, in denen Maja sich zurückgezogen hatte, um nachzudenken. Sie hatte sich dazu entschlossen die Briefe von Keanu zunächst nicht zu öffnen, aus reinem Selbstschutz. Weder mit Stefan noch mit ihrem Vater und schon gar nicht mit ihrer Mutter wollte sie über ihre Gefühle reden, die jetzt mit jedem Tag stärker wurden. Eine starke Unruhe hatte von ihr Besitz ergriffen, und sie brauchte dringend ein paar Tage Abstand und Ruhe.

Auf Inas Rat hin beschloss sie schließlich, ihre Wohnung fürs Wochenende zu verlassen, auch um weiteren Gesprächsversuchen von Stefan zu entkommen.

Als sie sich ihrer besten Freundin anvertraut hatte, war es spät am Freitagabend. Maja schluchzte am Telefon erbärmlich.

»Mit mir stimmt etwas nicht! Ich glaube, ich werde verrückt, Ina. Was soll ich denn nur machen?«

Mitten in der Nacht quartierte Ina die Freundin bei sich ein, aber über ihre Probleme reden wollte Maja in dieser Nacht nicht. Da das Wochenende vor der Tür stand, nutzten die Freundinnen das schöne Wetter und fuhren in den Chiemgau, um beim Wandern wieder einen klaren Kopf zu bekommen.

Maja war den ganzen Samstag über eher schweigsam. Erst am Sonntagmorgen brach es aus ihr heraus.

»Ich kann das nicht länger alleine!«

Ina kam aus der Dusche des einfachen Zimmers, das sie sich in den Bergen gemietet hatten.

»Na endlich … ich dachte schon, dass du es mir nie sagen würdest. Was ist denn bloß los mit Stefan und dir? Er hat mir vorhin schon wieder eine SMS geschickt, um sich nach dir zu erkundigen, denn er macht sich inzwischen ernsthafte Sorgen. Und die mache ich mir langsam auch. Was ist los mit dir?«

Mit Ina konnte Maja normalerweise über alles reden. Schließlich kannten sie sich eine Ewigkeit. Aber diesmal ging es nicht. Maja wusste nicht, wo sie anfangen sollte. Ina fing an zu raten.

»Ist es immer noch dieser Schöne aus Kauai, der dir den Kopf verdreht hat, dein Seitensprung?«

»Nein. Ja. Ich weiß nicht. Er hat mir Briefe geschrieben, aber ich will sie gar nicht lesen...«

»Dann liebst du Stefan also noch?«

»Natürlich liebe ich ihn. Aber ich kann nicht mehr mit ihm schlafen. Ich bin wie blockiert...«

So ging es eine Weile hin und her, aber auch Ina war keine große Hilfe. Die Freundin machte sich vor allem Sorgen. Doch sie verstand Maja auch nicht, nachdem sie alle Details im Zusammenhang mit dem Vorfall in Nizza erfahren hatte.

»Aha, der Retter in der Not. Ich bin verdammt froh, dass dieser Hawaiianer mit der Knarre dich vor einer Vergewaltigung gerettet hat, Süße. Aber jetzt muss Schluss sein mit dem Unsinn. Gib mir einfach seine Briefe. Der Typ macht dich noch wahnsinnig mit seinen verqueren Ideen, und er gefährdet deine Beziehung mit Stefan. Du gehörst zu uns, zu deiner Familie und den Freunden in München. Dieser einmalige Ausrutscher, diese eine Nacht ... Du vergisst sie am besten. Nach so einem Schock ist man nicht wirklich man selbst...«

»Und ich gehöre deiner Meinung nach zu Stefan?«

»Unbedingt! Er ist dein Traummann, ihr liebt euch und du wirst diese Krise überstehen!«

Ina hatte begonnen, Majas Haare zu kämmen, die vom gestrigen Wandern im Wind immer noch zerzaust waren. Da sie den Trotz der Freundin gut kannte, formulierte sie ihren nächsten Gedanken vorsichtig.

»Natürlich ist es äußerst wichtig, deine Gefühle sorgfältig zu prüfen, bevor du dein endgültiges Jawort gibst … Nur bitte lenk dich nicht mit einem anderen Mann ab. Ein Typ aus Hawaii, den du kaum kennst und der wie ein amerikanischer Schauspieler heißt? Das kann nur ein Ablenkungsmanöver sein!«

Maja wusste nicht, ob Ina recht hatte. Zu diesem Zeitpunkt herrschte in ihr bereits ein nicht enden wollendes Gefühlschaos. Außerdem spielte ihr Körper verrückt. Einmal fühlte sie sich, als sei eine Grippe im Anflug, dann wieder machte ihr Kreislauf Spirenzchen. Auch deshalb öffnete sie Keanus Briefe nicht an diesem Wochenende, obwohl sie die zehn Luftpostumschläge stets in ihrem Wanderrucksack bei sich trug, so als seien sie ein Talisman gegen das Unheimliche, das sie nächtlich in Form eines Hais besuchte. Gerne hätte Maja allabendlich so viel Bier oder auch Wein getrunken, dass das gigantische Ungetüm sie in ihren Träumen nicht mehr finden würde. Jedoch verspürte sie schon nach wenigen Schlucken ein Ekelgefühl, das ihr auch diesen Ausgang aus ihrer Misere verwehrte.

Nach dem Wochenende in den Bergen kam Maja zurück in die gemeinsame Münchner Wohnung, die früher Stefan allein bewohnt hatte. Doch etwas hatte sich verändert. Schon das Herumdrehen ihres Schlüssels in seiner Eingangstür fühlte sich auf einmal nicht mehr richtig an.

Zum Glück war Stefan nicht da. Maja war allein. Sie packte ihre vom Wandern verschwitze Kleidung aus und stellte die Waschmaschine an. Danach setzte sie sich an ihren Computer. Ohne Ende Benachrichtigungen, viel davon die übliche uninteressante Werbung. Malika hatte ihr geschrieben und sich unter anderem nach der Wirkung ihrer Lomi-Lomi Massage erkundigt. Außerdem seien weitere Briefe aus Kauai angekommen

Maja antwortete nicht auf ihre E-Mails. Aus einem Grund, den sie erst Tage später verstehen würde, fühlte sie sich an diesem Sonntagabend wie gelähmt. Mit Mitte zwanzig hatte Maja das schreckliche Gefühl, in einer emotionalen Sackgasse angekommen zu sein, an deren Ende eine himmelhohe Mauer aus stumpfer Eintönigkeit stand. Obwohl sie seit ihrer Rückkehr aus Nizza in ihre Uni ging, einen weiteren Kurs belegt hatte und zudem halbe Tage in einer netten Schule verbrachte, in der sie ein Kunstpraktikum mit einer vierten Klasse beglückte, stand die Zeit in ihrem Inneren gänzlich still. Maja hatte mit einem Mal das Gefühl, keine Sekunde länger in Stefans Wohnung bleiben zu können. In ihrer Panik rief sie Ina an.

»Nein ich weiß, dass wir über alles geredet haben. Und es hat mir gut getan, dass wir uns in den Bergen beim Wandern verausgabt haben. Nur ist es jetzt noch schlimmer geworden, oder zumindest ist es nicht besser. Ich bin hier in Stefans Wohnung und ich fühle nichts mehr. Ich gehöre nicht hierher, Ina!«

»Doch, mein Schätzchen, du gehörst in diese Wohnung. Es ist eure Wohnung und dein Stefan will, dass du dort auf ihn wartest. Er freut sich auf dich! Ich bekam vorhin ein SMS aus der Kardiologie, weil er dich wieder nicht erreichen konnte. Stefan müsste gleich bei dir sein.«

»Oh nein, bitte Ina, kann ich nicht wieder zu dir kommen? Für ein paar Tage? Vielleicht leide ich doch unter einer Art Burnout, wie meine Mutter meint. Auch Stefan hat davon geredet.«

Doch Ina war anderer Meinung.

»Nein, ich glaube, du hast dich einfach verliebt, Süße. Zudem hast du heftigen Mist mit diesem Typen zusammen erlebt. Du hattest einen Schock und leidest noch unter den Nachwirkungen. Nimm dir kommendes Wochenende lieber wieder Zeit für dich selbst, und wenn dir die Decke auf den Kopf fällt, rufst du mich an. Schick Stefan allein zum Geburtstag seiner Mutter. Das wird er schon irgendwie verkraften. Und dann sei einfach nett zu ihm, so nett du kannst! Und vor allem, und das rate ich dir als deine allerbeste Freundin, lass die Finger von diesen Liebesbriefen aus Hawaii! Damit gießt du nur Öl in dein inneres Feuer. Und außerdem hören deine seltsamen Hai-Träume sonst nie auf!«

Die Wohnungstür fiel ins Schloss und kurz darauf hörte Maja Stefans Stimme.

»Meine Schicht war verdammt anstrengend! Und ich habe dich vermisst!«

Maja drückte sich an diesem und auch an folgenden Tagen vor der längst überfälligen Aussprache, sondern schob körperliches Unwohlsein vor, um möglichst viel alleine sein zu können, wenn sie nicht gerade in die Uni oder zu ihrem Praktikum musste. Und dann fand Stefan eines Vormittags weitere Luftpostbriefe von Keanu in einem an Maja adressierten Sammelumschlag in ihrem gemeinsamen Briefkasten. Der Münchner Absender zeigte Maja, dass Malika es wohl mittlerweile satt hatte, dass ihre Emails von ihr ignoriert wurden.

Stefan reichte ihr den handbeschrifteten Umschlag.

»Wer ist denn Malika? Eine neue Freundin?«, fragte er neugierig.

»Nicht direkt eine Freundin, sondern eine weltweit engagierte junge Frau, die wollte, dass ich mir ihre Materialien zu einem Kinderhilfsprojekt ansehe. Danke!«

Wenig später legte Maja die zwölf Luftpostumschläge mit den amerikanischen Blumenbriefmarken zu den anderen zehn, die immer noch ungeöffnet in ihrem Bücherschrank warteten, gleich neben den neuen Recherchematerialien zu Hawaii.

Generell hasste Maja es zu lügen, jedoch fiel es ihr besonders schwer, ihrem Stefan zu verschweigen, was sie inzwischen Tag und Nacht beschäftigte. Noch heute werde ich es ihm sagen, dachte sie, als sie das diskrete Tütchen mit dem Schwangerschaftstest zu den Briefen legte. Sie hatte sich den Test in der Apotheke besorgt, nur für alle Fälle, wie sie ihr ängstlich klopfendes Herz beim Kauf beruhigt hatte. Bestimmt gab es einen anderen Grund, warum ihre Regel ausgeblieben war. Stress zum Beispiel. Maja wollte ganz einfach sicher sein, dass in dieser einen Nacht, in der ihr Verstand scheinbar ausgesetzt hatte, wirklich nichts passiert war.

»Süße? Wo bist du?«

»An meinem Schreibtisch… brauchst du mich?«

»Nein, nicht unbedingt. Nur wäre es nett, wenn du mitkommen würdest. Meine Mutter braucht noch ein Geschenk… ich wollte in die Innenstadt.«

»Ich fühle mich nicht gut. Könntest du alleine…?«

Die Tür fiel bereits ins Schloss. Stefan kam inzwischen noch nicht einmal mehr zu ihr. Wahrscheinlich wusste er längst, dass etwas nicht stimmte. Um jedoch vor Entdeckung sicher zu sein, versteckte Maja den Schwangerschaftstest und auch Keanus Briefe an sie in der großen Schachtel mit ihren Alben, die sie erst vor Kurzem aus dem Haus ihrer Eltern geholt hatte. Später, erst wenn Stefan übers Wochenende zu seiner Familie gefahren sein würde und sie ausreichend Zeit hätte eine Entscheidung zu treffen, würde sie die Schachtel wieder öffnen. Vorher würde sie weiter im Internet nach Zeichnungen von Elisa Vogel forschen. Mittlerweile waren vier weitere Skizzen aufgetaucht, eine davon faszinierte Maja besonders. Das Porträt einer alten hawaiischen Frau mit langen weißen Haaren war sorgfältig gearbeitet. Sofort fiel Maja der Zahn eines Hais auf, den die Kahuna an einem Lederband um ihren Hals trug.

Warmes Sonnenlicht schien auf Stefans Locken. Er saß wie so oft auf dem Boden an seinem Computer an dem kleinen Couchtisch vor dem Fernseher, als Maja leise das Wohnzimmer betrat. Er sah noch nicht einmal von seiner Arbeit auf, sondern tippte weiter.

»Du kommst nicht mit mir zu Mutters Geburtstag, nicht? Lass mich raten ... du fühlst dich mal wieder nicht gut. Was ist es diesmal? Eine drohende Darmgrippe oder unerträgliche Kopfschmerzen?«

Maja setzte sich zu ihm auf den Teppich und legte ihm in einer vorsichtigen Geste des Mitgefühls die Hand auf die Schulter. Er tat ihr wirklich leid. Stefan litt seit Nizza wie ein Hund. Trotzdem bemühte er sich um ein wenig Leichtigkeit.

»Sagen wir doch einfach, meine Süße hat seit Nizza die Schneckenkrankheit. Und Stefan gelingt es diesmal irgendwie so gar nicht, seine Süße aus ihrem Haus hervorzulocken...«

»So in etwa könnten wir es stehen lassen. Aber du hast recht, ich möchte nicht mitfahren.«

Stefan nickte, und sie spürte seine unterdrückte Wut. Seine Stimmung schwankte oft zwischen einem diffusen Mitleid für sie und seiner Enttäuschung, da er sich zurückgewiesen fühlte.

»Warum kannst du nicht einmal über deinen Schatten springen? Du weißt, dass es wichtig ist.«

»Ja, das weiß ich. Doch ehrlich gesagt möchte nicht nur mein Körper in seinem Schneckenhaus bleiben. Es ist mehr als das. Ich möchte ... nein, ich muss einfach allein mit mir sein ... in mich gehen. Klarheit schaffen. Verstehst du?«

Er sah sie abschätzend an, von oben bis unten, wie er das manchmal mit seinem Ärzteblick tat.

»Du wirst nicht das ganze Wochenende mit Frustfraß verbringen?«

Maja wusste, wie sehr ihm ihr Körper missfiel, seit sie aus Nizza zurückgekehrt waren. Sie hatte fast drei Kilo zugenommen. In emotional unausgeglichenen Phasen aß sie viel Schokolade. Stefan hatte es ihr in den letzten Wochen mehrfach vorgeworfen.

»Fernsehen, Fressen und viel zu viel Zuhause, aber dabei überhaupt keine Lust auf Sex ... Es ist jetzt über einen Monat her, Maja!«

So war es tatsächlich. Dabei war Maja außer dem Wanderwochenende mit Ina in den letzten Wochen in ihren freien Stunden hauptsächlich zu Hause gewesen, allerdings am liebsten, wenn Stefan in die Klinik musste. War er da, verschwand sie gerne zu ihren Eltern oder zu Ina, um ihm aus dem Weg zu gehen. Sie wollte nicht mit ihm schlafen. Allein der Gedanke daran war ihr zuwider. Stefans Stimme war jetzt sachlich.

»Meiner Meinung nach steckst du seit dem Seminar in Nizza in einer beginnenden Depression. Du musst etwas dagegen tun.«

Er stand vom Boden auf und streckte gähnend seine Arme in die Höhe, sodass Maja unter dem hoch gerutschten Shirt das Spiel seiner Bauchmuskeln hätte bewundern können, wenn ihr Freund sie noch gereizt hätte. Nur war es nicht mehr so, wie ihr mit jedem Tag schmerzlicher bewusst wurde. Dabei fand sie seinen Körper früher göttlich. Sie konterte.

»Frauen sind nicht immer gleich. Wir gehen durch unsere emotionalen Phasen. Und weißt du, noch sind wir nicht verheiratet. Du kannst es dir immer noch anders überlegen.«

Auch Maja war jetzt vom Boden aufgestanden.

»Sprich mit deiner Mutter darüber. Bei euch oben in Bonn, da hast du doch noch deine Exfreundin Tanja. Ist sie nicht eine erfolgreiche Ärztin geworden und findet irgendwie keinen Kerl? Vielleicht solltet ihr beide mal wieder miteinander ins Bett gehen…?«

Stefan wurde wütend.

»Hör auf mit dem kindischen Mist!«

Aber jetzt war es Maja, die ungehalten wurde, auch, weil sie sich ihm gegenüber schrecklich hilflos fühlte. Sie zischte ihn wütend an.

»Es ist für mich genauso schwer ... Ich bin völlig durcheinander! Das bin ich nicht gewohnt. Ich wusste bisher immer, was ich gefühlt habe...«

Sie sah ihn flehend an.

»Es ist nur so ... ich muss so viel allein sein, um für mich ganz sicher zu wissen, ob ich dich überhaupt noch liebe, dich auch in Zukunft lieben könnte, ein halbes Leben lang. Für dich scheint das irgendwie ein Automatismus zu sein, eine medizinische Gewissheit, solange du mich begehrst. Für mich ist es anders...«

Stefan ließ seine Arme sinken. Mit einem Mal sah er aus wie ein Boxer, der einen langen Kampf verloren hatte. Er tat ihr leid. Jedoch wusste sie nicht, was sie ihm hätte sagen können, außer vielleicht, dass ihr bisheriges Leben irgendwie in Nizza aufgehört hatte zu existieren.

Am nächsten Tag konnte sie endlich allein in der gemeinsamen Wohnung durchatmen. Stefan war übers Wochenende nach Bonn gefahren. Seine Mutter feierte immerhin einen runden Geburtstag und bedauerte am Telefon mehrfach, dass Stefans Zukünftige nicht mitkommen würde.

Bis zum Abend wartete Maja ab, da sie zu viel Angst vor der Wahrheit hatte. Inzwischen zählte sie sechs Wochen seit ihrer letzten Periode. Da sie ein Kind mit Stefan wollte, hatte sie die Pille schon vor Monaten abgesetzt. Keanu und sie waren völlig verantwortungslos gewesen. Es konnte also passiert sein. Und sollte es so sein, wollte Maja vorher wissen, was dieser Mann am anderen Ende der Welt wirklich für sie empfand.

Sie holte die Briefe und den Schwangerschaftstest aus ihrem Versteck. Zunächst machte sie sich daran, die Luftpostbriefe zu öffnen, schön der Reihenfolge nach. Sie redete sich dabei ein, dass ihre Gefühle für ihn auf ein erträgliches Maß geschrumpft seien, dass sie mit dem würde umgehen können, was er über die Ozeane in ihre Richtung geschickt hatte.

Schließlich lagen seine zweiundzwanzig Briefe, befreit von ihren Umschlägen, ausgebreitet auf dem Boden vor ihr. Manche bestanden aus eng mit der Hand beschriebenen Briefbögen, andere aus einer kleinen Zeichnung oder ein paar Zeilen eines Gedichtes. Ihre Reise zu Keanu konnte beginnen. Doch etwas stimmte noch nicht. Ihr fehlte etwas. Schnell stand sie noch einmal auf und holte Keanus Haifischzahn aus ihrem Reisebeutel für Waschzeug, wo sie den Talisman verwahrt hatte.

Feierlich legte sie sich den Haifischzahn um. Sie hatte mit sich einen Pakt geschlossen. Dies würde ihr letzter Tag mit ihrer Keanu-Obsession sein, falls sie Glück im Unglück gehabt haben würden und in ihr kein gemeinsames Kind heranwuchs. Und davon ging sie aus. Der Schwangerschaftstest war eigentlich eine überflüssige Geldausgabe, wie sie sich einredete.

Fiel der Test negativ aus, würde Maja alle Briefe von Keanu verbrennen und den Haifischzahn würde sie an Malika schicken. Keanus Cousine würde sie zunächst nicht wiedersehen, denn sie würde eine Zeit der völligen Entwöhnung brauchen, um in ihr altes Leben mit Stefan zurückzufinden. Nach dem heutigen Tag würde, ja musste sie ihre Entscheidung treffen.

Doch galt ihr Pakt mit sich selbst nur, wenn…

Kurz darauf hielt Maja die Gewissheit des Tests in den Händen. Das Resultat sank in jede einzelne ihrer erstaunten Poren. Es war geschehen. Maja trug ein Stück von Keanu in sich und empfand – Freude.

Eine neue Maja saß zwischen den Briefen und Zeichnungen aus Hawaii, alle in sorgfältiger Handschrift verfasst oder beschriftet. Jede einzelne Botschaft zeugte von Keanus Liebe, oder, wie Maja sich ermahnte, was dieser Mann sonst für Gefühle für sie empfinden mochte. Sie kannten sich nur kurz, und vielleicht war es lediglich Begierde gewesen.

In einem seiner Briefe fand sie ein wenig Sand. In vier von ihnen lagen gepresste Blüten. Einer war auf der Rückseite geschmückt mit der Zeichnung eines kleinen Farmhauses weit oben in den Bergen von Oahu, wie er ihr schrieb. Dort machte Keanu gerade ein paar Tage Ferien bei seiner Tutu, einer seiner geliebten Großmütter. Er beschrieb mit blumigen Worten einen gigantischen Koa-Baum an der Lanai, der Veranda am Haus, von dessen Ästen aus er den Ozean sehen konnte. In diesem Baum hielt er sich am liebsten auf, wenn er an Maja dachte, was häufig vorkäme, sehr häufig sogar…

Es waren genau vier Wochen, sechs Tage, elf Stunden und zweiunddreißig Minuten vergangen, seit Keanu ihr den letzten Kuss gegeben hatte.

Maja merkte, wie ihr Tränen in die Augen stiegen, obwohl sie kein bisschen traurig war. Zu Hause, dachte sie, auch wenn es verrückt ist, ich fühle mich bei Keanu zu Hause. Und seit sie sich von Keanu in Nizza verabschiedet hatte, war genug Zeit vergangen, sodass sie ein wenig Abstand gewonnen hatte. Sie würde ihn bei ihrem Wiedersehen nicht ausschließlich durch ihre rosarote Brille sehen. Zumindest nahm sie es sich an ihrem letzten Abend in Stefans Wohnung vor, während sie versuchte, sich vorzustellen, wie es in ihrem Leben weitergehen würde.

Hawaiian Islands, Jahreswende 2011

Mit dem kleinen Flugzeug ist es wirklich nur ein Katzensprung von Oahu nach Kauai, nahm Maja erstaunt wahr. Und dennoch konnte sie von oben gut sehen, wie verloren die sieben hawaiischen Inseln inmitten des grenzenlos scheinenden Blaus der Südsee lagen.

Heftige Winde zerrten an der kleinen Propellermaschine, und Maja schnallte ihren Gurt fester, um in ihrem Sitz nicht zu stark auf und nieder zu hüpfen. Das windige Wetter war nicht weiter ungewöhnlich für diese Jahreszeit, versicherte der Pilot. Wenn die Inseln Hawaiis von Überschwemmungen oder heftigen Stürmen heimgesucht wurden, dann eher im Winter.

Mein Baby wird es schon nicht weiter übel nehmen, hoffte Maja, mit einem Mal leicht beunruhigt. Zwar war sie bereits in der fünfzehnten Woche, und ihre Gynäkologin hatte ihr versichert, dass sie wieder fliegen durfte, aber sie hatte dabei vielleicht nicht unbedingt einen Sturmritt auf den wilden Luftwirbeln über der Südsee gemeint. Andererseits hatte Maja den langen Flug von Deutschland über Los Angeles nach Honolulu sehr gut überstanden. Nicht einmal schlecht war ihr gewesen. Aber sie war auch nicht allein. Ihr fürsorglicher Vater hatte ihr jeden Wunsch von den Augen abgelesen.

Dankbar dachte Maja an die guten Ratschläge, die Max ihr am Honolulu Airport mit auf den Weg gegeben hatte. Vater Kemper machte sich trotz allem Sorgen um seine Jüngste, das war ihr bei seiner Umarmung zum Abschied klar geworden. Er hatte Bedenken wegen ihres ersten Treffens mit Keanu auf Kauai. Dabei hatte ihr Vater sie in den vergangenen Monaten in jeder ihrer Entscheidungen tatkräftig unterstützt. Im Gegensatz zu Majas Mutter freute Max sich vom ersten Moment an auf sein Enkelkind mit hawaiischen Wurzeln.

»Mit oder ohne Vater, das ist erst einmal Nebensache. Hauptsache, dein Baby kommt gesund zur Welt, und du kommst damit klar, dass du die Verantwortung für das Kind zum Großteil allein tragen wirst…«

Auch hatte er Maja nicht widersprochen, als sie sich von Stefan trennen wollte. Er schien sogar zufrieden.

»Stefan ist nett, aber er würde leider besser zu deiner Mutter passen als zu dir…«

Für diesen Satz musste Maja ihren Vater spontan umarmen, denn Max drückte einfach aus, wie es sich auch für sie angefühlt hatte. Stefan liebte ein Idealbild von Maja, eines, das auch ihre Mutter immer von ihr gehabt hatte. Nur wollte und konnte sie diesem Bild nicht entsprechen. Ihrem Vater vertraute sie ihre Gedanken an, als sie an diesem denkwürdigen Wochenende lange im Englischen Garten spazieren gegangen waren.

»Eigentlich liegt mir noch nicht einmal, was Mama und Stefan beruflich inspiriert. Unsere Schulmedizin macht mir oft Angst. Ich bin eher die Homöopathie- und Gesundbeten-Abteilung. Ich weiß, Stefan verdient gutes Geld … und vor Mama habe ich größten Respekt. Ich meine, wie oft bin ich dafür bewundert worden, dass meine Mutter die stellvertretende Chefärztin einer vorbildlichen Herzklinik ist. Mama hilft sehr vielen Menschen, manchmal in größter Not … Nur frage ich mich oft, warum bei uns überhaupt so viele Menschen unter Herzkrankheiten leiden. Liegt das nicht auch an der Kälte in unserer Gesellschaft? So viele Menschen bei uns sind einsam, gerade auch im Alter. Ich glaube nicht, dass die Schulmedizin darauf eine Antwort hat.«

Ihr Vater sagte nichts. Während die Herbstblätter um sie herum leise zu Boden fielen, ließ der graue Himmel, der viele Monate trübes Winterwetter ankündigte, beide ihren eigenen Gedanken nachgehen. Maja und ihr Vater waren in ihrer Familie diejenigen, die jeden Winter in die Sonne fliehen mussten, um sich bei Laune zu halten. Der Rest der Kempers kannte so etwas wie eine Winterdepression nicht.

Über Majas Bitte, vorübergehend wieder in ihr altes Zimmer im Haus einziehen zu dürfen, bis sie einen Lebensplan mit ihrem Kind hatte, freute sich ihr Vater sichtlich. Er versprach, die Einzelheiten mit seiner Frau zu regeln.

Die beiden Monate bis Weihnachten hatte Max mit seiner Jüngsten ausgiebig genossen. Sie war zunächst seine einzige Komplizin in einer Angelegenheit, die Max sogar vor seiner Frau verborgen hielt: das Grundstück auf Kauai. Erst am Weihnachtsabend hatten sie die Überraschungsbombe platzen lassen. Die ganze Familie war gekommen, um gemeinsam zu feiern.

Gemeinsam kochten sie und aßen, bis sie satt und zufrieden den Christbaum ein zweites Mal anzündeten, während die Kinder mit ihren Geschenken spielten. Dann kündigte Max eine Überraschung an und entrollte ein kitschiges Hawaii-Poster. Maja verteilte zur Einstimmung selbst gebastelte Blumenketten und spielte dazu ein Lied von dem wohl berühmtesten hawaiischen Sänger der Welt: Hele On To Kauai von Israel Kamakawiwo'ole, der IZ genannt wurde. Das Lied war eine bewundernde Ode an die Insel Kauai. Als es verklang, klatschte Maja in die Hände.

»Alle mal herhören: Papa und ich haben euch etwas wichtiges mitzuteilen…«

Es dauerte eine Weile, bis sie dem Rest des Kemper-Klans ausführlich erklärt hatten, dass es von jetzt an mit hoher Wahrscheinlichkeit ein Grundstück auf der Insel Kauai geben würde, das man besuchen könnte. Von nun an würden ihre hawaiischen Wurzeln eine größere Rolle in der Familie Kemper spielen, da Max beschlossen hatte, das späte Erbe seines leiblichen Vaters anzutreten. Es gab anscheinend außer ihm keine anderen rechtmäßigen Erben und er hatte bereits seinen Flug gebucht, um vor Ort die rechtlichen Dinge zu klären. Maja würde ihn dabei begleiten.

Natürlich wurden sofort einige Stimmen laut, die zum Verkauf rieten und sich auf bares Geld freuten. Es war immerhin ein Grundstück mit einem grandiosen Blick aufs Meer, wie einige Fotos zeigten. Hawaii sei doch inzwischen mehr oder weniger eine Ferienkolonie der Amerikaner. Dazu lächelte Max sanft, sprach wenige, aber sehr bestimmte Worte. Das wäre ganz alleine seine Entscheidung. Er würde durch Maja immerhin bald ein Enkelkind bekommen, das seine Wurzeln auf der Insel Kauai hatte. Und welcher der Anwesenden könne zu diesem frühen Zeitpunkt schon einschätzten, was dieser heiß ersehnte Neuankömmling in der Familie Kemper für die Zukunft bedeuten würde?

Die Geschwister schwiegen. Einerseits bewunderten beide Maja für ihren Mut, aber so richtig verstehen konnte sie weder ihre Schwester noch ihr Bruder. Das Leben von alleinerziehenden Eltern war schließlich alles andere als einfach.

Maja und Max setzten sich kurz nach Weihnachten in den Flieger. Auf Oahu verbrachten sie relativ viel Zeit in einer größeren Kanzlei im Zentrum von Honolulu, um rechtliche Fragen zu klären. Es gab verschiedene ungeklärte Fakten. Maja war vor allem daran interessiert zu erfahren, wie das Grundstück in die Hände des Mannes geraten war, der ihr leiblicher Großvater zu sein schien. Doch auf den ersten Blick ließ sich nur eine entfernte Verbindung zu Elisa Vogel feststellen. Ihr hatte dieses Land vor über hundert Jahren nach dem Tod ihres Vaters ursprünglich gehört, wurde aber dann kurzzeitig ihrer Mutter Clementia im Jahr 1894 überschrieben und später an einen Gerit Janson aus Lihue verkauft. Nach seinem Tod ging das Land an Jansons Tochter Victoria über, obwohl es ein jahrelanges Gerichtsverfahren gegeben hatte.

Elisa hatte gegen Victoria Janson prozessiert. Und Victoria hatte das Land nach ihrer Hochzeit, auch wegen der Streitigkeiten, kurz nach dem Zweiten Weltkrieg für wenig Geld an einen Offizier der US Navy verkauft.An Majas unbekannten Großvater, Max leiblichen Vater.

Nur zeugte der Mann einen weiteren Sohn, den er als seinen Ältesten eintragen ließ. Ihm wollte er sein Land vermachen, wie es unter Hawaiianern üblich war, vor allem, wenn es keine weiteren Kinder gab.

Der Auszug aus dem Grundbuch mit den entsprechenden Einträgen lag vor, und sie studierten aufmerksam jedes noch so kleine Detail. Auf der rechtskräftigen Besitzurkunde aus dem Jahr 1948 entdeckte Max die Unterschrift seines leiblichen Vaters. Es war die gleiche Signatur, wie auf Max' Geburtsurkunde aus dem Jahr 1946. Und auch auf der Geburtsurkunde des im Jahr 1948 geborenen Sohnes fand sich diese Unterschrift. Doch niemand wusste, was aus dem ehemaligen hawaiischen Berufssoldat und seiner Familie nach 1948 geworden war. Von seinem Erben, Max hawaiischem Halbbruder, fehlte jede Spur. Angeblich hatten die Familie die Insel Kauai im Jahr 1948 verlassen.

Es gab weder eine Todesurkunde von Max' Vater, noch hatte er je länger auf dem Grundstück auf Kauai gewohnt. Überhaupt hätte dort nie ein Haus gestanden, sondern lediglich ein kleiner Schuppen, den Max Vater im Sommer 1948 errichtet hatte. Ein verblichenes Schwarz-Weiß-Foto lag bei dem Auszug aus dem Grundbuch. Darauf zu sehen war ein Schuppen zwischen windschiefen Apfelbäumen, dahinter Felsen und das Meer. Davor stand eine kleine Familie im Sonnenlicht. Max stolz lächelnder Vater mit seiner hawaiischen Frau, die ein kleines Baby in den Armen hielt.

Das war es also, ihr eigenes Stück Land auf Kauai, dachte Maja und drehte das Foto aus einem Impuls heraus um. In Bleistift gekritzelt und kaum noch zu erkennen stand dort ein Name: Elisa Vogel. Hatte sie diese Aufnahme gemacht?

Nebenbei erkundete Maja mit ihrem Vater die Insel Oahu. Sie wollte die kleine Farm in den Bergen finden, die Keanu für sie gezeichnet hatte. Das war nicht ganz einfach, da der Brief in Honolulu aufgegeben wurde. Nur durch die Erinnerung an ihre Elisa-Träume wusste Maja, dass es die Nordküste der Insel sein musste, von deren Stränden aus sich Kelii und Elisa im Jahr 1894 auf den Weg in die Berge gemacht hatten. Ansonsten gab es nur wenige Anhaltspunkte. Die Dole Ananasfabrik war einer von ihnen.

Die alte Fabrik, in der Generationen von hawaiischen Arbeitern unter oft menschenunwürdigen Bedingungen gearbeitet hatten, galt inzwischen als eine der wichtigsten Touristenattraktionen der Insel.

Maja entdeckte auf einer Informationstafel einige geschichtliche Fakten über den ersten Ananasanbau auf der Insel und den Wohlstand, den die Ananasfrucht nach Oahu gebracht hatte.

Die Namen Nalani und Makaio konnte Maja nirgendwo entdecken. Überhaupt war nur von der weißen Familie Dole die Rede und nicht von den Hawaiianern, denen das Land hier ursprünglich gehört hatte, die hart arbeitenden ersten Pioniere.

Ein alter hawaiischer Wachmann, der fast keine Zähne mehr im Mund hatte, erkannte die kleine Farm auf Keanus Zeichnung. Die hawaiischen Worte, die er vor sich hinmurmelte, konnte Maja nicht verstehen, doch sein Finger auf der Karte half ihnen weiter.

»Willkommen, Maja Kemper! Ich habe schon von ihnen gehört. Bleiben Sie und Ihr Vater zum Tee?«

Keanus hawaiische Tutu war eine schöne Frau und noch relativ jung für eine Großmutter. Ihre sprühenden dunklen Augen bildeten einen aparten Gegensatz zu ihrem schlohweißen Haar, das sie in einem langen Zopf auf dem Rücken trug. Dabei konnte sie bei ihrer vitalen Ausstrahlung höchstens siebzig Jahre alt sein und sprach sehr gut deutsch.

»Ich habe als junge Frau einige Jahre in Heidelberg studiert«, sagte sie fröhlich. »Erzählen Sie mir von meinem Deutschland, Max Kemper.«

Während sich die beiden angeregt unterhielten, hatte Maja Zeit, sich in Ruhe umsehen. Keanu hatte in dem Brief, der seiner Zeichnung beilag, einiges über diesen Ort geschrieben. Der von ihm erwähnte Koa-Baum, der bereits stattlich gewesen war, als Elisa vor mehr als hundert Jahren auf ihn kletterte, war mittlerweile ein mehr als eindrucksvoller Baumriese.

Tutu nickte, als sie sah, wie Maja den Stamm voller Ehrfurcht berührte.

»Der alte Koa hier ist mein Freund, aber seine Wurzeln machen mir hier alles kaputt. Koa hebt meine Lanai an einer Seite so hoch, dass der Tee ein Eigenleben hat! Schauen Sie nur!«

Tatsächlich stand der Tee mit dem feinen Jasminaroma, den Tutu aufgebrüht hatte, deutlich schief in den drei Tassen. Maja und Max schmeckte er trotzdem. Zum ersten Mal, seit sie vor fast einer Woche in München aufgebrochen waren, fühlte Maja sich geerdet. Honolulu war eine Großstadt, aber hier oben, weit über den Ananasfeldern und der scheußlichen Fabrik war es unglaublich friedlich. Dieses Fleckchen Paradies schien geblieben zu sein wie damals, als im Jahr 1894 der älteste Teil des Hauses entstand.

»Mit der Familie Dole gab es einen langen Kampf … und ohne Elisa Vogels Hartnäckigkeit hätte mein Vater Eli nie gewonnen. Jedoch gehörte dieses Land ursprünglich der Familie von Keliis Mutter. Kommt mit mir, ich zeige euch etwas.«

In dem großen Wohnraum, dessen Fenster und Türen sich ringsherum auf die Lanai öffneten, hingen zwei Porträts. Maja erkannte die Gesichter aus ihrem Traum sofort. Nalani und Makaio waren hier um einiges älter, vielleicht in ihren Vierzigern. Aber sie wirkten stattlich, stolz und immer noch glücklich verliebt.

Maja bat Keanus Großmutter, ihr zu erzählen, was mit diesem Paar geschehen war. Wurden sie reich und glücklich durch die Ananasfrucht?

Die stolze Hawaiianerin schüttelte den Kopf.

»Nein, es kam ganz anders. Das Glück war ihnen nicht hold, denn Nalanis größte Angst sollte sich bewahrheiten. Die furchtbare Krankheit Mai Pake kam zur Jahrhundertwende in die Berge. Sie wurde von den chinesischen Feldarbeitern eingeschleppt, die von der Familie Dole als billige Arbeitskräfte gekauft worden waren. In Windeseile breitete sich die Lepra unter den Hawaiianern aus. Sie nahm Nalani innerhalb von zwei Jahren ihre drei blühenden Söhne. Auch ihr Mann Makaio wurde krank. Die weiße Polizei kam und zwang ihn, sein Haus zu verlassen. Wie alle anderen Leprakranken musste er auf die Insel Molokai, um niemanden anzustecken. Aber nachdem Nalani schon ihre Söhne verloren hatte, begleitete sie ihren Mann auf die Insel der Verbannten. Durch

Elisas Pflege gesundete Makaio dort auf wunderbare Weise. Siehst du seine Nase? Hier, die weißen Flecken … Großvater blieb für sein Leben von Mai Pake gezeichnet.«

Die elegante Frau mit dem Kaurischmuck an den Armen zeigte auf die Stelle in dem Porträt. Maja konnte die Flecken leicht erkennen und bestaunte die Maltechnik. Tutu nickte.

»Elisa war eine Künstlerin… Und sie hatte viele Feinde. Wie du sehen kannst, konnten meine Großeltern das Haus, das sie für ihre Familie gebaut haben, behalten. Aber das war so ziemlich alles, was ihnen blieb. Selbst im Jahr 1940, als ich geboren wurde, musste mein Vater Eli deswegen immer noch an der Seite seiner Mutter gegen die weißen Anwälte kämpfen.«

Maja konnte ihren Blick nicht von den beiden Porträts losreißen.

»Es ist unglaublich, wie Elisa Vogel sich als Künstlerin weiterentwickelt hat. Ich habe frühe Landschaften von ihr im Internet gesehen, aber nur wenige Porträts. Die Zeichnung einer jungen Frau, die mir ein wenig ähnlich sieht…«

Tutu lächelte verschwörerisch.

»Meine Großmutter Elisa ist für viele von uns ein Geheimnis, aber auch ein Wunder gewesen, da sie das Unmögliche möglich machen konnte. Da wo andere keinen Weg sahen, nahm sie ihren Stock und kämpfte. Sie war unser großes Vorbild. Nur durch sie ist mein Großvater Makaio wieder gesund geworden. Ich habe durch Elisa auch die anderen Großeltern noch kennengelernt, aber da waren Nalani und Makaio bereits sehr alt. Ich hatte nämlich insgesamt sechs Großeltern. Das ist hier bei uns keine Seltenheit…«

Tutu trank einen Schluck Tee.

»Elisa war eine große Heilerin. Ihre vier Jahre auf der damaligen Leprainsel Molokai sind legendär. Man nannte sie dort nicht nur die Haifischfrau, sondern auch die Zauberlilie von Molokai. Solltest du einmal die Insel Molokai besuchen, dann wirst du eine kleine Gedenkstätte für sie finden, an der immer noch täglich Blumen niedergelegt werden. Elisa hat durch ihre Heilkünste vielen Menschen geholfen. Und sie konnte kämpfen! Ohne ihren kampfbereiten Stock wären Haus und Grundstück nicht mehr in meinem Besitz. Die Familie Dole hatte sich unser Haus bereits unter den Nagel gerissen. Doch wie so oft gab Elisa nicht auf, und eines Tages konnten Nalani und Makaio wieder einziehen. Meine Großeltern sind übrigens hinten auf dem Grundstück beerdigt, neben ihren drei Söhnen. Willst du ihre Ruhestätte sehen?«

Später, als Max und Maja sich verabschiedeten, musste Maja noch eine Frage stellen, die sie seit Längerem beschäftigte.

»Die Verwandtschaftsverhältnisse, oder besser gesagt die Nachkommen von Elisa Vogel, sind mir nicht ganz klar. Wie genau ist Keanu mit Elisa verwandt?«

Tutu spitzte ihren Mund, so als würde sie ein Lied pfeifen. Dann rollte sie mit den Augen.

»Du willst es wirklich genau wissen? Reden wir hier über Blutanteile und Prozente im deutschen Sinn oder über echte Verwandtschaft? Was die echte Verwandtschaft betrifft, auf die es ankommt, so ist Elisa eine meiner drei Großmütter, weil Eli mein Vater war. Ich war sein letztes Kind. Keanu wiederum ist mein Enkel, also ist Elisa seine Urgroßmutter.«

»Aber ich dachte, Eli war Makaio und Nalanis Sohn?«

Tutu zog die Augenbrauen hoch. Sie sah Maja jetzt durchdringend an und spitzte erneut ihren Mund.

»Welches Vögelchen hat dir denn das zugezwitschert? Oder hatte mein Enkel etwa recht? Bist du eine Traumgängerin? Wie auch immer, hier bei uns nimmt man das nicht allzu genau, obwohl es natürlich diesen nationalen

Trend gibt, dass Hawaiianer nur noch unter sich heiraten sollten. Doch davon mehr zu einer anderen Gelegenheit. Ich muss heute noch eine liebe Freundin besuchen, die mit Grippe im Bett liegt. Und vorher sorge ich noch dafür, dass ihr in Honolulu besser wohnt. Einverstanden?«

Damit verschwand sie zu ihrem Telefon. Obwohl die Insel über die Feiertage ausgebucht war, konnte Tutu ihnen tatsächlich eine bessere Unterkunft organisieren.

»Die nehmen keine Touristen, sondern vermieten nur auf Empfehlung … Das ist Familie, versteht ihr – dakine. Also benehmt euch gut!«

Tutus Zwinkern war wie ein Sonnenstrahl, als sie Maja zum Abschied in den Arm nahm und sie drückte.

»Sag meinem Enkel einen schönen Gruß von seiner Tutu, wenn du ihn auf Kauai siehst. Er soll auf dem Hibiskus-Ball einen Tanz für mich mittanzen!«

Auf dem Rückweg, als ihr Vater die schlängelnde Bergstraße ins Tal und dann weiter in Richtung Honolulu fuhr, verstand Maja die komplexen Verwandtschaftsverhältnisse immer noch nicht genau. Keanus Tutu hatte ihr gerade erklärt, dass Eli der Sohn von Elisa Vogel war. Das ergab aber keinen Sinn, das wusste Maja besser, denn sie hatte ja von Elisa geträumt.

Wieder in Honolulu zogen sie von dem lauten Hotel in der Innenstadt in die neue Unterkunft am Meer um. In der Nacht, nachdem Maja von dem Rauschen der Wellen in den Schlaf geschaukelt wurde, träumte sie zum ersten Mal seit ihrer Abreise aus München von Elisa.

Iolani-Palast, Honolulu, Frühjahr 1895

Es war ein unglaubliches Gefühl für Elisa, im Palast jeden Mittag in einer mit warmem Wasser gefüllten Wanne liegen zu können. Bevor sie zu Kelii in den Lustpavillon ging, um ihre täglichen Übungen zu machen, entspannte sie sich in erwärmtem Meerwasser mit duftenden Jasminblüten

Ihr Schwangerschaftsbauch spitzte wohlgerundet aus dem Wasser, doch dachte Elisa kaum an Jansons Baby. Hoku hatte alles in Ordnung gebracht, was in Elisa vorher im Ungleichgewicht war. Die grausame Vergewaltigung hatte sie durch Hokus Behandlungen hinter sich lassen können. Und auch über das Schicksal des Kindes war bereits entschieden worden. Das weiße Baby würde nicht bei Elisa aufwachsen, so hatte Hoku es bestimmt. Als weißes Kind würde ein Neugeborenes in Honolulu gute Eltern finden können, so hatte es auch Keliis Mutter vorsichtig formuliert. Für die Hofdame der Königin war es eine Tragödie, die geschehen war. Einmal, als Elisa allein bei ihr zum Tee geladen war, brachte Keliis Mutter das Thema ausführlich zur Sprache.

»Noch arbeite ich für die Königin, auch wenn mittlerweile die Umstände sich verändert haben. Ich könnte jedoch vielleicht dafür sorgen, dass dieser Gerit Janson verhaftet und einsperrt wird.«

Elisa schüttelte energisch ihren Kopf.

»Ich bin geheilt. Das Baby wird gute Eltern finden. Und wenn Janson auf Kauai verhaftet würde, dann wüssten alle, dass ich noch am Leben bin und mit einem Hawaiianer ohne Gottes Segen lebe. Das würde furchtbare Folgen haben, vor allem für die Hawaiianer. Die Weißen würden es nie zulassen. Mein Onkel und auch die anderen Plantagenbesitzer teilen Jansons Auffassung über die unterschiedlichen Rechte der Rassen. Die Weißen nehmen sich, was sie wollen, notfalls mit Gewalt. Es ist egal, ob es Land, junge Mädchen oder am Ende die Krone von Königin Lili'uokalani ist ... diese weißen Männer streben nur Macht und Profit an. Das bedeutet auch gewaltsame Eroberung. Janson will meine Apfelplantage. Dabei war es doch das Land, welches mein Vater für mich bestimmt hatte! Mein Erbe!«

Leise fügte Elisa hinzu: »Manchmal hasse ich mein Volk. Ich schäme mich für die Weißen, weil sie arrogant, grausam und dumm sind.«

Keliis Mutter lächelte milde.

»Du bist noch jung, mein Kind. Die Jugend spricht heiße Worte, aber ich kann dir versichern, dass es auch gute Weiße gibt. Der Berater der Königin, Sanford Dole, zum Beispiel ... Seit Jahren dient er treu unserer hawaiischen Monarchie. Soll ich dir die Königin vorstellen? Vielleicht könntest du ihr bei der internationalen Korrespondenz helfen?«

Königin Lili'uokalani war anders, als Elisa sie sich vorgestellt hatte. Mit Ende fünfzig war sie aufgeschlossen für alles Neue und wirkte zwanzig Jahre jünger. Ihre gemeinsamen Gespräche waren unkompliziert, intelligent und warmherzig.

In den Monaten bis zur Geburt ihres Kindes verbrachte Elisa immer wieder Zeit mit der Königin, die begonnen hatte, an ihrer Biographie zu arbeiten. Lili'uoakalani stellte intelligente Fragen, hatte jedoch mindestens ebenso viele Antworten für Elisa parat. Nur den einen Mann, der fast täglich zu ihr kam, um sich mit ihr zu beraten, den durfte Elisa nie treffen. Jedes Mal, wenn Sanford Dole von einem der Bediensteten angemeldet wurde, musste sie zurück in ihre bescheidenen Gemächer. Sie teilten den Wohnraum mit Kelii und seiner Mutter. Elisa mochte es nicht, wenn sie sich verstecken musste, jedoch sollte Dole auf keinen Fall wissen, dass Elisa mit Kelii dort wohnte. Die Begründung von Keliis Mutter folgte auf dem Fuße.

»Wegen des Anbaus der Ananasfrucht auf den anderen Inseln unterhält Dole enge Verbindungen zu den Plantagenbesitzern auf Kauai. Daher halte ich es für zu gefährlich für dich, mein Kind, denn Gerit Janson ist dabei, ein mächtiger Mann zu werden. Er darf es auf keinen Fall wissen…«

Sie meinte das Kind und schickte die Freundin ihres Sohnes wieder einmal auf ihr Zimmer. Allein mit ihrem Liebsten besprach Elisa das Thema ausführlich.

»Also vertraut Lili'uokalani ihrem Berater doch nicht so ganz, oder?«

Kelii gab ihr recht, wusste aber durch seine Beziehungen zu den Königstreuen in Honolulu noch einiges mehr.

»Unserer Meinung nach ist Sanford Dole mit daran schuld, dass das hawaiische Königshaus immer stärker diskreditiert wird. Wie kann er Lili'uokalanis Ideen derartig ungefiltert in der Öffentlichkeit ausbreiten? Das ist nicht diplomatisch, wenn die Königin die hawaiische Monarchie erhalten will. Das müsste Dole eigentlich wissen, handelt aber nicht danach. Die Steine-Esser fürchten schon bald eine erneute Attacke auf das Königshaus. Und diesmal wird Lili'uokalani vielleicht sogar dauerhaft unter Hausarrest gesetzt.«

Ihr kleines gemeinsames Schlafzimmer, das neben den Gemächern von Keliis Mutter lag, war hellhörig. Mehr als einmal kam die Mutter herüber und bat um Mäßigung, wenn Kelii und Elisa leidenschaftlich politisierten, nachdem er von den Versammlungen der Königstreuen in Honolulu zurückkam. Die Mutter hielt nicht allzu viel von den Steine-Essern, weil dort hauptsächlich junge Männer das Wort führten.

»Lili'uokalani ist die fortschrittlichste und klügste Monarchin, die wir hawaiischen Frauen uns wünschen können. Sie wird speziell Schulen für hawaiische Mädchen gründen, und zwar auf allen Inseln. Sie wird versuchen, den Fluch von Mai Pake zu bannen und europäische Ärzte auf unsere Inseln holen, um die Krankheit für immer zu besiegen. Lili'uokalani will ein modernes Hawaii, das mit der Welt mithalten kann, und genau das muss Sanford Dole der Öffentlichkeit vermitteln, auch wenn es nicht einfach ist.«

Elisa erwiderte darauf nichts. Sie verstand sich nicht immer gut mit Keliis Mutter, obwohl sie sich mochten. Immer wieder glaubte Elisa, Ablehnung gegen ihre weiße Haut und ihre europäische Herkunft zu spüren, obwohl in ihrer Gegenwart nie ein einziges negatives Wort fiel. Bei Kelii sprach sie aus, was sie quälte.

»Deine Mutter hasst mich in Wirklichkeit. Oder sie misstraut mir, weil ich eben doch eine Haole bin. Ich kann es fühlen … und ich verstehe sie sogar. Sie trägt für ihre Königin dieses unbequeme Korsett, die einengenden Schuhe und pudert sich ihre Haut weiß, weil Lili'uokalani sich dadurch politische Vorteile erhofft. Aber deine Mutter verachtet sich eigentlich dafür. Sie kommt immerhin aus einer königlichen Familie mit ganz anderen kulturellen Werten als nur die einer geschnürten Taille! Wenn sie die Weißen wirklich achten würde, dann hätte sie Johannes jubelnd in eure Familie aufgenommen, oder etwa nicht?«

Elisa saß während ihres Gespräches auf dem Bett und skizzierte, wie so oft, wenn sie in den Gemächern bleiben musste, damit sie nicht gesehen wurde. Heute war es ein Porträt von Keliis stolzem Profil.

»Das ist schwer für deine Schwester, denn Leilani liebt Johannes über alles. Deine Mutter zerstört viel…«

Er nickte, denn er wusste, dass Elisa recht hatte. Doch das machte die Sache nicht einfacher. Seine Mutter hatte immerhin die Höflichkeit, sich nicht anmerken zu lassen, was sie für Elisa und Johannes empfand. Im Moment kippte die Stimmung unter den Hawaiianer insgesamt. Seine Freunde unter den Steine-Essern hatten ihm sogar verboten, seine Freundin zu ihren Treffen mitzubringen. Er hatte es Elisa aus Taktgefühl nicht gesagt, aber er war sich sicher, dass sie es ohnehin wusste. Nicht ein einziges Mal hatte sie gefragt, ob sie ihn begleiten durfte.

Elisa hatte manchmal fast schwermütige Momente, weil sie inzwischen begriff, dass ihre Begeisterung und Liebe für Kelii allein nicht ausreichen würden, um die Kluft zwischen ihren beiden Völkern zu schließen. Doch es gab etwas, das Elisa über einiges hinwegtröstete. Und das hatte mit Hoku zu tun.

Hoku war in den vergangenen Monaten schon zwei Mal aus den Bergen gekommen und hatte Elisa eine ganze Woche lang unterrichtet. Sie hatte sich damit unter den anderen Kahuna durchsetzen können, denn obwohl Elisa eine Haole war, sang ihre Seele das Lied der Kahuna aus Hawaii. Dafür gab es vielerlei Beweise, vor allem die Narbe von Tutu Hai. Auf Hokus Weisung hin bekam Elisa jetzt von Kelii täglich offiziell Unterricht in Kräuterheilkunde, Fingerspitzensehen, Mana-Arbeit und auch bezüglich der Hellsichtigkeit. All das musste sie jeden Tag üben, um sich auf die Prüfungen vorzubereiten, die Hoku abhielt, wenn sie zu den geheimen Treffen kam, um die Königin zu beraten. Doch Elisas wichtigste Hausaufgabe von allen war der Unterricht in der hohen Kunst der körperlichen Liebe. Hoku hatte es ihr mehrfach ans Herz gelegt.

»Erst wenn du mit Kelii zusammen wieder von der höchsten Klippe springen kannst, um auf den Schwingen des Falken der Sonne entgegenzujubeln, habt ihr eine Zukunft als Paar.«

Befangen und scheu lag Elisa anfangs neben Kelii in dem kleinen Lustpavillon von Lili'uokalani, in dem sie täglich eine Stunde verbringen mussten. So hatte Hoku es ihnen befohlen. Elisa hatte eine Aufgabe zu bewältigen. Daher nahm sie vor dem Beginn ihrer Stunde stets eine Medizin aus Kräutern, Blumen und einer bestimmten Beerensorte, um ihren Körper empfänglicher für lustvolle Empfindungen zu machen. Dazu gab es bestimmte Übungen, die Kelii und sie täglich machen sollten.

Anfangs waren ihr seine Berührungen an den intimen Stellen ihres Körpers noch unangenehm und lösten ein starkes Schamgefühl aus. Doch nachdem sie ein paar Mal geübt hatten, erinnerte sich Elisa an die genüssliche Stunde hinter dem Wasserfall auf Kauai, als sie noch ein unschuldiges Mädchen gewesen war. Damals hatte sie es sehr gemocht, wenn Kelii sie angefasst hatte. Und manchmal, wenn es ihr mit der Kräutermedizin jetzt gelang, die dunklen Wolken in ihrem Kopf beiseitezuschieben, spürte sie einen Hauch von dem damaligen prickelnden Lustgefühl.

»Bitte versuch es noch einmal!«

Elisa drehte sich mit ihrem Bauch auf die Seite. Sie war jetzt sechs Monde mit Kind, drei würden noch kommen, bevor das Kleine selber die Sonne sehen wollte. So hatte es Hoku ihr erklärt. Bis dahin musste es Elisa gelungen sein, sich wieder zu holen, was Janson ihr gestohlen hatte: die Lust in ihrem Unterleib. Sonst würde auch die Geburt unnötig schwierig werden, hatte Hoku sie gewarnt. Ihr Bauch war im sechsten Mond noch klein und fest und störte nicht bei dem Liebesspiel, denn Kelii liebkoste sie lediglich mit seinen Fingern.

Er lächelte, als sie jetzt unter seiner sanften kreisenden Bewegung aufstöhnte. Er konnte sich an seiner Liebsten nicht sattsehen. Nie zuvor war Elisa so schön wie jetzt mit ihren vollen Brüsten und dem geschwollenen Leib.

Im Lustpavillon war es warm, da die Sonne um die Mittagsstunde herum direkt auf die Liegebänke schien, die mit weichen Fellen und Kissen in rötlichen Mustern ausgekleidet waren. Die Königin war bekannt dafür, dass sie alle Liebenden beschützte, sogar gleichgeschlechtliche Paare. Lili'uokalani hatte ein Faible für Sinnlichkeit, was sich in der Einrichtung zeigte. Überall gab es Nischen und Orte, wie geschaffen für intime Begegnungen. Das Licht, die Wahl der Farben, selbst die Gerüche hier erzählten Geschichten der Liebe.

Ihr Bad hatte sie erwärmt und ein sinnliches Feuer brannte zwischen ihnen, um Elisas innere Glut anzuheizen. Wie Hoku es Kelii aufgetragen hatte, verströmten über den Flammen in einer Schale aus Ton duftendes Sandelholz und stimulierende Kräuter ihr betörendes Aroma.

»Magst du es so gerne…?«

Seine Hand glitt zwischen ihre Beine, wo es feucht und warm war, und sie lehnte sich genüsslich noch weiter zurück. Jedes Mal, wenn sie jetzt übten, empfand Elisa mehr Vergnügen. Meisterhaft beherrschte es Kelii, sie mit seinen Fingerkuppen so lange an der richtigen Stelle zu massieren, bis sie nicht anders konnte, als ihre Beine noch weiter zu öffnen und ihm ihre Hüften entgegenzustemmen. Aber bisher war es ihm nie gelungen, Elisa so weit zu stimulieren, dass sie sich völlig vergaß und in seinen Armen explodierte. Etwas in ihrem Inneren hielt sie in letzter Sekunde immer zurück. Sie schob dann mit entschuldigendem Lächeln seine Hand zur Seite.

Doch heute, das spürte sie, war es anders als sonst. Sie war neugierig, wie es um seine Lust bestellt war. Seine Augen hatte er genüsslich geschlossen, so als würden seine Finger den Platz mögen, den sie in kleinen kreisenden Bewegungen zu erobern suchten. Ihre Hand glitt wie von alleine zu seinem Lendenschurz, der seine Männlichkeit bedeckte. Was ihre Fingerspitzen dort fanden, gefiel ihr, weil er es mochte. Sie hatte keine Angst mehr. Sanft streichelte sie jetzt auch ihn, bis er zu stöhnen begann. Da wagte er es, bei ihr mit seinem Finger ein wenig tiefer zu forschen, ein Privileg, welches sie ihm bis jetzt mit dem schnellen Schließen ihrer Schenkel verwehrt hatte. Aber heute ließ Elisa es zu.

Sein Mittelfinger fand den Eingang und den Rhythmus. Nun nahm er seine zweite Hand zu Hilfe, um sie noch weiter zu reizen, weil er merkte, wie ihre Hüften ihm entgegenfieberten.

Lustvoll ineinander verwoben ritten sie auf den Wellen der Lust, bis Elisa es nicht mehr aushielt. Und auch er konnte nicht anders, als sich ihren geschickten Händen hinzugeben.

Nie würde Elisa diesen Tag vergessen, an dem sie mit Kelii nach ihrer schwierigen Zeit endlich den Sprung von der Klippe schaffte. Genau gleichzeitig entfuhr ihnen ein Laut der Freude, der über die Wände des Pavillons bis in den Garten drang. Dort unterhielt sich an einem schattigen Plätzchen, das sie von der Mittagssonne abschirmte, Königin Lili'uokalani mit ihrem Berater Sanford Dole über die Fortschritte beim Anbau der Ananasfrucht. Einen Moment hielt die Königin inne und lächelte zufrieden. Das Glück dieses jungen Paares bedeutete in dieser schwierigen Zeit einen geheimen Triumph, von dem ihr eifrig dozierender Berater mit dem langen weißen Bart nichts ahnte.

Als Kelii und Elisa nach dem hart erkämpften Wunder erschöpft und glücklich in den Kissen lagen, glaubte Elisa durch einen Spalt des großen roten Vorhangs, der sie vor neugierigen Blicken schützte, ein Falkenpaar zu sehen, das gemeinsam gen Sonne flog.

Kauai, Neujahrsmond 2011

Aufgewacht war Maja vom ersten Zwitschern der Vögel. In dem Jasminbusch vor dem Fenster schienen gleich mehrere Nester zu sein. Aber nicht nur das Vogelgezwitscher und ihr Jetlag hinderten sie daran, wieder einzuschlafen. Sie musste ununterbrochen an Keanu denken.

Während sie sich in den Kimono hüllte und auf die Veranda trat, leise, um ihren Vater im Nebenzimmer nicht zu wecken, sah sie Keanus Augen vor sich, wie er ihr in Nizza ihren Sonnenhut gereicht hatte. Vom ersten Moment an waren Maja diese Augen vertraut, vielleicht auch, weil sie denen ihres Vaters ähnlich waren. Mit diesen Gedanken setzte sie sich in die blumige Hollywoodschaukel auf der Lanai und sah hinaus auf das nächtliche Meer. Die Morgendämmerung musste kurz bevorstehen. In der Gischt der Wellen kündigten feine silberne Fäden den ersten Gruß des Tages an.

Obwohl sie Keanu in Kürze sehen und endlich Auge in Auge mit ihm sprechen würde, war sie unzufrieden mit sich. Wie verlogen und vor allem gleichgültig ihr Anruf in seinen Ohren geklungen haben musste! Er hatte Maja nach ihrer E-Mail gebeten, ihn unbedingt kurz anzurufen, da er ihre Stimme hören wollte. Außerdem wollte er wissen, was sie für ihn empfand. Sei eine dürre E-Mail nach den vielen Wochen ihres Schweigens und insgesamt dreißig Liebesbriefen von seiner Seite ihre einzige Antwort auf seine Gefühle? Empfand sie gar nichts für ihn? Hatte er sich in Nizza nur eingebildet, dass sie eine tiefe, echte Verbindung miteinander verwob, auf der man eine

Beziehung aufbauen könnte? War er nur ein Spielzeug für sie?

Maja schluckte. Während die Gischt auf den Wellen heller und heller im Licht strahlte, schämte sie sich. Sicher hatte Keanu bei ihrem Telefonat gemerkt, dass sie ihm etwas Wichtiges verschwieg. Sie konnte vor Aufregung kaum einen zusammenhängenden Satz herausbringen. Vielmehr waren es unsichere Halbsätze gewesen, abgelöst von ratlosem Schweigen, denn sie wollte nicht lügen. Maja konnte ihm doch keinesfalls die ganze Wahrheit am Telefon sagen, denn zu tief saßen ihre Schuldgefühle, nachdem sie sich für das Kind in ihrem Bauch entschieden hatte, ihr gemeinsames Werk. So etwas machte man nicht in der heutigen Zeit. Es gab für eine Frau, die kein Kind mit einem Mann geplant hatte, zu viele Möglichkeiten, dem Mann gegenüber fair zu sein. Männer nach einer einmaligen Bettbegegnung zu einem Leben als Vater wider Willen zu zwingen, war nicht in Ordnung, Maja wusste das. Obwohl es nirgendwo geschrieben stand, war ein ungewolltes Kind vielleicht sogar die größte Zumutung, die eine Frau heutzutage einem Mann vor die Füße legen konnte, noch dazu angebliche aus Liebe. Ihre Schuld wog schwer, denn Maja beging in ihren eigenen Augen Keanu gegenüber geradezu so etwas wie ein Verbrechen. Ein Kind hatte sie schließlich mit Stefan geplant. Auch Ina meldete jede Menge Bedenken an, als Maja ihr von der Schwangerschaft erzählte. Mit flammendem Blick sah die Freundin sie ungewöhnlich streng an.

»Das ist es also! Jetzt verstehe ich im Nachhinein besser, warum du derartig schräg drauf warst. Du weißt, dass du potentiell drei Menschen sehr, sehr unglücklich machen wirst. Du hast dir das echt überlegt?«

Zwischen Inas Augenbrauen bildete sich die steile Falte, die Maja gut kannte. Alarmstufe rot.

»Wahrscheinlich verletzt du sogar vier Menschen, wenn Stefans Gefühle für dich überhaupt noch eine Rolle spielen ... Und hattest du mir nicht erzählt, dass dein hawaiischer Beau mit dem Namen eines unwiderstehlichen Filmstars in diesem Winter eine junge Hawaiianerin heiraten will? Was wird denn seine Zukünftige zu deinem Egoismus sagen? Hast du das bedacht? Mindestens fünf Menschen werden also von deiner Entscheidung betroffen sein. Du zerstörst Leben!«

Es war ein unerfreuliches Gespräch gewesen. Aber noch stärker reagierte ihre Mutter, nachdem Maja sich, selbst nach mehreren Beratungsgesprächen, noch uneinsichtig zeigte.

»Ich sage dir gleich, Maja, dass ich für dieses Kind nicht als Großmutter da sein werde. Dein Vater und ich haben genug Kummer mit den verunglückten Ehen deiner Geschwister. Ein weiteres emotional unterernährtes Enkelkind verkrafte ich nicht. Was hast du dir eigentlich dabei gedacht? Und was tust du Stefan damit an? Stefan wäre ein Mann gewesen, dem ich eine Familie zumindest zutrauen würde...«

Später hatten ihre Eltern im Schlafzimmer gestritten, was selten vorkam. Auch dafür hatte Maja sich schuldig gefühlt, bis ihr Vater ihr am nächsten Morgen gut gelaunt zuzwinkerte.

»Ich wollte immer schon ein Enkelkind ganz für mich allein ... Was meinst du, ob es Zwillinge werden?«

Es war nur ein einzelnes kleines Wesen, über das Maja jetzt schützend ihre Hand hielt, während sie so leise wie möglich auf der Hollywoodschaukel hin und her schwang. Keinesfalls wollte sie ihren Vater wecken.

Sie sah hoch zu den letzten Sternen, die mit den Lichtern der Küste von Honolulu in der beginnenden Morgendämmerung um die Wette blinkten. Nicht einmal eine winzige Sekunde lang hatte sie gezweifelt, dass das heranwachsende Wesen in ihrem Innern zu ihr gehörte und bei ihr sein wollte.

Nur wie sie mit Keanu umgehen sollte, wenn sie ihn heute auf Kauai treffen würde, das wusste sie nicht. Allein wenn sie an ihr Wiedersehen mit ihm bloß dachte, wurden ihre Beine schwach, ihr Mund trocken und ihr Herz hämmerte wie das eines Kolibris. Maja wollte nicht verliebt sein, weil es unrealistisch und vor allem im Moment sehr unvernünftig war. Doch ihr aufgeregtes Herz hatte anscheinend keine Ahnung, was das Wort Vernunft überhaupt bedeutete.

Leise stand sie von der Hollywoodschaukel auf und ging in ihr Zimmer zurück, um sich noch ein wenig hinzulegen. Es würde ein anstrengender Tag werden.

Später am Morgen musste Maja sich beeilen. Sie war noch einmal eingeschlafen und viel zu spät von ihrem Vater geweckt worden. Da sie ohne ihren Vater nach Kauai vorausfliegen würde, um Keanu alleine zu treffen, musste sie noch ihre Sachen packen. Sie war unsicher, was sie für ihre erste Begegnung mit ihm anziehen sollte. Ungefähr fünf Kilo hatte sie zugenommen, seit sie sich in Nizza verabschiedet hatten. Ihre Körbchengröße war kein C mehr, sondern ein deutliches D und in ihren Jeans fühlte sie sich längst viel zu beengt. Also entschied sie sich für ein hübsches Kleid aus dunklem Türkis mit halblangen Ärmeln, das bis knapp übers Knie reichte. Dazu wählte sie Stiefel und eine leichte Lederjacke, die sie notfalls anziehen konnte, wenn es im Flugzeug zu kalt wurde.

Das junge Mädchen von der Rezeption klopfte an ihrer Zimmertür, während Maja ihre Haare kämmte und sie locker hochsteckte.

»Das hier ist gerade für Sie angekommen, es ist eine Leihgabe von Tutu. Sie können sich das Büchlein in Ruhe ansehen, aber dann sollte es bitte in Keanus Hände gelangen. Es ist für das geplante Elisa-Vogel-Museum in Lihue … Keanu weiß Bescheid.«

Das Mädchen mit den umwerfend weißen Zähnen, die Maja an eine perfekte Perlenkette erinnerten, strahlte sie an.

»Sie sind also Keanus Traumgängerin…«

»Nennt man mich so?«

»Oh ja, und viele in unserem Klan sind neugierig. Keanu sprach von Träumen, Träume von Elisa?«

»Ja, ich träume viel von ihr – und von Kelii.«

Von der hübschen jungen Frau erfuhr Maja zum ersten Mal Details über Elisas Museum, das zu Ehren der Haifischfrau seit Jahren in Planung war, aber immer noch keine Genehmigung erhalten hatte.

»Wir helfen alle zusammen, denn wir wollen, dass Elisas Kunst und ihr Wirken einen Platz bekommen, in dem Hawaiianer und Haoles zusammenkommen. Es ist ja immer noch nicht alles geheilt, was hier einst geschah… die Wunden sind tief.«

Die junge Frau, ungefähr in Majas Alter, erklärte in wenigen Sätzen in rudimentärem Deutsch, dass ihr Nachname van Ween war, ein ursprünglich friesischer Name. Ihre Urgroßmutter Leilani sei von königlichem Inselblut gewesen, hätte jedoch im Jahr 1895 einen Deutschen auf Kauai geheiratet.

»Leider! Es gibt also einen Urgroßvater Johannes van Ween in meinem Blut, aber ansonsten bin ich ganz und gar Hawaii, fast so unverdünnt wie meine Cousine Leilani, Keanus Freundin. Sie werden sie bestimmt kennenlernen … Bitte sagen Sie Keanu schöne Grüße von mir. Ich muss bis morgen arbeiten, bin aber sicher rechtzeitig zum Hibiskus-Ball in Lihue … Meine Cousine weiß Bescheid. Hier! Passen Sie gut drauf auf! Und – gute Reise!«

Damit drückte sie Maja das alte Skizzenbuch von Elisa in die Hand. Dann war die junge Frau in dem farbenfrohen Sarong mit ihrem unergründlichen Lächeln verschwunden.

Die Zeit war knapp. Maja musste ihren Flieger erwischen. Trotzdem setzte sie sich einen Moment lang auf ihr Bett. Das war Leilanis Cousine! Ob sie etwas von Majas Affäre mit Keanu wusste? Hatte er seiner Freundin seinen Ausrutscher inzwischen gebeichtet, oder würde er seine Ehe mit einer Lüge beginnen?

Nachdenklich betrachtete Maja das Skizzenbuch in ihrer Hand. Auf den Deckel aus einfacher Pappe hatte Elisa eine einfache Reisschale gezeichnet, in der eine Hibiskusblüte lag. Unter der feinen Federzeichnung standen die Worte: Für meine Tochter Victoria.

Erst am Flughafen von Honolulu, nachdem Maja sich von ihrem Vater verabschiedet hatte und darauf wartete, dass ihr Flug nach Kauai aufgerufen wurde, schlug sie das Skizzenbuch auf.

Innen auf der ersten Seite standen das Jahr 1895 und der Name des Iolani-Palastes in Honolulu. Doch was dann kam, darauf war Maja nicht vorbereitet. Es waren liebevolle Skizzen einer Geburt, begleitet von Worten, die Elisa in gestochen scharfer Schrift dazugeschrieben hatte. Einem kleinen zarten Mädchen mit hellen Augen hatte sie das Leben geschenkt. Es sollte bei fremden Eltern in Honolulu aufwachsen, da Elisa mit Kelii fortwollte. Auf der Insel Maui wurden sie bei einer wichtigen Kahuna-Versammlung erwartet, und die Zeit drängte. Doch Elisa hatte es nicht übers Herz gebracht, sich von ihrer kleinen Tochter zu trennen…

Abschied aus Oahu, Sommer 1895

Stille war um Elisa herum, nichts als Stille. Ihre Brüste waren schwer und schmerzten. Alles, was Elisa tun konnte, um die Schreie in ihrem Inneren zum Schweigen zu bringen, war zeichnen. Seite um Seite in ihrem Skizzenbuch füllte sie wie besessen mit jeder ihrer Erinnerungen an das winzige Wesen, das jetzt nicht mehr bei ihr sein konnte. Sie hatten es ihr genommen.

In der Nacht, bevor sie sich von ihrer Tochter trennen sollte, hatte Elisa einen Entschluss gefasst. Sie würde ihre Tochter behalten. Da sie wusste, dass Kelii nie damit einverstanden sein würde, hatte sie das kleine Mädchen in Leilanis rotem Tuch auf ihren Rücken gebunden. Unten am Hafen von Honolulu legten jetzt ständig große Schiffe ab. Der Handel mit Sandelholz florierte, sowohl mit Amerika als auch mit Asien und Europa. Irgendein Kapitän würde sich sicher erbarmen und sie und ihr Kind an Bord nehmen. Kurz vor Morgengrauen riss Elisa aus.

Doch barfuß und im Nachtgewand, das sie unter der Decke trug, in die sie sich gegen die Kälte gewickelt hatte, kam sie nicht einmal bis hinunter zu den Schiffen. Kelii holte sie im Laufschritt ein. Die Palastwachen hatten ihn verständigt. Seine Augen blitzten vor Zorn.

»Bist du wahnsinnig, Elisa? Willst du uns umbringen? Möchtest du das wirklich? Es ist sein Kind, das weißt du. Was glaubst du, warum Sanford Dole zwei seiner Leute in den Palast eingeschleust hat? Deine kleine Tochter ist längst zum Politikum geworden ... Sie gehört dir nicht mehr, denn sie kann gar nicht zu einem Kanaka wie mir gehören! Das Kind ist weiß, eine Haole! Wenn du sie behalten willst, dann musst du Gerit Janson heiraten. Es gibt keinen anderen Weg … Möchtest du das? Möchtest du Janson heiraten?«

Elisa sagte nichts. Sie wusste, wie recht er hatte. Seit herausgekommen war, dass sie nicht nur am Leben war, sondern ein weißes Kind unter ihrem Herzen trug, war im Palast die Hölle losgewesen. Der Auslöser war Sanford Dole, der Vertraute der Königin. Lili'uokalani hatte ihr Bestes gegeben, um das Liebespaar zu schützen, aber für Elisa galten eigene Gesetze. Sie blieb eine Weiße, wie Dole stets betonte, und müsse mit den Gesetzen der Weißen zurechtkommen.

Es hatte von Gerit Jansons Seite aus einen offiziellen Heiratsantrag gegeben. Elisa hätte ihrem zukünftigen Mann zwar ein schweres Unrecht angetan, indem sie mit Kelii durchgebrannt war, noch dazu mit Jansons Kind unter ihrem Herzen, doch als Christ würde er ihr vergeben. Natürlich würde die Situation grundsätzlich anders aussehen, sollte das Baby, das Elisa bald gebären würde, hawaiische Merkmale tragen. In diesem Fall sei sein Heiratsantrag als obsolet zu betrachten. Dann würden andere Gesetze greifen, die Gesetze der Königin und damit des hawaiischen Volkes. Allein die Hautfarbe des Kindes würde entscheiden. Der Wille der Mutter war Nebensache.

»Lass mich in Ruhe … geh zu deinen Leuten. Ich tue, was für mein Kind und mich richtig ist!«

Bebend vor Zorn drückte Elisa das wimmernde Bündel an sich. Sie ging an Kelii vorbei auf die Hafenmauer zu. Wenn sie es nur schaffen würde, auf ein Schiff zu kommen, dachte sie in ihrer Not, auf irgendein Schiff, das sie weit weg bringen würde, vielleicht sogar zurück nach Europa, dann könnte sie ihre Tochter bei sich behalten.

»Bleib stehen, Elisa! Es hat doch keinen Sinn…«

Sie hasste Kelii in diesem Moment, obwohl sie wusste, dass er recht hatte. Sie selbst hatte im Vorfeld ja eingewilligt in diese Adoption, weil es gar keine andere Möglichkeit gab. Jeder konnte sehen, dass dieses bezaubernde Wesen mit der milchweißen Haut und den graublauen Augen kein Kanaka-Kind war, sondern einem weißen Mann gehörte. Und dennoch hasste sie Kelii dafür. Er versperrte ihr den Weg zu den Schiffen, sodass sie jetzt dicht an der Hafenmauer stand und ihn mit ihren Blicken verfluchte.

»Wie kannst du von Liebe reden! Wenn du mich lieben würdest, mich kennen würdest, dann wüsstest du, dass ich es nicht überleben werde, wenn ich meine Tochter hergeben muss. Sie ist mein Kind!«

Sein Blick war voller Trauer.

»Gib sie mir … bitte. Ich bringe sie weg. Du wirst sie bald vergessen, das verspreche ich dir. Wir werden andere Kinder haben, du und ich, unsere Kinder … so wie wir es besprochen haben. Dieses weiße Kind bringt nur Unglück…«

Elisa hörte den Klang seiner Worte, aber sie konnten nicht in ihr wundes Herz vordringen. Ein hoher Zaun hatte sich um sie herum gebildet. Dahinter war sie allein mit dem Kind. Es gab in diesen Minuten keine Liebe zu Kelii, keine lustvollen Stunden zu zweit, kein Lernen und Lehren in der hohen Kunst des Heilens. Sie hatten keine Zukunft und keine Vergangenheit mehr als Paar. Elisa war jetzt Mutter und würde nie wieder das Mädchen sein, das sie einmal war. Ihre Brüste schmerzten heiß. Sie wollte den Rosenmund des kleinen Wesens an ihnen spüren und allein sein, einfach nur allein mit ihrem Kind. Wimmernd griff das hilflose Wesen nach seiner Nahrung. Ihre Stimme klang wie die eines kleinen Kätzchens. Und jeder noch so winzige Laut, der durch die Brandung an der Hafenmauer an ihr Ohr drang, schnitt tief in Elisas Seele. Wie hatten die anderen für sie diese Adoption planen können? Wussten sie nicht, dass sie es nicht ertragen würde, sich von ihrer Tochter zu trennen? Lieber wollte sie sterben.

Die Gischt einer mächtigen Welle, die an die Hafenmauer peitschte, benetzte Elisas Wangen. Das ist ein Zeichen, dachte sie. Großvater Hai gibt mir das Zeichen, dass ich mein Kind nicht freigeben muss. Ich kann zusammen mit meiner Tochter ins Wasser springen und dort unten am Meeresgrund warten, bis Großvater Hai uns abholt. Ich muss mich nicht von ihr trennen.

»Gib sie mir … gib sie mir jetzt. Sofort!«

Kelii streckte ihr seine schönen Hände entgegen. Elisa sah, wie sie zitterten. Er kannte ihre Gedanken, und vielleicht erkannte er auch ihre Not. Seine Stimme klang beschwörend, als er einen weiteren Schritt auf sie zumachte.

»Mach keine Dummheit, Elisa! Ich weiß, was du fühlst. Aber es wird vorübergehen. Wir werden wieder auf den Falkenflügeln reiten, du und ich. Wir haben noch unser ganzes Leben! Andere Kinder warten auf uns. Ich liebe dich, ich liebe dich, ich liebe dich!«

Elisa kannte diese grenzenlose Liebe in seinen Augen, ein mächtiges und doch so sanftes Gefühl für sie, das weder Zeit noch Raum zu kennen schien und ihr Halt versprach. Doch sie hörte auch das klägliche Wimmern ihrer Tochter, roch den süßen warmen Duft des Kindes, und fühlte die kleine Hand, die ihre Brust suchte. Kelii war ein Mann, er konnte sie nicht ganz und gar verstehen. Wie sollte er auch, er hatte nie ein Kind geboren. Er wusste auch nicht, welchen Pakt Elisa in der Nacht der Geburt mit diesem kleinen Wesen geschlossen hatte, obwohl Hoku sie davor gewarnt hatte. Oh ja, die alte Kahuna hatte tief in Elisas Seele geblickt und sie vor diesem Pakt mit dem weißen Kind gewarnt.

Einen Moment lang schloss Elisa ihre Augen. Es war das reinste Wunder, dass das Kind und sie überhaupt noch am Leben waren.

Der Weg an die Sonne, den ihre kleine weiße Tochter gewählt hatte, war teuflisch gewesen, anders konnte Elisa es im Nachhinein nicht beschreiben. Selbst Hoku, die schon vielen Kindern gesund ans Licht geholfen hatte, war nach zwei Tagen und Nächten erschöpfenden Kampfes schließlich ratlos gewesen.

»Was ist es, Elisa, warum könnt ihr euch nicht voneinander trennen, du und das Kind? Was ist es? Sprich es aus!«

Elisa fühlte sich zu diesem Zeitpunkt bereits mehr tot als lebendig. Die Worte wollten nicht aus ihrem Mund kommen. Dabei hatte sie die erste Nacht und auch den folgenden Vormittag die Wehen noch relativ gut überstanden. Sie konnte sich immer wieder ausruhen und hatte dank Hokus Kräutern keine allzu starken Schmerzen. Doch als die Sonne erneut unterging und die zweite Nacht anbrach, begann sie eigenartige Geräusche in ihrem Kopf zu hören. Dann rebellierte ihr Körper. Sie musste sich pausenlos übergeben, obwohl ihr Magen bis auf den Kräutertee völlig leer war.

Sie hatte nicht mehr das Gefühl, ein Kind zur Welt zu bringen, sondern in ihr hatte ein zerstörerischer Kampf begonnen. Die Geräusche in ihrem Kopf führten sie wieder und wieder in die Blaue Grotte zurück, zu der Nacht, in der ihr Baby entstanden war. Dort legte sie etwas Dunkles an eine Fessel.

Ab diesem Moment verwandelte sie die Geburt in einen einzigen Albtraum. Doch wie konnte das geschehen? Wie konnte das Böse Macht über Elisa gewinnen? Auch Hoku war ratlos. War es der Mond, der in der zweiten Nacht nicht einmal mehr seine Sichel zeigen wollte? War es der stürmische Wind, der vom Meer kam und wütend an den Fensterläden rüttelte? Oder war es der Tod selbst, der an Elisas Tür klopfte? Elisa wusste es nicht. Ihr Verstand gehorchte ihr nicht mehr. Sie konnte Hoku keine Antwort auf ihre Fragen geben. Alles, was sie noch konnte, während sie mit ihrem baldigen Tod rechnete, war, die Gebete, die sie in ihrer Erschöpfung leise vor sich hin murmelte, mit Erinnerungen zu füllen. War die Seele ihrer Mutter bei ihr?

Deutsche Kindergebete kamen aus ihrem Mund, die Elisa einst in Hamburg im Alten Michel zwischen ihren Eltern in der Kirchenbank aufgesagt hatte.

In den kurzen Momenten, in denen ihre Schmerzen nachließen, sah sie sich fiebrig und verwirrt um. Sie sah in Keliis besorgtes Antlitz, nahm Hokus zahllose Falten wahr und hörte die beiden gedämpft in den Lauten einer Sprache sprechen, die nicht die ihre war. Gehörte Elisa hierher? War das ihre Familie?

Angst hatte sie, grenzenlose Angst vor der Dunkelheit, die begann, an ihr emporzukriechen wie eine giftige Schlange. Elisa würde den nächsten Sonnenaufgang nicht erleben, das flüsterte eine Stimme in ihr, die sie an die Stimme ihrer Mutter erinnerte.

»Du hast Gottes Gesetze gebrochen, weil du ohne Gottes Segen mit einem Heiden lebst. Das ist unverzeihlich, hörst du, Kind. Du gehörst zu uns!«

Dann wurden auch andere Stimmen in ihrem Inneren laut. Alle kamen sie in dieser Nacht, die Dämonen in ihrem Inneren, um Elisa zur Rechenschaft zu ziehen. Das muss das Jüngste Gericht sein, dachte sie in ihrem Fieberwahn. Die lauteste Stimme forderte von Elisa ein Gelübde. Sie musste dem Kind eine gute Mutter sein. Dann würde Gott seine schützende Hand über sie halten und den Tod aus dem Zimmer jagen. In diesem Moment gab Elisa der Stimme ihr Versprechen, leise zwar, sodass Hoku und Kelii nicht hören konnten, was sie vor sich hinmurmelte, aber sie schloss den Pakt. Und in der Sekunde, in der sie es tat, sah Hoku ihr in die Augen. Traurig schüttelte die alte Heilerin den Kopf.

»Du hast es immer noch nicht verstanden, Mädchen? Du bist um so vieles größer als diese Stimme in deinem Kopf. Du bist nicht allein!«

Das Geräusch von Kutschenrädern riss Elisa aus ihrer Erinnerung an die schlimmste Nacht ihres Lebens, schlimmer noch als die Stunde der Gewalt mit Gerit Janson. Kelii packte sie fest am Arm.

»Elisa! Bitte, du musst mir das Kind jetzt geben. Es ist doch alles abgesprochen. Es bleibt nicht viel Zeit. Das Baby kommt zu Gerit Janson. Er ist extra mit dem Schiff aus Kauai gekommen ... Lili'uokalani hat es mir gestern gesagt. Wir wollten dich mit seinem Anblick verschonen, aber jetzt ist es zu spät. Gib mir das Kind!«

Elisa zuckte zusammen. Sie sah die Kutsche in die Hafeneinfahrt von Honolulu einbiegen und erkannte das Wappen der Königin. In einiger Entfernung von ihnen brachte der Kutscher die Pferde zum Stehen und stieg vom Kutschbock. Wie in Zeitlupe nahm Elisa wahr, wie der Schlag der Kutsche geöffnet wurde.

Trotz der frühen Morgenstunde war Lili'uokalani tadellos gekleidet. Sie war die Erste, die ausstieg. Ihr folgten zwei Männer. Sanford Dole war an seinem langen, weißen Bart gut zu erkennen. Gerit Janson hingegen hätte Elisa nicht ohne Weiteres wiedererkannt. Er trug einen edlen dreiteiligen Anzug, einen Hut und einen silbernen Stock, da er stark hinkte. Zudem hatte er sich seit ihrer letzten Begegnung einen Bart wachsen lassen.

Seine Augen trafen Elisas Augen wie ein Blitzstrahl. Sie realisierte, wie erbärmlich sie auf ihn wirken musste mit ihren offenen, wirren Haaren, in ihrem Nachtgewand, barfuß und in einen schwarzen Umhang gehüllt, das schreiende Kind in einem roten Tuch vor ihre halb entblößte Brust gebunden.

Sein abschätziger Blick sagte es ihr. Elisa Vogel war ein Niemand, eine heruntergekommene Kanaka-Braut. Seine Verachtung traf sie wie ein Schwerthieb.

Sie verstand jetzt, was Kelii ihr hatte ersparen wollen. Sie sah es in seinen Augen, als sie um Hilfe flehend zu ihm sah. Ihre Stimme war nur noch ein Flüstern.

»Bitte ... bring mich von hier weg.«

Willenlos ließ sie zu, dass ihr Liebster das Kind aus dem roten Tuch nahm, ihm dabei zärtliche Abschiedsworte in seiner Sprache zuflüsternd.

»Verabschiede dich von deiner Tochter.«

Er hielt Elisa das kleine Köpfchen zu einem letzten Kuss hin. Mit letzter Kraft sog sie noch einmal den Duft ein, den sie nie in ihrem Leben vergessen wollte. Dann flüsterte sie dem Kind noch etwas zu.

»Ich werde immer deine Mutter bleiben. Ich verspreche es dir. Ich komme zu dir.«

Elisa richtete sich stolz auf, den Blick in Richtung Horizont gewandt. Sie ließ die Wünsche ihrer Seele über die Wellen fliegen, während Kelii ihr Liebstes zur Kutsche seiner Königin trug. Mit einer kleinen Verbeugung reichte er Lili'uokalani das Baby. Die beiden Männer würdigte er keines Blickes. Es dauerte noch nicht einmal eine Minute, bevor alle wieder einstiegen und die Kutsche den Hafen verließ. Dann war der Spuk vorbei.

Elisas Beine wurden schwach. Doch bevor sie unter ihr nachgeben konnten, war Kelii wieder an ihrer Seite und stützte sie. Mit seiner melodiösen Stimme begann er, ihr ein hawaiisches Lied ins Ohr zu singen. Es handelte von der unendlichen Kraft des Meeres.

Fieberhaft skizzierte Elisa auch dieses letzte Bild an der Hafenmauer in das kleine Buch, das Kelii ihr gebracht hatte. In der Stille ihres unendlichen Leides brachte sie den Abschied von ihrer Tochter zu Papier, während sich ein weiteres Tuch mit der nutzlosen Milch ihrer Brüste tränkte. Immer noch war ihr zum Sterben zumute. Das Essen fiel ihr schwer, und sie wollte nicht sprechen.

Mit einem Mal hörte sie das klägliche Weinen eines Babys. Kurz darauf erklangen vertraute Stimmen in den anliegenden Gemächern von Keliis Mutter. Elisa horchte auf. Waren das Nalani und Makaio? Es folgten fröhliche Kinderstimmen, die um die Wette krakeelten. Dazwischen hörte sie das klägliche Weinen von Eli. Elisa wusste von Hoku, dass es dem jüngsten Kind von Nalani und Makaio nicht gut ging.

Gut fünf Monde hatte Eli jetzt das Sonnenlicht gesehen, war aber immer noch erschreckend klein und zart, wie Elisa wenig später mit eigenen Augen sah, als Nalani ihr das Baby in die Arme legte. Nalani lächelte verzagt. Elis geringes Gewicht hatte sie zu verantworten, meinte sie, weil sie zu wenig Milch hatte. Andere Nahrung vertrug ihr Jüngster noch nicht, und Nalani war sichtlich in Sorge.

»Seine Brüder haben mich einfach ausgesaugt ... Er kam zu schnell, mein Kleiner hier. Ich hatte noch nicht wieder genug Kraft. Das tägliche Leben auf der Farm strengt mich nach wie vor sehr an, und jetzt müssten wir in den nächsten Wochen auch noch die Ananassetzlinge pflanzen, Makaio und ich. Wir haben nur zwei Helfer und ich weiß einfach nicht, wie ich das alles schaffen soll ... Du fehlst mir, Schwester!«

Bewundernd sah Nalani auf Elisas pralle Brüste. Und Elisa, die seit dem Morgen an der Hafenmauer vor Trauer kein Wort mehr über die Lippen gebracht hatte, sondern ihren Schmerz nur in ein kleines Buch hinein zeichnen konnte, nahm Nalani spontan in den Arm.

»Du weißt ja gar nicht, wie viel Glück du hast! Mein Baby ist seit heute fort. Sie haben meine kleine Tochter weggenommen...«

Nalani wusste längst Bescheid. Sie nickte nur. Dann lächelte sie vorsichtig und deutete auf Elis wache Augen.

»Siehst du, er erkennt dich noch nach all den Monaten! Merkst du es?«

Tatsächlich schien das zarte Baby Elisa mit dem gleichen wissenden Blick zu mustern wie schon am Tag seiner Geburt. Elisa streichelte und liebkoste seine Arme, seine kleinen Beinchen und den eingefallen Bauch.

»Erlaubst du…?«

Sekunden später hatte Elis Mund sein Ziel gefunden. Zufrieden schmatzte er, während seine Mutter lachend zusah, wie er zuerst Elisas eine und dann ihre zweite Brust leerte, zufrieden aufstieß und kurz danach in Elisas Armen einschlief.

Nalani nickte mit einem Zwinkern in den Augen.

»Das ist vermutlich das erste Mal, dass Eli so sich richtig satt essen konnte! Vielleicht hat Hoku recht. Vielleicht ist es der Wille der Göttin Pele, dass Eli bei meiner Schwester Elisa bleibt. Hoku hatte nämlich vor einiger Zeit einen Traum … Sie will, dass ich dir diesen Traum erzähle.«

Es folgte ein unkompliziertes und fröhliches Ritual, welches eine knappe Woche später im Königspalast zwischen den beiden Müttern und ihren Männern vollzogen wurde. Eli wurde Elisas und Keliis Kind, ihr erstgeborener Sohn. Aber er würde, nach hawaiischem Brauch, auch immer noch zu Nalani und Makaio gehören. So wurde es von den beiden Elternpaaren im Beisein von Lili'uokalani und Hoku beschlossen.

Bei dem Ritual gab es eine Schale Reis, in der eine einzige lachsfarbene Blüte des Hibiskus lag, der vor Elisas Fenster wuchs. Die Blüte in der Schale sollte symbolisieren, was durch Hokus Beschluss von diesem Tag an nie mehr ausgesprochen werden sollte. Nur dieses letzte Mal verkündete Hoku feierliche Worte in der Sprache der Weißen, die auch die Sprache von Elisas erstgeborener Tochter werden würde.

»Unsere Elisa brachte eine gesunde Tochter zur Welt, die bei den Haole aufwachsen wird. Alle Fäden sind gelöst, kein Pakt hat Gültigkeit, der uns an die Gesetze der Haole kettet. Unsere Elisa ist frei. Ihr Sohn heißt Eli.«

Alle verbeugten sich einmal vor der Schale, selbst die drei kleinen Jungs von Nalani und Makaio, begleitet von Hokus wehmütigem Gesang.

Elisa, die Eli im Arm trug, fühlte Keliis Freude neben sich. Selbst wenn der Schmerz des Abschieds von ihrer Tochter sie nachts noch viele Tränen kostete, so verstand sie zum ersten Mal, mit wie viel Liebe und Achtung ihre neue Familie sie willkommen hieß.

»Mahalo«, sagte sie laut und deutlich, sodass alle im Raum sie hören konnten. Dann küsste sie zärtlich ihren Mann.

Das rote Haus von Lihue, Jahreswende 2011

Die kleine Propellermaschine war bereits im Anflug auf Lihue Airport, als Maja sich endlich an den sorgfältig beschrifteten Zeichnungen sattgesehen hatte. Sie steckte Elisas Skizzenbüchlein in ihre Tasche. Gleich würde sie es Keanu geben und ihm dabei einige Fragen stellen, nahm sie sich vor. Elisas Leben stellte sie stets vor neue Rätsel, doch immerhin wusste sie jetzt, wie Elisa mit Keanu verwandt sein konnte. Eli war der Adoptivsohn und damit das erste gemeinsame Kind von Kelii und Elisa.

Maja sah aus dem Fenster auf das tiefe Blau des Ozeans, das sich endlos ausbreitete und die Insel unter ihr klein und bedeutungslos erschienen ließ. War ihr eigenes Problem womöglich gar kein Hinderungsgrund für eine erfüllende Begegnung mit Keanu? Machte sich unnötige Sorgen? Musste sie dieses kleines Wesen in ihrem Bauch überhaupt erwähnen? Heutzutage betrachtete man das Kinderkriegen doch vielerorts als alleinige Entscheidung der Frauen. Theoretisch hätte das Kind auch von Stefan sein können. Sie musste nicht mit Keanu darüber sprechen, wenn sie es nicht wollte. Es war ihre Entscheidung.

Mit Keanu über Elisa zu reden, würde Maja die Möglichkeit geben, emotionalen Abstand zu wahren. Dann wäre sie gleich auf sicherem Terrain und würde noch nicht einmal in Versuchung kommen, ihm seine bevorstehende Hochzeit mit der Nachricht von ihrer Schwangerschaft zu verderben. Und genau da lag das Problem. War Maja ehrlich mit sich selbst, so war es das, was sie eigentlich wollte. Sie gönnte Keanu seine Hochzeit und sein Glück nicht wirklich, sondern wünschte sich, dass ihre Begegnung in Nizza ihn ebenso aus der Bahn geworfen hatte wie sie.

Vielleicht war es so. Warum sonst hätte ihr Keanu nach ihrer Begegnung so viele Briefe schreiben sollen? Sie war am Telefon sehr töricht gewesen.

Maja hatte ihre Optionen viele Male hin und her gewälzt. Sie hatte Luftschlösser gebaut, sie zerstört, um erneut von vorne zu beginnen. Fast wahnsinnig hatte sie sich in München gemacht, bis sie schließlich aufgegeben hatte. Denn letztendlich war sie nicht fähig zum Telefon zu greifen, um ihm zu sagen, dass sie ein Kind von ihm erwartete. Nicht in der Lage ihm zu gestehen, wie sehr sie sich auf dieses Kind freute, gerade weil es von ihm war.

Und eine E-Mail? Hätte sie ihm von dem gemeinsamen Kind in einer feigen E-Mail schreiben sollen?

Nein, ihre Entscheidung, ihr Geheimnis ganz für sich zu behalten, war Keanu gegenüber die einzig halbwegs faire Option, dachte sie noch, als die Räder auf der Landebahn aufsetzten.

Als Maja im dem starken Wind vorsichtig die kleine Treppe hinunterstieg, die der Pilot für die wenigen Passagiere aus dem Flugzeug ausgeklappt hatte, wurde sie bereits von einem jungen Mann erwartet, der ihr die Tasche abnahm.

»Keanu lässt grüßen. Er wartet vorne in der Halle.«

»Danke. Vielen Dank.«

Majas Herz raste, in ihrem Kopf überschlugen sich die Gedanken. Warum nur hatte sie ihrem Vater verboten, in den nächsten beiden Tagen nach Kauai zu kommen? Sie hatte noch Max' Worte im Ohr, als er sie zum Abschied zweifelnd angesehen hatte: »Ich weiß, dass du immer alles selbst ausbaden willst, was du dir eingebrockt hast, immerhin habe ich dich so erzogen. Doch was genau willst du denn ausbaden, wenn du Keanu noch nicht einmal von seinem Kind erzählen möchtest?«

Maja konnte ihrem Vater zu diesem Zeitpunkt keine Antwort geben, zumindest keine, die Max' Gesetzen der Logik folgte. Ihr Gefühl sagte ihr, sie würde wissen, was zu tun und zu sagen wäre, wenn sie Keanu nur endlich wieder in die Augen sehen könnte. Und jetzt sah sie ihn.

Er stand bei der Gepäckausgabe und unterhielt sich mit einem der Flughafenangestellten, den er näher zu kennen schien. Die Männer gestikulierten und lachten, während Maja einen leisen Tod starb.

Wie oft in ihrem Leben war es so gewesen, dass sie diese ganzen Gefühle hatte, mit denen sie nicht zurechtkam, während ihr Gegenüber noch nicht einmal ahnte, in was für inneren Höllen sie schmorte.

Keanu hatte sie noch nicht bemerkt. Er unterhielt sich entspannt und lachte, als würde er irgendeine Freundin vom Flughafen abholen. Wahrscheinlich schlug sein Puls nicht einmal schneller als sonst.

Diesmal, das schwor Maja sich, würde sie ebenfalls gelassen und souverän bleiben. Sie würde keine Gefühle offenbaren. Sie würde sich nicht lächerlich machen. Das Geheimnis in ihrem Bauch war einzig und allein ihre Angelegenheit, und so würde es auch in Zukunft bleiben. Ihre Entscheidung war gefallen. Sie liebte diesen kleinen Menschen in ihrem Bauch.

Maja tastete in der Tasche nach ihrem Fotoapparat. Eins ihrer Ziele für diese Reise war eine genaue Dokumentation. Eines Tages, wenn ihr Kind alt genug sein würde, könnte sie Beweise brauchen, für diese seltsame Liebesgeschichte mit einem Mann am anderen Ende der Welt.

In dem Moment, als sie stehen blieb, um heimlich das erste Foto von ihrem Kindsvater zu machen, hörte Keanu auf, sich zu unterhalten. Es war, als ob er ihre Absicht spürte. Sein Lächeln, das sie mit ihrem Fotoapparat einfing, war traurig und froh zugleich. Ahnte er etwas? Dann war der Moment vorüber.

Im Laufschritt kam Keanu auf sie zugelaufen.

Wie unglaublich gut er aussieht, dachte sie, als sie den Fotoapparat schnell wieder wegsteckte.

»Hallo, schön dich zu sehen!«

Sie streckte ihm ebenso unverbindlich ihre Hand zur Begrüßung entgegen. Er sollte noch nicht einmal auf die Idee kommen, sie auf die Wange zu küssen.

»Hi! Nett, dass du gekommen bist, um mich abzuholen. Danke. Einen schönen Gruß von meinem Vater. Er kann leider erst in drei Tagen nach Kauai kommen. Ich werde dir jedoch nicht unnötig zu Last fallen, da ich ja weiß, dass du wenig Zeit hast.«

Er nickte, ignorierte ihre Hand und nahm ihrem Begleiter mit einem Wort des Dankes Majas Reisetasche ab.

»Wir haben vorhin telefoniert, dein Vater und ich. Wir sind alle froh, wenn die Sache mit eurem Grundstück weiterhin glatt abläuft. Der Anspruch deines Vaters auf das Land von Elisa Vogel hat hier ganz schön für Wirbel gesorgt … Erinnerst du dich an Sharkman in Nizza?«

Maja nickte. Sie spürte, wie ihr Nacken sich versteifte. Die Erinnerung an das Erlebnis in der Parkgarage war immer noch nicht ganz verarbeitet.

»Der Kampf der Immobilienspekulanten geht weiter, doch Sharkman selbst sitzt momentan auf dem Festland im Untersuchungsgefängnis. Unsere Freunde hier haben das veranlasst. Und seine Auftraggeber haben wohl auch Angst bekommen. Es gab einen Skandal wegen undurchsichtiger Immobiliengeschäfte auf Oahu und jetzt gibt es eine ausführliche Untersuchung. Diese Runde geht also an uns. Wir Einheimischen haben in diesem Jahr auf dem Hibiskus-Ball etwas zu feiern, obwohl es nur ein kurzer Triumph sein wird. Dadurch, dass Sharkman ein direkter

Nachkomme von Elisa Vogel ist, hat er Rechte … Er wird innerhalb weniger Monate freikommen, da bin ich mir ganz sicher. Hier entlang!«

Maja folgte ihm durch den kleinen Flughafen hinaus auf den Parkplatz, wo er einen Jeep aufsperrte, der schon bessere Tage hinter sich hatte. Aufkleber zeugten von Keanus politischem Engagement für sein Volk. Sie zögerte, bevor sie einstieg.

»Wie genau ist Sharkman mit Elisa verwandt?«

»Seine Linie geht zurück zu Elisas erstgeborener Tochter Victoria. In Elisas Tagebuch steht einiges über Victorias einzige Tochter Hannah, geboren 1928. Niemand weiß so recht… Es gab keine Ehe. Hannah sei später, kurz nach dem Angriff auf Pearl Harbour, als sehr junges Mädchen von einem Marinesodaten vergewaltigt worden.«

Maja stutzte. »Dann kamen Mutter und Tochter später in ihrem Leben wieder zusammen?«

»Ja, es blieb jedoch immer schwierig zwischen Elisa und ihrer Tocher. Victoria hatte ein schweres Schicksal. Über Jahre waren sich die Frauen spinnefeind. Erst nach dem Zweiten Weltkrieg wohnten sie, wegen Hannah, kurze Zeit zusammen. Sharkman war das einzige Kind von Hannah, dem Unglücksmädchen, wie sie allgemein genannt wurde. Nach ihrer Vergewaltigung sprach sie nie wieder ein Wort. Sharkman hat also, genau genommen, keinen Tropfen hawaiisches Blut. Und er ist älter als er aussieht! Als Kind verbrachte er zwei Jahre bei seiner Urgroßmutter Elisa und lernte viel von ihr, angeblich auch Heilkunst und sogar Magie. Nach Elisas Verschwinden wurde er zum zweihundertprozentigen Amerikaner, keiner weiß genau warum … Er müsste ungefähr so alt wie dein Vater sein.«

Keanu hielt ihr die Autotüre auf. Maja bemerkte, dass er zumindest ihre Beifahrerseite von Büchern freigeräumt und seinen Wagen frisch gesaugt hatte.

»Nicht gerade eine Luxuslimousine. Möchtest du gleich deinen Leihwagen abholen?«

Er deutete auf die Zeichen der Firmen, die außen an dem Gebäude Werbung machten.

»Ich habe einen für dich reserviert, aber hier am Flughafen ist alles in der Hand der Amerikaner. Und sehr teuer! Du möchtest doch sicher lieber unsere Leute unterstützen, oder?«

Sein Lächeln war so strahlend wie die Sonne. Maja konnte nicht anders, als ebenfalls zu lächeln, als sie die Blumenkette berührte, die auf ihrem Sitz lag.

»Ein Lei…«

»Na, klar! Aloha, willkommen auf Kauai!«

Vier Monate, ein Tag, eine Ewigkeit. Dennoch war es für Maja, als seien sie nie getrennt gewesen. Nachdem er ihr den Lei um den Hals gehängt hatte, griff er in seine Brusttasche und reichte ihr zwei Karten.

»Für den Hibiskus-Ball. Ich habe für deinen Vater auch eine besorgt. Falls er rechtzeitig kommt…«

Sie nickte. Ihr Hals fühlte sich an wie zugeschnürt.

»Danke, ja… vielleicht.«

»Ihr müsst unsere Leute kennenlernen. Das wäre wichtig. Für deinen Vater gäbe es hier viel zu tun.«

Keanu drückte ihr einen Prospekt über grüne Energie auf Hawaii in die Hand und erzählte von Freunden, mit denen er sich in der Energiepolitik engagierte, wenn er nicht unterrichtete. Seine Stimme war weich wie Samt.

Keanu warf ihr einen neugierigen Blick zu, während sie kurz darauf zügig auf Lihue zufuhren.

»Du trägst ihn also um den Hals…«

Maja wusste sofort, dass er den Haifischzahn meinte. Er musste sein Lederband erkannt haben, der Zahn selber war unter ihrem Kleid und ihrer Lederjacke verborgen. Sie nickte und zog umständlich unter dem Gurt die Jacke aus, weil ihr in der Sonne zu warm wurde. Dann zog sie den Zahn unter dem Kleid hervor.

»War das eigentlich ein Geschenk oder hast du den Zahn vergessen?«

»Was glaubst du?«

»Danke. Ich trage ihn gerne.«

Um ihn nicht andauernd anzustarren, weil er sogar noch besser aussah, als sie ihn in Erinnerung hatte, sah Maja während der Fahrt aus dem Fenster. Es war unwirklich für sie, auf der Insel zu sein, von der sie so viel geträumt hatte.

Die Zeit, als Elisa lebte lag lange zurück, aber das weiche Grün der Täler, das sich den Berg hinaufzog, hatte sich nicht verändert. Die Wolken in den Farben Dunkelgrau bis Schneeweiß schienen schneller als anderswo auf der Welt über den Himmel zu ziehen. Die vom vielen Regen sauber gewaschenen großen Blätter der Gummibäume glänzten um die Wette. Zweiundzwanzig verschiedene Worte für Regen kennt die hawaiische Sprache, schoss es Maja durch den Kopf. Es gab so viel über Kauai, das sie noch lernen wollte, doch gleichzeitig hatte sie das Gefühl diesen Ort bereits zu kennen. Keanu sah sie prüfend von der Seite an.

»Du solltest meinen Talisman immer tragen, jeden Tag, wenn es geht. Dieser Zahn hat gutes Mana, wie wir hier sagen. Er wird dich beschützen. Außerdem stärkt er deine Verbindung zu Elisa. Ich habe ihn mit Absicht bei dir gelassen. Das weißt du, oder? Das war kein Versehen…«

»Und unsere Nacht? Was hat sie dir bedeutet? Hat es dir überhaupt etwas bedeutet, dass wir beide…«

Maja beendete ihren Satz nicht. Sie hätte sich auf die Zunge beißen können, denn sie wollte eigentlich nicht darüber sprechen. Doch jetzt war es zu spät. Er schenkte ihr einen kurzen besorgten Seitenblick.

»Ich verstehe dich nicht. Wir wollten es beide! Du hattest mir gesagt, dass du in Deutschland bald heiraten würdest. Wenn ich dich durch meine Gefühle in eine schwierige Situation gebracht haben sollte, dann tut es mir leid. Ich musste dir diese Briefe schreiben. Ich bin ... ich bin ... einfach meinem Gefühl gefolgt. Vielleicht war es wegen deiner Verbindung zu Elisa ... Ich habe noch nie eine Traumgängerin getroffen. Ich spürte eine Verbindung in Nizza und auch danach...«

Maja schwieg, obwohl sie tausend Fragen an ihn gehabt hätte. Zum Beispiel hätte es sie interessiert, ob Keanu seiner Freundin je von ihrer kleinen Episode erzählt hatte. Auch hätte sie gerne gewusst, was genau eine Traumgängerin war, wenn sie auch inzwischen eine eigene Meinung zu diesem Begriff hatte.

Sie bogen in eine Straße, die zum Hafen von Lihue führte. Schon von Ferne sah Maja das rote Haus neben der Kaimauer. Es überragte die Geschäfte und Cafés in den neueren Gebäuden, wirkte jedoch nicht einladend auf Besucher, sondern sah ziemlich heruntergekommen aus. Keanu parkte direkt davor.

»Das ist unser zweiter Sieg in diesem Jahr. Wir haben das rote Hafenhaus zurückbekommen! Elisa wäre verdammt stolz auf uns. Kommst du?«

Maja erstarrte. Das also war das Haus, in dem zu Elisas Zeiten arme Mädchen im Namen Christi gegen Essen ihre Körper zur Verfügung stellen mussten, um nicht zu verhungern.

»Dieser Ort existiert noch?«

»Ja, und hier siehst du bereits unseren Einfluss.«

Neugierig musterte sie das alte fleckige Messingschild, das neben der Eingangstür angebracht war: Museum. Red House of Lihue, Home for Local Orphan Girls (1888-1945).

»Hier entsteht unser Museum für Elisa...«

Keanu zückte einen Schlüssel, der aus einer anderen Zeit zu stammen schien und sperrte damit die schwere Holztür auf, die schief in den Angeln hing.

»Ich muss ausladen. Gleich danach geht es weiter. Wir haben dieses Haus vor ein paar Wochen endlich von der Regierung zur Verfügung gestellt bekommen. Geh ruhig hinein. Es ist alles ein wenig chaotisch…«

Er begann von der Ladefläche seines Jeeps zwei in Decken gewickelte Bilder abzuladen und eine Holzkiste.

»In einem Teil des Museums wollen wir die künstlerischen Arbeiten von Elisa ausstellen und dazu ihre Geschichte auf den Inseln rekonstruieren. Elisa lebte fünf Jahre Zeit auf Maui, wo sie ihre Arbeit als Heilerin begonnen hat. Später zog sie nach Molokai. Nach ihrer Rückkehr von der Leprainsel hat sie aus Protest gegen die weiße Regierung fast ein Jahrzehnt in diesem Haus mit jungen Prostituierten verbracht. Wusstest du das?«

Maja schüttelte ihren Kopf. Sie erinnerte sich an das kleine Skizzenbuch und kramte es aus ihrer Tasche.

»Hier! Mit einem Gruß von deiner Tutu. Über den Umweg einer Cousine aus Honolulu, die dich und Leilani auf dem Hibiskus-Ball treffen wird…«

Keanu nickte zufrieden.

»Seit der Klan von dem Museum weiß, bekomme ich auch von anderen Familien die Fotos, Zeichnungen, Briefe und auch Bilder von Elisa. Es ist erstaunlich, wie vielen Menschen sie in ihrem Leben geholfen hat. Die Familien haben viel aufgehoben … und einige erzählen Geschichten, die sogar ich noch nicht kannte. Geh rein!«

Maja betrat das rote Haus fast ehrfürchtig. Es musste Jahre lang vernachlässigt worden sein, dachte sie, als sie die Fenster sah, die teilweise von außen mit Brettern vernagelt waren. Das Haus selbst schien auf einem soliden Fundament gebaut. Die roten Backsteine reichten über zwei Stockwerke. Das für Hawaii ungewöhnliche

Bauwerk erinnerte an Häuser im Norden und Osten Deutschlands. Der obere Stock war halb in ein überhängendes Dach gebaut, mit vielen kleinen Kammern und lukenartig vergitterten Fenstern, wie Maja an einem gezeichneten Plan sehen konnte, der neben dem Eingang im Flur hing.

Keanu stellte sich neben sie.

»In den Kammern oben wurden unsere kleinen Mädchen gehalten wie Tiere im Käfig. Die Fenster wurden vergittert, damit sie nicht in den Tod springen konnten. Es muss wie ein Gefängnis gewesen sein. Die Weißen hatten keinerlei Interesse daran, das Leid zu lindern, sondern im Gegenteil, sie verdienten Geld mit Hawaiis Kindern. Als Elisa einzog, wohnten über fünfzig Mädchen hier. Die erste Welle Mai Pake hatte aus vielen einheimischen Kindern Waisen gemacht. Die kleinen Jungen wurden als Sklaven auf die Plantagen verkauft. Die jungen Mädchen wurden gezwungen sich zu prostituieren. Und den Gewinn strichen die Haole ein, allen voran der Zuhälter Gerit Janson.«

Maja sah sich ein verblichenes, schwarzweißes Gruppenfoto an der Wand an. Unter dem Foto war die verschnörkelte Jahreszahl 1920 zu sehen, daneben der in Elisas Schrift gemalte Titel: Die Siegreichen.

Das Foto zeigte eine ältere Elisa, in der einen Hand einen Stock, auf den sie sich stützte, auf dem anderen Arm ein kleines Baby, das fröhlich in die Kamera sah. Um sie herum Frauen und Mädchen jeden Alters. Viele von ihnen sahen arm aus und waren barfuß, aber alle wirkten gesund und wohlgenährt. Sie sahen aufrecht und beinahe stolz in die Kamera. So auch Elisa. Ihre Haare waren ergraut und sie trug das ärmliche Gewand einer einfachen Hawaiianerin. Doch obwohl ihr Gesicht erschöpft wirkte, ging von ihren Augen ein tiefer, zufriedener Glanz aus.

Maja entdeckte auf ihrer Schulter einen Falken. Und auf dem Knauf ihres Gehstocks war eindeutig ein kleiner Totenkopf zu sehen.

»War sie 1920 schon eine wichtige Kahuna?«

Keanu stellte seine Kiste ab und trat zu ihr.

»Scheint so. Stock und Falke sind Symbole ihrer zunehmenden Lichtmacht. Einige sagten, dass sie Menschen verhexen konnte. Andere wiederum beschrieben sie als liebevollsten und sanftesten Menschen der Welt. Elisa hat um dieses Haus gekämpft, viele Jahre lang, für diese Mädchen, die hier von ihren weißen Besitzern zum Tode verdammt waren. Doch sie verlor das Haus immer wieder. Nach zehn Jahren und vielen Verlusten ist ihr und Kelii dann ein Teilsieg gelungen. Der Besitz von Sklaven auf Hawaii wurde von Amerika aus offiziell und bei Strafe verboten. Das hat Menschen wie Gerit Janson gegen sie aufgebracht. Kelii und sie lebten in ständiger Gefahr. Zweimal flohen sie nach Europa. Elisa hatte jedoch auch mächtige Freunde, vor allem in Deutschland. Sogar in Bayern! Aber was erzähle ich dir ... Du bist die Traumgängerin. Du weißt sicherlich jetzt schon mehr als ich.«

Keanu stand jetzt neben Maja. Seite an Seite betrachteten sie das Schwarzweißfoto und rührten sie sich nicht von der Stelle, so als würden sie gegenseitig ihrem Atem lauschen. Er hatte für das Ausladen sein Hemd ausgezogen und trug nur noch das T-Shirt mit dem Logo für erneuerbare grüne Energie auf den Hawaiian Islands. Er war ihr so nah, dass Maja sein männlicher Geruch wie eine Einladung in die Nase stieg. Ihr wurde warm, fast schon heiß in ihrem Kleid. Wie gerne hätte sie jetzt seine Haut berührt, wie zufällig seinen Arm angefasst. Doch sie gestattete es sich nicht. Stattdessen machte sie einen Schritt zur Seite, bevor er ihr erwachendes Begehren erahnen konnte. In den Monaten seit ihrer Begegnung hatte sie keinerlei Lust auf Sex verspürt, doch hier, in dem dämmerigen Raum, überfiel Maja plötzlich und unpassenderweise die Lust. Dabei war die Umgebung keineswegs animierend. Man hatte gerade mit der ersten Renovierung begonnen. Überall standen Farbeimer und Säcke mit Mörtel.

»Es ist stickig hier. Ich warte draußen auf dich.«

Damit wandte Maja sich ab und wollte gehen. Doch Keanu hielt sie am Ärmel fest.

»Warte noch ... ich will dir etwas zeigen. Ich nehme das Foto für dich von der Wand, denn im Licht wirst du es besser erkennen.«

Er reichte ihr das Foto und blieb neben ihr stehen, seine Schultern, seine Arme und Hände so unbeweglich wie die einer Statue.

»Siehst du den zweiten Falken? Er ist verblichen. Ich habe ihn selber erst vor Kurzem entdeckt.«

Maja konnte sich kaum auf das Foto konzentrieren. Sie hatte vergessen, wie stark seine Anziehungskraft auf sie wirkte. Er deutete mit seinem Finger auf das Dach auf dem Foto, genauer gesagt auf den Dachfirst.

Der Vogel saß auf dem First, nicht weit weg von einem Mann mit bloßem Oberkörper, der etwas auf dem Dach zu reparieren schien. Maja erkannte ihn sofort.

»Das ist Kelii. Er war bei ihr?«

Majas Frage war ein vorsichtiges Flüstern. Irgendwie hatte sie angenommen, dass die beiden als Paar einen zu schwierigen Weg vor sich hatten. Keanu nickte.

»Ihre Beziehung war nie einfach. Elisas Seele blieb, wie Hoku prophezeit hatte, eine schwierige Aufgabe für Kelii. Die Gesetze waren gegen sie, und er musste immer aufs Neue um sie kämpfen. Über Jahre lebten sie getrennt. Und doch fanden sie immer wieder zusammen. Es gibt eine Legende um ihren Tod. Angeblich haben sie sich eines Tages, als sie beide alt waren, gemeinsam im Ozean in Gischt verwandelt…«

Keanus hatte begonnen, vorsichtig mit seinem Finger die Hand von Maja zu liebkosen, die das gerahmte Foto hielt. Seine erste Berührung durchzuckte sie wie ein Blitz. Er streichelte ihre zitternde Hand weiter, mied jedoch ihren fragenden Blick, als er fortfuhr.

»Ihre Leichname wurden nie im Meer gefunden. Doch auch die großen Kahuna in den alten Zeiten ließen keine toten Körper zurück. War ihre Aufgabe in der Welt erledigt, ihre Körper erschöpft, dann verwandelten sie sich am Ende ihres Lebens, um eines Tages durch neue Körper zu wirken … Es ist ein Kreislauf aus Energie. Man sagt bei uns, die Körper der großen Kahuna werden zu Gischt auf den Wellen…«

Keanus Handy klingelte. Der intime Moment zwischen ihnen war vorbei.

»Entschuldige bitte. Das ist Leilani.«

Er trat ein Stück beiseite, um zu telefonieren.

Diskret trat Maja vor die Tür des roten Hauses. Es war gut, dass seine Freundin angerufen hat, dachte sie, sonst hätten sie sich vielleicht da drinnen vergessen. Es war hoffnungslos. Sie begehrte ihn immer noch mit jeder Faser ihres Seins.

Als Keanu das Haus absperrte, war er in Eile. Vor dem Hibiskus-Ball gäbe es noch viel zu tun, wie er Maja erklärte. Er sei spät dran mit der Lichtanlage und der Vorbereitung für die Bar, Leilani würde seine Hilfe brauchen. Dann stiegen sie ein.

Auf dem Weg zu dem einheimischen Autovermieter sprach Keanu kein Wort mehr. Als sie an ihrem Ziel angekommen waren, nahm er ihre Reisetasche, begrüßte seinen Freund und sorgte dafür, dass Maja ein gutes Fahrzeug bekam. Zuletzt gab er noch ein paar Instruktionen, sodass Maja Gutscheine für Benzin und eine Wegbeschreibung zu ihrem Hotel in Hanalei erhielt. Dann musste er los.

Als sie sich mit Handschlag verabschiedeten, gab er Maja noch einen Rat.

»Ich glaube, dass du euer Land zuerst allein ansehen solltest. An deiner Stelle würde ich kurz vor Sonnenuntergang hingehen. Du wirst es leicht erkennen. Zwar sind nur noch zwei der vielen Apfelbäume übrig, die Elisas Vater einst in dem Hain gepflanzt hatte, doch sind die Bäume weithin sichtbar. Ich glaube sogar, es ist eine deutsche Apfelsorte…«

Wieder dieses unwiderstehliche Zwinkern in seinem Blick. Sie spielte kurz mit dem Gedanken, ihm zum Abschied einfach noch ein Küsschen auf die Wange zu geben, ganz unverfänglich. Doch sein Telefon klingelte. Und wieder war der Moment vorbei.

Maja fand den Weg von Lihue nach Hanalei Bay ohne größere Probleme. Alles war gut ausgeschildert und es herrschte trotz des Ferienwochenendes nicht allzu viel Verkehr. Überall sah sie Hinweise für Taucher, Surfer und sogar Helikopterflüge rund um die Insel. Es war das reinste Ferienparadies.

Keanu hatte recht gehabt, als er sagte, man müsste sich als Einheimischer ranhalten, wenn man in seiner Generation hier überhaupt noch ein Stück Land erwerben wollte. In Hanalei waren die Grundstückspreise astronomisch, die Mieten ebenso.

In einem kleinen Laden, in dem Maja sich Wasser und ein Sandwich kaufte, kam sie mit einem älteren Hawaiianer ins Gespräch, der sie auf Grund ihres Aussehens für eine der seinen hielt. Sobald Maja ihn nach Preisen für Immobilien fragte, zeterte er los.

»Unsere Islands werden von hungrigen Heuschrecken überfallen, aber von dem Geld der vielen Touristen werden nicht wir, sondern nur die Investoren satt. Und unsere eigenen Leute, unsere Familien, wir schlafen inzwischen in Zelten am Strand!«

Maja begriff immer mehr, worum es Keanu in seinem Kampf ging. Sie fand sein Engagement großartig, denn ohne Menschen wie ihn wäre die Familie Kemper vielleicht nie auch nur in die Nähe des Besitzes des Grundstücks von Elisa Vogel gekommen.

In der letzten Stunde, bevor die Nacht sich über die Insel breiten würde, stieg Maja den Pfad hoch, der vom Parkplatz zu den Wasserfällen führte. Es gab auch eine Straße, die den Berg entlang zu dem hawaiischen Dorf führte, in dem Kelii damals mit seiner Familie gelebt hatte. Doch hatte Keanu ihr zu diesem alten Pfad geraten, der sie direkt zum Grundstück führen würde.

Einst hatte Elisa von der Bremen III aus, mit dem Feldstecher des Kapitäns, hier ihre ersten hawaiischen Männer beobachtet, die diesen Pfad entlang zum Versammlungsfelsen gingen, um das Vollmondfest zu feiern.

Heute war noch kein Mond am Abendhimmel zu sehen und auch sonst hatte die Stimmung viel von ihrer Romantik verloren. Wo einst ein menschenleerer Strand gewesen war, standen jetzt Häuser auf Stelzen dicht an dicht in Hanalei Bay. Vereinzelt gingen Lichter an. Um diese Jahreszeit wurde es auch hier früh dunkel. Nur der Ozean, dachte Maja, ist unverändert majestätisch und geheimnisvoll geblieben. Einen Moment lang glaubte sie, die Stelle zu erkennen, unter der sie das Riff der Haie vermutete. Ob der große Hai noch lebte, den man damals Großvater genannt hatte? Wie alt wurden Haie eigentlich?

Sie ging zügig, immer höher, bis um den ersten Bergkamm herum, wie Keanu es ihr aufgezeichnet hatte. Außer ihr war kein Mensch hier. Ein Vogelschwarm, der sich aus einem der großen Koa-Bäume erhob, zog in der beginnenden Dämmerung seine Kreise über dem Meer. Die Luft roch salzig und süß zugleich.

Der wild wuchernde Jasmin fiel ihr zuerst auf. Dann erst entdeckte sie die beiden vermoderten Holzpfosten, um den herum das Gebüsch mit den rötlich-weißen Blüten über Jahrzehnte gewachsen sein musste. An schiefen Scharnieren hing ein kaputtes Gartentürchen. Das musste es sein. Hier begann ihr Grundstück.

Es gab keinen Türgriff mehr und auch kein Schloss, dennoch konnte man sehen, dass hier früher einmal ein Garten angelegt gewesen war oder aber der Eingang zu einem größeren Obsthain. Wie Maja von ihrem Vater wusste, hatte es an der Küste zu Anfang des zwanzigsten Jahrhunderts ein größeres Seebeben gegeben und in diesem Zusammenhang einen Erdrutsch. Daher existierte der ganze hintere Teil des Hains nicht mehr. Der Berg hatte ihn sich genommen und mit undurchdringlichem Dschungelgrün überwuchert. Durch die abschüssige Böschung entstand eine natürliche Abgrenzung für den Garten.

Das verbliebene Grundstück lag genau unterhalb des großen Versammlungsfelsens. Auf der sanften Schräge, die den Berg hinaufführte, stand einer der beiden Apfelbäume. Er war gerade und hoch gewachsen, hatte aber nur noch wenige Äste. Weiter unten, auf dem geraden Stück ihres Landes, wuchs der zweite Apfelbaum schief in Richtung Meer, so als würde er den Meereswinden etwas zurufen wollen.

Der Holzschuppen selbst stand unter dem Baum. Er war baufällig, mit von der Sonne und der salzigen Luft ausgebleichten Latten. Doch die kleine Bank davor sah stabil aus, so als hätte sich in letzter Zeit jemand damit Mühe gegeben. Sie war repariert worden.

Maja setzte sich auf die Bank und blickte mit zusammengekniffenen Augen in die Sonne. Voll und orange schien der mächtige Ball die Wolken um sich herum zu verjagen, um allein am Himmel unterzugehen.

Sie legte die Hand auf ihren Bauch. Es war ein aufregender Tag gewesen. Viel war geschehen und sie wollte in sich hineinspüren, wie es ihrem Kind ging. Dabei gingen ihr einige Fragen durch den Kopf. Warum war sie wirklich hierher gekommen? Lockte sie das wilde Land hier draußen unter dem Felsen, mit dem sie vielleicht eine schicksalhafte Verbindung verknüpfte, die über Generationen zurück in die Vergangenheit reichte? Oder lag die Anziehungskraft an ihrem Kind, das jetzt schon nach seinen Wurzeln suchte? Was lebte in Majas eigenen hawaiischen Genen? Warum hatte sie an diesem Flecken Erde das Gefühl, jederzeit ihre Flügel ausbreiten und in den Sonnenuntergang fliegen zu können? Fragen über Fragen bewegten Maja an diesem Ort, der einst Elisa Vogels Erbe hätte sein sollen, das Zuhause der Haifischfrau.

Elisa musste sie aus einem ganz bestimmten Grund hierher gerufen haben, vielleicht sogar, um etwas Schmerzliches in ihrem Leben zu vollenden, dachte Maja und schloss ihre Augen.

Hibiskus-Ball, Jahreswende 1900

Als würde das kleine Mädchen ahnen, wer sich hinter dem Vorhang versteckte, starrte es immer wieder in Elisas Richtung. Doch die sonnengebräunte junge Frau in dem einfachen, sauberen Kleid mit den langen rötlichen Haaren, die auf ihrem Rücken zu einem Zopf geflochten waren, mied einen direkten Blickwechsel mit der Kleinen, sondern musterte sie lediglich verstohlen.

Elisa wunderte sich zunächst darüber, dass sie beim Anblick der ihr als Baby entrissenen Tochter weder Wehmut noch Sehnsucht verspürte. Beim Anblick des fünfjährigen Mädchens versteifte sich ihr Nacken eher vor Angst. Sie nahm etwas Starres und Unbewegliches in den graublauen Kinderaugen wahr, und die Bewegungen der Kleinen erinnerten an die eines mechanischen Püppchens. Vor Elisas innerem Auge erschien die schreckliche Nacht, in der das Kind entstanden war in allen Einzelheiten. Gerit Jansons beißender Hass, der unvorstellbare Schmerz, der sie hatte sterben lassen wollen und das schützende Wasser der Höhle. Sie atmete tief durch. War es eine gute Idee gewesen, zurück nach Kauai zu kommen, nur weil Kelii in sein Dorf gerufen wurde?

Elisa hatte ihre Tochter all die Jahre nicht gesehen. Mit ihrer kleinen Familie lebte sie auf Maui, um dort mit Kelii im Geheimen die Tausendnebel-Heilpflanze zu kultivieren, da diese Pflanze auf Kauai und auf Oahu laut einem neuen Gesetz der Weißen verboten werden sollte.

Die Augen des Mädchens suchten und fanden einen kurzen Moment lang die Augen ihrer Mutter. Das Kind klatschte vor Freude in die Hände.

»Mama! Da bist du ja endlich…«

Elisa wich vor Schreck weiter hinter den Vorhang zurück. Ihr Herz hatte begonnen zu rasen. Ihre Tochter, dieses Kind, es war trotz allem ihr Fleisch und Blut und würde es auch immer bleiben, das wurde ihr in diesem Moment bewusst. Diese Erkenntnis tat weh. Die Zeit hatte diese Wunde nicht heilen können. Ein brennender Schmerz ballte sich hinter ihren Augäpfeln.

Dabei war Elisa lange fort gewesen, hatte von Hoku und anderen Heilern viel gelernt, auch wie man die Zeit zu einem Heiler der Seele werden lässt, wenn man das Liebste verloren hat, es einem mit Gewalt entrissen wurde. Doch jetzt fühlte sie einen scharfen Stich. Hier auf Kauai fühlte sie den Schmerz einer Betrogenen.

Wie von allein wich sie in ihrem Versteck immer weiter hinter dem Vorhang zurück, bis ihr Rücken auf Keliis Brust traf. Dort blieb sie stehen. Sie musste ihren Mann jetzt ganz nah bei sich spüren und griff mit fester Hand nach dem kleinen Eli, der neugierig die tanzenden Weißen in ihren opulenten Ballkleidern musterte. Sicherheit brauchte Elisa, ganz viel Sicherheit, denn der Boden unter ihren Füßen drohte trotz all ihres Wissens zu wanken.

Dies war ihre alte Welt, die Welt der weißen Plantagenbesitzer. Vielleicht hatte Kelii recht, und es war keine gute Idee, sich als Bedienstete verkleidet beim Hibiskus-Ball einzuschleichen. Die alten Dämonen zeigten Elisa ihr hässliches Gesicht, und zudem fürchtete sie sich vor Entdeckung und dem damit verbundenen Hohn. Wenn sie nur nicht so neugierig gewesen wäre. Nicht nur ihre Tochter, sondern vor allem auch ihre Mutter wollte sie nach all der Zeit wiedersehen.

»Mama! Komm her zu mir … zu mir!«

Rief das Kind überhaupt in Elisas Richtung? Oder meinte es eine andere Frau?

Sie beobachtete, wie die alten Männer, Sanford und Janson, sich jetzt um das kleine Mädchen bemühten. Inzwischen trug auch Janson einen Altmännerbart, und die Kleine zog frech daran. Sanford verbeugte sich, so als sei das Kind in dem steifen Rüschenkleid eine Prinzessin. Die Kleine lachte. Fröhlich klatschte sie erneut in die Hände, als ihr Vater ihr jetzt ein neues Spielzeug reichte, das Sanford aus Oahu mitgebracht hatte. Es war, wie Elisa sehen konnte, eine Ananas, die man aufklappen konnte. Drinnen war eine Spieluhr, die ein amerikanisches Lied erklingen ließ.

Die Männer lachten über das Staunen des Kindes. Janson nahm die Kleine auf den Arm und Elisa zuckte instinktiv zusammen, als die Kleine erneut nach ihrer Mutter rief, jedoch nicht in Elisas Richtung.

»Wollen wir gehen? Ich möchte dich hier wegbringen. Das ist kein guter Ort für uns.«

Keliis Flüstern klang beunruhigt an ihr Ohr, denn er konnte die Flutwelle an Gefühlen nicht verhindern, die auf Elisa zurollte. Sie zitterte am ganzen Körper.

»Victoria! Mein Liebling! Mama kommt!«

Diese Stimme hätte Elisa unter Tausenden erkannt. Sie drehte ihren Kopf zum Eingang der Festhalle. Clementia Vogel sah blendend aus. Ihre Ehe mit dem alten Fried ließ sie um zehn Jahre jünger aussehen. An seiner Seite schritt sie stolz wie eine Königin durch den Saal, direkt auf ihre Enkelin und Janson zu. Das Kleid ihrer Mutter war aus rubinroter Seide mit dazu passenden Schuhen. Das edle Kollier aus schwarzen Perlen in ihrem Ausschnitt zeugte von neuem Wohlstand.

Elisa erinnerte sich hinter ihrem Vorhang daran, was Johannes ihr erzählt hatte, als er sie gestern heimlich getroffen hatte. Er war der Einzige, der von Elisas und

Keliis Rückkehr nach Kauai wissen durfte. Offiziell war sie von den lokalen Behörden für tot erklärt worden, damit ihre Ländereien und vor allem ihr profitabler Obsthain nicht in den Besitz von Paul Vogel und seiner Frau übergingen. Dieses Unrecht zumindest hatte Johannes mit dem alten Fried und ihrer Mutter verhindern können.

Clementia Vogel war jetzt die Besitzerin eines der profitabelsten Ozeangrundstücke auf Kauai, obwohl Janson durch das Kind ebenfalls Ansprüche angemeldet hatte. Victoria war ja, ganz offiziell, Elisas und Gerits Tochter und damit ebenfalls legitime Erbin.

»Victoria! Komm her, mein Schätzchen, komm zu deiner Mama und lass dich küssen!«

Alles an Clementia strahlte vor Glück, als die Kleine auf sie zurannte.

»Mama, Großmama … ich habe meine andere Mama gesehen! Die vom Foto!«

»So, mein Schatz, hast du das?«

Elisa hielt vor Schreck den Atem an. Ihre Mutter hatte bereits begonnen, sich diskret umzusehen.

Janson und Dole waren mit ihren Zigarren beschäftigt, sodass Großmama und Enkelin ungestört miteinander flüstern konnten.

Kurz darauf wanderten Clementias Augen durch den Saal, bis hin zu dem Vorhang, hinter dem die kleine Familie sich vor der Flügeltür zur großen Terrasse verborgen hielt.

Rasch zog Elisa sich zurück. Hatte ihre Mutter sie gesehen? Zumindest nahm sie die Worte des Kindes ernst. Würde Clementia zu ihnen kommen? Doch nichts geschah.

Elisa spähte vorsichtig ein weiteres Mal hinter dem Vorhang hervor und beobachtete, wie ihre Mutter sich jetzt in aller Seelenruhe hinsetzte. Victoria kletterte auf ihren Schoß und drückte ein Küsschen auf Clementias glühende Wangen. Doch dann sagte sie es erneut.

»Ich habe meine Mutter gesehen ... Mama Elisa, die Frau auf dem Foto. Sie steht da hinten, hinter dem Vorhang, zusammen mit einem braunen Mann und einem kleinen braunen Jungen. Und sie hat keine Schuhe an...«

»Deine blühende Phantasie, mein Kind, über die möchte ich auch gerne verfügen. Möchtest du uns noch weitere Geschichten erzählen? Vielleicht von deinem neun Spielzeug, deiner Musik-Ananas?«

Clementia lachte fröhlich. Die beiden Männer stimmten mit ein. Dann kam auch Fried, um die kleine Prinzessin zur Begrüßung zu küssen.

»Aber meine Mama ... hinter dem Vorhang.«

Auf die letzten Worte der Kleinen ging die Großmutter ein, indem sie ihren Finger über die Lippen des Kindes legte, um ihrer Enkelin so zu signalisieren, sie solle besser schweigen.

Elisa erstarrte hinter ihrem Vorhang. Sie fühlte sich betrogen und gleichzeitig auf grauenhafte Weise entblößt. Ihre Mutter kam noch nicht einmal, um nachzusehen, ob sie nach Kauai zurückgekehrt war. Lag es daran, dass sie ihr Kind weggegeben hatte, um mit ihrem Liebsten zu leben? Das musste es sein. Entehrt und in den Augen der Mutter ein Ungeheuer, eine kranke Irre, die mit einem Kanaka leben wollte, für dessen Liebe sie eine gute Partie wie Gerit Janson verschmäht und die Familienehre besudelt hatte. Elisa wollte nur noch weg.

»Victoria!«

Ein kleiner Junge stürmte durch den Saal. In seinem Matrosenanzug, das Haar brav gescheitelt, die Füße in Lackschuhen, sah der sechsjährige Thomas entzückend aus. Er war ein sehr heller hawaiischer Junge. Von seinem deutschen Vater hatte er die hohe Stirn und die längliche Kopfform geerbt. Leilanis und Johannes' Sohn war ein Augenschmaus, so wie auch seine kleine Schwester, die ihm tapsig folgte. Leilanis Tochter hieß Elisabeth, wie Elisa von Johannes erfahren hatte.

Atemberaubend schön schritt Leilani in einem türkisen Ballkleid durch den Saal. Ihr Haupt war geschmückt mit wertvollen weißen Perlen auf einem festlichen Haarreif in einer aufwendigen Hochsteckfrisur. Würdevoll wie eine Königin nahm sie die Huldigungen einiger Gäste entgegen. Es gab bestimmt keinen einzigen Mann im Festsaal von Lihue, der Johannes in diesem Moment nicht um seine reizvolle exotische Frau beneidete.

»Wie schön deine Schwester ist!«

»Mir gefällt sie besser, wenn sie nicht versucht wie eine Weiße auszusehen.«

»Nein, Leilani ist wunderschön. Und sieh doch nur, wie sich alle darum reißen, in ihrer Nähe zu stehen!«

Die junge Hawaiianerin, die hoch erhobenen Hauptes erschienen war, strahlte eine Selbstsicherheit und Grazie aus, von der Elisa nur träumen konnte.

Doch sie konnte keine Sekunde lang vergessen, dass der ganze Prunk für den jährlichen Hibiskus-Ball von kleinen traurigen Mädchen erarbeitet wurde, in einem Haus, in dem die jungen Hawaiianerinnen wie Tiere gehalten wurden. Nie würde Elisa vergessen können, was Johannes ihr einst über den Hibiskus-Ball erzählt hatte. Und jetzt gehörte er selbst zu dieser Gesellschaft – mit seiner Frau.

Leilani verstieß nicht gegen das geltende Gesetz. Ein weißer Mann konnte zur Frau nehmen, wen immer er wollte. Ein Gefühl von ätzend bitterer Galle stieg in Elisa bei dem Anblick des schönen gemischten Paares auf, das anmutig über die Tanzfläche schwebte.

Sie flüsterte Kelii ins Ohr, dass es besser für sie sei, diesen Ort zu verlassen und nicht zu warten, bis sie vielleicht doch noch entdeckt wurden. Es wäre zu beschämend, denn sie trug ja tatsächlich noch nicht einmal Schuhe. Ihr letztes Paar war in den Bergen von Maui kaputt gegangen.

Doch gerade, als Elisa mit ihrer Familie durch die Tür auf die Terrasse entschwinden wollte, öffnete sich der Vorhang zu ihrem Versteck.

»Nimm das … und dann geh mit meinem Segen, mein Kind, doch geht schnell! Janson würde euch festnehmen lassen!«

In den Augen ihrer Mutter glänzten Tränen, als sie der Tochter mit raschem Griff ihr schwarzes Perlenkollier zusteckte. Dann fiel der Vorhang wieder zu, die Tanzenden dahinter drehten sich im Saal weiter im Kreis, die Musik spielte weiter.

Sprachlos sah Elisa auf den Schatz in ihrer Hand. Schwarze Perlen, noch dazu von beachtlicher Größe, reinem Schimmer und erlesener Ebenmäßigkeit waren ein kleines Vermögen wert. Damit würde sie ihre Familie eine ganze Weile über Wasser halten können.

»Wir müssen hier weg. Denk an das Kleine!«

Kurz legte Kelii seine Hand über die vielversprechende Rundung ihres Schwangerschaftsbauches, verstaute das wertvolle Geschenk in dem ledernen Beutel, den Elisa wie eh und je an ihrem geflochtenen Gürtel trug und zog sie mit sich zu den Flügeltüren.

»Warte! Noch einen letzten Blick auf Victoria…«

Elisa wischte sich eine verräterische Träne von der Wange, als sie sah, wie ihre Mutter und Fried das kleine Mädchen in ihre Mitte genommen hatten und fröhlich mit ihr im Kreis tanzten. In weniger als einer Stunde würden die Glocke der deutschen Kirche von Lihue die Jahrhundertwende einläuten.

»Makuahine… moana?«

Der kleine Eli spürte Elisas Not und umfasste fest ihre Hand, um sie mit sich zu ziehen, an den Ozean. Dort wartete das Wa'a seines Vaters auf sie, um sie auf dem Ozean in die Sicherheit des Dorfes zu bringen, wo sie mit Ihresgleichen den Beginn des zwanzigsten Jahrhunderts feiern würden.

Der alte Garten, Jahreswende 2011

Es war schon fast dunkel, als Maja ihre Augen wieder aufschlug. Noch konnte man gut sehen, doch senkte sich die Dämmerung schnell auf die Spitzen der bewalden Berge und schon lagen einige Täler ganz im Schatten.

Sie wollte an diesem Ort nicht von der Dunkelheit überrascht werden und stand eilig von der kleinen Bank auf, um zu dem Pfad zurückzugehen, der sie zu ihrem Wagen führen würde.

»Hast du gefunden, was du gesucht hast?«

Keanu stand nicht weit von ihr. Er musste dort schon eine ganze Weile gewartet haben, doch hatte Maja ihn nicht kommen hören. Sie nahm an, dass er von dem Grundstück sprach. Ein wenig wunderte sie sich über seine Frage, ob sie Elisas Land gefunden hätte, denn immerhin standen sie beide darauf.

»Da drüben, siehst du…«

Keanu deutete auf den verwitterten Stamm des alten Apfelbaums hinter dem Schuppen.

»Unseres habe ich an dem Tag geschnitzt, als ich aus Nizza zurückkam.«

Im Licht des letzten Sonnenstrahls entdeckte Maja zwei Herzen. In dem einen, nach einer halben Ewigkeit von Wind, Regen und Sonne verwittert und ausgewaschen, konnte sie die Namen Elisa und Kelii kaum noch entziffern. In dem erst kürzlich in den Stamm geschnitzten Herz las sie ihre Namen: Maja und Keanu. Sie strich mit den Fingern über die rauen Einkerbungen.

»Es gibt keine Zufälle, Maja. Du bist hier, weil ich dich gerufen habe, vielleicht schon vor unendlich langer Zeit… «

Sie wagte nicht zu atmen, als er zu ihr trat. Er nahm ihr Gesicht in seine Hände und sah ihr in die Augen, seine Stimme rau vor Sehnsucht.

»Bitte sage mir, dass ich mit meinem Gefühl nicht allein bin. Gehörst du hierher? Ist das dein Ort?«

Sie schluckte. Ihr Herz flatterte vor Freude in ihrem Brustkorb. Wie ein gefangener Vogel, der die offene Käfigtür zu sehen glaubt, wollte sie an diese eine große Liebe glauben, ihre Liebe. Doch gab es ein entscheidendes Hindernis.

»Was ist mit deiner Hochzeit mit Leilani? In zwei Tagen ist der Hibuskus-Ball…«

Kenau mied ihren Blick und sah traurig aufs Meer. Seine Stimme klang leise und zögerlich.

»Und dein Freund? Bist du noch mit Stefan zusammen? Konntest du ihn noch küssen oder ihm sagen, wie sehr du ihn liebst, nachdem wir beide…?«

Sie schüttelte den Kopf und er lächelte erleichtert.

»Das ist gut. Ich habe es nämlich nach unserer Nacht sofort gewusst, noch bevor in Nizza mein Flugzeug abhob. Du bist es. Du bist meine Frau.«

Sanft legte er seine Hand auf ihren Bauch.

»Und unser Kind habe ich auch gespürt … und mich jeden Tag darüber gefreut, dass du es bekommen willst, es jetzt schon lieb hast … und es bei dir leben darf.«

Maja schluckte. Ihre Mundhöhle war trocken und die Gedanken in ihrem Kopf überschlugen sich, ohne einen wirklichen Sinn zu ergeben. Sie sahen sich lange in die Augen. Er hatte es die ganze Zeit gewusst. Über den halben Erdball hatte er gespürt, dass sie von ihm schwanger war. Worauf also wartete sie noch? Doch schien er auch das zu wissen und zeigte hinaus aufs Meer, wo eine

Welle, größer als die anderen, in Richtung Strand rollte. Ein einsamer Surfer ließ sich von ihrem Kamm im letzten Tageslicht an Land tragen. Keanus Worte waren leise.

»Das Einzige, was ich nie könnte, ist von hier fortzugehen. Vielleicht habe ich deshalb gezögert. Wenn wir von nun an zusammen leben wollen, dann würde ich alles tun, damit du dich hier wohlfühlst. Du könntest unterrichten, dafür würde ich sorgen. Oder aber du könntest Elisas Museum in Lihue gestalten … Aber unser Leben würde für immer hier stattfinden, an diesem Ort. Ich könnte meine Heimat nicht verlassen. Unser Klan … Ich bin … Ich meine, willst du … würdest du für immer bei mir auf Kauai bleiben wollen?«

Er sah sie ein wenig schief an, weil er sich nicht sicher sein konnte, wie sie seine Frage aufnehmen würde. Letztendlich waren es Kontinente, die sie trennten und möglicherweise fühlte sich Maja Europa verpflichtet, so wie Keanu und Hawaii unzertrennlich waren.

Maja zögerte nicht lange. In ihr wuchs eine Kraft heran, die nach neuen Wegen verlangte und gleichzeitig all ihren Mut forderte. Und war es nicht dieser Moment, auf den sie immer gewartet hatte, diese eindeutige Gewissheit, dass sie gewollt wurde, gerade weil sie ein Mensch war, der zwischen den Welten wandern wollte, Kontinente verband und jetzt sogar Vergangenheit und Gegenwart miteinander verwebte?

Sie hoffte, dass ihre Stimme sie jetzt nicht im Stich ließ, denn in ihrem Bauch schien mittlerweile sogar das Herz ihres Kindes vor Freude Purzelbäume zu schlagen. Ihre Zukunft konnte sie nicht freudiger umarmen.

»Ja, ich will«, flüsterte sie atemlos. »Ich will das alles und ich will es mit dir zusammen erleben.«

Die hungrigen Küsse, die sie sich nach ihrem Jawort schenkten, ließen sie die Zeit vergessen. Doch als die

Gischt auf dem Mitternachtsblau der Wellen nur noch ein feiner Streifen Silber war, schickte Maja ein stilles Mahalo an ihre Freundin Elisa. Ihre Seele war endlich angekommen.

Liebe hat keinen anderen Wunsch,
als sich zu erfüllen.

Der Prophet Khalil Gibran

Dank

Die Hawaii-Trilogie *Die Saga der Haifischfrau* umspannt die Zeit von *1893-2013* und erforderte Jahre umfangreicher Recherchen. Dazu gehörten Besuche der verschiedenen Hawaii-Inseln, vor allem für den zweiten und dritten Band. Ohne meine langjährige Freundin Oreet Rees in den USA, mit der mich Neugierde, historischer Forscherdrang und inzwischen fast drei Jahrzehnte an Höhen und Tiefen einer engen Freundschaft verbinden, wären meine Reisen nie so ergiebig gewesen.

Weiterhin möchte ich Jeannette Rothweiler danken, die in der heutigen Zeit nach Kauai auswanderte und mich im Jahr 2012 an ihrem Leben mit ihrer Familie teilhaben ließ. Auf der spirituellen Seite gehört mein Dank Fiona Pugliese, einer langjährigen Kauai-Bewohnerin, die als inspirierendes Gegenüber ihr Wissen über die Natur und die Heilung der Seelen freigiebig mit mir teilte.

In München danke ich meiner hawaiischen Schwiegermutter für ihre Kritik und Ermutigung, meinen Lektorinnen für ihre Sorgfalt und Geduld und meiner Agentur Graf & Graf in Berlin für die anfängliche Schubkraft.

Bei meinem Mann Philip bedanke ich mich für wundervoll gestaltete Bücher, seine Liebe, und dafür, dass er mich immer dann in die Ferne ziehen lässt, wenn meine Seele danach verlangt.

Mahalo

Hawaiisch–Deutsch Trilogie-Glossar

akau rechts, nördlich
a'ohe nichts haben
Alala hawaiische Krähenart
Ali'i hawaiischer Adel, Häuptling
Aloha Gruß, Sympathie, Liebe, Mitgefühl, Beileid
Apapane Kleidervogel, hawaiische blaue Finkenart
aumakua Familienschutzgott
Awapuhi Wilder Ingwer (Name)
dakine in der Art von (Umgangssprache)
elemu Hintern, Po
elua zwei
ha Atem, Lebenskraft, spirituelle Energie
hakahaka ili leere Haut
Hanalei Bay größte Bucht auf Kauai
haole Weiße, seelenlos
haole mana Energie der Seelenlosen
hele mai komm zu mir
hema links, südlich
ho'a'a rufen, schreien
hoku Stern (auch Name)
hokulele Sternschnuppe
Honolulu Hauptstadt von Oahu
ho'oipoipo Liebe machen
ho'okalakupua Magie
ho'okalakupua lima heilende Zauberhände
I'iwi Kleidervogel, hawaiische rote Finkenart
ipo Liebling
Israel Kamakawiwo'ole (IZ) hawaiischer Sänger
Kahuna Heiler, Priester
kapu verboten, heilig, tabu
kanapi Hundertfüßler
kane Mann
Kaua'i hawaiische Insel
kokua Helfer, helfen
kanaka Hawaiianer
keiki Kind
keiki kane Junge

ki'eki'e Höhe, Größe
kohana nackt, allein
kupua kane Großvater
kupua wahine Großmutter
lanai Veranda
lei Blumenkette
lewalani Himmelreich
Lili'uokalani Königin von Hawaii (1891-1893)
lima Hand
lu'au Party mit hawaiischem Essen
ma'ema'e sauber, keusch, attraktiv
mahalo danke, Dank, Respekt
Mai Pake Hansensche Krankheit (Lepra)
mahuahine Mutter
makuakane Vater
mana Energie, Kraft, spirituelle Energie
mano Hai
Maui hawaiische Insel
Menehune legendäres hawaiisches Zwergenvolk
Moana Ozean (auch Name)
mo'opuna wahine Enkeltochter
mu'umu'u (mumu) hawaiisches Gewand
nani Schönheit
Oahu hawaiische Insel
ohana Familie, Verwandtschaft
Pake Chinesen, China
pau zu Ende, zerstört, fertig, satt
pi'i klettern
poi traditioneller Brei aus Tarowurzeln
pua Blüte, Blume
pueo hawaiische Eule
pupule verrückt, wild rücksichtslos
pu'u Hügel
pu'uwai Herz, Lunge
tutu (kuku) Oma, Opa
wa'a Kanu
wahine Frau

158°
157°
Long
WAHO CHANNEL
KAIEIE
Kahuku Pt.
Waialee
Waimea B.
Mokuauia I.
Waialua
OAHU
Kuena Pt.
Kahana B.
Makua
Kualoa
Kaneohe Harbor
Mokapu Pt.
Pokai
Pearl Lochs
Mokulua
Waimanalo
Pauloa
Barbers Pt.
Makapuu Pt.
To Hongkong, 4,920 Miles.
Pearl Harbor
HONOLULU
Kawaihoa Pt.
To San Francisco 2,090 Miles
KAIWI CHANNEL
Lae o ka Ilio
Kalaupapa
Waikolu
Olokui
Lae o ka Laau
MOLOKAI
21°
Kaluaaha
Kekaa
KAI O KALOHI CHAN.
Wahie Pt.
Kaena Pt.
5 Needles
LANAI
Kamoku
Mamaki
KEALAIKAHIKI CHANN
KAHOOLA
Kealaika Pt.
To Sydney, Aus., 4,595 Miles
WINDWARD
OAHU
160°
159°
Haena Pt.
Hanalei B.
Hanalei
Kaena
Kapuni Pt.
Alapu Pt.
Kanala Point
Kapaa
Milolii
Lae Kolo
Waialeale
KAUAI
KUMUKAHI CHANNEL
Lehua
22°
Kaali
Oku Pt.
Wailua
NIIHAU
Kana Pt.
Opolu
Waimea
Waimea B.
Niumalu
Hulaia B.
Halawela
Yams B.
Pueo Pt.
Hanapepe B.
Koloa
Makahuena
Pt. Pahau
C. Kawaihoa
Kaula Is.
LEEWARD IDS.
KAIEIE WAHO CHANNEL
WESTERN ISLANDS of HAWAII